LOUISE ALLEN

Bajo sospecha

Editado por Harlequin Ibérica.
Una división de HarperCollins Ibérica, S.A.
Avenida de Burgos, 8B - Planta 18
28036 Madrid

© 2025 Harlequin Ibérica, una división de HarperCollins Ibérica, S.A.
N.º 85 - 19.3.25

© 2013 Melanie Hilton
Bajo sospecha
Título original: Tarnished Amongst the Ton
Publicada originalmente por Harlequin Enterprises, Ltd.

© 2013 Marguerite Kaye
Retrato de un amor
Título original: The Beauty Within
Publicada originalmente por Harlequin Enterprises, Ltd.
Estos títulos fueron publicados originalmente en español en 2014

I.S.B.N.: 978-84-1074-540-7
Depósito legal: M-26412-2024
Impreso en España por: BLACK PRINT
Fecha impresión Argentina: 15.9.25
Distribuidor exclusivo para España: LOGISTA
Distribuidor para México: Distibuidora Intermex, S.A. de C.V.
Distribuidores para Argentina: Interior, DGP, S.A. Alvarado 2118. Cap. Fed./
Buenos Aires y Gran Buenos Aires, VACCARO HNOS.

Nota de la autora

Cuando terminé de escribir *La joya prohibida de la India*, que tenía como escenario la misma India en 1788, no pude evitar preguntarme por lo que les sucedería en el futuro a mis protagonistas, Nick y Anusha Herriard. ¿Qué mejor manera, me dije, que viajar en el tiempo hasta la época de la Regencia para averiguarlo? Esta historia es el resultado de ese viaje a través del tiempo, y empieza con la llegada a Londres de los marqueses de Eldonstone, acompañados de sus hijos, Ashe y Sara.

Ashe, según no tardé en descubrir, no se muestra precisamente entusiasmado con la perspectiva de buscar esposa, y yo me quedé tan sorprendida como él con la joven dama con la que tropieza en los muelles. Los Herriard son muy poco convencionales, pero al fin y al cabo pertenecen a la alta sociedad... ¿aceptarán entonces a Phyllida Hurst, con su oscuro pasado y sus múltiples secretos?

Ashe tampoco lo sabe, pero no puede evitar sentirse atraído por Phyllida... aunque eso lo lleve a aventuras llenas de obscenas obras de arte, un taimado cuervo y un siniestro señor del crimen. Espero que disfrutéis leyendo esta novela tanto como yo gocé escribiéndola.

Louise Allen

Uno

3 de marzo de 1816. El Támesis a su paso por Londres

—Es gris, como todo el mundo me había dicho —
Ashe Herriard se apoyó en la borda del barco y contempló con ojos entrecerrados la ancha extensión del
río Támesis. Estaba salpicado de todo tipo de barcos,
desde diminutos esquifes y botes de remos hasta
grandes naves que empequeñecían su velero de cuatro mástiles—. Veo más matices del gris de los que
sabía que existían. Y del castaño, del beige, del verde.
Pero mayormente del gris.

Había esperado odiar Londres, encontrarlo ajeno,
pero en lugar de ello lo veía antiguo, próspero y extrañamente familiar, aunque todo su ser parecía revolverse contra aquella capital y todo lo que representaba.

—Pero no llueve, y la señora Mackenzie decía que
en Inglaterra llovía todo el tiempo —Sara se hallaba
de pie a su lado, arrebujada bajo su gruesa capa. Parecía alegre y entusiasmada, pese a que los dientes le
castañeteaban de frío—. Es como el Garden Reach de
Calcuta, solo que más bullicioso. Y mucho más frío
—señaló un punto—. Hay incluso un fortín. ¿Ves?

—Es la torre de Londres —sonrió Ashe, reacio a contagiar su mal humor a su hermana—. Lo sé por mis lecturas.

—Estoy muy impresionada, hermano querido —le dijo con un guiño que desapareció cuando siguió la borda con la mirada—. Mata está siendo muy valiente.

—¿Lo dices por la manera que tiene de sonreír? Sospecho que los dos están siendo muy valientes.

Su padre le había pasado a su madre un brazo por los hombros y la mantenía bien cerca de sí. No era algo inusual, ya que eran muy expansivos en sus afectos para lo que dictaba la convención social, incluso para los relajados usos de la sociedad europea de Calcuta. Pero Ashe conocía bien a su padre y sabía lo que quería decir aquella tranquila expresión, sumada a la manera que tenía de apretar la mandíbula. El marqués de Eldonstone se estaba preparando para la batalla.

El hecho de que se tratara de una pelea contra los pocos recuerdos que conservaba de un país del que había permanecido alejado durante unos cuarenta años no la hacía menos real. Alejado de su propio padre, casado con una mujer que era mitad india y que se quedó consternada al descubrir que su marido era heredero de un título inglés y que por tanto un día tendría que volver, el coronel Nicholas Harris había esperado hasta el último momento para abandonar la India. Pero los marqueses no trabajaban como agregados militares en la Compañía de las Indias Orientales. Y siempre había sido consciente de que algún día tendría que heredar el título y regresar a Inglaterra para cumplir con sus obligaciones.

«Al igual que su hijo», pensó Ashe mientras se

acercaba al lado de su padre. Pero no estaba dispuesto a que ese destino los derrotara. Procuraría además descargar de los hombros de su familia parte de aquella carga, aunque ello supusiera convertirse en aquella especie que le era tan ajena: el perfecto aristócrata inglés.

—Desembarcaré con Perrott y me aseguraré de que Tompkins venga a recogernos.

—Gracias. No quiero que tu madre y tu hermana se queden esperando en los muelles —indicó el marqués—. Haznos una seña cuando llegue con el carruaje.

—Así lo haré.

Ashe se marchó en busca de un marinero y un bote de remos. «Un nuevo país y un nuevo destino», se dijo. «Un nuevo mundo y una nueva lucha». Al fin y al cabo, los mundos nuevos estaban ahí para ser conquistados. Ya los recuerdos del calor, del color y de la animada vida del palacio del Kalatwah estaban empezando a convertirse en un sueño, escapándose entre sus dedos cuando nada le habría gustado más que retenerlos, Todos, incluso los del dolor y de la culpa. «Reshmi», pensó mientras procuraba ahuyentar el recuerdo con un esfuerzo casi físico. Porque nada, ni siquiera el amor, podía devolver la vida a los muertos.

«Por fuerza tiene que existir algún hombre consciente, sensato y responsable en la Creación», pensó Phillyda mientras se detenía ante la entrada del angosto callejón y contemplaba el bullicio de los muelles de Customs House. «Desafortunadamente, mi hermano no es uno de ellos». Lo cual no debería sorprenderla, porque su difunto padre no había sido ni consciente, ni serio ni responsable, y pocos habían sido los pensamientos que habían bullido en su cabeza aparte del juego, las mujerzuelas y el derroche de su fortuna.

Hacía ya veinticuatro horas que Gregory se había marchado de casa con el dinero del alquiler y, según sus amigos, había descubierto un nuevo garito de juego en algún lugar entre la torre de Londres y el puente del mismo nombre.

De repente sintió que algo tiraba de los cordones de sus botines. Esperando que fuera un gato, Phillyda bajó la mirada para encontrarse con la corneja más grande que había visto en su vida, de diminutos ojos negros. O quizá fuera un gran cuervo escapado de la torre de Londres... Pero tenía la cabeza y el cuello de un extraño tono gris, con un enorme pico. No era, pues, un cuervo. El animal le lanzó un insolente mirada y continuó tirando de los cordones de su calzado.

—¡Vete! —Phyllida retiró el pie, pero el gran pájaro se lanzó contra el otro, soltando un graznido.

—Lucifer, deja en paz a la dama.

El pájaro soltó otro graznido, aleteó y alzó el vuelo hasta posarse en el hombro del individuo alto y con la cabeza descubierta que repentinamente había aparecido ante ella.

—Os pido disculpas. Le fascinan los cordones y los lazos, cualquier cosa que sea larga y fina. Desafortunadamente, es un absoluto cobarde con las serpientes.

Por fin encontró Phillyda la voz para hablar:

—Es poco probable que eso constituya un inconveniente en Londres.

¿De dónde había salido aquel hombre hermoso y exótico que acababa de materializarse diabólicamente ante ella? Phillyda contempló su abundante cabello castaño oscuro, sus ojos verdes, su nariz recta, enfilada en aquel momento hacia ella mientras la miraba a su vez de arriba a abajo, así como su piel de un tono dorado. ¿Tez bronceada en marzo? No, se trataba de su color natural. Pensó que no debería sorprenderse si alcanzaba a oler un tufillo a azufre.

De pronto agarró al pájaro y lo lanzó al aire.

—Ve a buscar a Sara, especie de amenaza con plumas. Maldice y jura sin cesar cuando lo encierro en una jaula —añadió a modo de explicación mientras el ave volaba hacia los barcos que esperaban en el centro del río—. Aunque supongo que tendré que hacerlo, si no quiero que acabe persuadiendo a los cuervos de la Torre para que cometan todo tipo de maldades. A no ser que esos cuervos no sean más que una mera leyenda...

—No, son reales — «definitivamente se trata de un extranjero», añadió Phyllida para sus adentros. Iba bien vestido, pero de una manera que delataba sutilmente su origen no inglés. Una pesada capa negra con un forro algo más oscuro que sus ojos; una chaqueta también oscura: un pesado chaleco de brocado de seda; una camisa de un blanco inmaculado, también de seda...

—¡Señor!

El desconocido había clavado una rodilla en el sucio adoquinado y le estaba atando los lazos del botín, lo que le permitió ver que tenía el cabello largo hasta los hombros, contrariamente a lo que dictaba la moda, y recogido en la nuca en una coleta.

—¿Os ocurre algo? —alzó la mirada con gesto inquisitivo y un brillo divertido en sus ojos verdes.

—¡Me estáis tocando el pie, señor!

El desconocido terminó de atar la lazada con un enérgico tirón y se incorporó.

—Sería difícil atar el cordón de una bota sin hacerlo, me temo. Y ahora, ¿a dónde os dirigís? Os aseguro que ni Lucifer ni yo tenemos más planes respecto a vuestro calzado.

Su sonrisa divertida sugería que eran otras cosas las que podían peligrar. Phyllida retrocedió otro paso, y fue entonces cuando vio a Harry Buck pavoneándose por el muelle, seguido por uno de sus matones. Se le encogió el estómago mientras miraba a su alrededor en busca de algún lugar donde esconderse del más famoso maleante de Wapping. La asaltó una náusea. Si llegaba a reconocerla y se acordaba de su lejano encuentro de nueve años atrás...

—Ese hombre —señaló a Buck con la cabeza—. No quiero que me vea... y viene hacia aquí —pronunció sin aliento. Huir estaba descartado. Eso sería como lanzar un ovillo de lana delante de un gato; Buck la cazaría por puro instinto. Ni siquiera llevaba un sombrero decente que le ocultara bien el rostro; solo uno bien sencillo de paja, atado sobre una redecilla que le cubría el cabello recogido. «He cometido una estupidez al internarme de esta manera en su territorio, sin disfraz ni precaución alguna», pensó.

—En ese caso, creo que deberíamos llegar a conocernos mejor —el exótico extranjero dio un paso adelante, acorralándola contra la pared. Alzando el brazo con que recogía su capa, la protegió de las miradas de los curiosos mientras bajaba la cabeza hacia ella.

—¿Qué estáis haciendo...?

—Besaros —dijo. Y así lo hizo. Con su mano libre la atrajo eficazmente hacia su alto y duro cuerpo. Un brillo impúdico ardió en sus ojos verdes mientras su boca sellaba su indignada protesta.

Detrás de ellos se oyó un rumor de pasos, y la luz que entraba por el callejón se vio reducida con la aparición de unos corpachones en su entrada.

—Estás en mi territorio, amigo —pronunció una voz ronca—, y por tanto tiene que ser una de mis fulanas. Págame, pues.

«Una de mis fulanas», repitió Phyllida para sus adentros. «Oh, Dios. No puedo ponerme a vomitar. No ahora....» El forastero alzó entonces la cabeza al tiempo que ella enterraba el rostro en la tersa seda de su camisa.

—A este lo he traído yo. Además, yo no pago por tener sexo con hombres.

Phyllida oyó que el matón de Buck soltaba una carcajada. El tono de su protector sonaba confiado, divertido y tan sumiso como el de un pitbull. Se hizo un silencio hasta que finalmente Buck se echó a reír: un ronco sonido que a veces afloraba en sus peores pesadillas.

—Me gusta tu estilo. Ven a verme cuando quieras jugar a fondo. O buscarte una chica bien dispuesta. Pregunta a cualquiera en Wapping por la casa de Harry Buck.

Lo siguiente que oyó Phyllida fueron sus pasos alejándose por el callejón, hasta apagarse. Empezó a forcejear, furiosa con el único hombre con quien podía desahogar su indignación.

—¡Soltadme!

—¿Mmmm? —tenía la nariz enterrada en el hueco de su cuello, aspirando su perfume. Le estaba haciendo cosquillas. Como le hicieron también cosquillas sus labios un instante después, en una detenida y casi tierna caricia—. Aroma a jazmín. Espléndido —la soltó y se apartó, aunque no lo suficiente para su tranquilidad de espíritu.

Por lo general odiaba que la besaran. La repugnaba. Los besos solían llevar a cosas todavía peores. Pero aquel beso había sido... sorprendente. Y nada repugnante. Debía por tanto de depender del hombre que se lo había dado, aun cuando no hubiera estado enamorada de él, que era lo que imaginaba podía hacerlo más tolerable.

Inspiró profundamente y se dio cuenta de que, lejos de oler a azufre, su aroma resultaba muy agradable.

—Sándalo —pronunció en voz alta, en lugar de las otras palabras que le rondaban la cabeza, como «insolente oportunista» o «indignante libertino». Y también alguna que otra frase que jamás se había imaginado que llegaría a pronunciar, como «bésame otra vez».

—Sí, y a nardos, una pizca. ¿Sabéis de aromas? —todavía estaba demasiado cerca, acorralándola con el brazo cuya mano seguía apoyada en la pared.

—¡No voy a ponerme a hablar de perfumes con

vos! Gracias por haberme escondido de Buck, pero ahora desearía que os marcharais. En verdad, señor, que no podéis ir por ahí besando a mujeres extrañas a vuestro capricho —agachándose, se escapó pasando por debajo de su brazo.

Vio que él se volvía para mirarla, sonriente, y algo pareció removerse en su interior. Aquel hombre no había hecho ningún intento por detenerla y, sin embargo, podía sentir el contacto de su mano como si fuera una realidad física. Nadie volvería a retenerla nunca contra su voluntad. Y sin embargo aquel hombre no le había inspirado ningún temor. «¡Estúpida! El hecho de que tenga encanto no lo vuelve menos peligroso», se recordó.

—¿Sois vos extraña? —replicó él.

Se le ocurrieron varias respuestas a aquella pregunta, ninguna de ellas muy femenina.

—Lo único que tiene de extraño mi comportamiento es que no os haya propinado un par de bofetadas —replicó Phyllida. El motivo por el cual no lo había hecho, después de la marcha de Buck, constituía por cierto un enigma para ella—. Que tengáis un buen día, señor.

Su boca le había sabido a vainilla y a café, mientras que su aroma le había evocado una tarde de verano en el jardín del rajá. Ashe se relamió el labio inferior mientras buscaba con la mirada al secretario inglés de su padre.

Mandaré el carruaje de la familia a buscaros, había escrito Tompkins en aquella última carta que había remitido al marqués junto con una doncella inglesa para Mata y Sara, y un secretario para su padre y para él mismo. El regalo más útil había sido efectivamente Perrott, abogado de confianza que parecía conocer hasta la última cifra y detalle del patrimonio y propiedades de los Eldonstone.

Dado que la repentina enfermedad e infortunada muerte de vuestro padre nos tomó a todos por sorpresa, me pareció aconsejable no perder tiempo en correspondencias y enviaros a una doncella inglesa, así como a mi secretario más capaz.

Su padre había reaccionado con rapidez nada más recibir la inevitable y desagradable noticia. Había llamado a Ashe al principado de Kalatwah, donde se había estado desempeñando como ayuda de cámara de su tío abuelo, el rajá Kirat Jaswan. Y luego había vendido, regalado o despachado sus posesiones, de manera que los cuatro se habían embarcado en el siguiente velero con rumbo a Inglaterra.

—Señor, el carruaje está ya aquí. Ya he avisado a vuestro padre y enviado el esquife.

—Aquí acaban vuestras tribulaciones, Perrott —dijo Ashe con una sonrisa mientras caminaba por el muelle junto al pelirrojo y servicial abogado—. Después de haberos pasado diecisiete semanas a bordo intentando enseñárnoslo todo, desde las leyes de arrendamiento e inversiones inglesas hasta las ramificaciones más oscuras de nuestro árbol familiar, debéis de sentiros deleitado de encontraros en casa de nuevo.

—Resulta, por supuesto, gratificante estar de regreso en Inglaterra, señor, y mi madre se alegará de verme. Sin embargo, ha sido un verdadero privilegio y un placer asistiros a vos y a vuestro padre.

«Y el pobre se ha enamorado perdidamente de Sara, con lo que probablemente será un alivio para ambos poner un poco de distancia de por medio», pensó Ashe. Era el único detalle estúpido que había encontrado en el comportamiento de Thomas Perrott. Enamorarse era cosa de criados, de románticos, de poetas y de mujeres. Y de estúpidos, algo que él no era. Ya no, al menos.

Su padre lo había hecho y, de manera insensata, se había casado por amor, algo por lo cual Ashe debería darle las gracias, ya que en caso contrario él no habría estado allí. Pero su padre era la excepción a la regla. En cualquier caso, un soldado de fortuna, que era lo que su padre había sido en aquel tiempo, podía hacer lo que gustara. En cambio su hijo, «el vizconde Clere», según se recordó con una mueca, debía casarse por razones por completo diferentes.

—Señor —Perrott se detuvo junto a un suntuoso carruaje negro, en cuya portezuela reconoció Ashe el escudo de la familia con el que estaba ya familiarizado por haberlo visto en documentos legales. Un escudo que figuraba también en el pesado sello que en ese momento portaba su padre.

Criados de librea saltaron del pescante para ponerse a su servicio. Dos carruajes más sencillos esperaban detrás.

—Son para vuestro servicio y el equipaje menor, señor. El grueso de la carga será despachada en cuanto esté en el muelle. Confío en que todo resulte a vuestra satisfacción.

—No veo carros de bueyes y menos aún señal de elefantes —observó Ashe con una sonrisa—. Entiendo que nos desplazaremos a desacostumbrada velocidad.

—Los gastos en forraje son asimismo mucho menores, ciertamente —repuso Perrott mientras volvían ambos sobre sus pasos para esperar al esquife.

—¡Aquí estás! —Phyllida dejó sombrero y retícula sobre la mesa mientras contemplaba la desgarbada figura de su hermano, que ocupaba el sofá como una marioneta a la que hubieran cortado los hilos.

—Aquí estoy —repuso Gregory, abriendo un ojo—. La cabeza me duele horrores, hermana querida, así que no me agobies, por favor.

—Haré algo más que agobiarte —le aseguró mientras lanzaba descuidadamente su abrigo sobre una silla—. ¿Dónde esta el dinero del alquiler?

—Ah, lo echaste en falta —sentándose, empezó a rebuscar en sus bolsillos. Una bola de billetes arrugados cayó al suelo—. Ahí lo tienes.

—¡Gregory! ¿De dónde diantres has sacado todo este dinero? —Phyllida se arrodilló y se puso a recogerlo, alisando los billetes y contándolos—. ¡Vaya, aquí hay más de trescientas libras!

—El azar —dijo sin más, repantigándose de nuevo.

—Tú siempre pierdes con el azar.

—Lo sé. Pero tú me agobiaste tanto repitiéndome que debía ser prudente y economizar que tus palabras me terminaron llegando al corazón. Tenías toda la razón, Phyll. No te he sido de gran ayuda, ¿verdad? Incluso califiqué tu sentido común de «agobiante».

Pero admírate ahora de mi astucia: fui a un garito nuevo y ellos siempre quieren que ganes al principio, ¿verdad?

—Eso tengo entendido... —repuso, solo que no había sospechado que su hermano hubiera llegado a descubrir eso por sí mismo.

—Pues bien, viendo que había ganado, me propusieron, con sus sonrisas de tiburón, que me lo jugara todo a doble o nada. Y yo decidí aferrarme a la buena racha y no soltarla —explicó, engreído.

—¿Y dejaron que te marcharas sin mas? —el recuerdo de Harry Buck le provocó un escalofrío. Él jamás dejaba que un jugador ganador escapara indemne de alguno de sus garitos. Ni una virgen, por cierto. Sofocó el pensamiento como si cerrara de golpe un baúl.

—Oh, sí. Les dije que volvería mañana con amigos, para continuar con mi racha.

—Pero te desplumarán la segunda vez.

Gregory volvió a cerrar los ojos con un suspiro que revelaba mayor agotamiento que el causado por una simple resaca.

—Les mentí. Ya te lo he dicho: estoy pasando página, Phyll. Ayer por la mañana me estuve mirando largo rato en el espejo y me di cuenta de que la juventud no dura para siempre. Aquello me hizo pensar en las cosas que me habías estado diciendo y comprendí que tenías razón. Estoy harto de regatear cada penique sabiendo que tú trabajas tanto. Ambos necesitamos que me busque una esposa rica, y no encontraré ninguna en un garito de Wapping. Y necesitamos ahorrar para financiar un buen cortejo, según tus planes.

—Eres un santo —le dijo. Sabía que aquel ataque de

virtud de su hermano no duraría mucho, pero lo quería con locura a pesar de todo. Quizá incluso hubiera madurado algo, realmente—. Me prometiste que iríamos al baile que dan mañana los Richmond, no te olvides.

—El baile de los Richmond no es precisamente el más selecto de los eventos sociales —observó Gregory.

—Difícilmente respondería a nuestro objetivo si lo fuera —replicó Phyllida—. Fenella Richmond es una pelotillera, lo que quiere decir que invita siempre a pelotilleros como ella junto a lo más granado de la alta sociedad. Seguro que encontraremos sus salones llenos de padres buscando un marido con título para sus hijos, a cambio de sus buenas guineas.

—Comerciantes. Industriales —parecía pensativo, no crítico, pero aun así ella se puso a la defensiva.

—Te recuerdo que tu hermana trabaja de tendera... Pero sí, estarán todos allí, dispuestos a integrarse en la gran sociedad. Si tienen a lady Richmond por una gran dama, imagina lo que disfrutarán conociendo a un guapo y soltero conde, con una casa en el campo y extensas propiedades. Así que muéstrate más encantador que nunca, hermano querido.

—Yo siempre soy encantador —resopló Gregory—. En ese aspecto no tengo problema ninguno. El desafío consiste más bien en ser alguien bueno y responsable. ¿Dónde has estado durante todo el día, Phyll?

Pensó que era mejor no revelarle que lo había estado buscando.

—Yo también estuve en Wapping, comprando abanicos a la tripulación de un velero procedente de China — «y viéndome atacada por una extraña corneja y besada por un hombre guapo», añadió para sus adentros.

Al igual que llevaba haciendo durante las últimas horas, reprimió el impulso de llevarse los dedos a los labios—. Voy a guardar este dinero en la caja fuerte. Le diré a Peggy que esta noche cenaremos los dos.

Phyllida recogió sus cosas y volvió a atarse los cordones de su sombrero mientras bajaba corriendo las escaleras que llevaban al sótano.

—¿Peggy?

—¿Sí, señorita Phyllida? —la cocinera y ama de llaves salió de la cocina, secándose las manos—. El señor tiene resaca, por lo que veo. La bebida es una trampa y una abominación.

—Cenaremos los dos —Phyllida estaba acostumbrada a las drásticas condenas de Peggy sobre prácticamente cualquier actividad de disfrute—. Y Gregory ha traído dinero para pagar el alquiler y los salarios —se puso a contar los billetes en la mesa de madera de pino—. Toma. Esto es para ti, tu salario del mes pasado y el actual, y esto para Jane. Yo misma pagaré a Anna.

Jane era la escuálida moza para todo, mientras que Anna era la doncella de Phyllida.

—Hacedlo, por favor —dijo Peggy al tiempo que hacía montones con las monedas—. Gracias, señorita Phyllida. Espero que guardaréis el resto en la caja.

—Así lo haré. Ahora me voy a la tienda. Volveré en media hora.

—¡Guiso de conejo! —gritó Peggy a Phyllida, que corría ya escaleras arriba—. ¡Y pasteles de queso!

El día que había empezado tan mal estaba mejorando sorprendentemente, pensó Phyllida cuando salía de casa y giraba a la izquierda para enfilar Great Ryder Street, cruzar Duke Street en diagonal y entrar en Mason's Yard. La renta y los salarios de la servidumbre estaban pagados, Gregory se había resignado a aceptar sus planes de buscarle una esposa rica y esa noche tendrían pastel de queso para cenar.

No había nadie cerca cuando entró por la puerta trasera de la tienda. Volvió a cerrarla bien y se dirigió a la parte delantera. Las contraventanas estaban cerradas y el interior del local en penumbra, pero podía distinguir las sombras de los carruajes que pasaban por Jermyn Street. Abriría al día siguiente, decidió mientras se arrodillaba ante el armario, apartaba un rollo de papel de embalar y levantaba el falso suelo. La caja fuerte estaba bien oculta debajo, a salvo de intrusos y de las peticiones de «préstamos» de su hermano. El rollo de billetes fue a reunirse con los ahorros que secretamente reservaba para la dote matrimonial.

La dote de Gregory, por supuesto, que no la suya. Phyllida cerró el armario y, en un impulso, abrió un cajón y sacó un paquete, que desenvolvió. Eran varitas aromáticas indias: cada pequeño rollo tenía una inscripción en un idioma que no sabía leer, junto con su traducción garabateada en inglés.

Rosa, pachuli, lirio, almizcle blanco, champa, resina de incienso, jazmín... y sándalo. Sacó una varita de uno de los rollos y se la acercó a la nariz. Se estremeció levemente en cuanto la reconoció. Olía a madera exótica, al igual que él. Un aroma peligroso y turbador, por alguna inexplicable razón. O quizá, en lugar de perfume, había sido el aroma de su piel, de aquella hermosa piel dorada...

Era absurdo, por supuesto. Él la había besado y protegido, divirtiéndose a su manera con la situación, y eso bastaba para turbar a cualquiera. No había misterio alguno en eso.

Phyllida abandonó la tienda, volvió a cerrarla con llave y regresó apresurada a casa.

Hasta que no estuvo cambiándose en su dormitorio no se dio cuenta de que había guardado la varita de sándalo en la retícula.

Había transcurrido algún tiempo desde que compró el paquete: de esa forma comprobaría su calidad. Acercó la punta a una llama y la varita empezó a quemarse mientras clavaba la base en la cera de una palmatoria. Luego se sentó decidida a no pensar en el brillo de diversión de aquellos ojos verdes mientras Anna, su doncella, le cepillaba el pelo.

Al día siguiente ejercería de tendera y después se convertiría en alguien enteramente distinto, por unas pocas horas, en el baile de lady Richmond. Ansiaba ya que llegara ese momento, aunque tuviera que pasar la velada mirando a matronas y debutantes, sin bailar. Porque bailar, al igual que soñar con amantes de ojos verdes y fantasear con el matrimonio, era para las otras mujeres, no para ella. Las volutas de humo de sándalo se elevaban en el aire, llevándose consigo sus sueños.

Dos

—¿Puedo ir de compras, Mata? Me gustaría visitar el bazar.

—Aquí no hay bazares, Sara. Son todo tiendas, con algunos mercados.

—Hay un sitio que se llama el Bazar de Panteón. Me lo dijo Reade.

Ashe enarcó una ceja y miró a su padre mientras se servía más café.

—No se parece a un bazar indio. Es mucho más tranquilo, y no se puede regatear. Es como un grupo de muchas tiendas pequeñas, todas juntas.

—Ya lo sé. Reade me lo explicó mientras me peinaba esta mañana. ¿Pero puedo ir, Mata?

—Hoy tengo demasiadas cosas que hacer para poder acompañarte.

La crítica mirada con que su madre abarcó la lúgubre penumbra de lo que le habían presentado como el «pequeño» salón matutino era en sí un claro indicio de lo que pensaba hacer durante la jornada, pensó Ashe. Inclinándose hacia su padre, murmuró:

—Cincuenta rupias a que mañana a esta misma

hora Mata tiene a todo el servicio comiendo de su mano. Y cien a que esta misma semana empezará a redecorar la casa.

—No apuesto contra certidumbres. Si tu madre está pensando en deshacerse hoy mismo de estos horribles cortinajes, me alegaré de ello. Pero yo no puedo acompañarte, Sara —añadió el marqués cuando la joven dirigió su mirada implorante a los hombres sentados al otro lado de la mesa.

—Lo haré yo —se ofreció Ashe. Sara lo estaba afrontando bien, pero él sabía que se sentía tan intimidada como ilusionada con aquel extraño y nuevo mundo—. Podríamos dar un paseo, pero limitándonos a ver escaparates: no pienso dejarme arrastrar de una tienda a otra mientras tú titubeas a la hora de comprar alguna cursilería. Había pensado en ir a Jermyn Street. Hay allí algunas tiendas bien surtidas, según me comentó Bates, y necesito jabón de afeitar.

Una hora después, Sara ya se estaba quejando:

—¡Soy la que se está dejando arrastrar de una tienda a otra mientras tú titubeas a la hora de comprar jabón de afeitar!

—Tú también has comprado jabón. De tres clases —replicó Ashe, recordando de pronto por qué huía como de la peste de salir a comprar con mujeres—. Mira, una sombrerería de moda.

En realidad ignoraba si estaba de moda o no. Los años pasados enteramente en un principado indio no lo facultaban precisamente para calibrar los absurdos objetos que las mujeres inglesas lucían en sus cabezas, además de que todo lo inglés que se veía en Calcula llegaba por lo menos con año y medio de retraso. Pero aquello ciertamente entretenía a Sara. La vio detenerse ante el escaparate mientras miraba suspirando un sombrero de encaje, plumas y cintas de satén.

—Será mejor que no entres –le advirtió Ashe con tono firme, tomándola del brazo para continuar por Duke Street—. No quiero tener que explicarle a Mata por qué has vuelto a casa con un adorno propio de mujeres más bien ligeras...

—¿No te parece que Londres huele muy raro? No hay especias, no hay flores. Y no hay nada muerto, ni vendedores de comida en las calles.

—Aquí no —convino él—. Pero es que esta es la parte elegante de la ciudad. Incluso así, hay desagües y bosta de caballo, si es que echas de menos los ricos aromas de la vida callejera —de repente se detuvo delante de una pequeña tienda, con el relieve de dos ramas de laurel flanqueando una puerta pintada de verde—. Mira, fíjate en esa estatuilla de jade...

—Está llena de cosas preciosas... —dijo Sara, contemplando los objetos expuestos en el escaparate y en el interior de la tienda.

Pequeñas tallas y joyas se destacaban sobre un revoltijo de telas. Miniaturas pintadas se codeaban con lo que parecían iconos rusos. Antiguos ídolos de terracota descansaban al lado de vajillas japonesas. Ashe retrocedió un paso para leer el letrero que colgaba encima de la puerta.

—El Gabinete de la Curiosidad. Un nombre muy adecuado. Mira ese colgante de piedra de luna: es justamente del mismo color de tus ojos. ¿Entramos a verlo?

Sara le apretó el brazo toda entusiasmada y entró rápidamente mientras él le sostenía la puerta. Encima de sus cabezas tintineó una campanilla y se abrió la cortina del fondo de la tienda.

—Buenos días, *monsieur, madame*.

La tendera, según parecía, era francesa. Antes de acercarse, vaciló en un primer momento como sorprendida de verlos. Era de estatura mediana, llevaba el cabello oculto bajo una cofia blanca, con lentes tintados en la punta de la nariz. Iba perfectamente ataviada con su sencillo y recatado vestido pardo, abotonado hasta el cuello.

—¿En qué puedo ayudaros? —inquirió mientras se subía los lentes con gesto firme.

—Nos gustaría examinar el colgante de piedra de luna, si fuerais tan amable de mostrárnoslo.

—*Certainement*. ¿Deseáis sentaros, *madame*? —señaló una silla y sacó un llavero de filigrana. Una vez abierto el armario, sacó la joya, que descansaba sobre un lecho de terciopelo, y la puso delante de Sara.

Ashe vio cómo su hermana examinaba el colgante con el exquisito cuidado que su madre le había enseñado a tener. Era tan selectiva como él en cuanto a gemas y, por muy bonito que fuera el abalorio, no se lo llevaría caso de tener algún defecto.

Pero su atención se veía distraída, como sorprendido por una intuición que siempre había asociado con el instinto del cazador. Algo marchaba mal... No, más bien era como si no encajara algo. Se removió inquieto, abarcando con la mirada el pequeño espacio de la tienda. Nadie lo estaba espiando desde detrás de alguna cortina: estaba seguro de que se hallaban los tres solos.

Se dio cuenta entonces de que la *vendeuse* lo estaba observando. No tenía la mirada fija en el colgante, ni tampoco en Sara, espiando las reacciones de una potencial cliente, sino, discretamente, en él. «Interesante» pensó Ashe. Cambió de posición para poder contemplarla a su vez en la puerta de espejo de un armario veneciano. Era más joven de lo que había juzgado a primera vista, de cutis fino y sin arrugas, altos pómulos, barbilla ligeramente apuntada, ojos ocultos por aquellos lentes tintados. Vio que se mordía el labio inferior y movía las manos como si estuviera haciendo esfuerzos por no cerrar los puños. Había algo en aquella mujer que le resultaba tremendamente familiar.

—¿Cuánto cuesta? —inquirió de repente Sara, y la mujer se volvió para inclinarse hacia ella.

Algo en la manera que tenía de moverse volvió a alertarlo. Ashe decidió acercarse por detrás, como esperando interesado su respuesta. Advirtió que se removía inquieta, aparentemente incomodada por su cercanía, pero sin atreverse a mirarlo.

Nombró un precio. Sara chasqueó inmediatamente la lengua a modo de rechazo, presta a regatear. Ashe se acercó todavía más y sintió que la francesa se tensaba como un animal acosado. Tenía el cabello castaño, a juzgar por los finos mechones que escapaban de la severa cofia, y que formaban un seductor y delicado velo alrededor de la vulnerable nuca.

—Querría que la cadena estuviera incluida en el precio —dijo Sara.

Ashe inspiró hondo. Olía a mujer cálida y nerviosa y a...

—Jazmín —musitó, muy cerca de la oreja de la *vendeuse*. Vio que se quedaba paralizada. Oh, sí, aquello era decididamente como salir de caza—. Viajáis con frecuencia, *madame*.

—¿Lo decís por lo variado de mis artículos, *monsieur*? —replicó con tono firme, sin temblar en absoluto, un indicio del excelente estado de sus nervios—. Proceden ciertamente de todos los rincones del mundo. Y, sí, el colgante le sienta tan bien a vuestra esposa que incluiría con gusto la cadena en su precio.

—Pero... —empezó Sara.

—¿Lo quieres, querida? —la interrumpió Ashe—. Nos lo llevaremos entonces.

Resultaba interesante, y también sutilmente ofensivo, que la dama que había conocido en los muelles hubiera dado por hecho que estuviera casado. De manera perversa no vio razón alguna para sacarla de su error, y tampoco iba a sacar el tema en presencia de Sara.

¿Qué clase de hombre pensaría que era? ¿De los que besaban y flirteaban con la primera mujer con la que se topaban, teniendo una esposa en casa? Ashe no se tenía precisamente por un santo, pero se había criado con el ejemplo de fidelidad conyugal que representaban sus padres y despreciaba a los hombres que traicionaban a sus esposas. Esa era precisamente la razón por la que estaba tan determinado a escoger con sumo tacto. Estaban en Inglaterra, no en la India, y allí carecía de excusas para saltarse las reglas sociales.

Ashe estaba obligado a casarse y a engendrar el siguiente heredero; a engrandecer el título y apellido de su familia con las relaciones sociales adecuadas, así como el patrimonio familiar con tierras y con dinero. Miró a su hermana, recordándose una vez que las esperanzas que ella misma tenía de hacer un adecuado matrimonio dependían únicamente de la respetabilidad. Él, sin embargo, tendría que vincularse a una mujer capaz de aportar los contactos y la dote adecuados. Y debería haber un mutuo respeto, o la relación sería intolerable. El amor no tendría allí cabida alguna.

—¿Es vuestra la tienda? —inquirió mientras se quitaba los guantes para contar los billetes del rollo que le había entregado Perrott. Calculando los tipos de cambio de las monedas, intentó hacer una estimación de todo lo que podía ver en la tienda. Incluso a precios de la India, parecía representar una notable inversión.

—Sí, *monsieur*.

Se aferraba obstinadamente a su disfraz de vendedora francesa. Habituado como estaba a negociar con el adversario francés en la India, no pudo menos de admirar su acento.

—Impresionante. Me ha sorprendido que el nombre de la tienda sea El Gabinete de la Curiosidad, y no de las Curiosidades.

Sin los desagradables olores del río y de aquel nefando callejón, el sutil aroma a jazmín que despedía su piel cálida embriagaba completamente sus sentidos. Sintió que su cuerpo empezaba a manifestar inequívocos síntomas de interés.

—Es mi intención estimular el intelecto —explicó ella mientras le devolvía el cambio.

Sus desnudos dedos tocaron su palma y él aprovechó para cerrar en ese momento la mano.

—¿Los sentidos también? —sugirió. Vio que se quedaba muy quieta. Sus dedos eran cálidos, finos. Bajo el pulgar, podía sentir el martilleo de su pulso. Se dio cuenta de que él no era el único en reaccionar.

—Para encontrar los tesoros que hay aquí, es necesaria la curiosidad —terminó ella con voz insegura, como si se hubiera quedado sin aliento. El acento lo había perdido también, en parte.

—Podéis estar segura de que vos habéis estimulado la mía —murmuró Ashe—. Volveré, con o sin mi... hermana.

Sintió que su mano se tensaba dentro de la suya para relajarse luego con la misma rapidez. Aquello le demostró que era tan consciente de él como él de ella, y que la noticia de que estaba soltero no había sido mal recibida.

—Debo envolver el colgante, *monsieur*.

Intentó retirar la mano y él la soltó. No había alianza de matrimonio en aquellos largos y finos dedos de uñas ovaladas, exquisitamente cuidadas. El instinto de caza se agitó de nuevo en su alma, y también ciertas partes de su cuerpo que habría hecho bien en mantener bajo control cuando supuestamente estaba acompañando a su hermana en una inofensiva expedición de compras.

Ashe se guardó la caja aplanada en el bolsillo interior de su chaqueta, volvió a ponerse los guantes y esperó a que Sara recogiera su retícula y su parasol.

—¿Abrís la tienda cada día?

—*Non*. Abro a capricho mío, *monsieur* —respondió la dama de las curiosidades, ya con un tono cortante y recuperado el falso acento francés—. Suelo salir a comprar artículos.

—¿A los muelles de Londres, quizá?

Ella se encogió de hombros, en un elegante gesto que le hizo preguntarse si no sería, al fin y al cabo, francesa. Pero su acento de la primera vez que se vieron había sido el de un inglés perfecto.

—En cualquier lugar donde pueda encontrar tesoros para mis clientes, *monsieur*. Os deseo paséis un buen día, *monsieur, mademoiselle...*

—*Au revoir* —le devolvió el saludo en francés, y sonrió divertido al ver que fruncía los sabios. Porque la dama sospechó, acertadamente, que se estaba burlando de ella.

Phyllida corrió el cerrojo y se refugió en la trastienda. Él. Allí. Como si no tuviera ya suficientes problemas mientras intentaba, en vano, sacárselo de la cabeza. Alzó la mano derecha, la misma que él había capturado por unos instantes dentro de su puño grande y moreno. Se había sentido desbordada, una inesperada sensación. Y lo más turbador de todo era que no había sido en absoluto desagradable. La presencia de un hombre fuerte y decidido en contraste con la indolente indecisión de Gregory resultaba... estimulante. Y peligrosa. Se recordó que a pesar de todo su encanto o precisamente por ello mismo era un hombre, y un hombre decidido probablemente a apoderarse como fuera de lo que deseaba, caso de que ese encanto no funcionara. Los hombres no vacilaban en servirse de

30

su superior fortaleza física a la hora de aprovecharse de una mujer.

Se había presentado no con su diabólico pájaro, sino con una encantadora hermana que parecía tan inteligente como hermosa. ¡Y el muy canalla, después de aquel beso, había dejado que ella se engañara pensando que era su mujer! Aunque eso no quería decir que no tuviera una esperándolo en casa, por supuesto. Lo cual no podía importarle menos, por cierto.

¿Pero quién era él? Le había pagado en efectivo, de lo que deducía que no era alguien de la alta sociedad. De haberlo sido, simplemente le habría entregado su tarjeta y esperado que le enviara una factura. Además, nunca lo había visto antes y ella conocía a todo el mundo de alguna importancia en Londres, de vista al menos. Quienquiera que fuese, era acaudalado. Su vestimenta era, como lo había sido aquel primer día, exquisita, con aquel toque de elegancia extranjera. Su hermana vestía también de manera impecable. Solo las perlas que adornaban su cuello y sus orejas eran de una altísima calidad.

¿Un rico comerciante? Que trabajara para la Compañía de las Indias Orientales podría explicar su presencia en los muelles. Un naviero, quizá.

Phyllida se dio cuenta de que estaba haciendo un nudo con la cadena de su llavero y lo deshizo con gesto impaciente. Aquel hombre era la primera persona que había conectado las diferentes facetas de su complicada vida. Pero dado que no estaba en posición de relacionarla con la señora Drummond, la tratante que recorría el East End y los muelles en busca de tesoros para *madame* Deaucourt, la copropietaria del

Gabinete de la Curiosidad junto con ella, la algo turbia hermana del conde de Fransham, seguro que no podría representar peligro alguno...

«Solo en tus alocadas fantasías», se reprochó. Nunca antes le había gustado que la besaran, y las caricias que había recibido en Customs House habían procedido de una mano experta. Aquel hombre era un seductor de la peor especie, se recordó Phyllida mientras se calaba de nuevo los lentes tintados y se dirigía a abrir nuevamente la tienda.

Además de que debía de flirtear con todo lo que tuviera faldas, decidió mientras se miraba de pasada en el espejo. Nunca habría podido alegar la excusa de que se había quedado tan impresionado por su belleza que no había sabido lo que estaba haciendo. Vestida y peinada adecuadamente no estaba mal, ciertamente. Pero el día anterior, con aquel vestido de tela basta y el cabello recogido y oculto bajo aquella redecilla, jamás habría sido merecedora de una segunda mirada: lo cual, por supuesto, había sido precisamente su intención. Y algo le había costado a él reconocerla, pese a la sagacidad que traslucían sus ojos verdes, con el atuendo que se había puesto ese día.

El problema era que se descubría deseando con imprudente abandono que aquel desconocido le dedicara precisamente una segunda mirada. Y aquella suerte de locura amenazaba todo el plan de campaña que había empezado a la edad de diecisiete años, y que tanto le había costado desarrollar. «¡Imbécil!», se amonestó. «Si se digna mirarte será para hacerte su amante: una simple posesión, y no su esposa». Porque el matrimonio no era para ella una posibilidad, sino un sueño.

—*Bonjour, madame* —abrió la puerta para saludar con una respetuosa reverencia a lady Harington, que respondió con un breve asentimiento de cabeza.

Era una cliente habitual, que obviamente ignoraba que, apenas dos tardes atrás, había mantenido una conversación de quince minutos con Phyllida Hurst antes de un concierto.

—He recibido un pequeño envío de los abanicos más elegantes de Oriente, *madame* —procedió a sacarlos de sus envoltorios y los desplegó sobre el mostrador—. Cada uno es único en su estilo. Solo los muestro a las clientes que saben apreciarlos.

«Y además son muy, pero que muy caros», añadió para sus adentros al ver el brillo de avidez de los ojos de la dama. Ganar dinero para librarlos a los dos de la ruina y para hacer de Gregory un caballero perfectamente respetable: ese objetivo lo era todo para ella. Y no debía dejar que nada amenazara aquellos planes.

—Gracias por el regalo, Ashe —Sara lo tomó del brazo mientras abandonaban Saint James Square para girar por Pall Mall—. ¿Por qué le dejaste creer a la vendedora que estábamos casados?

—No tardé en corregirla. No es asunto que le concierna —«pero se mostró interesada», se recordó.

—Flirteaste con ella.

—¿Y qué es lo que sabes tú de flirteos, si me permites que te lo pregunte? Todavía no te has presentado en sociedad.

Uno de los problemas de ser varón y soltero era que Ashe era demasiado consciente de los pensamientos, anhelos e intenciones de los demás varones solteros que no tardarían en entrar en contacto con su hermosa, dulce e inocente hermana. Solo de pensarlo le entraban ganas de encerrarla y esconder la llave durante otros cinco años.

—Me presenté en Calcuta. Fui a fiestas, picnics y bailes. A todo tipo de eventos, de hecho —ladeó la cabeza y le lanzó una pícara mirada—. Lo que pasa es que como tú estuviste todo el tiempo en Kalatwah, no te enterabas de lo que hacía.

—Aquello era distinto. Aquí todo es mucho más formal. Hay muchas reglas y convenciones y el escándalo acecha constantemente, especialmente en tu caso. Sé que es injusto, pero...

—Ya lo sé. Las jóvenes damas deben tener un comportamiento irreprochable, ser tan inocentes como bebés —Sara suspiró con aire teatral—. Lástima que yo no lo sea tanto.

—¿Qué? —Ashe se detuvo en seco. Solo cuando se dio cuenta de que estaban en plena calle, continuó caminando. Si tenía que regresar a la India para despedazar al individuo que le había puesto las manos encima a su hermana, lo haría sin dudarlo—. Sarissa Melissa Herriard, ¿quién es él? —gruñó.

—Nadie, tonto. Hablaba metafóricamente. No esperarás que Mata sea una de esas mujeres gazmoñas que no explican nada a sus hijas y esperan luego que lo descubran todo de golpe en su noche de bodas, ¿verdad? O que permiten que se metan en problemas porque no entienden lo que los hombres esperan de ellas.

Ashe gimió por lo bajo. No, por supuesto que su

madre, educada como una princesa india, y presumiblemente instruida en la teoría de aquellos arcanos textos de su cultura, habría transmitido esa misma sabiduría a su hija en cuanto hubo alcanzado edad de merecer. No quería ni pensar en ello.

Ashe había pasado demasiado tiempo lejos de casa y su hermana pequeña había crecido demasiado rápido. A bordo del barco no se había dado cuenta. Sara había desplegado su infantil entusiasmo, su espíritu de curiosidad, y no había habido ningún hombre joven con quien flirtear salvo el desventurado señor Perrott. Como resultado, Ashe había seguido pensando en ella como en la adolescente que había dejado atrás cuando se trasladó a la corte de su tío abuelo. Pero ya tenía veinte años. Toda una mujer.

—Entonces finge, con todas tus fuerzas, que no tienes la menor idea —le dijo.

—Por supuesto —repuso su hermana, siempre tan recatada—. Entonces, ¿estuviste flirteando?

—No. Yo no flirteo con tenderas francesas poco atractivas.

—Mmm... No estoy seguro de que sea poco atractiva —dijo Sara—. Aunque creo que le gusta parecerlo. Quizá para ahorrarse problemas con los caballeros libertinos como tú —se detuvieron ante un inconexo y ruinoso edificio de ladrillo, con dos guardias de chaquetas rojas vigilando la entrada—. ¿Qué diantres es eso? —inquirió antes de que Ashe pudiera preguntarle por qué lo consideraba un libertino, y si sabía reconocer a alguno.

—El palacio de Saint James —respondió—. Es muy antiguo.

—Es una triste excusa para un palacio, en mi opinión. El del rajá más joven de la India sería mucho mejor —arrugó la nariz en un gesto desaprobador.

—Vamos hacia el parque —Ashe pasó con ella delante de los guardias, antes de que pudieran arrestarlos por *lèse majesté* o cualquier delito relacionado con formular algún grosero comentario sobre los palacios del soberano.

—¿De modo que estás buscando amante? —le preguntó Sara mientras atravesaban el pasaje bautizado con el extraño nombre de las lecheras, para entrar en Green Park.

—¡No! —pero sí. Ciertamente no pensaba hablar de ello con su hermana pequeña. Había pasado mucho tiempo desde la última vez que había estado con una mujer. Había tenido relaciones después de Reshmi; al fin y al cabo no era ningún monje, pero el viaje había durado meses y en el barco había llevado una vida monástica.

—Pero tendrás que buscar esposa. Mata así lo piensa. Al menos en Londres hay muchas más mujeres de las que enamorarse de las que había en la sociedad de Calcuta.

—No tengo intención de enamorarme. Necesito encontrar una esposa conveniente para un vizconde — «que además es heredero de un marquesado», añadió para sus adentros.

—Pero padre y Mata se casaron por amor. Oh, mira, hay vacas pastando en los prados. Pero no son sagradas, ¿verdad?

—No lo creo. No a no ser que la Iglesia de Inglaterra haya desarrollado algún extraño ritual... Mira, hay lecheras ordeñándolas... —se interrumpió—. Nuestros padres se conocieron y se enamoraron antes de saber que el tío de papá había muerto, haciendo heredero al abuelo. Mata incluso huyó antes de la boda, nada más enterarse, ya que no creía que pudiera ser una buena marquesa.

—¡Lo sé, pero es ridículo! Mata es inteligente, hermosa y valiente —declaró Sara con vehemencia—. ¿Qué más podía necesitar?

—Es la hija ilegítima de un comerciante de las Indias Orientales y una princesa india... Tendrás que convenir conmigo en que no es la habitual dama de la aristocracia inglesa. Solo consintió en casarse con nuestro padre porque lo ama... ¿por qué crees que se quedó en la India hasta el último momento?

—Yo creía que porque papá y el abuelo se odiaban.

Ashe pensó que esa era ciertamente una manera de describir una relación en la que un viejo y amargado holgazán había despachado a su hijo de diecisiete años para la India contra su voluntad.

—Nuestro padre se labró una nueva vida, su propia reputación en la India. Él nunca quiso volver, sobre todo con los temores de Mata, pero ambos sabían que era su obligación —se encogió de hombros—. Y un día, un día que espero que sea muy lejano... esa será también mi obligación. Y no pienso hacer pasar a otra mujer lo mismo que está pasando nuestra madre. Son muchísimas cosas por aprender, la convicción de que la gente habla a sus espaldas, las dudas constantes sobre si está o no a la altura, o si su origen es o no lo suficientemente noble...

—No me había dado cuenta de que eso fuera tan malo. Después de todo, sí que soy bastante inocente —reconoció Sara con un suspiro—. Me esforzaré todo lo posible por no darle más preocupaciones —le lanzó una sonrisa—. Puedo ser muy buena cuando me lo propongo. Y supongo que si tú encuentras a la esposa adecuada, ella también le será de gran ayuda a Mata, ¿no?

—Sí —convino Ashe, detestando al mismo tiempo aquella sensación que tenía de estar hablando de un caballo—. Ella podrá hacer de carabina tuya una vez nos hayamos casado. Y una esposa adecuada deberá tener buenos contactos en la política y en la sociedad —todavía era muy poco lo que sabía de la política inglesa, pero las intrigas de la corte india le parecían muy simples en comparación con lo que había leído al respecto.

—Yo quiero encontrar a alguien del que enamorarme, como Mata encontró a nuestro padre. Pobrecito Ashe… —Sara le apretó el brazo, compasiva—. El tuyo no será un matrimonio de amor.

Debería haber respondido rápidamente, o bromeado de alguna forma. Sara lo conocía demasiado bien.

—Oh, ¿es que acaso ha habido alguien?

—Sí. Quizá. No lo sé —estaba balbuceando. Él nunca balbuceaba. Procuró dominarse—. La cosa nunca llegó tan lejos.

—¿Quién? —al ver que no respondía, inquirió—: ¿En Kalatwah?

«Reshmi», pronunció Ashe para sus adentros. Sus grandes ojos oscuros, una boca llena de pecaminosas promesas, un corazón lleno de gozo y risas».

—Sí.

—¿La dejaste?

—Murió.

Habían pasado dos años. Su relación había estado condenada desde el principio y finalmente él había tenido que decírselo, y con demasiada brusquedad, porque no había querido hacerlo. Se comentó que fue un accidente que hubiera pisado una *krait* oculta entre la hierba seca, y él mismo intentó creer que había sido casualidad, que ella nunca habría querido matarse de una manera tan horrible, tan dolorosa. Pero su conciencia le decía que Reshmi había estado demasiado distraída, demasiado dolida para ver por dónde iba, como solía hacer normalmente.

Era culpa suya. Desde la muerte de Reshmi, había administrado sus relaciones con un cínico cuidado, sin malentendidos ni por una ni por otra parte. Y sin compromisos.

—Fue hace mucho tiempo. Ya no pienso en ella —procuraba no hacerlo, porque cuando pensaba en Reshmi volvía a sentir el dolor de su pérdida, el recuerdo de la dulzura de sus labios en los suyos. La culpa por haber ejercido tanto poder sobre la felicidad de otra persona para terminar fallándole.

Nunca la encontraría otra vez: aquella casi inocente sensación del primer amor. Una sensación que había quedado repentinamente truncada, como una amputación. Era eso, junto con la culpa, lo que explicaba por qué le dolía tanto. Nunca volvería a ser tan joven, ni tan ingenuo, lo cual era una bendición porque el amor parecía perjudicar siempre a las dos partes. ¿Cómo podía el superviviente soportar el dolor causado por la muerte del que no sobrevivía?

Sara se inclinó hacia él y apoyó la cabeza en su hombro por un momento, demasiado respetuosa para seguir haciéndole preguntas. Al cabo de unos segundos, comentó:

—Mira, están ordeñando las vacas. ¿No es increíble? ¡Aquí mismo, al lado del palacio! —de repente se soltó de su brazo y echó a correr por el césped, riendo, para que él la siguiera por la hierba verde, olvidado del tórrido calor y de los colores de la India. Porque todo aquello no era más que el pasado.

Tres

—¡Con qué elegancia baila vuestra hija, señora Fogerty!

Teniendo en cuenta la cantidad de dinero derrochado en la ropa de la señorita Fogerty y la casi exasperada corrección de sus maneras, «elegante» era probablemente un cumplido más que aceptable para su amorosa madre.

—Gracias —sonrió afectadamente la matrona mientras hacía sitio a Phyllida en el banco tapizado. Sus esfuerzos para recordar con quién estaba hablando resultaban dolorosamente visibles, pero Phyllida no se molestó en iluminarla—. Su pareja es un excelente bailarín —añadió la matrona, contemplando detenidamente a Gregory.

—¿El conde de Fransham? Sí, ciertamente. Una familia de alcurnia —Phyllida agitó suavemente su delicado abanico, permitiendo que la señora Fogerty reparara en los antiguos broches y camafeos que lucía. Formaba parte del rico surtido de su tienda, lo que significaba que, cuando quisiera venderlos, tendría que recurrir a un intermediario si no quería que los reconocieran.

—¿Sois pariente suyo? —de repente la mujer mayor parecía ávida de conocer detalles.

—Conocida –mintió. Cuando de lo que se tratara era de cortejar, Phyllida se resignaba siempre a diluirse en un segundo plano—. Grandes propiedades, por supuesto, y una magnífica casa en el campo –«con decenas de cubos bajo las goteras, carcoma en el tejado y jardines de fantasía convertidos en oscuras junglas», añadió para sus adentros—. Aunque —bajó la voz—, como tanta antigua y noble familia, los recursos para invertir escasean un tanto.

—¿De veras? —la señora Fogerty entrecerró los ojos mientras contemplaba la apuesta figura de Gregory y el corte impecable de su traje con renovado interés. Para alegría de Phyllida, parecía haberse iluminado con la insinuación de que el conde andaba a la busca de una rica esposa, y sin que pudiera mostrarse muy selectivo respecto a la nobleza de su origen.

El señor Fogerty, un molinero de Lancashire que había prosperado gracias a su propio esfuerzo, figuraba entre los primeros puestos de la lista de padres ricos en busca de un yerno de la aristocracia. Y Emily Fogerty parecía una joven inteligente y agradable, aunque quizá no lo suficientemente obstinada para lidiar con Gregory. La chica, sin embargo, no era la única candidata, ni tampoco la favorita de Phyllida. Al cabo de unos minutos de conversación, se disculpó para partir en busca de la señorita Millington, hija única del banquero Sir Ralph Millington y candidata ideal.

—¡Phyllida Hurst! —la llamó de pronto la condesa

viuda de Malling, que parecía montar guardia a la entrada del salón de baile de los Richmond.

—*Madame* —ejecutó una reverencia, sonriendo. Aquel viejo dragón solía aterrorizar y ahuyentar a media sociedad, pero a Phyllida la divertía, conociendo como conocía el gran corazón que ocultaba bajo su adusto exterior—. ¿Me permitís que alabe vuestro sombrero?

—Doy miedo con él —la vieja dama se tocó el extremo en punta mientras esbozaba una diabólica sonrisa—. Pero me gusta. Y bien, ¿cómo te va la vida últimamente, querida?

Estaba lejanamente emparentada con su madre y se había esforzado mucho en mitigar el escándalo producido por el matrimonio de sus padres, encargándose de que sus hijos fueran debidamente aceptados en la alta sociedad. Phyllida gozaba de la confianza necesaria para compartir rumores y chismes con ella, criticar su vestuario y preguntarle por sus doguillos, Hércules y Sansón.

—¿Podemos sentarnos, *madame*?

—¿Y perdernos las llegadas de los invitados? Absurdo —lady Malling le propinó un doloroso golpe de abanico en la mano—. Dame tu brazo. ¡Vaya! ¿Qué es aquello que relumbra? Ah, es Georgina Farraday, que se ha teñido el pelo de rubio. ¿A quién querrá engañar?

El baile acababa de terminar y la música había cesado, con lo que el comentario destacó claramente sobre el murmullo de las conversaciones. Phyllida reprimió una sonrisa.

—Prefiero no comentar nada, *madame* —musitó.

—¡Bah! Oh, aquello que estoy viendo ahora es mucho más interesante. Eso es justamente lo que llamo una figura perfecta de caballero.

Phyllida no pudo evitar darle la razón. El caballero que se hallaba al pie de la entrada debía de contar unos cincuenta y muchos años, pero dudaba que tuviera un solo gramo de grasa superflua en su espléndido cuerpo alto y delgado, de anchos hombros. Su cabello cano tenía un brillo dorado y su traje de noche presentaba un corte tan sencillo como elegante, que favorecía su atlética figura. Llevaba del brazo a una impresionante dama de piel atezada, con una gran melena de color castaño oscuro y elaborado peinado.

—Es decididamente guapo. Como lo es también su dama... fijaos en la finura de sus movimientos. Debe de ser extranjera... Italiana, ¿no os parece?

Su sensual figura, ataviada con un vestido de seda de color ámbar, hizo que todas las demás damas parecieran apagarse cuando entró en el salón con una sonrisa en los labios, la cabeza bien alta. La pareja le resultaba extrañamente familiar a Phyllida, aunque era seguro que la habría recordado de haberla visto antes...

—¡Por supuesto! —exclamó la condesa, visiblemente satisfecha consigo misma en cuanto hizo memoria y los reconoció—. No es italiana, sino india. Esos, querida, deben de ser el marqués y la marquesa de Eldonstone. Hará unos cuarenta años que él no ha pisado este país. Tuvo problemas con su padre, lo cual no es de extrañar. Ahora que el viejo réprobo ha muerto, han vuelto a casa. La esposa, según dicen, es hija de una princesa india y del magnate John Company. ¡Será interesante ver qué es lo que hace de ella la alta sociedad!

—O qué es lo que hace ella con la alta sociedad.

La marquesa parecía una pantera que acabara de entrar en una habitación llena de gatos domésticos. Una pantera de maneras exquisitas con una colección de gatos de pedigrí, por supuesto, pero cuyo pelaje podía erizarse en cuanto intentaran morderle la cola, reflexionó Phyllida mientras admiraba su elegancia.

De repente la pareja terminó de entrar en el salón y Phyllida se quedó sin aliento. Porque detrás de ellos vio al hombre de los muelles y a la joven que lo había acompañado en la visita que hizo a su tienda. Su hermana. No le extrañaba que el matrimonio le hubiese resultado familiar. Su hijo, porque no podía ser otra cosa, tenía la misma estatura de su padre y su misma anchura de hombros, con el cabello castaño oscuro y la piel atezada de la madre. La hija, que había heredado el cabello rubio dorado del padre, se movía con el mismo contoneo sensual que su madre: un retoño de pantera ya crecido. El colgante de piedra de luna que le había comprado a Phyllida relucía en su pecho.

Su sorpresa debió de resultar audible. A su lado, la condesa rio por lo bajo.

—Y ese debe de ser el vizconde, el heredero del marquesado, de físico adecuado a su rango... ¡He ahí un joven que causará un verdadero revuelo en el palomar!

—Indudablemente —convino Phyllida—. La hija parece encantadora, ¿no os parece? —se sintió momentáneamente mareada. Había soñado con aquel hombre y allí estaba ahora, en todo su peligroso esplendor. Peligroso para el equilibrio emocional de una soltera, y más peligroso aún para una soltera con secretos como ella.

—Tiene estilo. Todos ellos lo tienen. Pero dudo que sea el estilo de Londres, lo cual resultará entretenido —sentenció la anciana dama—. Voy a darme a conocer. ¿Vienes, querida?

—No, no Disculpadme, madame —Phyllida se soltó de su brazo y regresó con la multitud, que disimuladamente no quitaba ojo a los recién llegados.

«Oh, cielos», exclamó para su adentros mientras se sentaba en el banco vacío más cercano y agitaba frenéticamente su abanico. Él... el vizconde de lo que fuera, era al fin y al cabo un miembro de la alta sociedad y, con un hermana a punto de ser presentada, la familia estaría allí seguramente para pasar la Temporada. Con lo que se tropezaría con él en todas partes, en cada evento social.

¿Existía alguna esperanza de que pudiera no reconocerla? Se esforzó por recuperarse y pensar con tranquilidad. La gente solo veía lo que esperaba ver: ella lo había comprobado una y otra vez mientras atendía a las damas de la alta sociedad en su Gabinete de la Curiosidad. Él nunca la había visto llevando nada más que un sencillo vestido de diario, y siempre con el cabello oculto.

Phyllida estudió su reflejo en el espejo más próximo, mordiéndose el labio. Así estaba mejor. No había nada que pudiera relacionar a la joven elegantemente vestida que se desenvolvía con tanta facilidad en aquel selecto ambiente con la nerviosa mujer que aquel hombre había besado en los muelles, como tampoco con la tendera francesa.

Y ya que no podía esconderse durante el resto de la Temporada, lo mejor que podía hacer era continuar con su misión de casamentera. Abriendo su abanico con una elegancia desafiante, partió en busca de la señorita Millington y de su sustanciosa dote.

Circularía por el salón en la misma dirección que la familia Eldonstone, con lo que se aseguraría de no encontrarse con aquel a quien su alter ego, la francesa *madame* Deaucourt, denominaría sin duda *le vicomte dangereux*. Al menos no había llevado consigo su diabólico pájaro: eso sí que habría causado un gran revuelo.

—No pareces tener ninguna dificultad en atraer a las jóvenes damas, Ashe —le comentó su madre con una maliciosa risita.

—Me temo que solo estoy consiguiendo llamar la atención de las rechazadas por mi padre —le murmuró al oído—. Vas a tener que hacer algo pronto si no quieres perderlo a manos de atrevidas viudas y amorosas matronas.

—Absurdo. Nicholas sabe cuidar de sí mismo —Anusha Herriard se colgó del brazo de su hijo y señaló discretamente con la cabeza a Sara, rodeada de un grupo de animadas jóvenes y de otro igualmente expectante de esperanzados caballeros—. Como tu hermana, espero.

Lady Richmond había iniciado las presentaciones, pero en seguida los Herriard se habían visto engullidos por la multitud mientras cada nuevo conocido le presentaba al siguiente.

—Esto es horrible —masculló Ashe por lo bajo—. Al menos en Kalatwah solamente había que lidiar con extraños intentos de asesinato y traicioneros diplomáticos franceses.

—Ve a flirtear con alguna joven dama, querido —lo animó su madre—. Eso te levantará el ánimo. Yo, mientras tanto, rescataré a tu padre y vigilaré a Sara.

Ashe le sonrió y empezó a caminar por los márgenes del salón. Como soltero sin compañía, no podía acercarse a ninguna dama que antes no le hubiera sido presentada, lo que le provocaba una curiosa sensación de inquietud. Habían sido muy pocas las mujeres que habían viajado en el barco, y había regresado de Kalatwah con demasiada urgencia para que pudiera familiarizarse con la sociedad europea de Calcuta, de manera que en aquel momento se le estaba antojando ciertamente extraña la presencia de tantas damas.

«Agradablemente extraña», se corrigió, dejando vagar la mirada por los cremosos pechos revelados por los escotados vestidos, los rostros sin velar y las muchachas que hablaban desinhibidas con hombres con los que no estaban emparentadas. Le resultaría fácil acostumbrarse a todo eso, pensó mientras establecía contacto visual con una impresionante rubia que le sostuvo atrevidamente la mirada durante un segundo entero. antes de bajarla con timidez, escondiendo sus azules ojos.

Un fogonazo verde claro llamó de repente su atención. Las muchachas solteras lucían todas ellas vestidos blancos o de colores pastel, mientras que las matronas preferían colores más fuertes y brillantes. Aquel vestido verde era inusual, delicioso por su frescura. Ashe apoyó un hombro en una columna mientras contemplaba a su propietaria hablando con otra dama.

Estaba empezando a pensar que las espaldas de aquellos vestidos eran casi tan intrigantes como sus pronunciados escotes. Con aquellos peinados que recogían el cabello en lo alto de la cabeza, la visión de aquellos largos y cremosos cuellos, de aquellas nucas vulnerables y de aquellos tentadores rizos sueltos añadía un encanto sutilmente erótico a su apariencia.

Definitivamente había pasado demasiado tiempo desde la última vez que había estado con una mujer. Se removió contra la columna, pero sin apartar la mirada de aquel particular cuello, pese a que la consecuencia no era otra que una creciente tensión en la entrepierna. La dama del vestido verde llevaba la melena de color castaño brillante recogida en un moño, del que escapaba un único tirabuzón que descansaba sobre un hombro. Se imaginó a sí mismo enredando un dedo en aquel tirabuzón, palpando su tersura de seda. Le retiraría cada horquilla del pelo y aquella gloriosa melena se derramaría sobre sus manos, ocultando a la vez sus senos mientras la despojaba de la verde seda...

Un hombre joven y alto apareció entonces entre las dos damas y Ashe identificó al instante su parecido con la seductora del cabello castaño. Altos pómulos, nariz recta, el mismo color de pelo... Ella parecía estar presentándoselo a su compañera y, al cabo de un momento, los tres se dirigieron juntos a la pista para reunirse con el grupo de baile que ya se estaba formando. La dama esperó a que comenzara el baile y solo entonces se alejó de nuevo.

Ashe entrecerró los ojos mientras la veía vagar por los márgenes del salón, deteniéndose de cuando en cuando a charlar con alguien. Tres años pasados en un ambiente donde las mujeres habitualmente ocultaban sus rostros bajo sus dupattas, especie de pañuelos semitransparentes, le habían capacitado para identificar a los individuos por su manera de caminar, sus posturas, sus gestos. Estaba seguro de haber visto antes a aquella mujer, en alguna parte.

«¿Pero dónde?», se preguntaba. Intrigado, Ashe empezó a seguirla pero por el lado opuesto del salón. Pese a su ritmo adecuadamente lánguido, aquella mujer parecía rebosar de energía contenida, como si prefiriera correr a caminar, o como si el día no tuviera suficientes horas para permitirle hacer todo lo que quería. Sabía que estaba fantaseando, pero los rápidos y expresivos gestos de la dama cuando se detenía para charlar y la determinación con la que luego retomaba la marcha lo atraían como un imán. Le gustaba su energía, su decisión.

—Clere.

Tan ensimismado había estado con su agradablemente erótico objetivo que tardó un instante en darse cuenta de que lo llamaban. Se detuvo y saludó con la cabeza al hombre que lo había interceptado. Se lo habían presentado antes. Era un barón... Lord Hardinge, eso era.

—Hardinge.

—¿Estáis disfrutando de la velada?

—Más bien intentando recordar nombres, y con verdadero frenesí, si he de ser sincero —mintió para disimular su vacilación. Le gustaba la expresión de aquel hombre: alegre y bien despierta, con un brillo de humor en los ojos.

—¿Atraído por alguien en particular?

—Me estaba preguntando quién sería la dama del pelo castaño y el vestido verde claro. Me resulta familiar, pero no logro identificarla.

—¿Queréis que os la presente? —el barón se dirigía ya hacia ella—. Es la hermana de Fransham.

¿Y quién era el tal Fransham? Ashe supuso que se trataría del hombre alto al que ella había enfilado hacia la pista de baile.

—¿Señorita Hurst? —la llamó Hardinge cuando llegaron a su altura.

La dama se volvió mientras Ashe asimilaba la información. Si era una «señorita», su hermano debía de tener rango de vizconde o incluso más bajo.

—Lord Hardinge.

La sonrisa de la dama fue tan inmediata como genuina. Ashe contempló sus ojos castaños de mirada cálida, sus blancos dientes, el atractivo color de sus altos pómulos... Pero cuando ella se volvió para sonreírle se quedó pálida, como si le hubieran sacado la sangre de golpe.

¿Señorita Hurst? ¿Os encontráis bien? —Hardinge estiró una mano hacia la dama, que se recuperó rápidamente abriendo con energía su abanico y agitándolo delante de su rostro.

—Lo siento, solo ha sido un momento de debilidad. El calor...

Su voz era baja y ronca. Ashe se descubrió instantáneamente fascinado, mientras su cerebro se esforzaba por asimilar lo que estaba viendo. El abanico esparcía el dulce y sutil aroma a jazmín y apenas el día anterior aquellos mismos ojos castaños, en ese momento ocultos por el mismo abanico, lo habían fulminado de indignación en el instante en que retiró la boca de la suya. Aquella boca...

—Permitidme que os acompañe hasta un asiento, señorita Hurst —tomándola del brazo, le quitó delicadamente el abanico con la otra mano y procedió a abanicarle el rostro antes de que el barón pudiera dar un solo paso—. Allí estaremos bien.

Justo delante de ellos había un banco de ventana, medio oculto por unos tiestos de palmeras. La ventana estaba medio abierta y en el banco había espacio suficiente para dos.

—No os preocupéis, Hardinge, ya me encargo yo de ella. ¿Seríais tan amable de traerle un poco de limonada?

Eso le permitiría librarse del barón por unos minutos. La señorita Hurst no se resistió mientras se dejaba guiar hasta el banco acolchado. Por un momento Ashe llegó a pensar que se había dado efectivamente por vencida, pero nada más sentarse a su lado la oyó sisear, toda indignada:

—¡Vos! ¿Qué creéis que estáis haciendo?

Ashe enarcó una ceja en un gesto provocador.

—¿Lo que he estado haciendo en cada ocasión en que nos hemos encontrado, queréis decir? —empezó a enumerar con los dedos—. Desembarcar de un navío, ir de compras con mi hermana y, ahora, asistir a un baile con mi familia. Todas ellas actividades perfectamente inocentes, señorita Hurst o como quiera que os llaméis. ¿Tenéis alguna objeción que hacerme?

—Me estáis siguiendo... Pero no puede ser, ¿verdad? No es más que una horrible coincidencia —suspiró con aire derrotado, apoyando la cabeza en los pesados cortinajes de la ventana, como si de repente se hubiera quedado sin fuerzas.

—Me han llamado muchas cosas, pero nunca «una horrible coincidencia» —repuso Ashe—. Ah, aquí llega Hardinge con la limonada. Muchas gracias. La señorita Hurst se siente ya mucho mejor, creo. Me quedaré con ella durante un rato más para que nadie la moleste —esbozó aquella franca sonrisa que parecía empujar a la gente a creer en él a pies juntillas.

Evidentemente no había sitio para un tercero en aquel banco. El barón le tendió el vaso con gesto elegante.

—Clere, señorita Hurst —y se marchó.

—Gracias, lord Clere —la señorita Hurst tomó el vaso, bebió y lo dejó sobre el alféizar—. Si no hubiera sido por vos, no habría necesitado que me reanimaran.

—Hardinge no tuvo tiempo de presentarme adecuadamente. ¿Cómo es que sabéis mi nombre? —se preguntó si acaso habría estado informándose sobre él.

—Conozco vuestro título, eso es todo, y él acaba de llamaros Clere. Os vi llegar con vuestra familia y lady Malling dedujo quiénes erais. Yo estaba intentando evitaros —añadió con amargura, aparentemente con la intención de sofocar cualquier expectativa que él pudiera tener respecto a ella.

—Mi nombre es Ashe Herriard, señorita Hurst. ¿Disponéis de algún otro disfraz con el que vaya a encontraros en un futuro?

—No, ya los habéis visto todos —se lo quedó mirando, ladeando levemente la cabeza—. Ashe. ¿Se trata de un nombre hindú? Conozco a un comerciante de los muelles llamado Ashok. Lleva años allí y tiene un importante negocio, pero él mismo me contó que era originario de Bombay —se sonrió—. Una pizca canalla, por cierto.

—No, el nombre procede de la familia de mi abuela paterna. Todo completo es George Ashbourne Talish Herriard.

—¿Y Talish quiere decir...?

—Señor de la tierra.

—Parece... apropiado —observó ella, sin reprimirse.

Seguía recostada en el banco, abanicándose suavemente, pero Ashe todavía podía percibir su tensión.

—Es algo pretencioso. Me lo pusieron por mi bisabuelo, el rajá de Kalatwah.

—¿De veras? —se puso de repente muy derecha, enarcando sus oscuras cejas—. ¿Os convierte eso en príncipe? ¿Debería inclinarme ante vos?

Aquello último, Ashe estaba seguro de ello, fue un sarcasmo.

—Eso convirtió a mi abuela en princesa y desconcertó a mi madre, cuyo padre era inglés —explicó, arrancándole una carcajada—. Yo no soy más que un simple vizconde.

—Es muy bella, vuestra madre —comentó ella—. Y vuestro padre es tremendamente apuesto. Me imagino que, a estas alturas, la mayor parte de las damas del salón ya se habrán enamorado de él.

—Antes tendrán que pasar por encima de mi madre, que no es la dama serena y recatada que parece —estiró sus largas piernas, poniéndose cómodo. Al otro lado de los tiestos de palmera que protegían aquel rincón, el baile se hallaba en su apogeo. La brisa que entraba por la ventana empujaba hacia él sensuales aromas a jazmín y a mujer cálida... Decididamente había lugares mucho peores donde estar.

—¿Recatada? A mí más bien me recuerda a una pantera —observó la señorita Hurst.

—Muy apropiado —convino él—. ¿Cuál es vuestro nombre? Me parece injusto que no me lo digáis, cuando vos ya sabéis el mío.

Ella se lo quedó mirando de nuevo, con una expresión de recelo en sus ojos castaños.

—¿Informalidad india, lord Clere?

—Desvergonzada curiosidad, señorita Hurst.

Aquello le arrancó otra carcajada que fue reprimida casi al instante, como arrepentida de que la hubiera tomado desprevenida.

—Phyllida. Tengo que confesar que ese nombre representa una pesada carga.

—Es un nombre bonito. ¿He conocido pues a Phyllida Hurst en los muelles, en una tienda y en este baile? ¿O acaso tenéis otros nombres de los que no me habéis dicho nada?

—No os descubriré nada más, lord Clere.

—¿No? —se la quedó mirando fijamente a los ojos durante un buen rato, y dejó vagar luego la mirada por su cuerpo. Empezó por su sofisticado peinado, prosiguió con los preciosos broches que brillaban en el delicioso abultamiento de su cremoso pecho, descendió por las curvas de su figura que ocultaba su fresco vestido verde y terminó en los juveniles zapatos que asomaban bajo su falda—. Lástima.

Cuatro

Un rubor se extendió por el pecho de la señorita Hurst, subiendo por su cuello y coloreando sus mejillas. De un color delicioso, pensó Ashe, como el de un zumo fresco de granada en un día tórrido. Tan inocente no era, cuando había captado tan prontamente el significado de su mirada y de sus palabras. Resultaba obvio que no era una remilgada señorita de la buena sociedad.

¿Qué edad tendría? ¿Veinticinco, veintiséis? Era atractiva, inteligente, elegante, pero no estaba casada. «¿Por qué no?», se preguntó. «Por algún motivo relacionado con sus otras vidas secretas, sin duda».

—Os agradecería que no mencionarais a nadie que nos hemos visto antes de esta tarde, señor —lo dijo con un tono perfectamente calmo, pero Ashe sospechaba que el asunto revestía una enorme importancia para ella, más de lo que estaba sugiriendo. Y que detestaba tener que hacerle una petición semejante.

—Se supone que los miembros de la alta sociedad no trabajan como tenderos, ¿verdad?

—Precisamente

—Mmmm. Lástima que mi abuelo materno fuera un *nabab*, entonces. Ya sabéis: uno de aquellos plebeyos que hicieron fortuna en la India merced a su propio esfuerzo —no le preocupaba lo que la gente pudiera pensar de sus antepasados: más bien estaba interesado en la reacción de la señorita Hurst.

—Si era tan rico, y ya falleció, deduzco entonces que el heredero de un marquesado como vos nada tiene de qué preocuparse. La sociedad es curiosamente acomodaticia en sus prejuicios —añadió con sombría expresión—. Al menos por lo que respecta a los caballeros. Las damas son asunto completamente distinto.

—Entonces... ¿podría yo deshonraros si me fuese de la lengua?

—Así es, y lo sabéis perfectamente. Las damas no somos tenderas, ni vagamos solas por los muelles, sin compañía. ¿Dedicasteis mucho tiempo de niño a arrancarles las alas a las mariposas, lord Clere?

Ashe experimentó unos remordimientos poco habituales. Aquel era un asunto mortalmente serio para la señorita Hurst. Pero que una dama ocupara su tiempo trabajando era un misterio. ¿Tan corta andaría de dinero?

—Lo siento. No era mi intención torturaros. Tenéis mi palabra. No hablaré de esto con nadie.

Cesó en ese momento la música y los bailarines empezaron a abandonar la pista. Otro grupo de baile se preparaba y Ashe se dio cuenta de que no podía seguir escondiéndose detrás de aquellos tiestos con Phyllida. Alguien podría darse cuenta y suponer que tenían una aventura. Y eso podría dañar la reputación de la dama.

—¿Queréis bailar, señorita Hurst?

Esperaba de todo corazón que lo que empezara a sonar fuera algo que él supiera bailar. Estaba decididamente oxidado y el vals aún no había llegado a la India para cuando zarparon de Calcuta. Iba a tener que sumarse a las lecciones que estaba tomando Sara.

—Yo no bailo —dijo la señorita Hurst—. Por favor, no quiero entreteneros.

—Pensaba retirarme ya, de todas maneras. Será lo más discreto. Pero... ¿qué queréis decir con eso de que nunca bailáis?

—No me gusta.

Mentía. Durante todo el tiempo que habían estado juntos en aquel banco, no había dejado de mover el pie al son de la música de manera inconsciente. Quería bailar y por alguna razón no lo hacía. «Interesante», pronunció para sus adentros mientras se levantaba del banco.

—Os deseo paséis una buena noche, señorita Hurst. Quizá nos volvamos a encontrar mirando escaparates en Jermyn Street algún día.

—Me temo que no. No es una calle cuyos precios pueda permitirme pagar. Buenas tardes, lord Clere.

Él le hizo una reverencia y se alejó, abandonando aquel escondite. Vio a las parejas bailando un vals, lo cual terminó de convencerlo sobre la necesidad de recibir clases. A cabo de un rato, la señorita Hurst salió para marcharse en la dirección opuesta.

Ashe se preguntó si existirían más damas solteras con aquella combinación de belleza, estilo, decisión e ingenio. Había esperado que todas las jóvenes damas elegibles estuvieran cortadas por el mismo patrón: bonitas pero aburridas. La señorita Hurst ocultaba escandalosos secretos y era algo mayor que la mayoría de las muchachas solteras. Pero ciertamente se encontraba en plena edad reproductiva y una tienda era algo de lo que podía desembarazarse con cierta facilidad.

Encontró a sus padres, que estaban observando a Sara mientras hablaba con un grupo formado por ese mismo estilo de muchachas del que había estado pensando con tanto desprecio.

—Aquí estás —su madre lo tomó del brazo para detenerlo—. Lady Malling, permitidme que os presente a mi hijo, el vizconde Clere. Ashe, la condesa viuda de Malling.

Se saludaron e intercambiaron las cortesías de rigor. Aquella era la dama que había estado con Phyllida cuando entraron en el salón. Mientras reflexionaba sobre ello, volvió a verla hablando con el joven que había supuesto era su hermano.

—Quizá podáis decirme quién es el caballero, *madame*. El alto y de pelo castaño que está ahora mismo al lado del arreglo floral.

—Gregory Hurst, conde de Fransham —respondió al instante la condesa—. Un apuesto bribón.

—Estoy algo confuso. Yo creía que la dama que la acompañaba era su hermana, pero me la presentaron como la señorita Hurst y si resulta que él es conde...

—Ah —lady Malling bajó la voz—. Ella es efectivamente su hermana mayor. Lamento decir, sin embargo, que sus padres solamente se casaron después del nacimiento de ella. ¡Un verdadero escándalo en aquel tiempo! Lo cual la convierte, desafortunadamente, en ilegítima.

—¿Pero es aceptada en sociedad?

—Oh, desde luego... es recibida en todos los salones y casas excepto, por supuesto, en la corte. O en Almack's, el club mixto por excelencia. Es una muchacha encantadora. Pero no hará un gran matrimonio, si es que llega a hacer alguno. Incluso dejando a un lado el accidente de su nacimiento, no tiene un solo penique de dote. Solo el cielo sabe cómo se las arregla para vestir tan bien y lucir esos camafeos, mientras que Fransham es un cabeza loca y un mal partido como yerno. Excepción hecha del título, por supuesto, que puede que le sirva con la hija de algún burgués enriquecido.

Ashe maldijo para sus adentros. La excentricidad era una cosa, pero la bastardía y la falta de dote, además de la realización de dudosas actividades comerciales, eran las cualidades opuestas a aquellas que consideraba esenciales en una esposa. De repente la perspectiva de cumplir con su deber se le antojaba notablemente menos atractiva.

Estaba reflexionando sobre ello cuando Phyllida se giró de golpe y lo sorprendió mirándola. Sus labios se curvaron en una leve sonrisa antes de que tocara el brazo de su hermano para llamar su atención sobre el grupo de los Herriard.

Todavía asimilando aquella última revelación, Ashe enarcó una ceja, muy serio, y la saludó con una casi imperceptible inclinación de cabeza. La sonrisa de Phyllida desapareció cuando desvió la mirada haca lady Malling: nada más hacerlo, alzó la barbilla y se giró de nuevo. Incluso desde donde estaba, Ashe pudo distinguir el furioso rubor de sus mejillas.

«Estúpido torpe...», se recriminó. Aquello había sido muy poco delicado por su parte, aunque no lo hubiera hecho con intención. Se había sentido sorprendido y decepcionado y... Pero no tenía excusas. «Eres un condenado idiota». ¿Y ahora qué iba a hacer? No podía ir a disculparse, ya se había metido en un pozo lo suficientemente profundo y además, ¿qué podría decirle? «Lo siento, acabo de descubrir que sois ilegítima, más pobre que un ratón de iglesia y completamente inútil para mí como esposa, pero no tenía intención de pasároslo por la cara».

Por fin dejó de pensar en sí mismo y miró a su madre, hija por cierto de los amores de una princesa india y del comerciante John Company, infiel a su esposa inglesa.

—La ilegitimidad no parece pues una barrera para ser aceptada en sociedad —observó ella en ese instante, como si le hubiera estado leyendo el pensamiento.

Una mirada a lady Malling le confirmó que sabía exactamente cuál era el origen de la marquesa.

—Dios mío, no —dijo la mujer mayor—. Todo depende de la conducta de la persona en cuestión. Y de su rango.

—Y de su dinero —repuso tranquilamente su madre.

—Oh, sin duda —la condesa soltó una risita, lanzando una rápida mirada al impresionante conjunto de zafiros de Birmania que lucía—. La sociedad siempre establece reglas y las flexibiliza según su interés—. Decidme, ¿cuáles son vuestros días de recibir, lady Eldonstone?

—Martes, miércoles y viernes —dijo Mata. Solo su familia sabía que había decidido los días en aquel preciso momento, improvisando—. Espero que pronto podamos veros por Berkeley Square, lady Malling.

—Estad bien segura de que os visitaré.

Ashe volvió a barrer el salón con la mirada, pero para entonces Phyllida Hurst había desaparecido.

«¡Animal con prejuicios!», exclamó Phyllida para sus adentros mientras se deslizaba por entre la multitud hacia el tocador de damas, para no traicionar su indignación plantándose ante Ashe Herriard y abofeteando su hermoso rostro.

Había flirteado con ella... y en los muelles había hecho algo más que eso. Había bromeado con ella aquella misma tarde, le había prometido que le guardaría el secreto y luego, desde el instante en que descubrió quién era, la había desairado abiertamente.

Se dejó caer en un taburete delante del espejo y miró ceñuda su ruborizada expresión. Había sido una estúpida por permitirse soñar, aunque solo fuera por un momento, que era una debutante más flirteando con un caballero que podía pedirla en matrimonio. Había sido una estúpida por pensar siquiera en el matrimonio. ¿Cómo había podido olvidar lo mucho que le había costado resignarse a la perspectiva de que no se casaría nunca? «No voy a llorar», se dijo.

—¿Os pasa algo?

No se había dado cuenta de que la señorita Millington se hallaba sentada en el taburete vecino.

—¡Hombres! —respondió amargamente mientras se clavaba horquillas en el peinado.

—Oh, querida... ¿Alguno en particular? Me ha gustado mucho vuestro hermano, señorita Hurst. Es tan buen bailarín, y tan divertido... Espero que no os haya hecho enfadar...

—¿Gregory? No, en absoluto —pensó que esa tarde Gregory estaba siendo un dechado de virtudes—. No, solo un bribón sin tacto alguno, altivo y pretencioso. Espero —añadió vengativamente— que se le rompan esos pantalones de seda demasiado ajustados que lleva.

La señorita Millington soltó una risita.

—¿No sería maravilloso? Tengo entendido que los caballeros no llevan nada debajo de esos pantalones de tela tan fina. ¡Qué espectacular revelación!

Phyllida se imaginó por un instante a un lord Clere medio desnudo, visualizando sus largas piernas y sus prietas nalgas. Sorprendió luego la mirada de la señorita Millington en el espejo y sucumbió ella también a la diversión.

—Oh, querida... Es muy guapo y tiene una bonita figura, pero supongo que eso sería demasiado esperar.

De repente vio que la joven vacilaba.

—Me estaba preguntando si querríais hacer una visita a mi madre, señorita Hurst. Quizá sea un atrevimiento por mi parte, pero creo que podríamos llegar a ser amigas.

Phyllida lanzó una rápida mirada a la habitación. Estaban solas en aquel extremo del tocador.

—¿Unidas quizá por la afición a la escultura clásica, o quizás a la anatomía? –inquirió, maliciosa—. Me encantaría. ¿Por qué no nos tuteamos? Me llamo Phyllida.

—Yo soy Harriet —la señorita Millington buscó algo en su retícula—. Aquí tienes la tarjeta de mi madre. Recibe los martes y miércoles.

—Gracias. Iré a visitarte —sintiéndose considerablemente aliviada, Phyllida se echó algo de polvo de arroz en sus ruborizadas mejillas y salió para buscar a Gregory.

Se encontraron casi inmediatamente. Ambos, según parecía, estaban deseosos de volver a casa.

—He cumplido con mi obligación con seis de las jóvenes damas de tu lista —dijo él mientras la ayudaba a ponerse la capa en el vestíbulo—. Si me quedara más tiempo, acabaría confundiéndome entre tantas hijas de banqueros, herederas de fábricas textiles y retoños de capitanes de barco enriquecidos con botines enemigos.

—¿Te gustó la señorita Millington? —le preguntó Phyllida mientras subía al carruaje que acababan de parar en la puerta.

—¿La señorita Millington? La morena alta de la risa bonita y la dentadura perfecta. Posee un cierto estilo, indudablemente.

—Pues tengo buenas noticias para ti. Te tiene por un gran bailarín, me ha invitado a visitarla y nos hemos tuteado. Me gusta, Gregory.

—A mí también me ha gustado —admitió él.

—Ahora lo único que tenemos que hacer es asegurarnos de que ella caiga enamorada de ti y que tú no caigas en ningún escándalo que alarme a su queridísimo papá.

—Seré un buen chico, Phyll —le aseguró riendo.

«Por favor», le suplicó ella en silencio. «Y enamórate por el bien de Harriet». Luego ella podría retirarse a la pequeña casa de sus propiedades en el campo y pasar el tiempo buscando artículos para su tienda, ya que contrataría a alguien para atenderla. Sería una mujer independiente, que se movería apenas lo justo para no causar al respetable, y rico, conde de Fransham, cualquier inconveniencia. Y libre también de los engaños y peligros de su actual situación.

Todo le parecía muy sencillo. «¿Demasiado sencillo?», se preguntó «No, podemos hacerlo».

Phyllida se las arregló para mantener ese optimista estado de ánimo durante el corto trayecto de regreso a casa, mientras disfrutaba del té que se tomó al calor de la chimenea en su dormitorio y los rituales del cepillado del pelo y los preparativos para dormir.

Pero cuando sopló la vela, se acostó y cerró los ojos, la imagen que apareció detrás de sus párpados no fue la de una feliz pareja en medio de una nube de flores y capullos naranjas, sino el desdeñoso rostro de Ashe Herriard mientras la observaba desde el otro lado del salón.

«¡Animal arrogante y con prejuicios!», pensó mientras golpeaba la almohada. «Tu opinión no merece que pierda un solo minuto de sueño. Ya me encargaré de hacértelo saber si tengo la desgracia de volver a encontrarme contigo».

A las cinco de la mañana siguiente Phyllida había perdido la cuenta de los muchos minutos de sueño que había perdido, y no con pensamientos constructivos ni agradables duermevelas, sino con una desgraciada mezcla de vergüenza y deseo. Se sentó contra las almohadas para mirar el pequeño reloj de la mesilla, a la débil luz reinante. Eran las cinco y cuarto de la mañana.

Ya no tenía sentido intentar conciliar el sueño. Lo más que podía esperar era revolverse inquieta, evocando el calor de la boca de Ashe Herriard sobre la suya, su cuerpo elegante y de largas piernas mientras se sentaba en el banco de la ventana. Ya era bastante desgracia tener pensamientos como aquellos hacia un hombre que la despreciaba simplemente por un accidente de nacimiento.

Phyllida apartó las mantas y se levantó de la cama para asomarse por una rendija de las cortinas. Iba a hacer un bonito día. Si no podía dormir, al menos respiraría un poco de aire fresco y haría algo de ejercicio físico. Un paseo por Green Park la relajaría y la pondría en un estado de humor positivo para la mañana.

El agua del aguamanil estaba fría, por supuesto, pero no le importó. Se puso un sencillo vestido de paseo con botines, se recogió el pelo con una redecilla, recogió su sombrero y se echó un chal sobre los hombros.

Anna se despertaría pronto para hacerse el desayuno en la cocina del sótano. A su doncella le gustaba empezar el día adelantándose a sí misma, como a ella le gustaba decir. Podrían desayunar juntas y salir luego a caminar.

Anna estaba bajando ya las escaleras del sótano.

—¿Qué estáis haciendo levantada, señorita Phyllida?

—Pensaba desayunar contigo. Luego quiero salir a dar un paseo.

—¡No iréis sola, espero! —la doncella fue al grifo de la bomba y llenó la gran tetera. Andaba por los cuarenta años, era una mujer sencilla y pragmática y tenía un pasado del que nunca hablaba.

—No, incluso a esta hora alguien podría verme, supongo, y eso sería un borrón en mi impecable reputación —Phyllida abrió la panera y buscó el cuchillo.

—Claro. Nunca nos atreveríamos a correr ese riesgo, ¿verdad? —replicó Anna con tono sardónico. Llevaba ya seis años con Phyllida, sabía de la tienda y no tenía miedo de decir lo que pensaba de la vida que llevaba su ama.

—Desde luego que no —respondió Phyllida—. Así que yo daré un enérgico paseo y tú te sentarás cerca con un diario, al lado del estanque, para guardar convenientemente las formas.

Fue poco después de las seis cuando salieron, internándose en el la cuadrícula de calles que llevaban a Green Park. A su alrededor, el barrio de Saint James se despertaba. Las doncellas barrían las escaleras de entrada de las casas, mientras otras, bostezando, salían con cestas vacías a hacer la compra matutina. Carros de carga se detenían ante las puertas traseras de los numerosos clubes, garitos y tiendas que servían a un verdadero hormiguero de aristócratas, libertinos, prostitutas de postín y respetables amas de casa. Las casas cubrían la suave pendiente que descendía hasta el viejo palacio estilo Tudor de Saint James y, más allá, hasta el parque del mismo nombre.

Phyllida era consciente de los riesgos de un paseo

tan tempranero. Las meretrices callejeras y demás hermanas de la noche saldrían de lugares de trabajo escondidos entre los arbustos, junto con el ocasional soldado que se apresuraría a regresar a su cuartel. Los jinetes madrugadores solían pasear por las largas pistas de Hyde Park, dejando Greenpark como un tranquilo remanso al menos hasta las nueve.

—Puedes sentarte a leer mientras yo me acerco al pequeño estanque de Constitution Hill y vuelvo —sugirió Phyllida cuando doblaban el Queen's Walk hacia Piccadilly—. A no ser que quieras acompañarme.

—Veo que pretendéis caminar para ventilar vuestro mal humor —observó Anna—. Es lo haréis mejor sola. ¿Quién os ha hecho enfadar de esta manera?

—Oh, solo un desgraciado aristócrata recién llegado a la ciudad, que ayer se sorprendió al descubrir que había estado flirteando sin saberlo con una dama ilegítima.

—Más estúpido es él. No deberíais preocuparos por un sujeto así.

No había nada que decir a eso, pero Anna pareció interpretar perfectamente el silencio de Phyllida.

—Supongo que, hasta ese momento, os gustaba.

—Lo suficiente —se encogió de hombros.

—Es guapo, ¿verdad?

—Mortalmente guapo, y él bien lo sabe —y le había parecido amable. Tenía sentido del humor, amaba a su hermana, era un candidato perfecto para marido. Se preguntó qué se sentiría al ser cortejada por un hombre así, esperar una petición suya de matrimonio, aspirar a un futuro rebosante de felicidad y de hijos...

—Se impone pues un vigorizante paseo, y unas

68

cuantas patadas a los guijarros en sustitución de la cabeza de ese estúpido —Anna barrió los bancos con la mirada—. Me sentaré en aquel banco de allá, al sol.

—Gracias, Anna —el pragmático sentido común de su doncella la sacó a la fuerza de sus tristes reflexiones—. Si tienes demasiado frío, ven a buscarme.

Se despidió con la mano y enfiló el paseo en diagonal hacia Queen's House, en el extremo más alejado del parque. El primer sol de la mañana hacía brillar la piedra blanca del edificio y la bandera que colgaba flácida en el aire inmóvil. Phyllida aspiró los aromas de la vegetación que parecía despertar del sueño del invierno. Así estaba mejor. Ahora que se sentía perfectamente despabilada, fuerte y resuelta, aquellas fantasías que tanto la debilitaban eran fáciles de ahuyentar.

Los grajos rondaban los altos árboles donde construían sus nidos y hacían acrobacias en el aire, en plan de juego o de cortejo. Delante de ella, unas urracas parecían haber encontrado algún animal muerto durante la noche: una rata o un conejo, supuso al ver sus riñas mientras se disputaban los restos. Tendría que dar un rodeo para evitar la desagradable escena.

Como si alguien hubiera lanzado una piedra justo en medio, los pájaros alzaron de pronto el vuelo, aleteando y graznando cuando otra ave aterrizó justo a su lado. Por un segundo pensó que se trataría de una rapaz, hasta que el animal volvió su cabeza gris y su enorme pico negro en su dirección, clavando en ella sus inteligentes ojos.

—¡Lucifer! —exclamó viendo que el pájaro dejaba de picotear la comida para acercarse a ella a pequeños

saltos—. ¡No, vete! No te quiero cerca, horrible ave...
¡Fuera!

Mientras hablaba, oyó un tronar de cascos en la tierra acercándose con rapidez. El gran alazán pasó a su lado, dio la vuelta y se detuvo frenado por su jinete.

—Ven aquí, Lucifer.

El pájaro aleteó hasta posarse sobre su hombro, inquietando al caballo. El jinete controló la montura con una sola mano mientras se quitaba el sombrero con la otra.

—Señorita Hurst... Os pido disculpas en nombre de Lucifer, pero parece que le gustáis.

Por supuesto, tenía que ser lord Clere.

Cinco

Phyllida desvió la mirada del pájaro para clavarla en su amo.

—El sentimiento no es mutuo, os lo aseguro.

¿Por qué no podía lord Clere salir a montar por Hyde Park como cualquier otro caballero? ¿Por qué no podía pasear por la tarde, con el resto de la multitud de paseantes, en lugar de hacerlo a aquella hora tan temprana? ¿Por qué no podía marcharse del país de una vez?

—Imagino que vuestro desagrado también es aplicable a mí —le dijo—. ¿Puedo pasear con vos?

—No podría impedíroslo. Este es un parque público —era una respuesta poco elegante, pero no le importaba. Retomó su paseo, con el cuervo aterrizando de nuevo en el césped para reclamar su botín. Ashe Herriard desmontó de un salto.

—¿De veras lo es? Público, quiero decir. Supuse que lo era, pero como no vi más jinetes... Estaba empezando a preguntarme si no habría vulnerado alguna regla de etiqueta —no parecían importarle, sin embargo, aquel tipo de reglas.

—El lugar de moda para los paseos a caballo es Hyde Park —lo informó ella—. Incluso a esta hora del día, aquellos que buscan un poco de soledad y galopar un poco se van allí y dejan a los paseantes a pie en paz. Sugiero que lo probéis —«ahora mismo», añadió para sus adentros.

No siguió su consejo, sino que caminó a su lado a una distancia perfectamente respetable, con la fusta bajo el brazo y agarrando las riendas de la montura con la otra mano. Phyllida no habría podido ser más consciente de su presencia si la hubiera tomado del brazo. ¿Qué querría de ella? Probablemente se dispondría a hacerle alguna ofensiva sugerencia sobre su origen. La había besado en los muelles, había flirteado con ella en el salón de baile. ¿Qué sería lo siguiente?

—A Hyde Park me dirigía, pero, visto en el plano, este me pareció un paseo más agradable. No esperaba veros.

—¿Por qué habríais de hacerlo? —replicó Phyllida con tono acre.

—Para disculparme.

Aquello la hizo detenerse.

—¿Disculparos? —era la última cosa que habría esperado que hiciera.

Se lo quedó mirando fijamente y él le sostuvo la mirada con sus ojos verdes, bordeados por largas pestañas negras. Incluso con el convencional atuendo de caballero, traje de montar, severo pañuelo de cuello y elegante sombrero de pelo de castor, presentaba un aspecto levemente exótico y turbador. Pero más turbadora era la expresión de su rostro. No se estaba burlando: eso habría podido soportarlo. Estaba hablando completamente en serio.

—Por mi grosero comportamiento de anoche. No tengo excusa. Acababa de descubrir quién era vuestro hermano, así que me quedé confuso por vuestra falta de título, y luego sorprendido cuando lady Malling me lo explicó. Vuestra sonrisa me tomó desprevenido en mitad de aquellos pensamientos... sin resolver.

—¿Los habéis resuelto ya, señor?

Se trataba de una explicación tan sucinta y sincera, que Phyllida se ablandó un tanto. «Peligroso», pensó. Pequeñas campanas de alarma empezaron a sonar en su cabeza. «Este hombre no puede ser nada para ti y tú tampoco quieres que lo sea», se recordó.

—Mi cerebro es como un escritorio que hubiera sido saqueado por ladrones —admitió él de pronto—. O como uno cuyos cajones hubieran reventado de llenos de cosas como están. Son tantas las reglas de etiqueta de aquí que difieren tanto de las de la colonia europea en Calcuta que el resultado es desconcertante. Todo es tan completamente distinto de la corte de mi tío, en la que pasé estos últimos años, que es como si se tratara de un planeta diferente. Y luego están todas esas cosas de la familia que hay que aprender. El título, las obligaciones... pero no importa. Suena como si me estuviera excusando a mí mismo, después de todo, y no era esa mi intención.

—No deseabais regresar, ¿verdad? —le preguntó Phyllida. No era una falta de competencia intelectual para lidiar con todas esas cosas lo que escuchaba en su voz, sino la irritación de un hombre que no deseaba que le molestaran con ellas, y se obligaba sin embargo a tomarse interés. Curioso. La mayoría de la sociedad londinense consideraba que no había mayor placer y privilegio que formar parte de la misma y dejarse absorber por cada minúsculo detalle.

—El único que ha regresado realmente ha sido mi padre. Para mi madre y para mi hermana, todo esto es tan extraño como para mí. Pero os he ofendido y os pido perdón.

—Estáis perdonado —se dio cuenta de que así era, efectivamente. No lo había dicho por una cuestión simplemente de buenas maneras. ¿Por qué entonces? «¿Porque tiene unos maravillosos ojos verdes? ¿Porque me estoy engañando a mí misma?», se preguntó—. Entonces, ¿qué es lo que pensáis hacer, lord Clere?

—Nos quedaremos a pasar la Temporada en Londres, para presentar en sociedad a mi hermana. Todos necesitamos reacomodarnos. La casa de la capital tiene que resucitar después de quince años de abandono. Yo debo aprender a ser vizconde, heredero y caballero inglés. Y debo también tomar clases de baile —añadió con tono triste, lo cual le arrancó una carcajada.

En algún momento se habían desviado del camino hacia Queen's House. Phyllida miró a su alrededor y descubrió que habían llegado al borde del parque, cerca del punto en el que Constitution Hill se encontraba con Knightsbridge Road.

—Vos cruzáis aquí para Hyde Park —le señaló ella—. Eso es el peaje de Knightsbridge.

—Entonces Tattersalls está cerca de aquí. Tenía intención de visitar la subasta de caballos después del paseo —silbó de pronto. El gran cuervo aleteó y se posó en la valla, contemplando los flecos del sombrero de Phyllida con maligna intención.

—Eso no es algo que una joven dama deba saber, señor —intentó adoptar una actitud recatada—. Pero, sí, está justo doblando la esquina, detrás del hospital de Saint George.

—Gracias —Ashe montó con agilidad en su corcel: todo largas piernas, pantalón ajustado, exquisito control—. Espero que volvamos a vernos, señorita Hurst. Ahora ya nos conocemos mejor.

«El material de los sueños de toda virgen», pensó Phyllida y se despidió con la mano mientras él se incorporaba al tráfico de coches y jinetes para cruzar al otro parque. Ashe se había quedado tan sorprendido como desconcertado por lo que había descubierto sobre ella, y además se lo había confesado. Admitir algo así era muy honesto por su parte.

Y, sin embargo, cuando reflexionaba sobre ello sin la turbación que le producía su presencia, tenía la incómoda sensación de que había algo más detrás de la fría mirada que le había lanzado la noche anterior. Se había disculpado con una franqueza que la había dejado desarmada, pero no le había contado toda la verdad. Haría bien pues en mostrarse precavida con lord Clere, por muy entretenido y amable que pudiera ser.

Había sido un buen golpe de suerte. Ashe enfiló su montura hacia lo que suponía era el famoso Rotten Row y la puso al trote. No se había atrevido a preguntar por la dirección de los Hurst y arriesgarse así a traicionar su interés por Phyllida, como tampoco había querido sorprenderla apareciendo de pronto en su tienda. Aquel azaroso encuentro había sido ideal, y sin testigo alguno además, caso de que ella le hubiera castigado dándole su merecido.

Pero no lo había hecho. Se había mostrado elegante como la dama que era, con un punto de humor ácido que le gustaba. Poseía estilo, inteligencia, belleza y madurez suficiente como para no esperar romanticismos e hipócritas declaraciones de amor. «Maldita sea: es perfecta», pronunció para sus adentros. Le gustaba, se sentía atraído hacia ella y no se parecía en nada a Reshmi, su difunta amante. De hecho, no habría tenido ninguna objeción en casarse de inmediato y poner así punto final a aquella agotadora búsqueda de esposa.

Solo que Phyllida Hurst era hija ilegítima y, por si eso no fuera suficiente, tenía una vida secreta que la arruinaría si quedaba al descubierto. Aquella vieja bruja de lady Malling le había dejado muy claro lo muy poco adecuada que era como candidata a esposa.

Phyllida nunca sería recibida en la corte, y tampoco sería la cuñada ideal para una joven dama que estaba haciendo su presentación en sociedad y que se merecía ascender a los escalones más altos. Ashe guio su montura por un camino más estrecho, lejos de los demás jinetes. Phyllida tenía veintiséis años, según había descubierto la noche anterior. Soltera, nefasta candidata y lo suficientemente mayor como para haber dejado atrás las ñoñas fantasías de amor. ¿Podría encontrar quizá interesante la perspectiva de una aventura? Se excitó solo de pensarlo y supo que esa idea había acechado en el fondo de su mente, oculta, desde el instante en que descubrió la verdad sobre ella.

Analizó la idea en profundidad. Durante tres años había vivido en un ambiente donde los encuentros con mujeres respetables habían sido formales, fríos e impersonales. Las mujeres que había conocido en el sentido más extenso de la palabra no habían sido respetables, sino cortesanas como Reshmi. Carecía pues de modelo alguno para una relación sexual con una dama en aquel mundo. ¿Cómo gestionaba un caballero una aventura en aquella sociedad tan helada, ajena y nueva para él? No tenía ningún deseo de deshonrarla ante sus ojos, pero tendría que ser muy, pero que muy discreto, y ella, con sus dos secretas identidades, ya le había demostrado que también podía serlo.

Pensaría en ello. Pero primero, antes que nada, tendría que procurarse un caballo decente, en lugar de aquel jaco alquilado. Tattersalls, su objetivo de aquella mañana, estaría ya seguramente abierto y allí, al menos, podría conseguir lo que quería... ejercitando sencillamente su buen gusto y gastando menos dinero. Los caballos eran mucho menos problemáticos que las mujeres.

—He estado hablando con ese tipo venido de la India —Gregory entró en el salón y se dejó caer en el sofá con su habitual indolencia.

—Ashe... quiero decir... ¿lord Clere? —Phyllida dejó caer un puñado de bisutería que había comprado a un comerciante mientras rezaba para no ruborizarse.

Afortunadamente, su hermano no poseía instinto alguno de carabina.

—Oh, lo conoces, ¿verdad? Un individuo interesante. Tiene un gran ojo para los caballos y dinero para respaldar su buen juicio.

—¿Has estado apostando de nuevo? —le preguntó, súbitamente deprimida. ¿Acaso las virtuosas resoluciones de Gregory habían sido demasiado buenas para durar?

—¡No! —parecía dolido—. Solo me di una vuelta por Tatts, a fumar y a charlar un rato, ya sabes. Clere compró dos caballos de montar para él, una preciosa yegua para su hermana y un tiro de carruaje.

—Dios santo —hizo a un lado la bisutería mientras hacía un rápido cálculo mental—. Esa es una enorme cantidad de dinero, y todo de golpe.

—Lo sé. Y los animales eran todos buenos. No es un tipo que se deje engañar fácilmente. Se subastaba ese par de caballos grises que Feldshore tuvo que vender para pagar sus deudas de juego, ¿recuerdas? Eran espectaculares. Clere no hizo más que mirarlos, les hizo trotar y dijo: «cuartillas débiles». ¿Qué te parece?

—Impresionante —se mostró de acuerdo Phyllida, intentando recordar qué parte de la anatomía de un caballo eran las cuartillas—. Espero que pueda pagar todo eso —podía imaginarse a Ashe examinando los ejemplares todo circunspecto, rechazando los inadecuados con una simple palabra. No tenía que esforzarse mucho para visualizarlo como un rajá en su palacio, despachando con un gesto a las muchachas esclavas obligadas a desfilar delante de él, o reclamando a su preferida con un gesto de su largo dedo índice.

—Su abuelo era un *nabab*. Su padre es marqués; él es su único hijo —le informó Gregory con afable envidia.

—Y su abuela era un princesa india —no pudo resistirse de añadir Phyllida.

—Efectivamente has estado hablando de él, por lo que parece.

—Mmm —intentó concentrarse en el broche de un bonito collar de piedras escocesas,

—Estarás entonces contenta de que lo haya invitado a cenar.

—¿Qué? —el collar escapó de sus nerviosos dedos para caer en la caja con un tintineo.

—¿No estás contenta? —la habitualmente risueña expresión de Gregory quedó borrada de pronto por un hosco ceño—. ¿Acaso se ha comportado contigo de una manera que no te ha gustado? ¿Te ha dicho algo fuera de lugar? Porque si es así...

—No, no es nada de eso... —lo último que quería era que su hermano lo retara a duelo—. Lo que pasa es que desconocía lo del matrimonio de nuestros padres y luego, cuando se enteró, no pudo evitar mostrar su... su sorpresa. Eso fue todo. Se disculpó conmigo.

Pero Gregory seguía mirándola ceñudo.

—Te gustó, ¿verdad, Phyll?

Phyllida sonrió triste, encogiéndose de hombros.

—Es inteligente y atractivo. Fue entretenido hablar con él.

—Está buscando esposa —pronunció Gregory, cauto.

—Lo sé. Era de esperar —el estómago le dio un vertiginoso vuelco. Ese era el tema que él precisamente había estado eludiendo cuando la abordó para disculparse. Mentalmente la había clasificado en las filas de damas elegibles, pese a lo que sabía de su negocio secreto, y además su compañía parecía agradarle. Hasta que descubrió que era completamente inadecuada como candidata...

—Ya. Y si le gustaste, bien pudo haberse interesado por ti hasta que descubrió... —añadió Gregory, haciéndose eco de sus pensamientos.

—Que soy ilegítima. Basta ya. No te pongas tan trágico, Gregory. Lord Clere y yo tuvimos una conversación, eso es todo. No es como si nos hubiéramos estado viendo durante semanas y se hubiera forjado una atracción duradera antes de que lo descubriese. No es tan distinto del resto de los caballeros con los que socializamos. Realmente no tengo ninguna expectativa por lo que a él se refiere.

«Claro que la tengo», se dio cuenta de golpe, mientras hablaba. Todo el mundo se comportaba de manera perfectamente civilizada respecto a su estatus, era invitada a todo tipo de eventos, recibida por todos excepto por las familias más encumbradas y rigurosas. Nunca conseguiría vales para entrar en Almack's, por supuesto, y jamás sería recibida en la corte. Sus perspectivas matrimoniales eran inexistentes, al menos entre la alta sociedad, que siempre pondría objeciones a su origen en caso de alianza con alguno de sus hijos. O incluso también entre las ricas familias burguesas que buscaban linajes impecables que asociar con su dinero.

Nunca antes esas cosas le habían importado tanto, reflexionó Phyllida. Pese a que siempre había sido consciente de su estatus, del poco convencional matrimonio de sus padres y de lo que eso había significado para ella. Ella tenía sus propios intereses, su negocio, sus amistades y sus ambiciones para Gregory: con eso le bastaba. Tenía que bastarle. Estaban los sueños románticos, por supuesto, los momentos de tristeza. Y de algo más que tristeza cuando sostenía en los brazos los bebés de sus amigas, pero había aprendido a controlar aquellas vanas esperanzas.

Pero Ashe Herriard la había impresionado. Le gustaba y se sentía atraída hacia él. Pero una relación así sería imposible. Las consecuencias de la decisión que había tomado cuando tenía diecisiete años significaban que el matrimonio estaba completamente descartado para ella.

Y, sin embargo, con aquel hombre en concreto, eso le dolía. Después de haberlo encontrado, de haber hablado con él, era como si alguien le hubiera revelado por primera vez que estaba completamente incapacitada para casarse: había experimentado estupor, pena, un sordo dolor en lo más profundo de su ser.

«Estúpida», se amonestó. «Un beso, un par de ojos verdes, una imagen de fortaleza y virilidad: eso es todo lo que necesitas para llenarte la cabeza de sueños absurdos». Era absurdo quejarse y desear que las cosas fueran diferentes. No lo eran y nada podía hacer para cambiarlo.

Todos aquellos pensamientos habían desfilado por su mente en cuestión de segundos y Gregory seguía observándola con una expresión de preocupación en sus ojos castaños.

—Le diré que hemos tenido una crisis en la cocina o con la servidumbre y me lo llevaré a cenar a White's —le propuso.

—No, no seas tonto —ignoraba de dónde le había salido aquella luminosa sonrisa—. Organizaremos esa cena, será todo un placer... ¿A quién más podremos invitar? Creo que deberíamos limitarnos a unos ocho:

siendo más, estaríamos incómodos. ¿Quieres que pregunte a la señorita Millington si sus padres la autorizarán a venir? Si invitamos a una pareja casada, dudo que pongan objeción alguna. Lucy y el primo Peter serían ideales... Seguro que un baronet y miembro del Parlamento será una compañía lo suficientemente respetable para su hija...

—Eso hacen seis, incluyéndonos a nosotros. ¿Invito también a los Hardinge?

—¡La señorita Millington se sentirá como si estuviera en el paraíso! Un conde, un baronet, un vizconde y un barón. No me imagino que su madre le niegue el permiso para venir. La avisaré mañana. ¿Qué día le dijiste a lord Clere?

—Le dije que lo consultaría contigo y que volvería a hablarlo con él. Pareció muy complacido —Gregory volvió a fruncir el ceño—. Espero por su bien que no se le ocurra jugar contigo, Phyll.

—No, por supuesto que no. Nadie juega conmigo. Y ahora... ¿miramos a ver si el miércoles conviene a todo el mundo?

—Una carta para vos, milord –Herring se la presentó en una bandeja de plata.

Ashe rompió con un dedo el sello de lacre y leyó la única página.

—Mi primera invitación a cenar —le comentó a su padre, que estaba sentado frente a él, con sus largas piernas estiradas mientras estudiaba el informe contable sobre la propiedad familiar, la casa de campo de Hertfordshire.

—¿Cosa de solteros?

—Aparentemente no. Es de Fransham. Hoy me encontré con él en Tattersalls. Dice que ha invitado a lord y a lady Hardinge, él estuvo en el baile de ayer, y a sir Peter Blackett, que es miembro del Parlamento, con su esposa. Y a la señorita Millington, quienquiera que sea.

—Tu madre está amenazando con organizar una cena —lord Eldonstone apuntó algo al lado de una columna de números antes de dejar el informe sobre una mesa lateral—. Sospecho que no te librarás si al final solo se sientan siete a comer.

—Ocho, si la hermana de Fransham hace de anfitriona.

Ashe habría jurado que adoptó un tono de voz indiferente, pero su padre enarcó una ceja,

—¿La señorita Hurst? Me pareció una joven inteligente y refinada. Es una desgracia para la pobre chica que tuviera un padre tan irresponsable.

—Sí —convino Ashe. «Y es enigmática, y huele a jazmín, y posee una lengua afilada. Y no puedo quitármela de la cabeza», añadió para sus adentros.

—Ese informe... ¿es deprimente su lectura?

—Es más o menos lo que esperaba —esbozó una mueca—. Si descuidas un lugar de ese tamaño durante tantos años como lo hizo mi padre, y al mismo tiempo exprimes hasta el último penique de aquellas tierras, el resultado nunca puede ser bueno.

—Parece que vas a tener muchos gastos. ¿Debería haber tenido más cuidado con la cantidad que acabo de gastar en caballos?

El marqués negó con la cabeza.

—Nos arreglaremos bien de momento. Y cuando consiga levantar de nuevo la propiedad y volvamos a tener ingresos, se mantendrá sola. Estaba pensando en viajar allí la semana que viene para pasar unos días. ¿Querrás venir?

Durante la travesía, habían acordado que Tompkins se encargaría de la limpieza y acondicionamiento esencial de la casa, contrataría más criados y la haría mínimamente habitable antes de que la visitara la familia. Porque instalarse en Londres, presentar a Sara en sociedad y mantener incontables reuniones con abogados y banqueros eran tareas que tenían prioridad sobre la propiedad del campo.

—¿Tan pronto?

Ashe tenía que reconocer que albergaba sentimientos ambivalentes sobre la casa de Hertfordshire. Londres era una ciudad y él se sentía cómodo en las ciudades, mientras que la Inglaterra rural era un país extranjero. El verde del paisaje era tan exuberante como si cayera un monzón cada día de año; se cazaban zorros, y no tigres. Tendría que conocer a cada uno de los arrendatarios: nada que ver con los cientos de campesinos a disposición del rajá. Una parte de él sabía que era precisamente la propiedad rural la que definía al noble inglés: aquella desconocida casa sería su destino y su responsabilidad.

Ashe sonrió tristemente para sí mismo. Se había preparado para luchar. Aquel no sería más que un campo de batalla más, quizá algo más sutil que los anteriores, y que requeriría de todas sus habilidades diplomáticas.

—Será una visita rápida. Dejaremos a tu madre y a tu hermana aquí.

—Te acompañaré con mucho gusto —pensó que su padre quería su ayuda, aunque se negara a admitirlo. Cuanto antes acabaran con aquello, mejor sería para todos—. Al fin y al cabo, en el campo no se baila el vals.

Y tampoco estaría allí la señorita Hurst para distraerlo.

Seis

Para cuando llegó el miércoles, Ashe, como el resto de su familia, recibió un paquete de tarjetas con borde dorado, que tuvieron bien ocupado a Edwards, el nuevo secretario del marqués, redactando aceptaciones y algún que otro sentido rechazo.

Aquella cena sería ciertamente un modesto principio para su nueva vida social londinense, pensó Ashe nada más ver la estrecha casa de Great Ryder Street. Cuando llamó con la aldaba y una doncella le abrió la puerta, se dio cuenta de cuán modesta era. Según Perrott le había explicado, la convención ordenaba servidumbre masculina en las plantas superiores por la tarde y noche, aunque, para Ashe, encontrar criadas y doncellas en cualquier punto de la casa salvo en las habitaciones de los caballeros era en sí una novedad.

Por dentro no vio rastro alguno del agobiante esplendor de la casa Herriard, motivo de envidia de las demás familias. Pero era de una elegante sencillez, decorada y amueblada siguiendo lo que sospechaba era el buen ojo de Phyllida y su olfato para las gangas.

—¡Clere! Me alegro de veros aquí. Bienvenido —

Fransham se adelantó hacia él con la mano tendida y dio comienzo a las presentaciones.

Hardinge lo saludó como si fuera un viejo conocido y a Ashe le gustó la espontánea amabilidad de su esposa. El baronet del Parlamento, Blackett, era un hombre serio y delgado, pero su rolliza esposa lo compensaba con su jovialidad. También estaba una tal señorita Millington, que le fue presentada como «la amiga de mi hermana». A juzgar por la tímida mirada que la dama lanzó a Fransham, Ashe sospechó que su presencia en la cena se debía a algún otro motivo.

Phyllida entró justo cuando él estaba dando la razón a la señorita Millington acerca de la luminosa y agradable mañana que había hecho ese día.

—Imagino que lord Clere se acordará de ella cuando nos encontremos en pleno invierno —dijo al tiempo que lo saludaba con una sonrisa—. Buenas tardes, lord Clere. Confesad que no consideráis nuestro débil sol de primavera como merecedor de ese nombre.

—Admitiré que desde Gibraltar no he vuelto a sentir calor. Pero tengo grandes esperanzas de que en mayo podamos alcanzar la temperatura del invierno indio, señorita Hurst. Mientras tanto, me consuelo con la cálida bienvenida que estoy recibiendo en Londres.

Hardinge rio por lo bajo.

—Muy diplomático, en verdad.

—Lo fui, en cierto modo. Me desempeñé durante varios años como ayuda de cámara de mi tío abuelo, el rajá de Kalatwah, y el puesto entrañaba contactos con representantes de la diplomacia.

—¿En qué lenguas? —inquirió sir Peter.

—Hindi y persa. Hablo también algunos dialectos nativos, pero con menos fluidez —admitió Ashe.

—Tendré que incorporaros entonces a las filas del Foreign Office.

Ashe ignoraba cuánto de serio había en aquella propuesta.

—Estoy seguro de que sería muy interesante, pero me temo que estaré comprometido con nuestras propiedades por algún tiempo. Mi abuelo no fue capaz de dedicarle toda la atención que requerían.

Lo cual podía expresarse de otra manera: «se gastó todo su tiempo y su dinero bebiendo, jugando y con mujeres mientras el lugar se le caía encima». La expresión de los demás caballeros le confirmó que habían comprendido. Probablemente hasta habrían conocido al pobre diablo.

—La cena está servida, milady.

Aquella doncella debía de ser su único criado de la planta superior, supuso Ashe mientras el grupo se ponía en movimiento. Él era el invitado de mayor rango, así que Phyllida lo tomó del brazo y lo hizo sentar a su derecha. A su izquierda tomó asiento lady Hardinge, que en seguida le preguntó:

—¿Habéis venido a la ciudad a pasar la Temporada, lord Clere?

—Mi madre deseaba presentar a mi hermana en sociedad este año y, recién llegados como estamos de la India, son muchas las cosas de las que debemos ocuparnos, como podréis imaginar. Quedarnos en Londres durante toda la Temporada nos pareció lo más razonable. Pero yo soy solamente un apéndice de las mujeres de nuestra familia, de manera que no creo que pueda afirmarse que también esté haciendo la Temporada.

—Yo creo más bien que descubriréis que ya la estáis haciendo, sean cuales sean vuestras intenciones —comentó lady Blackett con una risita—. Es una suerte que con el tiempo de travesía y demás haya terminado vuestro luto. Imagino que vos también tendréis vuestras ambiciones matrimoniales, lord Clere. Por lo que he oído, corren rumores sobre el nuevo e impresionante soltero que acaba de incorporarse al mercado matrimonial...

—Ciertamente yo no los he hecho correr, señora. Y tengo que decir que suenan verdaderamente alarmantes —debía buscarse una esposa, eso era seguro, pero no tenía intención alguna de exponerse como objetivo.

—Aterradores —convino Hardinge con un expresivo susurro, haciendo reír a todo el mundo—. Evitad Almack's como la peste: ese es mi consejo.

—¿Pero no habéis leído *Orgullo y prejuicio*, lord Clere? –le preguntó Phyllida. Al ver que negaba con la cabeza, citó de memoria: «Es una verdad universalmente aceptada que un soltero en posesión de una buena fortuna debe desear esposa». Me temo que todas las madres casamenteras os han echado ya el ojo.

—Eso suena decididamente peligroso, así que utilizaré una táctica evasiva —repuso—. Ya antes he sido atacado por tigres, así que confío en que mis habilidades me permitan escapar.

—Tendréis que sucumbir tarde o temprano, Clere —observó Fransham con una sonrisa—. Yo antes solía mostrarme igual de receloso, pero ahora estoy empezando a valorar los beneficios del matrimonio —no miró a la señorita Millington mientas hablaba, pero la joven se ruborizó ligeramente de todas formas.

—Yo también espero valorarlos —se mostró de acuerdo Ashe—. Pero prefiero elegir yo, que no verme acosado por aterradoras matronas a la caza de un soltero con título y con dientes.

—Debemos cesar de burlarnos del pobre lord Clere —sugirió Phyllida en medio de la diversión general—. Ha venido a Londres esperando suntuosos banquetes y refinadas conversaciones y, en lugar de ello, se encuentra con una pequeña cena con frívolas amistades.

—Frívolas pero encantadoras —la corrigió Ashe. La miró sonriente mientras hablaba, pensando en la calidez de sus ojos castaños y en lo delicioso de su aspecto cuando estaba contenta.

Se puso seria de pronto al reparar en su mirada. Abrió mucho los ojos y Ashe se vio asaltado por una súbita fantasía en la que ella yacía debajo de su cuerpo, mirándolo con expresión insondable, los labios entreabiertos. «Oh, sí», pronunció para sus adentros. La vio de pronto tendida sobre una colcha de seda verde, jadeando de placer mientras él lamía hasta el último centímetro de aquellas cremosas curvas...

La imagen de su piel contra la suya, marfil contra oro, resultaba en sí una erótica provocación. Se preguntó por qué se había mostrado por un momento tan indeciso acerca de sus intenciones para con ella.

Aquellos pensamientos debieron de traslucirse en su mirada, porque Phyllida se ruborizó y se volvió hacia su criada.

—Esto será todo de momento, Jane. Te llamaré cuando te necesite.

Luego se puso a hablar con lord Hardinge, sentado a su izquierda, sobre una ópera que se había perdido la semana anterior, con lo que la conversación giró hacia el teatro y las artes. Ashe se sumó a la conversación, pero se dedicó mayormente a escuchar, asimilando las informaciones con la misma concentración que había empleado en las misiones encargadas por su tío.

Todo en aquel mundo nuevo era útil, pero él se descubrió escuchando a Phyllida cada vez con mayor atención. Era una excelente anfitriona: mantenía vivo el hilo de las conversaciones y atraía la atención de todos con la habilidad de una consumada matrona. Sus propias contribuciones revelaban un interés por aspectos culturales de gran alcance. Pensó que nadie se aburriría después de hacer el amor con ella. No sería una amante de cuya cama uno se apresurara a levantarse.

Ya estaba. Había formulado mentalmente la palabra: «amante». Una relación a largo plazo, y no las breves aventuras que había tenido desde que murió Reshmi. Y esa vez ya estaba sobre aviso, con lo que no se comprometería emocionalmente, ni dejaría tampoco que su pareja se comprometiera a su vez. Reshmi había sido su primer y único amor, y el golpe había sido muy duro. Ahora estaba más experimentado, se hallaba en guardia contra aquella clase de sufrimiento, de manera que no volvería a suceder.

—Dicen que acaba de llegar una remesa de magnífica porcelana china —dijo sir Peter, interrumpiendo sus reflexiones—. Ignoro si es un rumor o un hecho. Quizá sea ofrecida en subasta, pero, por lo que sé, ninguna de las grandes casas la ha encargado.

—Existe y es ciertamente muy fina, pero los navieros pretenden venderla directamente a los tratantes de los almacenes de los muelles —dijo Phyllida, y todo el mundo se volvió para mirarla con un cortés asombro—. Esto es... oí a alguien hablar de ello el otro día en la velada musical de los Trenshaw, quejándose de que para cuando el público vea los artículos, su precio se habrá incrementado considerablemente.

—Por un momento llegué a imaginaros inspeccionando la mercancía en algún lóbrego almacén portuario, querida Phyllida —dijo lady Blackett, soltando una risita—. ¡Sé lo mucho que os gusta la porcelana fina, pero eso sería ciertamente un escándalo! —rio y todo el mundo se sumó a la diversión.

Ashe pensó que la diversión de Phyllida era fingida y la sonrisa de su hermano forzada, pero nadie más pareció notarlo.

—Y peligroso —apuntó Ashe—. Por lo poco que he visto de la zona de los muelles, no es lugar para una dama.

Esa vez, la mirada que le lanzó Phyllida no le inspiró fantasía amorosa alguna. Parecía como si deseara tener una horquilla a mano para clavarla en algún lugar de su anatomía.

—Algunas infortunadas mujeres trabajan en esa zona, lord Clere. Si es peligroso para ellas, es porque se encuentran a merced de los hombres que allí acechan y que buscan aprovecharse.

—Sí, pero son mujeres trabajadoras —intervino sir

Peter con tono irónico—. Muchas de ellas no son mejores que… —de repente pareció darse cuenta de que se encontraba entre compañía mixta, y no pronunciando un discurso en el Parlamento—. No son damas refinadas, eso es lo que quería decir. Lo escandaloso sería encontrar a un caballero en una zona así.

Se alzó un murmullo general de asentimiento antes de que, para sorpresa de Ashe, la señorita Millington declarara:

—Yo tengo entendido que hay muchas damas haciendo caridad en el East End y acudiendo personalmente allí a socorrer a los pobres, incluso a las infortunadas mujeres a las que se refería sir Peter.

Eso derivó la conversación hacia las obras de beneficencia y a la mejor manera de ayudar a los pobres. Ashe despertó un gran interés con su descripción del *sadhu* que, ataviado únicamente con un cordón sagrado y cubierto con una gruesa capa de cenizas, vivía de lo que le ofrecían los paseantes.

—¿Desnudo? ¿Y las damas no pueden evitar encontrarse con tales hombres? ¿No es eso un escándalo público? —inquirió lady Hardinge.

—En la India la desnudez puede ser considerada escandalosa, erótica, estética, práctica o religiosa, dependiendo enteramente del contexto —explicó Ashe—. Ni mi madre ni mi hermana pensarían en otra cosa que no fuera arrojar unas monedas en el plato de un desnudo *sadhu*, pero se escandalizarían si descubrieran a un miembro de su familia paseando sin camisa, por ejemplo —al ver que todavía parecían dudar, añadió—: ¿Alguna dama de esta mesa no ha visto nunca una escultura de desnudo clásico y la ha admirado únicamente por sus cualidades estéticas?

Aquello les hizo reír, a manera de reacio reconocimiento de que llevaba razón.

—Pero el blanco y frío mármol es completamente diferente de la carne —objetó Phyllida—. Si yo llegara a encontrarme con las figuras de los mármoles de lord Elgin paseando por Green Park, me quedaría escandalizada.

Ashe sorprendió la mirada que Phyllida lanzó a la señorita Millington, que obviamente reprimió una sonrisa por alguna secreta broma que compartían. Las damas solteras no eran tan poco curiosas sobre esos temas como suponían los hombres, reflexionó. Se imaginó a Phyllida contemplando las eróticas esculturas que decoraban algunas de las habitaciones del palacio de Kalatwah. Reaccionaría con timidez, quizá, pero también se sentiría intrigada y excitada. Y descubrió que ese simple pensamiento no solamente lo había excitado, sino que también había reforzado su decisión.

Lord Clere la estaba mirando con una expresión tan divertida y apreciativa que le entraron ganas de ruborizarse. Tenía la sensación de que podía leerle el pensamiento. Como si la hubiera sorprendido recordando el momento en que, durante la noche del baile, le había comentado a Harriet Millington que le habría gustado que se le rompieran los ajustados pantalones que llevaba. Aquel hombre provocador era capaz de flirtear sin palabras.

—¿Vamos, señoras? —preguntó a sus invitadas.

Una vez estuvieron todas dentro del salón, con la

puerta bien cerrada a sus espaldas, Lucy Blackett exclamó:

—¡Qué hombre tan atractivo! Y tan exótico, con esa tez dorada... Prima Phyllida, eres una malvada por haberlo mantenido tan en secreto.

—En absoluto —protestó—. Es un amigo de Gregory. Lo conoció el otro día en Tattersalls y lo invitó a casa. La verdad es que me da pena toda la familia. Debe de ser tan extraño encontrarse de repente en Inglaterra con una herencia tan vasta y descuidada, y en medio de un mundo tan ajeno...

Las demás mujeres se mostraron decepcionadas de que no hubiera admitido ninguna razón oculta para invitarlo, pero Phyllida cambió de tema. Estaban hablando de los planes de Harriet para visitar con sus padres el Lake District cuando los caballeros se reunieron de nuevo con ellas.

El resto de la velada transcurrió en un ambiente agradable. Finalmente entró Jane para anunciar que los carruajes habían llegado y los invitados se dispusieron a marcharse. La criada de Harriet salió de la cocina y Gregory se ofreció a acompañar a la señorita Millington hasta casa.

—Ya alquilaré un coche para volver —explicó mientras bajaba ya las escaleras, con los guantes en la mano.

—¿Me equivoco al suponer que vuestro hermano está interesado en la señorita Millington?

Phyllida se volvió para descubrir a Ashe justo detrás de ella, en el pasillo

—Eso espero —admitió. Vio que Jane le tendía el sombrero, el bastón y los guantes, sin que él hiciera intento de recogerlos—. A mí me gusta mucho.

—Me preguntaba si vos y yo podríamos intercambiar unas palabras antes de marcharme, señorita Hurst.

Phyllida se dio cuenta de que se había quedado sola en la casa, a excepción de las criadas. Sabía que debía pedirle a Jane que se sentara en una esquina de la habitación, o llamar a Anna, pero le pareció mojigato andarse con tantas formalidades. Además de que no había nadie allí para amonestarla.

Regresó al salón y advirtió que Ashe dejaba la puerta abierta nada más entrar, lo cual era, supuso ella, un alivio. Ashe Herriard parecía consumir con su presencia todo el aire de la habitación. O quizá fuera el hecho de que no le quedara ni una gota en los pulmones... Se sentó y le señaló una silla, pero él permaneció de pie.

—¿Pensáis ir sola a ese almacén de los muelles a comprar porcelana, verdad? —le preguntó sin mayor preámbulo.

Pensaba hacerlo, por supuesto. Si aquella porcelana era la mitad de buena de lo que pregonaban, compraría toda la que pudiera permitirse y sacaría elevados beneficios. Pero no tenía intención de revelar sus planes a nadie, y mucho menos a tan autoritario caballero.

—Aún no lo he decidido, lord Clere.

—Oh, sí que lo habéis hecho. Lo vi en vuestro rostro. Pero no debéis ir. Aquella zona no es segura.

Phyllida se levantó en un revuelo de muselina de color rosa.

—Lord Clere, no tenéis ningún derecho a dictar mis actos.

—Un caballero tiene el deber de proteger a una dama.

—Tengo un hermano, señor.

—Que parece poco deseoso, o incapaz quizá, de controlar vuestras actividades —Ashe se apoyó en una silla, aparentemente impertérrito tanto ante su tono como ante su ceñuda mirada.

—Dado que estamos solos, señor, permitidme que os recuerde que tengo un negocio que dirigir. Tengo veintiséis años y no necesito que me controle nadie. Lo que sí necesito, en cambio, es material de la más alta calidad, y esa porcelana promete serlo.

—Yo os la compraré en vuestro nombre.

Phyllida volvió a dejarse caer en la silla de manera muy poco digna.

—¿Vos? ¿Qué sabéis de porcelanas?

—Al menos tanto como vos, apostaría —ahora que Phyllida estaba nuevamente sentada, se sentó en la misma silla en la que antes se había apoyado. Y con mucha mayor elegancia que la que había demostrado ella—. Me crie en una de las grandes ciudades comerciales del Oriente, con un abuelo alto funcionario de la Compañía de las Indias, y he pasado estos tres últimos años en la corte de un príncipe inmensamente rico, con un excelente gusto por el coleccionismo.

—Necesito ver el material y elegirlo yo. Sé lo que podría vender en mi tienda y cuál es mi presupuesto.

—Entonces os acompañaré —el tono era agradable, e incluso sonreía. Aunque bien podría haber sido una sonrisa de granito.

—¿Y quitarme las mejores piezas delante de mis narices?

—Ahora que sé de la existencia de la colección, no tardaré mucho en averiguar dónde está. No necesitaría acompañaros para quitároslas. Podría encargar las mejores piezas mañana mismo.

—¡Oh! —Phyllida no estaba acostumbrada a que la frustraran en su propio mundo. Estaba limitada por su origen, por sus propios secretos y por la necesidad, constante, de conseguir dinero; pero más allá de aquellas constricciones, estaba al mando de su propia vida. Aquel hombre irritante que estaba allí sentado, esperando pacientemente a que ella terminara de fulminarlo con la mirada y acabara cediendo, era algo que estaba completamente fuera de su experiencia.

—Vos, señor, no sois un caballero —pronunció con una helada determinación destinada a ponerlo en su lugar.

—Oh, claro que lo soy.

Ashe Herriard se levantó de repente, haciéndole rechinar los dientes de rabia. Algún perverso instinto femenino le pedía a gritos que lo mirara, que admirara su postura, que se esforzara por gustarle... Vio que se acercaba y le tendía las manos, con las palmas hacia arriba. Perpleja, puso una mano sobre la de él. ¿Se trataría de alguna forma de admitir la derrota en la sociedad india? Mientras pensaba sobre ello, Ashe tiró de ella y la levantó.

—Solo que no soy un caballero inglés —añadió y la atrajo hacia sí, tan cerca como para bailar un vals con ella, o como para besarla.

«Si lo intenta, lo abofetearé», decidió. Pero esa resolución no bastó para que liberara su mano. Alzó la mirada hacia aquellos ojos de un verde oscuro que siempre parecían levemente divertidos, a su boca de labios firmes y al mentón que hablaba de su determinación, y tragó saliva.

—Crecí con la conciencia de la jungla y sus peligros. Vuestro East End es una jungla sin tigres ni cobras, pero una jungla al fin y al cabo. Yo no permito que una dama se interne sin protección en un lugar semejante. Esto no es negociable. Pero sí que podemos negociar una tregua —dijo Ashe—. Me prometeréis que no visitaréis los almacenes sin mí. Y yo os prometeré a mi vez que no intentaré comprar ningún artículo mientras vos no hayáis seleccionado los que queréis.

—Pero no podemos ir en un elegante carruaje con el escudo de vuestra familia en la puerta —objetó Phyllida, aunque sabía que tenía que admitir la derrota—. Tendremos que tomar un carruaje de alquiler.

—Por supuesto. No es cuestión de aparecer por allí aireando lujos —convino él—. Ya sabéis que esta es la decisión sensata, y vos sois una mujer sensata. Entonces, ¿cómo es que seguís disgustada?

De todos los cumplidos que habría podido lanzarle, «sensata» no era precisamente uno de ellos. Sus dedos seguían cálidamente atrapados en su mano, y estaba tan cerca que podía oler su aroma a sándalo...y a hombre, si hubiera sido tan estúpida como para inspirar profundamente. Su cerebro «sensato» parecía haberse tomado unas vacaciones.

—Porque eso significa acompañaros.

Ashe no pareció ofenderse, aunque enarcó sus oscuras cejas.

—¿Tanto os desagrada mi presencia?

—Sabéis que no. Pero no sé lo que queréis de mí, ni el motivo por el que buscáis mi compañía. Vos buscáis una esposa y yo nunca podría ser una candidata adecuada, como ambos sabemos. Un conocido de mi hermano, un caballero que acaba de cenar con nosotros, no tiene motivo alguno para acompañarme en una salida así. ¿Qué es lo que pretendéis?

—¿Amistad? —sugirió él tras una levísima vacilación.

Phyllida tuvo la sensación de que había estado a punto de decir algo diferente. Lo fulminó con la mirada.

—Los hombres y las mujeres no son amigos en la sociedad inglesa. No a no ser que sean de edad madura o estén estrechamente emparentados.

—Lo mismo rige para la colonia europea de la India. Y en cuanto a la sociedad india... un hombre se arriesga a morir por disfrutar de la menor intimidad con una mujer. Pero... ¿por qué no romper con las convenciones? Yo disfruto con las nuevas experiencias.

No parecía haber nada que pudiera replicar. La verdad, es decir que encontraba su presencia demasiado turbadora, era algo que no podía admitir.

—Muy bien —cedió al fin—. ¿Querréis pasar a buscarme mañana a eso de las diez? Y, por favor, llevad ropa poco llamativa.

—A las diez. Y os prometo no parecer un rico coleccionista británico con más dinero que buen juicio.

—Hasta mañana entonces, señor —intentó retirar discretamente la mano, que había permanecido dentro de las suyas durante un escandaloso lapso.

—Ashe, Phyllida. Somos amigos, ¿recordáis? —e inclinó la cabeza mientras se llevaba su manos a los labios y le besaba los nudillos.

La impresión que le produjo aquel gesto, pese a que llevaba unos finos guantes de noche, se disparó a lo largo de su brazo junto con un calor abrasador. Entreabrió los labios como si se los hubiera besado.

—Buenas noches —se despidió él, soltándola—. Gracias por tan deliciosa cena. Ya conozco la salida.

«Mi amigo Ashe», pensó Phyllida. Se sentó mientras la puerta principal se cerraba tras él, preguntándose por qué se había dejado atrapar de aquella forma. Bajó la mirada a sus manos, apoyadas sobre el regazo, y lentamente se llevó a los labios la que él había besado.

La palabra «amistad» sonaba segura. ¿Pero realmente ella quería estar segura? ¿O acaso acababa de hacerse amiga de un tigre?

Siete

Era la «señora Drummond» quien estaba esperando a Ashe cuando él llegó puntualmente a las diez.
Llevaba un vestido de lana pardo; una capa del mismo
color, algo más oscuro; un sencillo sombrero de paja
decorado con un puñado de flores artificiales; guantes
zurcidos y toscos zapatos. Bajo el guante izquierdo,
si uno se fijaba bien, se podía distinguir la forma de
una alianza de matrimonio.

—Santo Dios —Ashe se la quedó mirando asombrado—. Esto es todavía peor que el atuendo que lle-
vabais la primera vez que nos encontramos.

—No me importa —replicó Phyllida— ¿A dónde
vais vos de esa guisa?

Llevaba una chaqueta de brocado negro y cuello
alto, prieta en la cintura y con amplios faldones hasta
la rodilla. Debajo llevaba unos ajustados pantalones
rojo granate, con altas botas negras de piel fina, y una
faja también roja a la cintura. No se había afeitado, y
la sombra de barba, más negra que su pelo, oscurecía
aún más su piel. El toque final de exotismo era su
pelo, libre de la coleta, que le llegaba hasta los hom-

bros. Cuando giró la cabeza, Phyllida alcanzó a distinguir el brillo de un arete dorado en su oreja derecha.

—¿No os gusta? —enarcó una ceja.

Phyllida habría podido jurar que se había hecho algo para ennegrecerse las pestañas. Deseó haberse atrevido a preguntárselo, porque parecía un truco muy efectivo.

—Estáis espléndido, y lo sabéis —le espetó. Ni muerta le habría sacado la confesión de que, a sus ojos, era la personificación de las fantasías del exótico Oriente—. Pero no busquéis cumplidos, lord Clere. Vuestro atuendo no es precisamente el más adecuado para el lugar al que vamos.

—Pero parezco un verdadero tratante oriental. Alguien que entiende de cerámica china.

—Veremos quién cierra el mejor trato —repuso Phyllida—. ¿Negociaremos juntos?

—No. Ordenaré al cochero que me deje a la vuelta de la esquina y yo entraré primero.

—¿Por qué? —Phyllida guardó en su retícula la llave de la casa.

—Por si acecha algún peligro, por supuesto.

Ashe la siguió fuera de la casa y cerró la puerta. Phyllida dio al cochero la dirección y subieron al coche de alquiler.

—¿Os defenderéis de algún atracador estrangulándolo con esa faja?

—Sois más agotadora que mi hermana —se quejó Ashe—. No, lo apuñalaré con alguno de los tres cuchillos que llevo escondidos en mi cuerpo —se recostó en los desgastados cojines y cruzó sus largas piernas.

¿Cuchillos? Un caballero no se paseaba por Londres armado hasta los dientes con cuchillos, al menos por aquellos días. Se estaba burlando de ella; no podía ser de otra forma. Resistió la tentación de buscar algún traicionero bulto en su cuerpo, no fuera a pensar que estaba admirándolo.

—¿Quién es la señorita Millington? —inquirió en un rápido cambio de tema—. No he podido encontrarla en ninguna guía de la aristocracia inglesa.

—¡Ella no es para vos! —se sentó de pronto muy derecha, aferrando su retícula—. Es para Gregory.

—Yo no he dicho que la pretendiera. Simplemente estaba intentando identificarla.

—Su padre es un importante banquero.

—Ah, entiendo. Aportará una sustanciosa dote, y vuestro hermano tierras y título.

—Exacto. Y se gustan, de modo que tengo esperanzas de que se emparejen.

—Labor vuestra, sospecho.

—Ciertamente. No es ningún secreto que nuestro padre dejó a Gregory el título de conde, una casa a punto de caerse, una tierra en pobre estado y una montaña de deudas. Vendimos todo lo que pudimos y saldamos deudas, pero no nos quedó prácticamente nada de lo que vivir, y desde luego ningún recurso para restaurar la propiedad.

—Así que ambos os mantenéis del comercio de la tienda. ¿Qué será de vos cuando Fransham se case? Parecéis ser una notable casamentera... ¿no podrías emplear ese talento en vuestro propio beneficio?

—Yo no me casaré —empezó a juguetear con un hilo de su guante derecho—. En mi posición...

—Absurdo. Alguien se enamorará de vos: un burgués, un segundón quizá.

Y en ese caso, pensó Phyllida, tendría que confesarle la verdad sobre su pasado.

—Yo no me casaré —repitió, terca—. No tengo ningún deseo de hacerlo — aunque pudiera encontrar al hombre adecuado, y a ese hombre no le importara ni su origen, ni la tienda ni su pasado, ¿podría ser ella una buena esposa para él? Lo dudaba.

Se estremeció. Que encontrara atractivo a un hombre determinado y siguiera soñando con su beso y con la presión de sus dedos sobre los suyos no significaba que, si las cosas iban más allá, ella pudiera soportarlo. Las instintivas reacciones de su cuerpo, de mujer a hombre, eran una cosa, y otra muy diferente la capacidad de su mente para sobreponerse al horror y al recuerdo. Mejor era no arriesgarse. Se sentía como si Ashe la estuviera empujando hacia el borde de un abismo y ella no tuviera la fortaleza necesaria para resistirse.

—Estamos cerca —tiró del cordón que hacía de llamador—. Si bajáis aquí y dobláis la esquina a la izquierda, veréis el almacén. Decidle al cochero que me deje en la entrada dentro de unos minutos.

Cuando Phyllida entró en el almacén después de saludar con un gesto al guardia de la puerta y a los apurados empleados, encontró caras conocidas. Figuras lúgubres y taciturnas, provistas de cuadernos de notas, tomaban misteriosos apuntes mientras pasaban entre cajones de embalaje y estantes. Sus colegas tratantes acogieron sus breves saludos y escrutadoras miradas con rostros tan inexpresivos como los de unos jugadores de cartas en mitad de una importante apuesta.

No le costó localizar a Ashe. Caminaba por los pasillos atestados con una leve sonrisa en los labios, seguido de cerca por Joe Bertram, el gerente del almacén. Observó cómo se detenía y negaba con la cabeza ante el mismo surtido de pequeños artículos en los que ella estaba interesada.

—¿Quién diablos es ese tipo? —uno de los tratantes se detuvo al lado de Phyllida y señaló con la cabeza a Ashe, que en ese momento estaba poniendo los ojos en blanco a la vista de un gran jarrón.

—No tengo ni idea —respondió, capaz apenas de reconocer al altanero caballero indio al que todos estaban mirando—. Pero parece que sabe lo que se hace.

—Está poniendo nervioso al viejo Bertram. Podría bajarnos los precios a todos —comentó el hombre con una risita, antes de seguir andando.

Ashe se acercó, se detuvo y la saludó con una leve inclinación de cabeza. Su rostro era inexpresivo: un aristócrata demostrando cortesía a una persona inferior. Phyllida lo ignoró y fingió estudiar unas enormes urnas antes de pasar al surtido de pequeños artículos. El corazón se le aceleró nada más levantar el primer bol de porcelana fin. Había *Famille Rose* de altísima calidad, varios exquisitos quemadores de incienso, encantadoras miniaturas de terracota, platos... Tendría que pensarlo muy bien y pujar fuerte.

Desde donde estaba podía oír a Ashe mientras se dignaba interesarse, con exagerado acento, por un juego de jarrones. Phyllida apartó las piezas que quería, añadió unas pocas más a manera de sacrificio para cuando empezara el regate, y buscó con la mirada a Bertram o a alguno de sus ayudantes. De repente se oyeron gritos y risotadas en la puerta y Harry Buck entró pavoneándose seguido de sus matones. Todos los tratantes que tenía a su alrededor parecieron difuminarse, como terriers evitando a un bulldog.

Solamente Ashe, que estaba examinando la base de un bol, el nervioso señor Bertram y ella misma quedaron expuestos a la turbia mirada de Buck. Los ojos del matón recorrieron a Ashe, descartándolo inmediatamente por extranjero, se posaron en Bertram, que se apresuró a correr a su lado a un simple gesto suyo, y se clavaron finalmente en ella. Phyllida podía sentir aquella mirada como el contacto de unos grasientos dedos en su piel. Sus pesadillas comenzaban y terminaban con Buck, su risa ronca, sus gruesos dedos, su aliento a cebolla... ¿Por qué estaba allí? Estaba atrapada.

Mantuvo los ojos fijos en el bol que estaba sosteniendo, cuyas paredes eran tan finas que podía distinguir las sombras de sus dedos a través de la porcelana. Si tenía alguna marca, estaba borrada. Phyllida la bajó antes de que se le cayera y simuló tomar una nota.

—¡Vaya! ¿Qué es lo que tenemos aquí? —se le acercó Buck—. Una pobre meretriz buscando una bonita tetera, ¿eh? Un poquito cara para ti, cariño; mejor mira en el mercado. O tal vez yo pueda ponerte en camino de ganar alguna pasta.

Quizá no la reconocería. Nunca lo había hecho en cada ocasión en que la había visto en el East End después de aquella primera vez, y ella había tenido buen cuidado de que fuera muy fugazmente. Se esforzó por tranquilizarse. ¿Por qué habría de reconocer en aquella mujer de veintitantos años, vestida con colores apagados, a la aterrada virgen de diecisiete años que había sido? ¿Cuántas otras desesperadas muchachas que necesitaban ganar algo de «pasta», vendiendo lo único de valor que poseían, habían pasado por aquellas sucias manos desde entonces?

Pero Buck nunca antes había estado tan cerca, tan concentrado únicamente en ella. Phyllida siempre se las había arreglado para escabullirse, para desvanecerse detrás de una esquina, para desaparecer detrás de algo más interesante cuando de manera inadvertida se había cruzado en su camino.

Podía olerlo claramente: a tabaco, a sudor, a cebolla, a colonia barata. Se agarró al borde de la mesa y luchó contra el primario impulso de huir.

—Yo te conozco, ¿verdad? ¿Dónde trabajas? —le preguntó de pronto Buck, entrecerrando sus ojillos sagaces.

Phyllida se esforzó por dominarse. Mostrando miedo solo conseguiría intrigarlo aún más. Él alzo una mano como para tomarle la barbilla mientras estudiaba su rostro.

—¿Cómo te llamas?

—No creo que la dama quiera hablar con vos. La estáis distrayendo mientras estudia la mercancía.

La voz tranquila y con acento procedía de su derecha. Phyllida sintió entonces el roce de los amplios faldones de su chaqueta en las faldas. Ashe acababa de colocarse entre ella y Buck.

—Tú no eres de aquí, ¿verdad? —dijo Buck—. A

lo mejor por eso no sabes cómo funcionan las cosas. Estaba hablando con esta pájara.

—Estas cosas funcionan igual en todo el mundo —repuso Ashe con tono tranquilo—. Un caballero no molesta a una dama.

—¿Ah, sí? Ah, bueno, ni yo soy un caballero ni ella es una dama —Buck dio un manotazo en la mesa de caballete que estaba al lado de la cadera de Phyllida. Phyllida dio un respingo y descubrió que uno de los matones se le había acercado por detrás—. Así que lárgate de aquí, niño bonito, antes de que te pase algo malo.

Se produjo entonces un súbito movimiento, un fogonazo, y un delgado cuchillo apareció clavado en la madera de la mesa, entre el pulgar y el índice de Buck, con el mango temblando. La porcelana se estremeció, tintineando por el impacto.

—Se me ha ido la mano —pronunció Ashe en medio del tenso silencio—. Suele sucederme cuando me amenazan. Sería una lástima que alguien cayera encima de esta preciada mercancía vuestra y la rompiera, señor

—¿Mía, dices? —Buck no retiró la mano. Su atención no estaba ya centrada en Phyllida, lo que hizo que esta respirara aliviada.

—Creo que vuestro dinero está detrás de esto, ¿verdad? Os sugiero encarecidamente que ordenéis a vuestros hombres que se retiren. Si yo fuera a desmayarme de miedo, creo que probablemente lo haría sobre aquella mesa de cerámicas de la dinastía Song, lo cual sería una tragedia, sobre todo teniendo en cuenta que estaba dispuesto a gastar una importante suma en su compra.

—¿De veras que pensabais hacerlo? —Buck retiró la mano, con los ojos clavados en el rostro de Ashe.

Buck era un zafio y un patán, pensó Phyllida mientras se esforzaba por aquietar su respiración, pero no tanto como para perder dinero por culpa de una porfía, no si podía salvar la cara. Porque nadie más podía ver el cuchillo, que por cierto se esfumó con la misma rapidez con que había aparecido, dentro de la manga izquierda de Ashe.

—Así es. Si es que llegamos a un acuerdo en el precio. Y si no hubierais asustado a la dama, imagino que ella estaba a punto de inquirir por el precio de los artículos que ha estado apartando.

—Muéstrame antes tu dinero.

—No. Acordemos antes un precio. Después enviaré a buscar el dinero y haremos el intercambio —pronunció Ashe con un tono tan tranquilo como si estuvieran charlando mientras tomaban el té de las cinco.

—Hecho —dijo Buck con un gruñido y se alejó, seguido de sus hombres.

—Oh, Dios mío... —Phyllida soltó por fin la mesa de caballete y se masajeó los dedos, dolorosamente entumecidos—. ¿Vamos a salir de aquí vivos?

—Si me gasto el suficiente dinero, sí —contestó Ashe, reprimiendo una carcajada—. ¿Habéis elegido ya?

—Sí —Phyllida sabía que no podía salir corriendo del almacén, que era lo que su instinto le estaba gritando que hiciera. Eso llamaría la atención sobre su persona y dejaría intrigado a Ashe. Enderezó una figurilla que había caído por el impacto del cuchillo al clavarse en la mesa.

Ashe hizo una seña a Bertram y permaneció a un lado mientras ella negociaba. A Phyllida le tembló algo la voz al principio, pero el familiar tira y afloja del regateo acabó por tranquilizarla y ambos terminaron acordando un buen precio.

—Me llevaré las piezas ahora —decidió. Después de pagar, se apartó mientras un mozo las empaquetaba y Ashe negociaba a su vez el precio de los jarrones.

—Son de la Dinastía Song, del norte —declaró Bertram—. Muy selectos.

—No; es vajilla de tipo celadón, y del sur —replicó Ashe—. Siglo XIII. Demasiado tardías para ser Song.

«Sabe de lo que está hablando», se dijo Phyllida. Nada más fácil que observar y escuchar a Ashe, disfrutando de aquel encantador acento suyo, del fluido movimiento de sus manos con cada gesto. Parecía haberse convertido en más indio, y menos europeo, solo por la manera en que modulaba la voz, por la postura que adoptaba. No asentía con la cabeza, sino que la giraba de lado a lado en un sinuoso gesto oriental de asentimiento.

Viendo las nerviosas miradas que Bertram lanzaba al fondo del local, supuso que estaría siguiendo órdenes de Buck acerca del precio. Estaba fascinada. Ashe iba a pagar con dinero por haber acudido en su rescate.

—Yo ayudaré a la dama con sus compras —dijo una vez que el trato quedó concluido—. Y enviaré a mi hombre a por el dinero. No empaquetéis los jarrones hasta que regrese. No nos gustaría que se dañaran, ¿verdad?

«O que fueran sustituidos», pensó Phyllida. Pero... ¿de qué hombre estaba hablando?

Ashe llamó al cochero que esperaba y la ayudó a subir y a colocar sus compras en el asiento.

—Dobla la esquina y espera allí —le dijo al cochero—. Volveré en media ahora. Si alguien más se acerca, arranca y ponte a dar vueltas. No quiero que molesten a la dama.

No se acercó nadie, pero al cabo de unos segundos Buck salió del almacén y se apoyó en el marco de la puerta, clavando la mirada en el coche alquilado. No hizo intento alguno por aproximarse, pero Phyllida tuvo la sensación de que su especulativa mirada podía atravesar las paredes del carruaje y verla encogida en un rincón, como un conejo en una trampa.

Veinte minutos después, Ashe cargó el cajón que contenía sus jarrones en el asiento junto a la porcelana de Phyllida.

—¿Todo bien? —le preguntó mientras subía al coche—. Tuve que hacer ver que iba a por el efectivo, aunque lo llevaba encima. Si hubieran sospechado lo que estaba transportando...

—Sí.

Ashe estudió su rostro y la tensión con que se agarraba a la tira de cuero del carruaje: con demasiada fuerza, incluso para el traqueteante progreso del vehículo por el irregular empedrado de las calles.

—Era Buck otra vez, ¿verdad? El hombre de los muelles.

—Sí —al cabo de un momento, pareció obligarse a

añadir algo al crudo monosílabo—. Podría decirse que es el rey de la delincuencia local. Es propietario de los burdeles, dirige los garitos de juego y extorsiona a los tenderos a cambio de protección —su voz era tan tensa como los dedos que aferraban la agarradera de cuero.

—Le tenéis miedo.

—Todo el mundo con un mínimo de sentido común le tiene miedo. Excepto vos, al parecer.

—Quizá yo carezca de sentido común. ¿Pero por qué os internáis en esta zona, corriendo el riesgo de encontrároslo?

—Porque es así como me gano la vida. Tengo que comprar barato y vender caro, así que recorro las casas de empeño, hablo con los marineros, compro en almacenes como este. Pero si hubiera sabido que Buck era el dueño, no habría venido —admitió—. Y os doy las gracias. Vos supisteis... supisteis exactamente cómo tratarlo. Yo me quedé paralizada de miedo. Ese hombre me pone los pelos de punta.

—Es un bravucón. No se arriesgará a resultar lastimado... ni en su cuerpo ni en su bolsa. Ante un hombre dispuesto a plantarle cara, armado e imprevisible... se achica. Ni vos ni cualquier otra mujer habría podido hacer nada ante él en aquellas circunstancias.

—Sí —convino Phyllida, con los nudillos casi reventando el cuero de sus guantes.

Ashe se dio cuenta de que seguía terriblemente alterada por aquella amenaza de violencia. Toda su tranquila aceptación de lo que él acababa de decirle no era más que puro disimulo.

—Phyllida, es normal que os sintierais aterrorizada. Podéis dejar de haceros la valiente.

Ella sacudió la cabeza y murmuró algo que él no comprendió, a excepción de una única palabra: «débil».

—Eso es absurdo —dijo con vehemencia, y quiso darse de bofetadas cuando vio que el labio inferior le temblaba por un segundo ante de mordérselo—. Venid aquí —antes de que pudiera protestar, la levantó y la sentó sobre sus rodillas. Le desató luego aquel horrible sombrero y lo lanzó al asiento de delante. Tuvo que tirar de su mano para que soltara la agarradera de cuero y le enterró el rostro en su hombro—. Podéis llorar todo lo que queráis. No me importa.

Phyllida inspiró profundo, pero no soltó ningún sollozo. Ashe la envolvió en sus brazos, sujetándola con firmeza contra el traqueteo del carro, y esperó.

—Gracias —musitó.

—No las merezco. Hablo en serio: podéis llorar —y añadió al cabo de un momento—. Tengo una hermana, no lo olvidéis. Estoy preparado para esto.

Sintió entonces una ahogada carcajada en la pechera de la camisa. Seguía sin llorar, pero parecía encontrar reconfortante el abrazo.

Sara siempre solía acurrucarse en sus brazos y sollozar sonoramente por las frustraciones de la vida, por las pequeñas tragedias, por la general injusticia de los padres. Pero había pasado mucho tiempo desde que su hermana había llorado en su hombro. Conforme Phyllida empezó a relajarse, su cuerpo se fue ablandando contra el suyo, ahuyentando de paso el recuerdo de cualquier abrazo fraternal.

La última mujer a la que había abrazado de aquella manera había sido Reshmi. Había estado sollozando de dolor, y de traición, porque él le había dicho que no pensaba volver a tomarla como amante cuando regresara a Inglaterra. Y ambos habían sido conscientes de que nunca habría podido casarse con una cortesana de la corte de su tío abuelo.

Phyllida se removió, acoplándose mejor contra él, recibiendo consuelo, supuestamente, del calor y de la fuerza del hombre que había intervenido para protegerla. De repente, los sentidos de Ashe, agudizados por el episodio del almacén, le hicieron todavía más consciente de su aroma. De su aroma sutil a jazmín y del calor de su cuerpo afectado por el miedo; del rumor de sus enaguas debajo de la sencilla lana de sus faldas; de sus suaves y femeninas curvas, que parecían hechas para encajarse en su cuerpo duro y fibroso.

Su cuerpo reaccionó de la manera previsible, endureciéndose: sintió la opresión en el bajo vientre, el entusiasta estremecimiento de la expectación, de la caza. Protegería a aquella mujer contra todos y contra todo. Excepto contra sí mismo. Porque la deseaba y la tendría.

Ocho

Habría sido maravilloso quedarse allí, envuelta en los brazos de Ashe, sumergida en la dulce ilusión de que todo iba a salir bien, de que era apreciada y querida por aquel hombre fuerte que la libraría de toda preocupación. «Te amo, Phyllida», le diría. «No me importa ni tu origen ni cualquier secreto que me ocultes. Me casaré contigo».

Qué dulce fantasía... Solo un minuto más. O quizá no. Phyllida fue consciente de que pese a la caballerosidad con que Ashe la había protegido en el almacén, y a lo fraternal que había sido aquel abrazo desde el principio, en ese momento él no estaba albergando ningún pensamiento fraternal hacia ella.

Estaba excitado. Acurrucada como estaba en su regazo, resultaba inequívoca la cruda realidad física del deseo masculino. Sus manos podían estar inmóviles, pero su respiración había cambiado. Su cuerpo estaba tenso, como si se estuviera conteniendo. No necesitaría de mucho estímulo por su parte, reflexionó, para romper ese control. Ella no era la típica dama soltera, atrincherada detrás de reglas y presunciones sobre el comportamiento que debía observar ante un caballero, y ella misma le había dado motivos para que la juzgara como una mujer tan imprudente como poco convencional.

La tentación de volverse en los brazos de Ashe, de buscar su boca, de saborear su calor y su fuerza, se evaporó de pronto como la niebla al sol. Ashe sería, estaba segura de ello, un amante tierno y generoso, pero aunque pudiera obviar sus miedos y hacer el amor con él, nunca podría esconderle lo que le había sucedido. No a un hombre de su experiencia.

¿Y después? ¿Había estado pensando realmente en arriesgar su duramente ganada aceptación en sociedad, su buen nombre, simplemente por el sueño de una hora en los brazos de aquel hombre? Además, él podía rechazarla. Que su cuerpo reaccionara a una mujer sentada en su regazo no significaba que la deseara a ella.

La impresión producida por el episodio con Buck, la escalofriante amenaza de la violencia había desordenado sus sentimientos y su buen juicio.

—Oh, cielo santo, mirad... Estamos casi en Great Ryder Street —dijo Phyllida con una alegría que incluso a sus propios oídos sonaba enteramente falsa—. ¿Qué le ha sucedido a mi sombrero? —volvió a sentarse en su sitio con la mayor dignidad que fue capaz y descubrió que estaba en el polvoriento suelo del coche—. Gracias. Lamento muchísimo haber perdido tanto los nervios... —sacudió el polvo con la fuerza suficiente para arrugar el adorno de violetas artificiales de la cinta.

—¿A dónde queréis que os lleve la porcelana? ¿Aquí o a la tienda? —le preguntó Ashe, como si no hubieran pasado abrazados los diez últimos minutos dentro de un vehículo público.

—Aquí, por favor —no se azoraría, ni dejaría que descubriera lo muy cerca que había estado de permitir que sus emociones nublaran su buen juicio. El coche se detuvo, Ashe la ayudó a bajar y tomó la llave para abrirle la puerta, para luego cargar con la caja de porcelana y depositarlo en el vestíbulo.

—No volveréis allí —la avasallaba con su estatura en el minúsculo espacio.

—¿Al almacén? No, desde luego —eso sí que se lo podía prometer con un mínimo de sinceridad.

—Supongo que sería demasiado esperar que no volvierais a pisar aquella zona de Londres —alzó de pronto una mano y le acarició una mejilla con los nudillos—. He sido capaz de distraer a Buck dos veces, pero puede que no lo haga una tercera.

—Tendré cuidado —su propia mano estaba en ese momento sobre la de él, aunque ni siquiera ella misma había sido consciente del gesto.

—¡Oiga, señor! ¿Quiere continuar camino o no?

—El coche espera —dijo Ashe. Deteniéndose al pie de los escalones de la entrada, se volvió para mirarla—. *Au revoir*.

—*Au revoir* —repitió ella mientras cerraba la puerta. La caja estaba en medio del vestíbulo, esperando. Al menos tenía algo real, algo inmediato que hacer. Suspiró profundamente.

—¡Gregory! ¿Estás en casa? Necesito que me ayudes.

—Esta es de lady Arnold —Anusha Herriard levantó la mirada de la carta que tenía en la mano—.

Nos invita a pasar el fin de semana en su propiedad cercana a Windsor. He estado hablando con ella sobre Almack's y la necesidad de conseguir vales para Sara, y me ha dicho que dos de las patronas que los otorgan estarán allí, lo cual es un gran detalle por su parte.

—Ashe y yo pensábamos ir a Eldonstone —dijo el marqués—. ¿Son tan importantes esos vales?

—Esenciales, papá —Sara sacudió la cabeza a manera de burlón reproche—. No has estado prestando atención. Si quieres que haga una buena boda, Almack's es el principal mercado matrimonial

—Horrible expresión —Ashe bajó el diario de la tarde que estaba leyendo y se estremeció visiblemente—. Alguien me preguntó hace poco si yo también iba a participar en el mismo, como si se tratara de un evento deportivo —suponía que lo era: ya se veía a sí mismo como un antílope perseguido por los lebreles.

—Tú no tienes ninguna prisa –le aseguró su madre, mientras le pasaba la carta a su marido—. No pongas esa cara de susto, Ashe.

—No tiene sentido negar que una nuera familiarizada con este ambiente te sería de gran ayuda —señaló Ashe. Esa era una de las razones que justificaban su matrimonio que no dejaba de recordarse, y la triste sonrisa de su madre no hizo sino confirmárselo.

—Me parece a mí que tendrías muchas opciones para elegir si asistieras a ese evento de lady Arnold —comentó su padre mientras ojeaba a su vez el diario—. Y varios de los lores con lo que quiero hablar también estarán allí, por lo que parece. Tarde o temprano deberé escoger mis afiliaciones políticas y una relajada reunión en el campo será probablemente un buen lugar para empezar.

—¿Quieres entonces posponer nuestro viaje a Eldonstone? —le preguntó Ashe.

—Yo diría que sí, pero también tenemos esta carta de Perrott —se la tendió por encima de la mesa—. Al parecer mi padre no tenía mucha paciencia con los adornos y colecciones de sus antepasados, y el lugar está atiborrado de cajas y cajones con todo tipo de cosas. Perrott me ha confesado francamente que no tiene la menor idea de cómo empezar a ordenarlo y clasificarlo, separando lo que tiene valor de lo que no.

—Pobre diablo —dijo Ashe con una sonrisa—. Parece ciertamente exasperado. Yo iré, si quieres. Al menos podré identificar las porcelanas y los marfiles orientales e intentar tasar algunas gemas —vio que su padre lo miraba inexpresivo, y pensó en la cantidad de malos recuerdos que el pensamiento de su casa familiar le estaría evocando en ese mismo momento—. Por supuesto, si tú quieres ser el primero en volver...

—No —el marqués sacudió la cabeza—. Yo solo pisé esa casa una vez. Mi padre y mi abuelo no se hablaban, como bien sabes. Allí mi padre no era bien recibido. Yo fui una vez a esa casa con la esperanza de que el viejo prohibiera a mi padre que me despachara a la India. No pasé de la puerta de su despacho.

—Entonces iré yo —se ofreció Ashe—. Podré posponer unos días mi inmersión en el mercado matrimonial.

El sentimiento de alivio que experimentó fue una sorpresa. No había esperado precisamente disfrutar con la experiencia de buscar una esposa, pero tampoco la había temido. Y tampoco podía decirse que desplazarse a Eldonstone, con su pesada carga de pasado, fuera sinónimo de unas vacaciones.

—Tendremos que contratar a un experto, supongo —dijo su padre—. Para que haga una selección, lo catalogue y lo tase todo.

Su madre murmuró su aprobación. Nadie parecía estar dispuesto a enfrentarse con el caos de aquella enorme casa. La lobreguez de su actual residencia en Londres ya resultaba suficientemente deprimente.

—Yo he hecho algunos progresos aquí —dijo ella—. He retirado la mayor parte de las cosas del salón principal y conseguido que nos hagan unas cortinas con esa seda de color crema que trajimos. Venid a ver qué os parece.

La siguieron a través del enorme salón de recepción y quedaron admirados ante la transformación operada.

—Este es el escenario ideal para el regalo que pensaba ofrecerte, Mata.

Ashe sacó los jarrones de celadón de la caja de embalaje y los colocó sobre el mantel de mármol de la chimenea. El verde claro de las piezas brillaba con la luz que se filtraba a través de las cortinas de color crema.

—Quedan perfectos. Gracias, cariño. ¿Dónde los encontraste?

—En un almacén del East End —dijo Ashe—. La señorita Hurst me lo mencionó durante la cena de la otra noche y yo la acompañé hasta allí.

—¿La señorita Hurst? —inquirió Sara—. ¿La hermana de lord Fransham? ¿Cómo es que le interesan a ella esas cosas?

Un plan cobró repentinamente forma en la cabeza de Ashe.

—Es una experta aficionada a las obras de arte —

respondió—. En realidad es bastante más que una aficionada, pero esto te pediría que no se lo dijeras a nadie. Los dos andan algo escasos de fondos y ella compra artículos y los vende discretamente. Subastas y cosas así —no pensaba mencionar la tienda ni sus falsas identidades. Se lo había prometido a Phyllida, y además, con lo que ya había explicado, le bastaba para lo que estaba a punto de sugerir—. Puede que te fijaras en el refinado conjunto de camafeos que llevaba en el baile de los Richmond. Si nosotros pudiéramos contratarla, o compensarla de alguna manera por su trabajo en Eldonstone…

Tal y como esperaba, ningún miembro de la familia pareció sorprenderse de la sugerencia.

—Qué inteligente por tu parte —aprobó Sara—. Sé que no están muy boyantes, y ya me advirtieron de que no me fijara en su hermano, pero eso sería de gran ayuda. No me extraña que siempre vista con tanto estilo. Yo había pensado en aquella tendera de Jermyn Street, donde compramos mi collar de piedra de luna, pero la señorita Hurst sería mucho mejor.

—Ciertamente —convino Ashe, muy serio.

Pero su madre estaba frunciendo el ceño.

—La señorita Hurst no podría acompañarte sin carabina, Ashe.

—Está la tía abuela Charlotte, que vive en la residencia secundaria. Podría quedarse con ella —señaló Ashe—. O quizá la tía Charlotte preferiría trasladarse a la casa principal. Si contratara un coche de posta para la señorita Hurst y ella se llevara su doncella, imagino que no habría problema.

—Lo único que sé de mi tía es que profesaba un cordial desagrado hacia mi padre, por así decirlo —comentó el marqués—. Pero puedo escribirle para preguntarle si estaría dispuesta a asistirnos en esto, si es que tu señorita Hurst se muestra de acuerdo.

«Mi señorita Hurst», repitió Ashe para sus adentros. Era una expresión que tenía su atractivo. Mantuvo una expresión indiferente.

—La sondearé. Si la tía abuela no está dispuesta a acogerla como huésped en su residencia o a trasladarse a la casa principal, entonces tendremos que buscar otra solución.

Al margen de lo que dijera su tía abuela, pensaba ofrecerle a Phyllida unos honorarios suficientes para evitarle la necesidad de volver al East End durante meses. Meses durante los cuales la persuadiría de que se acostara con él, y disfrutaría de ella como amante.

—¿Queréis que vaya con vos, sola, a la casa de vuestra familia? —Phyllida estaba inmersa en una maraña de emociones. Sorpresa; una punzada de perverso entusiasmo, rápidamente sofocada; indignación por si acaso se trataba de un complot deliberado; contento de poder ganar una suma tan alta y en semejante escenario.

—Os estoy pidiendo que aceptéis mi compañía, con vuestra doncella. Mi tía abuela Charlotte ha aceptado trasladarse a la casa principal mientras dure vuestra visita, movida por cierto por una gran curiosidad. Sospecho que será una inestimable carabina.

—Pero…

—Os estoy proponiendo unos generosos honorarios por día, ya que de momento no tenemos idea de la extensión de la tarea, y tendréis además prioridad como compradora de los artículos que decidamos vender — Ashe Herriard se recostó en la silla, cruzó sus largas piernas en elegante y relajada postura y esperó—. Naturalmente, no daremos a conocer que hemos contratado a un experto, y mucho menos su identidad.

—Supongo que tal vez podría aducir cansancio por los últimos sucesos y decir que necesito visitar a una amistad en el campo para poder descansar unos días... ——reflexionó Phyllida en voz alta. Unos generosos honorarios y un tiempo a solas en compañía de Ashe Herriard. Pero... ¿podría confiar en él? O, más concretamente: ¿podría confiar en ella misma?

—No tendríais que aventuraros en el territorio de Buck y alrededores durante meses —añadió Ashe.

¿Cobardía? ¿O la excusa perfecta para rendirse a su persuasión? Fuera lo que fuera, era un poderoso argumento.

—Acepto —decidió antes de que pudiera arrepentirse de ello—. Gregory asistirá al mismo evento que vuestra familia, y lo mismo la señorita Millington. Lady Arnold me ha prometido que dedicará todos sus esfuerzos a asegurarse vales para Almack's, porque es la madrina de Gregory y considera que Harriet será una buena esposa para él.

—¿Y vos no estáis invitada?

—Mejor será no recordar a las patronas de Almack's el particular matrimonio de nuestros padres — dijo con una actitud de desenfado que últimamente le estaba costando cada vez más mantener.

—¿Puedo preguntaros por lo que ocurrió? No pretendo pecar de curioso, si no deseáis hablar de ello.

Anna soltó un leve bufido, sentada como estaba en una esquina del salón reparando una cesta, para guardar las formas. Phyllida se encogió de hombros.

—No es ningún secreto. Estaban locamente enamorados... O al menos lo estaba mi madre. Se fugaron y, después, mi padre empezó a demorar el asunto del matrimonio. Se inventó todas las excusas que podáis imaginar. Que si su padre los perdonaría con el tiempo y que entonces podrían celebrar una boda adecuada; que si no tenía dinero para el vestido de novia de mi madre; que si tenía que regresar a Londres desde Tunbridge Wells, donde ella estaba alojada, para ganar dinero para pagar la renta mediante el juego... Un pretexto tras otro —se interrumpió—. Y una vez que mi madre se quedó encinta de mí y dejó de ser la muchacha esbelta que tanto lo había atraído desde un primer momento, empezó a verlo todavía menos. Finalmente, una carta desesperada que ella le envió terminó convenciéndolo de que se casara. Pero, por supuesto, en el camino se detuvo para apostar en un combate de boxeo, se emborrachó y apareció un día después. Un día tarde, por cierto, porque yo había nacido la noche antes.

—Eso es indignante –sentenció Ashe cono tono seco.

—Parece ser que mi madre lo calificó de una forma más expresiva. Pero ella lo amaba, al menos lo suficiente para que volviera a concebir a Gregory. Después de aquello, apenas lo vimos. El dinero llegaba de manera muy irregular.

Luego su madre cayó enferma y, sin familiares vivos por el lado materno que pudieran ayudarlos, Phyllida partió para Londres en busca de su padre. Pero aquello le costó más de lo que había imaginado.

No lo encontró, no inmediatamente, así que tuvo que gastar en alojamiento, en comidas, y poco a poco su situación se fue volviendo cada vez más desesperada, hasta que no le quedó más que una sola opción. Vender la única cosa de valor que le quedaba, o morirse de hambre y fallar a su madre y a su hermano.

—¿Señorita Hurst?

Sobresaltada, alzó la vista y descubrió a Ashe observándola. Fruncía levemente el ceño, pese a que mantenía su actitud relajada.

—Lo siento. Solo estaba recordando. No fueron momentos muy felices. Pero ahora todo eso pertenece al pasado. Anna, debemos hacer el equipaje y prepararnos para un viaje de… ¿cuánto tiempo, lord Clere?

—¿Cinco días? Podremos hacer fácilmente el viaje en un día, entiendo, y de esa manera dispondríais de tres para evaluar la situación. Confiaba en salir pasado mañana a las nueve.

—Muy bien. Estaré esperando.

Phyllida se descubrió a sí misma contemplando inexpresiva los anchos hombros de Ashe mientras abandonaba el salón detrás de Anna. ¿Acaso había cometido un terrible error al confiar en su discreción? Las consecuencias de aquella excursión serían serias. No por su reputación, que no peligraba si la tía abuela de Ashe iba a hacer de carabina. Pero sí que se estaba arriesgando a quedar en evidencia como tratante: y no como aficionada, sino como profesional.

Era algo, reflexionó con un suspiro, terriblemente injusto. Si Gregory conseguía cortejar con éxito a una rica heredera, él recibiría las felicitaciones de todo el mundo y su esposa sería aceptada y recibida en todos los ambientes...

—Un penique por tus pensamientos —su hermano había aparecido en el umbral, contemplándola con una sonrisa.

—Oh, estaba pensando precisamente en ti. ¿Has visto a Harriet hoy?

—Hace apenas diez minutos. Me la llevé a pasear por Hyde Park bajo la vigilante mirada de su madre. Vigilante y aprobadora, tengo que decir —se acercó para sentarse donde antes había estado sentado Ashe.

Phyllida sintió una punzada de mala conciencia.

—Te gusta Harriet, ¿verdad, Gregory? Me refiero a que realmente sientes algún afecto por ella... A mí me gusta mucho y detestaría pensar que va a salir perdiendo en una transacción entre sus padres y tú...

Gregory enarcó una ceja.

—¿Me estás preguntando si le seré fiel?

—Bueno, sí, supongo que sí. Y dulce con ella: un verdadero compañero. Es demasiado inteligente y sensible para verse engañada mientras tú callejeas por la ciudad gastándote su dinero.

—¡Uf! —para su sorpresa, ni se echó a reír ni se puso furioso—. Tienes razón, por supuesto. Si ella fuera una de esas palomitas de cabeza hueca que solamente quiere un título, no me importaría, pero me gusta y creo que podría irnos bien —esbozó una mueca—. Si ella me acepta.

—¿Hablarás con su padre?

—Me han invitado el lunes a su palco del teatro. Entonces veré qué actitud muestra el patriarca Millington hacia mí. Si se muestra amable, iré a hablar el martes con él. Si se muestra seco y estirado, desplegaré mis numerosos encantos y habilidades durante unos pocos días más antes de ponerlo a prueba.

—¿Te importaría que abandonara la ciudad por unos días?

—No, por supuesto que no. ¿A dónde vas? ¿A Essex, con Amanda Lewis?

Resultaba difícil explicárselo. Phyllida se descubrió buscando desesperadamente las palabras adecuadas, casi como si tuviera la conciencia culpable. «Es una cuestión de trabajo», se dijo.

—Lord Clere me ha pedido, en nombre de su padre, que tase algunos artículos en su casa familiar de Hertfordshire. Necesitaría marcharme pasado mañana. Me ocuparía unos cinco días en total.

—Eso está bien —dijo Gregory—. Supongo que te llevarás muy bien con la marquesa y con lady Sara. Seguro que habrán encontrado frenético el ritmo de la ciudad y necesitarán un descanso, ¿verdad?

—Bueno, lo cierto es que... — «oh, Dios, ¿cómo se lo voy a decir?», se preguntó—. Ellas no irán. Ni el marqués tampoco. Lord Clere está preparando un coche de posta para mí y para Anna

Gregory no estaba, al parecer, tan relajado como sugería su aspecto.

—¿Qué? —se levantó de un salto—. ¿Estás diciendo que vas a irte con ese libertino?

—¡No es un libertino! ¿O sí lo es? —preguntó, repentinamente dubitativa—. ¿Cómo lo sabes?

—Se necesita ser uno para conocer a uno —repuso su hermano, sombrío.

—¡Oh, por favor, Gregory! O me aportas alguna evidencia: doncellas deshonradas, orgías de borrachos, sesiones de juego de días enteros... o dejas de despellejar al pobre hombre. Yo creía que te caía bien y, además, no irá en nuestro coche de posta y su tía abuela se trasladará de su residencia a la casa principal para ejercer debidamente de carabina mía – «eso espero, al menos», añadió para sus adentros.

—Debería ir a buscarlo para hablar con él de todo esto —dijo Gregory, pero en seguida volvió a sentarse, aparentemente aplacado por las explicaciones anteriores.

—Por supuesto —repuso Phyllida, esperando no sonar sospechosamente dócil, pese a que por dentro rezaba para que no lo hiciera—. Realmente te agradezco de veras que hagas algo tan potencialmente embarazoso para mí —añadió, astuta.

Gregory puso los ojos en blanco.

—Supongo que sería un poquito incómodo preguntarle por sus intenciones al respecto... Podría dar lugar a equívocos.

—Haz lo que consideres mejor, Gregory —le dijo ella—. Pero el verdadero peligro estriba en que alguien descubra el motivo de mi ausencia. Así que, si te preguntan, di que me he ido al campo a pasar cinco días con unas amistades, a descansar. ¿Lo harás?

Asintió con la cabeza y se levantó.

—Ve a cambiarte. Te veré en la cena.

Una vez sola, intentó decidir si se sentía satisfecha por haber persuadido a Gregory de lo sensato de su expedición o no. Cinco días con Ashe Herriard. ¿Eso iba a ser el cielo... o el infierno?

Nueve

—Buenos días, señorita Hurst —la saludó lord Clere en el portal, con aspecto indecentemente despabilado y perfectamente acicalado, al igual que el hermoso potro alazán que estaba atado a la barandilla. Igualmente pulcro y alerta se hallaba Lucifer, posado en el pomo.

Phyllida, en cambio, estaba inquieta, pálida, decididamente incómoda y no precisamente de humor para apreciar las gracias de diabólicos cuervos. Había pasado dos noches demasiado largas, muriéndose de impaciencia... en los intervalos que le habían dejado sus incautas fantasías sobre la persona de Ashe Herriard.

—Lord Clere. Estamos listas, como veis. Vamos, Anna, no hagas esperar al señor.

La calle, afortunadamente, estaba vacía. Que la vieran subir a un coche de posta en compañía de un hombre que no era su hermano podía ser motivo suficiente de escándalo, al margen de los motivos que tuviera para hacerlo.

—¿Estáis cómoda, señorita Hurst? —le preguntó

él cuando estuvo sentada y arrepentida de no haber añadido un velo a su sombrero.

—Perfectamente, gracias. Anna, baja la persiana de tu lado. Si pudiéramos salir lo antes posible, señor, os lo agradecería. No tengo ningún deseo de que me vean, teniendo en cuenta las circunstancias.

—Por supuesto —cerró la portezuela del carruaje y el vehículo se puso en marcha.

«Difícilmente podría acusarlo de intentar seducirme con su encanto esta mañana», pensó Phyllida mientras se encogía en su asiento, rezando para que nadie pudiera verla a través del cristal de la parte delantera del carruaje. «Aunque puede que cualquier pensamiento de seducción esté únicamente en tu cabeza y sea una fantasía tuya. Probablemente».

Pero entonces el apuesto caballero montando el impresionante alazán adelantó su tiro y se descubrió a sí misma sonriendo. ¿Por qué no tener fantasías? Aquel hombre tenía una estampa magnífica a caballo y ella no era de piedra. Las fantasías eran seguras, mucho más que la tentación de ceder a sus propios impulsos. En sus sueños, la pasión era algo seguro, romántico, placentero. Irreal.

—Será agradable cambiar de aires —le dijo a Anna—. Hacía tiempo que no salíamos al campo. Me pregunto cómo será la tía abuela de lord Clere.

—Un viejo dragón, supongo —resopló la criada—. Al menos, espero que lo sea. Si es que existe, claro —añadió.

—¿Estás sugiriendo que lord Clere se lo ha inventado y que no habrá nadie allí para hacer de carabina mía? —inquirió Phyllida.

—Podría ser —Anna frunció los labios—. O quizá sea eso lo que estéis esperando vos, señorita Phyllida. Se trata del caballero del que estuvisteis hablando en el parque, ¿verdad? Es guapo como un pecado.

—Tonterías. Es verdad que ni siquiera un ciego podría discutir el atractivo de Lord Clere, pero él anda a la busca de una esposa adecuada, así que...

—No es de matrimonio de lo que estoy hablando, señorita Phyllida, y lo sabéis. ¿Que dirá vuestro señor hermano si volvéis a casa deshonrada?

«Ya estoy deshonrada», se recordó Phyllida, mordiéndose la lengua y haciéndose más daño del que pretendía cuando el carruaje rebotó en un bache.

—No soy una ingenua, Anna. Si lord Clere albergara hacia mí alguna intención más allá de la amistad que me profesa, soy perfectamente consciente de que sería deshonesta, y no pretendo echar a perder todos mis planes a cambio de tan peligrosa asociación.

—Me alegra escucharlo, señorita Phyllida —para alivio de su ama, Anna se acomodó en una esquina y concentró su atención en el paisaje que desfilaba ante sus ojos, dejándola a solas con sus propias, y no muy confortables, reflexiones.

¿Y si Ashe se le insinuaba de alguna forma? ¿Sería ella tan fuerte como para resistir la tentación? Era un hombre lo suficientemente atractivo como acabar con todos sus miedos y escrúpulos hacia una relación física, al menos en un principio, pensó estremecida. Los besos y las caricias, siempre y cuando ella estuviera al mando de su cuerpo, serían maravillosos. Pero él era un hombre de sangre caliente, apasionado, fuerte. No tenía ninguna esperanza de dominarlo, y entonces... Phyllida volvió a estremecerse. Aquel hombre le gustaba demasiado para su propia tranquilidad de espíritu.

Su ser racional le recordaba con firmeza que relacionarse con Ashe Herriard arruinaría todos sus planes, todos los prácticos y prudentes escenarios que había ideado para su futuro. Pero en el fondo de su mente una vocecita seductora le murmuraba que, si nunca iba a casarse, debería experimentar al menos lo que se estaba perdiendo. Que, como mujer independiente que era, tenía derecho a tomar sus propias decisiones sobre su vida.

¿Pero qué dirían los Millington si se produjera algún escándalo?, le preguntó su sentido común. «Aunque lo más probable es que esté equivocada, que Ashe solo esté flirteando y no albergue interés alguno por mí», añadió con firmeza. «Estoy perfectamente a salvo y el único peligro es el de mi desenfrenada imaginación. Probablemente».

Lady Charlotte Herriard demostró ser una altiva solterona de formidable aplomo, edad avanzada y absolutamente ningún escrúpulo a la hora de decir exactamente lo que le pasaba por la cabeza en cualquier momento. Ashe y Phyllida fueron conducidos a su salón rodeados de media docena de perrillos falderos que se enredaban en sus tobillos.

—Lord Clere y la señorita Hurst, milady —anunció el mayordomo—. Serviré inmediatamente el té.

—Con tarta, por favor, Sparrow —la dama dejó a un lado el libro que estaba leyendo e indicó a Ashe que se acercara con un autoritario gesto—. Así que tú eres el hijo que tuvo Nicholas con su esposa india, ¿eh? Tienes el mismo aire que tu bisabuelo. Venid aquí, señorita Hurst, y dejadme miraros. ¿Quién sois vos?

—La hermana de lord Fransham, señora.

—¡Ah! —alzó sus impertinentes y estudió a Phyllida con toda la arrogancia de su edad y de su rango—. Esos Hurst. Vuestro padre era un cabeza loca, ya desde niño. Así que vos sois una mujer de negocios, ¿eh? Motivo de escándalo.

—No, señora. Soy muy discreta —Phyllida refrenó su temperamento mientras pensaba en los generosos honorarios que estaba a punto de ganar.

—¡Necesitaréis serlo, porque no pienso arrastrarme hasta la casa principal para andar haciendo de carabina durante todo el santo día! Yo mantendré las formas, pero disfrutaréis de plena independencia, niña mía, y será mejor que cuidéis bien de vos misma —sonrió débilmente—. Yo lo hecho siempre, y muy bien.

Phyllida estaba digiriendo aquella declaración y preguntándose por lo que lady Charlotte había vivido en su juventud mientras la formidable señora le señalaba una silla, aparentemente ya despreocupada de su persona.

—Clere, acerca esas mesas para el té y luego siéntate aquí, para que pueda verte bien.

Ashe así lo hizo, tomando asiento frente a su tía abuela.

—¿Te comportarás como es debido con esta joven dama o tendré que asignarle una doncella para que la vigile?

—Puedo aseguraros que no haré absolutamente nada que la señorita Hurst no quiera.

Phyllida lo conocía ya lo suficiente como para saber que el viejo dragón lo divertía, pero no tanto como para discernir si se trataba de una respuesta con doble sentido o no. Lady Charlotte no parecía albergar dudas al respecto. Enarcó una ceja gris, finamente delineada.

—Oh, sí, desde luego que me recuerdas a mi padre.

—¿Y no a su hijo, mi abuelo? —inquirió Ashe, aparentemente cómodo ante su escrutinio.

El té fue servido antes de que lady Charlotte pudiera contestar.

—Hacednos el favor de servir el té, señorita Hurst. Y comed tarta para que yo pueda hacerlo también con el pretexto de haceros compañía. Mi médico me lo tiene prohibido, el muy estúpido —volvió a clavar la mirada en Ashe—. No, no tienes el aspecto de tu abuelo, algo de lo que deberías estar agradecido. Cada familia tiene una oveja negra y él fue ciertamente una. Ve a ver los retratos familiares de la Galería Larga y te darás cuenta por ti mismo.

Ashe se alejó a caballo de la residencia de lady Charlotte después de un soportar un intenso interrogatorio de una hora de duración, seguido del coche de posta de Phyllida y de la calesa de su tía. Intentó decirse que la leve sensación de náusea que sentía en la boca del estómago era efecto en parte del riguroso interrogatorio, y en parte también del consumo de una inmoderada cantidad de excelente tarta de limón. Que no se trataba en absoluto de aprensión por aquello que estuviera esperándolo al término de aquel trayecto, mientras avanzaba por el sendero invadido de arbustos que llevaba a la casa Eldonstone.

Había combatido en batalla bajo el tórrido sol de la India, había lidiado con conspiraciones de palacio, había desbaratado un intento de asesinato contra su tío abuelo y había burlado a un diplomático francés. ¿Qué había pues allí que ponía tan tensos sus nervios, aparte de una casa que no le evocaba recuerdo alguno y un sentido del deber que no podía ser desoído?

Lucifer soltó un áspero graznido y se posó sobre su hombro como buscando consuelo cuando la casa apareció ante su vista.

Era una imponente y estrafalaria masa de piedra gris y ladrillo rojo, comenzada, según se había enterado por sus lecturas durante la travesía, bajo el reinado de Carlos II, pero que debía la mayor parte de la construcción al del primer Jorge. Habituado a las ventanas pequeñas, las enormes cristaleras que tenía daban a la casa un aspecto casi indecorosamente expuesto, impúdico. Casi tanto como las damas inglesas de un baile, con sus escotados vestidos.

La puerta principal se abrió y salieron varios criados de librea entre los que se encontraba Perrott: su cabeza pelirroja era la única imagen familiar.

—¡Milord! Bienvenido a Eldonstone.

Los mozos de cuadra corrieron a encargarse de su caballo. La plantilla de criados de la casa formaron una fila para ser presentados por Stanbridge, el mayordomo, y Ashe se encontró de repente dentro del hogar de sus antepasados.

Dio una vuelta completa en el gran vestíbulo, jurando por lo bajo en persa mientras contemplaba las paredes tiznadas de humo, la ausencia de adornos y de todo tipo de cuidados, la pila de maletas levantada bajo el arco de la elegante escalera. Stanbridge se aclaró la garganta.

—El difunto señor siempre se mostró despreocupado con el estado de la casa, milord. Se negaba a malgastar dinero, según decía, en su mantenimiento e incluso en su limpieza. Y, con una plantilla tan mínima, me duele confesaros...

—Lo entiendo perfectamente. ¿Pero él vivía aquí?

—La mayor parte del tiempo sí, milord. Era aquí donde principalmente... se entretenía —el rostro del mayordomo se volvió tan inexpresivo que era como si estuviera voceando a gritos su desaprobación.

—¿Se entretenía? ¿Aquí? —abrió una puerta que conducía a lo que antaño debió de haber sido un elegante salón.

—Los entretenimientos del difunto señor tenían que ver con la bebida, la caza y la compañía de jóvenes féminas, milord.

—Ya veo. Bueno, es evidente que ni mi madre ni mi hermana vendrán a vivir a un lugar así.

La pintura que colgaba sobre el mantel de la chimenea hizo que incluso Ashe, familiarizado con la escultura erótica, arqueara las cejas.

—Ciertamente, milord —convino Perrott—. Sin embargo, incluso los objetos más censurables parecen poseer algún valor, y yo nunca me atrevería a desprenderme de alguno por propia iniciativa. Entiendo que habéis traído a un experto para que examine las obras...

—La señorita Hurst, que llegará de la residencia secundaria con lady Charlotte. Empezaremos a trabajar por la mañana. Encargaos de preparar los dormitorios para las damas, Stanbridge.

—Ciertamente, milord. Uno de los criados os atenderá en la Garden Suit, los aposentos tradicionalmente reservados al heredero —miró a Lucifer con ojos entrecerrados—. Os subiré también una pajarera grande, milord. La comida será servida dentro de media hora, si os parece bien.

Ashe subió a la primera planta mientras se preguntaba si no sería mejor pegar fuego al edificio entero. Y sin embargo... se detuvo en el rellano y bajó la vista a la curva de la escalera, a las inmensas proporciones del vestíbulo. Era una casa elegante y bien construida, que había sido violentada y descuidada. Podía salvarse, y se convertiría en un hogar si conseguía exorcizar los fantasmas que la habitaban.

—Me alegro de haber venido yo, en lugar de mi padre —comentó Ashe mientras Phyllida permanecía de pie a su lado en el gran vestíbulo, a la mañana siguiente, y miraba a su alrededor.

—Necesitaréis un pelotón de fregonas, una buena limpieza de cosas y una familia viviendo en ella de nuevo, y será una casa encantadora —le aseguró con valentía, intentando no dejarse intimidar por la lobreguez, el abandono y el desorden—. ¿Por dónde empezaremos?

—Por el vestíbulo y por el salón. Así parecerá algo más acogedora. Seguiremos luego con la suite maestra y los aposentos de mi hermana. Debo advertiros que parte de la obra artística es de naturaleza indecente.

—Miraré hacía otra parte —repuso Phyllida y Ashe sonrió por primera vez en aquella mañana—. ¿Confiaréis en mi criterio? —sabía que tres días para empezar a poner un poco de orden en aquel caos significaba un importante desafío—. ¿Puedo disponer de la plantilla de criados para limpiar y mover cosas?

—Os lo dejo enteramente a vos —le aseguró él—. Stanbridge, avisad a todo el mundo para que quede a disposición de la señorita Hurst y contratad a más criadas de limpieza y si ella lo ordena. Necesitará sin duda mozos para mover los muebles. Yo iré a inspeccionar las cuadras.

Para la mañana siguiente Phyllida empezó a sentir que estaba empezando a hacer algún progreso. Había habilitado una larga cámara como sala de examen de piezas, había ordenado a los criados que instalaran unas mesas de caballete y, en ese momento, estaba clasificando los objetos del vestíbulo y del salón. Había piezas que requerían limpieza y que podían volver a su sitio; piezas que no parecían tener remedio; piezas de baja calidad y, por último, en un apartado desalentadoramente grande, piezas de dudoso gusto o de obscena naturaleza.

Los tapices del vestíbulo, de refinada factura flamenca, estaban siendo descolgados y enrollados para su limpieza, mientras las criadas se dedicaban a fregar suelos y limpiar paredes. Phyllida había encontrado varias pinturas excepcionales que colgar. Recogiéndose las mangas de su vestido mañanero de batista, se puso a rebuscar en uno de los baúles que habían subido del vestíbulo. Era una buena cosa, decidió mientras se limpiaba la nariz de polvo con el dorso de la mano, que no hubiera ido allí con la esperanza de seducir a Ashe Herriard. No solamente apenas lo había visto desde el día anterior, sino que debía de parecer un auténtico espantajo con una toalla de lino enrollada a la cabeza, el amplio delantal que le había pedido prestado a la cocinera y polvo por todas partes.

Un objeto bien envuelto resultó ser una encantadora figurita de porcelana: una dama a punto de ejecutar un paso de baile, con la mano alzada como si fuera a tomar la de su pareja.

—¿Y qué ha sido de ti, jovencito...? —musitó Phyllida al tiempo que seguía escarbando en el baúl—. ¡Ah, aquí estás! —exclamó triunfante mientras acababa de desenvolver al bailarín y estudiaba luego la firma de su base—. Meissen. Encantador.

Puso cuidadosamente las figuritas en la mesa de objetos a conservar. Se recogió luego las faldas con una mano mientras alzaba la otra a imitación de la joven dama.

—Exquisita.

—Indudablemente. ¿Bailamos?

Unos dedos se entrelazaron con los suyos y se encontró de repente mirando a Ashe. Se estaba burlando de ella, por supuesto. No había necesidad de que se le disparara el corazón o se le arrebolaran las mejillas. Como tampoco tenía excusa para cerrar los dedos sobre los de él mientras le levantaba la mano en un elegante gesto.

—¿Un minué? —inquirió—. Me temo que es un baile tristemente pasado de moda, milord.

—Os olvidáis de que yo voy lamentablemente detrás de los tiempos, señorita Hurst. Podría ser precisamente el baile más adecuado para mí. ¿Lo intentamos?

Le dio la vuelta y Phyllida se encontró de repente frente a él, muy cerca. Un leve y asustado tirón y su mano quedó libre... hasta que descubrió que él la había rodeado con sus brazos.

—Hay otros bailes que podríamos disfrutar juntos —sugirió Ashe con voz ronca.

Era incapaz de respirar. No había duda posible sobre sus intenciones. Pero... ¿él le estaba pidiendo que fuera su amante o simplemente que gozaran de su estancia allí durante unos pocos días? Cualquiera de las dos posibilidades debería haberla hecho salir corriendo de la habitación y, sin embargo, en los fugaces segundos que transcurrieron antes de que él inclinara su oscura cabeza y capturara sus labios, no fue capaz de sentir ni miedo ni indignación, ni ningún otro sentimiento que debiera haber experimentado. Solamente deseo. Un deseo afortunadamente desprovisto de miedo o de aprensión.

Phyllida cerró los ojos mientras Ashe la atraía hacia sí. No lo hizo por pudor, sino simplemente por el puro placer de sentir su duro cuerpo contra el suyo, su fortaleza, su calor y aroma masculinos, las deliciosamente contradictorias sensaciones de seguridad y de peligro… El beso que él le había dado en los muelles le había despertado excitantes sueños, pero aquel no había sido más que una mera caricia, pensó mientras entreabría los labios y dejaba que él tomara posesión de su boca. En aquel entonces la atención de Ashe había estado medio puesta en el hombre al que tanto temía, mientras que en aquel momento se estaba sirviendo de toda su formidable experiencia para reducirla y conquistarla.

¿Esperaría acaso que ella reaccionara? Ignoraba cómo responder a aquel asalto, aunque instintivamente había subido las manos hasta su cuello, había entreabierto los labios y su lengua parecía estar haciendo cosas osadamente perversas sin que fuera consciente de ello. «Cree que soy virgen e inocente», pensó mientras se preguntaba, aturdida, si no terminaría desmayándose por la falta de aire, o por el simple deseo.

Ashe pareció percibir su debilidad cuando las piernas empezaron a flaquearle. Interrumpió entonces el beso y ella abrió los ojos para descubrir que seguía en sus brazos. Sus ojos de párpados entrecerrados estaban estudiando su rostro.

—Ya me parecía a mí que no andaba equivocado —murmuró.

«Arrogante». La palabra estalló en su cerebro mientras inspiraba profundamente para serenarse. ¿En qué había estado pensando? Aquello era una locura. Deliciosa, excitante, infinitamente tentadora, pero locura al fin y al cabo. Además, no podía conducir a nada. Le gustaba Ashe: se tomaba la molestia de besarla con delicadeza y consideración para con su placer, pero ella no podía engañarse pensando que aquel deleite duraría cuando las cosas fueran más lejos.

—¿Me habéis tomado por una buscona? —le espetó, tensando los hombros y las temblorosas piernas. Al mismo tiempo, se esforzó todo lo posible por ignorar el clamoroso instinto que la empujaba a volver a abrazarlo y a descubrir si acaso él podía, después de todo, obrar la magia necesaria para borrar todos sus recuerdos y pesadillas.

—No. Os he tomado por una mujer apasionada a la que sería un placer besar. Y juzgué además que reaccionaríais si lo intentaba —la estaba mirando como un hombre enfrentado a un imprevisible peligro, tranquilo pero preparado para soportar tanto una bofetada en la mejilla como un fustarazo de su lengua.

—¿Y ahora qué? —inquirió Phyllida.

—¿Podemos repetirlo? —aquella perversa boca se mantenía seria, aunque había un brillo de diversión en sus ojos.

—¡No era eso lo que quería decir! ¿Tengo que esperar que me beséis cuando nos encontremos a solas, o acaso tenéis intención de llevarme a vuestra cama, milord?

—¡Milord! —repitió él—. ¡Qué formalidad! ¿Vendríais a mi cama si yo os lo pidiera? Esa es precisamente mi esperanza.

Diez

Phyllida titubeó durante un traicionero segundo demasiado largo.

—¡No! ¡Por supuesto que no me acostaré con vos! —había cerrado los dedos sobre su delantal y se obligó a abrirlos, para alisar en seguida las arrugas.

Ashe medio se había vuelto para examinar las figuritas Meissen, como si quisiera tranquilizarla poniendo algo de distancia entre ellos.

—Lástima. Me siento muy atraído por vos.

Sus largos dedos acariciaron el brazo desnudo de la bailarina y Phyllida se estremeció como si la hubiera tocado a ella.

—Me dijisteis que queríais que fuéramos amigos —la acusó.

—Yo siempre he sido amigo de mis amantes —replicó.

—¡Qué suerte para vos! Mi presencia aquí es muy oportuna, ¿verdad? —«y soy una mujer de voluntad débil que ha estado soñando con la caricia de tus labios, el contacto de tus manos, la dureza de tu cuerpo, y no soy lo bastante sofisticada en esos asuntos como para disimularlo», pensó—. No hay aquí otras distracciones con las que entreteneros.

—Hay muchas distracciones, Phyllida. Aunque ninguna de ellas resulta tan entretenida —repuso, irónico—. ¿Pero me estáis diciendo que no sentís nada por mí? ¿Qué ando tan descaminado en la interpretación de vuestras reacciones?

Phyllida se situó al otro lado del baúl, contenta de protegerse detrás de su gran tamaño, y sacó otro objeto envuelto.

—Soy una mujer honrada, señor —«mentirosa», se acusó—. No puedo dejar que mis sentimientos gobiernen mis actos.

Desenvolvió lo que parecía un bol. Lo dejó sobre la mesa con demasiada fuerza, con lo que la frágil tapa tintineó tanto como sus nervios.

—¿Albergáis sentimientos por mí?

—Solo el descubrimiento de que besáis muy bien —se pasó las manos por el delantal y volvió a hundirlas en el baúl. Si escapaba de aquella habitación, sabía que nunca tendría el temple de regresar, además de que tener algo que hacer evitaba que le temblaran las manos—. Supongo que habréis adquirido muchísima práctica. O quizá sea simplemente que yo tengo muy poca y que vos sois simplemente mediocre en ese terreno.

Aquello le arrancó una carcajada.

—Si padeciera algún exceso de engreimiento masculino, Phyllida, vos seríais ciertamente el mejor remedio para ello.

Phyllida retiró el papel de un conjunto de delicados fruteros Worcester, apretando los labios para no soltarle alguna contestación poco femenina. Al cabo de un rato, viendo que no decía nada ni hacía intento alguno por tocarla, le preguntó:

—¿Esperáis sentimientos de vuestras aventuras, verdad? —advirtió que se quedaba muy serio—. ¿Seducís a vuestras amantes con palabras de amor, quizá?

Había querido ser sarcástica, demostrarle su desdén porque hubiera mencionado los sentimientos cuando lo único que quería era acostarse con ella, pero su severa expresión se volvió de repente vulnerable. Por un instante, le pareció que había acusado el golpe.

—¿Ashe? ¿Qué que es lo que he dicho? —se dio cuenta de que había cometido un desliz sobre algo que no comprendía.

—Ya no volveré a cometer ese mismo error —pronunció, tenso.

—¿Amasteis a alguna de vuestras amantes? ¿Qué fue lo que le sucedió? —podía ver dolor, soledad y frío en aquellos ojos. De repente lo supo—. Murió.

—Sí —Ashe se volvió como para estudiar la porcelana que estaba apartando—. Todo esto es europeo. ¿Vale algo?

—Es excelente —si confiaba en distraerla cambiando de tema, ella no pensaba complacerlo—. Muy valiosa. Pero eso no es importante. Habladme de ella, de la amante a la que amasteis.

—Fue la única amante que tuve nunca, supongo —le dijo él, con su atención aparentemente concentrada en la pieza que Meissen que seguía sosteniendo—. Antes de ella solo hubo... encuentros. Después de ella, aventuras. Aprendí la lección con Reshmi.

—¿Era india? —Phyllida recibió la figurita de sus manos—. Contadme más.

—Su nombre significa Hecha de seda. Era cortesana en la corte de mi tío abuelo. Hermosa, muy dulce, delicada. Exquisita.

Phyllida advirtió con una punzada de dolor que cerraba los ojos.

—Me enamoré de ella y, lo que es mucho peor, dejé que ella se enamorara de mí. La amante del *mahal* de las mujeres habló con el rajá y este me informó de que estaba siendo injusto con ella y que la relación debía acabar.

—¿Pero por qué? Si os amabais...

Ashe abrió los ojos y sonrió con amargura.

—Mi tío abuelo me recordó que yo era el heredero de un marquesado, y que muy pronto tendría que cambiar la India por Inglaterra. ¿Esperaba yo acaso arrastrar a una india sin educación británica por el mundo, para mantenerla como amante, solo porque me había encaprichado de ella y solo durante el tiempo que durara ese capricho? Yo protesté que se trataba de amor, que me casaría con ella. Él me dijo que no fuera estúpido y que me lo pensara bien.

Phyllida lo observó mientras atravesaba la habitación para detenerse ante la chimenea y apoyar ambas manos sobre el mantel, con un pie en el la piedra del hogar.

—Así que me lo pensé bien. Mi madre es medio india, hija de una casa principesca, exquisitamente educada, preparada para llevar una gran casa, segura de sí misma, habituada al trato con la colonia europea. Y sin embargo yo sabía que tenía pavor a venir aquí, por mucho que se esforzara por disimularlo. ¿Cómo podía entonces yo desarraigar a la hija de un campesino del único mundo que conocía? ¿Y cómo podía arrastrar a mis padres al escándalo con un matrimonio semejante?

—¿Cómo se lo tomó ella? —le preguntó Phyllida, temiendo ya la respuesta.

—Lloró y suplicó, y luego, cuando yo me mostré inflexible, cruel incluso por el daño que ella también me estaba haciendo a mí, se dominó, bajó la cabeza y murmuró que todo se haría conforme su señor ordenaba. Se dirigió a los jardines del pie de las murallas y yo la dejé ir, pensando que necesitaba estar sola para recuperar la compostura.

—Ashe —lo tuteó por primera vez—, no se mató, ¿verdad?

—No. Eso es lo que sigo diciéndome a mí mismo. Pisó una *krait*, una serpiente pequeña pero mortal, y murió entre dolores.

«Oh, Dios mío», exclamó Phyllida para sus adentros. Se esforzó por encontrar las palabras adecuadas que decir, si acaso existían. Pero Ashe se apartó de pronto y volvió para situarse junto con ella—. Y cuando dejé de regodearme en el dolor y en la autocompasión, entendí dos cosas. Que me casaría como lo haría alguien que tendría que convertirse en marqués. Alguien que sería un apoyo para mis padres, y no un motivo de vergüenza que pudiera hacer sus vidas aún más difíciles. Y que renunciaría a toda juvenil fantasía de amor antes de hacer daño a otra persona, y mucho menos a mí mismo.

—Ashe, el amor no es una fantasía juvenil. Es algo real y poderoso. Existe —le tomó la mano como si, de alguna manera, pudiera inocularle esa creencia—. ¿No se aman tus padres?

—Apasionadamente, sin reservas. Esa clase de amor es como un relámpago, algo extremadamente raro —el sentimiento, el dolor, habían desaparecido de sus ojos mientras liberaba su mano—. Pero basta de hablar de esto.

No confiaría más en ella, al menos en ese momento. Lo había tomado desprevenido y él ya se estaba arrepintiendo de haber dejado al descubierto aquella debilidad.

—Si quieres hacer algo útil, puedes ayudarme a vaciar estos baúles —comentó Phyllida con energía, como si no hubiera querido llorar por él y por aquella pobre chica. «Y por ti misma», añadió para sus adentros. «Porque lo único que tú podrás ser para él es una amante».

—La acritud de tu lengua es un constante goce para mí —comentó Ashe. Su cambio de tono la sobresaltó tanto que casi soltó el juego de útiles de chimenea que había encontrado en el fondo del baúl.

—Observo entonces que te atraen en una mujer cosas ciertamente extrañas —pensó que parecía haberse recuperado por completo, algo que encontraba preocupante. Lo que había sucedido, estaba segura de ello, era que había enterrado todo aquel dolor detrás de una formidable barrera de encanto—. Y quienquiera que guardó estas cosas aquí, tuvo las más extrañas ideas sobre lo que debía guardarse y lo que no —añadió, empezando a arrastrar el baúl vacío hacia la puerta.

—Déjame a mí —Ashe se acercó, lo levantó para sacarlo fuera y le quitó el escoplo que ella estaba usando para levantar la tapa del siguiente—. ¿Por qué no te están ayudando los criados?

—Los tengo moviendo muebles para poder despejar el salón.

—Entonces siéntate aquí —le ordenó mientras colocaba una silla frente a la superficie despejada de la mesa, se quitaba la chaqueta y se arremangaba la camisa—. Yo te traeré las cosas para que tú las revises.

—Muy bien —aceptó Phyllida, dócil. Tenía cansadas las piernas, eso era seguro, pero también era un placer ver trabajar a Ashe, por muy poco propio de una dama que fuera contemplar el dibujo de los músculos de su espalda y hombros a través de la tela de la camisa. O la manera en que se tensaba su pantalón sobre sus admirables glúteos cada vez que se agachaba. Le pareció que encontraba un cierto alivio para sus sentimientos en el trabajo físico.

El deseo de verlo desnudo, de tocarlo, de recorrer aquellos músculos con los dedos, aquellas duras nalgas, batallaba con la necesidad que sentía de abrazarlo y consolarlo. Lo primero era algo que él habría aceptado sin vacilar, mientras que lo segundo era imposible.

—Volviendo a tu observación de hace unos momentos —añadió mientras sacaba una figura de bronce, torcía el gesto y la colocaba en la mesa de los artículos a desechar—. He pasado mucho tiempo en un lugar en el que no podía conversar con dama respetable alguna, y después tres meses a bordo de un barco con mi madre y mi hermana como única compañía femenina. Es un placer para mí hablar con una mujer inteligente que ni es una pariente, ni una criada, ni una...

—¿Concubina? —murmuró ella, y al momento deseó haberse mordido la lengua.

—Exactamente —Ashe volcó el resto del contenido de la caja en la mesa y empujó hacia ella un juego desportillado de porcelana de Delft.

Phyllida lo empujó a su vez hacia él.

—Esto está en pésimo estado. Demasiado.

—Es la última de las cajas del vestíbulo. Ven a ayudarme a explorar las del resto de la casa.

Pensó que si él podía comportarse como si nada hubiera sucedido, ella también. Se quitó la toalla—turbante de la cabeza e intentó poner en poco de orden en sus despeinados rizos.

—¿Dónde está lady Charlotte?

—Interrogando a la cocinera. Dice que necesitamos un nuevo horno cerrado, sea lo que sea eso.

—Eso es caro, por cierto —Phyllida se quitó el delantal y salió al pasillo—. ¿A dónde vamos?

—Se me había ocurrido la Galería Larga, para que pueda examinar a toda mi hueste de antepasados.

Pensó que «enfrentarse con ellos» sería una palabra más exacta, a juzgar por la tensión de sus hombros y de su boca. A no ser que se tratara de una reacción a su negativa de convertirse en su amante o a la dolo rosa historia de Reshmi.

—¿Estás bien informado sobre ellos? —le preguntó Phyllida mientras subía la escalera a su lado. Sabía que debería sentir aprensión por internarse en las profundidades de una casa extraña con un hombre que acababa de confesarle su deseo de convertirla en su amante, pero la intuición le decía que Ashe no la forzaría nunca. Así que procuró olvidarse

151

del hecho de que no pareciera tener ningún escrúpulo a la hora de presentarle aquella poco menos que irresistible propuesta.

Ashe abrió la puerta de la Galería Larga, agitado su cuerpo por el deseo insatisfecho. En ese momento sí que estaba seguro de querer convertir a Phyllida en su amante, como también de que podría persuadirla. Le había causado un gran dolor hablar de Reshmi, pero, de manera extraña, también había sido un alivio. Y Phyllida lo entendería mejor ahora.

La necesitaba, era consciente de ello, por algo más que por el desahogo del acto sexual. Le gustaba y confiaba en ella, y no podía renunciar ahora. Pero una cosa era persuadirla de que hiciera algo que realmente quería y otra forzar la mano. No tomaría a ninguna mujer contra su voluntad.

Tan pronto como empezó a caminar por la Galería Larga, su humor cambió de una mezcla de excitación y tristeza a una lúgubre sensación de opresión. Era algo ciertamente misterioso. De haber creído en fantasmas, habría pensado que algún espectro acechaba aquella casa.

Se detuvo en mitad de la larga y estrecha estancia mientras estudiaba el retrato a tamaño natural de un hombre que lucía gorguera y jubón. Eran tantos sus antepasados... todos con su misma nariz, con sus mismos ojos verdes. Todos absolutamente confiados en que pertenecían a aquel lugar, mientras que él no. E indudablemente tenían razón.

El marqués de la era jacobea parecía mirarlo fijamente, animándolo a continuar el recorrido hacia los retratos más recientes de la otra punta de la galería.

—Son todos muy rubios —comentó Phyllida—. Tu retrato, cuando lo cuelgues, supondrá un cambio agradable. ¿Crees que estará aquí el de tu padre?

—Lo dudo —ignoraba si ella había advertido su retraimiento o simplemente estaba ignorando su humor. Siguió caminando lentamente, pasando por delante de caballeros con pelucas de tirabuzones, bellezas de la era de los Estuardo con el busto muy poco cubierto y la mirada profunda. La casa y el parque actual de la propiedad empezaron a aparecer en el trasfondo de algunos retratos. Redujo el paso conforme se aproximaba a la pintura que estaba casi al final de la galería.

Phyllida se acercó para examinar el marco dorado.

—Creo que son tu bisabuelo, tu tío y tu abuelo —señaló a un muchacho de gesto adusto apoyado en un árbol, mientras su padre llevaba de la brida un hermoso caballo alazán, y su hermano mayor jugaba con un spaniel. También había una niña pequeña sosteniendo una pelota—. ¿Será esa lady Charlotte?

—Probablemente —intentó sentir alguna conexión con aquellos dos hombres con los que estaba tan ligado por lazos de sangre, pero solo experimentó desprecio. El hermano más joven había despachado a su hijo a miles de kilómetros de allí, condenándolo casi a la muerte en un viaje rumbo a lo desconocido. Y solo porque se había resentido del especial afecto que el muchacho había profesado a su difunta madre, así como de su actitud de desafío en protesta por el maltrato al que él la había sometido. El mayor, por su parte, había permanecido cruzado de brazos y no había hecho nada para vigilar a su derrochador hijo, como tampoco para proteger a su nieto.

Pensó que le daría una satisfacción a su padre si colgaba el retrato del nuevo grupo familiar al lado de aquel, como afirmación de que, a pesar de todo, había sobrevivido. Y siendo un hombre mucho mejor de lo que lo habían sido cualquiera de sus antepasados.

—¿Sientes alguna conexión? —le preguntó Phyllida, sobresaltándolo.

Tan ensimismado estaba en sus reflexiones que se había olvidado de que no estaba solo.

—No —lo que sentía era opresión, el peso de siglos de expectativas sobre sus hombros. La expectativa de que podría dar continuidad a aquella estirpe, a su nombre. De que debía consagrarse a una causa que no había sido la suya y a un deber que nunca habría elegido voluntariamente.

—Imagínate lo que debe sentir un príncipe de la familia real —le dijo Phyllida, adivinando misteriosamente su pensamiento—. Tener que ocuparse no ya de un título y de una gran propiedad, sino de un país entero, y todo por una simple circunstancia de nacimiento.

—¿Qué es lo que sintió tu hermano cuando heredó el título y la propiedad? —le preguntó él—. ¿O acaso no le concedió importancia, como único varón que era?

Phyllida se quedó inmóvil: toda su energía pareció desvanecerse de golpe. Sus recuerdos, Ashe empezó a darse cuenta de ello, no eran agradables. Finalmente se encogió de hombros.

—Cuando Gregory heredó, todo estaba en tal mal estado que a punto estuvo de darlo por perdido. Era demasiado joven para tanta responsabilidad y la rehuyó para irse con sus amigos. Al principio me enfurecí con él, hasta que comprendí que se trataba de una forma de autoprotección. Fingía que no le importaba.

—¿Pero a ti sí te importaba?

Phyllida dio la espalda a la galería de retratos para asomarse a una de las ventanas del muro opuesto.

—Yo soy mayor que Gregory y creo que las mujeres están más capacitadas para enfrentarse a situaciones desesperadas. Gregory habría luchado si hubiera estado en medio de una batalla, pero fue incapaz de lidiar con la cotidiana desgracia de no tener dinero, arrastrar una carga de deudas y carecer de preparación alguna para lo que tenía que afrontar.

—Por lo que dices, me da la impresión de que tu padre y mi abuelo eran tal para cual.

—Seguro que debieron de conocerse —Phyllida torció la boca en un gesto de fastidio.

—Así que te correspondió a ti buscar una salida a la situación.

Vio que seguía teniendo una expresión triste, ajada. El color había abandonado completamente su rostro. Ashe se preguntó cuántas desgracias habría soportado, cuántas fuerzas habría consumido en la lucha por consolidar su reputación, poner sus finanzas bajo control y conseguir que su hermano madurara lo suficiente para asumir sus responsabilidades.

—Me correspondió a mí convencerlo y engatusarlo, sí. Tú te ríes de mi afilada lengua, pero la verdad es que la afilé precisamente en la piel de mi hermano. Tuve que aferrarme a la esperanza de que un día creciera y se diera cuenta por sí mismo de que, si se esforzaba lo suficiente, existía efectivamente una salida.

—¿Y ahora lo ha hecho?

—Eso creo. ¡Eso espero! Y sospecho que Harriet lo ayudará. Gregory no está muy acostumbrado a analizar sus sentimientos, pero creo que podría llegar a enamorarse de ella —alzó la mirada hacia él—. Borra esa sonrisa burlona de tus labios. No aceptaré tú argumento de que el amor es algo tan raro y tan improbable.

—¿Yo burlarme de ti? A mí me parece que aferrarse al amor romántico es como condenarse a sí mismo al desengaño y a la desilusión —y regresó al comienzo de la galería, para estudiar una vez más los retratos de la era Tudor.

—Tus padres son el mentís de esa afirmación: solo tienes que mirarlos a ellos —Phyllida lo siguió, negándose a dejar en paz el asunto.

—Su historia es casi un cuento de hadas. El héroe rescata a la princesa de una fortaleza sitiada, escapan a través de una tierra hostil, luchan contra los bandidos, eluden la persecución de maharajás. ¿Cómo no habrían podido enamorarse? Es como si toda esa historia hubiese sido conjurada por algún *djinn*, un genio del desierto. Mi madre suele comentar en tono de broma que si alguna vez llegan a pasar algún apuro, se dedicará a escribir novelas de drama romántico y hará fortuna con ellas.

—Y tú tienes miedo de no encontrar algo tan maravilloso como lo que tienen ellos. Por eso ni tienes esperanza ni la buscarás, porque de esa manera nunca te sentirás decepcionado —observó Phyllida.

Aquello estaba demasiado cerca de la verdad. Ashe contempló ceñudo el retrato de una pareja de severa mirada, oscurecido por los espesos barnices. Nunca se engañaría pensando que el afecto, el deseo o el placer eran lo mismo que el amor, y nunca se arriesgaría a hacerse daño a sí mismo, ni a hacérselo a ninguna mujer, como tan despreocupadamente había hecho con Reshmi.

—Debo elegir con la cabeza, no con el corazón —le dijo, tragándose una furiosa réplica—. No puedo permitirme soñar ni distraerme. Solo espero encontrar a una mujer de adecuado linaje, buen carácter y bien relacionada.

—¿Enfocarás entonces el matrimonio como si estuvieras comprando un caballo? —le espetó Phyllida, sintiéndose súbita e inexplicablemente irritable—. ¿Te dedicarás a mirarle los dientes y a examinar su grupa, para asegurarte de que esté en buenas condiciones de traer hijos al mundo?

Aquello terminó por hacer estallar su paciencia.

—¿Tan diferente es eso de lo que estás haciendo tú para casar a tu hermano? Hacer listas de damas ricas, con buen carácter, atractivas... y con padres deseosos de comprar un título.

—¡Eso es distinto! Gregory se arruinará si no hace un buen casamiento. En ese caso, todo lo que he hecho yo no habrá servido para nada —se había quedado pálida y tenía lágrimas en los ojos.

—Y mi familia ha renunciado a todo lo que les es querido y conocido para venir aquí y asumir su responsabilidad. A mí no me importa nada todo esto —Ashe barrió con un gesto de su brazo el panteón entero de sus antepasados—. Pero encontraré a alguien que ayude a mi madre a desenvolverse en sociedad, que ayude a Sara en su presentación, que aporte a mi padre buenos contactos en el mundo de la política y en la corte. Yo no puedo jugar a vivir fantasías románticas —se interrumpió, maldiciendo para sus adentros. No había querido alterarla de aquella manera. Había sido ella la que había empezado—. Salgo a recorrer la propiedad a caballo —dijo de pronto. Sabía que, si no se marchaba, terminaría con una mujer sollozando entre sus brazos—. Dile a algún criado que te ayude con las cajas más pesadas.

Phyllida observó su alta figura abandonando rápidamente la Larga Galería.

—No voy a llorar —pronunció en voz alta mientras la puerta se cerraba a su espalda con un golpe—. No tienes por qué salir huyendo de esta manera.

Habría sido absurdo ponerse a sollozar solo porque Ashe le había puesto un espejo delante. Un espejo en el que se habían reflejado todas las cosas que ella había hecho desde que su padre los abandonó: todo el trabajo y los sacrificios, todas las amargas decisiones. Lo que había visto allí era una dominante y engatusadora hermana que había estado empujando a su reacio hermano a un matrimonio de conveniencia.

Y aquello no era cierto, ¿o sí? De repente se descubrió ovillada en unos de los bancos del ventanal que daba al jardín de la parte trasera de la casa, sin un claro recuerdo de cómo había llegado hasta allí. Si ella no hubiera sido fuerte, si no lo hubiera presionado y engatusado, Gregory habría podido terminar como su padre.

Un movimiento en la ventana la sacó de sus reflexiones. Un jinete cabalgaba a todo galope por el parque que se extendía al fondo. Era Ashe, por supuesto, galopando como si lo persiguiera el mismo diablo. Lucifer planeaba sobre él como un fantasma oscuro y familiar.

El estallido de Ashe no había sido solamente la irritación de alguien obligado a pensar en el matrimonio, pensó Phyllida cuando hombre y caballo desaparecieron detrás de un grupo de árboles. Ella había tocado una fibra sensible, una herida en carne viva. El amor... Ashe no creía que pudiera volver a encontrarlo y, al mismo tiempo, le repugnaba la idea de hacer un frío matrimonio de conveniencia. ¿Sería acaso consciente de ello? Lo dudaba. En su experiencia, los hombres preferían sacarse los ojos con agujas ardientes antes que ponerse a analizar sus propios sentimientos. Sus confidencias sobre Reshmi habían terminado con Ashe volviéndose a cerrar en banda con un vengativo portazo.

Phyllida levantó los pies para apoyarlos en el banco, se abrazó las piernas y descansó el mentón sobre las rodillas. No le extrañaba que Ashe hubiera sido tan directo con su proposición de acostarse con ella. Había decidido poner el sexo, el matrimonio y el afecto en cajas separadas, para que de esa manera no pudieran interferir los enojosos y siempre arriesgados sentimientos.

No quería correr el riesgo de amar a una esposa y de resultar herido en caso de que ella no le correspondiera. Mientras que no había peligro de que eso ocurriera con una amante, alguien pagado para satisfacer las necesidades de su cuerpo, que no las de su corazón.

Le dolía su dolor, le dolían los muros que había elegido en torno a su corazón. Y temía también por sí misma. Porque sería demasiado fácil dejar que su aprecio y su deseo por Ashe Herriard terminaran convirtiéndose en un sentimiento tan peligroso como el amor.

Once

Un paisaje verde, sereno... Típicamente inglés. Ashe frenó su montura y contempló la gran extensión de parque que rodeaba la casa. Su furia se había evaporado en medio de aquel aire limpio, dejándolo con la cabeza ligera, como si hubiera padecido algún tipo de fiebre y se estuviera recuperando.

Sabía que había exagerado su reacción con Phyllida, en la Larga Galería, y no sabía muy bien por qué. Había estado seguro de tener todas sus emociones bajo control después del desliz que tuvo al confesarle la historia de Reshmi. Y tampoco sabía muy bien qué era lo que le había dicho para alterarla tanto. Ella no era una mujer que se sirviera de las lágrimas como arma: su angustia había sido genuina.

Estudió la tierra que se extendía a su alrededor. Era hermosa. La masa boscosa ascendía por las laderas en suaves curvas semejantes al generoso pecho de alguna diosa de la naturaleza. Más adelante se distinguía el reflejo de un estanque, con manchas de un verde más claro, nada que ver con los densos bosques del fondo. Pero la hierba del parque, ¿acaso no debería segarse? Era casi tan alta como para ocultar a un ciervo. Y había madera muerta entre los sotos, ladrillos caídos del muro que lo separaba de los prados del parque. Conforme se aproximaba al estanque, vio que estaba fangoso y cubierto de malas hierbas. ¿Tanto había odiado su abuelo aquel lugar como para descuidarlo hasta ese punto? Continuó cabalgando y encontró un seto con una granja detrás. Aquello estaba mejor. Las técnicas agrícolas le resultaban ajenas, pero el predio parecía bien atendido.

—¿Puedo ayudaros en algo, señor? —le preguntó un hombre, a lomos de una escuálida jaca.

Un campesino, decidió Ashe, mirando su sólido corpachón con sus calzas de pana y sus botas de trabajo.

—Soy Clere.

El hombre se quitó el sombrero, pero no hizo ningún otro gesto de deferencia.

—Bienvenido a Eldonstone, milord. Yo soy William Garfield, de Home Farm.

—Poco o nada sé yo de lo que se cultiva en este país, pero tus terrenos parecen muy cuidados.

—Llevo veinte años cultivando estas tierras, milord, y ya mi padre las arrendó al marqués antes de legármelas. Espero poder pasárselas a mi primogénito, a mi vez. Pero las de vuestros pequeños arrendatarios no están tan en buena forma: los mismos que confían en vos para reparar sus moradas e invertir en sus terrenos,

A Ashe le gustó su mirada directa, su crítica sana y honesta.

—¿Dispones hoy de algo de tiempo para enseñármelas?

—Contáis para ello con el administrador de vuestras tierra, el señor Pomfret... —empezó Garfield.

—Que ha sido cómplice de este descuido. Preferiría verlas por mí mismo antes de hablar con él —al ver que el campesino asentía enérgicamente con la cabeza, se apartó para permitirle que abriera la puerta.

—Empezaremos entonces por los predios más pequeños, milord.

Ashe lo siguió a través del prado. No era a eso a lo que había ido, nunca había tenido el menor interés por la agricultura, pero algo lo estaba impulsando a investigar.

—¿Qué has estado haciendo durante todo el día, Clere? —le preguntó lady Charlotte, sentada al otro extremo de la mesa de la cena.

Phyllida, que se había muerto de ganas de hacerle la misma pregunta, mantuvo la mirada fija en la vinagrera que tenía delante.

—Tengo que decir que la señorita Hurst ha hecho admirables progresos —añadió lady Charlotte—. Estoy segura de que habría aceptado gustosa tu ayuda... ¿o acaso tu idea de lo que es un discreto comportamiento se ha desvanecido en al aire?

Phyllida se encogió por dentro. La dama ignoraba por completo a los sirvientes que se hallaban en salón, y que a buen seguro no se estaban perdiendo una palabra.

—Lord Clere se ha mostrado muy solícito —se apresuró a asegurarle—. Pero la verdad es que sola me las he arreglado bien —se atrevió a lanzar una mirada a Ashe, ataviado con un elegante traje de noche que al menos había merecido la aprobación de su tía. En el centro de su pañuelo de cuello lucía una preciosa esmeralda.

Estaba sonriendo, en apariencia perfectamente relajado. Phyllida se recordó que había sido diplomático.

—He estado explorando las tierras en compañía del señor Garfield, nuestro arrendatario de Home Farm. Y he encontrado inesperadamente interesante la actividad.

—Imagino que sabréis muy poco de agricultura, milord —se aventuró a comentar Phyllida.

—Una razón más para estimular mi interés. Pero incluso yo puedo darme cuenta de la escandalosa negligencia con que ha sido tratada la tierra y las propiedades —añadió, desaparecido ya del todo su habitual tono levemente divertido—. Los arrendatarios y aparceros viven en pobres condiciones y la tierra se encuentra en un pésimo estado, lo que reduce tanto sus rentas como las nuestras.

—Pomfret fue una criatura de tu abuelo —observó lady Charlotte—. Un diablo perezoso.

—Tengo intención de despedirlo mañana mismo —dijo Ashe, y miró a los criados—. Que esto no salga de esta habitación, ¿entendido? —ignorando el coro de murmullos de asentimiento, añadió—. He contratado al segundo hijo de Garfield para que lo sustituya.

—¡Qué arrogancia! —exclamó su tía—. ¿Sin consultar a lord Eldonstone?

—No quiero que esta situación dure un solo día más. Mi padre se mostrará de acuerdo —se volvió hacia Phyllida y sorprendió su mirada—. He descubierto, para mi sorpresa, que aunque no me importan un ardite mis ancestros, sí que me importan las tierras y su gente.

—¡Me haces dudar de que seas un Herriard! —bufó su tía abuela—. Todos los Herriard de las últimas generaciones se han preocupado más del nombre y de la posición que de la propiedad. Siempre y cuando continuara rentando dinero, al menos.

—Las tierras y la gente son lo único importante —afirmó Ashe.

A oídos de Phyllida, su tono sonaba aún más sorprendido que el que había utilizado su tía.

—¿Tan fácilmente podéis enamoraros de ellos? —le preguntó, burlona. Algún instinto la había impulsado a cortar la intensidad que parecía latir en el aire, y se mordió el labio. No debería haber bromeado sobre el amor con Ashe.

—Eso parece —respondió lentamente, mirándola desde el otro lado de la mesa—. Puedo asegurar que cabalgando por la propiedad esta tarde he sentido la conexión, la historia, el vínculo con los siglos anteriores, con mucha mayor intensidad que leyendo sobre mis antepasados o mirando sus retratos en la Galería Larga.

—Si eso significa que vas a consagrarte a la tarea de sacar a esta propiedad del lodo, entonces no importan los muy altos sentimientos que expreses al respecto —replicó lady Charlote con tono cortante.

—Mi padre siempre tuvo intención de hacer eso, y yo estoy aquí para ayudarlo. Ignoro cuáles serán sus sentimientos cuando venga. Si le desagrada el lugar, supongo que lo dejará enteramente a mi disposición.

—Si ese es el caso, será mejor que te busques una esposa más pronto que tarde —observó lady Charlotte—. ¿Tienes alguna idea de los deberes que tendrá la señora de la casa para con este lugar?

—No. Por eso mismo espero que me lo digáis vos —repuso con una sonrisa que a Phyllida le pareció un punto forzada.

—No necesito hacerlo. Cásate con la muchacha adecuada, que ya recibirá la preparación para ello. Esta no es una casa grande, pero necesita que la modernicen. Me pregunto si habrá entre las damas de la zona alguna que esté a la altura.

—Eso os ahorraría el tedio de tener que buscarla en Almack's, milord —comentó Phyllida con tono dulce para disimular la pequeña punzada de incomodidad que le había producido la imagen de una bandada de jóvenes candidatas locales revoloteando en torno a Ashe. Aportando cada una alguna estimable propiedad colindante con la suya, sin duda.

—Tengo la fuerte sospecha de que mi padre despejará el campo y me dejará solo para que acompañe a mi madre y hermana a ese lugar —dijo Ashe con tono lúgubre—. Dudo que pueda escaparme. Pasado mañana volveré a la capital.

Las damas se retiraron a acostarse después de que fuera servido el té. Ashe se descalzó y subió los pies al sofá mientras las quejas de lady Charlotte sobre la mala calidad del té de Bohea se apagaban poco a poco, perdiéndose en el pasillo.

Se le antojaba milagrosa la conexión que en aquellos momentos sentía con aquel lugar, como si se hubiera abierto una puerta dentro de su cerebro y hubiera reconocido que aquella propiedad, aquellas tierras, eran su hogar. Era, por alguna suerte de milagro, un Herriard de Eldonstone, y esperaba que algún día lo fueran también sus hijos.

Lo cual lo devolvió a la ineludible realidad de que necesitaba una esposa. ¿Cuáles serían los deberes de la señora de una gran casa como aquella? Su madre iba a tener que descubrirlos, rápidamente, y una nuera educada en un ambiente semejante supondría una ayuda inestimable.

Si pudiera conjurar con la mente una imagen de la mujer que quería... Cerró los ojos y lo intentó. Sabía cuáles debían ser sus cualidades, su alcurnia, pero... ¿cómo sería su aspecto, su carácter?

El problema era que la imagen que descubrió pintada detrás de sus párpados cerrados era la de una mujer de mediana estatura, grandes ojos castaños, un hoyuelo en la barbilla y demasiado inclinada a reírse de él, a discutir con él... y a besarlo.

«Por todos los diablos, necesito una amante. Necesito a Phyllida». Luego podría concentrarse en encontrar esposa. Se levantó, volvió a calzarse los zapatos y salió para la biblioteca en busca de algún libro lo suficientemente aburrido como para ayudarlo a dormir.

Hacia la tercera tarde en Eldonstone, Phyllida se sentía agradablemente cansada fruto del trabajo duro y de los resultados conseguidos. Lady Charlotte acababa de recorrer las habitaciones ya terminadas, declarándose encantada con el vestíbulo, el salón, la cámara de lady Sara y la suite principal. Ashe no estaba por ninguna parte. Se hallaría seguramente inspeccionando los tejados con goteras y los campos necesitados de drenaje, según sospechaban las dos mujeres.

—Al menos ahora mi sobrino, su esposa y su hija podrán dormir aquí sin tener pesadillas —declaró la anciana durante la cena—. Cuanto antes la señorita Hurst obre su magia con el resto de las habitaciones, mejor para todos. Tengo que confesar que no he disfrutado de una sola buena noche de sueño desde que estoy aquí. ¡Tengo un oso de peluche en mi cámara y mi doncella ha tenido que volver la mayoría de los cuadros contra la pared!

—En la mía hay una serie de grabados que no he examinado detenidamente, pero que temo se traten de horribles torturas y ejecuciones chinas —señaló Phyllida, estremeciéndose visiblemente.

—Yo me defiendo de mi cámara con el simple recurso de utilizar una única vela —apuntó Ashe. Había entrado en el comedor justo ante de la cena, despeinado y rebosando vigor y energía.

Durante toda la comida intercambiaron historias de horror sobre la casa. Sus compañeros de mesa hablaban como si fuera un hecho establecido que ella volvería para trabajar en más habitaciones, pero Phyllida tenía sus dudas. Ayudaría a la familia a deshacerse de cualquier objeto que desearan vender, por supuesto, pero a cada momento se descubría reacia a la idea de continuar en estrecho contacto con Ashe mientras se dedicaba a buscar esposa con creciente motivación.

No le había vuelto a mencionar la posibilidad de una aventura entre ellos, y ni siquiera le había tocado la mano. Parecía que ahora estaba a salvo, pero seguía sintiéndose demasiado atraída hacia él, reconoció para sus adentros mientras comía distraída su postre, con la mirada clavada en la horrible urna del armario. Y si no llevaba cuidado, esa atracción podría crecer y convertirse en algo más...

—¿Señorita Hurst? —pronunció lady Charlotte, impaciente—. ¡Os habéis quedado distraída! ¿En qué estáis pensando?

Phyllida dio un respingo y a punto estuvo de dejar caer la cuchara.

—¡Oh, lo siento! Solo me estaba imaginando las inmensas paredes limpias y despejadas de la casa, bien dispuestas para que lady Eldonstone las decore a su capricho.

Ashe, que estaba hablando con el criado sobre el vino de los postres, no pareció advertir su titubeo. Lady Charlotte le dedicó una atenta mirada, pero no hizo ningún comentario al respecto.

—Si os parece bien, señorita Hurst, dejaremos a Clere que saboree tranquilamente su oporto.

Phyllida la siguió fuera del comedor, preparándose para soportar una amonestación por haberse quedado distraída en la mesa. O, si la anciana era tan sagaz como temía, por haber cometido el nefando delito de enamorarse del heredero cuando no era absoluto candidata para él.

Pero la anciana se puso a charlar sobre los chismes locales, impenetrables para Phyllida. Se quejó de los sermones del nuevo cura y le preguntó por sus gustos sobre rosas, para finalmente terminar llamando a su doncella.

—Me voy a la cama —se levantó trabajosamente, rechazando cualquier ayuda—. Ese muchacho se está revelando mejor persona de lo que cualquiera habría esperado —comentó mientras Phyllida volvía a sentarse.

—¿Os referís a lord Clere, señora? ¡Difícilmente podría ser calificado de «muchacho»!»

—No, no lo es, ¿verdad? —clavó sus desvaídos ojos de color castaño claro en ella durante unos interminables segundos, antes de volverse para dirigirse hacia la puerta—. Solo espero que sepa lo que está haciendo con vos, eso es todo. Buenas noches.

—Buenas noches, señora.

«¿Que diablos habrá querido decir ese viejo dragón?», se preguntó Phyllida. No podía entenderlo y sus propios pensamientos eran ya demasiado inquietos para seguir especulando sobre ellos. Si Ashe quería tomar un té, se lo tomaría solo, decidió. En ese momento se sentía incapaz de volver a quedarse a solas con el. Además, tenían un largo viaje por delante por la mañana y debía intentar dormir un poco.

Ashe subía sigilosamente las escaleras, para no despertar a nadie a esas horas. Como para frustrar esa intención, el alto reloj de pared del vestíbulo dio las dos.

Estaba extrañamente inquieto. Sabía que se sentía reacio a abandonar Eldonstone e incómodo con la perspectiva de buscar esposa, pero aquellos dos motivos de desconsuelo no parecían justificar su humor. Regresaría allí tan pronto como pudiera y ya había aceptado que la búsqueda de esposa era una prioridad. No había, pues, nada nuevo.

Su acuciante estado de frustración física tampoco lo era. Suponía que podría soportarlo mientras rumiaba tácticas para seducir a Phyllida. «Seducir no: persuadir», se corrigió. Podía persuadirla para que hiciera algo que ella misma ya quería hacer. No era tan granuja como para seducirla contra su propia voluntad.

Pasó de puntillas por delante de las puertas de los dormitorios. El suyo, la vasta y lúgubre Suite del Heredero, como Stanbridge insistía en llamarla, estaba poco convenientemente situada en la parte trasera de la casa.

—¡Dejadle en paz!

Ashe se detuvo en seco, con las sombras formadas por su vela oscilando salvajemente en las paredes. El silencio que había seguido a aquella orden era casi más alarmante que lo súbito de la misma. Se dio cuenta de que estaba al lado de la puerta de la habitación de Phyllida. ¿Se trataría solamente de una pesadilla? ¿O podía estar ocurriendo algo extraño... un intruso, una indisposición quizá?

Giró el pomo de la puerta y la abrió sigilosamente. El resplandor de la vela parpadeó sobre la cama y vio que Phyllida estaba sentada en ella, el rostro vuelto hacia él, los ojos muy abiertos.

—¿Phyllida? —no oyó respuesta alguna, así que entró. La puerta se cerró suavemente a su espalda, y el leve sonido sonó a sus oídos como un tiro. Ashe contuvo el aliento y escuchó. Estaban solos, podía escuchar el rumor de su respiración, el latido de su propio corazón... pero no se movía nada más.

Cuando llegó hasta la cama, Phyllida seguía sin moverse y la mirada de sus ojos desorbitados estaba como desenfocada. Solo era una pesadilla. Pensó en marcharse, pero de repente vio que se movía y recogía el borde de la manta como para apartarla. Tendría que despertarla. No podía arriesgarse a que caminara como una sonámbula por la casa.

No se despertó cuando depositó con fuerza la palmatoria con la vela sobre la mesilla.

—¡Phyllida! Despierta.

Soltó un leve gemido y empezó a retorcerse en la cama. Seguía mirando fijamente algo detrás de él.

—No —susurró, levantando las manos como para defenderse de alguien.

Ashe se sentó en el borde de la cama y la tomó firmemente de los hombros.

—Despierta, Phyllida. No pasa nada. Yo estoy aquí.

Sentía sus hombros finos y frágiles entre sus palmas, aunque la había visto levantar pesados adornos con facilidad. Era como si aquella pesadilla le hubiera consumido las fuerzas. Parpadeó varias veces mientras recuperaba poco a poco la consciencia.

—¿Ashe?

—Tenías una pesadilla y pensé que lo mejor era despertarte. ¿Eres sonámbula? ¿Caminas en sueños?

—Hace años que no lo hago...

A la luz de la vela, su rostro había perdido todo color.

—Te oí gritar. Parecía una pesadilla horrible. ¿Qué estabas soñando? —pensó que si hablaba de ella, sería menos aterradora.

—Estaba soñando contigo —musitó.

—¿Conmigo? ¿La pesadilla era conmigo? —la sorpresa le hizo apartarse, agarrándola todavía de los hombros.

—Estabas atrapado debajo de todos aquellos retratos de tus antepasados, como si se hubieran descolgado de las paredes para caer sobre ti. Y ellos estaban hablando, farfullando —se estremeció y él tuvo que apretarla contra su pecho para consolarla—. Podía ver tu mano izquierda asomando, con el sello de tu padre. Luego te incorporaste derribándolos a todos, pero ellos se salieron de sus marcos para abalanzarse sobre ti, con todas aquellas blancuzcas manos con el mismo anillo, tocándote, manoseándote...

Ashe la envolvió en sus brazos y ella se arrebujó en su regazo, pegada la mejilla a su camisa, deslizando las manos bajo su chaqueta para abrazarlo a su vez. En aquel momento, Ashe estaba tan contento de experimentar un contacto humano como parecía estarlo ella. La pesadilla de Phyllida habría podido muy bien ser la suya.

—Gracias por haber tenido esa pesadilla por mí —le murmuró al oído. Era extraño que ella se hubiera mostrado tan perceptiva, que hubiera estado tan sintonizada con su propio humor, pese a su propia reserva y mal genio.

Phyllida soltó una corta carcajada. Su sentido del humor parecía estar resurgiendo, conforme se desvanecía el mal sueño.

—No creo que la cosa funcione así, pero quizá yo he venido a hacer de pararrayos… Gracias por haberme despertado.

—Pasaba por delante cuando te oí —su mano, aparentemente como si tuviera voluntad propia, le estaba acariciando la curva de la espalda, cálida a través de la fina tela del camisón de lino. Con el pulgar le recorría la espina dorsal, delineando cada vértebra, y ella se arqueó contra su palma como una gatita gozando de una caricia.

—Ashe… —se removió un poco y alzó la mirada. Ella tuvo que apartar un poco la cabeza, de lo cerca que estaba.

Ignoraba lo que quería decirle. No fue un intento consciente por besarla. Simplemente bajó la cabeza, buscó la boca con la suya y ya estuvo perdido.

174

Doce

Phyllida era toda ella dulce, cálida, aromática feminidad contra él, perdida toda inhibición en el neblinoso despertar que había seguido a su pesadilla. Sus brazos rodeaban su torso, uno de sus pechos descansaba en la mano que lo acunaba, con el pezón endurecido bajo la fina tela de lino.

Desesperado por sentirla contra su piel desnuda, se desembarazó de la chaqueta, se arrancó el pañuelo de cuello y se sacó la camisa por la cabeza, y todo ello sin dejar de tocarla, de acariciarla con una mano. La oyó jadear mientras sentía sus manos apretadas contra su espalda, escuchó su leve gimoteo de excitación cuando inclinó la cabeza para mordisquearle suavemente un hombro cremoso, continuando luego por su cuello, hasta la tersa y tentadora piel de detrás de la oreja.

—Ashe… —musitó.

Alzó la cabeza y leyó la aprensión en la oscuridad de sus ojos, en el temblor de sus labios, suaves e hinchados, maduros para sus besos. Solo tenía que cerrar los ojos, solo tenía que tomarla en sus brazos y servirse de toda su habilidad para sofocar sus miedos y escrúpulos, y la cosa estaría hecha.

Maldijo para sus adentros, No podía hacerlo. «Persuadir, no seducir», se recordó. Como si le resultara físicamente doloroso, se obligó a separar su cuerpo del de ella. Deslizó las manos todo a lo largo de sus brazos, y ella volvió los dedos para aferrarle las muñecas.

Hasta ese momento todas sus amantes habían sido indias, y le había encantado el contraste entre su propia tez, de un dorado pálido, y la de ellas. En ese momento, la blancura de los largos dedos de Phyllida sobre sus brazos era como leche derramada sobre miel, y se inclinó para acariciar uno de ellos con la punta de la lengua.

—Ashe, no. No puedo. No puedo ser tu amante... —retiró las manos y entrelazó los dedos con los suyos, tal y como había hecho durante aquel improvisado minué de unos días antes.

—¿Por qué no? —le preguntó él, intentando no plantearlo como una exigencia, conteniendo la respiración como si estuviera tensando un arco y apuntando a su objetivo—. Cuando nos besamos...

—Te deseo. No soy tan hipócrita como para fingir lo contrario. Ya hablamos de esto, Ashe. No he cambiado de idea y creía que lo habías entendido.

—Lo había entendido. Y lo entiendo —¿era eso una mentira? No, entendía su decisión, pero estaba determinado a cambiarla—. Cuando entré en esta habitación, no tenía otra intención que asegurarme de que estabas bien. Cuando te abracé fue para ofrecerte consuelo, pero luego... —la miró directamente a los

176

ojos— luego mis intenciones cambiaron. No tengo excusas.

Debería haberse escandalizado, indignado; haberle hecho sentirse culpable y avergonzado, y entonces ya no hubiera vuelto a tentarla.

—Sí, hay excusas. Excusas verdaderas —se oyó decir a sí misma—. Yo reaccioné como si acogiera con placer tus caricias —se obligó a ser sincera—. Las acogí con placer, de hecho. Quería tocarte, besarte. La mayoría de los hombres no se habrían detenido: habrían replicado que yo les provoqué —«deja de fingir que no lo quieres, necesitas que un hombre de verdad te enseñe...». Reprimió un estremecimiento, no fuera a pensar que era por él.

Tan cerca como estaba de su torso desnudo, con sus manos todavía en su piel, volvió a preguntarse cómo sería yacer con Ashe. ¿Barrerían sus besos de golpe el miedo que sentía, la sumergirían en una rugiente ola de pasión? ¿O bien ahuyentarían esos temores suave y dulcemente, sustituyendo la pesadilla por el placer?

¿O acaso entraría ella en pánico cuando aquellas caricias pasaran a ser algo más? Cerró los ojos mientras imaginaba sus propios gritos, se imaginaba a sí misma arañándole las mejillas. Y él conocería entonces su más profundo y oscuro secreto: que ella había entregado su inocencia a otro hombre, no por amor, sino por dinero. Como una mujerzuela, una prostituta. «No como», la reconvino la voz de la conciencia. «Fuiste una prostituta».

—No, tú no me provocaste —dijo él mientras liberaba sus manos y se levantaba—. Yo siempre asumo la responsabilidad de mis actos, y puede que te desee demasiado para mi propia tranquilidad de espíritu, pero no soy una bestia en celo que se deje gobernar por sus deseos. ¿Te encuentras ya bien? Quizá deberías llamar a tu doncella, pedirle que suba un poco de leche o chocolate caliente para que te serene.

—Se necesitaría algo más que chocolate para serenarme después de este beso —comentó, irónica—. Además, ¿solo porque yo esté inquieta debería despertar a esa pobre mujer? —vio cómo se ponía la camisa y se metía los faldones dentro del pantalón, añadiendo deliberadamente carbón a las brasas que él había encendido. La sensación de aquella espalda suave y musculosa, el recuerdo de la tira de vello oscuro que nacía en su pecho para descender más abajo de su ombligo, la ancha extensión de sus hombros... todo aquello iba a acosar sus sueños a lo largo de las noches venideras.

—Buenas noches, Phyllida —recogió su pañuelo de cuello del respaldo de una silla y se lo ató—. Que sueñes con las porcelanas más finas y las más preciosas gemas. Que duermas bien.

Phyllida durmió y, si llegó a soñar, no recordó nada cuando se despertó, esbozando una mueca al oír el chirrido de las anillas de las cortinas al ser descorridas.

—Buenos días, señorita Phyllida —el tono de Anna sonaba indecentemente alegre y gozoso—. ¡A levantarse y acicalarse! Partiremos después de tomar el desayuno, que milord ha ordenado se sirva a las ocho en punto —se acercó al cabecero de la cama y, al bajar la mirada, la sonrisa desapareció de sus labios—. ¿Os encontráis bien, señorita Phyllida? Estáis pálida como la cera.

—Tengo la horrible sospecha de que voy a vomitar, Anna...

La doncella se apresuró a sacar la palangana del aguamanil y se arrodilló con ella junto a la cama.

—Es la pescadilla de la noche. Sirvieron las sobras para cenar en las habitaciones de los criados y William nos aseguró que estaba echada a perder.

—Sabía muy rica... ¡Oh! —Phyllida se inclinó sobre la palangana con un gruñido. Cuando lo peor hubo pasado, volvió a recostarse con una toalla húmeda en una mano. De repente se acordó de algo—. Espero que lady Charlotte no la probara. A su edad, una indigestión podría resultar peligrosa.

—La mayor parte se devolvió a la cocina —dijo Anna, frunciendo el ceño al recordarlo—. Es por eso por lo que hubo suficiente para la plantilla. Pero nadie se dio cuenta de nada porque el guiso estaba muy bueno. Solo William no se lo terminó y la cocinera se puso de mal humor porque él dijo que estaba malo, así que la mujer lo retiró de la mesa. Iré a buscaros un poco de agua caliente e informaré a milord de que no podéis viajar hoy.

—¡No! —tenía que volver a casa, lejos de Ashe y de la tentación que representaba—. Lord Clere tiene que regresar y no puedo esperar que lady Charlotte pase más tiempo fuera de su propia casa. Me pondré bien. Solo súbeme el desayuno a la habitación. Una tostada, quizá.

Phyllida se las arregló para tragar la tostada y una taza de té poco cargado, se lavó y se vistió, aunque durante todo el tiempo tuvo retortijones de estómago y se sintió ridículamente débil. Lady Charlotte se encontraba en perfecta salud, y tan estirada como siempre cuando le ofreció la mejilla para que se la besara antes de subir a la calesa para el corto viaje hasta su casa.

—Subamos —Phyllida urgió a Anna a subir al coche de posta en cuanto llegó. No tenía intención de quedarse allí, a pleno sol, para que Ashe descubriera su semblante blanco, casi verdoso. Probablemente lo atribuiría a una mala noche suspirando por sus caricias, mientras que una simple cuestión de vanidad la disuadiría de admitir que se había tratado de algo tan prosaico como un estómago revuelto.

Para cuando Ashe se hubo despedido de su tía abuela y acercado al coche de posta, Phyllida se hallaba bien instalada en un rincón en sombras del carruaje.

—¡Qué mujer tan admirablemente puntual sois! —dijo Ashe, recuperando el tono formal en deferencia a su doncella—. El día se promete magnífico y llegaremos a Londres a buena hora.

—¡Magnífico! —su animada respuesta debió de haberlo convencido de que se encontraba bien, porque cerró la puerta, montó en su caballo y el grupo se puso en marcha.

Diez minutos después, Phyllida estaba recordando demasiado vívidamente por qué los coches de posta recibían el popular sobrenombre de «saltarines amarillos». Aquel parecía contar con un sistema de muelles pensado para que cada bache, rodera y piedra del camino contribuyera al aparatoso movimiento del vehículo.

Phyllida se empeñó en masticar las hojas de menta que Anna había encontrado en el jardín de la cocina y se concentró en la alta figura de Ashe. Pero, al cabo de un rato, la elegante cadencia del trote de su caballo no hizo más que acentuar la sensación de mareo provocada por el traqueteo del coche.

—Nunca antes me había mareado en uno de estos carruajes —se lamentó.

—Bueno, tampoco nunca antes habíais comido pescado echado a perder, ¿verdad, señorita Phyllida? —señaló Anna—. Dentro de una hora haremos una parada para cambiar de caballos.

¡Una hora! Phyllida masticó con gesto sombrío otra hoja de menta e intentó pensar en otra cosa que no fuera su estómago y los mareos. La única posible ventaja que tenía sentirse tan mal, decidió para cuando el coche de posta llegó a King's Langley, era que funcionaba eficazmente como antídoto contra los amorosos pensamientos de Ashe.

—Vamos a hacer una parada, señorita Phyllida.

—Gracias a Dios, porque no creo que mi estómago pueda retener el desayuno por más tiempo —dijo Phyllida antes de llevarse un pañuelo a la boca. Cuando el coche de posta se detuvo en el patio de la posada, abrió la puerta y bajó trastabillando, para apoyarse en seguida en la alta rueda del carruaje.

—¿Qué ocurre?

No había visto a Ashe que, de repente, se encontraba a su lado, sosteniéndola.

—Pescado en mal estado —explicó Anna—. Vomitará en cualquier momento, milord.

Ashe se inclinó entonces y la levantó en brazos. Entrando en la posada, exigió:

—¡Una habitación! ¡Agua caliente!

—Por favor... Puedo arreglármelas... —Phyllida miró a su alrededor sin retirarse el pañuelo de la boca. Era una posada grande y lujosa, parada obligada en las rutas de los coches de posta, y no un lugar pequeño y ruin en el que podría vomitar en una sórdida intimidad.

—Por aquí, señor... Oh, pobrecita. Encinta, ¿verdad?

Era una voz de mujer, una desconocida. La sentaron en una silla, y unas manos, la de Ashe, le pusieron una palangana en el regazo. Alguien la despojó del sombrero y de la capa.

Phyllida devolvió penosamente el desayuno, sostenida por los hombros. Una toalla húmeda con aroma a lavanda apareció en su mano cuando fue retirada la palangana. Se apoyó en el brazo que la sostenía y pudo detectar un olor a sándalo detrás de la lavanda.

—Aquí tenéis un poco de licor de menta. Os sentará bien, milady.

Aturdida, Phyllida se dio cuenta de que Ashe debía de haber hecho valer su título para procurarse un pronto servicio, y de que la mujer que la estaba atendiendo pensaba que era su esposa. Y que estaba encinta.

Bebió un sorbo de licor y se tambaleó cuando la

habitación se puso a girar a su alrededor. Aquello era ridículo. No se desmayaría: estaba hecha de pasta demasiado dura para eso.

—Va a desmayarse —la voz de Ashe le llegó como de muy lejos—. Será mejor que la acueste.

Si llegó a perder la consciencia, solo debió de durar un momento. Phyllida se encontró recostada contra unas almohadas, tendida sobre una colcha de cuadros de diferentes telas.

—Lo siento —logró pronunciar.

—No os preocupéis, milady —la consoladora voz de la otra mujer le llegó desde el umbral—. Os traeré un ladrillo caliente para la cama.

—¿Dónde está Anna? —inquirió Phyllida, esforzándose en vano por abrirse el corpiño. El corsé le apretaba como si fuera un torno, impidiéndole respirar.

—Ha ido a buscar un boticario para lo que asegura es una poción infalible para detener las náuseas. ¿Cuál es el problema? ¿El corsé? —inquirió Ashe—. No tengo mucha experiencia en estas cosas, las mujeres indias tienen suficiente sentido común para no llevarlos, pero veré lo que se puede hacer.

Ahogando una exclamación, Phyllida se encontró apoyada contra el hombro de Ashe mientras sus dedos trabajaban eficazmente con los botones de la espalda de su vestido, y luego con los lazos del corsé.

—¡Oh! Ashe, no puedes...

—Puedo —dijo—. Y ahora... —le bajó un hombro del vestido—. Así —el corsé cedió al fin, y Phyllida pudo respirar hondo—. Ya está. Así mejor, ¿verdad?

—¿Lord Clere y su esposa, decís? ¿Y la pobre

dama está indispuesta? Tengo que ayudarla. ¿Es esta habitación, la de la puerta abierta?

Phyllida escuchó una estridente voz femenina, seguida de un rumor de faldas, y abrió los ojos para descubrir lady Castlebridge. La dama, esposa de un conde y la lengua más larga de toda la alta sociedad, se hallaba en el umbral, mirándolos con expresión ávida de curiosidad.

—¡Señorita Hurst!

Phyllida apoyó la frente en el hombro de Ashe con un leve gemido... y la imposible esperanza de poder encubrir la cantidad de piel desnuda de su pecho y hombros que había quedado al descubierto. Aquello era un completo desastre y no se le ocurría nada para remediarlo, salvo que la tierra se la tragara en aquel preciso instante.

—¿Señora? —Ashe volvió a recostarla contra las almohadas y la arropó con una manta—. Creo que no nos han presentado antes, porque entonces sabríais que no estoy casado.

—¡Bueno, todo el mundo sabe quién sois, lord Clere! —el deleite que estaba experimentando por haberse topado con una escandalosa situación delante de sus narices resultaba demasiado obvio—. Y nada habíamos oído sobre una esposa vuestra. De ahí la sorpresa de encontrar a la señorita Hurst con vos y además encinta, pobrecita...

Phyllida volvió a escuchar otro rumor de faldas y luego la puerta al cerrarse.

—Soy lady Castlebridge. Naturalmente, podéis contar con mi absoluta discreción.

—Lejos de encontrarse en estado interesante, la señorita Hurst se halla indispuesta por una indigestión y ha sufrido náuseas en el viaje. Somos meros conocidos, pero naturalmente no pude dejar de atenderla cuando cayó desmayada a mis pies —el tono de Ashe sonaba distante y levemente perplejo, como si no pudiera dar crédito a la intrusión—. Sois una buena amiga de su familia, según parece. Quizá podríais sostener vos la palangana por si la señorita Hurst vomita de nuevo, mientras yo salgo a buscar a su doncella.

Pese a lo sucedido, Phyllida no pudo menos de sonreír al escuchar la rápida retirada de la dama.

—No soy tan buena amiga suya... Estoy segura de que la señorita Hurst preferirá que la asista su doncella. Qui-quizá pueda localizarla yo misma.

—Disculpadme, señora —sonó de pronto la bendita voz de Anna—. Gracias, milord. Ya me arreglaré yo con ella.

Se cerró la puerta. Al cabo de un momento, Anna dijo:

—Ya se han ido los dos, señorita Phyllida. El señor parecía a punto de estrangular a esa vieja cotorra. ¿Cómo os sentís?

—Horriblemente mal —se sentó en la cama y abrió los ojos. El corsé estaba a los pies de la cama, presumiblemente donde Ashe lo había arrojado. El vestido lo tenía bajado hasta la cintura y solo su camisola le permitía conservar un mínimo de decencia.

—¿Quién os quitó el corsé?

—Milord.

—¡Oh, diantre!

—Exactamente.

—¿Y esa cotorra lo vio? Tomad, bebed esto, señorita Phyllida. Lo he traído de la botica.

—No solo me ha visto en la cama, en los brazos de lord Clere y en ropa interior. También ha escuchado los comentarios de la posadera sobre que padezco náuseas matutinas... de embarazada —Phyllida tomó un sorbo del caliente brebaje y empezó a sentir que le templaba el baqueteado estómago—. Me temo que mi reputación está arruinada.

—Pero todo el mundo podrá ver que no esperáis un hijo... —protestó Anna.

—No se trata de eso. Se suponía que iba a quedarme con unas amistades en Essex. ¿Cómo voy a justificar después que he estado encamada en una posada de Hertfordshire, en compañía de lord Clere y en tales términos que dejé que me desnudara y me quitara el corsé? Apostaría cincuenta guineas a que esa mujer ya ha descubierto que llegamos juntos, aun cuando él no viajara en el coche de posta —apartó la manta y se levantó—. El humo es lo que importa, Anna. No tiene por qué haber fuego; no cuando una está en una posición tan ambigua como la mía.

«Esto es un absoluto desastre», pensó mientras Anna le subía el vestido, se guardaba su corsé y localizaba su sombrero y su capa. Entonces se le ocurrió otra cosa. Gregory.

—Oh, Dios mío... —se sentó en el borde de la cama—. ¿Qué dirá el señor Millington cuando se entere? Nunca dejará que Harriet se case con mi hermano después de esto. Debemos volver a Londres lo antes posible. Tengo que hablar con Gregory y encontrar alguna manera de persuadir al señor Millington de que esto no tendrá consecuencias para su hija.

—¡Señorita Phyllida! —Anna la siguió escaleras abajo—. Necesitáis descansar.

—Podré descansar en el coche de posta —haciendo acopio de todas sus fuerzas, entró en el vestíbulo. Rezaba para que sus temblorosas piernas continuaran sosteniéndola—. Buenos días, lord Clere —se detuvo ante él y le hizo una reverencia—. Gracias por vuestra asistencia, pero, como podéis ver, soy ya capaz de continuar viaje, ¡Lady Castlebridge! Todo está perfectamente, no hay necesidad de que sigáis ahí escondida... No padezco ninguna enfermedad contagiosa: solo los efectos de la ingestión anoche de un pescado en mal estado. Nos volveremos a ver en la velada musical de los Foster, estoy segura.

Se dirigió al refugio del coche de posta antes de que ninguno de los dos pudiera pronunciar una palabra. Anna dio una voz al cochero y el carruaje abandonó el patio de la posada, rumbo a Londres y a la desventura.

Trece

Ashe encontró en el despacho a su padre y a Edwards, su secretario, contestando una pila de cartas.

—Has tardado poco en volver —la sonrisa del marqués se borró de sus labios cuando vio la expresión de su hijo.

—Perdón por la intrusión, pero necesito el consejo del señor Edwards. ¿Qué es lo que prescriben las leyes inglesas sobre el matrimonio?

Su padre se quedó perfectamente inmóvil, y bajó luego la pluma que había estado sosteniendo. El secretario se caló sus lentes con gesto firme y se aclaró la garganta, con gesto perfectamente inexpresivo.

—Los bandos de matrimonio han de ser publicados en las respectivas parroquias del novio y de la novia durante tres semanas. Este trámite puede ser evitado, y de hecho lo es a menudo, por la autoridad, mediante la provisión de la licencia común de un obispo. Para los matrimonios perentorios se requiere una licencia especial del arzobispo, que en el caso de Londres entraña una visita personal al colegio de abogados y el pago de una tasa nada desdeñable —miró su reloj—. Si necesitáis tramitar una, me temo que tendréis que esperar hasta mañana.

—Gracias, señor Edwards, está muy claro. De momento no contemplo casarme, al menos por esta semana —Ashe se acercó a la chimenea vacía y apoyó un pie en la rejilla—. ¿Nos disculpáis un momento? —una vez que padre e hijo estuvieron solos, dijo, sin preámbulos—: He comprometido gravemente a la señorita Hurst, en consecuencia, lamento comunicarte que debo casarme con ella.

—¿Lo lamentas? —inquirió su padre, enarcando las cejas.

—Ella no sería una esposa adecuada. Es hija ilegítima, no es recibida en la corte ni aceptada en Almack's, y por tanto no puede ayudar ni a mi madre ni a Sara —Ashe continuó recitando desapasionadamente los puntos de la lista. No iba a minimizar la extensión de aquel desastre—. Su hermano no tiene influencias políticas, sus tierras están a una significativa distancia de las nuestras y no aportará beneficio alguno a la propiedad. Ella carece de dote. Posee una tienda y trabaja comprando y vendiendo cosas. En otras palabras: es comerciante, y si se corre la voz, será recibida todavía en menos lugares.

—Tu madre es hija ilegítima y su padre era comerciante —repuso su padre en un tranquilo tono que Ashe sabía que disimulaba una emoción contenida.

—Sí. Pero es la hija de una princesa, y su padre era un *nabab*. Tú eres marqués. El caso es muy diferente a los ojos de la alta sociedad.

—¿Hasta qué punto está comprometida? ¿Está encinta?

—¡No! —protestó Ashe, conservando a duras penas la paciencia. «Conciencia culpable», se dijo—. No, fue un episodio tan inocente como lamentablemente desafortunado. Se puso enferma en el viaje de vuelta y se desmayó en la posada. Yo le estaba aflojando el corsé en uno de los dormitorios cuando lady Castlebridge, que parece ser una chismosa voraz, nos sorprendió.

El marqués soltó una ronca carcajada que sonó como si se la hubieran arrancado a la fuerza de la garganta.

—No tiene gracias —protestó Ashe. Le entraron ganas de dar patadas a algo. O a alguien. Probablemente a sí mismo.

—Es que contiene todos los elementos de la farsa. Pero no hay nada que hacer. Tienes toda la razón: debes casarte con la muchacha —se lo quedó mirando fijamente, con los ojos entrecerrados—. ¿Te gusta?

—Sí —Ashe se encogió de hombros—. Por lo poco que la conozco, estar casado con ella no representaría ningún sufrimiento —«y hacer el amor con Phyllida sería un placer perfecto», añadió para sus adentros.

—Una licencia especial sería el mejor método, dadas las circunstancias.

—No. He estado pensando en ello –efectivamente lo había hecho, durante todo el trayecto desde Hertfordshire—. Creo que minimizaremos el daño si me dedico a cortejar públicamente a la señorita Hurst y me caso con ella al cabo de un par de meses, todo lo cual debería desactivar los rumores y rehabilitar de alguna forma su buen nombre.

—¿Y la cuestión del embarazo?

—Estuvo devolviendo de resultas de la ingestión de un pescado en mal estado. La esposa del posadero supuso que estaba encinta y lo comentó de tal manera que la oyó todo el mundo.

El marqués se recostó en la silla y se pasó ambas manos por el pelo.

—¡Dios! Y pensar que había imaginado que desembarcaría en Inglaterra y me mezclaría con la sociedad sigilosamente, sin alharacas —soltó otra carcajada que sonó a genuina diversión—. Será mejor que vayamos a contarle a tu madre que está a punto de tener otra hija.

Su padre se estaba tomando aquello bien. Ashe sospechaba que su madre, siempre tan enemiga de las convenciones, también lo perdonaría. Y que Sara, siempre tan romántica, pensaría que estaba enamorado e ignoraría con gusto cualquier desaire que ella pudiera padecer como resultado. Mientras que él habría preferido que todos ellos lo castigaran severamente por lo sucedido, y no que lo premiaran por no haber cerrado una puerta y no haber esperado a que la doncella se ocupara de Phyllida, con el consiguiente resultado de que tendría que casarse con la misma mujer a la que antes había pretendido como amante. «No», le recordó su inoportuna conciencia. «Si no hubieras tenido aquel trato de intimidad con Phyllida, entonces nunca te habrías encontrado en una misma habitación con ella, y mucho menos le habrías abierto el vestido y quitado el corsé. Lo sabes perfectamente».

Siempre había supuesto que el deber y el honor caminaban de la mano. Tal parecía que, en aquel caso, su honor le exigía precisamente faltar a su deber.

«Uno recoge lo que siembra», pensó amargamente mientras se dirigía a buscar a su madre. Tendría que actuar con honor con Phyllida Hurst... precisamente cuando debía cumplir con su deber para con su familia.

En cuanto a la señorita Hurst, acogería encantada un matrimonio que trascendía todas sus expectativas, y tampoco sería mucho problema poner fin a todos aquellos secretos elementos de su vida que representaban un gran riesgo. La tienda debería desaparecer y el material sería vendido, algo a lo que ella no pondría ninguna objeción.

—¡Gregory! ¡Oh, estás en casa, gracias a Dios!

Su hermano apareció en el umbral del salón trasero en mangas de camisa, una pluma en la mano y el pelo de punta como si se hubiera estado pasando las manos por la cabeza.

—Bienvenida a casa, Phyll. Tengo buenas noticias para ti —solamente al entrar en el salón iluminado pudo ver su rostro con claridad—. ¡Estás enferma! Anna, ¿qué le ha pasado a la señorita Phyllida? —acercándose a ella, soltó la pluma y la tomó del brazo.

—Anna, por favor, encárgate de que preparen el té. Solo es una indigestión por pescado en mal estado, Gregory. He tenido náuseas, nada más. Sentémonos en el salón, tenemos que hablar.

Dejó que él la sentara en el diván con los pies en el alto y un chal sobre las piernas.

—Dame el sombrero. ¿Puedes quitarte la capa? Ahora mismo deberías estar en cama.

«No montes tanto escándalo», quiso gritarle «No me hagas sentir peor de lo que ya me siento».

—Gracias. Gregory, ¿cuál es esa buena noticia?

—¡Harriet me ha aceptado!

A pesar de todo lo sucedido, Phyllida experimentó una oleada de placer ante la expresión de genuina felicidad que se leía en su rostro. Su hermano quería efectivamente a Harriet.

—¡Gracias a Dios! Es maravilloso, Gregory.

—Y Millington se ha mostrado tremendamente contento y generoso. Muy resolutivo con los preparativos y sus expectativas, ninguna de ellas irrazonable. Estaba revisando precisamente los papeles cuando llegaste. Desea tener ciertas garantías para el futuro de Harriet, fondos para los hijos y demás.

Phyllida sentía la culpa como un cuchillo.

—Lo siento, pero creo que he cometido una imprudencia tal que temo que el señor Millington pueda retirar su consentimiento a esta unión.

—¿Qué? —se la quedó mirando fijamente—. ¿Que diantres has hecho? ¿Se trata de Clere? ¡Sabía que no debería haber permitido que te marcharas con él!

—Gregory, siéntate, por favor. Se ha producido la más horrible conjunción de circunstancias y la culpa no es en absoluto de lord Clere —le explicó lo que había sucedido en la posada mientras lo veía caminar arriba y abajo por la habitación, maldiciendo entre dientes—. Debo ir a hablar con el señor y la señora Millington antes de que se enteren de esto por otro conducto.

—Dios mío, sí —su hermano se dejó caer en una silla y se pasó las manos por la cara—. Iré contigo, por supuesto: tienen que ver que yo te apoyo completamente. ¿Pero dónde está Clere? Debería estar aquí con una licencia especial de matrimonio en la mano, explicándome cómo pretende salvaguardar tu honor.

—Ignoro dónde puede estar lord Clere —Phyllida cerró los ojos, derrotada de cansancio—. Yo salí corriendo de la posada antes de que pudiéramos hablar de ello. Y no tengo deseo alguno de casarme con él.

Pero necesitaba su ayuda para desactivar el escándalo y proteger el compromiso matrimonial de Gregory. Había imaginado que mandaría detener el coche de posta y le exigiría hablar de lo ocurrido sin mayor dilación. En ese momento se preguntaba con un estremecimiento si no pretendería ignorar el episodio y olvidarlo sin más. Al fin y al cabo ella se encontraba en el mismo borde de la respetabilidad, como candidata a esposa era completamente inadecuada, pero seguro que podría hacer algo para ayudarlos...

—¡Maldita sea! —estalló su hermano—. Debes casarte con él. Voy a ir a verlo ahora mismo, y si no está dispuesto a cumplir con su deber, será mejor que vaya nombrando padrinos...

—Gregory... —se interrumpió al oír que llamaban a la puerta. «Ashe», pronunció para sus adentros,

—Una carta para vos, señorita Phyllida —Jane se había acordado de colocarla en la bandeja y se la alargó con una reverencia. Era un papel crujiente de aspecto caro, con un grueso sello rojo.

Phyllida conocía aquel sello. Lo rompió, desdobló la única hoja con dedos temblorosos y leyó en voz alta:

Señorita Hurst,
Confío en que os hayáis recuperado lo suficiente

de vuestra indisposición como para asistir a la fiesta
que da la señora Lawrence esta noche. Estoy bien in-
formado de que lady Castlebridge asistirá a la misma,
al igual que la familia Millington. Pretendo silenciar
a la dama y tranquilizar a la que confío será vuestra
futura familia política de una manera que espero sea
de vuestra aprobación.

Queda obediente servidor vuestro,
Clere

—Va a proponerte matrimonio esta misma noche
—dijo Gregory, enjugándose el sudor de la frente con
un pañuelo—. ¡Gracias a Dios!

—Y no tengo ningún deseo de casarme con él y
no existe absolutamente razón alguna por la que
deba hacerlo —protestó Phyllida—. Si me explico
con los Millington, y me comporto luego como si
nada hubiera sucedido, pronto resultará evidente que
la causa de mi indisposición es exactamente la que
mantengo.

—No puedes rechazar una proposición de matrimonio del heredero de un marquesado —insistió Gregory—. Además, el escándalo persistirá...

—Por supuesto que puedo rechazarlo. ¡Parecerá
que le he tendido una trampa! Mi única preocupación
es tu matrimonio con Harriet y, si podemos convencer
a los Millington de que no hay ninguna verdad en ese
rumor, entonces todo saldrá bien.

Gregory parecía dispuesto a seguir discutiendo con
ella durante todo el día y noche en caso necesario.

—Voy a reposar hasta la tarde —añadió con tono

cansado, haciendo a un lado el chal—. No puedo seguir hablando de esto.

—Señorita Hurst, estoy encantada de volver a veros —la señora Millington le estrechó la mano con una luminosa sonrisa. Se notaba que el rumor todavía no había llegado a sus oídos—. Lord Fransham os habrá contado la feliz noticia, sin duda —añadió en voz baja mientras Phyllida se retiraba con ella y con su marido a un tranquilo rincón de la sala.

—Por supuesto que sí. Entiendo que no se anunciará hasta el vigésimo aniversario de la señorita Millington, el próximo mes, pero me felicito por ambos. Ella será una maravillosa esposa para Gregory y sé que él está profundamente comprometido con ella —agitó su abanico e intentó detectar alguna señal de Ashe o de lady Castlebridge entre la bulliciosa multitud que llenaba el inmenso salón de la señora Lawrence.

—¿Os encontráis bien, señorita Hurst?

Aprovechó al vuelo la oportunidad.

—Para seros sincera, señora Millington, me siento un tanto débil. Un malestar causado por un pescado en malas condiciones —añadió en un susurro—. ¿Os importa que nos sentemos?

—Por supuesto que no. Millington, id a buscar a un camarero para que traiga una copa de vino a la señorita Hurst, que no se siente bien.

Phyllida esperó a que volviera con la copa y, cuando se disponía a retirarse, le puso una mano en el brazo para detenerlo.

—Quedaos, por favor, señor. Debo confesaros a

los dos que esta mañana he tenido un desagradable encuentro que me ha dejado muy afectada. Me puse enferma en una posada en la que nos habíamos detenido a cambiar de caballos. Me desmayé y cuando era asistida por lord Clere, que había dado la casualidad de que se encontraba allí, me vio lady Castlebridge —no tuvo necesidad de fingir el temblor de su voz—. La dama se apresuró a sacar las conclusiones más disparatadas cuando lo sorprendió asistiéndome en una cámara, y mucho me temo que el escándalo resultante podría afectar injustamente a mi hermano.

—Esa mujer... —murmuró la señora Millington con tono desdeñoso—. Vive para los chismes y tiene unas maneras tan desagradables... Yo no creería una sola palabra de lo que me dijera, señorita Hurst, ni aunque me asegurara que el cielo es azul.

Su marido se mostró menos taxativo.

—El episodio dará que hablar.

La señora Millington frunció el ceño, como si solo en ese momento estuviera empezando a asimilar la importancia del asunto.

—Eso es cierto. ¿No sucedería nada más que pudiera empeorar las cosas, verdad?

Phyllida pudo sentir el rubor acumulándose en sus mejillas.

—Lord Clere me estaba aflojando la ropa y la posadera supuso, por mis náuseas, que estaba encinta.

—¿Qué? ¡Oh, cielos, qué escándalo! ¿Qué está haciendo Clere para remediarlo?

—No tengo ni idea. Es conocido de Gregory, pero...

—Aquí llega —dijo la señora Millington, arrobada—. Y lady Castlebridge también.

Phyllida, como toda dama que se preciara de serlo, no dio señal alguna de haber visto aproximarse al vizconde, sino que continuó intercambiando inanes cortesías con los Millington. Para su alivio, ellos aún no le habían retirado la palabra. Por el momento.

—Señorita Hurst.

¿Recordaba su voz tan profunda, tan potente? Todas las cabezas se volvieron hacia él. El grupo que rodeaba a lady Castlebridge contemplaba anhelante la escena.

—Me siento enormemente aliviado de veros aquí. ¿Os encontráis ya bien?

—¿Bien? —¿qué estaba haciendo? ¿Por qué diantre le estaba hablando con aquella voz tan alta, tan sonora? El salón entero podía oírlo.

—Sí, después de vuestro desmayo en la posada —adoptó una expresión de consternación que Phyllida sabía perfectamente que era fingida—. Os presento mis disculpas. Debí haberme dado cuenta de que ninguna dama desea que se sepa que ha estado indispuesta —apenas había bajado un punto la voz—. Pero parece que estabais en lo cierto y los efectos del pescado en mal estado han desaparecido.

—Lord Clere...

Ashe se volvió hacia la señora Millington y le hizo una reverencia. Phyllida se apresuró a presentarlos.

—¿Señora?

—¿Asististeis a la señorita Hurst esta mañana?

—Sí, y con mucha ineptitud —respondió él con una carcajada.

Phyllida se dio cuenta de que todos los ojos estaban fijos en ellos y que lady Castlebridge fruncía el ceño en aparente confusión.

—Debí haber hecho tumbar a la señorita Hurst en un banco del patio de la posada hasta que regresara su doncella de la botica. Pero, en lugar de ello, la cargué en brazos y la deposité en la primera habitación que encontré. Un insólito espectáculo para lady Castlebridge, con quien me tropecé, indudablemente...

¡De modo que esa era su estrategia! A Phyllida no le quedó otra que seguirle la corriente.

—Señora Millington, no podéis imaginaros lo muy embarazosa que fue la situación —pronunció ella con tono ligero—. Estaba la posadera, explicando a todo el mundo el disparatado motivo que había atribuido a mis náuseas; el galante lord Clere, sosteniendo a una dama desmayada en *déshabillé*, y la querida lady Castlebridge sin saber qué hacer... —justo en ese momento se volvió, sonriente, hacia la condesa—. Confesadlo, señora, ¿acaso la escena no contenía todos los elementos de una ópera bufa? Si yo no hubiera estado en medio y sintiéndome tan mal, habría estallado en carcajadas.

—Tuvo toda la apariencia de la más irregular de las situaciones —repuso la dama. A su alrededor, todos los presentes se habían sumado a la diversión.

—Exactamente —Phyllida forzó una carcajada—. Oh, querida, no debería reírme, lo sé, porque aquí tenemos al pobre Clere, que apenas ha puesto los pies en Londres y ya resulta sospechoso de secuestro o algo peor.

—Señorita Hurst —dijo Ashe con tono insinuante—, cualquier caballero con un mínimo de buen sentido desearía secuestraros...

Phyllida se encontró de repente en medio de una multitud. Las damas se interesaban compasivas por su salud, al tiempo que lanzaban miradas como dardos a lady Castlebridge que, según parecía, había hecho ya demasiados comentarios venenosos como para ganar amigos. Los hombres felicitaban a Ashe por su generoso comportamiento.

—Esto —le comentó la señora Millington a Phyllida al oído— ha sido una jugada maestra de estrategia por parte de lord Clere. Espero solamente que haya bastado.

—Indudablemente —musitó su marido—. Si esto no acaba con el rumor, deberé reconsiderar el compromiso de Harriet.

—Por supuesto —susurró Phyllida con un nudo de nervios en el estómago—. Lo entiendo, pero estoy segura... Si me disculpáis —añadió, alzando la voz—. Creo que debería sentarme. Quizás haya pecado de ambiciosa al querer salir esta noche, después de todo.

—Confío en poder llevaros a pasear mañana por Hyde Park –le dijo Ashe de pronto. Varias jóvenes damas esbozaron una mueca de tristeza al no ser ellas las elegidas—. ¿A las once en punto?

—Gracias, será estupendo respirar un poco de aire fresco.

Ashe le hizo una reverencia y se alejó, dejando a Phyllida abanicándose nerviosa a la vez que satisfecha de tan afortunada salida.

Porque, por supuesto, no podía casarse con Ashe Herriard. No quería casarse con él.

Lanzó una mirada a la pétrea expresión del señor Millington e intentó convencerse de que todo iba salir bien. Así tenía que ser, por el bien de Gregory.

Catorce

—Debería esperar a tener unas palabras con Clere.

Phyllida se ajustó su sombrero ante el espejo del salón mientras se preguntaba si su hermano no se habría vuelto demasiado formal.

—No hay absolutamente ninguna necesidad. Ya lo hablamos anoche y tú mismo oíste con qué inteligencia desactivó el rumor de lady Castlebridge. Anda, ve a pasear con Harriet, como le prometiste. Hace un día espléndido.

—Clere debería casarse contigo —insistió, terco—. Por tu propio bien y porque...

—¿Por qué? Que tú hagas un buen matrimonio está bien, pero, para mí, simplemente no es una opción. Y no necesito...

Gregory se removió incómodo y desdobló la carta que llevaba en la mano.

—Acabo de recibir recado de Harriet. Dice que su madre se ha mostrado un poco difícil a la hora del desayuno. Aparentemente mencionó el escándalo del matrimonio de nuestros padres y luego hizo un comentario sobre la familia de Clere: el hecho de que su madre fue hija ilegítima y es medio india. Según ella, eso explica que Clere se muestre un tanto relajado con las formalidades.

—¿Retirará entonces su consentimiento? —se le cayeron los guantes al suelo de lo nerviosa que estaba.

—No ha llegado tan lejos. Creo que si te quedas en Londres y desmientes el rumor de tu embarazo, y Clere continúa cortejándote de una manera perfectamente respetable, el señor Millington se quedará tranquilo —el semblante habitualmente risueño de Gregory se había trocado en una insólita expresión de resolución—. Si se opone, entonces Harriet y yo nos fugaremos.

—¿Qué? ¡Gregory, no! Su padre la desheredará y tú te quedarás sin un penique.

—Ya me las arreglaré. Y Harriet está dispuesta. Eso es lo que dice en esta nota. Nos amamos.

—Gregory, no... No puedes hacer algo tan drástico. Yo acallaré este escándalo, te lo juro. Y ahora prométeme que no harás nada irregular.

Su hermano se encogió de hombros.

—No a no ser que me vea obligado.

Para alivio de Phyllida, Ashe apareció puntual. Aunque seguía demasiado nerviosa para admirar el hermoso carruaje que conducía.

—Tenemos que hablar —dijo él mientras subía la cuesta de Saint James Street hacia Piccadilly.

—Estamos hablando —repuso con el estómago encogido de aprensión.

—No me refiero a una conversación de cortesía. ¿Dónde podemos evitar las multitudes?

—Cruza la Serpentina. Yo te indicaré las rutas menos frecuentadas, donde todavía resultaremos visibles. Y sí, estoy de acuerdo contigo, necesitamos hablar. Urgentemente.

Él no replicó y ella miró de reojo su perfil, muy consciente del criado que estaba subido al pescante detrás de ellos.

—Harris, será mejor que te bajes y esperes aquí —Ashe detuvo el coche en la puerta del parque, esperó a que el hombre saltara del pescante y puso los caballos al trote—. Y ahora dime: ¿cómo te sientes?

—Confusa. Preocupada.

—Me refería a la indisposición por el pescado.

—Perfectamente, gracias. Y mis nervios casi se han recuperado de la indignante actuación en la fiesta de la señora Lawrence. He convencido a mi hermano de que no te rete a duelo, pero estoy preocupada... sus futuros suegros se están tomando muy seriamente todo este asunto. El señor Millington ha desenterrado el escándalo de nuestros padres y, tendrás que perdonarme, pero incluso se ha referido a los poco convencionales antecedentes de tu familia.

—Diablos —su boca se había convertido por un momento en una fina línea, pero en seguida sonrió—. Me alegro de que lord Fransham no vaya a retarme. No es plato de buen gusto batirse en duelo con el futuro cuñado de uno.

—¿Qué? —Phyllida casi dejó caer su sombrilla—. Necesitamos comportarnos como simples conocidos hasta que la gente se convenza de que no hay nada entre nosotros, y yo debo permanecer bien visible hasta que resulte obvio que no estoy encinta, pero no existe absolutamente ninguna necesidad de que te cases conmigo.

—Sonríe —le dijo Ashe, volviendo a poner los caballos al paso—. Una conocida tuya se acerca, creo.

—Lady Hoskins —Phyllida forzó una risueña expresión y la mantuvo bajo las curiosas miradas de lady Hoskins, su hijo y su hija—. Qué día tan encantador, ¿verdad? —una vez que no pudieron ya oírla, se quejó—: Todo esto es tan embarazoso...

—Ya se acostumbrarán a que te corteje —repuso Ashe con tono tranquilo mientras giraban para cruzar el puente.

—Ashe, no sigas...

Inmediatamente detuvo el carruaje y se volvió para mirarla, enarcando una ceja.

—¡No me refiero al coche! Me refiero a esa absurda noción del matrimonio. Sabes perfectamente que como esposa tuya sería la menos adecuada del mundo.

—Yo te comprometí. Tú lo sabes, yo lo sé y lady Castlebridge lo sabe.

—¿Acaso no significa nada para ti el hecho de que yo no quiera casarme contigo? ¿O que a tu padre se le deben de haber puesto los pelos de punta ante la idea de tenerme como nuera?

—Es un asunto de honor. Mi familia está completamente de acuerdo conmigo. Y nada podrá calmar los nervios de los Millington excepto la absoluta seguridad de que su hija política se emparentará con un marqués —parecía perfectamente cómodo con la perspectiva.

Phyllida se preguntó distraídamente si aquello no sería una pesadilla, uno de aquellos perversos sueños en los que veía frustrados todos sus esfuerzos, por muy grandes que fueran. Con la tortura añadida de que deseaba precisamente lo que él le proponía, pese a saber que no debía.

—Discutir contigo es como intentar razonar con un gato —dijo, exasperada—. Te quedas tranquilamente sentado, relamiéndote los bigotes, sin que te importe lo que yo pueda decir.

—¿Relamiéndome los bigotes? —al menos eso pareció sorprenderlo.

—Sabes lo que quiero decir. Si estás tan decidido a casarte conmigo, ¿por qué no te has presentado en mi casa con una licencia especial en la mano?

—¿Y confirmar el escándalo? ¿Para que todo el mundo se pase meses espiando tu figura? Con un prolongado cortejo el honor quedará satisfecho y tu reputación se mantendrá incólume. La sociedad concluirá simplemente que lo único que hizo el incidente de la posada fue atraernos, así como despertar mi interés por ti.

—Puede que tu honor quedara satisfecho, Ashe Herriard, pero... ¿qué pasa con el mío? ¿Crees que una mujer puede disfrutar sabiendo que ha cazado un marido, aunque sea contra su voluntad?

—Absurdo. Que rechazaras todos mis intentos de convertirte en mi amante demuestra que no tenías intención de cazarme.

—¿De veras? —Phyllida pensó que quizá el insulto pudiera convencerlo de lo absurdo de sus intenciones. Lo que no podía confesarle era el motivo por el que nunca podría casarse con ningún hombre—. Difícilmente habría podido aceptarlos cuando te esforzaste tan poco. ¿Qué pasó con los regalos de joyas o vestidos, o el lujoso apartamento que entiendo siempre forma parte de una negociación de ese tipo? ¿O acaso esperabas que nuestros encuentros tuvieran lugar en la trastienda de mi tienda, y ahorrarte así dinero?

Ashe dio una sacudida a las riendas y los caballos volvieron a ponerse en movimiento, al paso.

—Si hubiera pensado que eras una mujer con inclinaciones mercenarias, te lo habría sugerido de inmediato.

—Así que imaginaste que bastaría con los besos, ¿verdad?

—Tenía esperanzas de que no me encontraras tan repugnante —admitió él—. No entiendo qué fue lo que pudo sugerirme esa impresión —añadió, triste.

—Yo tampoco —repuso ella, y sonrió a pesar suyo—. La verdad, ignoro por qué me sigues cayendo bien. Me das órdenes, organizas mi vida, intentas seducirme...

—No —la interrumpió Ashe—. Eso nunca. Yo intenté persuadirte. La seducción implica deslumbrar a alguien hasta que consigues que haga algo contra su buen juicio.

—¿De modo que tú, que no me sedujiste para que me convirtiera en tu amante, me obligarás ahora a convertirme en tu esposa? Es una delicada diferencia que no acabo de entender.

Ashe volvió a tirar de las riendas y se giró hacia ella, muy cerca, para quedársela mirando fijamente.

—Lo que te obligará será tu propio convencimiento de lo que exigen las reglas sociales y la necesidad que tienes de proteger del escándalo el compromiso de tu hermano.

—¿Y qué pasa con las numerosas razones por las que tú nunca te casarías con una mujer como yo? —Phyllida medio esperó que negara que su nacimiento, que su forma poco convencional de ganarse la vida, que su carencia de riquezas o influencias importara algo. No le habría creído, por supuesto, pero eso habría aliviado en cierta forma su orgullo herido.

—Las sopesé en la balanza frente a lo que exige el honor, y el peso se inclinó definitivamente hacia el matrimonio —respondió Ashe con toda llaneza.

Eso era algo, pensó Phyllida, que nunca podría echarle en cara. Que siempre había sido sincero con ella.

Honesto o engañoso. Había una manera de escapar de aquella situación, una forma de proteger a Gregory hasta que su matrimonio fuera un hecho y salvar a la vez su propia reputación. Podía mentirle a Ashe, fingir que aceptaba su propuesta de matrimonio, dejarse cortejar por él y luego plantarlo. La alta sociedad lo interpretaría, indudablemente, como un golpe de suerte para Ashe.

—Entiendo –repuso mientras acariciaba la idea, sobreponiéndose al rechazo instintivo que sentía hacia ella en tanto que poco o nada honorable. Pero si terminaba librando a Ashe de un matrimonio que ni siquiera a él mismo le convenía, posibilitándole al mismo tiempo hacer el matrimonio que le demandaba su deber para con su familia ¿dónde estaba el deshonor? Además de que ella nunca podría llevar una vida de abierta y sincera virtud... cuando engañaba a la alta sociedad cada día de la semana.

—Muy bien —pronunció a manera de reacia capitulación—. ¿Cómo te propones llevar a cabo este cortejo?

—De la manera más pública posible.

No pareció entusiasmarse con su rendición, aunque... ¿qué podía esperar?

—En ese caso, en interés de esa publicidad, sugiero que enfiles hacia las zonas más frecuentadas del parque. ¿Cuánto tiempo calculas que deberemos esperar hasta que me manifiestes ese apasionado, aunque imprudente, deseo de casarte conmigo?

—¿Un mes?

—Un mes, pues.

Sabía que los Millington se alegrarían de que Harriet se casara con Gregory poco después del anuncio de su compromiso. Disponía de un mes para simular un creciente amor. Una vez que hubiera «aceptado» a Ashe, seguirían unas semanas durante las cuales Gregory se casaría y ella podría echarse atrás, o sufrir un colapso nervioso, o inventarse cualquier otra excusa para romper el compromiso.

Un mes en compañía de un hombre que estaba peligrosamente cerca de querer hacerla suya. Unas pocas semanas fingiendo ser una feliz pareja de futuros novios. Más allá de ese plazo, era incapaz de planear nada.

Phyllida no estaba contenta y él no confiaba en su capitulación. Ashe dio vuelta al carruaje y volvió a cruzar el puente en dirección al Rotten Row, en ese momento abarrotado de gente.

Estaba sintiendo el mismo escalofrío en la espalda que tantas veces lo había asaltado durante su carrera de diplomático, y que le avisaba de que alguien le estaba mintiendo con habilidad y convicción. Ella lo había aceptado, pero estaba planeando algo. Probablemente plantarlo una vez que se sintiera lo suficientemente segura para hacerlo, pensó con una triste mueca. Eso resolvería el problema de su carencia de condiciones para convertirse en su esposa, pero su orgullo se rebelaba ante aquella solución. Miró el perfil de Phyllida: sonreía ligeramente, mirando a un lado y a otro, alzando una mano de cuando en cuando para saludar a los conocidos que se cruzaban en su camino.

¿Por qué no se había fijado antes en su nariz levemente respingona, o en la exagerada longitud de sus pestañas? Probablemente porque había estado concentrado en su boca con la intención de besarla.

—¿Qué estás mirando? —le preguntó ella— ¿Tengo alguna mancha en la cara? ¿Estoy despeinada?

—Estaba admirando tus pestañas —admitió Ashe. Vio que volvía la cara y se reía, y algo se le removió por dentro con una especie de placentera incomodidad. Resultaba ridículo verse cautivado por una risa, especialmente cuando sospechaba que Phyllida se estaba riendo de él. Se dio cuenta de que le dolería algo más que su orgullo si dejaba que terminara escapándose de su red—. Son muy largas.

—Las tuyas también —lo estudió abiertamente por un momento, antes de volverse de nuevo para contemplar a la multitud—. Pero las tuyas son más oscuras, lo cual es injusto. Ashe, cuando te vestiste de mercader indio para ir al almacén, ¿te las oscureciste con algo?

—Kol —reconoció. Puedes ponerte tú también, si quieres; dudo que vuelva a necesitarlo en este país. Cuando estuve en la corte de mi tío-abuelo, me fui útil en las ocasiones en las que quería pasar desapercibido como indio, en misiones diplomáticas.

—¿Era peligroso ese trabajo?

—A veces —tenía para demostrarlo una delgada cicatriz de cuchillo en las costillas, y otra en la clavícula.

—¿Volverás pronto a Eldonstone? —le preguntó ella al cabo de un momento, como si fuera una lógica continuación a su respuesta.

Él imaginó que se estaría preguntando cómo pensaba ocupar su tiempo ahora, sin el acicate del peligro y las intrigas.

—Quizá. Pero necesitaré quedarme aquí para cortejarte, no lo olvides.

—¿Qué pasa con los objetos de la casa que desestimamos? No creo que yo vaya a volver allí, no hasta que nuestro compromiso sea anunciado públicamente —pero antes de que él pudiera decir algo, se respondió a sí misma—: Haz que Perrott empaquete todos los artículos descartados, junto con todas las obras y pinturas indecentes que descubra, y que los despache a Londres. Yo podré derivarlos hacia tratantes y casas de subasta bajo mi disfraz de *madame* Deaucourt. De esa manera evitaremos que tu madre y hermana vean lo peor de aquella casa cuando la visiten.

Que pensara en su trabajo significaba que había vuelto a relajarse en su compañía, reflexionó Ashe.

—Gracias, así lo haré.

Vio que saludaba a más conocidos. Por muy ambigua que fuera su posición, Phyllida conocía a todo el mundo que gozaba de alguna importancia en la sociedad, y conocía también la manera de navegar por sus bajíos y por sus rápidos. Eso le recordó ciertas obligaciones sociales poco agradables.

—He estado recibiendo clases de baile —le confesó—. Ha sido bastante peor que aprender persa, pero creo que ahora domino mínimamente el vals y otras danzas, así que... ¿bailarás conmigo?

—Te has dado mucha prisa —comentó ella—. ¿O acaso bailabas ya en la India? Por supuesto que sí. La colonia inglesa debía de celebrar bailes regularmente.

—Por lo general conseguía evitarlos, aunque me las arreglaba para bailar el cotillón y las contradanzas si no me quedaba otro remedio —admitió—. Pero aprendí a bailar a la manera india en la corte en Kalatwah.

—¿Me lo mostrarás? —se volvió hacia él con los ojos muy abiertos, interesada.

—En la India los hombres bailan con los hombres, y no para una audiencia femenina.

—Oh —le lanzó una mirada de reojo, especulativa—. ¿No puedes entonces hacerme una demostración? ¿Sería algo... indecoroso?

—Muy indecoroso. No mientras no estemos casados, al menos —se acordó de que ella todavía no había respondido a su pregunta—. ¿Bailarás el vals conmigo?

—Todavía no he recibido la aprobación de las patronas —dijo Phyllida, evaporada su diversión.

—No has recibido su aprobación ni en eso ni en nada —replicó Ashe—. ¿Por que habría de importarte entonces? Si no te admiten en su club de estirados, una infracción más no supondrá ninguna diferencia.

—Cierto —sus labios se curvaron en una reacia sonrisa—. Pero todo el mundo sabe que yo ya no bailo.

—Baila conmigo y podrán ver que has cambiado de idea. Sabes que quieres hacerlo. Y te gusta, ¿verdad?

—Oh, sí. Bailar me gustaba mucho. Pero luego los caballeros empezaron a ser advertidos por sus madres de que no bailaran conmigo, por si se olvidaban de mi situación. Así que dejé de hacerlo.

Ashe se imaginó los sutiles desaires, el descubrimiento gradual de lo que estaba sucediendo a su alrededor. O quizá había sido como una fuerte bofetada en la cara. Pero a partir de ese momento, si alguien intentaba insultar o hacer daño a Phyllida en su presencia, tendría que rendir cuentas ante él. Le remordía la conciencia. ¿Acaso iba a ser él el único en hacerle daño, al obligarla a hacer algo que no quería?

—Ahí tenemos a lady Castlebridge —le informó Phyllida con voz tensa

—Excelente —Ashe tiró de las riendas, ignorando el apretón que ella le dio en el brazo izquierdo.

—No quiero hablar con ella —siseó.

—Oh, pero yo sí —la calesa se detuvo junto al carruaje abierto que lady Castlebridge ocupaba junto a otras tres damas de similar edad—. Buenos días, lady Castlebridge. Señoras... —les lanzó la mirada que Sara denominaba, entre risas, «la brasa del seductor», mientras que ellas ahuecaron un poco sus plumas y le sonrieron a su vez.

—Señorita Hurst, me alegro veros con milord. ¿Os encontráis ya recuperada? —le preguntó lady Castlebridge a Phyllida, entrecerrando los ojos.

—A la señorita Hurst le está sentando muy bien el aire fresco —dijo Ashe antes de que Phyllida pudiera responder—. Precisamente me estaba felicitando del accidente que nos llevó a conocernos —añadió—. Es muy poco caballeroso por mi parte que me sienta agradecido por la indisposición de una dama, pero sospecho que ella no habría aceptado acompañarme a probar mi nueva calesa de no haber sido por aquel casual encuentro en la posada.

Cuatro pares de cejas femeninas se enarcaron a la vez. La mano con que Phyllida apretaba el brazo de Ashe se transformó en garra.

—Ya me di cuenta yo de que con vos estaba en manos muy seguras, milord —añadió con tono recatado.

A duras penas consiguió Ashe reprimir una carcajada.

—Buenos días, señoras —alzando el látigo a manera de saludo, retomó la marcha—. Por el amor de Dios, Phyllida, has estado a punto de hacerme perder mi aplomo. Creo que será mejor que nos vean lo antes posible con mi madre como carabina.

—Mmmm...

—¿No quieres conocerla? Deberás hacerlo, y pronto.

—Sí, por supuesto. Estoy segura de que es encantadora, pero supongo que no le hará mucha gracia tenerme como futura nuera...

—Si le caes bien, te aceptará tanto si eres la hija de

un duque como si eres una florista —le aseguró Ashe, sincero. Pero tan pronto como hubo pronunciado la frase, reconoció el peligro de la misma. La consecuencia era, por supuesto, que si Anusha Herriard decidía que Phyllida Hurst no era la mujer adecuada para su hijo, entonces movería cielo y tierra para impedir la boda, y Phyllida era lo bastante inteligente como para darse cuenta de ello—. Te advierto que no tiene sentido que finjas para desagradarle o caerle mal. Ya te ha visto y sabe lo suficiente de ti como para que se deje engañar.

—Ya te dije que me había resignado a mi destino —le aseguró ella con el mismo tono dulce y manso que había utilizado con las damas del carruaje.

«Y yo no confío en ti más de lo que confío en Lucifer», pensó Ashe.

Conversaron con perfecta cortesía durante todo el trayecto de vuelta a través del parque, hasta que recogieron al criado de Ashe, y hablaron después de tópicos aún más inofensivos de camino a Great Ryder Street.

A una palabra de Ashe, el criado saltó y él desmontó para ayudar personalmente a Phyllida a bajar de la calesa. Estaba relajada, confiada ahora que había llegado a casa indemne, probablemente incluso satisfecha de las pullas que le había lanzado.

La acompañó hasta la puerta, y luego le tomó la mano para llevársela a los labios. Sabía que era un comportamiento poco convencional para ser exhibido en público. Y sin embargo ella lo aceptó de buen grado, después de lanzar una rápida mirada y asegurarse de que su corpachón la escondía debidamente, en la calle casi desierta.

Phyllida llevaba unos guantes cortos de cabritilla. Resultó fácil para Ashe bajarle el de mano que estaba sosteniendo hasta que la palma quedó expuesta a la caricia de su lengua. Una caricia lenta, insinuante, deliberadamente lasciva.

—¡Ashe! —se quedó paralizada, rígida la mano dentro de la de él.

El aroma a jazmín que ella se había aplicado en la cara interior de la muñeca inflamó sus sentidos mientras le succionaba la base del pulgar con toda la boca.

—Ahora eres mía, Phyllida —volvió a subirle el guante y le soltó la mano—. Y yo retengo lo que es mío y no lo dejo escapar. Recuérdalo bien.

Quince

«En la puerta de mi propia casa...». Phyllida miraba paralizada a Ashe, cruzadas las manos sobre el pecho. El pulso le atronaba en los oídos, sentía tenso todo el cuerpo y tan húmedo como la piel que él acababa de lamer, a manera de una erótica declaración para la que ella no tenía respuesta. Ni palabras.

Necesitó de un enorme esfuerzo de voluntad para desenlazar las manos, agarrar la aldaba y llamar a la puerta, mirándolo todavía a los ojos, para quedarse luego allí, esperando a que se abriera.

—¡Clere! —Gregory abrió la puerta de par en par—. Entrad —a pesar de su tono, su mirada era dura.

—Gracias —Ashe se hizo cortésmente a un lado para dejarla pasar.

Phyllida forzó a sus temblorosas piernas a moverse, cruzó el umbral y se dirigió directamente al salón. Arrojó guantes, sombrero y sombrilla antes de dejarse caer en el sofá, cubriéndose el rostro con las manos.

Detrás de ella, oyó cerrarse la puerta y luego la voz

de Ashe, normal y agradable, como si no hubiera creado un horrible e indecente caos en sus nervios apenas un momento antes.

—Espero que seáis el primero en felicitarme, Fransham.

—Feli.... ¿vais a casaros con Phyllida?

Phyllida casi pudo escuchar el ruido que hizo su hermano al dejar caer la mandíbula.

—¿Pensáis acaso que debería haberos pedido permiso primero? La señorita Hurst es mayor de edad y muy independiente —el tono de Ashe sonaba amable, y nada belicoso.

—No, no, en absoluto. Estoy encantado —el alivio que traslucía la voz de Gregory no podía ser más obvio—. Aunque anoche...

—Si anoche hubiera hecho público el compromiso, entonces habría resultado evidente que algo anormal había ocurrido.

—Pero no ocurrió nada....—el tono de Gregory volvía a ser receloso.

—Por supuesto que no, pero vuestra hermana había estado en Eldonstone desarrollando una actividad que ella no desea que sea de conocimiento público. La sorprendicron en mis brazos, con el vestido desarreglado. La gente puede llegar a ser muy perversa. Ahora podrán ser testigos de un cortejo perfectamente convencional y respetable. He comprometido a la señorita Hurst y me casaré con ella... pero sin prisa aparente.

—Entonces contáis con mi bendición.

Por lo que Phyllida podía oír, Gregory estaba estrechando enérgicamente la mano de Ashe. No era de extrañar. Sabía que acudiría de inmediato a casa de los Millington, para anunciarles la buena noticia de que Harriet sería cuñada de un vizconde heredero de un marquesado. Phyllida mantuvo los ojos cerrados e intentó dominar su ingobernable cuerpo.

¿Cómo podía Ashe hablar tan comedidamente de cortejarla «sin prisa aparente»? ¡Sin prisa aparente! Lo que acababa de hacer rayaba lo obsceno y ahora ella quería más, lo deseaba... y él lo sabía perfectamente.

—Debo irme ahora. ¿Podré venir mañana para que podamos tener una primera conversación sobre los preparativos?

—Sí, por supuesto. ¿A las tres os parece bien?

Sus voces se fueron apagando conforme se dirigían a la puerta principal.

Phyllida se recostó en los cojines del sofá mientras intentaba recuperar la energía suficiente para indignarse. No era Gregory quien administraba su dinero, sino ella misma. Si Ashe quería tratar de los preparativos, podría perfectamente hacerlo con ella y con su abogado.

Pero justo en ese momento no se sentía capaz de calcular una simple columna de cifras, y mucho menos sumergirse en el complejo enredo de una alianza matrimonial... que además pensaba romper en cuanto pudiera.

—¿Phyll? ¿Te encuentras bien? —le preguntó Gregory, todo entusiasmado, sentándose en un extremo del sofá.

—Solo un poco cansada, eso es todo. Han sido unos días cargados de acontecimientos —se preguntó si debería confesarle lo que pretendía. No, eso sería demasiado arriesgado, pensó mientras estudiaba su expresión sincera, feliz. Sabía que nunca sería capaz de evitar que su comportamiento lo traicionara.

Phyllida bajó las manos que reposaban sobre su regazo, con las palmas hacia arriba, formando un cuenco. La base del pulgar de su derecha estaba más sonrosada, y más inflamada, que la izquierda. El monte de Venus: así llamaban a aquella zona las adivinadoras echadoras de cartas. En su momento le había parecido un bonito nombre, pero Ashe era bien consciente de su potencialidad sexual y lo había aprovechado de manera implacable. ¿Qué otros conocimientos tendría que estuviera decidido a practicar con ella?

Entre las damas más atrevidas de la sociedad corrían rumores sobre determinadas pinturas y libros de Oriente. Lady Catherine Taylor le había confiado que había encontrado un volumen en el estante más alto de la biblioteca de su abuelo, pero se había sentido demasiado azorada como para hacer algo más que lanzarle un par de asombradas miradas. Al día siguiente, el libro había desaparecido. Otros hablaban de relieves de piedra en colecciones privadas.

Su imaginación le presentaba escenas en las que Ashe aparecía rodeado de bellas mujeres indias, todas ellas versadas en las artes eróticas, o estudiando arcanos textos del amor, contemplando relieves, admirando su técnica...

¿Cómo sería yacer con un hombre que hacía el amor en lugar de utilizar su cuerpo brutalmente para su propia satisfacción?

—¿Phyll? Estás ruborizada. ¿Pido que te traigan un té o prefieres echarte un poco? ¿Qué crees?

—Quiero comer —pronunció con decisión—. Y luego haré las cuentas —no había nada erótico en las columnas de cifras y números—. Mañana, por favor, no te comprometas a nada con los preparativos. Preferiría analizar cualquier propuesta antes con mi abogado —al menor estímulo por su parte, el viejo señor Dodgson podría pasarse semanas dando rodeos y buscando evasivas.

—Sí, por supuesto —aceptó Gregory de buen grado—. Ya tengo bastante con preparar mi propia boda. Y dudo que surja problema alguno una vez que la familia de Harriet se entere de que vas a casarte con Clere. Quieren la iglesia de Saint George. Por mí, perfecto.

—¿Y en el plazo de unas pocas semanas? Hasta que estalló el escándalo, la señora Millington no se mostraba proclive a la idea de una boda tan próxima. Y, sin embargo, hay mucho que organizar.

Gregory esbozó una mueca.

—Parece que Millington piensa tirar la casa por la ventana. Por lo que he visto, su secretario sería capaz de organizar la invasión de un pequeño país, y ha contratado dos doncellas más para que ayuden a Harriet a elegir flores y hacer listas. Yo apenas he podido hablar con ella porque le están tomando las medidas para el vestido. De ahí que tengamos que comunicarnos mediante notas.

—¿Dónde piensas vivir? —Phyllida volvió a sentarse, olvidada su intención de comer y hacer cuentas.

—¿Después de los viajes que nos están organizando, quieres decir? Al parecer estaremos fuera unas tres semanas, y para cuando volvamos, la casa de la capital ya estará transformada.

—¿Nuestra casa de la capital, quieres decir? —no le extrañaba que Gregory pareciera un tanto impresionado—. Pero si la alquilamos a sir Nathaniel Finch por tres años...

—Le ha convencido la alternativa que le presentó el señor Millington. Una renta más baja por una duración mayor, de otra casa que le conviene perfectamente.

—Qué maravilloso suegro vas a tener —tal parecía que había superado todas sus expectativas a la hora de encontrar la pareja y la familia política perfecta para su hermano.

—Por Harriet, estaría dispuesto a hacerlo lo que fuera. Y también me ha dejado muy claro que si no soy un buen marido, encontrarán mi cuerpo despedazado, y con los pedazos dispersos —Gregory se ruborizó y clavó la vista en sus botas—. No es que yo vaya a hacer nada... quiero decir... Yo estoy enamorado de ella, Phyll.

—Y eso es fantástico —Phyllida se levantó de un salto y fue a besarlo—. Ya lo ves: todos nuestros problemas han terminado.

«Hasta que Ashe Herriard descubra que no tengo intención de casarme con él», añadió para sus adentros.

Al día siguiente, el cartero llevó una carta de lady Eldonstone. Según decía, la dama le estaba enormemente agradecida a la señorita Hurst por haberse ocupado de los indeseados e indeseables artículos de su casa del campo. Y se preguntaba si le agradaría pasar unos cuantos días con ellos en su residencia de la capital, para así conocer a la familia.

Era una nota encantadora, amable e informal, a la vez que una verdadera orden. Phyllida le escribió para asegurarle que estaría encantada de acudir al día siguiente, tal como ella le había sugerido, agradeciendo la oferta del carruaje de la familia para que la recogiera a ella y a su doncella.

Phyllida descubrió que le temblaban las manos cuando subía los escalones de la gran mansión de Mayfair. Porque si bien todavía albergaba algún escrúpulo hacia la idea de engañar a Ashe, se sentía absolutamente culpable de aceptar la hospitalidad de sus padres.

Los Herriard la estaban esperando en un amplio salón de recepción decorado con tonos crema y gris verdoso. Los jarrones de celadón que Ashe había adquirido en el almacén del muelle relucían en el mantel de la chimenea, flanqueando al grupo familiar ante el hogar.

Lord y lady Eldonstone estaban sentados, con su hija y su hijo de pie a su lado. Parecía que habían estado mirando un libro que el marqués sostenía abierto sobre su regazo. Lady Sara estaba ligeramente inclinada, con una mano en el hombro de su padre. Ashe sonreía. Todos parecían bellos, elegantes, exóticos, y tan cómodos unos con otros que a Phyllida se le llenaron los ojos de lágrimas.

Haber crecido con una familia así, rebosante de tanto amor y tanto cariño, habría sido maravilloso. El dinero y la inseguridad le habrían parecido asuntos triviales, solo con que hubieran estado así de juntos, unidos. Tragó saliva y parpadeó varias veces. ¿Qué pensaría la marquesa si la veía allí de pie con el rostro bañado en lágrimas?

—Ah, señorita Hurst, bienvenida... —levantándose, lady Eldonstone se adelantó hacia ella con las manos tendidas, y tomó las de Phyllida cuando esta se disponía a hacerle una reverencia—. ¡No, por favor! Esta es una reunión familiar —sin soltárselas, la miró fijamente a los ojos—. ¿Os encontráis bien?

No debió de tener mucho éxito a la hora de esconder las lágrimas.

—Solo un poco de polvo de la calle. El viento lo levantó y se me ha debido de meter algo en los ojos, señora.

—Venid a sentaros con nosotros. Oh, Herring, ya estáis aquí. Encargaos de las cosas de la señorita Hurst, por favor, y pedid que nos traigan un té —dijo, sin apenas esperar a que Phyllida se despojara de sombrero, capa, guantes y sombrilla—. Ya conocéis a mi hijo, por supuesto.

«Por supuesto», pronunció Phyllida para sus adentros,

—Lord Clere.

Él le hizo una reverencia mientras su madre continuaba:

—Os presento a mi hija, Sara, y a mi marido.

—Lady Sara, lord Eldonstone... —ensayó otra reverencia, y esa vez fue el marqués quien le tomó una mano para guiarla hasta una silla.

223

La hermana de Ashe se sentó en un escabel al lado de la silla: era como una exquisita joya de ámbar con su pelo rubio, su piel dorada y su vestido de un amarillo crema.

—Llamadme Sara, por favor. Vamos a ser her... Amigas, ¿verdad?

—Eso espero. Yo soy Phyllida.

—Ashe nos lo ha contado todo sobre ti —dijo, y no pareció advertir su rubor—. Dice que te has esforzado mucho por prepararme una bonita habitación en Eldonstone. Pero se niega a hablarme de las cosas de las cajas que fueron descartadas. ¿Tan odiosas son? —le preguntó en voz baja, aprovechando que sus padres estaban distraídos con la llegada del té.

—Repugnantes. Así es como yo las describiría —dijo Phyllida.

—¡Entonces Ashe debería haber hecho un buen fuego con ellas, en vez de obligarte a mirarlas!

—Desafortunadamente, algunas de ellas eran muy valiosas y había todo tipo de cosas, así que tuve que examinarlas y clasificarlas. Esta es una habitación encantadora, lady Eldonstone. Las sedas son exquisitas.

—Gracias. De momento casi no hago más que tirar cosas, pero parece que por fin está emergiendo una casa bella. Las sedas son una de las cosas que trajimos en gran cantidad. Lo cual me recuerda, Nicholas, que nos han invitado a asistir a un baile de disfraces pasado mañana. Tendremos que ir todos ataviados a la usanza india. Seguro que encontraré algo que le siente bien a la señorita Hurst.

—Pero yo no tengo invitación... Se trata del baile de máscaras de lady Auderley, supongo.

—¿Y no estáis invitada? Le diré que tenemos un huésped y así nos acompañaréis.

—Pero ella... lady Auderley es una de las anfitrionas que jamás me ha recibido... —dijo Phyllida deseando que la exquisita alfombra de seda se la tragara en aquel preciso instante.

—Ya, Por vuestro origen —declaró lady Eldonstone, rotunda—. Bueno, pues si no os recibe a vos, la misma objeción tendrá que ponerme a mí. Cuando pienso en algunos de los granujas y calaveras que me han presentado en las casas más nobles de esta ciudad... Todo esto es completamente hipócrita —había alzado la barbilla y echaba chispas por los ojos. Parecía como si fuera a tomar una espada en cualquier momento para salir en pos de lady Auderley.

—De verdad que no deseo causaros ninguna molestia...

—No consentiré que nadie de nuestra familia... —se interrumpió al escuchar el carraspeo del marqués, con lo que se corrigió a tiempo— o un huésped nuestro reciba esa clase de trato.

—Tú la superas en rango, Mata —le recordó Sara con una risita—. Y ella está enamorada de papá, así que ni siquiera aunque aparecieras montada en un elefante, para no hablar de acompañando a una huésped tan encantadora como Phyllida, pondría objeción alguna —se volvió hacia Phyllida, que parecía dividida entre el deseo de evaporarse en la nada y la fascinación por la marquesa—. Todas las damas están enamoradas de papá —explicó.

—¿No de lord Clere? —aventuró Phyllida.

—Papá está felizmente casado. Ya pueden batir

pestañas todo lo que quieran, mientras que con Ashe es distinto: sus maridos se ponen nerviosos y hasta las encierran.

—Me temo que todavía no has entendido bien cómo funcionan los matrimonios en Inglaterra —rezongó Ashe—. Las mujeres hacen lo que les place y después sus maridos se baten en duelo. ¿No es así, señorita Hurst?

—Como dama soltera, no puedo comentar nada —repuso recatadamente.

—Por supuesto. Habéis llevado una vida perfectamente inocente y respetable —murmuró mientras le pasaba un plato de pastas.

—Naturalmente, lord Clere.

—Tendremos que ver lo que se puede hacer al respecto —añadió él, haciéndola atragantarse—. ¿Estamos decididos, entonces? —se dirigió a la familia—. La señorita Hurst acudirá con nosotros a la fiesta de máscaras, de manera que serán tres las bellezas de la India.

—¿Le buscamos la ropa adecuada a Phyllida ahora mismo, Mata? —inquirió Sara—. Estaría preciosa con un verde jade.

—Yo creo que antes deberíamos empezar a preparar los objetos para la subasta —sugirió Phyllida—. La subasta de especialistas de la que os hablé, lord Clere, será dentro de dos semanas. Si nos retrasamos mucho más, nos quedaremos fuera del catálogo.

—Muy cierto. Si habéis terminado vuestro té, os acompañaré para ayudaros con ello, señorita Hurst.

Difícilmente habría podido protestar que lo último que deseaba en aquel momento era quedarse a solas con Ashe Herriard en una habitación repleta de arte erótico: no, al menos, delante de su familia.

—Gracias —dijo cortés, y sonrió pese al impulso que sentía de borrarle aquella expresión de satisfacción de la cara.

Ashe le mostró poco después una habitación vacía en la parte trasera de la casa, donde los cajones procedentes de Eldonstone habían sido apilados.

—Aquellos de contenido…. llamémosle poco convencional, están marcados con una equis. Perrot añadió una nota comentando que ignoraba cuánto te estábamos pagando, pero que estaba seguro de que nunca sería suficiente.

—Debemos registrar y hacer un asiento de cada artículo. Y será mejor que escriba yo. El subastero espera que todo se reciba de mi parte y él conoce mi letra —dijo, pragmática.

—Yo los desembalaré y describiré, para que tú puedas registrarlos —Ashe le dejó papel y tinta en el escritorio y se dirigió al primer cajón—. Pequeño bronce de un grupo de sátiros, firmado Hilaire.

Empezaron a trabajar a buen ritmo. Phyllida se preguntó qué pensaría cualquier dama de la alta sociedad, en el caso de que se pusiera a escuchar detrás de la puerta.

—… seis relieves de marfil naturalistas representando falos, posiblemente franceses. De improbable tamaño.

Sobresaltada, alzó la mirada para descubrir a Ashe contemplando uno de los objetos con gesto escéptico.

—¿No te parece? —le preguntó él—. ¿Has visto acaso alguna vez…? No, por supuesto que —cerró la

tapa de un cajón ya lleno—. Estas cosas son tan eróticas como un plato de col hervida –rezongó.

—Si tú lo dices... —Phyllida trazó una línea y empezó un epígrafe nuevo para la siguiente caja.

Finalmente, Ashe claveteó un cajón completo.

—Esto, afortunadamente, hace todo el lote. Espero
que merezca la pena el esfuerzo.

—Sacaremos un millar —calculó Phyllida, una
vez acabada la lista.

—¿Libras?

—Guineas. Los caballeros suelen pagar altas can-
tidades por el arte erótico.

—Mejor harían en gastarlo en mujeres de carne y
hueso —se sentó en el borde del escritorio junto a ella,
con un pie colgando. Le quitó la pluma y la colocó
firmemente en el tintero.

—¿No disfrutas tú mirándolo? —se atrevió a preguntarle, pensando en lo que se decía sobre los antiguos textos amorosos indios.

—Nada es tan excitante como estar cerca de una
encantadora mujer, tocar su piel... —deslizó con len-
titud las puntas de los dedos por el dorso de su
mano—. Observar cómo se le dilatan las pupilas —la
miraba fijamente—. O ver cómo el color le nace de
debajo de la piel, como si un artista se lo hubiese pintado con el rosa más claro de su paleta —alzó la otra
mano para acariciarle la mejilla—. Esas cosas de las
cajas son para hombres que no tienen mujeres, o que
son incapaces de hacer el amor con ellas cuando las
consiguen.

—Yo pensaba que la India era famosa por sus textos eróticos.

—Esos textos son para que los usen el hombre y la mujer juntos. En el Extremo Oriente los llaman «libros de almohada». Te encantarán.

Era una promesa que le erizó el vello de todo el cuerpo.

—Cuando estemos casados.

—¿Por qué esperar tanto? —enterró los dedos en su pelo, dispuesto a besarla.

—Aquí no —dijo Phyllida contra sus labios—. No podemos...

—No, es verdad —convino él—. Aquí no —su lengua, firme e insistente, le acarició el contorno de los labios, buscando entrar.

—Ni aquí ni en ningún otro sitio. No hasta que estemos casados —tenía que decirlo, pero abrir la boca en aquel momento fue un error. Sus palabras fueron tragadas por el beso y ella se entregó por fin, incapaz de resistir sus impulsos, necesitada de tocarla, de abrazarlo.

Fue él quien interrumpió el beso, no ella. Bien sabía Phyllida que debería haber sido ella, y sin embargo no se sentía en absoluto culpable. «Me ha hechizado», pensó, con las manos todavía aferradas a sus solapas, arqueada la espalda contra el respaldo de la silla. Pero no, no podía culparlo a él. «Persuadir, no seducir», le había dicho Ashe. Le estaba mostrando lo que ella misma quería, lo que necesitaba tanto como él. Y le correspondía a ella resistirse.

Dieciséis

—¿Te asustan las consecuencias, quedarte encinta? —le preguntó Ashe con el tono directo que Phyllida esperaba de él—. Queda tan poco para que estemos casados que no necesitas preocuparte de eso.

«No puedo porque no soy virgen», le respondió ella en silencio. «Y porque no puedo explicarte por qué no lo soy». ¿Cómo reaccionaría él si acaso llegaba a descubrirlo? ¿Con repugnancia? ¿La culparía, la juzgaría una lasciva? Sería algo hipócrita por su parte, por supuesto, pero los hombres imponían a las mujeres patrones de conducta diferentes de los que se aplicaban a sí mismos.

¿Podría engañarlo haciéndole creer que era virgen? Ignoraba cómo hacerlo. Además, ella rechazaba el engaño. «No puedo porque si me acuesto contigo y si me tomas por virgen, entonces nada te persuadirá de que no debemos casarnos».

Apoyó la cabeza en el pecho de Ashe e intentó recuperar un mínimo de compostura, de fuerza de voluntad. Se le ocurrió que, de todas las razones que tenía para no hacer el amor con él, el hecho de que la sociedad lo juzgara inmoral no podía importarle menos.

—No —pronunció al cabo de un rato. ¿Cuánto tiempo llevaba sentada allí? El contacto era cálido y fuerte, Phyllida podía sentir el latido de su corazón y sus manos en torno a ella, y la sensación era tan agradable que podría permanecer así para siempre—. No. No quiero. Eso ya lo sabes, por supuesto. No.

—Muy bien —dijo él. Su voz era una profunda vibración bajo su oído—. Veo que tengo que ser paciente. ¿Pero me avisarás si cambias de idea? Son muchas las cosas que nos darían a ambos placer y todavía llegarías virgen al altar.

—¡Para! —Phyllida lo empujó del pecho, y él la soltó. Se giró y se levantó de la silla, para retirarse hacia el otro extremo de la habitación mientras él seguía sentado en el borde del escritorio.

—Yo simplemente estoy intentando persuadirte de los goces del matrimonio —dijo Ashe con tono suave.

—¡La palabra clave es «matrimonio»! Y yo no creo que esto tenga que ver ni conmigo ni mis sentimientos. Estás intentando convencerte a ti mismo de que tienes que casarte diciéndote que el aspecto físico es bueno, que es lo único de lo que necesitamos preocuparnos. Tu trastornado sentido del honor te ordena que te cases conmigo, pero tú no quieres. No quieres con la cabeza, ya que ella sabe lo muy poco conveniente que yo soy para ti, y ciertamente tampoco con el corazón, porque no me creo ni por un momento que estés enamorado de mí.

—¿Amor, dices? —Ashe se levantó bruscamente—. ¿Por qué tienes que sacar eso a colación? ¿Por qué las mujeres tienen que imaginar que toda relación tiene siempre que ver con el amor?

Phyllida sintió náuseas. «Porque estoy a punto de enamorarme de ti», respondió para sus adentros. «No lo sabía antes, pero ahora lo sé».

—El amor es un factor en una relación, eso es todo. Las mujeres hablamos de amor porque entendemos que los sentimientos también son importantes. No se trata de algún siniestro complot para cazar a toda la población masculina ¿Por qué deberíamos querer hacer eso cuando vosotros los hombres sois tan insensibles a vuestros propios sentimientos como un analfabeto a la literatura?

Abrió la puerta de par en par, salió precipitadamente y la cerró a su espalda, recordando a tiempo que no estaba en su casa y que por tanto no podía dar un portazo. Solo entonces se dio cuenta de que no sabía a dónde ir. ¿Su habitación, si acaso podía encontrarla? ¿De vuelta al salón para enfrentarse con la familia de Ashe?

—¿Os habéis perdido, querida?

La voz teñida de un ligero acento le hizo dar un respingo.

—Lady Eldonstone. Me estaba preguntando a dónde ir ahora que he terminado con esos cajones.

—Permitid que os acompañe a vuestra habitación. Estoy segura de que querréis lavaros un poco y quitaros el polvo y las manchas de tinta. Luego podremos ir a la habitación de Sara, a ver lo que ha encontrado para que llevéis a la fiesta de máscaras.

—Gracias, eso me gustaría mucho.

—Y además tiene el beneficio añadido de libraros

de mi hijo, antes de que os veáis impulsada a soltarle que es un hombre tan imposible que no os casaréis con él —le dijo la marquesa con tono perfectamente tranquilo, a mitad de la escalera—. Cuidado, querida, no vayáis a tropezar.

—Ashe es... lord Clere... Bueno, hemos tenido una ligera desavenencia, pero estoy segura de que es normal.

—A veces los hombres se muestran más inclinados a pensar con la cabeza, y con ciertas partes de su anatomía, mientras que los sentimientos los dejan para mucho después —suspiró lady Eldonstone—. En este momento, Ashe está haciendo lo que cree que tiene que hacer. Espero que no te lo tomes a mal si te digo que puede que te lleve algún tiempo aceptar que está haciendo lo que no puede soportar no hacer.

—No me lo tomo a mal, lady Eldonstone. Simplemente encuentro imposible... aceptar —le confesó Phyllida cuando ya estaban llegando a la puerta de su habitación.

—Ah, bueno. Ya veremos. Yo tuve que escapar del padre de Ashe antes de que él se diera cuenta de que estaba enamorado de mí. Fue algo bastante dramático: él me bajó del caballo y me besó en medio de un grupo de perplejos comerciantes bengalíes —se sentó en el diván que había al pie de la cama y se abrazó las rodillas con envidiable elasticidad.

—Imagino que esa escena, en pleno Londres, causaría un enorme revuelo —comentó Phyllida mientras llenaba el aguamanil para lavarse las manos. Pero pensaba rechazar a Ashe: estaba decidida. Aunque si Ashe había heredado el carácter de su padre, sabía que eso iba a resultarle muy difícil.

—Causó, de hecho, un gran revuelo en las riberas del Ganges —reconoció lady Eldonstone con una sonrisa soñadora—. ¿Os parece que vayamos a la habitación de Sara? Hace un momento he recibido una nota muy cortés de lady Auderley, asegurándome que se sentirá encantada de que nos acompañéis a la fiesta de máscaras.

Phyllida se dijo que en cuantas más casas fuera aceptada, mejor sería para Gregory, así que de momento bien podía tragarse su orgullo.

—Gracias por habérselo preguntado. Estoy segura de que me encantará —dijo mientras su anfitriona abría la puerta de la habitación de Sara, antes de detenerse en seco—. Dios mío, qué guapa estás...

Sara estaba girando ante un alto espejo de pie, mirándose desde todos los ángulos. El movimiento hacía que sus faldas parecieran una campana de luces: sedas doradas que dejaban al descubierto las piernas enfundadas en unos ajustados pantalones de color ocre del mismo tejido. El corto corpiño, que exhibía una porción de piel desnuda en la cintura, combinaba con la falda, mientras que el cabello, cubierto por un pañuelo transparente de color ocre, colgaba en una larga trenza a lo largo de la espalda.

—¿Te gusta? —se detuvo, haciendo tintinear las pulseras doradas que adornaban sus muñecas. Alrededor de los tobillos llevaba cadenitas de diminutas campanillas, y de oro eran también los delicados pendientes.

—Estás impresionante. Pero dejar la cintura al descubierto... entiendo que es demasiado atrevido.

—Lo mismo he pensado yo —dijo lady Eldonstone—. Creo que deberías ponerte una chaquetilla sobre el corpiño, Sara. No queremos que las damas de desmayen por la impresión.

—Yo estaba pensando más bien en los ataques cardiacos de los caballeros —dijo Phyllida mientras Sara se ponía una chaqueta y se abrochaba los botones inferiores, dejando ver la parte delantera del corpiño.

—Mata vestirá de azul, así que pensé que esto sería lo mejor para ti —Sara señaló el vestido de seda verde que descansaba sobre la cama, con una gama de tonos que iban del más oscuro al verde hierba más claro, y con bordados de oro que reflejaban la luz que entraba por el ventanal. A la luz de las velas, los reflejos serían espectaculares—. Creo que tenemos la misma talla —le tendió el corpiño.

—Probáoslo —lady Eldonstone se descalzó y adoptó la que parecía ser su posición favorita, sentada con las piernas dobladas en el sofá.

—Te ayudaré a desvestirte —Sara empujó suavemente a Phyllida detrás de un biombo y empezó a desabrocharle la espalda del vestido.

Nada acostumbrada a tener hermanas, Phyllida experimentó una punzada de timidez, sobre todo cuando la joven le dijo:

—Necesitarás quitártelo todo. Medias, camisa. Todo.

—¿Sin corsé?

—Por Dios, no. El corpiño es lo suficientemente prieto —dijo Sara mientras seguía desatando lazos, implacable.

—El pantalón es muy extraño.

—Lo extraño es no llevarlo, créeme —dijo lady

Eldonstone, tuteándola—. Yo me sentí terriblemente indecente cuando tuve que empezar a llevar ropa europea. Y no te olvides de que las faldas se llevaban muy anchas por aquel entonces. Estaba constantemente preocupada de que el viento me las levantara en cualquier momento.

—Ciertamente me resalta el busto —Phyllida bajó la mirada al profundo canalillo que no había sido consciente de que poseía.

—No, no salgas —le pidió Sara, una vez que hubo terminado de vestirla—. Mata, ven a verla. ¿No está preciosa?

—Exquisita —la marquesa dio la vuelta al biombo y la examinó detenidamente—. Y ahora, Sara, ayuda a Phyllida a cambiarse de nuevo. Pasado mañana, durante toda la tarde, convertiremos mi cámara en un *mahal*: el gineceo de un palacio indio.

—¿Toda la tarde? —Phyllida se volvió para que Sara pudiera atarle de nuevo el corsé.

—Nos llevará horas prepararnos. Los baños, el peinado, la *henna* para las manos y los pies, los vestidos, las joyas... Cenaremos aquí arriba y así tendremos a los hombres en suspenso.

«Y ellos a nosotras», pensó Phyllida. Conocía el atuendo que había lucido Ashe en el almacén. Lo que no podía imaginarse era lo que se pondría para la fiesta de máscaras.

Phyllida dedicó el día siguiente a acabar la lista de artículos para la subasta. Disfrazada con ropa severa y simulando acento francés, visitó al subastero. Ashe y su padre se pasaron el resto de la jornada encerrados en el despacho, trabajando con los papeles de la propiedad, y solo reaparecieron para la cena.

Descubrió que los Herriard le gustaban cada vez más. Eran cariñosos e inteligentes, y sus puntos de vista como forasteros sobre el mundo al que ella estaba tan habituada resultaban continuamente iluminadores. Sara y su madre la trataban como si fuera ya un miembro de la familia. Resultaba demasiado fácil acostumbrarse a tener una hermana y una madre después de tantos años de lucha para mantenerse a flote sin ayuda.

La mañana de la fiesta de máscaras lady Eldonstone anunció que, después de la comida, sus aposentos estarían vedados a todos los varones.

Phyllida no sabía qué esperar, pero, al cabo de media hora, estaba convencida de encontrarse en el mundo de *Las Mil y una noches*. Un fragante vapor flotaba en la habitación, con tres baños preparados y separados por cortinas. Se lavaron y enjabonaron a fondo, para después, envueltas en toallas, dejarse cepillar y trenzar el cabello. Una vez que estuvieron completamente secas, Sara y su madre se aplicaron a la tarea de pintarse intrincados dibujos en las manos y los pies.

—¿Se lava con agua? —inquirió Phyllida mientras alargaba la mano, intentando no esbozar una mueca cuando el lápiz le hizo cosquillas.

—Sí. No es una *henna* muy fuerte.

Siguió luego el laborioso proceso de examinar los

cofres de joyas para elegir los tres juegos. Phyllida se esforzó por no bizquear a la vista de tanto oro, plata y gemas, pero no pudo reprimir una exclamación cuando vio el conjunto de zafiros de Birmania que lady Eldonstone seleccionó para sí misma.

—Son unas piedras muy bellas, ¿verdad? Un regalo de novios de mi tío, el rajá. Sara, los diamantes amarillos para ti, y para Phyllida las esmeraldas, por supuesto.

—Pero... Lady Eldonstone, son demasiado valiosas para que me las prestéis. Estoy segura de que bastaría con que me prestaseis algunas pulseras y pendientes.

—Eres un miembro de la familia, Phyllida, y lucirás las joyas de los Herriard —la acalló la dama alzando una mano—. Puede que todavía no se sepa, pero te casarás con Ashe. No acudir vestida adecuadamente sería un insulto para los dos. Por favor, compláceme.

No tuvo más remedio que ceder. Tomaron una cena ligera y luego, finalmente, se vistieron. Phyllida recibió unas sandalias, pesados pendientes de gotas de esmeraldas y pulseras para las muñecas, brazos y tobillos. Le colgaron al cuello una cadena de oro con una solitaria esmeralda, que fue a reposar en el valle que se abría entre sus senos. Y, por último, el velo que alguien le fijó al cabello.

—Ahora sí puedes mirarte —le dijo Sara, haciéndola volverse de manera que las tres quedaron ante un alto espejo de pie.

—Esa no soy yo —no podía ser ella la exótica y enjoyada criatura de seda, de curvilínea figura, que la miraba con los ojos muy abiertos.

—Sí que lo eres —le aseguró Sara—. Seríamos el orgullo de cualquier maharajá, ¿verdad, Mata?

—Ciertamente. Si esto fuera el *mahal* del palacio, iríamos ahora mismo a espiar a los hombres a través de agujeros practicados en las paredes de mármol y agitaríamos nuestras faldas para expandir el perfume y tentarlos... pero debemos conformarnos con bajar la escalera —ofreció sendas máscaras a sus compañeras y se puso la suya—. Todo el mundo sabrá quiénes somos nosotras, pero tú, Phyllida, serás un misterio. Ashe se encelará con la enorme admiración que vas a provocar.

Phyllida estaba segura de que Ashe se mostraría exageradamente posesivo, pero dudaba que sus sentimientos fueran lo suficientemente intensos como para que tuviera celos, algo de lo cual se alegraba. Porque si era capaz de proyectar tanta energía en la furia como lo hacía en la pasión, no convendría enfadarlo.

—¿Estarán esperándonos en el vestíbulo? —inquirió.

—Por supuesto —le aseguró lady Eldonstone, satisfecha—. Naturalmente, llegamos tarde.

Caminaron por el rellano alfombrado, haciendo apenas ruido con sus sandalias. A Phyllida se le antojaban extrañas aquellas faldas tan amplias y aquellos pantalones tan ajustados, que le permitían sin embargo una gran libertad de movimientos. Cuando llegaron a la barandilla de la primera planta, lady Eldonstone les ordenó silencio con un gesto y se asomó, flanqueada por Sara y Phyllida.

Debajo de ellas, paseando lentamente por el suelo de mármol, estaban los hombres. Ashe, con el cabello suelto, lucía una chaqueta cerrada de color castaño dorado, con faja y pantalón naranja, bien ajustado. Mientras se movía, la larga línea de botones del frente de la chaqueta resplandecía como el oro. A su lado, su padre iba de verde oscuro con pantalón y faja negros. El brillo como de fuego verdoso de los botones de su chaqueta no podía ser más que de esmeraldas.

La marquesa extrajo una rosa del jarrón que había en una hornacina y lo arrojó por la barandilla. La flor fue a caer al suelo entre los dos hombres. Ambos alzaron la mirada y sonrieron. Luego, también al unísono, juntaron las manos como si fueran a rezar e improvisaron una reverencia.

—No haremos reverencias ni estrecharemos manos —advirtió Sara a Phyllida cuando las tres se volvían hacia la escalera.

Phyllida tuvo la sensación de que tardaban una eternidad en bajar hasta el vestíbulo, donde las esperaban los hombres. Ella se demoró para que sus compañeras se adelantaran y el marqués fue a buscarlas al pie de la escalera, extendiendo las manos hacia ellas.

—¿Cómo te las arreglas para parecer más hermosa cada día? —preguntó a su esposa mientras se inclinaba para besarla en la mejilla. La emoción que traslucía su tono conmovió a Phyllida. Aquella era verdaderamente una pareja de enamorados—. No me extraña que tengamos una hija tan maravillosa —sonrió a Sara, y Phyllida vio en ese momento que lucía una esmeralda en el lóbulo de una oreja—. Señorita Hurst, estáis...

—Encantadora —terminó Ashe por él—. Mágica.

Phyllida juntó las manos e inclinó la cabeza, y él hizo lo mismo, sonriendo levemente. Lucía un diamante en la oreja y tenía un aspecto indecentemente sensual.

—¿Tendremos que llevar una escolta armada? —inquirió, necesitada de cortar la tensión que flotaba entre ellos—. Todas llevamos las gemas y joyas más bellas del mundo. Imagino que seremos el sueño de un salteador hecho realidad.

—Todos vamos armados —le informó Ashe.

Por supuesto, él era capaz de esconder cuchillos en cualquier parte de su persona, y su padre lo mismo, indudablemente.

—¿Todos?

—Naturalmente, Sara y yo llevamos esto —lady Eldonstone se apartó la gruesa trenza del hombro y se sacó una horquilla del pelo que resultó ser un largo, y probablemente letal, estilete—. ¿Quieres llevar uno? Creo que tengo uno pequeño que podrías esconderte en el cabello.

—Oh, no —se adelantó Ashe—. Ambas estáis entrenadas para usar esas cosas. Phyllida probablemente ensartaría a una condesa o a un embajador solo con girar la cabeza demasiado rápido —se puso su máscara, lo que le dio un aspecto todavía más misteriosamente exótico—. Te prometo que te rescataré si te ves atacada por algún bandido.

Phyllida se estremeció, en parte por la promesa que podía leer en sus ojos de párpados entrecerrados, y en parte como reacción al violento potencial de su cuerpo ágil y musculoso.

El carruaje esperaba ante la puerta. El marqués urgió delicadamente a su esposa y a su hija a ponerse en marcha, pero se volvió cuando Ashe comentó:

—Cinco iríamos muy apretados en el coche. He pedido un carruaje de alquiler para nosotros dos. Os seguiremos.

—¿Sin carabina? —inquirió el marqués, pese a que no pareció encontrarlo en absoluto sorprendente. Para entonces el criado ya estaba cerrando la puerta del carruaje mayor.

—¿La necesito acaso? —preguntó a su vez Ashe, justo cuando el coche hacía su aparición.

—¡No para ti! —replicó Phyllida, indignada, mientras él la hacía subir—. ¿Y si alguien nos ve llegar juntos?

—No te pongas así. Llegaremos justo después que los demás —inclinándose, le arregló el velo sobre los hombros—. Estás nerviosa, eso es todo. Tranquilízate, Phyllida. Estás absolutamente arrebatadora. Nadie te reconocerá. Relájate y disfruta.

—¿Que me tranquilice? Estoy sola en un carruaje, de noche, con un hombre que no cesa de intentar seducirme... perdón, persuadirme de que me acueste con él. Llevo encima una fortuna en oro y gemas que no son mías. Llevo un espectacular vestido que siento como indecente pese a que no pueda explicarlo, y tú, en plan condescendiente... ¿todavía me dices que me tranquilice?

Ashe se sentó a su lado. Phyllida se tensó, pero el asiento era demasiado estrecho como para que pudiera apartarse. A través de las finas capas de seda, sintió el calor de su muslo como una marca de fuego.

—Cuando te haga el amor, Phyllida, ninguno de los dos podrá dormir —le prometió con una voz que, en la penumbra, recordaba el ronroneo de un tigre—. Es una promesa. Te sientes indecente con esa ropa porque, llevándola, eres más consciente de tu cuerpo y de lo que desea tu cuerpo. En cuanto a las joyas, yo las protegeré a ellas y a ti.

—¿Y quién me protegerá de ti? —le preguntó, intentando dominar el temblor de su voz.

—Nadie —respondió Ashe antes de levantarla para sentarla sobre sus muslos. Cerró los brazos en torno a ella—. Quiero sentir tus manos en mi cuerpo, Phyllida. Quiero desnudar tu cuerpo y arroparte con el mío —la oyó contener la respiración cuando su boca encontró el ángulo que formaba su cuello con el hombro, y deslizó la lengua de manera insinuante por la sensible piel de detrás de la oreja—. Quiero hacerte el amor hasta que me supliques misericordia.

Phyllida se recordó que estaban en un carruaje, avanzando por las calles de Mayfair, a solo unos minutos de un baile atestado de gente... Ashe no podía cumplir sus amenazas, ¿o sí? Pero ella misma deseaba que lo hiciera. Con un gemido, enterró los dedos en su sedoso pelo y le agarró la cabeza como para asegurarse de que no interrumpiera el delicioso tormento de su lengua.

Él le dijo algo en una lengua que no comprendió, quemándola con su aliento, y le cubrió luego la boca con la suya mientras ella se apretaba contra él. Los senos constreñidos por el apretado corpiño suplicaban su contacto, endurecidos los pezones, sin camisola ni corsé, contra la fina tela.

—Ashe... Oh, Ashe, sí...

Ignoraba si estaba aceptando o suplicando. Que aquello fuera una locura no le importaba, porque esa noche ambos estaban locos.

Diecisiete

La sacudida del carruaje devolvió la cordura a Phyllida, transportándola de regreso a la realidad.

—¡He dicho que no! —gritó mientras se bajaba del regazo de Ashe con más apresuramiento que dignidad.

—Ciertamente este no es el ni el momento ni el lugar adecuados —convino él con tono suave, en el instante en que se abría la puerta del carruaje.

La vista de la familia de Ashe, esperando en los escalones de la entrada, impidió que Phyllida pudiera añadir nada más. Nerviosa, se puso la máscara y Ashe la esperó al pie del coche, con una mano tendida, hasta que ella pudo bajar con una sonrisa tensa en los labios.

Para entonces, ya estaban llamando la atención. Oyó murmurar el nombre de Eldonstone, vio las miradas de los invitados apiñados en la puerta, oscilantes entre la curiosidad y la aprobación, y se relajó un tanto. O al menos todo lo que podía relajarse alguien cuyo corazón latía acelerado, le temblaban las piernas y no dejaba de recriminarse a sí misma por ser tan estúpida.

Si el episodio no se hubiera producido en un carruaje ni durante un trayecto tan corto, seguro que se habría rendido a las exigencias de Ashe. «Oh, sé sincera contigo misma», se amonestó. «Ni habría sido una rendición, ni puedes echarle la culpa a él. Lo deseas, y simplemente careces de la fuerza de voluntad suficiente para resistirte». ¿Sería inevitable que la atracción que sentía hacia Ashe terminara, tarde o temprano, por imponerse a sus temores y a sus dudas? Teniendo en cuenta que sus sentimientos por él eran cada vez más intensos, ¿cómo podría encontrar la fortaleza necesaria para rechazarlo?

El enorme salón de baile estaba ya lleno cuando entró el grupo de los Herriard. El ruido y los diversos aromas y colores del ambiente impresionaron a Phyllida como si hubiera recibido un golpe físico. Nunca había estado en una fiesta de máscaras tan grande.

—Me siento casi como si estuviéramos en la India —dijo lady Eldonstone con una carcajada, cuando un caballero cruzado, de plateada cota de malla, le pidió un baile—. Por supuesto, señor —y, sin mirar atrás, entró en la pista.

—Curioso efecto desinhibidor, el de estas máscaras —comentó el marqués—. Nada de presentaciones, ni de nombres. ¿Cómo voy a mantener vigiladas a dos jóvenes damas?

—Utilizaremos el sentido común, papá —le prometió Sara.

—Nada de salir a balcones ni terrazas. Ni cuartos retirados —le advirtió Ashe.

—Hermano querido, ¿es eso lo que hacen los libertinos? ¿Atraer a las jóvenes damas a esa clase de espacios? —inquirió, abriendo mucho los ojos con expresión inocente detrás de la máscara.

—Así es, como tú bien sabes.

Un alto Pierrot con un traje que parecía adherirse a su piel se presentó ante Sara.

—Bella damisela, ¿me haríais este honor?

—Un solo contacto indecente y os arrancaré la mano —dijo Ashe con falso tono dulce mientras su hermana aceptaba el brazo del hombre.

El Pierrot le lanzó una sobresaltada mirada antes de internarse en la pista con Sara, hacia el extremo más alejado del salón.

—¿Puedo? —el marqués ofreció su mano a Phyllida.

—Gracias.

—Quedo pues abandonado —suspiró Ashe.

—Os las arreglaréis para consolaros, no tengo la menor duda —repuso Phyllida con tono suave mientras se retiraba. Se obligó a mirarlo y perdió el aliento. Pese al tono burlón de sus palabras, su expresión no era en absoluto divertida sino tremendamente intensa, ardiente. Siguió al marqués sintiéndose como si la hubieran rescatado de un incendio.

Lord Eldonstone se reveló como una excelente y entretenida pareja. Poco a poco Phyllida se encontró inmersa en el baile y en la atmósfera, pasando de unos brazos a otros y relajándose en la sensación de anonimato, aunque reconoció varios rostros detrás de los disfraces y estuvo segura de que fue reconocida a su vez.

Intentaba echar un ojo a Sara de cuando en cuando. Cada vez que lo hacía, la veía comportarse tal y como

debía: bailando con elegancia y sin juguetear pueril-
mente, como hacían tantas jóvenes damas. Los Herriard no pasaban desapercibidos: incluso en medio
de tanto disfraz vistoso y de tanta joya, parecían res-
plandecer con un exótico brillo. Y ella también: se dio
cuenta de ello cuando otro caballero le pidió un baile
y alcanzó a escuchar algunos femeninos murmullos
de envidia.

Bailar después de haberse negado durante tanto
tiempo la experiencia fue como una bendición. Los
pies estaban empezando a dolerle, pero no le importaba. Y lo que estaba sonando en aquel momento era
un vals, el baile prohibido, que nunca había practicado
en público. Un caballero vestido de época, de anchos
hombros y peluca de rizos castaños que se derrama-
ban sobre su chaqueta de terciopelo, se inclinó ante
ella.

—*Madame*, me siento honrado de...

—Ah, aquí estás —Ashe apareció de pronto a su
lado con una encantadora sonrisa y un cierto olor a
azufre, o al menos eso le pareció a Phyllida. Su súbita
aparición hizo que el otro hombre se tensara—. Gracias por haberla entretenido, señor, pero debo recla-
marla.

—Pero... el caballero vio la sonrisa de Ashe y aparentemente se decidió por una estratégica retirada—.
Un placer, señor. *Madame*.

—Eso ha sido una grosería —le echó en cara Phyllida, mientras él la tomaba en sus brazos.

—Era necesario. ¿Te fijaste en el tamaño de sus
pies?

De modo que estaba de humor para bromear... Representaba ciertamente un alivio no tener que lidiar con su sensual intensidad.

—¿Y los tuyos son más pequeños? ¿Sabes acaso bailar el vals? La última vez que hablamos, me dijiste que todavía estabas recibiendo lecciones.

—Es muy sencillo.

Phyllida alzó la mirada hacia él y se dio cuenta de que no se encontraba en absoluto seguro, después de todo. Los ojos le brillaban detrás de la máscara y su sonrisa era pura sensualidad.

—Te sostengo en mis brazos y nos movemos juntos —añadió—. Al son de la música.

No estaba hablando de bailar. Phyllida forzó una sonrisa inocente y fingió no entenderlo.

—La orquesta es muy buena, ¿no te parece?

—Cuando hablas, solo escucho tu voz —murmuró Ashe mientras la hacía girar—. Cuando respiro, huelo solo tu aroma. Cuando miro a una mujer, solo te veo a ti. ¿Sigues pensando que soy reacio a casarme contigo?

—Ashe... —se dijo que no estaba hablando en serio, no podía, pero la miel que destilaba su voz y el calor de su cercanía convertían la pasión de sus palabras en algo físico. Algo que invadía su cuerpo, animaba su espíritu, le llenaba los ojos de lágrimas.

Bailaban como si estuvieran solos. En silencio, en armonía. Phyllida tenía los ojos cerrados, como si pudiera retener aquel momento para siempre, atesorarlo para cuando lo plantara y la pretensión de que formaban una pareja terminara para siempre.

—Phyllida.

Abrió los ojos y parpadeó varias veces. La música

había cesado, las parejas charlaban mientras la orquesta se preparaba para la siguiente melodía. Ella sabía que debería charlar también, entablar una conversación insustancial, incluso flirtear un poco. Pero no podía. «Lo amo», pensó, y se tragó las lágrimas. «Lo amo y podría tenerlo. ¿Tan injusto sería eso por mi parte?».

—¿Phyllida? ¿Tan mal bailarín soy?

—No —se dijo que podría tenerlo, pero solo si le confesaba la verdad: que podría no ser capaz de hacer el amor, no del todo. Que podría no ser capaz de darle hijos. Encontrando por fin el coraje y la voz, se echó a reír—. Eres excelente, de hecho. Pero es que tenía muchas ganas de bailar el vals y ha sido mágico. Una melodía preciosa, ¿verdad?

—Preciosa, sí —convino él. Pero la mirada de sus ojos le decía que no era de la música de lo que estaba hablando.

Repentinamente tímida, Phyllida parpadeó varias veces. Al otro extremo del salón, un fogonazo ámbar y dorado llamó su atención: era Sara abandonando el salón. Solo que el tocador de damas estaba al otro lado.

—Ashe, puede que sea una tontería, pero acabo de ver a Sara dejando el salón... y no se me ocurre ninguna buena razón por la que deba salir por esa puerta.

Ashe se volvió, ceñudo, pero para entonces su hermana había desaparecido.

—¿Estás segura? —inquirió, dirigiéndose ya hacia la puerta.

Phyllida lo siguió y lo tomó del brazo.

—Despacio, no vayas a llamar la atención —una

vez ante la puerta, firmemente cerrada, le sugirió—:
Quédate aquí, de cara al salón. Yo entraré primero: espera unos momentos antes de seguirme. Lo último que necesitamos es montar algún tipo de escándalo.

Abrió la puerta, protegida por la ancha espalda de Ashe, y se encontró de repente en un estrecho pasillo. Había una luz más adelante, y se oían unas voces, así que corrió hacia lo que parecía un vestíbulo de la zona de servicios. Se detuvo antes de llegar al umbral. Las voces, que ya podían oírse con claridad, pertenecían a Sara y al caballero de la peluca de rizos castaños.

—Acompañadme de vuelta al baile, señor. ¡Esta no es la habitación del bufet y lo sabéis perfectamente!

—No te hagas la sorprendida. Una picaruela como tú no se pasea por ahí con joyas falsas y luciendo los pechos sin esperar que algún hombre se fije en ella.

—Son diamantes de la más alta calidad, ignorante patán. Y en cuanto a mi disfraz, ¡sabed que es un vestido de la corte de Kalatwah! —Sara parecía furiosa, pero en absoluto alarmada.

—Entonces dejadme palpar... ¡ay!

Phyllida entró por fin para descubrir al caballero doblado sobre sí mismo, con las manos en la entrepierna, y a Sara sacándose el estilete del cabello. Le arrancó peluca y máscara.

—¡No! Guarda el estilete —le aconsejó a la joven—. Sé quién es. Es lord Prewitt y es un granuja, pero no queremos matarlo...

—¿Eso crees? —inquirió Ashe, apareciendo de pronto, sin máscara. Pasando por delante de Phyllida, agarró al caballero de las solapas—. Nombrad vuestros testigos, Prewitt.

—Ashe... —Phyllida le tiró de un brazo—. Si lo retas a duelo, estallará un escándalo que no podrás controlar.

Soltó al jadeante barón, que cayó a sus pies como un fardo.

—¿Sugieres sin más que lo mate aquí y ahora?

—Sugiero que le obligues a disculparse, aquí y ahora. Y que prometa no decir una sola palabra acerca de esto.

—Fue un desliz —jadeó Prewitt—. Jamás mencionaré el episodio a nadie. Lo siento.

—Más os vale —Ashe lo levantó de un tirón, esperó a que se sostuviera por sí mismo y entonces lo golpeó en la boca. Enarcó luego una ceja, volviéndose hacia Sara—. ¿Suficiente?

—Suficiente —asintió. Los tres dieron media vuelta y se marcharon de regreso al baile.

Una vez en el salón, Phyllida pudo distinguir bien el rostro de la muchacha: conteniendo a duras penas las lágrimas, se mordía el labio para evitar que le temblara.

—Ashe, ve a buscar a tu madre y dile que se reúna con nosotras en el tocador. Creo que Sara debería retirarse a casa.

—Por supuesto.

Desapareció entre la multitud y Phyllida guio a Sara a través del salón, charlando animadamente.

—Hay tanto ruido aquí que no me extrañaría que tuvieras una migraña. Vamos a sentarnos.

—No me había dado cuenta... —susurró Sara, triste—. Sinceramente creía que me estaba llevando a la habitación del bufet...

—Te defendiste con gran eficacia —la consoló Phyllida—. Mira, aquí viene tu madre —y lord Eldonstone, al lado de Ashe, con expresión airada—. No ha sufrido daño alguno, aparte del susto —explicó mientras lady Eldonstone rodeaba los hombros de su hija con un brazo—. No creo que nadie haya notado nada raro y Ashe se las tuvo con el sujeto en cuestión... no se atreverá a hablar de ello.

—La señorita Hurst piensa que despedazarlo miembro a miembro sería contraproducente —dijo Ashe con voz dura.

—Y probablemente, por desgracia, tenga razón —aprobó su padre—. Ashe, ¿te encargarás de acompañar a la señorita a su casa? Yo me llevaré a tu madre y a tu hermana ahora mismo. Si parte de nuestro grupo se queda, evitaremos cualquier especulación.

Ashe los observó alejarse y tomó luego del brazo a Phyllida para llevarla exactamente a la clase de reservado contra el que había advertido a su hermana.

—¿Te encuentras bien? Actuaste maravillosamente. Te enfrentaste a Prewitt y consolaste a Sara, pero todo ello debió suponer una fuerte impresión para ti.

—No.

«No. Descubrir que estoy enamorada de ti: esa es la impresión más fuerte», dijo para sus adentros. Todo había sucedido tan rápido que no había tenido tiempo de reflexionar sobre su significado, aparte de la seguridad que tenía de que iba a resultar doloroso. Tanto si lo amaba como si no, no iba a casarse con Ashe Herriard. De hecho, amarlo no hacía sino fortalecer su decisión. Esbozó una sonrisa porque él seguía observándola, muy serio—. De verdad que me encuentro bien. Solo algo preocupada de que esto pueda afectar a la inocente y bondadosa naturaleza de Sara.

—Yo creía que estaba perfectamente advertida contra todos los trucos de los libertinos —comentó él con tono triste—. Pero obviamente no está hecha para la sociedad londinense.

—¡El baile sin máscara! —oyeron que gritaba alguien desde el salón, y la orquesta empezó un vals.

—Bueno, Phyllida, ¿qué tal si bailamos sin máscara delante de todo el mundo, y damos así un paso más en nuestro público cortejo?

Sabía que, si no era en ese momento, Ashe llevaría aún más lejos el cortejo, la empujaría hasta el momento en que ella tendría que romper su palabra y su compromiso por el bien de él. Hasta entonces, al menos disfrutaría de otro perfecto vals en sus brazos.

—¿Por qué no? —inquirió con una ligereza que no sentía—. Probablemente sea mi deber ayudarte a perfeccionar tu estilo.

—No soy quien pisa los pies de su pareja —replicó Ashe mientras volvía a ponerse la máscara y la guiaba hasta la pista de baile.

—¡Yo nunca he hecho tal cosa! ¡Mentiroso! —protestó Phyllida mientras pasaban por delate de un grupo de matronas, enmascaradas y con vestidos estampados como piezas de dominó, a manera de disfraces.

Vio sus rápidas miradas, la manera en que enarcaron las cejas, y supo que la habían reconocido: la señorita Hurst, pésimo partido, bailando un desautorizado vals con el gran partido lord Clere. Había corrido ya la voz de que él la estaba cortejando, lo cual resultaba obvio por la manera en que los miraban. Probablemente sería una noticia aún más jugosa para los chismosos que el abortado escándalo de su encuentro en la posada.

—Veo que nos están observando –dijo Ashe. Él también lo había notado.

—No me sorprende. Estás magnífico con ese atuendo.

Un hecho del cual era perfectamente consciente, a juzgar por su burlona sonrisa.

—Por supuesto. Vengo de la tierra de los pavos reales —sonó la música y empezaron a bailar.

Esa vez Phyllida mantuvo los ojos bien abiertos y alerta. Tal vez no se hubieran dado cuenta antes, pero en ese momento los estaba mirando todo el mundo.

—Tenemos aquí, al menos, a dos de las principales patronas de la alta sociedad —dijo ella después de estudiar los rostros que los observaban alrededor de la pista.

—¿Qué pueden hacer? —inquirió Ashe mientras ejecutaba un particularmente atrevido giro—. ¿Acaso se pondrán a gritarnos y nos excomulgarán de Almack's? ¿O nos degradarán arrancándonos los galones, como si fuéramos militares?

—¡Tonto! —Phyllida reprimió una carcajada—. Me temo que me atravesarán de parte a parte, mientras que a ti, hombre y además guapo como eres, probablemente no te pasará nada.

—¿Os estáis burlando, señorita Hurst?

—¿Yo? —abrió mucho los ojos y él la atrajo hacia sí, demasiado: tan cerca que le rozó los senos con el pecho. Estaban bailando con aparente decoro mientras que ella tenía que esforzarse para controlar la respiración y él continuaba charlando tranquilamente, imperturbable.

—Animal —masculló.

Ashe le sonrió y ella sintió que se le encogía el corazón. Amaba a aquel hombre, y lo deseaba. Le habría encantado estar casada con él, tener hijos con él, compartir su cariño y su humor. Hasta el momento se había contentado con su vida, aceptado sus restricciones, satisfecha con las poco convencionales libertades que se había creado para sí misma. En ese momento, sin embargo, se sentía como una prisionera a la que hubieran abierto las puertas de la celda durante un rato con la obligación de regresar por propia voluntad.

La música cesó. A su alrededor se fueron acercando los invitados, esperando a que llegara la medianoche. Con la primera campanada de reloj, Ashe levantó una mano con la intención de quitarle la máscara, y ella hizo lo mismo con la de él. Phyllida se mantuvo donde estaba, clavada la mirada en sus misteriosos ojos verdes todavía ocultos por el negro terciopelo del antifaz.

Por fin la acercó hacia sí mientras se quitaban mutuamente las máscaras. Pretendía besarla delante de todo el mundo. Phyllida contuvo el aliento y quedaron ambos como dos estatuas en medio de las risas, de las exclamaciones de reconocimiento y del aplauso que se alzó una vez que quedaron desveladas sus identidades.

—Respira —murmuró Ashe y se apartó, para tomarle en seguida la mano y besarle los dedos—. Esta noche no voy a crear tanto revuelo.

Lógicamente, la fiesta continuó de madrugada. Ashe se llevó a Phyllida para agradecer la invitación a la anfitriona.

—Un baile delicioso, lady Auderley. Lamento que mis padres tuvieran que marcharse, pero mi hermana se vio asaltada por una grave migraña y tuvo que regresar a casa.

La dama se condolió de la indisposición de Sara y, con una expresión apenas levemente maliciosa, se volvió hacia Phyllida.

—Estáis preciosa, querida. Es muchísima la gente que me ha comentado la fantástica pareja que lord Clere y vos formáis.

—Gracias, señora —sonrió, pudorosa—. Pero debo agradecer a lady Eldonstone el haberme prestado tan hermoso disfraz, con sus joyas.

—Muy generoso por su parte —repuso la anciana señora—. Espero volver a tener el placer de contar con vuestra presencia.

Phyllida esperó a que estuvieran subidos en el carruaje antes de tomar una decisión.

—Ashe, debo hablar contigo. Esta noche.

A la luz de las farolas que entraba por las ventanas del coche, miró su rostro y supo que la había entendido perfectamente.

—Iremos al apartamento que tengo arriba de la tienda —añadió ella al tiempo que se arropaba con la cálida capa de terciopelo—. Allí no nos molestará nadie.

Dieciocho

«Al fin». Ashe no dijo nada; solo tiró del cordón de llamador y sacó la cabeza por la ventanilla del carruaje para ordenar al cochero:

—Déjanos arriba de Haymarket: caminaremos un poco desde allí.

Subió el vidrio de la ventanilla y volvieron a ponerse en movimiento. Phyllida estaba pálida, pero probablemente sería el efecto de las sombras. De manera que había dejado dejar de resistirse y aceptar que su matrimonio era inevitable. Su cuerpo estaba preparado, tenso de deseo, y la sangre le ardía por el enfrentamiento con Prewitt, así como por el entusiasmo de los bailes con Phyllida. Pero había algo más que la perspectiva de satisfacer sus deseos, de asegurarse su aceptación. En algún momento del proceso había desarrollado profundos sentimientos por aquella provocadora, misteriosa y nada convencional mujer.

—¿Has tomado una decisión? —inquirió él, preguntándose si serían los nervios los que repentinamente le habían cortado el aliento.

Phyllida alzó la cabeza y sonrió.

—Sí.

Para tratarse de una sílaba tan rotunda, su tono era nervioso. También ella estaba nerviosa, pensó Ashe, esforzándose deliberadamente por no tocarla. Forcejeó brevemente con su conciencia. Debería llevarla a casa, mandarla a la cama después de plantarle un casto beso en la mejilla. Pero el instinto le impulsaba a asegurarse de su actitud. Porque si se entregaba a él, entonces estaría definitivamente comprometida con aquel matrimonio.

Fue un trayecto corto. El carruaje se detuvo y Ashe la ayudó a bajar, protegiéndola con su cuerpo del bullicio que todavía reinaba en las calles. Era mucha la gente que andaba fuera de sus casas a aquella hora, y no era buena compañía para una dama. Varias mujeres le echaron el ojo y le lanzaron poco sutiles comentarios.

—Debí haberle dicho al cochero que nos dejara directamente en Jermyn Street. Me había olvidado de las prostitutas que infestan esta zona —la sintió estremecerse contra su brazo protector. Pensó que, presumiblemente, sus salidas al East End habían tenido lugar en pleno día y que por tanto no había visto su peor aspecto.

—No importa —dijo Phyllida—. Esto es más discreto. Además, ya casi hemos llegado —entraron en Jermyn Street y pasaron por delante de las numerosas tiendas de lujosos productos, todas cerradas, iluminado débilmente el empedrado por la luz procedente de las primeras plantas—. En su mayor parte son habitaciones y alojamientos para caballeros —explicó—. Yo había pensado en alquilar las habitaciones de arriba de mi tienda, pero me son más útiles para guardar y clasificar las mercancías.

Ashe se calló el comentario de que podría alquilarlas una vez que se hubieran casado, o incluso vender todo el inmueble. Algo le decía que renunciar a su negocio no iba a resultarle fácil.

—Además, el año pasado, cuando Gregory y yo no hacíamos más que discutir por el tiempo que dedicaba al juego y las fiestas, constituyeron un tranquilo refugio para mí.

—Pero por fin él ha sentado la cabeza.

—Lo sé. Apenas podía creérmelo al principio. Me dijo que un día se miró en el espejo, se dio cuenta de que no sería ya más joven y empezó a pensar en lo que estaba haciendo con su vida. Conoció a Harriet en el momento adecuado, y lo más maravilloso de todo es que parecen estar enamorados de verdad.

—Y sin embargo tú no tenías ninguna esperanza en ese sentido cuando le estabas buscando una esposa rica...

Un grupo de jóvenes caballeros, bastante achispados después de haber pasado buena parte de la noche en su club, se dirigían en ese momento hacia ellos dando tumbos. Ashe escondió a Phyllida en un portal y la protegió con su cuerpo. Uno de los jóvenes se detuvo.

—¡Eh, mirad, es Clere! Vente con nosotros, que vamos a buscar algo de compañía... ¡si sabes lo que quiero decir! —estalló en risotadas, pero luego miró detrás de él y descubrió un bulto entre las sombras—. Ah, veo que ya te la has procurado...

—Otra noche quizá, Grover —repuso Ashe, forzando un tono jovial. Mientras los jóvenes se alejaban calle abajo, voceando, se volvió hacia Phyllida y retomaron la marcha—. Lo siento.

—Quizá toda dama debería visitar una vez Haymarket de noche para ver cómo son realmente los caballeros —había un cierto matiz en su voz que no pudo menos de sorprenderlo.

—Yo no soy aficionado a recorrer borracho las calles a la busca de prostitutas baratas, si es a eso a lo que te refieres.

—Estoy convencida de que eres mucho más sutil y de que tienes gustos mucho más caros —repuso ella con tono cortés.

—No quería decir eso. Yo no cortejo a una dama a la que no le soy fiel, como tampoco contraigo matrimonio para luego tener una amante.

—¡Oh!

Ashe se volvió para mirarla, pero su expresión resultaba indiscernible en las sombras. Aquella pequeña exclamación... ¿había sido acaso de consternación? Ninguna mujer querría que su marido tomara una amante...

—Por aquí —dijo ella, internándose en un callejón antes de que él pudiera preguntarle al respecto. Lo guio hasta un patio, para detenerse ante lo que debía de ser la parte trasera de una tienda—. Espera, que saco la llave —se agachó para recoger algo escondido en una grieta de la pared de ladrillo, y volvió a erguirse con la llave en la mano—. Guardo aquí una copia.

Lo hizo pasar y subieron por una estrecha escalera

hasta una habitación que, según calculó Ashe, debía de abarcar toda la planta de la tienda de abajo.

—Hay un yesquero en aquella mesa. ¿Quieres encender la vela? Yo soy muy torpe y siempre termino rompiéndome una uña —fue a cerrar las cortinas y se puso a trajinar en la habitación.

Las joyas y las sedas doradas que llevaba la hacían parecer una exótica mariposa revoloteando en la penumbra. «Sí que está nerviosa», pensó Ashe mientras hacía saltar una chispa y encendía la mecha. Tendría que llevar un exquisito cuidado esa primera vez.

Con la primera vela fue encendiendo las demás de la habitación. No era el sombrío almacén que había imaginado, sino una especie de salón extrañamente práctico y muy femenino. En las paredes colgaban viejos tapices de tonos rosas, azules y dorados. Las cortinas de la ventana eran de terciopelo granate, seguramente rescatadas de alguna lujosa cama de dosel. Había un escritorio y una silla, un armario hondo, un diván y una estantería rebosante de libros.

—Es una hermosa habitación —comentó—. Me recuerda las cámaras del palacio de mi tío abuelo: pequeñas y acogedoras cuevas de lujo.

—El lujo está un poco baqueteado y no todo es lo que parece. Pocas cosas son lo que parecen, en realidad.

Ashe volvió a escuchar aquella nota de amargura en su voz.

—Phyllida, ¿qué pasa? Ya sabes que yo nunca te forzaría. Me haría muy feliz hacer el amor contigo, pero si quieres que nos marchemos, lo entenderé —sacó la silla del escritorio y se sentó.

—Necesito decirte algo —ella se dejó caer en el borde del diván, como si las piernas no la sostuvieran por más tiempo—. Porque no querrás casarte conmigo una vez que lo hayas escuchado.

—Lo dudo mucho —replicó él, rotundo, aunque intentó ignorar la punzada de aprensión que le atravesó el estómago. «Deudas: eso es todo» se dijo. «Nada de lo que preocuparse».

Phyllida volvió a levantarse y él lo hizo también. Algo en su expresión lo alertó de que estaba hablando muy en serio. Fuera lo que fuese, no estaba exagerando su importancia.

—No soy virgen —dijo, como si se estuviera declarando culpable delante de un tribunal.

Ashe parpadeó varias veces. Aquello no era tan malo.

—Yo tampoco.

Vio que apretaba los labios.

—Los hombres parecen conceder mucho valor a la virginidad.

—¿Sigues relacionada con él? ¿Es probable que lo conozca? —al ver que negaba con gesto vehemente, añadió—: Entonces, si puedes abstenerte de comparaciones que quizá lastimarían mi orgullo, no lo considero un problema —tan pronto como lo dijo, se dio cuenta de que el intento de introducir un poco de humor en la conversación era un error.

—No lo entiendes. No me estoy explicando bien.

—¿Hubo una criatura? —Ashe se esforzaba por comprender, por interpretar los mensajes que ella estaba enviando con su voz, con la rigidez de su postura. Intentó tomarle las manos, pero ella lo rechazó.

—No, gracias a Dios.

Fue entonces cuando comprendió.

—Phyllida... ¿Fue... forzado?

«*Mere jaan*. Querida mía», pronunció para sus adentros. La tomó en sus brazos pese a sus intentos por liberarse, y la obligó a sentarse. La estrechó contra su pecho hasta que por fin se quedó quieta, apoyada la cabeza en su hombro—. *Sahji, jaani* —murmuró las palabras de amor mientras le acariciaba el cabello—. Dime quién es y te traeré su corazón y sus partes pudendas en una bandeja.

—Fue hace mucho tiempo. Cuando tenía diecisiete años —dijo ella con voz tan baja que apenas se le entendían las palabras.

Ashe pensó que el asunto no podía ser peor. Tan joven y tan inocente... Phyllida se levantó de pronto.

—Déjame, por favor. Yo...

Ashe abrió los brazos y ella volvió a sentarse, apretándose las manos.

—Siéntate tú también, Ashe. Te lo he dicho porque tenías derecho a saberlo y porque no creo que pueda hacer el amor... no al menos sin que reviva otra vez todo aquello, o entre en pánico. Lamento haberte dejado creer que era eso lo que deseaba hacer contigo esta noche.

Ashe buscó las palabras adecuadas para expresar bien lo que quería decir.

—Cuando te beso, reaccionas, Phyllida. En el carruaje, cuando te acaricié, el fuego que sentí en ti no fue fingido. El ataque que sufriste a manos de aquel hombre... no tiene nada que ver con hacer el amor con alguien que te aprecia y que se preocupa por ti.

263

—Yo no... Yo no puedo casarme contigo. Debía habértelo dicho desde un principio, cuando me propusiste matrimonio.

—Entonces no me conocías. Ahora, creo yo, confías en mí bastante más —no era una pregunta, pero ella asintió—. Sabes que yo nunca te forzaría, Phyllida.

Esa vez sí que quería una respuesta, y se preparó para escucharla mientras advertía su vacilación. Se había comportado como un granuja, por decir lo mínimo. Se había esforzado todo lo posible por persuadirla de que se acostara con él, pese a su reluctancia. No estaba muy seguro de que pudiera perdonarse a sí mismo.

—Por supuesto que lo sé —pareció hasta sorprendida de que él se lo hubiera preguntado y, mientras lo miraba, su expresión de tristeza se suavizó en una sonrisa de tanta ternura que Ashe sintió que se le derretía el corazón—. Pero puede que tuvieras que hacerlo, o no tendrías hijos.

Ashe se levantó y se acercó a la ventana, necesitado de moverse mientras asimilaba la información. Un heredero. El hijo al que legaría el mismo patrimonio que él estaba contribuyendo a salvar de la ruina, el título de nobleza que algún día heredaría. Las hijas, los otros hijos… Nunca había pensado en ellos, salvo en abstracto. De repente todos eran tangibles, como criaturas fantasmales que nunca llegarían a ser reales.

—Entonces cambiare la persuasión por la seducción. Sabemos ambos que puedo besarte, incluso acariciarte, sin que sientas miedo. Sufriste una herida terrible, pero no fatal: te curarás con la medicina adecuada. Nos tomaremos todo el tiempo que necesites y tú siempre tendrás el control de la situación —sabía que sonaba confiado. Por dentro no se sentía tan seguro, pero estaba determinado a hacerlo. Se había comprometido con aquella mujer y no iba a abandonarla ahora. Volvió sobre sus pasos y se acuclilló frente a ella, tomándole las manos—. ¿Pensarás en ello?

—No me casaré contigo a no ser que... —aspiró profundo y lo miró—. Nunca he estado con ningún otro hombre, así que ignoro si sería capaz de hacer el amor. Puede que esté creando un problema que no existe.

—Nadie sobrevive inmune a semejante crueldad —le aseguró Ashe—. Pero si aprendes que hacer el amor no tiene nada que ver con lo que te sucedió en el pasado, entonces creo que podrás separar ambas experiencias.

Phyllida asintió.

—No esperaba que fueras tan comprensivo. No sabía cómo decírtelo, aunque sabía que tenía que hacerlo.

Eso era lo que había acechado detrás de la ambigüedad que había percibido en ella cuando aceptó casarse con él. Ella no había sabido entonces si contárselo o no, y, siendo como era una mujer de honor, nunca se habría casado sin haberlo hecho antes.

Phyllida se inclinó hacia él y juntó las manos detrás de su cuello.

—¿Lo intentamos? Hazme el amor, Ashe.

Ashe no contestó, sino que dejó que ella lo acercara hacia sí hasta que pudo acariciarle los labios con los suyos, dulce y suavemente, incrementando la presión de su lengua mientras ella empezaba a derretirse contra él. Apenas insistió, adelantándose levemente a sus tentativas reacciones. Así hasta que la sintió relajarse por entero, cuando ella empezó incluso a provocarlo con pequeños mordisqueos, al tiempo que le acariciaba la nuca con las yemas de los dedos.

Ashe se apartó para desabrocharse la chaqueta, que dejó caer al suelo, para luego volver a tomarla en sus brazos y besarla mientras sus dedos lidiaban con los botones de su ajustada chaquetilla. Phyllida no se resistió cuando él se la deslizó por los hombros para revelar sus senos resaltados por su *choli*, así que bajó la cabeza y recorrió con los labios la cremosa miel, al tiempo que deslizaba una mano por su cintura desnuda.

Pensó que si conseguía que se relajara aun más, podría recostarla en el diván. Pero seguía percibiendo en ella una tensión que lo alertaba contra todo apresuramiento. ¿Cómo proporcionarle la necesaria seguridad?

Fue él quien decidió tumbarse, boca arriba, y le sonrió. Al cabo de un momento, ella asintió levemente con la cabeza, como si comprendiera, y se inclinó para besarlo. Lo hizo con conmovedora torpeza, pensó Ashe, hasta que tomó conciencia de que su propia actitud era, como poco, condescendiente. Ella no dejaba de pensar, ciertamente, pero al mismo tiempo se estaba esforzando por descubrir lo que le agradaba. Y también, se dio cuenta Ashe mientras cerraba los puños para contenerse de agarrarla, por descubrir al mismo tiempo lo que le agradaba a él.

Su mano le rozó el pezón derecho, por accidente, pero estaba tan tenso que la sensación le arrancó un gruñido.

—¿Ashe? —Phyllida abrió mucho los ojos, a la luz de las velas—. ¿Te he hecho daño?

—No —mintió. Aquello era una exquisita tortura.

—¿No quieres echarte encima de mí? —le preguntó, preocupada.

«Sí», pronunció para sus adentros.

—No —mintió de nuevo. Podía escuchar el miedo tiñendo su voz. Aquel canalla la habría arrojado al suelo, la habría aplastado con su peso, atrapándola. De alguna manera tenía que conseguir que ella se sintiera al mando, como si pudiera escapar en cualquier momento.

—¿Te gusta cuando te hago esto? —le acunó los senos, dejando que sus pulgares encontraran los pezones endurecidos bajo la seda.

—Oh, sí —entreabrió los labios en un sensual suspiro que excitó aún más su cuerpo, ya duro de deseo.

Ashe buscó los lazos de la cintura de su falda y los aflojó para poder deslizar los dedos por la curva de su vientre. Sintió temblar la delicada piel bajo su contacto, pero ella no se resistió.

—Ashe, yo... me duele.

—Bien —tiró suavemente de ella hasta tumbarla a lado y enterró los dedos en su cuello, llenándose los pulmones de su aroma a jazmín y del traicionero olor de su excitación. «Lentamente», se ordenó. «Poco a poco».

—¿Me dejarás que te dé placer?

—¿Cómo? —le preguntó, apartándose de él—. No irás a...

—No me moveré, tendido como estoy a tu lado. Solo déjame tocarte...

Pudo sentir el esfuerzo que hizo para confiar en él, para dejarse acariciar la mata de vello rizado, para permitir que deslizara un dedo entre sus suaves y húmedos pliegues. Ashe encontró lo que estaba buscando y lo frotó, justo allí, mientras ella alzaba las caderas de la cama de pura sorpresa.

—¡Ashe! —Phyllida había esperado sentir incomodidad. Cualquier cosa que hiciera un hombre allí, por muy tierno que fuera, por fuerza tenía que doler, ¿no? Pero lo que sintió fue una punzada de placer súbito y terrible que la atravesó como un rayo, desde la punta de su dedo a su vientre, a sus senos, a cada nervio de su cuerpo.

—*Priya* —pronunció con voz ronca—. Corazón. Solo déjate llevar. Permítete disfrutar.

¿Permitirse disfrutar? En ese momento se estaba retorciendo, frenética, ignorante de cómo lidiar con aquel asalto de placer, cuando lo que había esperado era dolor, perdido el control de una manera que jamás había imaginado, superada por las reacciones de su propio cuerpo, y no por la violencia del de él. Ansiaba dolorosamente el calor del cuerpo de Ashe junto al suyo, su brazo envolviéndola, sus perversos dedos enloqueciéndola...

—No sé cómo —jadeó.

—Déjate llevar —repitió él—. Tu cuerpo sabe...

La besó y, súbitamente, el placer alcanzó un nivel de dolor que la hizo gritar contra su boca, arquear su cuerpo contra su mano para hacer que durara para siempre, hasta que se perdió completamente, aferrada a él. Sabiendo que se moría, pero sin importarle siquiera.

—¿Phyllida? —la voz de Ashe, tersa y oscura como la caricia del negro terciopelo, tan sensual como un pecado, tan dulce como...

«El hombre al que amo», pronunció para sus adentros.

—¿Qué ha pasado? —seguía yaciendo sobre el diván, a su lado. En sus brazos y todavía vestida, aunque con la ropa desarreglada. Su cuerpo parecía reverberar en una sensual relajación, aunque agitado todavía por diminutos temblores de placer.

—Eso ha sido un orgasmo.

Se ruborizó. Conocía la palabra, incluso la había buscado en el diccionario.

—Pero eso es algo que experimentan los hombres.

—Pueden experimentarlo las dos partes del acto amoroso —la acercó hacia sí, acomodándola de manera que pudiera apoyar la cabeza sobre su pecho.

—Tú no lo has experimentado.

—No, pero puedo esperar.

Phyllida bajó la mirada al cuerpo de Ashe: estaba claramente excitado. Había escuchado en alguna parte que a los hombres les dolía estar en aquel estado de frustración.

—¿Puedes? —puso la mano sobre el duro montículo que destacaba en su pantalón, algo que antes la había aterrado de solo imaginárselo, y lo oyó contener el aliento. Tenía el poder de hacerle gemir, de hacerle arquearse contra su mano como suplicando sus caricias. Si él podía darle placer con un simple contacto, ¿podría ella hacer lo mismo por él?

—Permíteme —antes de que Ashe pudiera protestar, tiró de los lazos de su pantalón y deslizó la mano dentro. Había esperado sentir la dureza, el calor. Lo que no había esperado era que la piel sería tan suave, y tan sensible que podía sentirlo crecer mientras cerraba los dedos a su alrededor.

Era torpe y lo sabía. Torpe y tímida, pero no le tenía miedo, como tampoco temía lo que estaba haciendo. Al cabo de un primer momento de resistencia, Ashe se recostó en la cama y la dejó hacer. Él se movió a la vez que su mano, indicándole el ritmo que requería, llenándola de confianza, hasta que ella tuvo la seguridad de que no le haría daño y de que podía ser más enérgica en sus movimientos, más atrevida aún. Él contuvo entonces la respiración, dio un último embate y cayó hacia atrás mientras ella sentía su calor fluyendo entre sus dedos.

Phyllida se acurrucó contra su cuerpo, deleitada con la sensación de absoluta serenidad que transmitía, con su olor almizclado, con la manera en que iba cambiando su miembro en su mano conforme se relajaba. Al cabo de un momento, la atrajo hacia sí para besarla.

—Lo siento, corazón. Todo esto ha debido de sorprenderte... —murmuró.

—Me ha gustado —musitó contra la pechera de su camisa, demasiado tímida para mirarlo a los ojos—. Ashe, creo que todo podría llegar a salir bien, después de todo. Cuando lo hagamos de la manera adecuada, quiero decir.

—Esto que hemos hecho también ha sido de la manera adecuada —le dijo él, sentándose—. Todas son formas de hacer el amor: imagínate que es un banquete, con cientos de platos distintos. Sabrosos y consistentes asados, delicioso platos ligeros... Algunos pecaminosamente dulces, otros terriblemente picantes... —estaba ya de pie, espiando detrás de un biombo—. ¿Hay agua en este aguamanil? Sí, muy fría, pero sí que hay. Y una toalla.

Phyllida escuchó un chapoteo. Sentándose, se arropó con la colcha del diván.

—Ashe, ¿quieres hacerlo de nuevo? —aquello había sido maravilloso, y el alivio de saber que podía yacer con un hombre, tener intimidad con él y disfrutar de la experiencia, era inmenso. Pero dijera lo que dijera Ashe, más tarde o más temprano, el sexo terminaría en el mismo acto que había tenido lugar en aquel mezquino cuarto del burdel de Wapping, el acto por el cual había perdido su virginidad. El acto por el cual había recibido dinero de Harry Buck.

271

Diecinueve

Lo que había hecho la había marcado para siempre como una prostituta. Había dejado que Ashe pensara que la habían forzado, cuando de hecho había tomado el dinero, se había quitado la ropa, se había echado en aquella cama y no había opuesto la menor resistencia. El dato de que si no lo hubiera hecho se habría muerto de hambre, de que había necesitado el dinero para encontrar a su padre y hacerle volver, o para conseguir comida y medicinas para su madre, o alimento y refugio para todos, no cambiaba el hecho de que había entregado voluntariamente su honra.

Aquello la ponía furiosa, ese doble patrón para hombres y para mujeres, pero así eran las cosas. Y si tuviera que hacerlo otra vez, si la vida de alguien dependiera de ello, si Gregory se encontraba en problemas y aquella era la única manera de salvarlo, volvería a venderse a sí misma sin dudarlo. Y sus propios gritos, porque eso lo había aprendido aquella horrible noche, solo servirían para aumentar la excitación del hombre que la tomara.

—Solo he usado la mitad del agua —dijo Ashe, saliendo de detrás del biombo—. ¿Hacerlo de nuevo, has dicho? Me encantaría, pero no esta noche. Y la próxima vez hablaremos de los otros platos del menú que te gustaría probar. Tú elegirás lo que haremos y cuándo lo haremos. El control es tuyo. No hay necesidad de apresurar nada.

Phyllida le lanzó una mirada de gratitud cuando pasó por delante de él, antes de arreglarse. No le sorprendía que lo amara tanto. No tenía un pasado inocente: recordaba el tono divertido con que había reconocido que no era virgen. Pero era un hombre decente y honorable, y ella estaba pensando en engañarlo en algo que precisamente afectaría a su sentido del honor.

Phyllida seguía forcejeando con su conciencia. No había tenido intención de hacer el amor con él cuando le pidió que fuera allí: solo de confesarle que no era virgen. Eran muchas las razones por las que era la esposa menos adecuada para él, pero Ashe creía conocerlas todas y, pese a ello, confiaba en que su matrimonio podría funcionar. Admitía que se sentía atraído hacia ella. Y sabía incluso que no era virgen. Sus padres y su hermana estaban dispuestos a acogerla en su familia. Y los beneficios que resultarían tanto para Gregory como para ella eran incontables.

«Le amo y había soñado con llegar a casarme con él. Ashe, el amor, los hijos», pronunció para sus adentros. Y añadió la voz de la tentación: «no le digas la verdad. ¿Qué daño puede hacerle un secreto?».

¿Pero acaso no debería un matrimonio estar basado en la honestidad y en la verdad?, se preguntó mientras jugueteaba nerviosa con los lazos del pantalón y de la falda, reacia a reunirse con él mientras no hubiera llegado a ninguna conclusión. Si no lo amara, todo resultaría mucho más fácil: no le mencionaría nunca su pasado. Pero lo amaba y se sentía obligada a decírselo. Y si reaccionaba mal, como reaccionaría cualquier hombre... lo perdería para siempre.

«No debería casarme con él en ningún caso», se recordó con amargo realismo. «El matrimonio es un sueño, como lo es también la felicidad con Ashe. Los niños con los que sueño nunca nacerán». Phyllida se apoyó en la pared, llevándose una mano a la boca para ahogar los sollozos que la asaltaron de pronto.

«Oh, Ashe, amor mío...» Nunca debió haberle hablado de hijos, nunca debió haber dejado que se convenciera de que se casaría con él. Porque a esas alturas, aunque Ashe no la amaba, estaba segura de que le haría daño, de que lastimaría algo más que su orgullo cuando rompiera su palabra.

—¿Te encuentras bien? —le preguntó Ashe. Su voz no sonaba impaciente.

—Sí —logró pronunciar con tono ligero—. Debo admitir que me siento un poquito... desconcertada.

Ashe rio entre dientes. Él la había dejado aturdida, mareada de deseo. Quizá fuera por eso por lo que le costaba tanto pensar con claridad y lógica, resolver aquel asunto en ese momento. Iban a volver a hacer el amor, estaba segura de ello. Era algo tan inevitable como la llegada del nuevo día.

—Ashe, ¿qué hora es? —se obligó a salir del biombo. Le costaba mirarlo a los ojos, aunque con él se sentía a salvo, segura. Suponía que sería su conciencia culpable.

—Las tres. Hora de irse a casa. Toma tu chaqueta

—fue a tendérsela, pero de repente se detuvo y tocó con un dedo la parta superior de su seno izquierdo—. ¿Qué es eso? ¿Una marca de nacimiento? Quería preguntártelo cuando te quitaste la chaqueta, pero... me distraje.

—Sí —Phyllida mió la marca de color café, con la forma de fresa, que él le estaba delineando con un dedo—. Es una suerte que esté en un lado. De esa manera me la esconde el corpiño del vestido.

—¿Pero por qué quieres esconderlo? —la ayudó a ponerse la chaqueta—. Es un corazón perfecto.

—Es una mancha.

—Absurdo. Resulta fascinante en una piel tan blanca como la tuya, provocadora. Prométeme que no te la taparás más —se inclinó para besarla. Le cerró luego las solapas de la chaqueta y comenzó a abrocharle los diminutos botones.

—Muy bien —sabía que eso no sería ningún problema, no con los vestidos que solía ponerse. Y, si a Ashe le gustaba, se sentía demasiado halagada como para resistirse. Solo necesitaría recortar un poco el dobladillo o doblarlo bajo el corpiño. Todavía le quedaban algunos días antes de que tuviera que poner fin a aquella situación. Y con los vestidos mañaneros, con sus cuellos más bien altos, no la enseñaría en ningún caso.

—Ashe, ¡deja de hacer eso o no nos iremos nunca!

Él se echó a reír y dejó de hacerle cosquillas entre los ojales de los botones.

—Vámonos. Antes de que me sigas tentando...

A la tarde siguiente, Phyllida estaba sentada cosiendo con Sara cuando apareció Gregory. Lady Eldonstone había insistido en que se sentara y descansara un rato después de haber pasado la mañana supervisando el envío de los cajones a la casa de subastas. Le había parecido una buena ocasión de recortar el escote de algunos de sus vestidos de noche, para así poder exhibir la marca de nacimiento en forma de corazón.

No se le escapaba lo ilógico de aquel gesto: hacer algo destinado a excitar y animar aún más a Ashe mientras seguía engañándose a sí misma. Era como si hubiera dos personas en ella: una sincera y racional, que debería estar planeando fríamente la ruptura con Ashe por el bien de él, y otra alocada y enamorada que no pensaba más que en volver a encontrarse en sus brazos.

Sara pidió que llevaran un refrigerio y Gregory se sentó, con sus largas piernas, sus ajustados pantalones y sus botas hesianas.

—Eres la viva imagen del perfecto caballero londinense —se burló Phyllida—. Tan pulcro elegante y respetable. ¡Y ese corte de pelo tan moderno!

—A Harriet le gusta —sonrió—. Lo cual me lleva al motivo de mi visita. Me temo que nos han invitado a los dos a una cena familiar mañana.

—¿Te temes? Yo creía que te estabas llevando muy bien con la familia de Harriet.

—Así es, pero un tío durante largo tiempo perdido, hermano de la señora Millington, ha regresado a la capital. Parece que es una especie de oveja negra de la familia. Ha estado viviendo en Jamaica y todos lamentan que no se haya quedado allí. El caso es que nos han invitado con la esperanza de diluir un tanto las tensiones familiares, sospecho. Asistirán también un par de primos y una tía abuela.

—Supongo que será muy incómodo si decide quedarse, ¿no? O quizá se haya reformado —comentó Sara—. ¿Os importaría serviros vos mismo un vino de Madeira o un jerez, lord Fransham?

—Gracias, lo haré. Aparentemente Millington quería señalarle la puerta, pero su esposa desea darle otra oportunidad, de ahí la idea de la cena —Gregory se acercó a la mesa de las licoreras mientras Sara servía el té.

—Tendré que preguntarle a lady Eldonstone si le vendrá bien. Puede que tenga planes para la noche —dijo Phyllida. Sonaba a situación incómoda, pero si podía ayudar a los Millington, lo haría. Los preparativos de la boda marchaban de maravilla y ella les estaba agradecida por su tolerancia.

—Mañana por la noche no pensábamos hacer nada —le informó Sara—. Lo sé porque papá va a pronunciar una conferencia en la Real Academia y mamá me dijo esta mañana que nos sentaría bien quedarnos una tarde en casa, para recuperarnos de tanto trajín...

Phyllida pidió permiso a su anfitriona y, una vez que su hermano se hubo marchado, continuó retirando la puntilla del escote de su vestido de noche verde oscuro. Pensó que quedaría muy bien para la cena de los Millington. Quizá fuera demasiado formal, pero la formalidad ayudaba a veces en la situaciones sociales delicadas.

Ashe, sin embargo, se mostró menos complaciente que la marquesa respecto a sus planes.

—Yo había esperado pasar la tarde contigo en Jermyn Street —le murmuró él al oído, poco después.

—Ojalá pudiéramos —musitó Phyllida a su vez,

mientras escuchaban una sonata de piano particularmente triste. Lady Eldonstone había insistido en que
asistieran a una velada musical esa misma tarde—. Te
echaré de menos.

A las siete de la tarde siguiente, Phyllida bajó del
carruaje de los Eldonstone a la puerta de la casa de
los Millington.

Cuadró los hombros mentalmente, preparándose
para una cena tirante y echando ya de menos a Ashe.
Gregory estaba preocupado por Harriet y ella sospechaba que iba a tener que charlar de trivialidades con
los demás parientes, todos ellos encrespados de desaprobación por el retorno del señor Phillip Wilmott.

—Oh, esperad un momento, señora. No lleváis
abrochada la capa —la doncella que lady Eldonstone
le había prestado se disponía a asistirla, sin bajar del
carruaje, cuando una oscura figura surgió de las sombras hasta quedar bajo el círculo de luz del farol de
portal—. ¡Hey, mirad por dónde vais...!

El hombre embistió a Phyllida y la empujó contra
el lateral del coche. «Un salteador», pensó. «¿Tan
osado como para atracar a alguien a la puerta de una
residencia de Mayfair?». Demasiado sorprendida
como para sentir miedo, agarro la retícula dispuesta a
golpearle. La capa resbaló por sus hombros, cayendo
al suelo.

Al principio no lo reconoció. Hasta que la luz le
dio en plena cara. Era Harry Buck.

—Hola, cariño —pronunció con una risa ronca—.
Ya me parecía a mí que te conocía de algo —bajó la

mirada de su rostro hasta su pecho, revelado por el escote recientemente arreglado de su vestido—. Me acuerdo bien de eso. Ahora sí que no hay equivocación posible.

Phyllida alzó una mano para cubrirse la marca de nacimiento, pero era demasiado tarde. Él ya la había visto.

La doncella estaba pidiendo socorro y el conductor había saltado del pescante, látigo en mano. Buck se desvaneció con la misma rapidez con que había aparecido. Si no hubiera estado apoyada en la puerta del carruaje, Phyllida habría caído al suelo de lo flojas que sentía las piernas. Aquella era su peor pesadilla hecha realidad. Harry Buck, el hombre que le había robado su virginidad, la había reconocido, le había seguido los pasos.

Justo en ese momento, cuando temía ya que fuera a desmayarse, el mayordomo bajó apresuradamente las escaleras del portal.

—¡Señorita Hurst! ¿Os encontráis bien?

Phyllida se obligó a erguirse y pensar.

—Sí. Debe de haber sido un borracho. Muy desagradable, pero no he sufrido ningún daño . Por favor, no alarméis a la señora Millington contándole nada.

De alguna manera consiguió entrar en la casa, fue anunciada, saludó a todo el mundo. De alguna manera consiguió llegar hasta un sofá y sentarse antes de que las piernas le fallaran. Aparentemente no llevaba impresos el horror y el miedo en la cara, porque nadie pareció prestarle excesiva atención, más allá de presentarle al mal afamado pariente, el señor Wilmott. Procuró adoptar la expresión más rígida e insípida posible e inclinó la cabeza, esperando que la señora Millington lo interpretara como un simple acceso de timidez en presencia de una notoria oveja negra.

La señora Millington había dispuesto los lugares de la mesa con la intención de separar a las jóvenes damas de su hermano. Phyllida se encontró hablando con un primo de edad avanzada que había resultado ser corredor de bolsa, a un lado, y al otro con la propia señora Millington. Lo que les estuvo diciendo debió de tener algún sentido, y aparentemente cenó y se comportó con normalidad, porque nadie le preguntó si se encontraba mal.

Por pura fuerza de voluntad soportó la interminable cena y pasó al salón. Gregory, en un valiente intento por ayudar a sus futuros suegros, trabó conversación con Wilmott. Phyllida se fue sintiendo cada vez más débil hasta que ya no pudo más. Levantándose, fue a buscar a su hermano.

—Gregory, lo siento, pero necesito irme ya.

—Sí, por supuesto. Le desearé buenas noches a Harriet.

Phyllida giró luego sobre sus talones y corrió casi hacia donde se encontraba la señora Millington.

—Lo lamento mucho, señora, pero tengo una jaqueca terrible. ¿Os parecería una descortesía por nuestra parte que Gregory me acompañara a casa? Siento tener que llevármelo, pero...

—Querida, mandaré llamar un carruaje ahora mismo.

Ashe estaba atravesando el vestíbulo con un libro en la mano cuando entró Phyllida. Le sonrió.

—Buenas noches. ¿Fue tan horrible la cena como temía tu hermano?

—Peor —se lo quedó mirando fijamente. El hombre al que amaba, su amante. El hombre que seguía teniendo intención de casarse porque ella había sido demasiado débil para romper su compromiso—. Ashe, debo hablar contigo.

—Por supuesto —abrió la puerta de la biblioteca y se apartó—. Estamos solos en casa. ¿Qué sucede?

—No puedo casarme contigo —tan pronto como lo dijo, supo que tenía razón y que debería haberlo rechazado antes. Buck la había reconocido y no podía casarse e intentar al mismo tiempo escondérselo a Ashe.

No podía confesarle lo que había hecho. No podía ver cómo se transformaba su rostro, cómo el placer y el deseo se convertían en repulsión al descubrir no que había sido víctima de un malvado, sino que se había vendido deliberadamente a sí misma. Que se había convertido en una prostituta. Le había oído hablar de aquellas prostitutas de Haymarket, y sabía lo que él, como cualquier otro hombre, pensaría de una mujer que había hecho lo que había hecho ella.

Ashe se quedó muy quieto, delante de la fría chimenea. Bajó luego el libro que seguía sosteniendo.

—¿Por qué no? ¿Es porque lo que me dijiste la otra noche? ¿O por lo que sucedió entre nosotros?

—No —mintió—. Me equivoqué al aceptar tu plan para rescatarme del escándalo. Yo solo acepté pensando en que te rechazaría al final, pero me dejé... involucrar más de lo que pretendía. Veo ahora que no hay ninguna necesidad de que sigas protegiéndome. El rumor ha muerto, y nadie se sentirá en absoluto sorprendido si tu interés por mí desaparece. No formamos la pareja adecuada y es absurdo que nos condenemos a nosotros mismos a un matrimonio sin sentimientos.

—Un matrimonio inadecuado y sin sentimientos. No me había dado cuenta de que mis percepciones estaban tan equivocadas, tanto por lo que se refería a mis propios sentimientos como a los tuyos —su expresión era una fría máscara de concentración—. ¿De modo que hacer el amor conmigo no ha sido más que una manera de superar tus miedos?

—Los malos recuerdos. Sí —respondió ella. Si conseguía hacerle creer que solo lo había estado utilizando, se sentiría entonces menos inclinado a luchar, a resistirse. Y más convencido de que no debía casarse con ella.

—Me siento feliz de haberte sido útil.

Alzó los ojos hasta su rostro y ella descubrió en ese momento, sorprendida, lo muy furioso que estaba. Furioso, rígidamente controlado y peligroso. Se daba cuenta de que, si ella hubiera sido un hombre, habría sido capaz de pegarle: y sin embargo no sentía miedo, sino una absoluta tristeza. Ashe no le haría daño ni aunque pensara que ella lo había manipulado, que había utilizado su cuerpo en un calculado intento por superar sus pesadillas

—Me iré a casa a primera hora de la mañana —anunció, esforzándose por mantener el control tanto como él—. Le explicaré a lady Eldonstone que me he dado cuenta de que no estamos hechos el uno para el otro. Seguro que se sentirá aliviada.

—Se llevará una decepción al haberse equivocado contigo —replicó él—. Al igual que yo.

—Ya te advertí desde un principio que no era la

esposa adecuada para ti —se dijo que era mejor asegurarse, cortar el frágil vínculo que había crecido entre ellos a partir del placer y, por lo que a ella se refería, del amor. Pero, afortunadamente, Ashe no la amaba. Y por eso mismo no lucharía denodadamente por ella—. Pero tú tuviste que comportarte con nobleza, honorablemente, aunque eso supusiera dejar a un lado el deber para con tu familia —añadió con la intención de arrojar aceite a las llamas.

Funcionó. Ashe avanzó mientras ella retrocedía, hasta que quedó acorralada contra la puerta, sin poder escapar.

—Comportarme honorablemente forma parte de mi deber hacia mi familia y hacia mi nombre —gruñó—. Y yo había creído encontrar a una mujer merecedora de ese nombre. Una mujer que estaría a mi lado y al de mi familia, y que lucharía por elevar ese nombre, al igual que mis tierras, a la posición que merecen. Pero me equivoqué.

Se apartó y Phyllida se volvió antes de que él pudiera descubrir sus lágrimas o leer en sus ojos que le estaba rompiendo el corazón. Abandonó la habitación sin pronunciar una palabra y subió las escaleras hasta su dormitorio. Una estúpida parte de su ser aún esperaba escuchar el ruido de la puerta al abrirse a su espalda, la voz de Ashe llamándola. Pero, por supuesto, eso no sucedió.

Resultaba extraordinario lo mucho que dolía un corazón roto, pensó Phyllida mientras la doncella le retiraba las horquillas del pelo y le quitaba el vestido. Su madre, por haber amado con pasión, había muerto de desengaño. Su hija ni siquiera iba a tener esa suerte, ya que tendría que agonizar con aquella herida durante toda su vida.

Veinte

Lady Eldonstone se mostró amable, dolida y exageradamente cortés cuando Phyllida le hizo la difícil confesión de que no pensaba que Ashe y ella estuvieran hechos el uno para el otro, y que lo mejor era que no volvieran a verse. Phyllida estaba segura de que, detrás de aquella tranquila actitud, la mujer ocultaba un notable enfado por el hecho de que su hijo hubiera sido rechazado por alguien que precisamente habría debido estarle agradecido.

Se marchó antes de desayunar, rumbo a Great Ryder Street. Allí se enteró de que Gregory estaba pasando unos días con los Millington, presumiblemente para apoyar a la familia mientras decidían qué hacer con el retorno del pariente pródigo.

—¿Os encontráis bien, señorita Phyllida? —le preguntó Anna, mirándola detenidamente mientras se hacía cargo de su maleta—. Tenéis aspecto de haber pasado toda la noche llorando.

—Absurdo. Por supuesto que no —«toda la noche, efectivamente, oscilando entre las lágrimas y una paralizada indecisión», respondió en silencio. «¿Qué hacer? ¿A dónde ir?»—. Debo de tener un resfriado o algo así. Eso es todo.

—Os prepararé mi remedio —se ofreció la doncella—. Oh, hay una carta para vos. Precisamente iba a llamar al chico de los Perkins para que os la entregara.

Phyllida la recogió. El sobre era grueso y ordinario, la escritura torpe. Se dirigió al salón y la abrió allí, sin mucha curiosidad. Suponía que se trataría de una factura.

Del sobre cayó una gran tarjeta con letras grabadas, que recogió del suelo. Tenía un membrete: *La Casa de los Placeres del señor Harry Buck, para el sagaz caballero.* Y debajo, escrito con letra de gruesos trazos negros: *A las tres de esta tarde, vuelta al trabajo. No te retrases. Necesitaré una pequeña compensación para guardarme este secreto para mí.*

Phyllida dejó caer la tarjeta como si le hubiera quemado la mano. Quedó en el suelo a sus pies, peligrosa como una víbora. Se vio asaltada por una violenta náusea y vomitó en una fuente que había cerca, en una mesa lateral.

—¡Dios nos ampare! ¿Qué sucede ahora? —era Anna, toda nerviosa.

Phyllida cerró los ojos y se pasó una mano por la boca.

—No lo sé, quizás algo que he comido. Lo siento, ya limpiaré yo la fuente, no tienes por qué hacerlo —«en un momento, en cuanto haya dejado de temblar», añadió para sus adentros.

—Tonterías. Necesitáis acostaros ahora mismo, corderita mía. Enviaré a buscar al médico y al lord.

—¡No! ¡A lord Clere, no!

285

—A vuestro hermano, quería decir. Y ahora vamos, apoyaos en mí.

—Está bien. Gracias, Anna. No mandes a buscar al médico, que en seguida estaré bien. Y no preocupes a Gregory: la señorita Millington lo necesita. Pero me echaré un rato. Esta tarde tengo que salir.

—¿En vuestro estado? No haréis tal cosa, señorita Phyllida. Debéis quedaros en cama.

Ashe desayunó luciendo su cara más diplomática mientras su familia fingía valientemente que todo estaba perfecto, que nunca habían tenido una invitada y que se desesperaban por saber hasta qué punto le había afecto la ruptura de Phyllida.

Se dirigió luego al club de Brook, abofeteándose mentalmente al darse cuenta de que volvía la mirada en el cruce de Saint James y Jermyn Street. Atravesó el vestíbulo y encontró un tranquilo rincón para ocultarse detrás de un periódico. El club estaba acostumbrado a caballeros que buscaban paz y tranquilidad después de una noche agitada, de manera que nadie pareció ofenderse por sus breves y bruscos saludos.

Las noticias bailaban delante de sus ojos, las palabras no le decían nada. La maldijo para sus adentros. Había perdido una noche de sueño oscilando entre la furia y una dolorosa excitación.

Phyllida no lo quería. Pensaba que, para él, el matrimonio sería como una sentencia a la infelicidad perpetua, y ni siquiera lo deseaba. Su acto amoroso no había sido más que un ejercicio destinado a superar un traumático incidente del pasado.

Solo era su orgullo herido, por supuesto, aquel sordo dolor que lo torturaba. Eso y deseo insatisfecho. Phyllida lo había utilizado. Lo había utilizado para superar un escándalo, para vencer sus temores y, ahora que ya no lo necesitaba, lo abandonaba sin más. Parecía como si su nula inclinación a casarse con él fuera más poderosa que su título, su riqueza y sus perspectivas.

Dobló el periódico con enérgica precisión y lo arrojó sobre la mesa que tenía al lado. Necesitaba pegar a alguien. No le importaba que le devolvieran los golpes: necesitaba desahogar su violencia.

Un camarero se acercó a un gesto suyo.

—¿Hay algún salón de boxeo cerca de aquí?

—Sí, milord. Unos cuantos. El del caballero Jackson es el principal, por supuesto. Os daré la dirección. Llamaré un carruaje...

—Iré caminando —tomó la nota y entregó al hombre una moneda. Gracias.

Pasó una hora reventando un saco de boxeo y peleó luego con uno de los ayudantes de Jackson, un gigantón contratado para la jornada. Le sirvió de ayuda: el dolor de los moratones le distrajo del otro dolor, el interior. Comió pastel de carne y bebió cerveza en el Red Lion, al final de Pall Mall. Cuando hubo terminado, echó a andar hacia el norte sin rumbo fijo, necesitado solamente de moverse.

—¡Milord!

Deteniéndose en seco, se volvió. Una mujer vestida sencillamente lo estaba llamando. Una criada, a

287

juzgar por su aspecto. Vio entonces que era Anna, la doncella de Phyllida.

—Oh, milord... Os estaba buscando —se detuvo frente a él, jadeando—. Entonces os vi cruzar Saint James Square...

Ashe miró a su alrededor y se dio cuenta de que estaba en Haymarket.

—¿Qué es lo que quieres? —le preguntó, cortante.

—Se trata de la señorita Phyllida. Vino a casa esta mañana con aspecto de haberse pasado toda la noche llorando, pero ella decía que solo era un resfriado. Luego, apenas había abierto la correspondencia, se puso a vomitar y a temblar como una hoja —se interrumpió—. Yo la mandé a la cama, pero ella dijo que tenía que salir poco después y así lo hizo, llevándose esa horrible ropa que se pone cada vez que va al East End. Y eso que había dicho que no pensaba hacer eso nunca más —Anna inspiró profundamente y lo miró con una especie de acusación en los ojos—. Aquí pasa algo raro, milord, y apostaría a que tiene que ver con vos porque ella me dijo que no volveríais más, y por poco me arranca la cabeza cuando le pregunté por qué. Así que... ¿se puede saber qué es lo que le habéis hecho?

—Nada. Vuestra ama ha decidido que no desea saber nada de mí —giró sobre sus talones y se alejó. No pensaba dejarse interrogar por una criada en plena calle.

Apenas había avanzado dos metros cuando pensó en Phyllida llorando a lágrima tendida. «Bueno, ella me rechazó, y no al revés», se dijo. Cuatro metros. Phyllida con náuseas, temblando... «Se lo merece».

Ocho metros. Phyllida encaminándose hacia el East End, a los barrios bajos, con Buck y los de su ralea.

Miró hacia atrás. Anna seguía donde él la había dejado, pero cuando vio que se detenía, se acercó corriendo.

—¿Milord?

—¿Qué correspondencia era esa?

—Solo una carta. No dijo de quién era.

—¿Dónde está?

Anna se esforzó por recordar.

—No lo sé. No la tenía cuando la acompañé a la habitación. Supongo que se le caería en el salón cuando la asaltaron las náuseas —le puso una mano en el brazo—. Por favor, milord, ¿pensáis que aquella carta contenía algo que...?

—No lo sé. Pero es la única pista de la que disponemos. Vamos.

Anna encontró la tarjeta bajo el sofá. Ashe la leyó: la primera vez con estupefacta incredulidad, y la segunda poseído por una helada furia. *Vuelta al trabajo*. Phyllida no había sido violada; había ejercido de prostituta. Le había mentido, le había ocultado aquel terrible secreto y solo el peligro de desvelarlo la había obligado a romper su relación. Porque, de haber terminado casándose con ella... ¿qué habría sucedido si uno de sus antiguos clientes hubiera hecho su aparición?

«Al diablo con ella. Se merece todo lo que le pase». Rasgó la tarjeta por la mitad y se obligó a mirarla de nuevo. Se obligó a empezar a pensar con la cabeza y con el corazón en la mujer verdadera, la mujer que conocía, y no en aquella otra que había lastimado su orgullo.

Phyllida se había mostrado genuinamente inexperta y nerviosa la primera vez que él le había hecho el amor. Muy probablemente Buck habría manipulado a aquella criatura solo una vez. Y en ese momento la estaba chantajeando para que volviera a su burdel, a su esfera de poder.

No sería solamente dinero lo que buscara. Tal vez Phyllida no se diera cuenta de ello, pero Ashe sabía leer entre líneas y el peligro que corría lo llenó de terror. El motivo por el cual había terminado en aquel embrollo tendría que esperar.

—¿Has oído hablar de Harry Buck? —le preguntó.

—Sí —la doncella se quedó pálida—. Es un peligroso criminal.

—¿Dónde está su burdel?

Lo miró boquiabierta, hasta que se dio cuenta de que estaba hablando en serio.

—Tendrá como una media docena de ellos, según he oído, pero no sé dónde están.

¿Cuánto tiempo le llevaría recorrer los barrios bajos del East End sin ayuda, sin un guía local? Aunque encontrara a su hermano y le explicara lo sucedido, no tenía ninguna garantía de que Gregory supiera por dónde buscar. Sabía que había visitado las casas de juego, pero no tenía razones para pensar que se había habituado a los burdeles de una zona tan mal afamada.

Entonces recordó que, cuando Phyllida le preguntó por su nombre, le mencionó a alguien llamado Ashok.

Conocía a un comerciante indio de los muelles que se llamaba así, y que según ella era un poco canalla, pero de buen corazón.

—La encontraré, Anna —le prometió—. Tú quédate aquí, en caso de que vuelva sin mí —y salió corriendo.

No había nadie en la casa cuando entró como un rayo y subió a por sus pistolas y cuchillos. Volvió a bajar y salió a la plaza a conseguir un carruaje.

—A los muelles —espetó al chófer de aspecto más duro y fornido que encontró—. Doble tarifa si me llevas rápido —instalándose en una esquina, se dedicó a cargar sus armas de fuego. Si Phyllida sufría algún daño, alguien lo iba a pasar mal.

Phyllida conocía más o menos la dirección: algún lugar en el laberinto de callejones entre Butchers Row, Pillory Lane y New Street, donde el bullicio y los ruidos del mercado de Smithfield competían con el olor de las basuras y las tiendas de curtidos. Había vagado una vez antes por aquella zona, dolorida y temblorosa, horrorizada por lo que le había sucedido, aferrando en un puño las monedas que le había dado Harry Buck.

Solo después se había dado cuenta de que había tenido suerte, ya que Buck había cumplido su palabra al usarla en aquella única ocasión, cuando podía haberla secuestrado para volver a aprovecharse de ella cuando quisiera.

Una muchacha gordezuela con un chal rojo, que

revelaba de manera indecente sus senos, le pareció la persona más indicada a la que preguntar.

—¿Podrías indicarme el camino a la casa de Harry Buck?

—¿Qué, andas buscando trabajo? —la chica miró despreciativa el vestido apagado y la capa parduzca de Phyllida—. No creo que tengas mucha suerte.

—He oído que necesita una cocinera. Yo soy buena.

—¿Sí? Su burdel estaba justo ahí arriba —señaló con la cabeza en la dirección de Smithfield—. La mejor casa. Esa es.

—Gracias —Phyllida se obligó a moverse. No tenía la menor idea de cómo iba a salir de aquello, pero tenía que hacer algo antes de que Buck le contara al mundo entero que la hermana del conde de Fransham era una vulgar prostituta.

Volvieron a saltarle las náuseas cuando vio la casa: tres plantas de ladrillo ennegrecidas por años de hollín y mugre. La puerta principal estaba limpia, sin embargo. Era roja y brillante, y estaba flanqueada por dos antorchas como alardeando de su presencia.

Phyllida subió los escalones y golpeó la puerta con la aldaba. Se corrió la cancela y apareció un rostro tosco de nariz partida. Ella aguantó la mirada, reconociendo a uno de los habituales guardaespaldas de Buck.

—El señor Buck me citó aquí —dijo.

—¿De veras? Debes de ocultar interesantes secretos, cuando él te requiere —se cerró la cancela y, con un ruido de cerrojos, la puerta se abrió—. Pasa entonces. El jefe está aquí —se volvió para mirarla de cerca mientras abría una puerta de la primera planta—. Tú eres la mujer tratante, ¿verdad?

—Sí —vaciló en el umbral, mientras reunía las fuerzas necesarias para entrar en la guarida de Harry Buck—. Soy la tratante —«y no la prostituta», añadió para sus adentros.

—¿Qué pasa? —inquirió Buck desde el interior de la habitación, justo cuando Phyllida entraba—. ¿Qué estás diciendo, Jem?

—Es la mujer tratante del almacén, jefe. Ja sabes, la que compró el cargamento chino mientras aquel fulano indio te distraía con su cháchara.

—¡Qué va! Esa es una zorrilla. Eso es lo que es.

Phyllida alzó la mirada de los dibujos de la alfombra turca y vio a Buck repantigado en su sillón, al lado de un ancho escritorio.

—¿Cómo es que has venido así vestida, cariño? Anoche no ibas así, cuando salías a cenar con tus elegantes amistades.

El matón cerró la puerta a su espalda. Phyllida se irguió y miró a Buck a los ojos. No iba a darle la satisfacción de ver el efecto que le producía. Pero los recuerdos no dejaban de agitarse en su interior como una densa y pútrida niebla que le nublaba el cerebro.

Evocó sus palabras. «Eres muy bonita. Creo que te reservaré para mí solo. No veo por qué no puedo darme un gusto de vez en cuando». Sus toscas manazas, su sucio cuerpo... Dolor y vergüenza.

—Aquí estoy. ¿Qué es lo que quieres para mantener cerrada la boca?

—Dinero, cariño, como ya te dije.

—¿Cuánto?

293

—Cien.

Pensó que podría conseguir esa cantidad. Pero el asunto no terminaría allí: estaba segura de ello.

—¿Y eso será todo? ¿Te mantendrás callado?

—No seas estúpida. Quiero eso cada mes. Si no lo consigues, puedes venir y trabajar aquí. Mientras pagues o trabajes, no diré nada —la miró detenidamente—. En aquel entonces eras una triste flacucha, pero recuerdo bien aquellos ojos tan grandes, iguales a los que me miraron en el almacén. Y esa marca como de corazón en tu pecho. Tengo buena memoria. De modo que te estuve siguiendo hasta que recordé quién eras.

—El chantaje es un delito grave —y los chantajistas nunca se daban por satisfechos. Sabía que Buck nunca cejaría.

—Ya —asintió Buck, enseñando los dientes en una sonrisa—. ¿Pero quién me va a denunciar?

Nadie: esa era la respuesta. Necesitaba tiempo para pensar, ahora que sabía lo que él le exigía. Tiempo para encontrar una manera de poder contrarrestar sus amenazas. ¿Podría encontrar quizá algo con lo que amenazarlo, chantajearlo a su vez? Pero Harry Buck probablemente había cometido hasta el último delito y pecado, y seguía suelto. Nadie parecía capaz de tocarlo

—No podré conseguir tanto dinero de una vez. Tendrás que darme tiempo para conseguirlo.

Buck la estudió, con su mirada deslizándose como un dedo grasiento por su rostro y por su cuerpo.

—¡Bah! Sé que eso es mentira. Empezaremos esta noche, ¿de acuerdo? Me pagarás los cien con tu cuerpo. Esta noche celebro una de mis pequeñas fiestas. Les gustarás a mis amigos.

—Oh, no —Phyllida echó mano al picaporte de la puerta, tiró de él... y se encontró frente al ancho pecho de Jem.

—Oh, sí —dijo Buck—. La dama se queda, Jem. Llévala a una de las habitaciones del piso de arriba y cierra bien la puerta. No queremos que se extravíe y sufra un accidente, ¿verdad?

Intentó pasar de largo a su lado, aun a sabiendas de que era imposible escapar. Jem la levantó en vilo y se la cargó al hombro con tanta facilidad como si fuera una chiquilla.

La habitación en la que la encerraron estaba obviamente destinada a recibir clientes. Mientras miraba el terciopelo rojo de mal gusto, la enorme cama y los espejos, se preguntó si no sería la misma en la que había sido desflorada. Todo estaba desdibujado: lo único real en su recuerdo era el rostro de Buck encima del suyo, su peso, el dolor y el puro e indefenso terror.

Pero ya no era una muchacha indefensa, y además estaba lo suficientemente desesperada como para intentar escapar a como fuera. Levantó la hoja de la ventana y se asomó, apoyando las manos en el mugriento alféizar. No había cornisas ni cañerías cerca. Aquella ventana y la puerta eran sus únicas vías de escape.

Se quitó la capa y un botín, sostuvo la prenda delante de espejo y lo golpeó con fuerza con el tacón. El espejo se resquebrajó en un dibujo radial de largas esquirlas, afiladas como cuchillas. Tomó una de ellas a costa de cortarse un dedo, retiró la sábana y empezó a rasgarla en tiras.

Veintiuno

—¿Lo harás? —le preguntó Ashe en lengua hindi. El alto indio sonrió.

—Por supuesto, hermano. Tú eres el enemigo de Buck, que es mi enemigo. Somos aliados, ¿no? Y no me gustan los negocios que ese hombre tiene con las mujeres —pronunció una palabrota y escupió al suelo—. Vamos, escuchemos lo que han descubierto mis hombres.

Ashe sospechaba que Ashok era tan delincuente como Buck. Tal vez no traficara con mujeres, pero el olor a opio flotaba en el ambiente. Los pesados cerrojos y el brillo de las armas donde quiera que mirara en el almacén que le servía de cuartel general hablaban de contrabando de preciadas mercancías.

Gracias a su conocimiento del hindi, Ashe no había tenido problemas en localizarlo. El primer grupo de marineros indios se había sorprendido de que un hombre de su porte y aspecto se hubiera dirigido a ellos en su idioma. Pero las maneras y el tono coloquial de Ashe parecieron ganar su confianza y le habían llevado hasta Ashok sin que fueran necesarios mayores esfuerzos de persuasión.

Ashe le había explicado lo que quería y en ese momento estaban sentados en el suelo entre alfombras de seda, bebiendo *sherbet*, mientras recurría a toda su paciencia de diplomático para no agarrarlo del cuello y obligarlo a ponerse en movimiento. Pero aquel era el mundo indio, eran hombres indios y, Ashe era agudamente consciente de ello, constituía su única oportunidad de entrar en el cuartel general de Buck y rescatar a Phyllida.

—Oh, sí, mi hermano, ella todavía sigue allí. Tengo siempre vigilado el lugar, como es prudente hacer con un enemigo. Tu dama entró allí, pálida, con una capa parda... y no ha vuelto a salir. Esperaremos ahora a que llegue la noche.

—No. Ella está en peligro. Mientras nosotros estamos aquí sentados, ellos podrían...

—Espera hasta la noche, hasta que lleguen los clientes. La quieren para ellos. Tú no serás más que otro caballero inglés, así que te abrirán la puerta. Mis hombres atacarán por la puerta trasera y otros te seguirán a ti por la principal —el indio alcanzó un dulce—. Cuando encuentres a Buck, ¿te batirás en duelo con él?

—Los duelos son para caballeros —Ashe se sacó un cuchillo de la manga y delicadamente se recortó una uña con él—. Buck no es un caballero.

—Ah —sonrió Ashok—. No, lo es. Y no queremos que los jueces le pongan las manos encima: sabe demasiado sobre mí. Quizá se produzca algún accidente. Mientras esperamos, tu dama estuvo admirando algunas de las perlas que poseo, la última vez que estuvimos negociando, pero me dijo que eran demasiado caras para ella. Quizá te gustaría mirarlas...

«Mi dama. ¿Lo es de verdad?», se preguntó Ashe. Hizo a un lado aquel pensamiento. El futuro consistía en sacar a Phyllida de allí. Después de eso, ya pensaría a fondo sobre lo que ella significaba para él y descubriría lo que él significaba para ella.

Esperar era lo más duro, reflexionó Phyllida mientras acechaba detrás de la puerta. La ventana del otro lado estaba abierta, con las cortinas flotando al viento. Había descubierto que las cuatro columnas de la cama no aguantaban ningún dosel: eran simples soportes para los grilletes. Estremecida solo de pensar en el uso que habrían tenido, había tirado de uno de ellos hasta arrancarlo de la madera y lo había afirmado bien al marco de la ventana. Luego lo había atado al extremo de la larga cuerda hecha con retazos de sábanas que colgaba en ese momento sobre la calle.

Aquella soga improvisada no soportaría su peso, estaba segura, pero serviría a su propósito si atraía a sus secuestradores a la ventana. Eso le daría oportunidad de escapar por la puerta.

Le pareció que transcurrieron horas antes que empezara a oír movimientos en la casa. Un ruido de pisadas al otro lado de la puerta puso en tensión cada uno de sus músculos, pero pasaron de largo. Escuchó voces de mujeres, bajas réplicas masculinas, una risotada, un aldabonazo.

Luego, súbitamente, un fuerte griterío, un golpe procedente del piso de abajo, chillidos y un tiro de pistola. ¿Una redada de los jueces? Apenas se atrevía a esperarlo.

La puerta se abrió de golpe sin que Phyllida hubiera escuchado paso alguno al otro lado. Se preparó para echar a correr. El hombre entró, se plantó en mitad de la habitación... y justo en ese momento un gran pájaro negro se posó en el alféizar de la ventana con un ronco graznido.

—¡Lucifer!

El hombre se giró sobre sus talones.

—¡Phyllida!

—¡Ashe! —se lanzó a sus brazos entre risas y sollozos.

—¿Te encuentras bien? ¿Te han...?

—No. No, solo estoy muy asustada —reconoció.

—Pero no tanto como para que no pudieras planear algo —dijo él mientras miraba la ventana abierta, el espejo resquebrajado y la colcha rasgada—. Muy inteligente por tu parte. Podría haber funcionado.

—¡Tú! —Buck apareció de repente en la puerta. Tenía sangre en la cara y portaba un cuchillo, que blandió ante Phyllida—. Zorra, te sacaré las entrañas…

—Antes tendrás que pasar por encima de mi cadáver —Ashe se sacó una larga hoja de la manga.

Los pasos que retumbaban en el corredor, con voces que gritaban en una lengua extraña, parecían acercarse por momentos. Buck miraba a su alrededor como una rata acosada. Mirando a Ashe, mostró sus dientes amarillos en una sonrisa.

—En otra ocasión. Me las pagarás.

Se plantó ante la ventana abierta de una sola zancada, pasó una pierna al otro lado y agarró con sus manazas la cuerda de tela. Lucifer soltó un graznido y alzó el vuelo.

—¡No! No aguantará —gritó Phyllida cuando Buck desapareció de su vista.

Escuchó otro fuerte graznido y luego un grito procedente de la ventana:

—¡Apártate de mis ojos, pajarraco...!

Finalmente, un estruendo sordo: el de su cuerpo al caer.

La habitación se llenó de hombres con turbante, silenciosos. Uno de ellos se asomó a la ventana y se dirigió a la ventana en una lengua que ella no entendió. Luego, con la misma rapidez que con que habían aparecido, se marcharon dejándola a solas con Ashe.

—Oh, Dios mío... ¿Lo he matado? —nunca había pretendido tender una trampa con aquella cuerda de sábanas, sino montar una maniobra de distracción.

—Tú no eres responsable de nada. Ese hombre vivió la vida que eligió y murió por sus consecuencias —pronunció Ashe con tono áspero—. Si lo mató alguien, fue Lucifer. Vamos.

—¿Dónde están sus hombres? —lo siguió al corredor y luego escaleras abajo.

—Enzarzados en batalla con tu amigo Ashok y sus seguidores en el sótano, por lo que parece.

Phyllida vio que miraba la escalera que bajaba al sótano, tenso su cuerpo de tensión.

—Ve. Yo te esperaré aquí, a salvo.

—No —volviéndose, la guio hasta la puerta principal—. La lucha es ahora de Ashok. Acordamos que él se las entendería con Buck y sus hombres, y el botín es suyo. Mi recompensa era rescatarte.

—¿Qué habrías hecho si Buck no hubiera caído?

Ashe la tomó del brazo y caminaron calle abajo,

hacia Smithfield. En cuanto vio un carruaje detenido, lo llamó. Volviéndose para mirarla, respondió a su pregunta de manera indirecta:

—Ese hombre te tocó, te amenazó, puso ese miedo en tus ojos... Y ahora salgamos de aquí antes de que alguien avise a las autoridades.

Habría matado a Buck. Phyllida podía verlo en sus ojos, en su manera de apretar la mandíbula, y musitó una oración de agradecimiento: al final, la muerte de Buck se había debido a un accidente y las manos de Ashe no se habían manchado de sangre.

—¿Y ahora qué pasará? —inquirió mientras se sentaban en el gastado banco del carruaje, que en seguida se puso en marcha.

—Te llevaré a casa y no diremos nada a nadie de esto. Hablaré con Ashok por la mañana, para asegurarme de que todo está arreglado.

«Para asegurarte de que Buck está muerto, querrás decir», pensó ella, pero no lo dijo.

—No sabía que Ashok fuera algo más que un comerciante —comentó. Tenía la sensación de que Ashe aún no estaba dispuesto a hablar de lo que había sucedido entre ellos.

—A su manera, es un hombre tan duro e implacable como Buck –dijo él—. No volverás al East End. Demasiada gente te conoce ahora.

Parte de ella deseaba desafiarlo, simplemente porque le estaba dando órdenes, pero sabía que tenía razón, y a esa conclusión habría llegado ella misma.

—Pensaba contratar a alguien para que llevara la tienda, una vez que Gregory estuviera establecido.

Eso será lo que haga ahora: he pensado ya en un hombre de una de las casas de subasta.

—¿Y qué harás entonces para ocupar tu tiempo? —le preguntó Ashe.

La diminuta llama de esperanza que había ardido en su pecho cuando él la tomó en sus brazos en aquel sórdido cuarto tembló y murió. Ashe no iba a decirle que se olvidaran del pasado, que siguieran adelante como antes de que Buck reapareciera en su vida. Aunque... ¿cómo habría podido hacer algo así? Él había descubierto que ella había vendido su cuerpo, y que se lo había ocultado a riesgo de que estallara un escándalo que habría podido manchar a toda su familia, de haber trascendido. Y ella siempre había sabido, en lo más profundo de su corazón, que el matrimonio era imposible.

—Haré lo que siempre había planeado: me iré a vivir al campo, a nuestra propiedad —se hizo el silencio entre ellos, un helado silencio que resultaba físicamente duro de romper. Al cabo de un momento, añadió—: Te contaré lo que sucedió cuando...

—No. No quiero oír nada. No es asunto mío —Ashe estaba mirando por la ventana, aparentemente fascinado con el paisaje de Leadenhall Street.

—Acabas de salvarme. Sabes lo que ese hombre iba a hacer conmigo.

—Habría hecho lo mismo por cualquier mujer que hubiera estado en peligro —dijo él con tono cortés, como si ella le hubiera dado las gracias por haberle devuelto el parasol, arrebatado por una ráfaga de viento.

«Te amo», pronunció Phyllida para sus adentros.

Permanecieron sentados sin hablar hasta que el cochero dobló por King's Street y pasó por delante de Almack's. Llegarían a Great Ryder Street en cualquier momento.

—No me habría casado contigo. Nunca tuve intención de hacerlo —le confesó precipitadamente ella—. Sabía que no podía debido a lo que había sucedido, a cómo había sucedido. Me equivoqué al no haber sido más fuerte y más sincera desde el principio. Nunca debí haber permitido que me besaras, nunca debí haber permitido que esa farsa de cortejo se prolongara... nunca debí haberme permitido soñar —se interrumpió—. Entiendo que no quieras escuchar mi historia. Estás muy enfadado y yo te he ocasionado una gran cantidad de problemas. Pero quiero que sepas que yo nunca habría comprometido tu honor convirtiéndome en tu esposa. Nunca habría podido casarme contigo y ocultarte al mismo tiempo ese secreto.

Tenía ya la llave de la casa en la mano cuando el carruaje se detuvo. Abrió la portezuela y se bajó antes de que Ashe pudiera moverse. De pie en la acera, le lanzó una última y prolongada mirada.

—Y, ya lo ves, te amo. Adiós, Ashe —se volvió y subió apresuradamente los escalones, insertó la llave en la puerta y se encontró dentro antes de que pudiera oír sus pasos en la acera.

Recordó sus palabras: «te amo, Ashe». Cerró la puerta. «Adiós». Aquello había sido el final.

—Jefe, ¿va a subir de nuevo al coche o no? —inquirió el cochero.

Ashe volvió a subir y le dio su dirección. Pensó que debería sentirse contento. Phyllida estaba a salvo, él mismo se había salvado de un matrimonio completamente inadecuado, las barriadas estaban ahora libres de Harry Buck, un depredador de mujeres que había tenido el final que se merecía.

«Te amo», le había dicho Phyllida. No había sido en serio, ¿verdad? Él no había intentado atarse emocionalmente a ella, ella no había intentado aferrarse a él, suplicarle. Sus ojos habían estado secos cuando lo dijo.

¿Por qué no le había dejado que le contara su historia? Si ella podía soportar contársela, entonces él habría debido tener la paciencia de escucharla. Pero en seguida se dio cuenta de que habría necesitado un enorme coraje para quedarse sentado y escucharla. Que esa historia le importaba, mucho más que la tópica historia de una infamia cotidiana. Y si le importaba era porque le importaba Phyllida.

Sara estaba sola en el salón cuando Ashe entró.

—¿Qué has estado haciendo? ¡Parece como si te hubieras estado peleando!

—Eso es porque me he estado peleando —se dejó caer en el sofá, a su lado, y apoyó su dolorida cabeza en los almohadones—. Y no vayas a preocupar a Mata diciéndoselo.

—Por supuesto que no. ¿Ganaste?

—Eso creo.

—Excelente —volvió a recoger su labor de costura y lo dejó descansar.

—Sara, ¿puedo hacerte una pregunta desconcertante? Es algo que jamás habría soñado que llegaría a preguntarte... —inclinándose hacia delante, apoyó los codos sobre las rodillas y estudió sus manos entrelazadas—. ¿Qué podría empujarte a venderte a ti misma? ¿A entregar tu cuerpo a un desconocido, a un hombre que te repugnara? ¿El hambre?

—¡No! —sacudió la cabeza, vehemente—. Preferiría morir de inanición.

—¿El dinero?

—Bueno, el dinero podrá ser una razón, pero... —se quedó durante un rato en silencio, pensando—. Lo haría, por ejemplo, si con ello pudiera salvar a Mata de algún terrible peligro. O a ti, o a papá. Si alguno de vosotros estuviera enfermo y no tuviéramos dinero para un médico o medicinas, entonces nada más me importaría.

Lo dijo con pasión; obviamente era sincera. Al cabo de un momento se acercó a él y le puso una mano en el brazo.

—¿Es por eso por lo que te has peleado?

—Sí. Ella era muy joven.

—Oh, pobrecita... —exclamó Sara, apiadada—. ¿Hay algo que yo pueda hacer para ayudarla?

—No, ahora está a salvo —«le he roto el corazón, pero está a salvo», se recordó mientras se levantaba—. Me voy. No creo que venga a cenar.

Cuando finalmente Ashe lo encontró, Fransham se encontraba en White's, sesteando detrás de un periódico en un tranquilo rincón de la biblioteca.

—¡Clere! Tomaos una copa conmigo —hizo una seña al camarero y arrojó el periódico a un lado—. Tenéis un aspecto inusualmente serio.

Ashe se había lavado, cambiado de ropa y peinado antes de abandonar su casa. Pero no había logrado sacudirse la oscura nube que parecía constantemente suspendida sobre su cabeza.

—Deseaba preguntaros por algo personal, algo de lo que probablemente no querréis hablar. Pero es que está relacionado con Phyllida y necesito entenderlo —necesitaba entender no solamente a Phyllida, no solo qué la había llevado a cometer un acto tan desesperado, sino también a sí mismo. Lo que sentía por ella, por qué le dolía tanto, por qué se sentía incluso peor que cuando murió Reshmi.

—De acuerdo —Gregory se inclinó hacia delante y sirvió dos copas de brandy—. Preguntad. Siempre podré propinaros un puñetazo en la nariz si la pregunta resulta ser demasiado personal.

—Phyllida me habló de sus padres, del motivo de que no se casaran hasta después de que ella naciera. ¿Pero qué sucedió cuando falleció vuestra madre? No parecía capaz de hablarme de ello.

La expresión de Fransham se nubló.

—Dios, aquella fue una época horrible. ¿Os contó ella lo poco de fiar que era nuestro padre? Bueno, el caso es que el tiempo que pasaba con nosotros era cada vez más escaso... y lo mismo sucedía con el dinero. Y luego nuestra madre cayó enferma. Tuberculosis, fue el diagnóstico del médico. Hicimos todo lo que estuvo en nuestra mano. Yo tenía quince años y conseguí un empleo en la botica local. Poca cosa: de mozo para todo... pero me pagaban en medicinas. Phyllida tenía diecisiete: llevaba la casa, cuidaba a nuestra madre y no dejaba de escribir a nuestro padre —se interrum-

306

pió—. Él nunca respondió, así que ella reunió el dinero justo para el viaje y partió a Londres en su busca. Regresó un mes después, con un aspecto terrible, y nos dijo que había muerto en una pelea de taberna. De un golpe en la cabeza y de una enorme borrachera. Había hablado con los abogados y estos le dijeron que quedaba algo de dinero y más deudas aún. Yo me convertí en conde, y eso logró contener a los acreedores durante un tiempo, pero para nuestra madre ya era demasiado tarde. Murió una semana después del regreso de Phyllida.

—Si ella consiguió reunir el dinero justo para el viaje, ¿de qué vivió mientras estuvo en Londres? —le preguntó Ashe, pese a que conocía ya la respuesta. Pudo haber regresado cuando no encontró a su holgazán padre en un primer momento, pero se había quedado, había insistido en buscarlo a riesgo de morirse de hambre

—Conseguiría algún trabajo ocasional, supongo. Yo nunca se lo pregunté, más preocupado como estaba por nuestra madre y por las noticias de nuestro padre —Gregory se pasó una mano por la cara—. Debí haberlo hecho. Estaba delgada como un palo. Tardó mucho tiempo en recuperar su peso habitual.

De modo que se había vendido a sí misma por dinero para permanecer viva mientras intentaba encontrar a su padre, porque, de haber fracasado, su madre y su hermano habrían muerto de hambre. Y el mundo pensó... él mismo lo pensó... que lo que había hecho la deshonraba. Y ella también lo pensó, convencida como había estado de que habría comprometido su honor casándose con él.

—Me he enamorado de Phyllida —le confesó Ashe, brusco—. Pero le he hecho daño y dudo que vuelva a dignarse abrirme la puerta.

—¿Necesito pediros que nombréis padrinos? —le preguntó Gregory mientras dejaba su copa sobre la mesa con un golpe.

—No. Necesitáis darme vuestra llave y comer hoy fuera. De hecho, hasta os sugiero que pidáis a los Millington que os presten una cama para pasar la noche.

—¡Sois el mismo diablo! —exclamó Gregory, aunque ya estaba sacando la llave de un bolsillo de la chaqueta.

—No preguntéis y no tendré que mentiros. Gracias.

—Espero por vuestro bien que tengáis intenciones de casaros con ella —le advirtió Gregory—. Hasta ahora he sido un pésimo hermano para Phyll, pero pretendo corregirme.

—Voy a pedírselo. Solo espero que me acepte —repuso Ashe mientras se guardaba la llave.

Veintidós

Ashe se coló en la casa de Great Ryder Street con el sigilo de un ladrón.

La planta baja estaba en silencio, pero podía escuchar un murmullo de voces procedente del sótano, junto con un ruido de sartenes y cazos de cobre. Sin hacer ruido, se acercó al nacimiento de la escalera y aguzó los oídos. Tres voces femeninas, ninguna de ellas era de Phyllida.

Todas le profesaban verdadera devoción; eso lo sabía por haber observado a Anna. Que esa devoción a su ama pudiera llevarlas a trocearlo con un cuchillo bien afilado o a ayudarlo era algo que ignoraba. Pero difícilmente podría estar a solas con ella, sin que los interrumpieran, a no ser que ellas supieran desde el principio que se encontraba allí.

—Buenas tardes.

La cocinera dejó caer el cucharón y la criadita soltó un grito de alarma. Anna saltó de la silla donde había estado zurciendo algo y se acercó para encararlo.

—¿Qué le habéis hecho? La salvasteis de Buck,

309

eso os lo reconozco, pero desde que llegó se ha encerrado en su cámara y no quiere hablar conmigo, ni salir siquiera. Si le habéis hecho algún daño a la señorita Hurst, maldito libertino… ¡el señor de esta casa os saltará los sesos de un tiro de pistola y todas nos alegraremos!

—Yo no le hecho nada —dijo Ashe y se sentó en una silla junto a la mesa. Su actitud no pudo menos de inquietar a Anna, poco acostumbrada a que los caballeros bajaran a la cocina y se repantigaran de aquella manera mientras picaban pasteles de mermelada todavía calientes—. Es cierto que dije cosas que no debía, y en consecuencia metí la pata con ella. Y sí, es verdad que la he herido, pero no de la manera que sospecho que tú piensas, Anna –dejó la llave sobre la mesa—. Esta llave me la ha dado lord Fransham, por cierto. Él sabe que estoy aquí y no volverá hasta mañana.

—Vaya... —exclamó Anna, sentándose también.

—Si vais a comeros todos esos pasteles, será mejor que ponga agua a calentar —dijo la cocinera, poniéndose en movimiento—. Trae la tetera, Jane.

—¿Estáis enamorado de la señorita Phyllida? —le preguntó Anna.

Ashe enarcó las cejas ante su tono, pero la mujer no se mostró en absoluto intimidada mientras esperaba su respuesta, fulminándolo con la mirada.

—¿Crees que te lo diría a ti antes de decírselo a ella? —le preguntó a su vez—. No pretendo hacerle daño alguno. Eso sí que te lo puedo prometer.

La cocinera sirvió una taza de té y le acercó el plato de pasteles.

—Bueno, pues coged fuerzas. Las vais a necesitar —añadió con tono ominoso.

No podía quedarse toda la vida en aquella habitación. Ni siquiera todo el día. Phyllida bajó los pies de la cama, pero se quedó sin energía para levantarse.

Aquello no podía ser. La vida tenía que seguir, Gregory se quedaría preocupado y la plantilla se preocuparía si ella se quedaba allí encerrada como una adolescente con mal de amores. Había mucho que hacer. Tenía que encontrar a alguien que se hiciera cargo de la tienda, convertir la pequeña casa de la propiedad del campo en un espacio habitable, planificar la boda de Gregory.

Estaría tan ocupada que, a buen seguro, se olvidaría de Ashe Herriard en unos pocos días. Pero... ¿a quién quería engañar? A ella no, evidentemente. Volvió a echarse, se hizo un lastimoso ovillo y se negó obstinadamente a llorar. Al fin y al cabo, una mujer tenía derecho a pasarse todo el día llorando cuando tenía el corazón destrozado, se dijo en un histérico intento por animarse.

De repente se abrió la puerta.

—Vete, Anna. No quiero que me moleste nadie.

Volvió a cerrarse, pero se oyó un apagado ruido de pasos, el rumor de una respiración.

—Anna, por favor, vete. Dile a la cocinera que esta noche no bajaré a cenar. Y dile también a lord Fransham que tengo dolor de cabeza.

—Lord Fransham no vendrá a cenar. Se quedará a pasar la noche en casa de los Millington.

¿Ashe? Phyllida se sentó rápidamente en la cama.

—¿Qué diablos estás haciendo aquí? Ya me había despedido de ti. ¿Cómo puedes venir a burlarte de esta manera?

—Estaba consternado —le dijo mientras se sentaba en el borde de la cama—. Estaba estremecido y horrorizado, y, por encima de todo, sufría terriblemente y no tenía idea de por qué. Pero luego me puse a pensar. Ninguna mujer se vende a sí misma a no ser que esté muy desesperada, o tenga la estúpida noción de que la prostitución es una manera fácil de ganarse la vida. Y tú no eres nada estúpida. Debí haber tenido eso muy claro en mi cabeza. Recordé lo que me habías contado de tu padre, el abandono en que había quedado tu familia, así que le pregunté a Gregory por la etapa inmediatamente anterior a la muerte de tu madre.

—¿Te contó él lo que hice? —le preguntó, consciente de que el conocimiento de lo que ella había tenido que hacer en Londres podría matar a Gregory.

—No, por supuesto que no —Ashe se pasó una mano por la cara—. Pude haberlo complicado todo más aún, pero él no tiene la menor idea de por qué se lo pregunté. Lo que me dijo tenía sentido, y entendí por qué no habías tenido otra elección. Maldita sea, Phyllida. Si un hombre lucha y mata por su honor y para proteger a su familia, entonces todo el mundo lo entiende y piensa que es un gran tipo. Pero si una mujer vive un infierno por el bien de su familia y lo sacrifica todo, entonces pasa a convertirse en una mujerzuela y ve arruinada para siempre su reputación —la miró a los ojos—. Debí haber tenido claro todo eso y debí haberte contado lo que pensaba, en aquel mismo momento. Lo que hiciste por tu familia es algo valeroso y honorable. Cuando tú quisiste hablarme de ello, debí haberte escuchado, consolado, reconfortado.

¿Pensaba que era valerosa y honorable?, se preguntó Phyllida. ¿Se estaba disculpando cuando ella se había aprovechado de él y le había ocultado la verdad? Al ver que, lejos de decirle algo, se lo quedaba mirando fijamente, Ashe se levantó con una expresión cargada de dolor y arrepentimiento.

—Imagino que no podrás perdonarme. Como un arrogante estúpido, le pedí a Gregory que no volviera esta noche; le dije que había sido un torpe, pero que acabaría solucionando las cosas y hasta me casaría contigo. Fue injusto por mi parte presuponer tal cosa. Insensible. Lo siento, Phyllida.

Tenía ya una mano en la puerta antes de que ella pudiera encontrar la voz para detenerlo:

—Ashe, te amo.

De espaldas a ella, se quedó donde estaba, como si no pudiera volverse.

—Te lo perdonaría todo, lo comprendería todo. No tienes por qué casarte conmigo y hacer ese sacrificio. Me basta el solo hecho de saber que me entiendes y que no me condenas, que me perdonas por haberme prestado a aquella farsa de cortejo.

—¿Por qué habría de ser un sacrificio? —le preguntó él, y su voz siempre tan fuerte, tan temblorosa, sonó insegura.

—Por todas las razones que tú ya sabes. Más tarde o más temprano, la mancha de mi nacimiento, de mis secretos, terminaría rompiendo un matrimonio así. Y preferiría no disfrutarlo antes que arruinarte la vida —le aseguró, consciente ella misma de que era la postura más valiente que había adoptado en toda su vida: la de enviar lejos de sí al hombre al que amaba.

—Pero nada de eso importará, porque yo te amo —repuso él mientras se volvía, recuperada su voz firme, tranquila y segura la mirada de sus ojos verdes—. Le gustas a mi familia: pronto te querrán como a una hija y a una hermana. Y nuestro amor acallará cualquier rumor que corra sobre ti.

—Pero tú... —Ashe no le estaba mintiendo: estaba convencida de ello. De repente sintió que se le aligeraba el corazón, antes tan pesado. Le latía tan rápido que incluso estaba aturdida, mareada.

—Pero yo te amo. He necesitado mucho dolor para entender por qué sentí lo que sentí. Lo que antes había creído que era amor no era más que una leve sombra de la realidad. Que tú me ames, a pesar de todo, es un milagro que yo no merezco... pero seguro que nuestros hijos sí —su hermosa y expresiva boca se curvó en la primera sonrisa que ella le había visto en días—. Cásate conmigo, Phyllida. Déjame amarte. Olvida todos esos secretos para que se marchiten y mueran en su oscuridad y ven a vivir conmigo a la luz.

—Sí. Oh, sí, Ashe...

Se dio cuenta de, de alguna manera, se había levantado de la cama para lanzarse a sus brazos. Y se encontraba ya en ellos: de hecho él la estaba abrazando con tanta fuerza que no la dejaba respirar. Pero no le importaba, ya que Ashe la amaba.

La apartó levemente para mirarla.

—Me acabas de quitar un peso enorme del corazón... ¿Quieres que vayamos a contárselo a Gregory y a mi familia? ¿Que empecemos a hacer planes para la boda?

—No —se echó a reír al ver su expresión de sorpresa—. Le dijiste a Gregory que no volviera esta noche, o sea que pretendías quedarte aquí conmigo, ¿verdad?

—Sí, pero ya te he dicho que fue una actitud arrogante e insensible la mía al presumir que tu también querrías eso —le estaba acariciando una mejilla, delineando el contorno de sus labios, deslizando los dedos por su pelo como si acabara de encontrarla tras una larga ausencia.

—Eso es exactamente lo que quiero —murmuró mientras se ponía de puntillas para besarlo—. Quiero demostrarte lo mucho que te amo. Y quiero sentir lo mucho que tú me amas a mí.

—¿No tienes miedo? —musitó él contra su pelo.

—Un poco —reconoció Phyllida, tragando saliva—. No me dolerá, eso lo sé.

—No, no te dolerá —le aseguró Ashe con completa confianza—. Para empezar, nadie te ha hecho el amor antes. Y, aunque te lo hubiera hecho alguien, no fui yo...

—¡Serás arrogante...! —protestó ella, y rio nerviosa cuando él atacó los lazos de su arrugado camisón.

—No lo soy en absoluto. Sé lo que estoy haciendo... no me mires así. Ha habido otras mujeres, pero tú eres la última. La última y la única —el camisón cayó a sus pies—. Como te estaba diciendo, he estado aprendiendo a hacer el amor para poder complacer a la mujer que amo —se quitó la chaqueta y el chaleco, se arrancó el pañuelo de cuello y se sacó la camisa por la cabeza—. Hay un tiempo y un lugar para el proceso de desvestirse lentamente, pero no son estos. Tú, querida mía, necesitas un buen revolcón y eso es lo que te voy a dar.

Sus botas salieron volando, lo mismo que su pantalón. Phyllida se llevó las manos al pecho cuando se encontró frente a frente con un hombre completamente desnudo y absolutamente excitado.

—Oh, Dios... —puso unos ojos como platos.

—Y todo es tuyo —dijo Ashe mientras la despojaba de la ropa interior, la tumbaba en la cama y se sentaba sobre ella—. Esto te asustará un poco, imagino. Pero te prometo que no te aplastaré.

Phyllida sintió que sus piernas se abrían instintivamente para acogerlo. Él apoyó su peso sobre los codos y la miró.

—¿Estás bien?

—Sí. Sí, perfectamente —y así era. No tenía comparación posible con lo que había sido con Buck. Era Ashe, que la amaba y que iba a darle placer. Alzó una mano para soltarle la coleta y deslizó los dedos por la sedosa suavidad de su pelo. Perdió el aliento cuando él inclinó la cabeza de modo que le acarició los senos con las puntas.

Ashe le besó la boca en una fugaz caricia antes de concentrarse en sus senos, mordisqueándole los pezones hasta que le arrancó un jadeo. Se dedicó luego a lamerlos y succionarlos sin cesar, de manera que ella levantó las caderas de la cama mientras se retorcía contra él, enterrando ferozmente los dedos en su pelo.

Era como si no supiera si retenerlo allí cautivo para siempre o empujarlo lejos para acabar con aquel exquisito tormento.

—Ashe. Oh, por favor...

Pasó al otro seno, apoyándose sobre una mano para poder deslizar la otra entre sus muslos, allí donde más le latía y lo necesitaba. Lo necesitaba desesperadamente para que le hiciera todas aquellas maravillosas cosas que le había hecho la otra noche.

Cuando Ashe apartó la boca de sus senos, ella gimió en protesta, pero solo fue para murmurar:

—Tan dulce... —y volvió a apoderarse de su boca mientras sus dedos se deslizaban, frotaban y acariciaban y ella jadeaba contra su boca, tan cerca del goce total.

De repente se vio privada de su peso y de su calor. Al abrir los ojos, vio que su oscura cabeza estaba justo donde antes había estado su mano, acariciándole los muslos con su pelo. Lo sintió presionar firme pero suavemente para abrirla y la besó allí al tiempo que deslizaba dos dedos en su interior. Impresionada, se tensó. Aquello le dolería, seguro...

—¡Oh! —fue un murmullo, un jadeo. Instintivamente se cerró en torno a aquella invasión, arqueó las caderas para ir al encuentro de su boca, sollozó mudas súplicas de que no se detuviera nunca, porque ya casi había llegado... a aquella maravillosa sensación que trascendía la realidad.

Él se movió entonces, demasiado rápido para que ella protestara por la ausencia de sus labios, de su mano. Estaba ya encima, abrazándola, susurrándole lo que sabía eran palabras de amor aunque no conociera el idioma. Sus caderas se movían ya entre sus muslos, la penetró de un solo y profundo embate y ella se sintió estallar al tiempo que escuchaba el grito de su propia voz.

Phyllida volvió poco después a la realidad solo para descubrir que el placer no estaba desapareciendo: solo cambiaba. Ashe se movía en su interior, fundido completamente su cuerpo con el suyo, de la misma manera que se mezclaban sus respectivos gemidos de placer. Ella enredó las piernas en torno a sus caderas, elevándose para acogerlo lo más profundamente posible, y se aferró a sus anchos hombros, empapada en sudor. Y mientras lo besaba por todas partes, allí donde podía alcanzar su boca, volvió a escuchar su propia voz:

—Te amo, te amo... —mientras él gruñía y se quedaba rígido en sus brazos.

Yacían juntos y abrazados en un lío de sábanas, como enredados en un nudo ardiente apretado, feliz. Phyllida le besó el cuello, el único lugar que podía alcanzar en la posición en que se encontraba.

—No fuiste en absoluto arrogante, después de todo —le dijo ella—. Fuiste muy humilde, de hecho.

Él se incorporó sobre un codo y le sonrió.

—Me alegro de que lo pienses. ¿Significa eso que no has cambiado de idea?

—Sí. Pretendo hacer de vos un hombre honesto, milord —se revolvió dentro de sus brazos y contempló la habitación—. ¡Mira esto! Tus pantalones están colgando del espejo de mi tocador, hay una bota tuya dentro de una sombrerera y mi horrible vestido pardo nunca volverá ser el que fue. Y pensar que antes de que tú llegaras yo estaba aquí tranquilamente echada, intentando convencerme de que nadie podía morirse de un desengaño y que de alguna manera podría llegar a superarte…

—¿Crees que podrías?

—¿Superarte? —Phyllida se llevó el dedo índice a la barbilla y adoptó una reflexiva pose—. Supongo que podría llegar a cansarme de ti. Para estar más seguros, sería mejor que me lo preguntaras dentro de… digamos unos ochenta años.

—Lo anotaré en mi agenda —le aseguró él, muy serio—. Me encanta cuando simulas ser tan seria y juiciosa.

—Pues aprovéchalo —Phyllida deslizó un dedo por el centro de su pecho, descendiendo hasta su vientre plano a lo largo de su fina tira de vello, para terminar haciéndole cosquillas en el ombligo—. Porque tengo intención de ser escandalosa, frívola y completamente perversa.

—Excelente —murmuró Ashe, entregándose a sus caricias—. Me esforzaré por sobrevivir a estos ochenta años, amor mío, pero te lo advierto: será mejor que practiquemos lo máximo posible —y ya no pudo volver a pronunciar una sola palabra coherente durante la siguiente media hora.

MARGUERITE KAYE

Retrato de un amor

Prólogo

—Sencillamente maravilloso. Todo un logro —sir Romney Kirn se frotó las manos con entusiasmo, sus dedos parecían salchichas regordetas—. Espléndido, espléndido —dijo mientras observaba el lienzo que acababan de descubrir ante él—. Yo diría que me ha hecho justicia, ¿qué te parece, mi amor?

—Desde luego, querido —asintió su señora esposa—. Me atrevería a decir que te ha hecho más guapo y distinguido incluso de lo que eres en carne y hueso.

Sir Romney Kirn no era un hombre al que le faltara carne precisamente, pero sí modestia. El rubor que coloreaba sus mejillas, ya rojas e hinchadas de por sí, probablemente se debía probablemente al exceso de oporto que habría consumido la noche anterior. Lady Kirn se giró hacia el artista responsable del retrato de su esposo, al hacerlo, su corsé crujió extrañamente.

—Tiene usted reputación de ser un genio y ahora

veo que es bien merecida, *signor* —le dijo con una risilla tonta y parpadeando coquetamente.

Era evidente que se había quedado prendada y ni siquiera se molestaba en disimular delante de su esposo. ¿Acaso no tenía vergüenza? Giovanni di Matteo suspiró con resignación. ¿Por qué las mujeres de cierta edad se empeñaban en coquetear con él? En realidad, ¿por qué se echaban a sus brazos las mujeres de todas las edades? Hizo una ligerísima reverencia, impaciente por marcharse de allí.

—Soy tan bueno como sea mi modelo, milady.

Le preocupaba que le resultara tan fácil mentir. El baronet, un hombre franco y directo cuyo interés se limitaba a la agricultura, había conseguido transmitirle durante las sesiones su vasto conocimiento sobre los cultivos mientras posaba sujetando en las manos un ejemplar del libro de Adam Smith *La riqueza de las naciones*, una obra que había admitido no haber abierto jamás y mucho menos haberla leído. La biblioteca que servía de escenario al retrato la había adquirido en un solo lote y Giovanni se habría atrevido a asegurar que nadie había vuelto a visitarla desde que la habían instalado en la enorme casa solariega, comprada también recientemente, a raíz de que sir Romney hubiese entrado a formar parte de la nobleza.

Giovanni observó el lienzo con la mirada crítica de la que carecían por completo sus clientes. Técnicamente estaba bastante bien logrado: la luz, los ángulos, la ubicación del modelo dentro de la composición general; había colocado a sir Romney de manera que la circunferencia de su cuerpo quedaba minimizada y sacaba el máximo provecho a un perfil poco agraciado. Todo eso era perfecto. Sus clientes decían que el parecido era increíble. Todos lo decían siempre y era cierto, en tanto en cuanto retrataba al baronet tal y como él deseaba que lo vieran.

Giovanni se encargaba de crear la ilusión de riqueza o autoridad, sensualidad o inocencia, encanto o inteligencia, la combinación que deseara el modelo en cuestión. La belleza, de un modo u otro. Era ese retrato idealizado y refinado lo que los clientes buscaban en un di Matteo. Por eso se le conocía y por eso lo buscaban. Sin embargo, estando en la cumbre del éxito, diez años después de llegar a Inglaterra, el país que había convertido en su hogar, Giovanni observó el lienzo con gesto de asco y se sintió un absoluto fracaso.

No siempre había sido así. Había habido un tiempo en el que el mirar a un lienzo vacío le llenaba de emoción. Un tiempo en el que había sentido júbilo al terminar una obra, en lugar de desolación y cansancio. Arte y sexo. En aquella época había celebrado lo primero con lo segundo. Ambas cosas habían sido una ilusión, como las que creaba ahora para ganarse la vida. Arte y sexo. Para él habían estado ligados por completo, pero había renunciado a lo segundo y últimamente lo primero le dejaba frío y vacío.

—Entonces, *signor*, aquí tiene... lo necesario —sir Romney le entregó una bolsita de cuero como si fuera un delincuente sobornando a un testigo.

—*Grazie* —Giovanni se guardó el dinero en el bolsillo de la chaqueta.

Le resultaba divertido que a muchos de sus clientes les pareciera desagradable pagarle, como si no quisieran relacionar la pintura con el negocio y la belleza tuviera que ser algo sin precio por su inestimable valor.

Después de rechazar la copa de vino de Madeira que le ofrecía lady Kirn, Giovanni le dio la mano a sir Romney y se despidió de la pareja. Al día siguiente tenía una cita en Londres. Otro retrato que pintar. Otro lienzo vacío que llenar. Otro ego que tendría que ensalzar. Y otro montón de oro que añadir a sus arcas, se recordó, pues, después de todo, ese era el propósito de todo aquello.

Nunca más, aunque viviera cien años, tendría que depender de nadie que no fuera él mismo. Nunca más tendría que plegarse a los deseos de otra persona, ni ser como los demás esperaban que fuera. No sería el heredero de su padre. No iba a ser el juguete de ninguna mujer, ni de ningún hombre, pues había algunos, ricos y depravados, que querían ser considerados mecenas, pero a los que en realidad les importaba más el cuerpo del artista que su obra. Giovanni siempre había respondido a tales propuestas del mismo modo, poniéndole una daga en el cuello al que se atreviera a pedírselo, y siempre se había hecho entender.

Nunca más. Si tenía que vender algo para conservar su preciada independencia, sería su arte, nada más.

La sala que había alquilado la Sociedad Astronómica de Londres estaba ya repleta de gente cuando el joven ocupó su asiento discretamente, para asegurarse de no llamar la atención. Las reuniones de aquel grupo de astrónomos y matemáticos no estaban abiertas al público, pero él había logrado asistir a aquella gracias a uno de los miembros de la sociedad, Charles Babbage. En un principio lo único que los había unido había sido el parentesco, pues Georgiana, la esposa del señor Babbage, era prima lejana del señor Brown, que era como se hacía llamar el joven en situaciones como aquella, pero muy pronto la pasión que ambos sentían por las matemáticas había dado lugar a una amistad poco convencional que algunos considerarían incluso inadecuada.

Esa noche el presidente de la sociedad, John Herschel, presentaba la investigación sobre las estrellas dobles que recientemente le había hecho ganar una medalla de oro. Aunque no era un tema por el que el señor Brown sintiera especial interés, sobre todo porque no tenía acceso a ningún telescopio, el joven tomaba apuntes con diligencia. Aún no había perdido la esperanza de poder convencer a su padre de que adquiriera tal instrumento con el argumento de los muchos beneficios educativos que reportaba observar las estrellas a las mentes jóvenes, por ejemplo las de los hijos más pequeños y mimados. Además, el proceso deductivo del señor Herschel, basado en la razón y la observación, era una técnica que tenían en común todas las filosofías naturales, incluida la que realmente le interesaba al señor Brown.

Las llamas de las velas parecían bailar sobre los paneles de madera de las paredes. La habitación estaba poco iluminada y el ambiente cargado, por lo que, a medida que avanzaba la conferencia, los asistentes se desabrochaban las chaquetas e iban consumiendo el contenido de las licoreras. Sin embargo el respetable señor Brown no tomó ni una sola gota de vino, ni se quitó el sombrero, ni mucho menos se desabrochó un botón de la enorme levita que llevaba. A juzgar por su aspecto, era mucho más joven que el resto de los presentes; tenía la cara suave, como si nunca la hubiese rozado siquiera la cuchilla de afeitar. El cabello, al menos lo poco que se le veía, castaño oscuro y ensortijado, le daba un aspecto decadente. Tenía los ojos de un azul sorprendente que recordaba el color del mar en verano y en los que el observador más avispado adivinaría una cierta chispa, como si se estuviera riendo por dentro de un chiste que solo él conocía. Ya fuera por timidez o por cualquier otro motivo, el señor Brown se cuidaba mucho de no permitir que nadie lo observara tan de cerca, encorvándose sobre su libreta, sin mirar a nadie a los ojos, mordiéndose el labio inferior y tapándose la cara con la mano.

Tenía unos dedos delicados, pero se mordía las uñas de tal manera que incluso tenía pelada la piel de alrededor. Su delgadez quedaba acentuada por los pliegues de la levita de lana oscura. Parecía estar mal alimentado, como les ocurría a menudo a los jóvenes que se entregaban al estudio hasta el punto de olvidarse de comer. En la Sociedad Astronómica estaban acostumbrados a ver semejante fisonomía.

En cuanto terminó la conferencia, se acallaron los aplausos y se respondieron las innumerables preguntas, el señor Brown se puso en pie, escondido bajo el voluminoso abrigo negro que le hacía parecer aún más delgado, asintió con seriedad cuando le preguntaron si le había gustado la charla del presidente y, sin decir ni una palabra, salió apresuradamente de la sala y del edificio. Los jardines de Lincoln's Inn Fields estaban tan tranquilos que resultaba inquietante y, por mucho que la lógica le dijera que las formas oscuras que veía no eran más que árboles, aquellas sombras siguieron pareciéndole peligrosas.

—Compórtate como un hombre —se dijo a sí mismo y las palabras le resultaron tan divertidas que consiguieron calmar los nerviosos latidos de su corazón.

Los demás edificios de la plaza, que en otro tiempo habían sido residencias privadas, eran ahora despachos legales y oficinas. Aunque eran más de las diez de la noche, todavía se veían algunas luces al otro lado de las ventanas y la figura de un oficinista, encorvado sobre su escritorio en la primera planta del primer edificio. Consciente de la hora que era y de los peligros que acechaban en aquel lugar, el joven esquivó Covent Garden y se dirigió a Drury Lane. Habría sido más sencillo parar un carruaje, pero estaba relativamente cerca de su destino y tampoco tenía ningún deseo de llegar rápido. Con la cabeza bajada y la cara tapada bajo el ala del sombrero, pasó por los burdeles y las casas de juego y, evitando Oxford Street a pesar de ser la ruta más corta, se adentró en el noble barrio de Bloomsbury, donde pudo seguir caminando con más calma.

El joven señor Brown experimentó un llamativo cambio al aproximarse a la sólida residencia de lord Henry Armstrong, situada en Cavendish Square. Sus ojos perdieron todo el brillo y hundió los hombros como si quisiera refugiarse dentro de sí mismo. Redujo aún más el paso. Durante la conferencia lo había invadido una mezcla de estímulo intelectual y de la emoción de lo prohibido. Pero, al levantar la vista hasta las ventanas cerradas de la casa, sintió que esas sensaciones lo abandonaban y, aunque lo intentó, no consiguió vencer el abatimiento que se apoderaba de él. Aquel no era su sitio, pero sí era donde vivía.

La luz se colaba entre las cortinas cerradas de una de las ventanas del primer piso. Lord Armstrong, un distinguido diplomático que había logrado mantener su puesto a lo largo de los años y ejercer cada vez más influencia en el recién elegido gabinete del duque de Wellington, estaba trabajando en su despacho. Con el corazón encogido, el joven metió la llave en la cerradura, entró en la casa y cruzó el vestíbulo tratando de no hacer ruido.

—¿Eres tú, Cressida? —preguntó una voz.

La honorable lady Cressida Armstrong se detuvo en seco, con un pie en el primer peldaño de la escalera. Soltó una maldición impropia de una dama.

—Sí, padre, soy yo. Buenas noches —respondió, cruzando los dedos como una tonta mientras subía la escalera a toda prisa para poder refugiarse en su dormitorio antes de que la descubrieran.

Uno

El reloj del vestíbulo dio las doce del mediodía. Había pasado la mayor parte de la mañana escribiendo y reescribiendo un artículo en el que resumía la esencia de su teoría sobre la matemática de la belleza de manera que resultara fácil de entender a los lectores de la revista *The Kaleidoscope*. Se puso frente al espejo y frunció el ceño al ver la imagen que tenía delante. Quizá si hubiera avisado a su doncella, habría tenido tiempo de amansar un poco aquellos rizos y evitar que su cabello pareciera el nido de un pájaro, pero ya era demasiado tarde. Aquel vestido de algodón marrón con dibujos en color crema y con un lazo azul marino era uno de sus preferidos. En contra de la moda del momento, tenía las mangas poco abultadas y más largas de lo que imponía dicha moda, gracias a lo cual le tapaban los dedos, siempre manchados de tinta. Las faldas del vestido, también en contra de la moda, no estaban del todo acampanadas y estaban adornadas con un solo volante. Ella buscaba un efecto más serio y sombrío, pero lo que había logrado era tener un aspecto corriente, sin estilo y casi descuidado.

—Como de costumbre —murmuró antes de darse media vuelta, encogiéndose de hombros.

Mientras bajaba la escalera se preparó para el encuentro que la aguardaba. No sabía cuál era el motivo por el que su padre quería hablar con ella, pero estaba segura de que no sería nada agradable.

—Compórtate como un hombre —se dijo Cressie, levantando la cabeza con gesto desafiante justo antes de llamar a la puerta del despacho—. Padre —lo saludó al entrar y fue a tomar asiento frente a la imponente mesa de madera de nogal.

Lord Henry Armstrong, todavía atractivo a sus cincuenta y cinco años, asintió con sequedad.

—Ah, Cressida, aquí estás. Esta mañana he recibido una carta de tu madrastra. Puedes felicitarme. Sir Gilbert Mountjoy ha confirmado que está encinta.

—¡Otra vez! —Bella había dado a luz a cuatro niños en ocho años, por lo que Cressie no veía necesidad de más hijos y había creído que su padre habría dejado atrás ya ese tipo de cosas. La idea le hizo arrugar la nariz. Prefería no pensar en su padre, en Bella y en esas cosas. Lo miró a los ojos y trató de adoptar un gesto más alegre—. Otro hermanastro, qué... agradable. Estaría bien que fuera una hermana para variar, ¿no cree?

Lord Armstrong lanzó una mirada de reprobación.

—Yo espero que Bella tenga la sensatez de darme otro hijo varón. Las hijas pueden ser de cierta utilidad, pero son los hijos los que proporcionan los recursos necesarios para garantizar la posición social de la familia.

Veía a sus hijos como piezas de ajedrez, pensó Cressie con tristeza, aunque optó por no decirlo. Conocía bien a su padre y sabía que aquello no era más que un preámbulo. Siempre que quería hablar con ella era sin duda alguna porque quería que hiciera algo por él. ¡Por supuesto que las hijas podían ser de cierta utilidad!

—Pero vayamos al grano —anunció lord Armstrong, dedicándole a Cressie una de esas sonrisas benevolentes que habían conseguido resolver cientos de incidentes diplomáticos y calmado a multitud de cortesanos y oficiales de toda Europa. Pero el efecto que causaba en su hija era justo el contrario, pues siempre presagiaba que, fuera lo que fuera lo que iba a decir, no sería nada bueno—. Tu madrastra no está tan fuerte como de costumbre, por lo que nuestro querido sir Gilbert la ha obligado a guardar cama. Es un gran inconveniente porque, con Bella indispuesta, tendremos que posponer la presentación en sociedad de Cordelia.

Del rostro de Cressie desapareció automáticamente la rígida sonrisa.

—¡No! Cordelia se va a llevar un buen disgusto, con lo impaciente que está. ¿Y no podría ocupar el lugar de Bella la tía Sophia y acompañar a Cordelia durante la Temporada?

—Tu tía es una mujer extraordinaria y ha sido un gran apoyo para mí todos estos años, pero ya no es tan joven. Además, no se trata solo de Cordelia. Ojalá fuera así. Sé que lo de ella será rápido, pues tu hermana es una pequeña belleza y ya tengo en mente para ella a Barchester, que está muy bien relacionado. Pero no es solo ella, ¿verdad? También debemos pensar en ti y en tu soltería. Yo tenía pensado que Bella os acompañara a las dos esta Temporada. No puedes pasarte la vida retrasando el momento, Cressida.

El veterano diplomático clavó la mirada en su hija, que se preguntó si su padre tendría la menor idea de a qué tendría que enfrentarse si se empeñaba en obligar a Cordelia a casarse con un hombre que, si los rumores eran ciertos, lucía los dientes que le habían quitado a uno de sus arrendatarios.

—Si lord Barchester es el hombre que quieres para Cordelia, esperemos que esté más enamorado de ella de lo que lo estaba de mí.

—Mmm —lord Armstrong se quedó pensativo unos segundos—. En eso tienes toda la razón, Cressida.

—¿De veras? —preguntó Cressie con desconfianza, pues no estaba acostumbrada a recibir ningún tipo de elogio por parte de su padre.

—Desde luego. Tienes veintiocho años.

—Veintiséis.

—Es lo mismo. De lo que se trata es de que has espantado a todos los hombres que te he presentado y ahora tengo intención de presentarle a algunos de ellos a tu hermana, pero no querrán que estés a su lado como un fantasma. Como ya he mencionado, tu tía Sophia es demasiado mayor como para acompañar a dos muchachas la misma Temporada, así que parece que voy a tener que escoger. Probablemente Cordelia no tarde en ser elegida, así que creo que tendré que olvidarme temporalmente de mis ambiciones para ti. No, te lo ruego, hija, no finjas sentirte defraudada. Nada de lágrimas de cocodrilo, te lo suplico —añadió lord Armstrong con mordacidad.

Cressie apretó los puños sobre el regazo. Con el paso de los años, había tomado la firme determinación de no dejar que su padre se diera cuenta de la facilidad con la que podía herir sus sentimientos. Una de las cosas que más la enojaba era que todavía pudiera hacerle daño. Lo conocía bien, pero, a pesar de lo predecibles que eran siempre sus pullas, seguían doliéndole. Hacía mucho tiempo que había perdido la esperanza de que algún día la comprendiera, y mucho menos que la valorara, pero por algún motivo se sentía obligada a seguir intentándolo. ¿Por qué era tan difícil hacer que sus emociones se ajustaran a la realidad? Seguramente porque era su padre y lo quería, aunque le resultaba difícil sentir simpatía por él.

Lord Armstrong frunció el ceño mientras miraba de nuevo la carta de su esposa.

—Pero tampoco vayas a pensar que te has librado para siempre. Tengo otro problema acuciante con el que puedes ayudarme. Parece ser que la institutriz de los niños se ha largado de pronto después de que James le pusiera en la cama una vejiga de cerdo llena de agua —el diplomático soltó una carcajada—. Ese diablillo de James. De tal palo tal astilla. Yo también hacía bromas parecidas a su edad, en Harrow.

—James es un malcriado —aseguró Cressie con ímpetu—. Y lo peor es que, haga lo que haga, Harry lo sigue —debería haberse imaginado que la conversación acabaría girando en torno a los adorados hijos de su padre. Quería a sus hermanastros aunque fueran unos malcriados, pero le irritaba que su padre se preocupara por ellos hasta el punto de olvidarse de todo lo demás.

—La cuestión es que mi esposa no está en condiciones de buscar una nueva institutriz y no hace falta decir que yo tengo muchos asuntos de estado de los que ocuparme. Ya sabes que Wellington cuenta conmigo para todo —casi creyó ver que su padre se hinchaba al decirlo—. No obstante, tampoco podemos permitir que la educación de mis hijos se vea interrumpida —prosiguió—. Tengo grandes planes para ellos. Lo he pensado detenidamente y me parece que la solución es evidente.

—¿Sí? —preguntó Cressie con incertidumbre.

—Así me lo parece. Cressida, tú vas a ser la nueva institutriz de mis hijos. De ese modo, Cordelia podrá ser presentada en sociedad esta Temporada tal como estaba previsto. El puesto de institutriz te aparta de la competición de la manera más oportuna y te libra de convertirte en una carga, aprovechando ese cerebro del que tanto te enorgulleces. La formación de mis hijos no quedará en peligro. Con un poco de suerte, Cordelia podría estar casada antes del otoño. Y luego está el beneficio añadido de tenerte a mano en Killellan Manor mientras Bella se encuentra indispuesta, lo que te permitirá entablar una relación más estrecha con tu madrastra que la que habéis tenido hasta el momento —lord Armstrong parecía entusiasmado—. Debo reconocer que he encontrado una solución muy satisfactoria para una situación que podría habernos causado muchas dificultades. Supongo que será por eso por lo que Wellington valora tanto mis dotes como diplomático.

Lo que se le pasó a Cressie por la cabeza en esos momentos no fue en absoluto diplomático. Ante lo que sin duda era un hecho consumado, sintió la tentación de intentar sabotearle los planes a su padre, pero en el momento en que abrió la boca para pro-

testar, se le ocurrió que quizá pudiera sacar provecho de la situación.

—¿Quiere que trabaje como institutriz? —su cerebro se puso a trabajar de manera febril.

Sus hermanos eran agotadores, pero si lograba enseñarles a James y a Harris los principios de geometría con el manual que había escrito, quizá pudiera
convencer a los editores de que se comprometieran
a publicarlo. La primera vez que había ido a la editorial Freyworth e Hijo, se habían mostrado muy en-
tusiasmados con su trabajo y le habían asegurado una
absoluta discreción. El señor Freyworth le había contado que había varias damas entre los escritores que
publicaban que deseaban, por un motivo u otro, permanecer en el anonimato. Quizá si demostraba que
el manual había servido para instruir a sus hermanos
conseguiría hacerles ver que era una propuesta comercial viable. La publicación del manual sería el
primer paso para alcanzar la independencia económica, que a su vez era el primer paso hacia la libertad. Y, quién sabía, quizá, si era capaz de manejar a
sus queridos hijos mejor que todas las demás insti-
tutrices, pudiera ganarse por fin la aprobación de su
padre. Aunque tuvo que admitir que era algo muy
poco probable.

Lo que era aún más importante era que aquel trabajo como institutriz la salvaría de tener que pasar
una séptima Temporada torturada por el aburri-
miento y la frustración mientras su padre planeaba

todo tipo de alianzas. Hasta el momento solo le había faltado sacar un anuncio en la portada del *Morning Post*, pero quién sabía de lo que sería capaz si crecía su desesperación.

Se ofrece una hija sin atractivo, pero procedente de buena familia y parientes diplomáticos a cualquier hombre ambicioso de linaje aceptable y con aspiraciones políticas. Preferiblemente Tory, pero se tendrá en cuenta también a los simpatizantes de los Whig. Abstenerse comerciantes y ociosos.

Ahora que lo pensaba, no era una posibilidad tan descabellada pues, como lord Armstrong le recordaba constantemente, Cressie no tenía ni la belleza, ni la elegancia que poseían cualquiera de sus hermanas. Para ella no era ningún consuelo ser la inteligente de la familia, sobre todo cuando pensaba en el ridículo que había hecho en su tercera Temporada, cuando le había entregado a Giles Peyton lo único que podría haberle servido para atraer algún pretendiente. Cómo había podido estar tan desesperada... sintió un escalofrío solo de recordarlo. Había sido un completo desastre, pero, si bien había perdido el himen, al menos conservaba su reputación, pues su honorable amante y supuestamente futuro esposo, no había dudado un momento en aceptar un trabajo lejos de allí y se había marchado dejándola sola como única conocedora de los hechos.

Desde entonces su padre no había cejado en el intento de casarla Temporada tras Temporada y, si bien dichos intentos habían dado muestra de su desesperación, no había renunciado nunca a sus continuas manipulaciones. También ahora creía estar manipulándola, pero, si Cressie jugaba bien sus cartas, quizá pudiera dar la vuelta a la partida. Sintió que algo se iluminaba en su interior; no sabía si era satisfacción o una novedosa sensación de poder, lo que sí sabía era que le gustaba.

—Muy bien, padre, haré lo que me pide y seré la institutriz de los muchachos —anunció con mucho cuidado de no hacer nada que pudiera hacerle sospechar que le gustaba la idea, y parecía que había conseguido dar la nota justa de reticencia porque su padre asintió bruscamente.

—Por supuesto habrá que buscarles un tutor en condiciones antes de que llegue el momento de que se vayan a Harrow, pero hasta entonces supongo que podrás darles unas nociones básicas de matemáticas, latín y griego.

—¡Nociones básicas!

Lord Armstrong sonrió al ver que había dado en el blanco con su comentario.

—Cressida, soy consciente de que crees saber mucho más de lo que puedan necesitar mis hijos y me temo que es culpa mía. He sido un padre demasiado indulgente —dijo con absoluta sinceridad—. Debería haber puesto fin a tus estudios hace ya mucho tiempo. Veo que te han vuelto muy arrogante en lo que se refiere a tu intelecto. No me extraña que no hayas sido capaz de despertar el interés de ningún hombre.

¿Sería cierto? ¿Acaso era una engreída?

—El año que viene —continuó lord Armstrong inexorablemente—, cuando Cordelia ya no sea responsabilidad mía, espero que aceptes la primera oferta de matrimonio que te consiga. Es tu obligación y espero que la cumplas. ¿Me he explicado con claridad?

Siempre había tenido muy claro que su único objetivo como hija, como simple mujer, era servir a los planes de su padre, pero lo cierto era que él jamás lo había expuesto de manera tan inequívoca.

—Te he hecho una pregunta, Cressida. ¿Me he explicado con claridad?

Cressie titubeó, debatiéndose entre el dolor, la impotencia y la furia. Se prometió a sí misma que durante ese año encontraría una manera, la que fuera, excepto contarle la verdad sobre su vergonzosa relación con Giles, de colocarse en una posición más ventajosa y, sobre todo, de establecerse como mujer independiente.

—Te has explicado con absoluta claridad —respondió Cressie, sin ocultar su malestar.

—Excelente —dijo lord Armstrong con exasperante calma—. Pasemos entonces a otros asuntos. Ah —se detuvo al oír que llamaban a la puerta del despacho—... ese debe de ser él.

—El *signor* Di Matteo está aquí, milord —anunció el mayordomo solemnemente.

—El pintor de retratos —informó lord Armstrong a su hija como si fuera una obviedad—. También en eso vas a sustituir a tu madrastra, Cressida.

Sin duda había interrumpido una discusión, pues el ambiente del despacho estaba cargado de tensión cuando Giovanni entró en la habitación tras el mayordomo de lord Armstrong. El sirviente, ajeno a dicha tensión o, más probablemente, entrenado como el resto de sirvientes ingleses para fingir estarlo, anunció su llegada y se marchó, dejando a Giovanni solo frente a los dos contendientes. Uno de ellos era evidentemente lord Armstrong, su cliente, el otro, una mujer con el rostro casi perdido en una maraña de rizos, lo miraba con los brazos cruzados sobre el pecho y gesto desafiante. Casi podía sentir la frustración que transmitía su mirada incluso sin vérsele los ojos y la vulnerabilidad que intentaba esconder. Resultaba intrigante la maestría con que manejaba sus emociones, pues denotaba muchos años de práctica. Fuera quien fuera, estaba claro que no era la típica muchacha inocente inglesa, siempre con una tonta sonrisa en los labios.

Giovanni hizo su acostumbrada reverencia de manera mecánica. Una de las ventajas del éxito era que no tenía que fingir respeto ante nadie. Como

23

era habitual en él, su indumentaria era austera, casi severa. La levita larga con cuello alto habría sido el último grito de haber sido de cualquier color que no fuera negro, igual que el chaleco abotonado, los pantalones por la rodilla y los zapatos de puntera cuadrada, todo completamente negro, lo que hacía resaltar la blancura impecable de la camisa y del pañuelo que llevaba al cuello. Le divertía adoptar una apariencia tan alejada del aspecto colorido y estrafalario que sus clientes esperaban en un artista de prestigio y con más motivo siendo italiano. Parecía estar de luto y había veces, especialmente en los últimos tiempos, en que se sentía como si lo estuviera.

—*Signor* Di Matteo —lord Armstrong hizo una reverencia aún más leve que la suya—. Permítame que le presente a mi hija, lady Cressida.

La mirada que le lanzó a su padre fue como un dardo envenenado, sin embargo este lo recibió con una ligera sonrisa. Giovanni adivinó entre ambos toda una vida de discusiones y enfrentamientos. Se inclinó de nuevo, esa vez con un poco más de sentimiento y, al levantar la vista, se encontró con unos ojos tan azules como el mar Mediterráneo y llenos de brillo.

—Milady.

Ella no se inclinó, sino que le ofreció una mano, como si fuera un caballero.

—Encantada, *signor*.

Apretaba la mano con firmeza, pero tenía las uñas en un estado atroz, con la piel de alrededor desgarrada. Su voz le resultó agradable, con una dicción clara y precisa. Tenía la impresión de que el brillo de sus ojos era el brillo de la inteligencia, aunque no el de la belleza. A juzgar por la deformidad de su vestido, la dama había decidido cultivar la fealdad. Pero, quizá por todo ello, su rostro le pareció interesante.

¿Sería ella su modelo? Por un momento se dejó llevar por la curiosidad, pero enseguida recordó que le habían dicho que el encargo era para pintar a unos niños y estaba claro que hacía tiempo que lady Cressida había dejado atrás la niñez. Era una lástima porque le habría gustado intentar plasmar la vitalidad que ocultaba tanto resentimiento. No era otra belleza de la alta sociedad con la cabeza hueca, ni tampoco parecía tener el menor deseo de que la retrataran como tal. Giovanni lamentó la paradoja de que las personas más interesantes fueran siempre las menos inclinadas a dejarse pintar y las más bellas fueran las menos interesantes para él. Después se recordó que su trabajo era plasmar la belleza. Algo que últimamente tenía que recordarse a menudo.

—Siéntese, por favor —le pidió lord Armstrong, al tiempo que él ocupaba su asiento para después observarlo detenidamente—. Quiero que pinte un retrato de mis hijos. James tienes ocho años, Harry seis y los gemelos, George y Frederick, cinco.

—Cuatro —corrigió su hija.

El padre quitó importancia al comentario con un gesto.

—Lo que importa es que aún llevan chaquetas cortas. Quiero que los pinte a los cuatro juntos, en un retrato de grupo.

Giovanni se percató de que era una orden, no una petición.

—¿Con la madre? —preguntó—. Es lo habitual...

—Dios, no. Bella no está... No, no quiero que mi esposa aparezca en el retrato.

—¿Y la hermana? —preguntó entonces, girándose hacia lady Cressida.

—Solo los chicos. Quiero que el cuadro refleje todo su encanto —añadió, mirando a su hija, a la que parecía considerar completamente carente de dicho encanto.

Giovanni reprimió un suspiro de tedio. Otro aburrido retrato de hijos angelicales. Solo los varones, nada de hijas. En ese sentido, la aristocracia inglesa no se diferenciaba en nada de la italiana. Debía ser un retrato hermoso sin el menor atisbo de verdad, los lícitos frutos de las entrañas de lord Armstrong expuestos en la residencia familiar para la posteridad.

—Quiere que haga que sus hijos parezcan encantadores —repitió en tono fatalista.

—Son encantadores —matizó lord Armstrong

con ímpetu—. Son unos jóvenes apuestos y varoniles, eso también quiero que lo refleje en el cuatro, no quiero cursilerías. En cuanto a la composición...

—Eso puede dejármelo a mí —quizá se viera obligado a pintar obras alejadas de la realidad, pero al menos la fama le había permitido gozar de cierto control. Tal y como esperaba, su nuevo cliente parecía decepcionado—. Puede confiar plenamente en mí. Supongo que habrá visto mi trabajo, milord.

—No, pero he recibido excelentes referencias. De otro modo, no le habría hecho venir.

Aquello era nuevo y podía ver que también era algo nuevo para Cressida, que parecía horrorizada.

—No veo la importancia que pueda tener mi desconocimiento de su trabajo —lord Armstrong miró a su hija como buscando su asentimiento—. Como diplomático, tengo que confiar constantemente en la palabra de los demás. Si hay algún problema con Egipto, con Lisboa o con Madrid, no puedo ir a resolverlo en persona, así que me preguntó quién es el más adecuado para la misión y le dejo que se encargue de ella. Lo mismo ocurre con este retrato. He hecho averiguaciones y he pedido consejo a los expertos. El *signor* Di Matteo es al que más recomendaron —terminó de explicar, dirigiéndose a él—. Me dijeron que usted era el mejor. ¿Acaso me han informado mal?

—Sin duda recibo más encargos de los que puedo llevar a cabo —respondió Giovanni.

Era cierto y eso debería haberle proporcionado más satisfacción de la que le proporcionaba, aunque no respondiese exactamente a la pregunta de lord Armstrong. Su éxito era tal que recibía grandes sumas de dinero por sus retratos, pero, lejos de darle libertad, el éxito se había convertido en una nueva prisión. Giovanni había descubierto recientemente que, a la vez que le garantizaban la independencia, la fama y la fortuna habían puesto en peligro su creatividad. Todos los días se decía a sí mismo que era un precio que merecía la pena pagar, aunque tuviera la impresión de que las musas se alejaban un poco más con cada nuevo encargo.

Sin embargo, su nuevo cliente parecía satisfecho con su respuesta. Para lord Armstrong, igual que para muchos de los de su clase social, bastaba con tener lo que otros deseaban.

—Entonces está decidido —anunció lord Armstrong, poniéndose en pie para tenderle una mano. Giovanni se levantó también y le estrechó la mano con firmeza—. Mi secretario se encargará de... los detalles económicos. Estoy deseando ver la obra acabada. Ahora debo ausentarme, me esperan en Apsley House. Es posible que tenga que acompañar a Wellington a San Petersburgo. Es una molestia, pero tengo que servir a mi país. Le dejo con mi hija, *signor*, ella vigilará a sus hermanos mientras posen para usted, ya que lady Armstrong, mi esposa, se encuentra indispuesta.

Después de un rápido gesto hacia su hija, lord Armstrong salió del despacho, satisfecho de haber resuelto de un plumazo todos los problemas domésticos y de poder concentrarse plenamente en asuntos mucho más importantes, como el papel que debía adoptar Inglaterra en la independencia de Grecia, sin molestar ni a los turcos ni a los rusos.

A solas con el artista, Cressida lo observó detenidamente por primera vez. Había estado tan ocupada controlando su mal humor, que hasta ese momento solo se había fijado en que la vestimenta del *signor* Matteo no era tan llamativa como habría esperado, que era más joven de lo que había supuesto por su reputación y que tenía un acento impecable. Lo que le llamó la atención al mirarlo realmente fue que era llamativamente guapo. No solo eso, además de belleza, poseía un atractivo casi etéreo y una perfección física tan inusual que casi llegó a dudar de que fuera real.

Al darse cuenta de que le estaba mirando fijamente, Cressie hizo una especie de inventario de sus rasgos con la esperanza de que eso la ayudara a comprender su propia reacción. Pómulos marcados, frente alta, pelo negro como el azabache, ojos castaños oscuros enmarcados por largas pestañas. Tenía un rostro de proporciones clásicas, aunque con un toque de melancolía. Tenía la nariz bonita.

Casi perfecta. Y la boca... parecía casi impropia de un hombre. Labios carnosos y profundamente sensuales, con una ligera curvatura que hacía creer que estaba siempre a punto de sonreír, lo que suavizaba un poco la expresión intimidante de su rostro. Sin necesidad de medir con precisión todos los ángulos, Cressie sabía que estaba ante un ejemplo de belleza matemática, un rostro capaz de estremecer el corazón de miles de mujeres. Y que a la vez era el perfecto paradigma de su teoría. Al darse cuenta, también su corazón experimentó un extraño vuelco.

Fue entonces cuando vio el modo en que el *signor* Di Matteo le devolvía la mirada y tuvo que admitir que estaba siendo muy descortés. Por su altivez y su resignación, era obvio que estaba acostumbrado a que lo miraran. No era de extrañar, como tampoco era de extrañar la indiferencia que demostraba hacia ella, puesto que había pintado a innumerables bellezas. A diferencia de su padre, Cressie había estudiado varias de las obras del *signor* Di Matteo durante las investigaciones que había realizado para escribir su tratado. Como el propio autor, sus obras gozaban de proporciones clásicas y absoluta belleza. Casi demasiado perfectas. Los modelos aparecían impecables. Había en todos los retratos que había podido ver cierto parecido en la perfección de unos rostros que se ajustaban a un ideal de belleza, lo cual era un encomiable logro técnico, pero hacía pensar que respondieran a una especie de plantilla. Esa era exactamente la premisa que Cressie había desarrollado en su tratado: la belleza podía reducirse a una serie de reglas matemáticas. Sería fascinante ver de cerca cómo abordaba sus obras el famoso artista.

Un artista que había empezado a mirarla con impaciencia. Cressie se ruborizó al darse cuenta. Debía de estar pensando que era una maleducada.

—Supongo que tendrá en mente una composición que resulte favorecedora. Como sin duda habrá notado, mi padre adora a sus hijos.

—A sus encantadores hijos.

¿Había cierta ironía en su voz? ¿Sería posible que el pintor se estuviese burlando de su cliente?

—Lo cierto es que son muy guapos —admitió Cressie—, pero desde luego no son encantadores. De hecho, debe saber que tienen especial debilidad por las bromas. Su institutriz acaba de marcharse sin previo aviso por culpa de una de esas bromas, motivo por el cual voy a ocupar su lugar, ya que es difícil...

—¡Usted!

Cressie se puso en tensión.

—Como acabo de informar a mi padre, estoy perfectamente capacitada para enseñarles las nociones básicas de matemáticas.

—No lo dudo, pero la Temporada está a punto de empezar. Imaginaba que usted estaría ocupada preparándose para acudir a las fiestas y... discúlpeme, no es asunto mío.

—Ya he pasado por varias Temporadas, *signor*, y no tengo el menor deseo de pasar por otra más. Tengo veintiséis años, que son demasiados para bailes y fiestas. Aunque nunca he... pero eso no viene a cuento.

—¿Entonces no desea encontrar esposo?

Era una pregunta muy impertinente, no así el tono en que la había formulado y lo cierto era que Cressie estaba deseando desahogarse por fin, ahora que se había marchado el causante de su ira.

—Hay mujeres que no encajan con el matrimonio y yo he llegado a la conclusión de que soy una de ellas —no era del todo mentira, pero tampoco era del todo verdad—. Pero me temo que mi padre no lo aceptará hasta que cumpla los treinta años y haya hecho mis votos. Este año ha tenido a bien librarme de la Temporada únicamente para que no obstaculice las posibilidades de mi hermana menor de conseguir un buen partido. Una vez que la haya casado a ella, volverá a ponerme en el mercado. El trabajo de institutriz es algo puramente temporal.

Era evidente que le había sorprendido su franqueza. También ella estaba desconcertada. Vio que fruncía el ceño, pero, curiosamente, también levantó ligeramente la comisura de esa boca perfecta. ¿Estaba riéndose de ella?

—No pretendía ser motivo de diversión para usted, *signor*.

—No es diversión, más bien... interés. Nunca

había conocido una dama que se jactara tanto de no estar casada y de tener algo más que nociones básicas de matemáticas.

Se burlaba de ella.

—Pues ahora ya la conoce —la indignación y la rabia la impulsaron a ser indiscreta—. Y, para su información, lo cierto es que tengo bastante más que nociones básicas. De hecho, he publicado varios artículos sobre la materia y una reseña sobre el libro del señor Lardner, *Tratado analítico sobre trigonometría plana y esférica*. También he escrito un manual de geometría para niños y hay una importante editorial interesada en publicarlo, y en estos momentos estoy escribiendo una tesis sobre las matemáticas en el arte.

«¡Ahí estaba!». Cressie se cruzó de brazos. No pretendía explotar de esa manera y, una vez lo hizo, esperaba que el *signor* Di Matteo se echase a reír, pero en lugar de eso, enarcó las cejas y sonrió. No era una sonrisa de condescendencia, más bien parecía sorprendido. Una sonrisa que la dejó sin respiración porque convertía su altiva belleza en algo mucho más humano.

—Entonces es usted escritora.

—Utilizo el seudónimo de Penthiselea —acababa de desvelarle otro secreto sin darse cuenta. ¿Qué tenía ese hombre que le hacía revelar sus pensamientos más íntimos como si fuera una niña charlatana.

—Penthiselea, guerrera amazona famosa por su sabiduría. Muy adecuado.

—Sí, pero tengo que rogarle que sea discreto. Si mi padre se enterara... —Cressie respiró hondo—. *Signor*, tiene que darse cuenta de que en mi posición... es decir... Mi padre piensa que mi afición a las matemáticas es un impedimento para casarme y debo admitir que es la misma conclusión a la que he llegado yo. Para los hombres la inteligencia no es un rasgo digno de apreciar en una futura esposa.

La sonrisa del *signor* Di Matteo tenía ahora un aire cínico y su mirada parecía distante, como si lo hubiera invadido un recuerdo desagradable.

—La máxima es sangre y belleza, *signorina* —le dijo—. Así es este mundo.

En una sola frase había expresado con absoluta exactitud lo que Cressie pensaba. Aquel hombre trabajaba con la belleza, pero, ¿qué sabría del peso del linaje? No sabía de qué manera podría plantear una pregunta tan personal sin caer en la ofensa.

Él mismo puso fin a sus intentos con una pregunta.

—Si está estudiando la relación entre arte y matemáticas, supongo que habrá leído el trabajo de mi compatriota Pacioli. ¿Ha leído *De divina proportione*?

Contenta de que no fuera de esos hombres que asumían que el hecho de ser mujer le impedía alcanzar a comprender textos tan eruditos, Cressie se distrajo pensando en lo bien que sonaba el título en italiano.

—¿Usted lo ha leído? —le preguntó, aunque era absurdo, pues era evidente que lo había leído.

—Es un texto clásico. ¿Está usted de acuerdo con su teoría de que se puede describir la belleza en términos de simetría?

—Y proporción. ¿No cree que son las reglas básicas de cualquier arte?

El *signor* Di Matteo comenzó a caminar de un lado a otro de la habitación con inquietud.

—Si se tratara únicamente de lograr los ángulos y las proporciones correctas, cualquiera podría convertirse en artista.

—¿Usted cómo aprendió a pintar tan bien?

—Estudiando a los clásicos y trabajando como aprendiz en los estudios de otros pintores. Con la práctica.

—Entonces es una habilidad adquirida. Un oficio con reglas susceptibles de ser aprendidas. Eso es exactamente lo que yo digo.

—Y lo que yo digo es que el arte no es solo un oficio —parecía enfadado.

—No sé qué he dicho que haya podido molestarle, *signor*. En realidad le estaba haciendo un cumplido. El principal objetivo del arte es adornar, ¿no cree? Y si tiene que adornar, debe ser bello y, si es bello, tiene que encajar con la idea que tenemos de belleza, con las reglas matemáticas de simetría y proporción que encontramos en la naturaleza, como señaló otro compatriota suyo, el signor Fibonacci. Para ser considerado el mejor en su oficio, usted no solo ha tenido que adquirir la técnica, sin duda también ha tenido que comprender a la perfección todas esas reglas.

—¿Lo que dice es que pinto bien a base de repetir y repetir?

—Lo que digo es que es usted un maestro de las reglas de la naturaleza.

—Sin embargo, esa misma naturaleza la ha creado a usted, que no encaja precisamente con dichas reglas. Por lo tanto, siguiendo su teoría, usted no podría considerarse bella.

Aquellas palabras tan crueles fueron como una bofetada para Cressie.

Se había centrado de tal modo en exponer su teoría que no se había dado cuenta de que estaba insultándolo y su respuesta había sido atacarla con su propia fealdad, algo que le dolió mucho más de lo que habría querido. En sus ojos se apagó la luz de sus convicciones teóricas y se vio obligada a volver a la cruda realidad. El *signor* Di Matteo poseía una belleza capaz de hacer que las mujeres perdieran todo tipo de inhibiciones, aunque probablemente solían ser inhibiciones físicas más que intelectuales.

—*Signor*, soy perfectamente consciente de que no soy bella.

36

—Todo es bello si uno sabe dónde y cómo mirar.

De pronto estaba demasiado cerca y Cressie podía sentir esa proximidad. Se puso en pie con la intención de apartarlo, pero él la agarró del brazo. Se fijó en que tenía los dedos largos y completamente limpios de pintura. Ella apenas le llegaba a los hombros. Estando tan cerca era evidente que había mucha fuerza bajo tan ágil exterior. Se le aceleró la respiración y la vergüenza la hizo sonrojar.

—¿Qué cree que está haciendo? Suélteme inmediatamente.

Pero di Matteo no le hizo el menor caso, sino que le levantó la barbilla y la obligó a mirarlo a los ojos. Habría podido escapar fácilmente, sin embargo no se le ocurrió hacerlo.

—Es cierto —le dijo suavemente—. Su nariz no está del todo recta y eso rompe la simetría de su rostro.

—Lo sé —respondió ella con furia.

—Y sus ojos. Están muy separados, lo que no encaja con las proporciones que plantea Pacioli.

Le pasó un dedo por esa separación. Cressie se fijó en que había un tono dorado en sus ojos y en que tenía las pestañas gruesas y negras. El roce de sus manos le estaba provocando una extraña reacción. Estaba nerviosa. ¿Acaso estaba coqueteando con ella? No, simplemente la castigaba por haberlo insultado.

—Y no tengo las orejas en línea con la nariz —

37

añadió Cressie con una indiferencia que no sentía—. Y mi boca...

—Su boca...

El *signor* Di Matteo le pasó el dedo por el labio inferior. Cressie sintió un absurdo deseo de chuparlo. Le oyó decir algo en italiano al tiempo que se inclinaba hacia ella. Iba a besarla.

El corazón le dio un vuelco. De verdad iba a besarla. Se le tensaron los músculos de las piernas, preparándose para luchar, pero no se movió. Lo miró mientras extendía los dedos bajo su cabello y se vio incapaz de intentar escapar; estaba hipnotizada, cautivada por ese rostro de simetría y proporciones perfectas. «Que me bese», pensó. «¡Que me bese si se atreve!».

Él acercó las caderas unos milímetros, lo justo para que Cressie pudiera hacerse a la idea de lo que sería rendirse a él y liberar lo que el artista reprimía. Lo justo para que recobrara el sentido común.

—¡Cómo se atreve! —le espetó al tiempo que lo apartaba, y sonó convincente incluso para ella.

Le costaba respirar, mientras rezaba para que el calor que sentía en las mejillas, sin duda provocado por la vergüenza, no se apreciara por fuera. Era increíblemente atractivo y era obvio que lo sabía. Además era italiano y todo el mundo sabía que los italianos no sabían controlar sus pasiones. Por lo que parecía, no era ningún tópico, como ella había pensado—. Volviendo al tema, reconozco que tengo la boca demasiado grande para poder considerarla hermosa —dijo Cressie y se alegró de que su voz pareciera casi tranquila.

—La belleza, lady Cressida, no es una simple cuestión de simetría. En mi humilde opinión, tiene una boca muy hermosa.

Giovanni di Matteo no parecía en absoluto avergonzado.

—No debería haberme besado.

—No la he besado. Y usted no debería haber hablado de mi trabajo con tanta mordacidad, especialmente sin haberlo visto nunca.

—No piense que soy tan ignorante como mi padre. He estudiado su trabajo y no he hablado con mordacidad. Solo he dicho que su pintura... cualquier expresión artística...

—Se puede reducir a un conjunto de principios y de reglas. La he escuchado —pero mientras hablaba, Giovanni tenía la terrible impresión de que aquella mujer tan poco ortodoxa había llegado a la raíz de su insatisfacción.

Al principio, cuando pintaba por el simple placer de crear algo único, había establecido esa relación tangible entre el lienzo, el pincel y la paleta y la sangre y la piel, pintando con el corazón y no con la cabeza. Pero lo único que había recibido habían sido las burlas de los supuestos expertos, que lo habían considerado ingenuo, impulsivo, sin disciplina ni delicadeza. Aquellas palabras se le habían clavado en el corazón para siempre. Después de eso, había aprendido a dominar el oficio y a despojar su trabajo de toda emoción. A él le parecía que su obra había perdido toda su fuerza, había quedado vacía, sin embargo el cambio había resultado ser muy popular. Los expertos alababan su trabajo y recibía encargos de los más poderosos. Giovanni había decidido no desilusionarlos.

—Ha sido un verdadero placer hablar con usted, lady Cressida —le dijo con una ligera reverencia—, pero debo marcharme para seguir con la prosaica misión de retratar a mis clientes. Espero que tenga un buen día.

Le tomó una mano para llevársela a los labios. Le sorprendió enormemente lo que sintió al besarle los dedos y, a juzgar por el gesto de su rostro, no fue el único afectado.

Dos

Giovanni se bajó del carro en cuanto se detuvo frente a Killellan Manor, la mansión que la familia Armstrong tenía en el campo. Había llegado hasta el condado de Sussex en el coche postal y el coche de lord Armstrong lo había ido a buscar a la oficina de correos más cercana. Hacía un día frío, pero soleado, pues la fresca brisa del mes de marzo había despejado el cielo de nubes. Se cerró bien el abrigo y plantó los pies en el suelo con fuerza para activar la circulación de las piernas. Había muchas cosas de Inglaterra que admiraba, pero el clima no era una de ellas.

La impresionante residencia de lord Armstrong era un edificio de piedra gris de estilo paladiano, compuesto por un cuerpo central de cuatro pisos, con dos alas laterales. La fachada principal, frente a la que se encontraba Giovanni, había quedado estropeada, en su opinión, por el añadido muy posterior de un pórtico semicircular. Rodeada de altos setos, la casa tenía un aspecto sombrío e intimidante.

Giovanni necesitaba estirar un poco las piernas después del largo viaje antes de que anunciaran su presencia, así que dio unos pasos por el sendero que rodeaba el edificio y, al otro lado de un murete de piedra, se encontró con un panorama mucho más agradable. Se extendía ante sus ojos una explanada de césped perfectamente cuidado, adornada con macizos de narcisos de distintos colores y, tras ella, unos escalones de piedra que conducían a un arroyo que corría por un lecho de guijarros hacia un molino. Al otro lado del riachuelo se veían enormes praderas divididas por setos. A pesar del aspecto desvencijado del puente, Giovanni no pudo resistirse a cruzarlo para disfrutar de aquel paisaje tan puramente inglés.

—Es el ejemplo perfecto de lo que el señor Blake, el poeta, denomina la tierra verde y agradable de Inglaterra, ¿no cree?

Giovanni se sobresaltó al oír una voz que le llegaba de muy cerca. El rumor del agua le había impedido darse cuenta de que se acercaba alguien.

—Lady Cressida. Era prácticamente lo mismo que estaba pensando yo, aunque me temo que no conozco al poeta del que habla. A no ser que sea William Blake, el artista.

—Es más conocido por sus poemas que por sus dibujos.

—Por ahora. He visto algunas de sus obras y son... —Giovanni trató de encontrar las palabras adecuadas para describir aquellos fantásticos dibujos y acuarelas para parecían salirse del papel—. Extraordinarias —se limitó a decir, insatisfecho—. A mí me parecen tremendamente bellos, pero seguramente no respondan a sus criterios matemáticos.

—¿Y eso? —señaló el paisaje—. ¿Lo consideraría bello?

—Sospecho que su padre ha invertido mucho dinero en asegurarse de que así sea. Ese puente no puede ser tan viejo como parece.

—También hay en los jardines un pequeño cenador de aspecto antiguo, pero tiene razón, ninguna de las cosas tiene más años que yo.

Habían pasado más de dos semanas desde que se habían visto en Londres. Durante ese tiempo, Giovanni había recordado varias veces la conversación y esa especie de beso que no había llegado a ser. Había sido una locura tomarse semejantes libertades con la hija de un hombre que le había encargado un trabajo, un hombre muy influyente, además. No comprendía por qué lo había hecho.

Había intentado recrear sobre el papel el rostro de lady Cressida rasgo por rasgo, pero había resultado ser muy insatisfactorio porque no había sido capaz de reflejar lo que realmente había despertado su interés. Ahora que la tenía frente a él, con el sol dándole en la espalda y rodeándola de una especie de halo, viendo las sombras que tenía bajo aquellos ojos tan increíblemente azules, el ceño ligeramente fruncido, se daba cuenta de que no tenía nada que ver con sus rasgos. Lo que le había atraído de ella era algo mucho más complejo. Algo que lo desconcertó hasta que comprendió que en realidad su interés era muy básico. Quería pintar esa ambigüedad.

—Parece cansada —le dijo Giovanni, dando voz a sus pensamientos.

—Mis hermanos son... muy activos —respondió Cressie.

Debería haber dicho que eran agotadores, pero sonaba derrotista. Lo cierto era que le estaban pasando factura las cuatro semanas que llevaba intentando controlar a cuatro niños siempre empeñados en hacer una travesura u otra. Eran cuatro porque, aunque los gemelos no estaban incluidos en sus lecciones, se negaban a separarse de sus hermanos mayores. Antes de convertirse en su institutriz, siempre había pensado que Bella exageraba cuando decía que los chicos podían con ella; como niños que eran, lo único que necesitaban era estímulo mental y ejercicio físico, solía creer Cressie. Pero no había tardado en darse cuenta de que tal opinión había estado basada en la más absoluta ignorancia.

Por eso, desde que había llegado a Killellan Manor había hecho un esfuerzo en entablar una mejor relación con una madrastra que había dejado muy claro que solo aceptaba su presencia allí porque no había nadie más después de que Cordelia se hubiese apresurado a marcharse a Londres antes de que lord Armstrong o la tía Sophia cambiaran de opinión sobre su presentación en sociedad. Era la primera vez que Cressie estaba en aquella casa sin ninguna hermana que le hiciese compañía y, con el paso de los días, estaba cada vez más gruñona con los niños, lo que a su vez hacía que se enfadara consigo misma porque, además de querer a sus hermanos, quería sentir simpatía por ellos. Intentaba no culparlos por una falta de disciplina que los había vuelto excesivamente revoltosos. Todas las mañanas se decía que solo era cuestión de poner más empeño.

—Me temo que subestimé el esfuerzo que sería necesario para mantener ocupados unos cuerpos y unas mentes tan activos —reconoció, sonriendo lánguidamente al retratista—. No obstante, creo que acabará siendo gratificante enseñarles. O eso espero.

Giovanni parecía escéptico.

—Debería exigir que su padre le diera una retribución justa por su trabajo. Eso sí que le sería gratificante, aunque solo fuera por su reacción.

—Dios mío, la idea le horrorizaría —imaginó Cressie—. Lo cierto es que tengo un motivo para querer hacerlo, más allá de satisfacer a mi padre.

—¿Y qué motivo es ese?

—No es asunto suyo, *signor* Di Matteo. No le gusta mucho mi padre, ¿verdad?

—Me recuerda a alguien que detesto profundamente.

—¿Quién?

—No es asunto suyo, lady Cressida.

—*Touché, signor*.

—A usted tampoco le gusta mucho su padre, ¿verdad?

—No debería tener que hacerme semejante pregunta. Y yo debería poder responder de una manera positiva —añadió Cressie, arrugando el entrecejo—. Disfruta poniéndome las cosas difíciles. Pero, si soy sincera, yo también a él, la verdad.

En su rostro apareció una mezcla de culpabilidad y diversión que resultaba encantadora. El viento le puso un mechón de pelo en la cara y, sin pararse a pensar, Giovanni fue a retirárselo al mismo tiempo que lo hacía ella. Le atrapó los dedos con la mano, cubierta por el guante y, al rozarla, sintió la misma sacudida que cuando le había besado la mano. Por el modo en que lo miró, ella había sentido lo mismo. Abrió los ojos de par en par y se estremeció. La luz del sol la obligó a parpadear y todo pasó de pronto.

Al siguiente golpe de viento, Cressie se puso los brazos alrededor del cuerpo. Había salido sin chal.

—Deberíamos entrar —dijo al tiempo que se daba la vuelta con una torpeza provocada no solo por el vestido, que se le había enredado en las piernas, sino por el modo en que reaccionaba ante Giovanni di Matteo. No solía ser demasiado sensible al tacto, sin embargo él la hacía sumamente consciente de su propio cuerpo, y del de él. No quería que se diera cuenta del efecto que ejercía en ella, aunque seguramente causaba el mismo efecto en todas las mujeres—. Debería llevarlo a que conozca a mis hermanos. A mi madrastra no le gusta que los deje demasiado tiempo con la niñera.

—Que esperen un poco más. Me gustaría ver un poco la casa para buscar un lugar adecuado para colocar el caballete. No creo que a lady Armstrong le parezca mal que me ayude, ¿verdad? Y usted, lady Cressida, no tendrá objeción en estar un rato más conmigo en lugar de con sus hermanos, aunque no estemos de acuerdo en nada.

No pudo evitar echarse a reír y la carcajada hizo desaparecer toda su incomodidad.

—Después de la mañana que he tenido con ellos en clase, le aseguro que preferiría estar con cualquiera antes que con mis hermanos, incluso con usted. Desde luego que no tengo ninguna objeción. Venga conmigo.

La galería de los retratos recorría la segunda planta de la casa de lado a lado. La luz entraba por unas ventanas que daban a los jardines y los cuadros estaban colgados en la pared de enfrente en estricto orden cronológico.

—Se me había ocurrido que quizá quisiese establecer aquí el estudio —sugirió Cressie.

Giovanni asintió con gesto de aprobación.

—Hay muy buena luz.

—Al otro lado de esas puertas hay dos salones, pero ninguno de los dos se utiliza mucho porque Bella, mi madrastra, prefiere la sala pequeña de abajo y no creo que nadie haya vuelto a tocar el pianoforte desde que se marchó Cassie, Cassandra, la segunda de mis hermanas, así que nadie lo molestará.

—Excepto mis modelos.

—Cierto. No sé cómo prefiere trabajar, si tendrán que estar quietos durante horas o...

—Me parece que sería demasiado ambicioso, además de innecesario.

—Es un alivio. Ya había empezado a pensar que tendría que atarlos a la silla. En realidad debo confesarle que también me he preguntado si tendré que hacerlo para conseguir que estén quietos durante mis lecciones. Tenía la esperanza de que mi manual... —Cressie se quedó callada bruscamente mientras se tiraba de un mechón de pelo que se había enrollado al dedo y después esbozó una sonrisa—. No creo que le interesen mis métodos como profesora, *signor*. Mejor veamos los cuadros.

Aunque le intrigaba ese empeño por cargar con la culpa de los defectos de sus hermanos, había algo en su voz que no invitaba a hacer ninguna pregunta al respecto. Así pues, se dejó llevar de retrato en retrato y la escuchó atentamente mientras relataba la compleja historia familiar de los Armstrong, disfrutando de la musicalidad de su voz y aprovechando la oportunidad para observar su rostro en lugar de los lienzos de los que hablaba animadamente. Había algo en ella que deseaba desentrañar y plasmar en un cuadro. Tenía la absoluta certeza de que había mucha pasión escondida bajo tanta frialdad científica y emociones contenidas.

Tenía que encontrar la manera de retratarla. No sería uno de esos estudios idealistas, sino algo mucho más veraz. Giovanni había llegado a la conclusión de que su deseo de pintar con el corazón había muerto, pero parecía que en realidad solo había estado aletargado. De entre todas las personas, había sido lady Cressida Armstrong la que había vuelto a despertar su inspiración.

Pero no le bastaría con observarla furtivamente; iba a necesitar un cierto grado de intimidad con ella, pues para pintarla necesitaba conocerla, necesitaba conocer su corazón y su mente, pero no su cuerpo. Eso lo había dejado atrás.

Sin embargo se sentía incapaz de apartar la vista de su cuerpo. Mientras se dirigía al siguiente cuadro se fijó en el modo en que la luz marcaba el contorno de su vestido, una sencilla prenda de algodón blanco con discreto cuello redondo. Siguiendo la moda del momento, tenía las mangas anchas en la parte superior y luego iban disminuyendo hasta llegar a las muñecas, donde el dobladillo estaba ribeteado con un lazo de algodón. Su perspicacia de dibujante le permitió apreciar que el vestido le marcaba la figura, la cintura delicada, la generosidad de sus pechos, la curva de sus caderas. A contraluz se adivinaba la forma de sus piernas bajo las enaguas. Tenía una media arrugada en el tobillo, el nudo del lazo que rodeaba su cintura estaba mal hecho y el primer botón del vestido, desabrochado. Giovanni dedujo que se vestía sin la ayuda de ninguna doncella y que, ya fuera por prisa o por indiferencia, no se había tomado el tiempo necesario para mirarse al espejo. Seguramente sería una mezcla de ambas cosas, pero quizá más por indiferencia que por prisa.

La siguió hasta el siguiente retrato, pero la redondez de su *fondoschiena* y el tentador contorno de su cuerpo lo habían distraído por completo. Deseaba estirarle la media. La fragilidad de los tobillos femeninos siempre le había resultado enormemente erótica. Tanto como las pantorrillas o la suavidad de los muslos. Le había bastado con pensar en probar sus labios para imaginar lo arrebatador que sería el resto de su cuerpo.

Giovanni maldijo entre dientes. Sexo y arte. Su deseo de ambas cosas había permanecido latente hasta que la había conocido a ella. Cabía la posibilidad de que pudiera pintarla, pero lo otro... estaba satisfecho con el celibato, completamente ajeno a las necesidades físicas.

—Esta es lady Sophia, la hermana de mi padre —decía lady Cressida—. Mi tía Sophia es... creo que no está escuchando ni una palabra de lo que digo.

Se encontraban frente al retrato de una mujer de aspecto austero que guardaba un sorprendente parecido con un camello que se hubiese visto golpeado por una fuerte ráfaga de viento.

—Gainsborough —dijo Giovanni al reconocer el estilo del autor—. Me estaba hablando de su tía.

—¿En que estaba pensando?

—¿Hay algún retrato suyo?

—Solo uno, pero es un retrato de grupo en el que aparezco con mis hermanas.

—Enséñemelo.

El cuadro se encontraba entre dos puertas, donde recibía una luz horrible. Era un Lawrence, pero no precisamente de los mejores del autor. En él aparecían cinco muchachas, las dos mayores sentadas a una mesa de costura y las tres más jóvenes a sus pies, jugando con unas bobinas de hilo.

—Esa es Celia —explicó lady Cressida, señalando a la mayor, una joven delgada con expresión seria y una mano sobre la cabeza de su hermana menor, en gesto protector—. A su lado está Cassie, que, como puede ver, es la más bella de la familia. Cordelia, mi hermana menor, la que hace este año su presentación en sociedad, se parece mucho a ella. La de al lado es Caroline y la siguiente soy yo, diferente a todas las demás.

Giovanni asintió.

—Es cierto que no se parece a ninguna de ellas. ¿Qué edad tenía cuando pintaron esto?

—No sé, once o doce, supongo. Fue antes de que Celia se casara y se fuera de casa.

—Me sorprende que no aparezca su madre. Lawrence suele incluir a las madres en este tipo de composiciones.

—Murió poco después de que naciera Cordelia. Celia ha sido prácticamente una madre para nosotras —dijo lady Cressida con nostalgia, al tiempo que alargaba la mano para tocar la imagen de su hermana mayor—. Hace casi diez años que no la veo. Y ocho desde que no veo a Cassie.

—¿No vienen de visita, o no va usted a visitarlas a ellas?

—Arabia está muy lejos, signor —Cressida no tardó en explicárselo, consciente sin duda de su confusión—. Celia se casó con uno de los protegidos de mi padre, al que enseguida enviaron a una misión a Egipto y allí fue asesinado por una tribu de rebeldes. Recuerdo que recibimos la noticia aquí, en Killellan. Nos dijeron que Celia estaba prisionera en un harén. Mi padre, Cassie y la tía Sophia viajaron a Arabia a rescatarla, pero al llegar allí descubrieron que Celia no quería que la rescataran. Por suerte para ella, resultó que su amado era un importante príncipe del desierto con una gran fortuna, así que mi padre no tuvo inconveniente en que se quedara con él.

—¿Y su otra hermana... Cassie?

—Tuvo una desafortunada relación con un poeta de la que escapó por poco. Después de eso mi padre la envió con Celia para ocultar su deshonra. Debería haber imaginado que una persona tan romántica como Cassie no tardaría en enamorarse locamente del exótico Oriente. Cuando se enteró de que había perdido una segunda hija por culpa de otro príncipe del desierto se puso como loco. Por suerte también este otro príncipe tenía importantes contactos diplomáticos y era igual de generoso con su fortuna que el de Celia, así que mi padre se mostró magnánimo y lo aceptó como hijo político.

—Es una historia muy pintoresca para una familia tan típicamente inglesa —comentó Giovanni.

—¡Tiene razón! —exclamó ella, riéndose—. Mi padre pensó que dos jeques eran más que suficientes para cualquier familia y decidió no permitirnos que fuéramos a visitarlas. Seguramente tiene miedo de que corramos la misma suerte, así que debemos contentarnos con relacionarnos por carta.

—¿Y sus hermanas son felices allí?

—Sí, enormemente felices. Las dos han formado su propia familia —lady Cressida miró el retrato con cariño—. Eso es lo único que me ayuda a soportar no verlas, el saber lo felices que son. Aunque las echo mucho de menos.

—Pero aquí no está tan sola. Tiene a su madrastra.

—Es evidente que todavía no conoce a Bella. Mi padre se casó con ella poco después de la boda de Celia. Supongo que pensó que Bella asumiría el papel de Celia y cuidaría de nosotras tres, además de darle un heredero, pero ella veía las cosas de otra manera. Y, en cuanto nació James, también papá empezó a verlas así. Desde entonces lo único que le interesa son sus hijos varones.

—Por desgracia, así es el mundo en el que vivimos, lady Cressida.

—Llámeme Cressie, por favor. Aquí ya nadie me llama así ahora que Caro se ha casado y Cordelia se ha marchado a Londres. Soy la última de las hermanas Armstrong —dijo con una triste sonrisa—. Bueno, creo que ya ha escuchado suficientes historias de la familia.

—Es una lástima que no haya ningún otro retrato suyo. Permítame que le pregunte... ¿me dejaría...? Me gustaría mucho pintarla, lady... Cressie.

—¡Pintarme a mí! ¿Por qué habría de querer hacer algo así?

Su sorpresa casi le hizo reír, pero le dio mucha tristeza la falta de autoestima que denotaba dicha sorpresa.

—Para llevar a cabo un experimento matemático

—respondió Giovanni, con una repentina inspiración—. Le haré un retrato siguiendo sus reglas y otro siguiendo las mías.

—¡Dos retratos!

—Sí —una lady Cressida idealista y otra completamente real. Por primera vez desde hacía muchos años, Giovanni sintió la inconfundible emoción de la certeza, de la ambición. Aunque aún no tenía ni idea de cómo sería el segundo retrato, al menos sabía que sería suyo, que lo pintaría con el corazón—. Dos retratos —repitió Giovanni con firmeza—. Tesis y antítesis. ¿Qué mejor manera de demostrar su teoría... o de refutarla? —añadió con gesto deliberadamente provocador.

—Tesis y antítesis —Cressida asintió solemnemente—. Es una idea interesante, pero me temo que no dispongo de los recursos necesarios para pagarle.

—No se trata de un trabajo remunerado. Es un experimento.

—Un experimento.

La sonrisa que apareció en su rostro le confirmó a Giovanni que había dado en el clavo al elegir las palabras.

—Como comprenderá, tendremos que pasar algún tiempo a solas los dos. No puedo trabajar con ningún tipo de distracción, ni con interrupciones —se apresuró a añadir al darse cuenta de la ambigüedad de sus palabras—. Tendrá que encontrar la manera de librarse de todos sus quehaceres durante algunas horas al día.

—No sabe las ganas que tengo de hacerlo —nada más decirlo, Cressie se tapó la boca con la mano—. No pretendía decir eso. Encontraré la manera, pero creo que lo más prudente es que este experimento quede entre usted y yo, *signor* —esbozó una sonrisa—. Usted y yo sabemos que no es más que una investigación científica, pero no creo que Bella viese del mismo modo que nos encerráramos los dos solos con un caballete y unos cuantos pinceles.

De soltera, Bella Frobisher había sido una mujer de generosas curvas, que tenía lo que la hermana de su futuro esposo, lady Sophia, había denominado «unas caderas perfectas para gestar». Después de cuatro hijos fuertes y lozanos, el aspecto de esas caderas, como el del resto del cuerpo de lady Armstrong, había empeorado mucho. Un temperamento indolente por naturaleza, unido a la indiferencia de un esposo al que no parecía interesarle nada de ella excepto su capacidad para criar, habían hecho que Bella se dejase llevar por completo por su apetito. Ahora las curvas se le marcaban bajo los vestidos de un modo casi desconcertante, pues no había tenido más remedio que renunciar a los corsés. Con solo treinta y cinco años, parecía por lo menos diez años mayor y se vestía con trajes llenos de volantes que no la favorecían en absoluto. Tenía un rostro hermoso, con unos ojos vivaces que apenas se dejaban ver por culpa de las voluminosas mejillas.

Bella nunca había aspirado a que la consideraran una persona ingeniosa, por lo que se había conformado con ser alegre y sociable, hasta que su marido había dejado muy claro que su falta de conocimientos políticos la convertían prácticamente en una carga. Había dejado que lady Sophia la sustituyera al frente de la casa y se había encargado de que estuviera siempre encinta, recluida en la casa de campo. Bella llevaba años allí, produciendo un heredero tras otro y disfrutando de sus hijos, pero de poco más. Aunque sabía que para su marido supondría un disgusto, ella deseaba que el próximo bebé fuera una niña, un premio de consolación que sin duda merecía y que le proporcionaría el cariño que tanto ansiaba.

El matrimonio la había defraudado desde el primer momento e, incapaz de expresar dicha decepción al responsable de la misma, Bella había dirigido su ira a sus hijas, que le facilitaban mucho las cosas cada vez que hacían patente que la consideraban una usurpadora. El rencor se había convertido para ella en una costumbre que ni siquiera se le pasaba por la cabeza abandonar. Embarazada, hinchada, sola y aburrida, no era de extrañar que la llegada de Giovanni, con su impresionante belleza masculina, fuera para ella como un regalo de los dioses.

—Lady Armstrong, es un honor conocerla —le dijo él, inclinándose sobre una mano regordeta—. Y un placer.

Bella sonrió tontamente. Jamás había visto un espécimen tan perfecto.

—Por su maravilloso acento deduzco que es usted italiano.

—De la Toscana —especificó Cressie, inexplicablemente molesta por el efecto que Giovanni había causado en su madrastra. Se sentó frente a ella y observó la postura con la que estaba reclinada en la *chaise longe*—. ¿Se encuentra indispuesta otra vez? Quizá deberíamos dejarla tranquila.

Bella apartó de inmediato el chal con el que se había tapado las piernas y se sentó recta.

—Gracias, Cressida —dijo, con las mejillas sonrojadas—. Estoy lo bastante bien para servirle una taza de té al *signor* Di Matteo. ¿Miel o limón, *signor*? Bueno, sé que ustedes los italianos no toman mucho té, una costumbre inglesa a la que me confieso muy aficionada. ¿Un poco de pastel? Si no quiere, tendré que tomarme yo su porción para que la cocinera no se ofenda porque Cressida no es nada golosa. Quizá si lo fuera un poco más, se le endulzaría el carácter. Como ya habrá comprobado, mi hijastra es muy seria. Comer pastel es algo demasiado frívolo para ella. Supongo que ya sabe que en estos momentos ejerce de institutriz de dos de mis hijos, James y Harry. Supongo que estará deseando saber algo más de mis angelitos para retratarlos adecuadamente —cuando por fin se detuvo a tomar aire, Bella sonrió y engulló más de la mitad de la porción de pastel.

—Lord Armstrong me ha dicho que sus hijos son encantadores —dijo Giovanni, rompiendo un silencio solo interrumpido por el ruido que hacía al masticar la señora de la casa. Por un momento se había dejado distraer por la velocidad con la que estaba dando cuenta del pastel.

Después de limpiarse las migas de las manos, Bella se lanzó de nuevo a hablar, esa vez para enumerar los infinitos encantos de sus queridos hijos.

—Les encanta gastar bromas —estaba diciendo—. Cressida es de la opinión de que les falta disciplina, pero a mí me parece que no puede pretender meterles tanta información aburrida a unos muchachos tan inteligentes. Seguramente su manera de enseñar esté bien para las chicas, pero con unos niños tan inquietos como los míos... Bueno, no me gusta criticar, pero creo que fue un error no contratar a una institutriz cualificada para sustituir a la señorita Meacham.

—La buena de la señorita Meacham se fue porque no aguantaba más la «inquietud» de mis hermanos —intervino Cressie.

—Qué tontería. ¿Por qué tienes que ver siempre

con tanta negatividad todo lo que hacen tus hermanos? La señorita Meacham se marchó porque se dio cuenta de que no estaba preparada para enseñar a unos chicos tan inteligentes. «Espero fervientemente que reciban lo que se merecen», dijo antes de irse y yo estoy completamente de acuerdo. No sé en qué estaría pensando tu padre, Cressida. Quizá simplemente no sabía bien qué hacer contigo, puesto que has demostrado no estar capacitada para ejercer de esposa. Después de... ¿cuántos años hace que te presenté en sociedad?

—Seis.

Bella meneó la cabeza, mirando a Giovanni.

—Seis años y no ha conseguido despertar el interés de ningún hombre, a pesar de todos los esfuerzos que hemos hecho su padre y yo —dijo con dulzura—. No me gusta presumir, pero casé a Caroline en un abrir y cerrar de ojos y no tengo la menor duda de que lo mismo ocurrirá con Cordelia. Usted no conoce a las hermanas de Cressida, pero le diré que, por desgracia, ella no tiene su belleza. Incluso Celia, la mayor, ya sabe, la que vive en Arabia, tenía sus encantos, aunque Cassandra siempre fue la más bella. Supongo que es normal que, entre cinco hermanos, haya una poco agraciada. Pero si por lo menos no fuera tan seria, estoy segura de que habría podido hacer algo con ella —Bella se encogió de hombros y sonrió de nuevo a Giovanni—. El problema es que los ha asustado a todos.

Cressie intentó no poner mala cara para no quedar como una niña irritable. Lo que había dicho Bella era tan parecido a lo que le había dicho su padre que por un momento se preguntó si se habrían puesto de acuerdo para humillarla. Si bien era cierto que no había nada nuevo en las palabras de Bella, ni nada que no le hubiera dicho ella misma a Giovanni, resultaba muy embarazoso escuchar semejante descripción de su personalidad. Y ella que pretendía mejorar su relación con Bella. En cuanto a lo que pensaba Giovanni de su madrastra, prefería no pensarlo.

Cressie dejó la taza de té sobre la mesa, con la intención de dirigir la conversación hacia el retrato de los niños, pero Bella no había terminado.

—Ahora recuerdo que sí que hubo un hombre que tu padre y yo pensamos que podría ser el definitivo. ¿Cómo se llamaba, Cressida? Tenía el cabello claro y era un joven reservado e inteligente. A ti parecía gustarte bastante. Recuerdo haberle dicho a tu padre que por fin ibas a echarle el anzuelo a uno. De hecho, recuerdo que llegaste a decirnos que iba a venir a vernos, pero nunca lo hizo. Me parece que después de eso aceptó un trabajo en el extranjero. Vamos, Cressida, tienes que acordarte de él, no has tenido tantos pretendientes. ¿Cómo se llamaba, por el amor de Dios?

Cressie notó que le ardían las mejillas y hasta el cuello. Trató de pensar en cosas frías, pero no sirvió de nada. Sentía gotas de sudor que le caían por la espalda. Tras tomar la decisión de no volver a pensar en él, había dado por hecho que Bella habría olvidado a...

—¡Giles! —exclamó su madrastra—. Giles Peyton.

—Bella, estoy segura de que el *signor* Di Matteo...

—No estaba nada mal, aparte de la timidez. Mi esposo pensaba que harían buena pareja y no suele equivocarse, pero esa vez... Está claro que a los hombres no les gustan las mujeres con intereses intelectuales. La primera mujer de lord Armstrong, Catherine, era conocida por sus intereses intelectuales, y mire de lo que le sirvió: cuatro hijas y muerta antes de que la última pudiese valerse por sí misma. Cuando pidió mi mano, lord Armstrong me dijo que lo que le había atraído de mí era que fuera tan diferente de su primera esposa y yo lo entendí como un cumplido. No, señor, a los hombres no les gustan las mujeres inteligentes. Estoy segura de que está de acuerdo conmigo, *signor*.

Bella se sirvió otra pasta alegremente mientras aguardaba una respuesta que Giovanni no pudo darle porque se le adelantó Cressie, poniéndose en pie.

—El *signor* Di Matteo ha venido a pintar a mis hermanos, Bella, no a hablar de lo que le atrae de una mujer —tragó saliva—. Les ruego que me disculpen. Tengo un dolor de cabeza tan fuerte que ha hecho que me olvide de mis modales.

—Espero que no estés pensando retirarte, Cressida. James y Harry...

—Soy perfectamente consciente de mis obligaciones, muchas gracias.

—Pero si no quieres bajar a cenar, estoy segura de que el *signor* Di Matteo y yo podremos pasar sin ti.

—No lo dudo —murmuró Cressie, ansiosa por salir de allí antes de perder los nervios por completo, de echarse a llorar o de hacer ambas cosas al mismo tiempo. No quería darle a Bella la satisfacción de ver hasta qué punto la había disgustado.

Pero al darse la vuelta para marcharse, Giovanni se puso también en pie.

—Lady Armstrong, debo decirle que se equivoca en varias cosas —anunció secamente—. Para empezar, hay muchos hombres modernos entre los que me incluyo a los que les gusta disfrutar de la compañía de mujeres inteligentes. En segundo lugar, me temo que prefiero cenar a solas mientras trabajo. Ahora, si me disculpa, me gustaría que la institutriz me presentara a sus alumnos.

Con una reverencia casi imperceptible, Giovanni agarró a Cressie y la sacó de allí a toda prisa.

—Lady Cressida. Cressie, pare. Los niños pueden esperar un poco más. Está temblando —Giovanni abrió la primera puerta que vio y la metió en una habitación que, a juzgar por la oscuridad y la capa de polvo que lo cubría todo, hacía tiempo que no se usaba—. Siéntese un momento. No me sorprende que esté disgustada. La malicia de su madrastra solo es comparable a la voracidad con la que engulle.

Por suerte, Cressie se echó a reír.

—Mis hermanas y yo solíamos decir que parecía una de esas madrastras malvadas de los cuentos. No sé por qué nos odia tanto... Aunque mi padre tiene razón, tampoco le hemos dado motivos para querernos.

—Tiene cinco hijas, todas más inteligentes y más bellas que ella.

—Solo cuatro son más bellas que ella.

—Siguiendo con la metáfora de los cuentos, ¿por qué se empeña en ser la hermana fea?

—Porque lo soy —aseguró, encogiéndose de hombros—. Siempre lo he sido. ¿Tiene usted algún hermano?

—No —al menos ninguno que lo reconociera como tal, lo que equivalía a lo mismo—. ¿Por qué?

—Me preguntaba si todas las familias serían iguales. En la mía mi padre nos etiquetó prácticamente desde que nacimos. Celia es la diplomática, Cassie la guapa, Caroline la responsable con la que siempre se puede contar, Cordelia la encantadora y yo... la poco agraciada. Algunas veces también soy la inteligente, pero puede estar seguro de que mi padre lo considera un insulto. Él solo ve esas etiquetas, incluso en el caso de Celia, a pesar de lo útil que le fue.

Giovanni frunció el ceño.

—Pues creo que hace exactamente lo mismo con su esposa. Ella es el ama de cría... parece ser lo único para lo que le sirve. No me extraña que se sienta inferior y que intente disimularlo humillándola. Es vulgar, presuntuosa y está completamente sola, por eso lo paga con usted y con sus hermanas. No tiene excusa, pero es comprensible.

—No se me había ocurrido... pero puede que tenga razón. Aunque en estos momentos no siento mucha compasión por ella.

Giovanni se fijó en que Cressie tenía sangre en el dedo meñique y, sin pararse a pensarlo, le levantó la mano y le secó la sangre con el dedo antes de que le manchara el vestido. Después se llevó el dedo a los labios y le limpió la sangre con la lengua. Ella no se movió, no dijo nada, simplemente se quedó mirándolo con esos impresionantes ojos azules que le recordaban el color del mar a primera hora de mañana cuando de niño había salido a pescar con su padre. Con el hombre al que había creído su padre.

Le puso una mano en la cintura y volvió a chuparle el dedo suavemente. Después le acarició la mano con la lengua, al tiempo que sentía una descarga de deseo en la entrepierna que le sorprendió enormemente. ¿Qué estaba haciendo?

Se puso en pie de un salto y se tapó con el abrigo para ocultar la evidencia de dicho deseo.

—Discúlpeme... solo quería evitar que... No debería haber hecho eso —se apresuró a decir torpemente.

¿Por qué ella no había hecho nada? ¿Por qué no se lo había impedido? Quizá porque lo había visto como lo que él había pretendido que fuera, un simple acto de amabilidad para que no se le estropeara el vestido. Y eso era. Su excitación era puramente instintiva. En realidad no la deseaba.

—Ha sido un día muy largo —dijo Giovanni, esbozando una fría sonrisa—. Si le parece bien, me gustaría conocer a sus hermanos y luego preparar mi estudio. Cenaré allí, si tiene la amabilidad de hacer que me lleven algo de comer.

—¿No prefiere cenar con nosotros?

Parecía tan triste, que estuvo a punto de dejarse convencer.

—Como ya le he dicho, prefiero que no haya distracciones mientras trabajo. Necesito concentrarme.

—Por supuesto. Lo comprendo —aseguró Cressie, poniéndose en pie—. Mi retrato también supondría una distracción, así que quizá debamos olvidarnos de nuestro pequeño experimento.

—¡No! —la agarró del brazo en el momento que

ella se giraba hacia la puerta—. ¡Quiero pintarla, Cressie! Necesito pintarla. Para demostrarle que se equivoca, claro —se apresuró a añadir—. Quiero demostrarle que la pintura no es un mero conjunto de normas, que la belleza depende de la mirada del artista —le acarició el contorno de la cara con el dedo, desde la sien hasta la barbilla—. Va a ayudarme a hacerlo, ¿verdad?

Ella lo miró fijamente con una expresión indescifrable y luego lo sorprendió con una ligera sonrisa.

—Dudo mucho que pueda hacerme parecer bella. De hecho, haré todo lo que esté en mi mano para asegurarme de que no pueda, puesto que de ello depende mi teoría.

Tres

Cressie se encontraba junto a la ventana del aula situada en el último piso de la casa, observando distraídamente mientras James y Harry realizaban unas sumas. Los gemelos, George y Frederick, estaban en la mesa de al lado, ocupados con las tizas de colores. Reinaba un silencio poco habitual. Por una vez, los cuatro niños estaban comportándose como debían porque les había prometido que, si lo hacían, por la tarde podrían merendar con su madre. Sentado en un rincón de la sala, Giovanni estaba haciendo los primero bocetos del retrato, sin que los niños le hicieran el menor caso. No así la hermana de estos.

Cressie pensó que parecía completamente absorto en su trabajo. Como no le permitía ver lo que dibujaba, optó por mirarlo a él, lo cual no le supuso ningún esfuerzo porque era toda una belleza, todavía más cuando el ceño fruncido estropeaba ligeramente la perfección de su rostro y realzaba ese aire de sátiro que había en sus rasgos. Era precisamente eso, unido a sus pómulos y la mandíbula cuadrada, que contrastaba con la dulzura de sus labios carnosos y de las largas pestañas, lo que hacía que características que podrían haber sido femeninas fueran tan absolutamente masculinas.

Tenía unos dedos largos y elegantes, apenas manchados del carboncillo que tenía en la mano. Ella, sin embargo, tenía las manos secas por el polvo de la tiza y el vestido arrugado y sucio donde Harry se había agarrado a él. Su cabello tendría el aspecto desarreglado de siempre. Giovanni, por el contrario, llevaba la ropa tan inmaculada que resultaba imposible imaginarlo desaliñado. Se había quitado la chaqueta y se había subido las mangas de la camisa con absoluta precisión. Tenía los antebrazos bronceados y ligeramente cubiertos de suave vello oscuro. Era fibroso más que musculoso y ágil más que fornido. ¿Felino? No, esa no era la palabra, no tenía ese gesto de depredador en la mirada y, aunque se adivinaba su sensualidad innata, también tenía la fría dureza de un diamante bien pulido. Si no hubiera sido un término tan manido, Cressie habría tenido la tentación de describirlo como diabólico.

Lo observó mientras estudiaba a los niños con mirada analítica y distante; como si fueran objetos en lugar de personas. Cuando se los había presentado, sus hermanos se habían alborotado, tratando de llamar la atención del artista, pero no habían tardado en quedar absolutamente desconcertados por su indiferencia, tan acostumbrados como estaban a que todos los mimaran y estuvieran siempre pendientes de ellos. Cressie había tenido que morderse los labios para no reírse. Sus hermanos no estaban preparados para que alguien no les hiciera caso. Tendría que recordar lo eficaz que era.

Se giró hacia la ventana. Habían acordado que Giovanni empezaría a pintarla esa tarde. Primero la tesis, había dicho, una lady Cressida idealizada. ¿Cómo lo había dicho él? Una versión perfecta de la persona que mostraba al mundo. Cressie no sabía muy bien qué significaba eso, pero le inquietaba que hubiese dado a entender que era capaz de ver lo que otros no veían. ¿Acaso era capaz de ver su frustración? Esperaba con todas sus fuerzas que no fuera así, pero, ¿adivinaría también la deshonra de su relación con Giles? ¿Pensaría que era infeliz? ¿Acaso lo era? Por el amor de Dios, no era más que un cuadro, no había motivo para preocuparse tanto.

Giovanni había elegido instalar su estudio en una de las buhardillas, donde la luz entraba por las ventanas del techo hasta bien entrada la tarde y podrían estar a solas sin que nadie los interrumpiera. Con el fin de hacerse con unas horas libres, Cressie se había ofrecido a quedarse con los cuatro niños por las mañanas y así Janey, la niñera, se hacía cargo de ellos por las tardes, las horas que Bella solía pasar durmiendo después de tomar el té. Así pues, en unas horas, Giovanni comenzaría el proceso de convertirla en la demostración viviente de su propia teoría, al pintarla de acuerdo con las reglas matemáticas que ella había estudiado y plasmar su teorema sobre el lienzo. En el segundo retrato aparecería su alter ego, la Cressie que solo existía en privado, la que Giovanni creía que mantenía oculta dentro de sí. ¿Cómo haría para pintar esa otra versión de sí misma? ¿Tendría algo que ver con ella cualquiera de esas dos imágenes? ¿Qué sería lo bello, el cuadro o la modelo? Se había emocionado tanto con la idea de los dos retratos que solo había pensado en ellos en abstracto. Pero había alguien que afirmaba que los artistas eran capaces de ver el alma de sus modelos. Seguramente Giovanni sabría si era cierto, pero no pensaba preguntárselo. No quería que nadie le viera el alma. Ni siquiera creía que fuera cierto.

Al apartarse de la ventana se encontró con la mirada de Giovanni. ¿Cuánto tiempo llevaría observándola? Su mano volaba sobre el papel, dibujándola a ella, no a sus hermanos. Su mano se movía, pero sus ojos no y era tal la intensidad de su mirada que era como si estuvieran a solas en la habitación. A Cressie no le gustó que la mirara así porque se sentía... desnuda. Nunca nadie la había mirado de ese modo. Tan íntimamente.

Se aclaró la garganta y fingió que miraba el reloj de la pared.

—James, Harry, vamos a ver qué tal habéis hecho las sumas —miró de reojo a Giovanni y comprobó que había cambiado de papel, volvía a dibujar a los niños. ¿Acaso había imaginado esa extraña conexión con él? Ahora que ya había pasado, se dio cuenta de que tenía el pulso acelerado y la boca seca.

Era un tonta. Giovanni era pintor y ella su modelo, eso era todo. Simplemente estaba analizándola, observando sus rasgos como lo haría un científico. Los hombres tan guapos como Giovanni di Matteo no se interesaban por mujeres tan insulsas como Cressie Armstrong, más le valía no olvidarlo.

El sol de la tarde había caldeado la buhardilla, las motas de polvo flotaban en el aire tranquilo de aquella habitación sin apenas ventilación. Giovanni se quitó la chaqueta y se arremangó la camisa frente al lienzo vacío que descansaba ya en el caballete. A unos metros, Cressie posaba en una silla de terciopelo rojo, sin poder disimular su incomodidad. Había descubierto aquella silla en otra de las habitaciones del laberíntico desván y le había parecido perfecta para su composición por su simbolismo. Era formal, funcional y al mismo tiempo muy sensual, como la mujer que la ocupaba en esos momentos.

—Parece la reina francesa camino de la guillotina —le dijo Giovanni, sonriéndole—. Voy a pintarla, no a cortarle la cabeza.

Cressie se rio del comentario, pero de un modo más bien automático.

—Si me pinta tal como soy, habrá perdido porque yo...

—Si vuelve a hablarme de su falta de belleza, me sentiré tentado a cortarle la cabeza, *signorina* —Giovanni resopló con exasperación. Sabía muy bien cómo quería pintarla, pero estaba demasiado tensa como para poder empezar—. Acérquese para que pueda explicarle en qué consiste el proceso.

Cressie se acercó con cautela, como si el lienzo pudiera atacarla. Esa mañana la había visto algo apagada, casi a la defensiva.

—No hay nada de que asustarse —dijo, tirando de ella.

—No estoy asustada —aseguró con un mohín, al tiempo que se cruzaba de brazos.

—Es la modelo más reticente que he tenido en mi vida —comentó Giovanni—. ¿No tendrá miedo de que le robe el alma?

—¿Por qué dice eso?

La ferocidad de su mirada no era buen presagio.

—Dicen que un retrato refleja el alma del mismo modo que un espejo refleja la imagen y hay quien afirma que cuando uno deja que le pinten, es como si renunciara a su alma. Era una broma, Cressie.

Una matemática como usted no puede creer semejante tontería.

Se quedó mirando el lienzo vacío unos segundos.

—¿Fue Holbein? El que reflejaba el alma de aquellos que pintaba, me refiero. ¿Fue Holbein? Antes no conseguía acordarme.

—Hans Holbein el Joven. ¿Es eso lo que temes? ¿No que te robe el alma, pero sí que la descubra?

—Por supuesto que no. No sé ni por qué lo he mencionado —movió la cabeza y sonrió ligeramente—. Ha dicho que me iba a explicar el proceso.

La mayoría de sus modelos, especialmente las mujeres, estaban deseando desnudar su alma ante él, muchas veces como preludio de que desnudaran también su cuerpo. Cressie, sin embargo, parecía empeñada en no revelar nada de sí misma, pero la conocía ya lo bastante bien como para saber cómo hacer que bajara la guardia.

Giovanni agarró un papel, lo colocó sobre el lienzo y acercó a él un carboncillo.

—Primero divido el lienzo en segmentos iguales —hizo la cuadrícula—. Quiero que su rostro aparezca exactamente en el centro, de manera que esta línea recorrerá su cara de arriba abajo por el medio y hará lo mismo con su cuerpo, alineando su rostro con sus manos, que aparecen en el último tercio de los tres en los que está dividido el lienzo... ¿ve cómo aparecen ya las proporciones?

Apartó la vista del caballete para mirarla, parecía confundida.

—Hay cierta simetría en el cuerpo —le explicó—. Si junta las manos, podrá ver la línea que la recorre de arriba abajo.

Puso un dedo en su frente y fue bajando por la nariz, la boca. Continuó, tratando de no sentir la suavidad de sus labios y siguió por la barbilla, la garganta, hasta donde la piel desaparecía bajo el vestido. La tela ofrecía una protección que le permitió proseguir con la demostración y pasar la mano por el valle que separaba sus pechos y la ligera curva de su vientre, tras lo que alcanzó por fin sus manos.

—Esta línea... —se aclaró la garganta, tratando de distanciarse—. Es el eje central del retrato. Sus hombros serán el punto más ancho, formando un triángulo.

Por suerte, Cressie parecía completamente concentrada en el dibujo, ajena al modo en que su cuerpo reaccionaba a ella. Se debía únicamente a que Giovanni solía evitar cualquier tipo de contacto, pero aquella reacción instintiva no volvería a ocurrir porque no iba a volver a tocarla. No más de lo estrictamente necesario.

—¿Siempre es tan preciso cuando prepara un retrato? —le preguntó ella—. ¿También dibuja la cuadrícula en el lienzo?

—Sí. Y me olvido de todo lo que haya alrededor

—la condujo de nuevo a la silla, animándola a plantearle todas las preguntas que se le ocurrieran y así descubrió que distrayéndola con los detalles técnicos del oficio también había conseguido distraerse él de la intensidad de su reacción hacia ella como mujer, algo que no tenía cabida en su estudio.

El rostro de Cressie, bastante insulso en reposo, se transformaba por completo cuando se movía. Le dio toda la información que le pedía, la composición exacta del óleo, los pigmentos que prefería y los espesantes que utilizaba en la pintura, pero también le planteó preguntas sobre sus teorías mientras él dibujaba con rapidez para capturar su imagen a carboncillo. Una vez que la tuvo, retiró el papel y volvió a colocar a la modelo sin la menor demora, por miedo a que volviera a sentirse incómoda.

—Hábleme de ese libro que utiliza para enseñar a sus hermanos —le pidió mientras comenzaba a pintar sobre la cuadrícula.

—Es una introducción a la geometría para niños. Tengo la esperanza de que, si demuestro su aplicación práctica, podré convencer al editor de que la publique. En estos momentos no está dispuesto a correr con los gastos de la publicación y yo no tengo los medios necesarios para hacerlo. Por desgracia hasta el momento mis hermanos no están siendo precisamente los alumnos más interesados.

—Tengo la impresión de que no les han enseñado a interesarse por nada que no sean ellos mismos.

—Es terrible, pero cierto, me temo —añadió con una sonrisa de tristeza—. A excepción de la de mi padre, no les importa la opinión de nadie más.

—Y por lo que dijo, a su padre solo le importan ellos, ¿no es cierto?

—Sangre y belleza, según afirmó usted mismo con toda razón, *signor*. ¿Y su padre... todavía vive? Debe de sentirse muy orgulloso de su éxito.

—¡Orgulloso! Mi padre opina... —Giovanni respiró hondo y aflojó los puños, sorprendido por la fuerza de su propia reacción. Nunca pensaba en su padre, al menos conscientemente. En realidad no había nadie en su vida que mereciese el título de padre—. Sé por propia experiencia que se puede conseguir tener medianamente contento a un padre haciendo todo lo que él desee, pero para él será lo más normal, lo que tiene que ser. No podrá hacer que un hombre así se sienta orgulloso de usted, Cressie. Intentándolo solo conseguirá ser tremendamente infeliz.

—No soy infeliz. No tengo más opción que intentarlo. Yo no tengo su libertad, ni su independencia económica. Difícilmente podré vivir del único talento con el que cuento.

Había vuelto a cruzarse de brazos con tensión, le brillaban los ojos y la expresión de su rostro se había vuelto sombría. Si su padre supiera lo infeliz que era... Pero de eso se trataba precisamente. A lord Armstrong no le importaba lo más mínimo, como tampoco le importaba al suyo, al conde Fancini, el sufrimiento que tuvieran que soportar sus hijos. Mientras la miraba y pensaba que iba a seguir sufriendo mientras siguiese intentando hacer lo que creía que debía hacer, Giovanni sintió una profunda rabia.

—¿Por qué les consiente tanto, a su padre, a su madrastra y a sus hermanos? ¿Por qué deja que la pisoteen?

—¡Cómo se atreve! ¿Quién le ha dado derecho a...?

Cressie se puso en pie e intentó apartarlo de su camino, pero Giovanni la agarró de los brazos con la intención de hacerle ver la realidad?

—No pretendo hacerle daño, Cressie —le dijo con más suavidad—. Más bien al contrario. Intento ayudarla. Es muy infeliz y solo va a conseguir serlo aún más mientras siga intentando tener contento a su padre. Créame.

—¿Por qué habría de hacerlo?

Tenía razón. ¿Por qué iba a hacerle caso si ni siquiera era capaz de explicárselo? Giovanni meneó la cabeza.

—He hablado demasiado. Solo pretendía conocer un poco mejor a la persona que quiero pintar. La mujer que se esconde aquí dentro —le puso la mano en la frente—... y aquí — la colocó sobre su corazón—. Es a ella a quien quiero descubrir.

La vio tomar aire.

78

—Puede que se sienta defraudado.

—Lo dudo mucho.

Lo miraba con los ojos abiertos de par en par. Ni el azul de cobalto, ni el de ultramar, ni el de Prusia, ninguno de esos pigmentos lograrían reflejar la tonalidad de sus ojos. Podía sentir los latidos de su corazón en la mano. ¿Cómo había podido pensar que su rostro era insulso? ¿Qué estaría pensando mientras lo miraba de ese modo?

¡Dio! Apartó la mano de su pecho rápidamente y dio un paso atrás.

—*Mi dispiace*. Lo siento mucho. No debería... pero es que lleva dentro tantas emociones deseando hacerse oír. Jamás podría sentirme defraudado por lo que descubra de usted.

Cressie se ruborizó. Era evidente que no estaba acostumbrada a recibir ningún tipo de cumplido y mucho menos uno tan extraño como aquel.

—Gracias —dijo con evidente incomodidad—. Me parece que deberíamos dejarlo por hoy. Tengo que ir a ver qué tal se encuentra Bella.

Salió de la habitación antes de que Giovanni pudiera responder. Una vez solo, él se derrumbó sobre la silla en la que había estado sentada ella y se aflojó el pañuelo del cuello. Había sido culpa suya por meter a su padre en la conversación, pero le había resultado imposible no fijarse en la similitud de sus respectivas situaciones. Hacía catorce años que su camino se había cruzado con el del conde Fancini y aún le dolía recordar esa última entrevista en el *palazzo* de Florencia. El modo en que habían retumbado sus voces en la sala mientras discutían, el sonido de sus pasos sobre el mármol al marcharse. La gélida furia del conde convertida en burlas y amenazas cuando se había dado cuenta de que su hijo no iba a someterse a sus deseos.

«Volverás con el rabo entre las piernas. Nadie va a comprar esos dibujitos tuyos. Acuérdate de lo que te digo, volverás. Y yo te estaré esperando».

Giovanni se frotó los ojos. ¿Seguiría esperándolo? ¿Habría llegado a sus oídos la fama de su hijo? Se puso en pie con una maldición en los labios. No le importaba. ¡Por qué iba a importarle!

Cressie estaba rondando la última puerta que daba a la galería, viendo trabajar a Giovanni. Estaba midiendo cuidadosamente el óleo para después mezclarlo en la paleta con los distintos pigmentos. Sobre la mesa que había a su lado estaba abierta la maleta de madera donde guardaba los óleos y los espesantes. Como solía hacer cuando trabajaba, se había quitado la chaqueta y se había arremangado la inmaculada camisa blanca. Ese día llevaba un chaleco gris, cuya parte posterior se extendía sobre sus hombros, marcando las líneas firmes de su torso. Como le ocurría siempre que lo veía, a Cressie le sorprendió la perfección de su físico y, como siempre, se recordó que el motivo de su reacción era una pura apreciación estética.

Bajó la mirada hasta la ligera curva de las nalgas que dejaban adivinar los pantalones. Estaba sorprendentemente bien formado para ser tan delgado. Tenía el cuerpo de una de esas estatuas de atletas griegos. El de un lanzador de jabalina, quizá. Le encantaría verlo en posición con una lanza en la mano y todos los músculos en tensión. Solo para apreciar la simetría. Su cuerpo era de esos que ganaban más desnudos que vestidos, al contrario que el de ella.

Se llevó las manos a las mejillas, ardientes y sonrojadas. Giles era el único hombre al que había visto desnudo y le había parecido que tenía un aspecto algo ridículo y amenazante, agarrándose con orgullo el miembro masculino. Se había ofendido tanto al ver que ella no podía ocultar su... ¿qué había sentido? Ansiedad. Quizá incluso un poco de histeria, pues se sentía incapaz de asimilar la magnitud de lo que estaba a punto de hacer y la incomodidad del acto en sí. Los dos se habían sentido incómodos. Giles había resultado no tener tanta experiencia como había dado a entender y no le había gustado que le hiciera preguntas, le había dicho que era demasiado analítica y poco femenina. Eso le había dolido mucho. Y aún le dolía.

En resumen, había sido una experiencia lamentable para ambos. De hecho, ahora que lo veía con perspectiva, tenía la impresión de que Giles habría

81

preferido que ella se hubiese tumbado sin decir nada mientras él la desfloraba. Eso era precisamente lo que había acabado haciendo Cressie. Para él había sido tan poco gratificantes que, de habérselo permitido el orgullo, en ese mismo instante habría decidido que con una vez era más que suficiente. Lo mismo que había decidido ella.

Si bien no dudaba que la culpa había sido básicamente suya, puesto que sabía con certeza que no era el tipo de mujer que deseaban los hombres, también era cierto que tenía la sensación de que, en iguales circunstancias, Giovanni no sería tan inepto como lo había sido Giles. Seguro que esos dedos de pintor no podrían hacer otra cosa que moverse con delicadeza y maestría. Y esa boca, esos labios carnosos. El otro día, durante la primera sesión del retrato, había pensado que iba a besarla. En la segunda sesión la certeza había sido aún mayor, pero tampoco entonces lo había hecho y desde entonces se había vuelto casi brusco con ella. Se comportaba como una adolescente al dar rienda suelta a su imaginación de ese modo, al imaginarlo desnudo y tocándola como Giles no había sabido hacerlo, ni lo había hecho ningún otro hombre.

—¿Cressie?

Dio un respingo, abrió los ojos y se apartó la mano del pecho con gesto culpable.

—Giovanni.

Él sonrió.

—Me gusta cómo dice mi nombre.

¡Se estaba ruborizando! Solo esperaba que nadie, ni el más afamado retratista del mundo, pudiera de verdad leerle el pensamiento. Por si acaso, no se atrevió a mirarlo.

—He venido a decirle que los chicos... Que vendrán en seguida si usted está preparado.

Miró hacia el caballete y la paleta con todos los óleos ya mezclados.

—Estoy preparado.

—Hoy están teniendo un día bastante difícil. No sé si podrán estar sentados mucho rato —Cressie clavó la mirada en el primer botón de su chaleco—. Los sobornaría con caramelos si tuviera alguno.

—No es necesario.

—Claro que lo es, no tiene idea...

Giovanni volvió a sonreír al tiempo que le agarraba un mechón de pelo entre los dedos.

—Confíe en mí.

Apenas la había tocado, pero bastó para hacerla sobresaltar, quizá por culpa de lo que había estado pensando unos minutos antes.

—Entonces voy a...

No fue necesario. En ese momento se oyó un grito, seguido por la estampida de cuatro pares de pies y la suave voz de la niñera que les suplicaba en vano que no corrieran cuando ya estaban apareciendo sus rostros engañosamente angelicales por la esquina de la galería. Janey, con la cofia torcida y el delantal cubierto de tinta, hizo una apresurada reverencia.

—Lo siento, milady, en cuanto usted se ha marchado han empezado a comportarse como leones enjaulados. Harry le ha roto la pizarra a James, Freddie ha agarrado el tintero y, cuando he intentado quitárselo...

—No tienes por qué disculparte, Janey, no es culpa tuya.

—Tampoco ayuda que tengan que estar aquí encerrados por culpa de la lluvia, milady. Si saliera un poco el sol, podrían salir a correr y a soltar toda esa energía. Ahora, si me disculpa, voy a ir a cambiarme de delantal. Este está destrozado.

—Bueno —habló Giovanni después de que la niñera saliera de la habitación, todavía meneando la cabeza—. Se me ha ocurrido un juego para los chicos.

—¿Un juego? —preguntó Cressie—. Pensé que necesitaba que estuvieran sentados y quietos para pintarlos.

—Es que el juego requiere que estén sentados. Confíe en mí.

—Siempre dice eso.

—Ahora mismo le voy a demostrar que puede hacerlo —Giovanni dio una palmada para captar la atención de los chicos, pero al ver que no surtía ningún efecto en los gemelos, se acercó y los separó al uno del otro, agarrándolos por los tirantes de los pantalones. Freddie y George se asombraron tanto que se quedaron mudos.

A Cressie le costó no sentirse impresionada al ver cómo llevaba a los dos niños en volandas. ¿Qué era eso otro con lo que se solía retratar a los atletas griegos? Sí, un disco. Seguro que a Giovanni también se le daría bien ejercer de discóbolo, con una de esas túnicas tan cortas que no llegaban a cubrir los muslos de los deportistas. Cuando se estirara para lanzar, la tela se movería y revelaría...

—¿Cressie?

Por segunda vez en lo que iba de mañana, pegó un respingo y se ruborizó.

—Usted también —le dijo Giovanni, ofreciéndole una silla. Los niños ya habían ocupado las suyas y la miraban, expectantes.

—¿Yo?

—Sí, tú también juegas, Cressie. Tienes que sentarte a mi lado porque yo soy el mayor —le explicó James, lanzándole una mirada de superioridad a Harry.

—No, Cressie se sienta a mi lado porque yo soy el preferido de mamá —respondió Harry de inmediato.

—¡No es verdad! El preferido soy yo porque soy el heredero de papá y algún día seré lord Armstrong —James hinchó el pecho, imitando a su padre con una exactitud que daba miedo—. Papá dice que...

—¿Queréis jugar o no?

Giovanni no levantó la voz, pero consiguió que los cuatro chicos le prestaran atención de inmediato. No parecía enfadado, ni molesto, solo... ¿aburrido? Cressie se tapó la boca para ocultar una sonrisa. Indiferencia, esa era la solución. Sus hermanos lo observaban sin pestañear mientras repartía unos papeles y carboncillos y les explicaba en qué consistía el juego. Los cuatro tenían los ojos clavados en él y la boca abierta. Al notar que Giovanni había dejado de hablar, Cressie se dio cuenta de que de verdad esperaba que participara en el juego.

—Yo no sé dibujar —aseguró con nerviosismo.

—Todo el mundo sabe dibujar. Solo es una cuestión de respetar las proporciones, usted misma lo dijo.

—Eso no es justo. Hay una gran diferencia entre la teoría y la práctica.

—Qué interesante. En cuanto intento que ponga a prueba su propia teoría, empieza a poner excusas. No le gusta que la desafíen, ¿verdad? No lo niegue. Ya se ha cruzado de brazos, ahora me mirará mal.

—No es cierto. No soy tan predecible —respondió, mirándolo mal.

—Cressie siempre hace eso cuando la regañan —intervino James—. Y cuando mamá o papá hablan con ella.

—¡No es cierto! ¿O sí? —Cressie miró a sus hermanos, horrorizada. Al ver que James y Harry asentían solemnemente, apretó los labios con pesar

86

y descruzó los brazos—. Es muy grosero por mi parte, chicos. Espero que no sigáis mi ejemplo.

James se encogió de hombros.

—Papá y mamá nunca se enfadan con nosotros. ¿Vas a jugar o no?

—¿De verdad espera que dibuje un caballo? —le preguntó a Giovanni con gesto suplicante.

—Lo que espero es que lo intente —aclaró él—. Si está bien o mal, lo decidiré cuando hayáis terminado. Habrá un premio para el que más se esfuerce. Mientras, yo haré mi trabajo.

Descubrió el lienzo en el que ya empezaba a tomar formar el retrato de los chicos, agarró sus pinceles y comenzó a pintar.

Los cuatro niños se pusieron a dibujar también, completamente concentrados en sus respectivas obras. Cressie miró la hoja de papel que tenía delante y se sintió intimidada. Ni siquiera recordaba el aspecto que tenía un caballo, aunque fuera el animal que mejor conocía. Al levantar la cabeza, sorprendió a Giovanni mirándola con gesto irónico, se apresuró a agarrar el carboncillo. Solo era cuestión de respetar las proporciones, por el amor de Dios. Cressie arrugó el entrecejo y trazó unas primeras líneas sobre el papel.

Después de una hora y muchas hojas de papel desechadas, el animal que tenía delante no guardaba parecido alguno con ningún equino. Había intentado dibujarlo de lado, pero el resultado parecía un hipopótamo con zancos. Cuando lo había retratado galopando, había aparecido un ser en una pirueta imposible, con cada pata tirando hacia un punto cardinal diferente.

En otro de sus intentos, el caballo que había dibujado parecía un perrito faldero suplicando un poco de comida. Había decidido entonces que quizá el problema fueran las patas y lo había dibujado tumbado, con las patas dobladas bajo el cuerpo. Lo que había salido parecía una mezcla de gato y oveja.

Por último había probado a pintarlo de frente. El dibujo tenía personalidad, eso no había quien lo negara. Con esa sonrisa y esas pestañas tan largas, se parecía tremendamente a la tía Sophia, que a su vez se parecía al camello en el que había montado Cressie durante su único viaje a Arabia.

—Los camellos son una especie de caballos —le dijo a Giovanni mientras él observaba el dibujo. Se dio cuenta de que estaba a punto de sonreír y tuvo que hacer un esfuerzo para no cruzarse de brazos. No iba a volver a cruzarse de brazos—. Si hubiera recibido algunas lecciones... —se detuvo en seco al recordar al profesor de dibujo que había tenido de niña, antes de la muerte de su madre, un maestro que había intentado en vano mejorar sus dotes artísticas—. Está bien, lo reconozco, no se trata solo de seguir las reglas. No tengo el menor talento. ¿Está contento?

—El caballo de Cressie se parecía a la tía Sophia —comentó Harry—. Mira, James.

Les quitó el dibujo a sus hermanos rápidamente porque lo último que necesitaba era que acabara en manos de su padre. O, peor aún, de su tía.

—Vamos a olvidarnos de mi dibujo porque es evidente que no soy la ganadora. Veamos los demás.

Freddie y George habían hecho una serie de manchas y de rayas, prácticamente las mismas formas que hacían para dibujar cualquier otra cosa. Pero en lugar de descartar los dibujos, Giovanni les dedicó el tiempo necesario para observarlos y valorar su esfuerzo. Al final anunció que todos eran los ganadores porque cada uno de los dibujos era el mejor en algo. Cressie habría creído que unos niños tan competitivos no se tomaran a bien semejante decisión, pero, una vez más, le sorprendió descubrir que no solo la asumían, sino que parecían sentirse orgullosos y, lo más importante, no se pelearon entre sí.

El premio fue un retrato individual para cada uno que Giovanni realizó en un abrir y cerrar de ojos y que resultó cómico además de fiel al original. Con solo unos movimientos del carboncillo, James quedó retratado como un rey, Harry como un general, Freddie como un domador de leones con látigo y todo y George como un boxeador con los puños levantados.

Cressie habría pensado que, mientras trabajaba, Giovanni no prestaba la menor atención a las conversaciones de los niños, pero resultó que sí lo hacía y por eso había retratado a cada uno de ellos como deseaban que los vieran. Cressie estaba impresionada con la habilidad de Giovanni, aunque el estilo cómico y libre de aquellos dibujos no tenía nada que ver con el depurado retrato que parecía estar adquiriendo vida en el lienzo. Por primera vez empezó a adivinar la inmensidad de su talento. En aquellos dibujos no había normas, ni proporciones, solo una imagen tremendamente evocadora. La admiración se convirtió en inquietud porque se dio cuenta de que veía demasiado. ¿Qué vería en ella, que no deseaba verse expuesta?

Después de que los niños se retiraran a comer, Cressie se quedó junto a Giovanni, observando el lienzo. Sería exactamente lo que deseaba su padre, la mejor versión de sus hijos.

—Hay más verdad en esos dibujos que ha hecho en un momento que en esta obra elaborada con tanta meticulosidad —dijo Cressie.

—Pero aquí hay más belleza, ¿no cree?

—Entonces es mentira, ¿es eso lo que dice?

Giovanni se encogió de hombros.

—Es la verdad de su padre. Y la de su madrastra. Es la verdad que quieren ver y lo que ve la mayoría de la gente porque no van más allá de la primera impresión.

—Pero usted sí va más allá. ¿Por qué no pinta eso?

En sus labios apareció una sonrisa amarga.

—Porque da más dinero vender mentiras. Pero voy a pintar la verdad en el segundo retrato que voy a hacerle. Podemos continuar con el primero esta tarde, ¿verdad?

—El retrato que demostrará mi teoría y que es mentira. No sé qué pensar —Cressie agarró uno de los pinceles que aún no había utilizado y se lo pasó por el dorso de la mano—. Ha estado muy bien con mis hermanos. A mí jamás me prestan tanta atención.

—¿Usted cree? Sin embargo se pelean por sentarse a su lado para dibujar. Deje de verlos como los hijos de su padre. No son sus rivales, solo son niños.

—Ojalá yo también hubiera sido un chico.

—¿Acaso piensa que lord Armstrong va a manipularlos menos que a sus hijas?

—Por lo menos no los obligará a casarse.

—Tampoco puede obligarla a usted.

—Pero puede hacerme la vida imposible.

Giovanni agarró ese mechón de pelo que se empeñaba en salírsele del moño y volvió a colocárselo en su lugar.

—Eso lo está haciendo usted misma, intentando ser algo que no es, deseando ser una persona que no es.

Apoyó la mano en su nuca. El roce de su piel la

hizo estremecer. Todo su cuerpo era consciente de su proximidad y eso la confundía.

—Me gustaría que dejara de empeñarse en pensar que soy infeliz.

Giovanni hizo caso omiso de sus palabras.

—Esta tarde, cuando pose para mí, quiero que se ponga otra ropa. Algo más escotado. Le guste o no, es usted una mujer, no un hombre, y quiero pintarla como tal. Es otra cosa que esconde bajo esos horribles vestidos que se pone —añadió mientras recorría con el dedo el cuello del escote y le rozaba los pechos con la mano.

Cressie se quedó sin respiración y se le endurecieron los pezones. Sin darse cuenta, dio un paso hacia él, quería que la tocara, ansiaba instintivamente, de la manera más pura, que satisficiera el deseo que sentía desde hacía días. No tenía nada que ver con la estética o la belleza, lo sabía. Era algo elemental, puramente carnal.

—Tiene unas curvas deliciosas —susurró Giovanni al tiempo que le ponía la mano sobre el pecho, tal y como ella deseaba—. ¿Sabe que esto es lo que el pintor inglés Hogarth denominó la línea de la belleza? —bajó la mano por el contorno de su pecho, hasta la cintura y desde ahí a las nalgas. De pronto tiró de ella hacia sí—. Su línea es increíblemente bella, Cressie.

La miraba con unos ojos muy brillantes. Ella estaba temblando y, con la absoluta certeza de que esa vez sí iba a besarla, se puso de puntillas y acercó la boca.

Una peligrosa oscuridad la envolvió al mismo tiempo que sus labios se apoderaban de ella con una pasión que la volvió loca de deseo. La tenía agarrada por las nalgas y la apretaba contra su cuerpo mientras su lengua se abría camino y la acariciaba. Cressie se arqueó contra él y ladeó la cabeza para saborearlo mejor, para abrirse a él sin pudor alguno, con igual pasión. Eran como dos animales salvajes que hubieran estado cautivos y por fin disfrutaran de la libertad, de una libertad que había dado rienda suelta a una pasión que Cressie jamás habría imaginado llevar dentro.

Podía sentir la fuerza de su masculinidad en el vientre. No le parecía ridícula, ni pensó siquiera en la otra vez, cuando había mirado a Giles con interés puramente analítico, porque lo que deseaba de Giovanni era algo completamente básico. Se oyó soltar un gemido de protesta cuando él apartó una mano de sus nalgas y volvió a gemir, pero de placer, cuando sintió esa misma mano en el pecho, acariciándole el pezón. Siguió besándola mientras la apoyaba contra la mesa y la sentaba en ella. Cressie abrió las piernas para que él se pusiera en medio; estaba impaciente por sentirlo sin el obstáculo del voluminoso vestido y esa impaciencia la llevó a ponerle la mano sobre el sexo.

Giovanni gruñó mientras ella le acariciaba la

erección y murmuró algo en italiano justo antes de tumbarla en la mesa. Sintió el olor a aceite de linaza de la paleta y oyó caer algo al suelo. Entonces él maldijo y la soltó bruscamente.

El movimiento los devolvió de golpe a la realidad. Cressie se levantó de la mesa y se colocó el vestido.

—Tengo que irme —murmuró y salió corriendo de la habitación, sin dejar que él se lo impidiera.

Giovanni se derrumbó sobre una silla. «¡*Inferno*!» ¿Qué tenía aquella mujer que le hacía perder el control de esa manera? Era insegura y siempre estaba a la defensiva, era desafiante y demasiado testaruda. Sin embargo, desataba en él una reacción que jamás había provocado ninguna otra mujer.

Durante años había practicado la castidad sin apenas esfuerzo, pero Cressie había hecho que se rebelara contra una restricción que él mismo se había impuesto. No debería haberla besado, no debería haberla rozado siquiera. Pero en cuanto lo había hecho se había desatado dentro de él un fuego que amenazaba con consumirlo por completo. Había estado en lo cierto. Esa imagen recatada que ofrecía al mundo escondía una pasión arrolladora. Solo con pensar en cómo había reaccionado, en el modo que lo había besado y cómo lo había acariciado... ¡*Dio*! volvía a excitarse. Unos minutos más y habrían acabado...

¡No! La castidad era la clave de su éxito. Estaba

confundiendo el deseo de pintarla con el deseo de hacer el amor con ella. No era más que los ecos del pasado, cuando el arte y el sexo habían estado inseparablemente unidos para él. Sentía tanto deseo por ella porque el deseo de retratarla era absolutamente irresistible. Pero la Cressie que quería pintar era la que lo había besado, era a ella a la que necesitaba pintar con la misma pasión que ella había despertado en su cuerpo. Quería mostrársela a ella y volver a reflejar esa pasión en su trabajo. En su verdadero arte. Quería volver a pintar con el corazón, eso era lo que deseaba apasionadamente.

Giovanni se puso en pie de un salto y empezó a recoger los pinceles, la paleta y las espátulas para limpiarlo todo. Debía terminar el primer retrato sin comprometerse más. Debía distanciarse de la labor y pintar a lady Cressida con la misma precisión con la que llevaba a cabo todos los encargos. El horrible dibujo que había hecho ella seguía encima de la mesa. Giovanni lo dobló y se lo metió en el bolsillo, casi convencido de que había encontrado la explicación a aquel sorprendente lapsus.

Cuatro

Cressie había decidido llevar a sus hermanos a dar un paseo por los jardines de la propiedad para aprovechar el sol, que por fin había tenido a bien asomarse entre las nubes. Bella se encontraba mal de nuevo y había reclamado la presencia tranquilizadora de Janey junto a su lecho y Cressie se alegraba de tener una excusa para no posar para Giovanni. Necesitaba tiempo para pensar.

La hierba estaba húmeda y los árboles apenas habían brotado aún, pero el cielo estaba despejado y completamente azul. Freddie y George habían abandonado los aros con los que habían estado jugando y se encontraban junto al riachuelo, buscando renacuajos en sus aguas. Los dos hermanos mayores estaban correteando entre los bosques. Cressie tenía el vestido manchado de barro y el pelo alborotado por el viento, porque había salido sin sombrero con la esperanza de que la brisa la ayudara a aclarar un poco sus ideas y sus emociones.

Desde la piedra en la que se había apoyado, vigilaba a los gemelos y confiaba en que, mientras pudiera escuchar a los otros dos gritándose el uno al otro, sabría que estaban bien.

No podía quitarse de la cabeza lo que había ocurrido esa mañana en el improvisado estudio de pintura. Debía de haberse vuelto loca. ¿Cómo había podido suceder? Ni siquiera recordaba quién había dado el primer paso, solo que había tenido la sensación de que fuera algo inevitable e irresistible... dos palabras en las que una matemática como ella, una persona que vivía supeditada a la lógica, ni siquiera debería pensar. Jamás se habría atrevido a imaginar que pudiera comportarse de un modo tan escandaloso. Nunca había perdido el control de semejante manera porque cuando se había acostado con Giles lo había hecho deliberadamente. Sin embargo, lo de besar a Giovanni había sido algo completamente primario.

La culpa era suya por haber evocado aquellas imágenes de Giovanni desnudo, lanzando una jabalina, ataviado solo con una exigua túnica. Ella era la culpable por haber permitido que su mente se detuviese una y otra vez en examinar la perfección de su rostro y de su cuerpo. Culpable por no haberse dado cuenta de que lo que se había empeñado en creer un análisis puramente estético se había transformado en lujuria. La lujuria más básica y primitiva. Debería estar avergonzada.

La brisa volvió a moverle el pelo y, al apartarse un mechón de los ojos, se acordó de que Giovanni le había apartado el cabello de la cara justo antes de besarla. O más bien antes de que ella se lanzara a él y a él le fuera imposible no besarla. Claro que tampoco se había resistido a hacerlo. Pero claro, por qué habría de hacerlo, seguramente estaba acostumbrado a que las mujeres se comportaran así. Ahora ella se estaba comportando como esas mujeres a pesar de saber perfectamente que no era como ellas, ni podría serlo nunca porque carecía de los atractivos necesarios para seducir a nadie.

¿Entonces por qué la habría besado Giovanni y lo había hecho como si realmente la deseara tanto como ella a él? Cressie se apartó de la piedra y fue hacia los gemelos, que habían dejado de buscar renacuajos y pretendían unirse a sus hermanos en un juego en el que seguramente no serían bienvenidos.

—Vamos a ver a los corderitos —propuso al tiempo que les ofrecía una mano a cada uno para llevarlos donde los cachorros estaban dando brincos mientras las ovejas pastaban tranquilamente.

Sentó a Freddie y a George en la valla, sujetándolos por la cintura para que pudieran ver a los animales desde un lugar seguro. Había un corderito negro apartado de los demás, que no parecía tener la menor intención de jugar como los otros. Sabía que era una tontería pensar en sí misma como la oveja negra de la familia, pero así era como se sentía. Aunque Giovanni no estuviese de acuerdo, debido a su empeño por descubrir a la otra persona que creía que había dentro de ella y que afirmaba que era la verdadera Cressie. La Cressie que quería pintar.

Por eso era por lo que la había besado, por supuesto.

Quería desconcertarla, hacerla reaccionar. No era más que parte de su estrategia. Seguramente una estrategia que había llevado a cabo muchas otras veces y con gran éxito, pues, ¿quién rechazaría los besos de un hombre tan absolutamente irresistible?

Lo mejor que podía hacer era fingir que no había ocurrido. No pensaba darle el gusto de saber el efecto que había causado en ella, aunque tampoco parecía desearlo. En realidad, ahora que lo pensaba, Giovanni siempre estaba haciendo comentarios de desaprobación sobre su propia apariencia.

Después de bajar a los gemelos de la valla y de llamar a Harry y a James, se dirigieron de vuelta a la casa. Mientras caminaba, Cressie no pudo evitar llevarse los dedos a los labios. Había sido un beso increíble. Los motivos de Giovanni habrían sido puramente artísticos, no tenía la menor duda, pero aquel beso había sido lo más delicioso y decadente que jamás había imaginado. No podía negar que no había podido hacer otra cosa que disfrutar de ello.

Su reacción era una evidencia inapelable, algo que una matemática jamás podría negar.

Cressie entró con nerviosismo al estudio del ático . Llevaba más de una semana posando para Giovanni todos los días mientras él trabajaba sin apenas decir nada, prácticamente como si ella no estuviera allí, salvo cuando tenía que pedirle que se colocara bien o darle alguna explicación técnica. El ambiente era tenso y asfixiante. No le permitía ver el cuadro. «No hasta que no esté satisfecho con el resultado», le había dicho varias veces, aunque también afirmaba estar avanzando mucho. Giovanni no había hecho el menor comentario sobre el beso, lo cual estaba muy bien porque tampoco ella pensaba mencionarlo jamás. Él era el pintor y ella la modelo; el hecho de estar los dos en aquella habitación no implicaba intimidad alguna, solo un ejercicio artístico de cierta intensidad. Eso era todo, decidió Cressie, satisfecha de haber podido explicarlo de una manera lógica.

Se subió el escote del vestido, en un fútil intento de que la tapara un poco más. Giovanni le había recordado el día anterior que quería que posase con una indumentaria más femenina, así que no había tenido más remedio que ponerse un vestido de noche con el que se sentía terriblemente expuesta. Quizá fuera porque era de día y aquel vestido de terciopelo de color carmesí, con el pronunciado escote y las mangas abultadas, mostraba mucha más piel de la que estaba acostumbrada a enseñar. Había sido de su madre y tenía un estilo ya pasado de moda que había popularizado Josefina, la esposa del emperador Napoleón. Con el corsé más apretado de lo normal, Cressie tenía la impresión de que sus pechos llamaban demasiado la atención. Al verse en el espejo se había sorprendido de su propio cambio, pero también por lo que aquel vestido decía de su madre, a quien jamás habría imaginado como una mujer que se vistiera para seducir.

Para no llamar la atención del servicio, le había pedido a la doncella que la dejara a solas después de apretarle el corsé, por lo que había tenido que peinarse sola y, como era lógico, el resultado no había sido todo lo satisfactorio que a ella le hubiera gustado. Había intentado hacerse un recogido de inspiración helénica, pero no lo había logrado. Al llegar Giovanni, la sorprendió tratando de colocarse varias horquillas, que se le habían caído.

Se detuvo en el umbral, con la mirada clavada en ella. Cressie estuvo a punto de cruzar los brazos sobre el pecho, pero se contuvo.

—Dijo que quería que me pusiese algo más... pero no tenía nada. A pesar de mis veintiséis años, todavía se me considera una muchacha por ser soltera... así que he tenido que ponerme algo que no fuera mío. Este vestido era de mi madre, pero si no es apro-

101

piado... —dejó la frase a medias, ruborizada, mientras él seguía mirándola sin pestañear—. Puedo ir a cambiarme ahora mismo.

—¡No! Cressida, es perfecto. *Sei bellisima*.

—Bueno, es verdad que es un vestido muy bonito. Me parece que la moda de cuando mi madre era joven...

—No es el vestido, es usted —Giovanni sonrió—. Aunque el pelo... si me permite.

Cressie se quedó muy quieta, sin apenas atreverse a respirar mientras él le colocaba los mechones que se le habían escapado del recogido. Olía a jabón y a trementina y tenía una ligera sombra de barba en la cara. ¿Por qué tenía que ser tan...? ¿Y por qué su cuerpo reaccionaba así?

—¡Ya está! ¡Perfecto!

La sentó en la silla y le colocó los pliegues del vestido antes de colocarse tras el caballete y retirar la tela que cubría el lienzo. ¿Qué demonios había esperado? ¿Que cayera rendido a sus pies, que la estrechara en sus brazos o que hundiera el rostro entre sus senos? La barba le rasparía la piel. El escote del vestido era tan pronunciado que el más mínimo movimiento le dejaría los pezones al aire, ante su vista. ¿Se los acariciaría con la lengua?

—Dios mío.

—¿Ocurre algo?

—No, nada.

—¿Le resulta incómodo el vestido?

—No, es que es un poco...

—Debe de tener una figura muy similar a la de su madre porque le queda como un guante.

—¿Usted cree? —preguntó Cressie, insegura.

—Y también se parece mucho a ella de cara, a juzgar por el retrato de ella que hay en la galería.

—Hoy está muy halagador. ¿Acaso quiere pintarme ruborizada?

Giovanni dejó el pincel y la miró.

—¿Cree que la halago solo por interés?

Cressie se encogió de hombros.

—Bueno, lo que importa es que surta efecto, ¿verdad?

En los ojos de Giovanni apareció un destello de furia, pero desapareció rápidamente. Clavó la mirada en la paleta.

—¿Está quedando bonito? —le preguntó—. ¿Está usted contento?

—Sí —asintió—. Estoy muy satisfecho. Pronto estará terminado y podré empezar con el segundo retrato.

—¿Ha decidido ya cómo va a pintarme?

—Se me ha ocurrido retratarla como Penthiselea la amazona, puesto que es el seudónimo que utiliza, pero como reina guerrera, tendría que retratarla con el pecho descubierto.

—Con este vestido ya me siento como si lo llevara descubierto. Este escote roza la indecencia —se dio cuenta demasiado tarde de que lo único que

103

había conseguido con sus palabras había sido atraer la atención de Giovanni hacia sus pechos, a los que miraba con un gesto que no parecía precisamente el del pintor que mirara a su modelo. Era el mismo gesto con que la había mirado cuando la había besado. Y de nuevo volvió a hacerle sentir una mezcla de impaciencia y deseo—. No estoy segura de ser una reina guerrera —se apresuró a decir, avergonzada por sus propios pensamientos—. No tengo valor para enfrentarme a mi padre, así que mucho menos podría enfrentarme a Aquiles.

—¡Qué injusta es consigo misma! La primera vez que la vi acababa de enfrentarse a su padre; recuerdo perfectamente el gesto desafiante que había en su rostro cuando yo entré al despacho. Y, a pesar de todos sus intentos por casarla, sigue usted soltera.

—Porque nadie ha pedido mi mano —al margen de una petición realizada bajo presión—. Como ya le he dicho varias veces, me temo que sobreestima mis encantos.

—Y, como yo le he dicho a usted, se empeña en valorarse a sí misma aún menos de lo que la valora su padre. No tengo la menor duda de que, si lo hubiera deseado, podría haber hecho que cualquiera de los candidatos de lord Armstrong pidiese su mano en matrimonio. Pero no ha querido hacerlo. De hecho, me atrevo a pensar que siempre se ha mostrado muy poco conciliadora con dichos caballeros. ¿Cuál es la verdad, Cressie? ¿Por qué no se ha casado todavía? ¿Es por ese hombre que mencionó su madrastra? ¿Acaso le rompió el corazón?

«¡Cuidado con lo que deseas, Cressie Armstrong!». Le estaba bien empleado por querer que Giovanni rompiera su silencio.

—¿Y qué me dice de usted? —replicó—. ¿Está casado? ¿Alguna vez se ha enamorado?

—No y no. Pero estamos hablando de usted.

—Yo no estaba hablando de nadie.

—Parece uno de sus hermanos —Giovanni se echó a reír—. *Ti ho messo con le spalle al muro*. No le gusta estar entre la espada y la pared.

—No me... Yo no estoy entre la espada y la pared. ¿Qué interés tiene de pronto en Giles Peyton?

—No tengo ningún interés en él, sino en el efecto que causó en usted. Quiero comprenderla mejor, ahora que el primer retrato está terminado y que lo que sepa de usted no podrá estropear la pureza de la imagen. ¿Comprende?

—¿Entonces este interrogatorio no es más que otra técnica suya?

—¡Por el amor de Dios! —Giovanni tiró el pincel al caballete, pero rebotó y cayó al suelo—. Dentro de usted hay escondida una mujer apasionada, aguda e interesante. La he visto, la he tocado, la he besado. Pero usted se niega a reconocer que existe y mucho menos a dejarla salir.

105

Se agachó a agarrar el pincel y después cruzó la habitación para ir hasta ella.

—Piensa que nadie la ve, pero quiere que la vean. Quiere que la gente sepa que es usted algo más que un buen partido. Yo puedo ayudarla, puedo sacar a la luz a esa persona, pero solo si usted me deja verla.

Cressie se mordió los labios antes de negarlo todo y se obligó a pensar antes de hablar.

—No quiero que muestre mis defectos, ni los errores que he cometido en el pasado —dijo con esfuerzo—. Lo que ocurrió con Giles... yo era tan joven y tan ingenua y estaba tan... no sé, tan desesperada por agradar. Pero ya no soy así, Giovanni.

—Entonces muéstreme cómo es ahora. Piense en este estudio como una especie de confesionario. Nada de lo que aquí se diga saldrá de aquí. Le doy mi palabra.

—¿Y si me confieso? Por desgracia usted no podrá absolverme de mis pecados —no pretendía ponerse a la defensiva, pero no estaba segura de que le gustara el rumbo que estaba tomando la conversación. Nunca había hablado con nadie de Giles. Ni siquiera se atrevía a pensar en ello—. Se está ofreciendo a hacer no solo el papel de artista, también el de sacerdote, ¿verdad?

Giovanni se puso en tensión.

—¡Yo no hago el papel de artista!

—Veo que no soy la única a la que no le gusta

estar entre la espada y la pared —replicó Cressie, aprovechando la oportunidad de devolverle el golpe—. Claro que hace un papel, usted mismo lo ha reconocido. El lienzo que tiene delante no es un retrato, sino un simple ejercicio estético. Tiene un increíble talento natural, lo vi en los dibujos que les hizo a mis hermanos, pero en lugar de utilizarlo, pinta lo que la gente quiere ver. Podría ser un artista, pero ha elegido interpretar el papel de pintor.

Solo quería poner freno a su interrogatorio, pero por un momento pensó que había ido demasiado lejos. Se dio cuenta de que tenía la boca rígida y los ojos brillantes, pero ante su mirada, la furia desapareció de su rostro. Entonces se pasó una mano por el pelo, se frotó los ojos y sonrió lánguidamente.

—Tiene razón. Ese es el rumbo que le he dado a mi carrera. Pero ya no me basta con eso.

Se aflojó el pañuelo del cuello y se sentó en un arcón que había junto a ella y que le manchó los pantalones de polvo. Era la primera vez que lo veía desarreglado, la primera vez que parecía confundido, vulnerable. Había apoyado los codos en las rodillas y la barbilla en las manos.

Cressie comenzó a girar una de las lentejuelas del vestido hasta que se quedó con ella en la mano.

—Tengo miedo —admitió por fin—. Me da miedo que la persona del retrato sea una criatura lastimosa y poco atractiva.

La lentejuela había dejado un agujero en la gasa del vestido. Cressie se quedó mirándolo porque no se atrevía a mirar a Giovanni.

—Usted no lo comprende. No puede entenderlo porque nunca ha tenido el menor problema en atraer a las mujeres, pero...

La interrumpió el sonido de una fría carcajada y la obligó a mirarlo.

—¿Cree que esto vale tanto? —le preguntó, señalándose la cara—. ¿Piensa que me gusta que me adulen constantemente? ¿Acaso piensa que me gusta que lo único que vea la gente de mí sea estos rasgos perfectos?

—¿Es por eso por lo que no se relaciona con nosotras, con Bella y conmigo? Por lo que come solo...

—Y por lo que duermo solo. Siempre. Desde... siempre. Ya ve, soy yo el que se está confesando —entonces se puso en pie, le agarró una mano y la hizo levantarse también—. Desde el momento en que la vi por primera vez vi algo diferente en usted. No puedo explicarlo, pero sé que si no la pinto, lo lamentaré el resto de mi vida. Y, para pintarla, necesito conocerla. ¿Lo entiende?

Podía sentir la proximidad de su cuerpo, de su piel, de su boca y sabía que acababa de confiar en ella, que le había contado cosas que no le había dicho a nadie más. Eso lo hacía vulnerable y aún más atractivo. Tenía ganas de abrazarlo, de besarlo y de suplicarle que le contara más y más, quería saberlo todo de él. Pero le debía una confesión y para eso tenía que alejarse.

—Muy bien, ahí va la verdad si quiere saberla —Cressie se soltó de él y se separó unos cuantos pasos—. Era mi tercera Temporada y, a pesar de lo que usted cree, había hecho todo lo posible por resultar agradable a los hombres que me había buscado mi padre, pero no servía de nada. Estaba tremendamente cohibida y, cuando no me quedaba muda, aburría a mis supuestos pretendientes hablándoles de mis estudios. Bella tiene razón, a los hombres no les gustan las mujeres con intereses intelectuales.

—Puede que a los hombres que conoce su padre —afirmó Giovanni con sarcasmo—. Lo cual dice mucho de lord Armstrong.

Cressie esbozó una ligera sonrisa.

—Gracias. Pero me temo que eso no cambia nada. Cuanto más lo intentaba, más asustaba a los pretendientes y más me desesperaba. Tiene que comprender que me educaron para que creyera que casarme no era solo mi obligación, sino mi única opción. En aquel momento no veía otra alternativa. Tenía que encontrar un marido como fuera. Así que cuando apareció Giles y mostró cierto interés en mí, al margen de mi familia, me convencí de que sería un buen esposo. No estaba enamorada de él, pero pensé que con el tiempo... Eso era lo que siempre decía mi tía Sophia, que el cariño surgía con el tiempo. Pero supongo que se me debió de notar la poca convicción que tenía porque cuando empecé a verlo como una posible solución, él empezó a perder el interés. Pensé que no podría soportar perderlo después de haberle dicho a mi padre que Giles iba a ir a hablar con él. Nunca había visto a papá tan orgulloso de mí. «Sabía que al final lo conseguirías», me había dicho. Así que... —tomó aire y apretó los puños con fuerza—. Pensé que si dejaba que Giles me hiciera el amor, no tendría más remedio que casarse conmigo —confesó con profundo dolor.

Se hizo un silencio ensordecedor. Cressie apoyó la frente en la fría pared y sintió ganas de vomitar, pero ahora que había empezado, no podía dejarlo así.

—No debería haber hecho algo tan horrible —prosiguió al tiempo que se volvía a mirarlo—. Intenté manipular a Giles, pero por suerte mi estupidez tuvo justo el efecto contrario al esperado y eso me salvó. Eso y el hecho de que nadie se enterara —añadió con una triste sonrisa en los labios.

—¿Me está diciendo que se entregó a ese hombre y él la abandonó?

—No, no —la incredulidad de Giovanni la hizo estremecer—. Giles se comportó de manera honorable y se ofreció a casarse conmigo, porque era lo que debía hacer, pero yo sabía que no quería hacerlo.

Me di cuenta de que sería una verdadera condena para los dos, aún peor que tener que enfrentarme a la amarga decepción de mi padre. Había logrado el objetivo, pero no fui capaz de llevarlo a cabo.

Cressie se tapó el rostro con las manos. No iba a llorar, pero lo cierto era que el recuerdo de aquella escena entre Giles y ella aún le resultaba muy doloroso. Volvió a respirar hondo y disimuló los nervios clavando la mirada en el suelo.

—Pobre Giles, en realidad era casi tan ingenuo como yo. Al principio intenté quitarle importancia a... ya sabe... lo que estábamos haciendo. Pensé que eso nos haría sentir más cómodos, pero debí de parecerle una idiota. Al ver que eso no funcionaba, probé a pedirle que me diera instrucciones, pero solo conseguí hacer patente su falta de experiencia y... Bueno, el resto lo dejo a su imaginación, aunque dudo mucho que pueda imaginar algo tan horrible. El caso es que rechacé la única petición de matrimonio que he recibido y Giles se alistó al ejército poco después. Creo que estaba tan avergonzado como yo.

Cressie se obligó a levantar la vista.

—Fue toda una lección. Aprendí que simplemente no soy la clase de mujer que los hombres... que pueden disfrutar de esas cosas. Si hubiera podido analizar menos y sentir más, pero yo no soy así. Lo mío es la lógica, los hechos y las pruebas. Entonces tomé la decisión de encontrar la manera de conseguir que mi destino fueran las matemáticas en lugar del matrimonio. Al menos con las fórmulas matemáticas una sabe a qué atenerse —irguió la espalda y lo miró a los ojos—. Ahí lo tiene, ya sabe la sórdida verdad. De todo eso hace ya algunos años —dijo con firmeza—. Ya lo he superado.

—Yo no estoy tan seguro —dijo Giovanni—. Y pensar que si la experiencia hubiese sido un poco menos desagradable, se habría casado con ese hombre para hacer feliz a su padre, y se habría convertido en una desgraciada.

—¿Por qué está tan enfadado? —nunca le había contado a nadie lo que había ocurrido entre Giles y ella. Era algo escandaloso, pero Giovanni parecía furioso—. Según usted, he acabado siendo infeliz de todas maneras. Si me hubiera casado, al menos habría cumplido con mi deber.

—¡Su deber! A mí me parece que es lo único que hace. ¿Debo recordarle que en estos momentos está ahorrándole a su padre el gasto y la molestia de tener que contratar a una institutriz que estaría mucho menos preparada que usted? Hace verdaderos esfuerzos para hacer compañía a su madrastra, cuando debería ser su padre el que lo hiciera. También hizo la función que debería haber hecho su hermana mayor al ocuparse de las dos menores, otra tarea que su padre desatendió. Y estoy seguro de que habrá muchas otras cosas. No tiene absolutamente nada que reprocharse, Cressida, pero no entiendo cómo pudo ocurrírsele entregar algo tan precioso a un hombre con el que ni siquiera deseaba casarse.

Visto así, tampoco ella lo comprendía.

—Ya se lo he dicho, estaba desesperada por hacer feliz tanto a Giles como a mi padre. No se imagina cómo eran las cosas —recordó con desdicha—. Bella acababa de darle un hijo a mi padre y dejó muy claro que quería deshacerse de mí lo más rápido posible. En aquella época mi padre estaba dispuesto a hacer cualquier cosa para tenerla contenta. No se imagina lo importante que es tener un heredero para un hombre como él.

—Lo sé perfectamente.

—No lo creo —tenía los ojos llenos de lágrimas, pero se negaba a derramar ni una sola. No iba a sentir lástima de sí misma, ni quería que Giovanni le tuviese lástima tampoco—. Entregué mi virtud con la esperanza de recibir a cambio una propuesta de matrimonio. Sé que si se lo confesara a mi padre, lograría precisamente lo que más deseo, que me retire del mercado, pero no soportaría que me echase en cara lo estúpida que fui. Yo, que soy tan tonta de considerarme inteligente. Mi comportamiento ya ha hecho que pierda gran parte del respeto que siento por mí misma. No quiero perderlo del todo.

Volvió a apoyar la cabeza en la pared, el movimiento hizo que se le soltara el pelo del todo y la melena le cayera sobre los hombros, desnudos. Giovanni no dijo nada. Seguramente le daba asco.

—Puede que, después de todo, no esté tan errado al pensar que soy infeliz —dijo Cressie, apenas con un hilo de voz—. Por desgracia no veo manera de cambiar la situación. Solo puedo hacer feliz a mi padre casándome, pero no puedo casarme y aunque pudiera... —levantó la mirada con gesto desafiante—. Aunque pudiera, ya lo sabe, ¡no lo haría! No pienso entregarme a un hombre solo para que mi padre pueda ampliar esta absurda dinastía. ¡Me niego!

—¡*Bravissimo*! —exclamó Giovanni, aplaudiendo—. Es todo un avance.

Cressie sonrió levemente.

—Yo no lo siento así —cruzó la habitación para ir hacia él, arrastrando el vestido de su madre por el suelo polvoriento—. ¿Es ahora cuando me impone la penitencia y me perdona los pecados?

Giovanni negó con la cabeza la cabeza y le tomó ambas manos entre las suyas.

—Ya ha hecho más penitencia de la que merecía. No creo que haya cometido ningún pecado, excepto el de dejar que la juzguen. No importa lo que piensen su padre, tu madrastra o ese estúpido de Giles, ni siquiera sus hermanas. Lo único que importa es lo que piense usted.

—Yo ya no sé qué pienso. Le voy a confesar algo más... me siento muy confundida.

Giovanni la llevó hasta el caballete.

—Mire. Aquí tiene la mujer que usted creía querer ser.

Cressie se quedó tan sorprendida por la imagen, que tardó varios minutos en reaccionar. La parte de abajo del cuadro no estaba terminada, aún tenía que pintar el vestido, pero el rostro, los hombros y los brazos sí estaban acabados. Se quedó mirando a aquella mujer que se suponía era ella, pero que no lo era. Tal y como le había prometido Giovanni, los rasgos y las proporciones eran perfectos y estaba muy bella. Parecía más dulce y, sí, más femenina, más seductora de lo que era realmente. Había en sus ojos un brillo prometedor y en sus labios, la promesa de un beso. Aquella lady Cressida era la clase de mujer con la que cualquier hombre querría casarse y alardear de haberse acostado con ella.

—¿Qué le parece?

La voz de Giovanni sonaba inusualmente insegura. Al darse cuenta de que le importaba su opinión, Cressie miró el retrato con mayor atención, tratando de verlo de una manera objetiva y recordar los términos de la apuesta.

—Como demostración de mi tesis, es prácticamente perfecta. Ha creado belleza siguiendo las fórmulas de la naturaleza —concluyó por fin.

—Eso no es lo que le he preguntado.

—Lo sé —miró de nuevo a la mujer del retrato—. Es muy bella, pero no soy yo. No quiero decir que no se parezca a mí, se parece mucho, Giovanni, y la técnica es impecable, pero...

—Dígame lo que siente al verla.

—Es extraño, pero es como si le faltara algo de mí. Si el arte es verdad, entonces esto es una mentira, o al menos una mentirijilla. Ha eliminado todos mis defectos y ha añadido características que no tengo. Hay algo de mí en ese rostro, pero yo no soy así de sumisa, ni tan segura de mí misma.

—Es cierto, no es ninguna de esas dos cosas, pero es increíblemente perspicaz. Pocas personas serían capaces de hacer un análisis tan acertado, sobre todo tratándose de sí mismos.

Cressie siguió observando el lienzo desde distintas perspectivas.

—Las proporciones, los ángulos, es todo perfecto, pero es mentira. Las matemáticas son la verdad más pura; sus reglas son irrefutables y sin embargo usted las ha refutado. No lo comprendo —se volvió hacia él—. Yo no soy esa mujer. Ni siquiera quiero ser así, una sirena de sonrisa tonta.

—Sin embargo usted afirmó que desearía ser así, toda conformidad y sumisión. Esta mujer —dijo Giovanni con desprecio—, se habría casado para complacer a su padre sin dudarlo.

—¡Yo no soy esa mujer!

—No, por supuesto que no. Pero tampoco es sincera consigo misma. Le gusta pensar que es una rebelde que lucha con pequeños gestos contra las restricciones que le impone la vida, pero el instinto sigue impulsándola a conformarse y a obedecer. Este retrato —comenzó a decir con un énfasis que la obligó a mirarlo—, no es del todo mentira.

Cressie volvió a mirar el cuadro y no tuvo más remedio que admitir la verdad que había en las palabras de Giovanni, y en su obra.

—Caray, puedo sonreír y asesinar mientras sonrío, puedo gritar «alégrate» a los que desuelan mi corazón: puedo mojar mis mejillas con lágrimas hipócritas y arreglar mi cara según las circunstancias —citó irónicamente—. Ricardo III —añadió, mirando a su espalda, donde se encontraba él—. Adecuado, por lo visto, pero muy poco halagador.

—Pero tampoco es toda la verdad. Cuando la pinte como Penthiselea, quiero que lleve el pelo suelto.

—¿Entonces ha decidido que sea una amazona?

Volvió a agarrarle una mano.

—Sin duda es cierto que es usted mucho más fuerte de lo que cree —dijo, al tiempo que le besaba la muñeca.

Sintió el calor de su boca y se le aceleró el pulso bajo sus labios.

—Y con mayor tendencia a engañarme a mí misma, si debo creer el análisis que ha hecho de mi personalidad —respondió Cressie, tratando de no sentir lo que le provocaba el roce de su piel y su mera proximidad.

De pronto el aire que los separaba se llenó de tensión.

—Quería que se sintiera mejor consigo misma, no peor. Sé lo fuertes que son los vínculos que nos unen a aquellos que llevan nuestra misma sangre en las venas. Sé lo intensa que es la necesidad de complacerlos. Sé lo difícil que es complacerse a uno mismo al hacerlo —le puso la mano en el pelo y se lo acarició hasta llegar al hombro, donde dejó la mano—. Sé cuánto se sufre y sé lo que es escapar de todo ello.

Le pasó un brazo alrededor de la cintura y tiró de ella hacia sí, mirándola fijamente a los ojos y hablándole con una voz capaz de hipnotizarla. Había muchos secretos dolorosos tras sus palabras, pero Cressie estaba demasiado distraída por sus caricias, por su olor y por toda su presencia como para prestarles atención. Sintió un repentino calor y se dio cuenta del modo en que los pechos le subían y bajaban al ritmo de la respiración.

—Eres mucho, muchísimo más de lo que crees, Cressie —susurró y le rozó los labios con los suyos en un beso increíblemente sutil, apenas un roce—. Penthiselea, reina guerrera. ¡Lucha!

Bajó la cabeza y le besó el escote. Cressie gimió suavemente al sentir el roce de sus labios y de su lengua en los pechos. Entonces sintió sus manos en las nalgas y se inclinó más hacia su cuerpo, levantando los pechos para recibir toda su atención. Las mangas se le deslizaron por los brazos y la parte delantera del vestido cayó también, como si lo hubieran diseñado para eso.

—*Sei bellisima* —murmuró Giovanni y se metió en la boca uno de sus pezones.

Lo chupó hasta hacerla estremecerse de placer. Cressie retrocedió varios pasos y se encontró de pronto contra la pared. Él seguía chupándole un pecho mientras acariciaba el otro con la mano. Sintió una extraña y deliciosa tensión en el vientre.

—*Sei bellisima* —repitió y ella lo creyó.

No creyó que realmente fuera bella, sino que Giovanni lo decía de verdad. Su boca devoraba un pezón mientras sus dedos jugueteaban con el otro, arrastrándola a una auténtica agonía de deseo.

La apretó contra sí, dejándole sentir su excitación contra el vientre. Quería desesperadamente sentirlo más cerca.

—Giovanni —le dijo con voz ronca—. Giovanni —repitió con más insistencia. No parecía dispuesto a apartarse de sus pechos, ni ella quería pedírselo, pero—... ¡Giovanni!

Por fin la miró. Cressie le acarició la mejilla, notó la aspereza de la incipiente barba.

—¿Quieres que pare?

Cressie movió la cabeza.

—Quiero que me beses.

En su boca apareció la sonrisa más sensual que había visto nunca.

—Per fortuna, es precisamente lo que me encantaría hacer —dijo y, con una mano en su pecho y otra en su nalga, posó los labios en los de ella.

Cressie abrió la boca para él.

De pronto se abrió la puerta del desván con un golpe.

—¡Aquí estáis los dos! —exclamó Harry—. Le dije a James que esta era vuestra habitación secreta, pero no me creyó—. Tienes que decirle que es cierto, Cressie. Pero ahora tienes que venir inmediatamente.

—¿Por qué? ¿Qué ocurre?

—Ha venido papá.

Cinco

—Una cena ciertamente escasa, debo decir. ¿Cómo se le ha ocurrido a la cocinera enviarnos una selección tan miserable de platos de acompañamiento. Querida, tienes que hablar seriamente con ella. Hay que mantener un cierto nivel de calidad.

Lord Armstrong separó los dos lados de la cola de la chaqueta y se sentó en una butaca frente al fuego, mirando hacia su esposa. Después de la cena, se habían retirado a la sala de estar formal, una estancia enorme que nadie había utilizado desde hacía meses, desde la última visita del señor de la casa. Bella solía cenar rápidamente con su hijastra antes de marcharse a la cama de manera casi inmediata, por lo que aquella noche estaba librando una verdadera lucha consigo misma para seguir despierta. Acurrucada bajo un gran chal de cachemir y ostensiblemente incómoda embutida en el traje de noche, lady Armstrong protestó débilmente contra las palabras de su esposo:

—Si hubiéramos sabido que venías, querido, me habría asegurado de que prepararan una cena más adecuada y sustanciosa.

—Hay que estar siempre preparado para todo —respondió su marido—, siempre un paso por delante de la oposición y así nunca se fracasa.

—Somos su familia, no la oposición, y, si usted hubiese enviado una nota anunciando la visita, habríamos podido ofrecerle una cena a la altura de su elevada posición —Cressie, que estaba lo bastante lejos del fuego como para sentir frío, sentía también una rabia considerable. Se fijó en que Bella estaba muy pálida, pero tenía las mejillas sonrojadas, un rasgo poco habitual en ella. Sabía también, porque ella misma se lo había confesado, que tenía los tobillos tan inflamados que apenas soportaba los zapatos—. Bella no se encuentra bien —señaló—. Debería estar en la cama.

—Tonterías. Es bueno para la circulación que se levante y se mueva un poco. Y también es bueno para el niño que hagas ejercicio, Bella. Estoy seguro de que sir Gilbert Mountjoy no te dijo que estuvieras todo el día en cama.

—Lo que dijo sir Gilbert era que Bella necesitaba descansar —apuntó Cressie.

Lord Armstrong, acostumbrado por su profesión a adaptar la verdad a los intereses que mejor le convinieran, desestimó el comentario de su hija con un movimiento de mano.

—Lleva semanas descansando. Según recuerdo, Cressida, te envié aquí precisamente para que mi mujer pudiese descansar. Me pregunto cómo es que no se te ha ocurrido liberarla de algunas sencillas tareas domésticas, como encargar que se prepare una cena en condiciones.

Cressie tuvo que morderse los labios para no dejar salir la furia que sentía. Su padre tenía un verdadero don para provocarla y a ella le costaba mucho no morder el anzuelo de dicha provocación. Pero esa vez no lo hizo. Su padre jamás admitiría estar equivocado, por lo que era una pérdida de tiempo intentar que lo hiciera. Sabía que era una nimiedad negarse a dejarse menospreciar, pero de todos modos se negó y eso hizo que se sintiera mejor. Aprendiendo de la técnica de Giovanni, porque en muchos aspectos su padre era tan infantil como sus hermanos, ni siquiera se dignó a responder, simplemente se puso en pie.

—¿Adónde crees que vas?

—Aunque parece haberlo olvidado, padre, la principal razón por la que me envió aquí fue para que ejerciera de institutriz de sus hijos. Voy a comprobar que están acostados; son tan inquietos —explicó con una sonrisa en los labios—, que me temo que no siempre obedecen a su niñera y a menudo se niegan a acostarse cuando deberían. Quizá, ya que está aquí, le gustaría hacerlo usted mismo. De hecho, me pregunto cómo no se le ha ocurrido antes ofrecerse para leerles el cuento de antes de dormir. Le pido disculpas y le aseguro que mañana no le quitaré el lugar que le corresponde como padre.

—Yo no tengo tiempo para leer cuentos —aseguró lord Armstrong, mirándola con gesto desconcertado, pues no estaba acostumbrado a escuchar respuestas sarcásticas bajo su techo, a no ser que fueran las suyas, pero seguramente no se le pasó por la cabeza que Cressida pudiera estar burlándose de él.

—Cressie se está portando muy bien con los niños, Henry —le informó Bella—. Le hacen mucho más caso a ella que a mí. Pobrecitos míos. Me preocupaba no poder prestarles atención porque realmente no me he encontrado muy bien últimamente, pero parecen muy contentos con su hermana mayor.

—Vaya, muchas gracias, Bella —le dijo Cressie, sorprendida.

—Y también está siendo muy amable conmigo —prosiguió su madrastra—. Se ha hecho cargo de todas las tareas domésticas porque ha habido días que estaba tan débil como un pajarito. Las náuseas matinales me dejan muy indispuesta.

—¿Náuseas? Esa etapa ya deberías haberla dejado atrás. Ya debes de estar de... ¿cuánto, cinco meses?

—Tu última visita fue en noviembre.

A lord Armstrong le desconcertó que su esposa hiciera pública una información tan personal.

—Tonterías, querida. Me parece que te equivocas. Estoy seguro de que...

—Viniste el día de Navidad. Llegaste a tiempo para ir a la iglesia y te marchaste después de la cena, pero no has pasado aquí la noche desde noviembre. No es de extrañar que Freddie y George se mostraran tan avergonzados contigo; apenas se acordaban de ti.

Una vez más, Cressie miró con sorpresa a su madrastra. Jamás la había oído hablar así a su padre y, al ver la cara de lord Armstrong, se dio cuenta de que estaba tan atónito como ella. Tuvo que disimular una sonrisa. Por primera vez en su vida tuvo la impresión de que su madrastra y ella estaban en el mismo bando.

Y parecía que Bella aún no había acabado.

—Supongo que querrás pasar un tiempo con tus hijos, ahora que estás aquí —le dijo—. Estoy segura de que a Cressie le vendría muy bien tener una mañana libre, por si quieres llevártelos a pescar.

Primero Cressida se burlaba de él y ahora Bella decidía ponerse arrogante. Estaba claro que allí estaba ocurriendo algo, pensó lord Armstrong, y no estaba seguro de que le gustara.

—Por nada del mundo querría interrumpir su formación académica. Además, tengo que volver a Londres casi de inmediato. Parto hacia San Petersburgo con el duque y puede que esté fuera varios meses. Por eso he venido, para asegurarme de que está todo organizado antes de irme.

—Comprendo.

De no haber estado mirándola atentamente, a Cressie se le habría pasado por alto el gesto de decepción que apareció fugazmente en el rostro de Bella, porque enseguida lo hizo desaparecer de nuevo. Su madrastra estaba dolida. No debería haber sido ningún descubrimiento, pero lo fue. Bella amaba a su marido. Había pensado que estaba allí para visitarla, incluso había albergado la esperanza de que estuviera preocupado por ella, pero la realidad era que lo único que le interesaba a lord Armstrong era que «todo estuviera organizado». Cressie se dio cuenta entonces de a qué se refería. No iba a estar allí cuando naciera su hijo. El bebé que Bella llevaba dentro.

Se olvidó bruscamente de la técnica de la indiferencia.

—¡Padre! No puede irse con Wellington. Estoy segura de que podrá encontrar a otro que lo acompañe. Bella lo necesita aquí.

—¿Cómo dices?

—¡Cressie! —exclamó su madrastra.

—Ella nunca te lo dirá, así que tengo que hacerlo yo.

—¡Cressida, te lo suplico!

—No quiere que hagas un viaje tan largo en un momento tan importante.

—No le hagas caso, Henry. Estaré perfectamente sola.

—No vas a estar sola.

Lord Armstrong se puso en pie. Rara vez dejaba ver su enfado, pero Cressie se dio cuenta por la rigidez de su postura de que estaba haciendo un tremendo esfuerzo para ocultar sus sentimientos. En cualquier otra circunstancia, se habría alegrado, pero en aquel momento solo quería hacerle ver lo egoísta que estaba siendo.

—Padre, sé que será un sacrificio para usted, pero Bella es más importante que...

—¡Cómo te atreves! ¿Cómo te atreves a decirme lo que debo hacer? ¿Cómo te atreves a decidir lo que es importante para Inglaterra y lo que no? Pareces haber olvidado que Bella ya ha traído al mundo a cuatro niños perfectamente sanos sin ningún tipo de complicación ni de dramatismo.

—Esta vez es diferente, padre. Bella no se encuentra bien.

—¿Y quién tiene la culpa de eso? No tengo la menor duda de que la has animado a creer que está peor de lo que está. Mountjoy no vio nada digno de preocuparse cuando la examinó, de lo contrario me habría informado de ello. Mi esposa tampoco había expresado preocupación alguna, hasta hoy, y es evidente que ha sido gracias a tu influencia. Porque no me ha escrito ni una sola vez para comunicarme su preocupación, ¿no es cierto, querida? —lord Armstrong se volvió bruscamente hacia su mujer, que parecía estar intentando desaparecer en la butaca.

Bella negó con la cabeza.

—No quería preocuparte, Henry. Sé lo importante que...

—¡Ya lo ves! —exclamó lord Armstrong, pero la sensación de triunfo que denotaban sus palabras le hicieron refrenar sus emociones y, cuando volvió a hablar, lo hizo con su tono más habitual—. Aunque no quisieras preocuparme, mi amor, yo estaba preocupado por ti. Por eso le he pedido a sir Gilbert que venga a verte una vez al mes hasta que llegue la fecha y, aunque está casi tan solicitado como yo, ha accedido a instalarse en Killellan Manor durante la convalecencia tras el alumbramiento. Ya ves lo mucho que me preocupo por nuestro hijo.

¡Por su hijo! No por su esposa. Aquel matiz le habría pasado inadvertido hacía solo unas semanas, pero Giovanni la había enseñado a ver el mundo de una manera muy diferente. No obstante, esperaba que Bella se hubiese quedado más tranquila y su reacción la pilló por sorpresa.

—¡No! —Bella se incorporó en la butaca con esfuerzo—. No quiero que se quede aquí.

Lord Armstrong parecía absolutamente desconcertado.

—Pero, querida, sir Gilbert ha asistido al nacimiento de todos nuestros hijos. Es el mejor en su campo.

—¡No! —Bella consiguió ponerse en pie—. No quiero que esté aquí. ¿Me has oído, Henry? Quiero una comadrona. Quiero una mujer. No voy a permitir que ese hombre me toque con sus dedos helados y me diga que no arme tanto jaleo con esa voz melindrosa. «Vamos, lady Armstrong, un poco de moderación. ¿Acaso ha oído alguna vez pegar esos gritos a las vacas cuando paren?». Me encantaría verle dar a luz a unos hijos tan grandes como los míos sin dar un solo grito. Ya veríamos si era tan estoico teniendo que soportar semejantes instrumentos de tortura. No quiero ni verlo, Henry. Puesto que no vas a estar aquí, seré yo la que lo organice todo y no quiero hablar más del tema. Ahora voy a retirarme a mis aposentos. No quiero entretenerte más, así que te veré por la mañana.

Bella salió de la habitación con toda la dignidad que le permitía su estado físico. Sin salir de su asombro, Cressie decidió que era mejor retirarse también. Había sido un día muy largo y tenía muchas cosas en que pensar.

Al día siguiente, Cressie le relató a Giovanni todo lo sucedido durante la velada anterior.

—Me siento tan tonta. Estaba tan ocupada con mi resentimiento hacia ella que no me di cuenta de que la pobre Bella es tan víctima del egoísmo de mi padre como mis hermanas y yo. En realidad lo ama, pero a él no le importa lo más mínimo. Tenías razón —susurró, pues sus cuatro hermanos estaban sentados cerca, concentrados en sus tareas—. A mí padre le preocupa tan poco lo que quiera Bella como lo que quiera yo. Tendrías que haber visto la cara que se le puso anoche cuando se dio cuenta de que solo había venido a asegurarse de que todos nos portamos bien mientras él se larga a Rusia con Wellington. Me dio tanta lástima.

Giovanni levantó el pincel del lienzo y clavó la mirada en las manos de Freddie, que era lo que estaba pintando. La presencia de Cressie, caminando de un lado a otro del estudio, le estaba distrayendo más de lo normal. Había decidido que los chicos dieran sus lecciones en el estudio para que él pudiera trabajar al mismo tiempo. El cambio había supuesto un gran avance para el retrato de los niños, lo que a su vez le permitía tener la tarde libre para pintar a Cressie. Pero aquel día se veía incapaz de concentrarse.

Cressie estaba distinta. Era como si hubiera cambiado durante la noche. Al liberarse del resentimiento y de la rabia hacia lady Armstrong, de pronto parecía tener una imagen más fresca, como si se hubiera deshecho de eso que la debilitaba o lo hubiese transformado en una fuerza positiva. Penthiselea, la reina guerrera. Con Cressie no había términos medios. Ahora estaba del lado de Bella y no iba a perder el tiempo recordando lo mal que la había tratado su madrastra en el pasado. Giovanni se preguntó cómo recibiría lady Armstrong el cambio de parecer de su hijastra. Por lo que le había contado de lo sucedido la noche anterior, parecía que también ella empezaba a hartarse del despótico comportamiento de su esposo. Jamás habría imaginado que se convirtieran en aliadas, pero parecía que era eso lo que iba a suceder.

Giovanni sonrió. Le encantaría ver el resultado de la revolución que iba a sufrir la familia Armstrong y que él había ayudado a estallar. Por desgracia, era poco probable que pudiera presenciarlo, pues solo tardaría unas semanas más en acabar el retrato de los niños. Sintió en el estómago una punzada parecida a las que provocaba el hambre, pero no le dio importancia. No era tanto que fuera a echar de menos a Cressie, como que le preocupaba no tener tiempo de terminar su retrato. Tendría que trabajar noche y día.

Intentó concentrarse en el lienzo que tenía delante, por el que le estaba pagando el señor Armstrong, pero le interesaba mucho más el cambio de actitud de Cressie hacia su padre. No creía que fuera a resultarle tan fácil abandonar la costumbre de obedecerle como ella lo veía en ese momento. Giovanni sabía por experiencia que era un hábito muy persistente y que había que estar vigilante para acabar con él. Pero lo importante era que Cressie había dado el primer paso.

Le había contado las pequeñas alabanzas que le había hecho lady Armstrong la noche anterior, pero el efecto que había causado en ella le parecía desproporcionado, pues lo veía como un simple elogio que la señora de la casa le había hecho más para molestar a su marido que por mostrar aprobación hacia su hijastra.

Era increíble lo poco que necesitaba Cressie para alegrarse. Giovanni se había percatado de lo mucho que estaban disfrutando sus hermanos de las lecciones, simplemente por la ostensible disminución de las interrupciones. Particularmente Harry tenía muy buena cabeza para las matemáticas y se había ganado la ira de James terminando los ejercicios del manual de Cressie mucho antes que su hermano mayor para, además, pedirle después a su hermana que le pusiera unas sumas más difíciles. James, digno hijo de su padre, no se había tomado a bien semejante demostración de superioridad, pero Cressie había hecho caso omiso a la pataleta del mayor y había comprobado una vez más que no había mejor táctica.

Si al menos pudiera actuar como si Cressie no estuviera allí, pero era terriblemente consciente de su presencia, de su inquieto ir de un lado a otro. Estaba detrás de él, pero de vez en cuando se detenía junto al caballete y le contaba algún detalle más de la velada anterior o alguno de los muchos ejemplos del pasado en los que su padre había puesto sus propias necesidades por delante de cualquier otra cosa. Había un sinfín de ellos, infinidad de momentos que, inconscientemente, Cressie había guardado en su prodigioso cerebro con todos y cada uno de los detalles.

Giovanni abandonó los intentos de pintar las manos de Freddie. Su pericia para pintar las manos de sus modelos era una de las cosas más apreciadas de sus obras y una de las técnicas en las que más había trabajado, pero aquel día no tenía la disposición necesaria para hacerlo. Así pues, agarró otro pincel y optó por pintar la camisa del niño.

—Es increíble la cantidad de tonos que utilizas para pintar algo que yo veo solo blanco. Cuando te veo pintar me doy cuenta del enorme talento que tienes. No puedo creer que me atreviera a decir que no eras más que un artesano.

Cressie se había inclinado sobre él para observar el cuadro de cerca. Uno de sus rizos le rozó la mejilla y le llegó un olor a tiza, a lavanda y a fresa, ese último procedente de la mancha de mermelada que le había dejado uno de sus hermanos en el vestido. Siempre estaban agarrándose a ella y, aunque era evidente que Cressie no era por naturaleza una persona muy dada al contacto físico, también en eso había cambiado; se había fijado en que ya no tenía problema alguno en jugar con los niños y la había visto darles algún abrazo e incluso algún que otro beso de consuelo. Apretó el pincel con fuerza al pensar en los besos de Cressie. Maldijo entre dientes. ¿Acaso ahora envidiaba unos besos infantiles?

Era ridículo. Pero el día anterior, justo antes de que Harry los interrumpiera...había probado un beso que le había hecho sentir algo más que consuelo. Desde entonces apenas había podido pensar en otra cosa.

Y seguía pensando en ello mientras las faldas de Cressie le rozaban los pantalones. Le estaba preguntando algo sobre el sombreado. Tenía que encontrar la manera de conducir sus pensamientos hacia otro lugar.

—Ten, añade tú el siguiente pigmento. Yo te ayudo —mojó el pincel en otra de las tonalidades de blanco y se lo dio a ella.

—¡Giovanni! —cualquiera habría pensado que acababa de darle un collar de diamantes—. No puedes... no me atrevo. Ya viste lo que conseguí cuando intenté dibujar un caballo.

Le conmovió profundamente su gratitud y la admiración que denotaba dicha gratitud, lo cual significaba mucho para él porque no había absolutamente nadie, ni en Inglaterra, ni en Italia, que comprendiese su trabajo tan bien como ella. Hacía falta tan poco para complacerla y sin embargo merecía tanto. Si pudiera complacerla como realmente se merecía...

Cortó de raíz aquel pensamiento. Cressie lo miraba con incertidumbre.

—Veo que has cambiado de opinión y no te culpo —dijo, pero no pudo disimular del todo la decepción.

Giovanni sacudió la cabeza con decisión.

—La belleza del oleo reside en la facilidad con la que se puede enmendar cualquier error, porque tarda mucho en secarse. Pero no vas a cometer ningún error. Acércate.

La atrajo hacia así poniéndole una mano en la cadera, otra parte de su anatomía que le quitaba el sueño por las noches, y agarró la mano con la que ella, a su vez, sostenía el pincel. Sentía el calor de su cuello, tan delicado. Le temblaban los dedos bajo los suyos. Había notado que últimamente había dejado de toquetearse la piel de alrededor de las uñas, aunque era evidente que le estaba suponiendo un gran esfuerzo. Giovanni no había querido elogiar su esfuerzo, pues sabía que ella preferiría que él no lo supiese.

—Con suavidad —le dijo—. No aprietes demasiado. Así —guio su mano por el lienzo.

—¡Estoy pintando de verdad! Imagina dentro de cien años, cuando los expertos analicen este retrato, fruncirán el ceño al notar estas pinceladas tan torpes y se preguntarán si dejaste que un aprendiz trabajara contigo.

Le volvieron a temblar los dedos y Giovanni tuvo que decirse a sí mismo que simplemente estaba nerviosa. Y que estaba apoyando las nalgas en sus muslos solo para no perder el equilibrio. Luchó para intentar frenar la oleada de sangre que le llegó a la entrepierna como respuesta. A ella parecía habérsele acelerado la respiración. Eso también era por los nervios, se dijo. No iba a mirar por encima de su hombro, al modo en que subían y bajaban sus pechos. Esos pechos sensibles con los pezones del color de las rosas que crecían en el *Palazzo* Fancini. Intentó pensar en los pigmentos que iba a utilizar para obtener el tono perfecto, pero era demasiado tarde. Inconscientemente, subió la mano desde la cadera de Cressie hasta sus costillas, justo debajo de su seno. Al darse cuenta, se dispuso a retirarla.

—¡No! —exclamó ella en un susurro—. Quiero decir que no te muevas por favor, no se me vaya a mover el pincel.

Giovanni se abstuvo de señalarle lo que ya le había explicado sobre la facilidad de corregir el óleo y se limitó a aprovechar la circunstancia de que el caballete y el lienzo los ocultaban de la mirada de los niños. Solo tuvo que subir los dedos unos centímetros para poder agarrarle el seno. Ella se estremeció y la erección de Giovanni aumentó.

—Más —susurró Cressie—. Creo que necesitamos más pintura.

La paleta estaba en una mesita que había al lado. Solo había que estirarse un poco para llegar a ella. Cressie se inclinó hacia delante y, al hacerlo, le frotó con el trasero una vez más, pero ahora Giovanni tuvo la certeza de que lo había hecho deliberadamente porque ella se volvió a mirarlo con una sonrisa pícara y sensual.

—Papá, ¿has venido a ver nuestra nueva aula?

—Papá, ¿has venido a ver el cuadro?

—¡Maldita sea! —exclamó Cressie bastante alto. Por suerte el movimiento de las sillas y los gritos de alegría de los niños sirvieron para que nadie la oyera excepto Giovanni.

Agarró el pincel al vuelo, antes de que manchara de blanco el magnífico suelo de roble de la galería. Estaba a punto de asegurarle que su padre no había visto nada cuando se encontró con la mirada de lord Armstrong y se vio obligado a cambiar de opinión. Durante las últimas semanas había empezado a pensar en aquel hombre, al que solo había visto una vez, como una especie de bufón ignorante, olvidándose del importante detalle de que lord Armstrong era uno de los diplomáticos más respetados de Inglaterra, y quizá de Europa. Un hombre así no alcanzaba semejante éxito si no era gracias a una afinada capacidad de observación y a la habilidad de saber evaluar cualquier situación a simple vista. A juzgar por la expresión de su rostro, ambas habilidades le decían ahora que había algo que no estaba como debería. No estaba mirando a los niños, sino a su hija.

—¿Por qué no me han informado de que habíais cambiado de aula?

—Vamos, padre, sabe que no le gusta que le molesten con asuntos domésticos tan insignificantes. Pensé que aprobaría el cambio, pues ha resultado ser muy útil, puesto que me permite llevar a cabo las lecciones mientras Giovanni... el *signor* Di Matteo avanza en el retrato.

Cressie tenía las mejillas algo sonrojadas, pero parecía sorprendentemente tranquila. De hecho, más bien daba la impresión de que estuviera disfrutando de la situación. Giovanni contuvo una sonrisa e inclinó la cabeza ligeramente.

—Lady Cressida es muy ingeniosa —comentó.

Lord Armstrong lo miró fijamente. Estaba ostensiblemente desconcertado, pero por suerte la limitada idea que tenía de su hija como una persona sin atractivo alguno e incapaz de albergar deseos propios le impedía siquiera imaginar lo que había despertado su desconfianza. No hizo el menor intento de responder al saludo de Giovanni antes de centrar su atención en el lienzo.

—El *signor* Di Matteo ha hecho excelentes progresos, ¿no cree, padre?

—La mayor parte del lienzo sigue vacía.

—Sí, pero ha terminado las caras y casi todas las manos. Son los elementos a los que hay que dedicar más tiempo. ¿No le parece que el parecido es asombroso? —insistió Cressie.

—Sí, no está mal —admitió lord Armstrong a regañadientes—. Pero no esperaba menos por el dinero que cobra —una vez examinada la obra, se dio media vuelta, haciendo caso omiso a las peticiones de sus hijos; todos ellos querían que reconociese lo bien que estaban en el cuadro. Los apartó de su lado bruscamente porque detestaba que le tiraran de la ropa y se volvió hacia Giovanni—. Esperaba poder estar cuando estuviese terminado el retrato, pero no va a ser posible. Me reclaman en Rusia para atender importantes asuntos de estado.

Como solía hacer cada vez que mencionaba su trabajo, el diplomático se hinchó como un pájaro que quisiera presumir de su plumaje. Giovanni no dijo nada, ni siquiera fingió estar impresionado, a pesar de que tenía por costumbre alimentar la vanidad de sus clientes.

—Me encargaré de que mi secretario le pague la mitad de su dinero cuando termine —anunció lord Armstrong—. La otra mitad tendrá que esperar hasta mi regreso, cuando pueda dar mi aprobación a la obra.

Más que oír, Giovanni sintió la protesta de Cressie y la acalló con un movimiento de cabeza. Entonces cubrió el lienzo con la tela y empezó a recoger los pinceles.

—¿Qué se supone que está haciendo? —preguntó el señor de la casa.

—Usted me paga la mitad de mis honorarios y yo le dejo la mitad del cuatro. Cuando regrese y pueda dar su aprobación, completaré el retrato. Hasta entonces, no tengo más que hacer aquí.

—¡Eso carece por completo de sentido!

Giovanni se encogió de hombros. Vio el gesto

de Cressie; le sorprendió que ella lo conociera tan bien como para haberse dado cuenta de que no era más que un farol.

—Me parece muy poco profesional por su parte —protestó lord Armstrong.

—Estuvimos de acuerdo en las condiciones y sé que usted... tiró de algunos hilos para que yo llevara a cabo su encargo.

—No sé a qué se refiere.

—Sir Gareth McIlroy iba a ser mi siguiente cliente, pero me informó de que le cedía a usted el turno. Yo sabía lo desesperado que estaba por que hiciera el retrato de su mujer lo antes posible, pues está enferma de tisis, así que deduzco que le debía a usted un gran favor —Giovanni se permitió esbozar una ligera sonrisa—. Pero si quiere que hagamos una pausa, estoy seguro de que sir Gareth se alegrará enormemente de que pueda empezar antes de lo previsto con el cuadro de su esposa.

Lord Armstrong trató de disimular lo desconcertado que estaba.

—No puedo perder toda la mañana regateando con usted por un cuadro. Está bien, Cressida dará la autorización para que le abonen la totalidad de sus honorarios cuando esté terminado el retrato.

—¿No lo hará lady Armstrong?

Su cliente le lanzó una mirada de desconfianza; sin duda tenía la sospecha de que le estaba faltando al respeto, pero no comprendía cómo exactamente.

Cerró el reloj de oro en el que había consultado la hora y volvió a guardárselo en el bolsillo.

—Mi esposa tiene cosas más importantes que hacer. Mi hija, por el contrario, no tiene nada mejor de lo que ocuparse. Por cierto —se giró hacia Cressie—. Te he dejado una lista de cosas que debes hacer en mi ausencia, pero hay dos detalles sobre los que quiero hacer hincapié. Primero, sir Gilbert. Tienes que convencer a tu madrastra de que deje que la examine cuando venga. Todas esas tonterías sobre comadronas no son más que eso, tonterías. En segundo lugar, Cordelia. Como es natural, tu tía Sophia está autorizada a aceptar cualquier propuesta de matrimonio que le parezca adecuada mientras yo esté fuera. Ella sabe bien cuáles son mis preferencias.

—¿Y qué hay de las preferencias de Cordelia, padre?

—Cordelia preferirá al caballero que le recomiende su tía porque sabe cuál es su obligación y Sophia sabe perfectamente cómo encontrar al mejor marido posible —afirmó lord Armstrong, olvidando la inadecuada relación de Cassandra que su hermana no había sabido evitar—. Así que deja que ella se encargue de todo y abstente de intervenir, ¿me has oído, Cressida?

—Sí, padre. Aunque no sé por qué le preocupa que yo pudiera influir en nada si está tan seguro de que Cordelia saber cuál es su obligación...

141

—La insolencia es un vicio tolerable solo en los más jóvenes, pero en una mujer de tu edad, está completamente fuera de lugar. Me despido ya de ti, Cressida. Voy a pasar el día con mis hijos y me marcharé antes de la cena. Escríbeme para darme todas las noticias sobre mi esposa y el parto.

Lord Armstrong salió de la habitación seguido de sus hijos después de dedicarle a Giovanni apenas un movimiento de cabeza a modo de saludo.

—Me atrevería a apostar a que en menos de una hora se ha hartado de la angelical compañía de sus hijos y me llamará para que me haga cargo de ellos —vaticinó Cressie.

Giovanni se echó a reír.

—Espero que te asegures de que no pueda encontrarte después del modo en que se ha despedido de ti.

—No solo de mí. Contigo tampoco ha sido muy civilizado que digamos.

—No te disculpes por él. A mí no me importa lo más mínimo su opinión —aseguró Giovanni con un gesto marcadamente italiano y siguió recogiendo los pinceles.

—¿No vas a seguir pintando?

—Me temo que se me ha ido la inspiración.

—¿Solo puedes pintar cuando estás inspirado?

—Si fuera así, no habría pintado nada en la última década. Hace muchos años que me abandonó la inspiración. Hasta que te conocí a ti, claro está.

—¿Por qué?

—No lo sé. Es un misterio y quizá ahí esté la respuesta. Eres fascinante, indescifrable y no te pareces a ninguna otra mujer que haya conocido. Tengo la impresión de que eres mi musa.

Cressie se sonrojó al oír eso.

—¿Soy el objeto de tu obsesión? Jamás me habría imaginado como tal.

—Tampoco es propio de mí obsesionarme con nada. Y sin embargo...

Hubo unos segundos de silencio durante los que el aire se llenó de tensión, como si estuviera a punto de estallar una tormenta eléctrica. Lo que Giovanni no había llegado a decir quedó en el aire, hasta que Cressie dijo lo primero que le pasó por la cabeza.

—Puedo ayudarte con eso.

Giovanni la miró sin comprender.

—Los pinceles —aclaró ella—. ¿Quieres que te ayude a limpiarlos?

Él asintió, con gesto aturdido. Lo siguió por la escalera de servicio hasta un pequeño fregadero que había junto a la cocina. Era una habitación húmeda y fría que el personal ya no utilizaba. Giovanni había dejado la chaqueta en el estudio. Cressie admiró la forma de su torso mientras lavaba los pinceles.

Estaba tan inquieta, tan entusiasmada. Era como si de pronto viera el mundo por primera vez, con una claridad tan intensa que casi resultaba dolorosa. Sentía ganas de hacer algo escandaloso, quizá para recuperar el tiempo perdido durante tantos años de obediencia. Por primera vez en su vida enfrentarse a su padre no hacía que se sintiera mal, sino bien. Estaba desbordante de energía y de seguridad en sí misma. Por el modo en que los había mirado lord Armstrong a Giovanni y a ella, había notado que había algo extraño, pero ni por lo más remoto se le habría ocurrido pensar que su hija, sumisa y fea, pudiera estar haciendo algo tan impropio de una dama.

—Ven, dame las manos. Las tienes llenas de pintura.

Giovanni la acercó al fregadero y le limpió las manos con un paño mojado en trementina. Había estado trabajando toda la mañana, pero en sus manos apenas había restos de pintura. Siempre estaba tan pulcro e impecable. Excepto el día anterior, en la buhardilla. El placer que había sentido allí volvió a su cuerpo y se le instaló en el vientre. Recordó cómo la había tocado... Igual que esa misma mañana en el estudio. Dios, había pensado que iba a derretirse. Él, sin embargo, estaba tan... duro, sí, no había otra manera de explicarlo. Muy, muy duro. Y había sido ella la que lo había provocado.

Giovanni seguía limpiándole las manos, ahora con un paño seco, y parecía estar tomándose más tiempo del estrictamente necesario. Cressie lo observó, fascinada por la belleza de sus dedos, y entonces se encontró con su mirada, con esos ojos oscuros y brillantes.

Soltó el paño, tiró de ella hacia sí y comenzó a tocarle la frente, las mejillas, los labios, como si estuviera pintándola con la yema de los dedos. La invadió una emoción salvaje, incontrolable.

Él le dio un beso que la arrastró a un delicioso torbellino de sensaciones. El deseo se veía avivado con unas ansias completamente desconocidas y por la emoción de lo ilícito. De la fruta prohibida, pues eso eran el uno para el otro. Le agarró las nalgas y respondió a su beso con pasión. Boca, lengua y labios.

Él reaccionó como si no le bastara con eso, ni con nada. Gruñó y la apretó con tal fuerza que Cressie perdió el equilibrio por un instante y chocó contra una puerta que había junto al fregadero. El pestillo se le clavó en la espalda.

—¡Ay!

—¡Dio! Cada vez que te beso, algo o alguien nos interrumpe —Giovanni miró a su espalda—. ¿De dónde ha salido esa puerta? Ni siquiera la había visto. ¿Te has hecho daño?

—No —Cressie se pasó la mano por el pelo, que, como sospechaba, tenía muy alborotado. Por suerte había muy poca luz.

Le daba miedo el modo en que respondía a él; si no tenía un poco de cautela, acabaría pensando que era una de esas mujeres que se echaban en sus brazos. Aunque eso era lo que estaba haciendo, ¿no?

Distraída y confundida, Cressie optó por prestar atención a la puerta contra la que había chocado.

—¿Adónde lleva esto? —preguntó, girando ya el pestillo.

—No tengo la menor idea.

Giovanni parecía tener la misma dificultad en controlar su respiración, lo cual fue un alivio para ella. También él tenía el pelo alborotado, y la camisa por fuera del pantalón. ¿Eso lo había hecho ella? Cressie se asomó al otro lado de la puerta y vio una empinada escalera que desaparecía en la oscuridad.

—Debe de ser una especie de sótano. No sabía que existiera.

—¿Echamos un vistazo?

Cressie miró de nuevo.

—Ahí abajo está muy oscuro.

Giovanni agarró la lámpara de aceite del fregadero.

—¿No tendrás miedo?

Cressie levantó el rostro con gesto desafiante, aunque sabía que era precisamente eso lo que había querido provocar Giovanni.

—Iré yo delante —sugirió él—. Ten cuidado, los escalones parecen peligrosos.

No tan peligrosos como las aguas desconocidas en las que ya estaba inmersa, pensó Cressie, adentrándose en la oscuridad.

Tal y como Cressie había imaginado, la escalera conducía a los sótanos originales de la enorme casa solariega. Se dijo a sí misma que Giovanni la apretaba tanto contra sí solo para asegurarse de que no se cayera, el mismo motivo por el que ella se aferraba a su brazo.

Había varias cámaras con el techo abovedado y en todas ellas hacía un calor del todo inesperado.

—Debemos de estar justo debajo de la cocina —susurró Cressie.

Giovanni levantó la lámpara, intrigado por el techo, que resultó ser de ladrillos colocados en espiga.

—La familia que construyó esta casa debía de tener mucho dinero —comentó, transmitiéndole su interés.

—Las bóvedas siguen una fórmula matemática fascinante. Hay una obra excelente sobre el tema de otro compatriota tuyo, Lorenzo Mascheroni. Y nuestro Robert Hooke explica la ecuación exacta que sigue la cúpula de la catedral de San Pablo de Londres. Encontré su obra por casualidad en la Sociedad Astronómica.

—¿La Sociedad Astronómica? ¿Cómo conseguiste entrar en un baluarte tan augusto y masculino?

—Pues... —Cressie titubeó antes de hablarle del señor Brown. Sabía que a Giovanni le divertiría la historia, pero de pronto se le ocurrió que le sorprendería aún más si un día lo veía aparecer en carne y hueso. Quería retratar a la Cressie más íntima... ¿qué mejor manera de hacerlo que plasmar en el lienzo al señor Brown? ¡Era una idea magnífica! Meneó la cabeza con una misteriosa sonrisa en los labios—. Te lo contaré en otra ocasión. Confía en mí.

—Claro. Supongo que te lo debo.

Giovanni sonreía abiertamente tan pocas veces que, cuando lo hacía, era un verdadero placer ser testigo de ello. Aquella sonrisa le hacía parecer mucho más joven. Cressie se dio cuenta entonces de lo serio que era normalmente, y no era porque careciera de sentido del humor, lo que ocurría era que tenía del mundo una perspectiva aún más sombría que la de ella.

—Mira esto, Cressie.

«Cressie, Cressie, Cressie». El inesperado sonido del eco la hizo sobresaltarse. Resultaba inquietante, como si algún espíritu estuviese susurrando su nombre.

—Giovanni —dijo suavemente y se echó a reír al oír la respuesta que le ofrecía la arquitectura del lugar.

Él se rio también.

—Es increíble. En la iglesia de Santa María del Fiore, mi padre... o el hombre que... olvídalo. Vamos a probar la acústica —dejó la lámpara en el suelo junto a Cressie y se acercó a la pared de piedra del otro extremo de la galería—. Cre-ssi-da —susurró contra el muro.

—Gio-vaaa-nni —esperó a escuchar el eco, que

reverberó durante una eternidad antes de enmudecer por completo—. Don Giovanni —cantó, desafinando, el verso de la ópera de Mozart. Como recompensa recibió una sonora y masculina carcajada, seguida por el siguiente verso de la ópera, aún más desafinado que el suyo—. Qué horror —bromeó.

—Lo sé. Ya sabes otra cosa de mí que no sabe nadie más. Canto como un burro con hemorroides.

Ahora la carcajada fue de Cressie y resonó bajo la bóveda como las campanadas de una iglesia. Empezaba a acostumbrarse al efecto. Se sentó en el suelo, dispuesta a disfrutar de una intimidad tan peligrosa como emocionante.

—Cuéntame más cosas —le pidió en voz baja.

—No me gustan los perros.

—A mí me dan miedo.

—Mi queso preferido es el pecorino.

—Me gusta comer miel directamente del panal.

—Tus labios saben a miel.

—Ah —sus palabras la hicieron estremecer y el eco de la galería le devolvió el acento italiano de su voz—. Dímelo en italiano.

—*Le tue labbra sanno di miele.* Y tienes un *fondoshiena* maravilloso —añadió—. Anoche soñé con tu *fondoshiena*.

Era como si se lo hubiese susurrado al oído a pesar de la distancia que los separaba.

—¿Fondo...?

—En francés se llama *derrière*. Y vosotros lo lla-
máis...

—Trasero —Giovanni creía que tenía un trasero
maravilloso. Era una confesión extraña y embria-
gadora—. Cuéntame —le pidió, tentada por la oscuridad y por la tensión que sentía dentro—. Dime
qué soñaste exactamente.

Seis

Cressie notó que a Giovanni se le entrecortaba la respiración al oír lo que le había dicho. Esperó su respuesta en silencio, con el corazón golpeándole el pecho y, cuando por fin habló, en voz baja, sus palabras fueron como una suave caricia.

—Soñé que te desnudabas delante de mí y, mientras yo te observaba, empezabas a tocarte.

Cressie apoyó la espalda en la pared del sótano. Estaba fría, pero no le importó porque tenía la piel ardiendo.

—¿Dónde? ¿Cómo? ¿Qué me tocaba?

—Primero los pechos. Te bajabas la camisa y podía verte los pezones, endurecidos. Como los tenías ayer cuando te los toqué. ¿Te acuerdas?

—Sí —cerró los ojos. Imaginó y recordó. Sus dedos, su lengua, sus labios. Coló una mano por el escote del vestido y se tocó, se pellizcó los pezones, los acarició como lo había hecho él.

—¿Te los estás tocando ahora, Cressie?

—Sí —pasando las yemas de los dedos por encima igual que había hecho él, imaginando que eran sus manos las que la tocaban—. Sí —repitió con una voz ronca que le resultó curiosamente atractiva porque hacía que se sintiera como una mujer capaz de disfrutar de que la observaran mientras se tocaba. Una mujer atrevida y escandalosa. Quería saber más sobre su sueño y fue como si Giovanni le hubiera leído la mente.

—Cuando te inclinaste para quitarte las medias... —hizo una pausa—. Me mostraste la línea de la belleza. Quería besarte, descubrir el sabor de la piel de tus muslos, de la parte más suave de tu cuerpo. Tócala, Cressie y dime, ¿es tan delicada como la imagino?

Arqueó la espalda hacia la pared y se metió la mano bajo la falda sin pararse a pensar dónde estaba ni lo que hacía, pues estaba completamente inmersa en el mundo de las caricias y las sensaciones y no había espacio para pensar o cuestionarse nada. Se metió la mano entre las piernas.

—Es muy suave —dijo mientras se tocaba y sus dedos se metían dentro de su cuerpo como si tuvieran voluntad propia—. Está húmeda —susurró, a punto ya de perder el control—. Y caliente.

La voz de Giovanni era cada vez más grave.

—Entonces yo me metía dentro de ti —le dijo, dando voz a lo que estaban haciendo sus dedos.

Prácticamente podía sentir dentro su miembro,

el mismo que esa misma mañana se había apretado insistentemente contra ella. Deslizó los dedos por la humedad de su sexo. Estaba muy tensa por dentro. No era la primera vez, pero nunca antes había deseado que fuera otro el que la tocara.

—Giovanni, Giovanni, Giovanni —repitió su nombre casi inconscientemente mientras se tocaba y deseaba que aquello no acabara nunca—. ¿Y después qué? —gimió—. Cuéntame qué más me hacías, Giovanni.

—Despacio. No tengas prisa... yo no la tenía.

—Despacio —repitió ella, aunque no era eso lo que quería.

—Te apretabas alrededor de mi miembro.

—Sí... Ay, Dios —llegó al clímax con una intensidad que la hizo estremecerse por dentro, como si algo hubiera estallado en su cuerpo e invadiera hasta el último rincón. Después se dejó caer sobre la pared, jadeando y aturdida.

Poco a poco fue volviendo a la realidad. Se vio a sí misma con las piernas abiertas, la falda levantada y la mano... Miró a su alrededor en la oscuridad, pero no halló ni rastro de Giovanni. Podría haberse acercado a ella sigilosamente, pero no lo había hecho. Debería sentirse avergonzada, pero no era eso lo que sentía; lo único que sentía era una especie de dicha, no tanto como alivio, pero sí un gran cambio, como si acabara de mudar la piel.

Después de ponerse en pie y colocarse las faldas,

llamó tímidamente a Giovanni. No hubo respuesta. No sabía si alegrarse o sentirse defraudada. ¿Qué se decía en semejante situación... «gracias»?

Contuvo el impulso, poco apropiado y algo histérico, de echarse a reír, pero mientras subía los escalones que conducían al lavadero, empezó a sentirse desconcertada por lo que acababa de ocurrir. Al llegar arriba se dio cuenta de que estaba quitándose los pellejos del dedo pulgar, una costumbre que últimamente había conseguido quitarse. Se sentó en uno de los últimos escalones y perdió la mirada en la oscuridad. Desde el día anterior, cuando por fin había aceptado la verdad sobre sí misma, desde que se había enfrentado a su padre y desde esa mañana, cuando Giovanni había dejado muy claro que la deseaba, había empezado a tomar forma todo lo que le rondaba la cabeza desde hacía días. Había demasiadas preguntas sin respuesta. Demasiadas puertas cerradas a cal y canto. Giovanni quería saberlo todo de ella, pero él contaba muy poco de sí mismo. Intuía que guardaba algunos secretos y también dolor, estaba segura.

Repasó todas las veces que había esquivado sus preguntas, las ocasiones en las que le había dicho que comprendía algo y se había negado a explicarle por qué. Para ser una investigadora, lo cierto era que había indagado muy poco en sus motivos y había sido muy negligente a la hora de buscar pruebas. Se había dejado convencer demasiado rápido para ser alguien que se jactaba de sus ansias por conocer. Giovanni le decía que quería liberarla y ayudarla, pero se negaba una y otra vez a decirle por qué.

—¡Maldita sea! —le estaba sangrando el dedo.

Tenía la impresión de que Giovanni le daba únicamente lo estrictamente necesario, nada más. Se sentía agradecida, pero también insultada, porque, aunque la había ayudado a ver el mundo con otros ojos y a disfrutar de su propio cuerpo, se había mantenido al margen de todo, incluso de eso último.

—¡Esto no está bien! —exclamó, con la mirada clavada en la lámpara de aceite—. Nada bien. ¿Qué demonios oculta? Y eso de que pretende proteger su integridad artística no comprometiéndose con nada ni con nadie, ¿qué es, una especie de Sansón, que cree que perderá su don artístico si renuncia a su aislamiento? —se puso en pie y agarró el farol—. Tengo que hacer que se libere, como ha hecho él conmigo. Probablemente sea necesario ponerlo furioso y provocarlo, como hizo él. Si no lo hago, dudo mucho que pueda ser el magnífico artista que está destinado a ser.

Solo en el estudio del ático al que había acudido a esconderse, Giovanni miró el retrato de lady Cressida e intentó desesperadamente concentrarse en los aspectos técnicos del trabajo. El fondo, la luz. Las manos necesitaban algunos retoques.

Era inútil. Los latidos de una erección que parecía negarse a bajar y reclamaba satisfacción le hicieron renunciar a cualquier esperanza de poder concentrarse en el trabajo. Nunca había deseado a ninguna mujer como deseaba a Cressie. Jamás, con ninguna de las mujeres con las que había hecho el amor, había sentido una conexión tan intensa, casi tangible, como la que sentía con ella. Y sin apenas haberla tocado. A pesar de lo mucho que deseaba hacerlo. Cuánto lo deseaba.

Le dio la espalda al lienzo. La existencia de esas mujeres, especialmente por las circunstancias en las que habían tenido lugar dichas relaciones, hacía que le fuera completamente imposible explicarse ante alguien como Cressie. No quería que lo viera como el hombre que había sido. La deseaba enormemente, pero no iba a estropear lo que había entre ellos. Tendría que encontrar la manera de explicarle por qué no podía hacerle el amor. Y tendría también que convencerse a sí mismo además de a Cressie, sin envenenarla con la desagradable verdad.

Al día siguiente, mientras posaba con su vestido de noche, Cressie parecía distraída. Lo único que iba a pintar esa tarde era el vestido porque ella parecía incapaz de mantener una postura; no dejaba de colocarse los pliegues de gasa y terciopelo, primero hacia un lado y luego hacia el otro.

—¡No puedo trabajar si no te quedas quieta! —no pretendía ser tan brusco, pero las frustraciones de todo tipo lo habían puesto en tensión.

Cressie se puso en pie.

—¡No puedo! No puedo estar quieta. No puedo quedarme callada, ni puedo dejar pasar un segundo más sin exigirte una explicación.

—¿Qué quieres que explique?

—¡Todo!

En otras circunstancias Giovanni se habría echado a reír. Cressie tenía una tendencia al dramatismo que no encajaba con ese otro lado suyo tan lógico y científico. Meneó la cabeza con tal ímpetu que se le movieron los pechos. En momentos como aquel le parecía extraordinaria, pero seguramente no querría oírselo decir. Aquel día él no estaba de humor para dramas, después de haber estado tan cerca de perder el control el día anterior y, como había decidido, injustamente, que era culpa de Cressie, optó por responder sarcásticamente, aunque era consciente de que ella no lo merecía.

—Me temo que me sobreestimas. Ni siquiera yo lo sé todo.

—No te burles de mí —fue hasta la ventana y se apoyó en el alféizar—. ¿Hace cuánto tiempo que me conoces?

—Unas semanas.

—Casi siete.

—Vuelves a ser la experta en matemáticas.

Cressie prefirió hacer caso omiso de aquella nueva mofa tan innecesaria.

—Llevas siete semanas señalando todos los errores que encuentras en mi comportamiento. No, no me interrumpas, Giovanni, por una vez vas a tener que escucharme sin decir nada. No me quejo. Sé que tenías razón. Al principio no quería escucharte, pero al final lo hice. Probablemente porque no me diste otra opción.

—Porque te comprendo. Sé lo que se siente y quería que mi experiencia te sirviera de algo. Cressie, veo mucho de mí mismo en ti —reconoció Giovanni con exasperación—. Supongo que ya te habías dado cuenta.

—¿Cómo iba a darme cuenta si no me lo habías dicho nunca? ¿No lo entiendes? No puedo aprender de tu experiencia si no la compartes conmigo, ni puedo ver en qué somos tan parecidos si tú no me lo dices.

—No sé qué quieres decir.

Dio unos pasos por la habitación, con la sensualidad que exigía semejante vestido. Giovanni se extrañó de su repentino cambio de actitud; ya no parecía furiosa, sino muy segura de sí misma y llena de determinación.

—Ha llegado la hora de que me permitas conocerte un poco más —anunció, acercándose más de lo que él habría preferido—. Ya sabemos quiénes son Giovanni y Cressida en público, pero si quieres conocer de verdad a Cressie, tendrás que dejar que yo también te conozca a ti. *Quid pro quo*, como dirían tus antepasados.

—¿Qué quieres saber?

—¿Por qué no hablas de tu padre, ni de tu familia? Tu lema es sangre y belleza, ¿por qué estás tan obsesionado con esas dos cosas? ¿Por qué te empeñas en estar tan solo? ¿Por qué te da tanto miedo la simple idea de tener cualquier tipo de contacto humano? ¿Por qué esquivas mis preguntas? ¿Por qué te cierras de ese modo? Tú me has abierto los ojos y me has ayudado a ver el futuro con esperanza en lugar de con temor. Yo quiero hacer lo mismo por ti.

Cressie le había planteado todas aquellas preguntas con absoluta calma, pero Giovanni no se dejaba engañar; la determinación que veía en sus ojos le inspiraba recelo.

—Reconozco que hay ciertas cosas de mi pasado... Pero eso es lo que son, pasado y nada más —sentenció Giovanni.

Cressie movió la cabeza tal y como él esperaba.

—Esta vez no voy a aceptar tus evasivas tan fácilmente. Te diste cuenta de que yo era infeliz, que no estaba satisfecha con mi vida. Ahora sé que fue porque tú sientes lo mismo. Tú tampoco eres feliz, ¿verdad, Giovanni?

—Eso es completamente absurdo. No voy a...

—¡Por el amor de Dios! —se despojó de la

159

calma tan bruscamente como la había adoptado, lo agarró del abrazo y lo giró hacia el caballete—. ¡Mira eso! Es perfecto. La técnica es impecable y es de una belleza matemática intachable, pero no es arte. Tú mismo lo dijiste. Es frío, carece por completo de emoción, por mucha seguridad que transmita. Exactamente igual que tú.

Tenía razón, pero nadie, ni siquiera Cressie, tenía derecho a hablar de ese modo de su arte. Fue eso lo que le hizo perder los nervios instantáneamente.

—¡Cómo te atreves a decir eso! —estalló.

Ella se estremeció, pero no se apartó.

—Porque te conozco y porque creo que podrías ser un verdadero artista y no solo un pintor de éxito. Quieres pintar la emoción y la pasión en tus cuadros, pero no podrás hacerlo siendo tan reservado.

—Eso no tiene ningún sentido. Ni siquiera comprendo a qué viene semejante ataque. ¿Qué lo ha provocado?

—¡Tú! ¿Por qué me besaste, Giovanni? ¿Por qué me tocas, por qué me miras como me miras? Ayer por la noche, en este mismo estudio, me besaste y me tocaste, fuiste tú el que empezó. Ayer por la mañana, cuando me dejaste que pintara contigo, me provocaste para que... ya sabes lo que hice. Y después de eso, en el sótano. Fuiste tú el que empezó todo eso. No sé si es una especie de juego y solo pretendes demostrarme que no puedo resistirme a ti, pero tú a mí sí.

—¡Ya basta, Cressie! No sabes lo que estás diciendo.

—Tienes razón. En cierto sentido no lo sé porque te has cerrado por completo a mí. Pero, por otra parte... Si somos tan parecidos como dices, ¿por qué no puedes confiar en mí?

Giovanni se paró a pensarlo unos segundos. Consideró la idea de confiar en ella, pero hacerlo significaría admitir que tenía razón, que su vida no era tan perfecta como él pretendía que fuera. Estaba en la cima de su profesión. No le hacía falta nada ni nadie. ¡No tenía por qué dar explicaciones a nadie!

—Si dejas el vestido aquí, puedo terminar el retrato sin necesidad de que tengas que posar más —anunció Giovanni crudamente al tiempo que se giraba de nuevo hacia el lienzo.

—Entonces ni siquiera me necesitas para eso, ¿verdad?

—Eso es —respondió antes de agarrar el pincel y darle la espalda.

Al oír que la puerta se cerraba, Giovanni se dejó caer al suelo y se tapó el rostro con las manos. No quería pensar en las palabras de Cressie, en las acusaciones que le había lanzado. El día anterior, en el sótano de la casa, había tenido que echar mano de toda su fuerza de voluntad para no dejarse llevar por el deseo de disfrutar con ella, de compartir su placer. La deseaba de una manera que jamás habría

161

creído posible después de tantos años de aprovecharse de sus propios encantos y otros tantos de negarlos. Sabía que con ella sería distinto, pero eso le confirmaba aún más que estaría mal dejarse llevar.

Aunque cada vez que la tocaba sentía que estaba bien y apenas pegaba ojo porque no podía dejar de pensar en ella. Estaría mal porque no la merecía y ella no merecía tener que cargar con el pasado de Giovanni.

Antes de ponerse en pie, se frotó los ojos con los nudillos. Seguramente ahora lo odiaba. Había muy pocas probabilidades de que estuviese dispuesta a permitir que volviera a pintarla. No sería su musa, Giovanni no iba a dejarse llevar por la pasión que bullía entre ambos porque, aunque ella no se diera cuenta, sería muy peligroso que él dejara de ser un artista y se convirtiera en un hombre.

Dio un zapatazo en el suelo con frustración. Su vida no era perfecta. Ya antes de conocer a Cressie había dentro de él una cierta sensación de frustración y de agobio. Nada más verla había sabido que tenía que pintarla y el deseo era ahora más fuerte que nunca. Tenía que recuperar al verdadero artista a través de ese retrato, volver a ser el pintor que había dejado de ser para transformarse en un simple retratista de la alta sociedad. No soportaba la idea de que aquel lienzo quedara vacío, pero después de tantos años de aislamiento, sentía escalofríos solo de pensar en ofrecer la más mínima explicación.

Tenía que pensar bien cómo reparar el daño que había ocasionado.

Cressie iba de un lado al otro del aula. Los niños estaban afuera con Janey. Llevaba dos días sin acercarse siquiera al estudio del ático. Dos días tratando a Giovanni con fría corrección mientras impartía las lecciones a los niños y él los pintaba. Dos días debatiéndose entre la furia y la frustración que le provocaba el no haber sido capaz de conseguir que se abriera a ella. Dos días esperando que cambiara de opinión o que al menos le dijera que necesitaba que posara para él para poder terminar el retrato.

Sobre el armario donde guardaba los libros y las pizarras de sus hermanos, había dos preciosos globos, uno terrestre y otro celeste, hechos en carey. El segundo se utilizaba mucho más que el primero debido al entusiasmo que Cressie sentía por las estrellas. Tenía que convencer a su padre de que comprara un telescopio. Quizá si hacía que James le escribiera una carta...

—¡Cressida! Aquí estás. Te he buscado por todas partes —Bella irrumpió en la habitación con el rostro enrojecido.

Cressie la llevó hasta una silla donde se dejó caer, abanicándose con una carta. Tenía la frente empapada en sudor y parecía estar a punto de desmayarse.

—¿Por qué no le has ordenado a algún criado que viniera a buscarme? —le preguntó Cressie mientras se planteaba si debía dejarla sola para ir en busca de unas sales.

—No podía... Necesitaba que vieras esto... toma, léelo.

Bella le dio la carta. Cressie reconoció de inmediato la letra de su tía Sophia.

—¿Cordelia?

Bella parecía haberse recuperado ligeramente y consiguió asentir.

Parecía que la presencia de Cordelia en Londres estaba teniendo unos efectos incendiarios. La tía Sophia había rechazado ya dos propuestas de matrimonio absolutamente inadecuadas.

Personalmente creo que Cordelia se ha propuesto reunir todas las propuestas posibles. Hay rumores que afirman de que ha incluido su nombre en el libro de apuestas de White, compitiendo con la hija de Valeria Winwood. La baja alcurnia de su adversaria hace que el escándalo sea aún mayor. Todo el mundo sabe cómo consiguió Valeria Winwood a su esposo.

Pero aún había algo más. El empeño de Cordelia en buscar acompañantes había dado lugar a varios escándalos de menores proporciones, como el de que hubiera asistido a un combate de boxeo, por ejemplo. La tía Sophia, todo un pilar de la alta sociedad, tenía el temor de que a Cordelia le negaran la entrada a Almack's, pero a Cressie le preocupaba más que, voluntaria o involuntariamente, su hermana acabara unida a algún indeseable.

—Me pide que vaya a la ciudad —dijo Bella con voz temblorosa—. Dice que, si no voy, no se hace responsable de las consecuencias. ¿Qué voy a hacer, Cressida? Tu padre acaba de marcharse a Rusia, ¿por qué no le planteó a él todos estos problemas?

Cressie releyó la carta por encima. Sabía que no se debía subestimar a su tía, una de las pocas personas capaces de manipular a lord Armstrong. Eso quería decir que aquella carta formaba parte de toda una estratagema.

—¿No crees que es posible que mi tía solo quiera librarse de la carga de tener que acompañar a Cordelia en su presentación en sociedad? —le preguntó a Bella.

Su madrastra apretó los labios unos segundos.

—Sophia tiene gota y es varios años mayor que tu padre, por tanto tiene más de sesenta años, así que no me sorprendería que se le esté haciendo pesada la tarea de carabina, sobre todo con alguien como Cordelia, que podría agotar a todo un ejército de carabinas.

—Debo decirte que me sorprende que Cordelia esté actuando así.

Bella la miró con escepticismo.

—¿De veras? A mí no.

—¿Por qué?

—Cordelia tiene tan pocos deseos de casarse con un hombre del gusto de vuestro padre como los habéis tenido cualquiera de las demás, excepto Caroline. Y quizá Celia, puesto que el tonto de su primer marido, al que mataron, fue elección de tu padre. Pero en cuanto a las demás... —Bella meneó la cabeza—. Primero Cassie y luego tú y es evidente de que ahora Cordelia, las tres os habéis empeñado en desafiar a vuestro pobre padre por algún motivo que a mí se me escapa.

Cressie se había quedado boquiabierta.

—Tú crees que como soy gorda y fea no me doy cuenta de nada y que como tú eres tan inteligente, yo ni siquiera tengo capacidad de observación. En contra de lo que pueda parecer, sí que veo lo que ocurre a mi alrededor, Cressida. Sé por ejemplo que estás dejando que ese apuesto pintor te retrate y espero que sepas lo que estás haciendo.

Cressie estaba sin palabras. Tenía las mejillas sonrojadas y se avergonzaba no solo de haber subestimado a su madrastra, sino de haberla juzgado con tanta crueldad al dar por hecho que era tan tonta como gorda.

—Yo no sabía... no pretendíamos... Bella, en realidad solo es... —la mirada crítica de su madrastra la dejó muda.

—Vamos a aclarar un par de cosas, Cressida. Tú

y yo nunca vamos a ser grandes amigas y no tengo tan poco interés como tú de ejercer de madre contigo. A mí me vendría muy bien que os casarais todas porque quizá así vuestro padre nos prestara un poco más de atención a los niños y a mí. A mí no me importa con quién os caséis Cordelia y tú, solo que lo hagáis.

—¿Y si decido no buscar marido?

Bella se encogió de hombros.

—Entonces busca la manera de irte de mi casa.

—¿Me apoyarías si le pidiera a mi padre que me concediera una renta vitalicia?

—Mi querida Cressida, cuentas con mi bendición para convertirte en una intelectual solterona, pero debes saber que ejerzo muy poca influencia en mi esposo. Lo único que quiere de mí es que le dé hijos. Vas a tener que encontrar la manera de convencerlo tú sola, si es lo que decides hacer.

Cressie se miró el dedo, despellejado, y optó por ocultarlo entre los pliegues de la falda para no empeorar su maltrecho estado. La franqueza de su madrastra había hecho que se sintiera un poco menos culpable porque le había hecho darse cuenta de que, por mucho que intentara enmendar la injusticia que había cometido con ella, jamás entablarían una relación de amistad.

Era un alivio saber que Bella sentía lo mismo, aunque no tanto como para borrar por completo los remordimientos que le provocaba el comportamiento que había tenido hacia ella desde que se había casado con su padre.

—Me alegro de que hayamos tenido esta conversación, Bella —reconoció al tiempo que se acercaba a ella para darle un beso en la mejilla. Tenía la piel suave y fresca, aún joven. En realidad no era mucho mayor que ella. Detrás de su gordura y su inseguridad debía de esconderse una mujer que seguramente lamentaba en lo que se había convertido y quizá deseaba escapar tanto como Cressie—. Hoy tienes mejor aspecto —le dijo—. ¿Has dejado de tener náuseas?

—Lo cierto es que no.

Bella se puso una mano en el vientre, que no parecía tan abultado como unos días antes... ni mucho menos como debería haber estado, pues en los otros embarazos se había puesto enorme prácticamente desde el comienzo.

—¿Sabes que mi padre ha insistido en que sir Gilbert Mountjoy venga a verte?

—No pienso recibirlo y tú padre no está aquí para obligarme a hacerlo.

—Discúlpame por lo que voy a decirte, Bella, puesto que no sé nada de estos asuntos, pero... ¿no crees que ya deberían haberse pasado las náuseas?

—Lo que ocurre es que es niña. Este embarazo está siendo completamente distinto en todo y estoy segura de que es porque es niña —Bella se puso en pie—. ¿Qué voy a hacer respecto a esa carta?

—Es evidente que no puedes ir a Londres. Me parece que mi tía ha exagerado la situación para obligarte a hacer algo. Mi padre se acaba de marchar; si el comportamiento de Cordelia estuviese siendo tan escandaloso de verdad, él se habría enterado. Escribiré a mi hermana, exigiéndole que me cuente la verdad. Hasta que recibamos noticias suyas, creo que lo mejor es no hacer nada.

—De acuerdo, pero si ocurriera algo antes...

—Yo me hago responsable —afirmó Cressie con una ligera sonrisa—. No tengo nada que perder con mi padre, pero tú sí.

Bella salió del aula después de asentir con satisfacción. De nuevo a solas, Cressie se acercó a la ventana y observó a sus hermanos mientras pescaban desde el puente. Escribiría también a Caro. Desde que se había casado, Caro apenas visitaba Killellan Manor, y aún menos Londres, pero, de las cinco hermanas, era la que tenía mejor intuición. Sería interesante saber lo que opinaba de todo lo que le había confesado Bella.

Cressie debía de haberse quedado dormida, sentada en el alféizar de la ventana y con la cara apoyada en el cristal, porque se despertó sobresaltada y se encontró con Giovanni, observándola desde la puerta de la sala de estudio, con una intimidante expresión en el rostro. Se levantó de un salto y se llevó la mano al pelo, que tenía aplastado por un lado y enmarañado por el otro.

—Me has asustado. ¿Qué quieres? —le habló con brusquedad, quizá para contrarrestar la involuntaria alegría que había sentido al verlo.

—He venido a pedirte disculpas.

Tal y como imaginaba, solo quería terminar el retrato.

—Un acontecimiento sin precedentes —respondió fríamente.

Giovanni hizo una mueca. Como de costumbre, iba vestido de negro de pies a cabeza, a excepción de la camisa blanca y un chaleco a rayas azul marino y azul celeste.

—Fui muy grosero contigo. Perdí los nervios de un modo imperdonable y dije cosas que no debería haber dicho. Lo lamento mucho, Cressie.

—Lo que quieres decir es que quieres que pose para ti.

—No, no es eso lo que quiero decir. Quiero explicarte por qué es tan importante para mí pintarte —replicó Giovanni—. ¿Podrías escucharme?

Cressie suspiró. Parecía verdaderamente arrepentido y lo cierto era que se alegraba mucho de verlo. El silencio de los últimos dos días le había hecho darse cuenta de lo mucho que hablaban normalmente el uno con el otro. Se había sentido muy sola sin él.

—Claro. De hecho, acaban de demostrarme la

poca perspicacia que tengo y que juzgo a las personas apresuradamente, así que estaré encantada de escucharte. Pero no me preguntes, porque por el momento prefiero no contártelo —le aclaró antes de volver a sentarse junto a la ventana y hacerle un gesto para que se sentara junto a ella.

Sin embargo, Giovanni prefirió quedarse de pie. Parecía inseguro, como si hubiera perdido parte de su habitual compostura. Al observarlo atentamente, cosa que no se había permitido hacer desde la discusión, se dio cuenta también de que tenía ojeras.

—Has estado trabajando demasiado.

—En absoluto —negó inmediatamente, pero enseguida se corrigió a sí mismo—. Sí, es cierto. Cuando no puedo dormir suelo pasarme la noche trabajando. He estado intentando... experimentando con las formas.

—Gracias por no mentirme.

—De nada. Ya ves, te escucho con atención. Lo que ocurre es que lo de dar explicaciones no me sale de manera natural.

Cressie se echó a reír.

—A mí tampoco.

Antes de sentarse a su lado, le dedicó una de sus raras sonrisas sinceras.

—No pretendía ser tan... despótico. Has debido de pensar que soy tan tirano como tu padre al empeñarme en hacerte pensar como yo.

—Por Dios, Giovanni, tú no te pareces en nada a mi padre.

—No sabes el alivio que es oír eso, pero... —le agarró la mano y le dio un beso en la muñeca—. Lo siento. Solo quería ayudarte.

El roce de sus labios le causó el efecto de siempre. Ahora que lo tenía delante, visiblemente arrepentido, Cressie se atrevió a admitir en su interior lo mucho que le había afectado el haber tenido aquella discusión.

—Y me has ayudado, pero ahora tienes que permitirme que me ayude a mí misma, si puedo.

—Y a mí, si lo deseas. Quiero comprobar que puedo hacer algo más que un cuadro de «técnica impecable y de una belleza matemática intachable».

—¿Yo dije eso? —Cressie hizo una mueca de arrepentimiento—. Lo siento.

—Es la verdad, eso es exactamente lo que pinto, pero sé que puedo hacer más. Si tú me ayudas.

Alargó la mano para tocarle la cara, para acariciarle la frente, la mejilla y el cuello. Había llegado a pensar que no podría volver a disfrutar de sus caricias. Sintió un escalofrío que le recordó las otras veces que la había tocado y le hizo sentir una extraña melancolía, el preludio de lo que sentiría cuando él se marchara. Pero ahora estaba allí y eso le bastaba.

—¿Cuándo empezamos?

—¿Entonces todavía quieres posar para mí,

Cressie? —le preguntó con un ímpetu que la hizo reír—. Podemos empezar mañana. El primer retrato ya está terminado —la sonrisa desapareció de su rostro—. Pero antes tengo que explicarte algo.

Giovanni comenzó a dar vueltas a los globos de carey, igual que había hecho ella antes, primero uno y luego el otro.

—El otro día me preguntaste por qué me cierro a ti, por qué soy tan reservado. Verás, Cressie, tú has despertado en mí algo que creía muerto, el deseo de crear, de pintar con el corazón. Has reavivado mi pasión. El motivo por el que no puedo... tengo miedo. No, tengo verdadero pavor a permitirme...

Giró con tanta fuerza el globo celeste que hizo que estuviese a punto de salirse del eje, entonces se volvió a mirarla frente a frente.

—Me da miedo que, si nos acercamos más el uno al otro, si hacemos el amor, se estropee la magia que hay entre nosotros. Me da miedo no poder pintarte, no quiero estropear algo que acabo de volver a descubrir. ¿Comprendes?

Cressie comprendía que hablaba de todo corazón, que realmente creía lo que decía, pero no comprendía por qué. No quería hablar por miedo a decir algo que no debiera.

—Gracias. Por explicármelo, por confiar en mí. Muchas gracias.

Parecía aliviado, pero también incómodo. ¿Acaso tenía algo más que decir?

Accedió a posar para él al día siguiente, pero esa misma noche, mientras recordaba la conversación una y otra vez en la cama, sus palabras exactas aplacaron la euforia que había sentido desde que había estado con él. «No quiero estropear algo que acabo de volver a descubrir».

No era la primera vez que tenía una musa. Por supuesto que no, era absurdo e ilógico sentir celos de una mujer que, fuera quien fuera, ya no formaba parte de su vida. ¿Le habría hecho el amor? Sin duda. ¿La habría amado?

—Eso no es asunto tuyo —se dijo Cressie, dejando a un lado su traducción de *Exercises de Calcul Intégral*, de Legendre. Pero, como estaba descubriendo poco a poco, la lógica y la emoción rara vez iban juntas. La idea de que Giovanni hubiera amado a otra mujer le revolvió el estómago.

—Llegas tarde —Giovanni estaba ya dibujando cuando oyó que se abría la puerta del estudio—. He estado explorando algunas ideas, pero no sé... ¿No vas a entrar?

Cressie seguía en el umbral de la puerta, cerrándose con fuerza el abrigo de su madre.

—¿Sigues con la idea de Penthiselea?

Le vio trazar líneas sobre el papel. Se había quitado el pañuelo del cuello y lo había dejado sobre una silla, encima de la chaqueta y del chaleco. Tenía la frente manchada de carboncillo y por el cuello abierto de la camisa le asomaba un poco de pelo del pecho. Cressie notó que se le quedaba seca la garganta. La luz del sol inundaba el estudio. A través de la camisa blanca de Giovanni se adivinaban los pezones y la hilera de vello que se descendía hacia el vientre. No debería haberlo mirado, pero no podía apartar los ojos. Se recordó a sí misma que para inspirarlo debía permitirle que mantuviera las distancias, pero lo que en realidad deseaba era arrancarle la camisa y pasear las manos por el torso suave y fuerte que sin duda había debajo, sentir la caricia del vello que salpicaba su piel y cómo se le tensaban los músculos al tocarlo, oírlo gemir cuando lo besara. Deseaba...

—Cressie, ¿vas a entrar o no? ¿Y por qué llevas puesta esa capa?

Por fin cerró la puerta a su espalda y se apoyó contra ella.

—Se me ha ocurrido una idea. Es una sorpresa.

Giovanni estaba mirándola a ella, no al lienzo.

—Normalmente no me gustan las sorpresas. No suelen resultarme agradables.

No quería que notara lo nerviosa que estaba porque eso estropearía el efecto. Le había parecido una idea genial, pero llegado el momento empezaba a tener dudas. ¿Estaría a punto de hacer el ridículo? ¿Se reiría de ella? Allí de pie, comenzó a desabrocharse la capa con dedos temblorosos.

—Date la vuelta —le ordenó—. No mires hasta que yo te lo diga —dejó caer la capa y levantó el sombrero que había escondido debajo de la prenda—. ¿Giovanni?

—¿Sí?

—Ya puedes darte la vuelta. Quiero presentarte a...

—Penthiselea —supuso él.

—Al señor Brown —anunció al tiempo que se ponía el sombrero tal y como había estado ensayando durante horas la noche anterior frente al espejo. Hizo una reverencia de la que se sentía muy orgullosa.

Se vio recompensada con una carcajada de sorpresa.

—¿Qué demonios...?

—¿Recuerdas que me preguntaste cómo me las arreglo para colarme en la Sociedad Astronómica? Bueno... —Cressie se giró ligeramente, moviendo la cola del frac—, pues aquí lo tienes. Tenías razón, jamás habrían admitido a una mujer, por muy impresionantes que fueran sus conocimientos científicos, pero la Sociedad ofrece conferencias de algunos de los más grandes pensadores de la época, así que estoy dispuesta a casi todo para poder escucharlos.

Giovanni se echó a reír de nuevo.

—Nunca había puesto en duda la pasión que sientes por tus estudios, pero jamás habría imaginado algo así. ¿Debo entender que realmente te paseas por Londres así vestida? ¿Es posible que los augustos miembros de la Sociedad Astronómica no sepan que se les ha colado una dama en sus sagradas salas? Seguro que se han dado cuenta; a mí me pareces un hombre muy femenino.

—¿Tú crees? No tengo noticias de que nadie me haya descubierto. A excepción del señor Babbage, claro, un amigo que me facilita la entrada.

—¿Y el señor Armstrong conoce al señor Brown?

—¡No, por Dios! No puede enterarse. Nadie lo sabe excepto el señor Babbage. Y ahora tú.

—Me siento muy honrado. E impresionado, Cressie. Pero ¿por qué te arriesgas tanto? Si te descubrieran, las consecuencias serían desastrosas.

—Lo sé, pero no tanto como lo sería el no poder... ¿No te das cuenta, Giovanni, de lo que me limita el hecho de ser una simple mujer? Reconozco que cada vez que salgo a la calle con el señor Brown estoy permanentemente aterrada, pero también es muy emocionante. Estos pantalones me dan una enorme libertad, pero también debo admitir que parte del placer reside en saber que estoy engañando a todo el mundo. ¿Tan difícil es de entender?

—No, conociéndote no lo es. Cressie, eres una joven extraordinaria y muy valiente.

—Ahora mismo soy un joven —respondió ella, sacudiendo la cabeza.

Una vez más, Giovanni se echó a reír.

—Señor Brown, es un verdadero placer conocerlo —dijo, acompañando sus palabras de una exagerada reverencia—. Permítame que le bese la mano, señor Brown. Es usted... perfecto.

Le besó la mano, provocándole un escalofrío de emoción.

—Dime, ¿vas a pintar a mi alter ego?

—No se me ocurre una idea mejor. Tienes un aspecto deliciosamente sedicioso. Esa ropa resalta todas y cada una de tus curvas. No puedo creer que hayas podido engañar a ningún hombre; los intelectuales ingleses deben de estar completamente ciegos —se detuvo frente a ella después de dar varias vuelta a su alrededor—. Esto no me gusta —decidió al tiempo que comenzaba a quitarle las horquillas del pelo y las tiraba al suelo—. El truco va a ser retratarte como Brown y Cressie al mismo tiempo —siguió retirando horquillas hasta que el cabello cayó libremente por su espalda—. Ahora vuelve a ponerte el sombrero, pero ladeado; así es mucho más seductor. Y la chaqueta, así —la miró de arriba abajo—. Perfecto. Cressie, eres toda una inspiración.

Volvió a besarle la mano y ella cerró los ojos para sentir con más intensidad el roce de sus labios mientras se preguntaba cuánto podría aguantar sin perder el control. La colocó sobre una pequeña tarima y se paseó a su alrededor, colocándole la ropa, el pelo, los pantalones, la botas. Olía a carboncillo, trementina y aceite de linaza, también se percibía un ligero olor a sudor, pero por encima de todo, un aroma tremendamente masculino que era solo suyo. ¿Habría algún olor solo de ella? Cressie intentó distraerse pensando a qué olería. A tiza, sin duda. Al jabón de lavanda que utilizaba siempre. Quizá también a mermelada o a chocolate, dependiendo de lo que hubieran comido sus hermanos. Claro que el otro día Freddie le había tirado encima el líquido de un frasco en el que había metido una rana muerta. Entonces no había olido tan bien. Aunque, ahora que lo pensaba, el olor era parecido a uno de los pigmentos que utilizaba Giovanni. ¿Qué color era?

—Ya puedes bajarte. Creo que vamos a probar con otra postura —Giovanni colocó una silla dorada en el centro de la habitación. Era de estilo egipcio, de madera de palo rosa con incrustaciones de latón, las patas retorcidas y el respaldo tapizado en un terciopelo negro ya gastado.

—Me acuerdo de estas sillas. Había un juego completo con una mesa en el comedor pequeño. A mi madre le encantaba todo lo que pareciera egipcio. Solía decir que le habría gustado ser Cleopatra.

—No parece en absoluto el tipo de mujer con la que habría imaginado a tu padre.

—Viéndolo ahora, no, pero supongo que al principio, cuando se casaron... bueno, ya has visto los vestidos que se ponía —recordó Cressie, riéndose—. Estoy dando por hecho que se los ponía para mi padre.

—Y te encantaría que fuera así, ¿verdad?

—Sí. ¡No sé! Estamos hablando de mi madre, Giovanni.

—La maternidad no confiere necesariamente virtud.

—No, claro que no. De hecho, muchas veces es el resultado de una falta de virtud —reconoció Cressie—. Pero no tengo ningún motivo para pensar que mi madre... No sé, mis hermanas son todas tan parecidas, a excepción de mí y... ¡Giovanni! ¿No pensarás que es eso? ¿Acaso crees que no soy hija de mi padre?

No lo decía en serio. Por mucho que detestara admitirlo, se parecía a lord Armstrong, sobre todo en los ojos. Pero estaba nerviosa y, vestida del señor Brown, sentía una especie de seguridad de lo más temeraria. Había empezado siendo una broma, pero era evidente que había sido un error.

—¿Qué ocurre, Giovanni? —le preguntó al ver que había dejado de sonreír. De pronto su rostro se había tornado oscuro y tenía el ceño fruncido. Con ese gesto de sátiro.

—Nada.

—Pensé que habíamos dicho que no habría más mentiras entre nosotros.

—No miento.

—Nada de mentiras, ni de esquivar la verdad, ni de evasivas. ¿Qué es lo que he dicho que tanto te ha

180

disgustado? No decía en serio lo de que mi madre hubiese engañado a mi padre.

—No me importa lo más mínimo lo que hiciera o dejara de hacer tu madre. Quiero que te sientes en la silla, así, de lado.

Cressie dejó que la colocara de distintas formas antes de decidirse por una, mientras ella repasaba la conversación para averiguar en qué momento había desaparecido su sonrisa. No había sido al mencionar a su madre, ni cuando había dado a entender que hubiera tenido una aventura. Había sido después de eso. ¡Exacto!

—He dicho que muchas veces la maternidad es resultado de una falta de virtud —recordó—. ¿Acaso tú...?

Giovanni se apartó de ella bruscamente.

—No puedes dejarlo nunca. Sí, me refería a mi madre. Ya tienes la respuesta, ¿podemos ahora concentrarnos en lo que estamos haciendo?

—Claro —asintió Cressie. En parte porque su tono de voz no daba lugar a otra contestación, pero sobre todo porque acababa de abrir una ligera, ligerísima, rendija en el muro que Giovanni había levantado a su alrededor y no quería presionarlo—. El señor Brown está aquí para satisfacer en todo al *signor* Di Matteo —dijo Cressie antes de darse cuenta de que quizá no fueran las palabras más adecuadas.

Siete

A Cressie se le había ocurrido que los niños construyeran una cometa después de haber leído que Benjamin Franklin había utilizado las cometas para estudiar los rayos. Por desgracia, al señor Franklin no le había parecido oportuno explicar cómo construirlas y Cressie solo tenía una ligera noción del proceso. Después de haber despertado la curiosidad de sus hermanos no podía echarse atrás, pero tampoco sabía cómo seguir hasta que intervino Giovanni. Con unos cuantos dibujos y un par de explicaciones, envió a los muchachos en busca de todo lo que iban a necesitar.

Cressie se quedó atónita al verlos volver en absoluta armonía. Fue entonces cuando cayó en la cuenta de que en realidad últimamente se peleaban mucho menos. Solo regresaban las discusiones cuando su padre estaba en casa y tenían que luchar por hacerse con su atención, algo que el cabeza de familia parecía disfrutar como un rey al que le gustara que sus cortesanos se pelearan por sus favores. James, Harry, George y Freddie trataban a Giovanni como si fuera no su rey, sino un general al que enseguida se apresuraban a obedecer, impacientes por cumplir sus órdenes lo mejor posible y recibir sus halagos. Unos halagos que Giovanni les hacía siempre que lo merecieran, al igual que las reprimendas.

A diferencia de lord Armstrong, que solía culpar a quien le parecía bien, o a quien hubiera elegido como víctima. En una ocasión, cuando Cressie tenía doce o trece años, Caro había roto una figurita de porcelana que le había regalado a su padre el embajador inglés en China, sin embargo había sido Cressie la que había sido castigada con irse a la cama porque la habían descubierto en la misma habitación en la que se encontraban las piezas de la figurita, a pesar de que Caro había insistido una y otra vez en que lo había hecho ella. Pero su padre había asegurado que Caroline solo pretendía proteger a su torpe hermana.

Cressie lo recordaba con absoluta claridad. Aquellos días no dejaban de acudir a su cabeza anécdotas normalmente triviales del pasado que la sorprendían con su intensidad. ¿Las habría olvidado porque eran dolorosas, o porque le habrían impedido intentar conformarse con su existencia? Probablemente por ambas cosas. Pero lo más sorprendente era que ya no le dolía recordarlas. Le causaban tristeza, y a veces añoranza, pero nunca rencor ni arrepentimiento. De nada servía despotricar del pasado; ahora que comenzaba a comprenderse mejor a sí misma, sabía que todos los recuerdos eran parte de su vida y que, por dolorosos que fueran, podía buscarles un efecto positivo. Quizá fuera una fantasía, pero tenía la impresión de estar evolucionando mucho y eso parecía estar haciéndola más fuerte.

Sus hermanos se habían burlado de ella cuando había intentado ayudarlos a hacer la cometa y habían optado por pedir ayuda a Giovanni. Ella había estado encantada de dejarle paso y aún más de ver cómo adquiría forma la cometa gracias a las expertas instrucciones de Giovanni, aunque él se las había arreglado para que los niños creyeran que lo habían hecho prácticamente todo ellos solos. También había demostrado tener una gran paciencia mientras la decoraban con dragones chinos y guerreros samuráis que los niños habían coloreado sin darse cuenta siquiera de que él corregía todos sus errores.

Aquel día soplaba un viento ideal para volar la cometa. Cressie se sentó en el muro de piedra que marcaba la frontera entre el jardín y el campo y observó mientras Giovanni instruía a sus hermanos en el arte de volar cometas, una cosa más de la que ella no sabía absolutamente nada. La brisa le movía el vuelo del vestido verde esmeralda que llevaba. No se había puesto sombrero, pero tenía el pelo recogido con un lazo de seda verde que, por el momento, parecía estar aguantando. De vez en cuando a Giovanni se le levantaban los faldones de la levita, ofreciéndole una tentadora visión de sus piernas, cubiertas por un ajustado pantalón negro, del mismo color que las botas que había elegido como calzado ese día y que tenía ya salpicadas de barro, aunque a él no parecía importarle.

Los niños se turnaban para volar la cometa por parejas.

—Ahora os toca a vosotros —anunció James, dándosela a George—. Agárrala bien.

—Como si fuera una mariposa revoloteando —le gritó Freddie a su hermano gemelo—. Tienes que tener cuidado de no romperle las alas, ¿verdad, Gio?

—Una mariposa revoloteando —repitió George, encantado.

—Ten cuidado, se está metiendo en el charco —le advirtió James a su hermano pequeño, al que acudió a ayudar.

Unas semanas antes, algo tan insignificante habría dado lugar a una pelea y a una cometa rota, pensó Cressie, maravillada.

—¿Estás preparado? —le preguntó Giovanni.

—Sí —respondió solemnemente el muchacho—. ¿Empiezo ya a correr, Gio?

—Cuando te dé la orden Harry. Harry, acuérdate de ir soltando la cuerda poco a poco.

James ya había conseguido alzar la cometa con éxito, por lo que se apresuró a dar más instrucciones a su hermano para demostrar así su superioridad, pero Giovanni se lo impidió tapándole la boca con la mano. James se quedó tan sorprendido que Cressie no pudo evitar reírse. Por un momento parecía que iba a romper a llorar, pero bastó una mirada de Giovanni para que no lo hiciera.

A la orden de Harry, George echó a correr con todas sus fuerzas.

Estaba tan concentrado mirando la cometa que primero pisó un excremento de vaca y luego se tropezó con una piedra. La cometa se alzó por el aire y habría levantado al niño del suelo si Giovanni no lo hubiera agarrado a tiempo.

—Huelo como el culo de una vaca —se lamentó George.

—Como siempre —replicó Freddie.

—¡Mira! —exclamó George, señalando al cielo y olvidándose por completo del insulto—. La hemos levantado más que vosotros.

—No —protestó Freddie antes de quedarse mirando los colores de los dragones y los samuráis surcando el cielo azul—. Bueno, puede que vaya igual de alto.

Harry sujetaba la cuerda, ya completamente desplegada, y parecía estar a punto de echar a volar también.

—Gio, Gio —gritaron los gemelos—. Harry va a salir volando.

—¿Qué dices, Harry? ¿Necesitas ayuda?

El muchacho negó impetuosamente, pero Cressie protestó, preocupada.

—No es un bebé —espetó James, en defensa de su hermano—. ¿Por qué las chicas se preocupan tanto siempre, Gio?

—Creo que tu hermana está celosa. Seguramente a ella también le gustaría volar la cometa, ¿no es así, Cressie?

Claro que le gustaría, pero no quería estropearles la diversión a sus hermanos.

—No tengo la fuerza necesaria para hacerlo —dijo, aunque le habría encantado intentarlo, dejándose guiar por la mano de Giovanni, como había hecho cuando le había permitido pintar en el lienzo.

Pero se contentó con seguir como espectadora, observando un lado de Giovanni muy diferente al que había visto hasta entonces; riéndose con absoluta relajación. Mientras lo veía correr por el campo con los niños y la cometa, pensó que su cuerpo era tan atlético como lo había imaginado.

—Así que esa es la cometa de la que tanto he oído hablar —dijo Bella, acercándose a Cressie, con un abrigo color burdeos y un chal de cachemir—. He oído los gritos desde el salón. Creo que nunca los había visto reír tanto. Mira a Georgie, moviendo los brazos como si fuera un molino. Y James... no me había fijado cuánto ha crecido últimamente. Esos pantalones le quedan demasiado cortos.

—Janey le ha bajado el dobladillo varias veces, pero creo que ya no dan más de sí —admitió Cressie, sonriendo.

—Tengo la impresión de que últimamente no riñen tanto como antes. Henry... tu padre, me dijo que las peleas formaban parte de la naturaleza de los chicos, que es como se reafirman y que fomenta su competitividad —citó las palabras exactas imitando a su esposo.

A Cressie no le sorprendió tanto lo bien que lo imitaba como el tono de burla que había detrás de dicha imitación, que tanto contrastaba con la dulzura con la que había hablado de sus hijos.

—Mi padre cree que la competitividad es una gran virtud —afirmó, riéndose—. Para los hombres, claro.

—A tu padre le encanta competir siempre y cuando esté seguro de ganar. Era sincera cuando le dije que estabas siendo una magnífica influencia para los niños.

—Gracias. Espero que no te ofendas si te digo que esas palabras significan mucho más para mí viniendo de ti.

Bella se echó a reír, soltando una carcajada muy femenina que no se parecía en nada a su habitual risilla.

—Porque lo digo a regañadientes, supongo.

—Yo habría dicho que porque eres muy crítica.

—Es lo mismo —Bella apoyó la espalda en el

muro y se tapó el sol con los dedos—. Debo decir que el *signor* Di Matteo es el hombre más hermoso que he visto en mi vida. No es guapo, es hermoso. Reconozco que pensé que era muy seco, pero nadie lo diría viéndolo así. He visto los dibujos que hizo para los niños; está claro que los comprende muy bien. No como...

Bella dejó de hablar a media frase. De pronto parecía mayor y más triste y Cressie tuvo la impresión de estar entrometiéndose en su intimidad, así que volvió a mirar a la cometa y a los chicos. James estaba ayudando a Freddie bajo la atenta mirada de Giovanni, que los observaba con la mano en el hombro de Harry, los dos se reían de algo. Nunca antes había visto a Giovanni tan relajado.

—Sería un buen padre, aunque dudo mucho que alguna vez quiera serlo —Bella también estaba observando a Giovanni—. Con lo atractivo que es y sin embargo es evidente que evita a toda costa el contacto humano. Sin embargo, está claro que ha tomado cariño a los niños, quizá porque no suponen ninguna amenaza para él.

—¿Qué quieres decir?

—Piensa por qué un hombre que, a juzgar por la reputación que tiene, podría conquistar a la mujer que eligiese, decide estar solo. Sin duda no es porque le gusten los hombres, eso es obvio, aunque también es obvio que muchos hombres lo encontrarían irresistible —añadió esbozando una de sus tensas sonrisas—. No pongas esa cara de sorpresa, Cressie, puede que viva alejada del mundo, pero en otro tiempo viví inmersa en él y estoy al corriente de todas las habladurías.

—Gio... el *signor* Di Matteo... Tengo entendido que estuvo enamorado en una ocasión.

Bella soltó un resoplido.

—¿Es eso lo que te ha dicho? Dudo mucho que sea cierto. Si acaso, me inclino a pensar que se haya enamorado cien veces más que una. Pobre Cressida, me había percatado de que le habías tomado cariño, pero no me había dado cuenta de que las cosas hubieran ido tan lejos. Acepta el consejo que te voy a dar. No le entregues el corazón a un hombre como ese porque no tiene corazón que entregarte a cambio y te hará sufrir. Hazme caso, lo sé por experiencia. Bueno, creo que ya he tenido mi ración anual de aire fresco y ejercicio. Me ha dado hambre. Espero que la cocinera haya preparado algo apetitoso.

Despidiéndose de ella con un gesto, Bella echó a andar de regreso a la casa. Mientras la veía alejarse, Cressie llegó a la conclusión de que estaba equivocada en varias cosas. Para empezar, Giovanni no se parecía en nada a lord Armstrong. Lo que ocurría era que Bella estaba despechada. Solo había que verlo con Freddie, George, James y Harry para saber que no era un hombre tan egoísta y egocéntrico como su padre.

Su madrastra estaba celosa. También se equivocaba cuando decía que Giovanni era frío. El hecho de que fuera reservado no tenía relación alguna con la frialdad. Más bien al contrario. Le habían hecho tanto daño que había perdido la inspiración. Quizá la decisión de transformar su arte en un simple negocio había sido un acto frío y calculado pero, ¿qué tenía eso de malo? Era el mejor y merecía ser reconocido como tal.

Pero en lo que estaba más equivocada era en eso de que Cressie hubiese podido enamorarse de Giovanni. Ni siquiera se le había pasado por la cabeza semejante idea. Y jamás lo haría. Solo le había devuelto la inspiración que había perdido. Se sentía orgullosa y honrada de ser su musa porque, además, iba a permitirle comprobar de primera mano si se había equivocado en sus teorías sobre el arte, las matemáticas y la belleza y... y todas esas cosas tan importantes en las que había dejado de pensar últimamente.

Cressie se bajó del muro y se acercó a Giovanni y a los niños, sonrojados por el ejercicio.

—Si los retrataras así, el cuadro estaría mucho más cerca de la verdad que el que hay en la galería —le dijo a Giovanni.

—Y, por desgracia, también tendría mucho menos valor. Lo que podría hacer es hacer un dibujo para su madre, si tú crees que le gustaría.

—Creo que le encantaría. Es un bonito detalle por tu parte.

—Lo cierto es que son unos muchachos estupendos, cuando se les conoce más a fondo.

Giovanni le dio la cometa a Harry y agarró a Freddie para lanzarlo por al aire, para deleite del pequeño, que no dejó de reír en ningún momento.

Cressie se quedó a un lado mientras Giovanni corría por el campo, perseguido por Freddie. Había algo en lo que Bella sí tenía razón... sería un buen padre. Le sorprendió que la idea le provocara tanta tristeza. Una cosa era pensar que nunca se casaría y otra muy distinta darse cuenta de todo aquello a lo que tendría que renunciar.

Giovanni había escogido por fin una postura. Cressie estaba sentada de lado en la silla egipcia, con la pierna derecha cruzada sobre la izquierda, un brazo apoyado en el respaldo de la silla y el otro sobre la pierna de arriba. Miraba de frente al pintor, con el sombrero inclinado sobre un ojo y el pelo cayéndole libremente sobre los hombros. Los faldones de la chaqueta llegaban prácticamente hasta el suelo, se había aflojado el nudo del pañuelo del cuello y abierto los botones del chaleco.

—No parezco un hombre en absoluto —decidió, cuando Giovanni le enseñó los primeros bocetos.

—¿Acaso es eso lo que quieres?

Se agarró un mechón de pelo y lo retorció entre los dedos; una nueva estrategia para no morderse las uñas.

—Eso creía. Estaba convencida de querer ser un hombre.

—Recuerdo que me lo dijiste, sí.

—Pero ya no quiero. Creo que me gusta esto. Es...

—Subversivo, espero. Quiero mostrarte como si estuvieras asomándote tras el disfraz. Eres una mujer con mucha sensualidad y eso es lo que quiero plasmar. Quiero que la ropa muestre... No sé exactamente cómo voy a hacerlo, pero quiero que esa ropa masculina te muestre aún más femenina.

Cressie se echó a reír.

—Podrías hacerlo combinando al señor Brown con Penthiselea.

—¡Exacto! —Giovanni soltó el carboncillo y tomó a Cressie entre sus brazos—. ¡Eres un genio!

Mientras sonreía y sacudía la cabeza con perplejidad, Cressie intentó no reparar en la reacción de su cuerpo.

—Me encanta que me llames genio, pero no sé por qué lo dices. Lo he dicho en broma.

—Pues es una magnífica idea. Escandalosa. Será...

Se besó la punta de los dedos en un gesto tan dramático, tan italiano y tan impropio de Giovanni, que Cressie se echó a reír de nuevo.

—No lo entiendo. ¿Por qué iba a ser tan escandaloso? ¡Ah! —entonces se dio cuenta de lo que quería decir y se le borró la sonrisa de los labios—. Estás diciendo que...

—Muestres...

—Un pecho —Cressie tragó saliva. Se le había quedado seca la garganta. Se humedeció los labios con la lengua y al mirar a Giovanni lo encontró con los ojos clavados en su pecho.

—Tienes unos pechos preciosos. Lo digo como artista, claro —se apresuró a añadir.

—¿De verdad?

—Desde luego. *Bellissimo*.

Se le sonrojaron las mejillas, lo que acentuó aún más los rasgos perfectos de su rostro. La condujo de nuevo hasta la silla.

—Permíteme que te lo muestre. Se puede hacer con muy buen gusto.

Cressie se quedó inmóvil como una estatua mientras él le colocaba la chaqueta y el chaleco y le desabrochaba del todo el pañuelo del cuello. Tenía los dedos fríos y algo temblorosos mientras le desabrochaba los pequeños botones de la camisa. Debajo llevaba tan solo el corsé. Cuando sus dedos le rozaron la piel se le cortó la respiración.

Giovanni le aflojó el corsé y, al hacerlo, le rozó un pecho. El pezón se endureció con impaciencia. Sentía el calor que irradiaba su cuerpo y el de él. Le ardía la piel y sentía escalofríos en la espalda.

Entonces él se alejó.

—Luego, cuando llegue el momento de pintarlo, lo...

La decepción hizo que Cressie reaccionara con

brusquedad. Se bajó el corsé y se abrió aún más la camisa para liberar después el pecho.

—Aquí lo tienes, ¿es a esto a lo que te referías?

Giovanni se quedó mirándolo sin decir nada. Su pezón parecía más oscuro en contraste con el blanco de la camisa. Cressie nunca había prestado demasiada atención a sus pezones. Pensó que estaba tan levantado que parecía desafiante. Irguió la espalda. También ella se sentía desafiante. Se llevó la mano al pecho y se estremeció al rozarse el pezón. Notó que a Giovanni le cambiaba la respiración y se le oscurecían los ojos.

—¿Qué piensas, Giovanni? —le preguntó, con una mezcla de deseo y poder.

—Pues... —era esa mirada oscura lo que hacía que se sintiera como si estuviesen apretándola por dentro—. Pienso... —dijo después de una pausa—, que sabes perfectamente lo que pienso, lady Cressida. Solo espero que puedas mantener la postura.

No supo si alegrarse o lamentarlo cuando Giovanni desapareció tras el caballete y comenzó a dibujar. Esa vez no hizo ninguna cuadrícula, sus movimientos parecían más libres y su concentración más férrea que otras veces, mientras trazaba líneas y arrancaba una página tras otra y las tiraba al suelo.

Tenía la sensación de que hubiera pasado todo un día, pero quizá solo había transcurrido una hora cuando él levantó la mirada y sonrió con gesto triunfal.

—Ya lo tengo.

Tenía el pezón erecto, únicamente por el frío esa vez. Quería moverse antes de que se le agarrotaran todos los músculos y taparse.

—¿Puedo verlo?

No esperaba que respondiera que sí, sin embargo eso fue lo que hizo, otra diferencia respecto al primer retrato.

—¿Y bien? —le preguntó, impaciente.

Cressie movió la cabeza, maravillada.

—No hace falta que te lo diga.

—Sí que hace falta, Cressie.

—Giovanni, es magnífico —sonrió mientras se miraba a sí misma, apenas esbozada a carboncillo y sin embargo perfectamente reconocible. En aquel retrato no se observaba un evidente cuidado por la simetría, aunque los ángulos del rostro, de frente, y del cuerpo de perfil, estaban escogidos deliberadamente. Pero lo que más le gustaba eran las contradicciones de la imagen. Un mujer con ropa de hombre. Una postura masculina y un pecho de mujer. Su rostro, serio y a la vez pícaro. Y el efecto general, que resultaba extrañamente sensual, aunque no habría sabido decir por qué. En el dibujo aparecía desafiante, segura de sí misma, y se reconocía a la perfección a pesar de no haberse visto nunca así—. Pero... me cuesta entenderlo. No sé qué pensar.

Giovanni sonrió con profunda satisfacción.

—Eso es. Es confuso, incendiario, anárquico. Ni una cosa ni otra.

—No... Veo que hay ciertas reglas, pero tengo la impresión de que has incumplido muchas otras deliberadamente.

—Mi pobre Cressie, ¿cómo justificarían tus teorías este retrato?

—No tengo la menor idea.

—Esta noche prepararé el lienzo para poder empezar mañana con el óleo. Debes de estar cansada.

—No he sido yo la que se ha pasado toda la mañana corriendo de un lado a otro con cuatro niños incansables. Tú sí que debes de estar exhausto.

Giovanni meneó la cabeza.

—Lo cierto es que lo he pasado muy bien. Había olvidado lo estimulante que es ser joven y despreocupado. Envidio su inocencia.

—Mientras os observaba esta mañana me he dado cuenta de que al menos he conseguido uno de los propósitos que tenía al venir aquí. He llegado a quererlos por sí mismos, no solo porque sean mis hermanos —Cressie agarró la capa y la estiró un poco antes de ponérsela—. Debería irme a escribir a Cordelia. Le prometí a Bella que lo haría, pero reconozco que he estado postergándolo.

—¿Por qué?

—Mi tía Sophia envió una carta... Ay, es muy complicado. No quiero aburrirte.

—Siéntate y cuéntamelo, no me aburrirás. Cordelia es tu hermana, la que está en Londres, ¿verdad?

Giovanni le quitó la capa, la dejó sobre la silla egipcia y se llevó a Cressie junto a la ventana, donde había colocado una *chaise longue* algo destartalada donde se sentaba a descansar durante las sesiones de trabajo.

—Soy todo oídos, como decís vosotros.

Fue un verdadero alivio compartir con él sus preocupaciones y también reírse un poco, porque era cierto, quizá Cordelia fuera algo insensata y muchas veces egoísta, pero su compañía siempre resultaba muy entretenida, pues tenía un verdadero talento para conseguir que nadie pudiera estar enfadado mucho tiempo con ella y lo cierto era que algunas de sus hazañas eran muy graciosas.

—Lo que no alcanzo a comprender es cómo puede gustarle ver pelearse a puñetazos a dos hombres —concluyó Cressie—. Tendré que encontrar la manera de que haga caso a nuestra tía antes de que haga algo verdaderamente inaceptable, pero no sé cómo hacerlo.

—Por lo que me has contado, me parece que Cordelia va a hacer lo que le venga en gana, con o sin tu intervención.

Cressie esbozó una sonrisa.

—Tienes razón y no puedo evitar admirarla por eso. Mi hermana pequeña es como un gato. Puedes lanzarla desde donde quieras que siempre cae de pie.

—Quieres mucho a tus hermanas.

—Sí. Somos todas muy distintas, pero sé que no dudarían en acudir en mi ayuda si realmente las necesitase. Quizá sea porque nos criamos sin una madre. Estábamos muy unidas cuando éramos jóvenes y vivíamos todas juntas aquí, en Killellan. Ahora... bueno, ya sabes cómo son las cosas. Pero no podría estar sin ellas. Ni sin mis hermanos. Me cuesta imaginar lo que debe de ser criarse como hijo único.

Giovanni cambió de postura, incómodo. Se había acostumbrado a reprimir la extraña necesidad de confiar en Cressie y a recordarse una y otra vez que había dejado atrás el pasado. Pero cuanto más se negaba esa necesidad, más consciente era de lo mucho que lo aislaba el silencio. No era tanto que deseara hablar de ello, lo que deseaba más bien era que Cressie lo conociera mejor. Había descubierto que quería que ella supiera más de él y de su vida. Le importaba mucho que Cressie lo comprendiera, aunque fuera solo un poco. Allí sentado, en la intimidad del estudio, mientras la luz del día iba desapareciendo del cielo, el boceto de lo que esperaba fuera su gran obra maestra descansando en el caballete y Cressie relajada a su lado, supo que no encontraría una oportunidad mejor. Ella había dado en el blanco cuando le había dicho que su relación

no era equilibrada, pero le había costado reconocerlo.

—Otra vez tienes esa mirada —le dijo Cressie,
arreglándoselas para fruncir el ceño y sonreír al
mismo tiempo—. Esa mirada que me hace pensar
que he dicho algo que no te ha gustado y que no me
vas a contar.

—Esta vez te equivocas. Sí que voy a contártelo.
Solo estaba... preparándome.

Cressie se había quitado las botas. Ahora subió
las piernas al asiento, se sentó encima de ellas y se
giró para mirarlo de frente.

—¿Tan malo es?

—Sí que tengo familia. Tengo muchos hermanos, pero ninguno de ellos de padre y madre. Conozco a alguno de ellos, a otros no, pero los que
conozco no me reconocen como hermano por el
mismo motivo que no me reconoce mi madre y por
el que mi padre dejó que me criara una familia de
pescadores hasta que necesitó un heredero. Soy hijo
del conde Fancini. Procede de una familia tremendamente rica, cuyos ancestros se remontan a los
anales de la historia. Soy el hijo bastardo... ilegítimo
del conde Fancini.

La sorpresa de Cressie fue tal que la hizo echarse
hacia atrás. Abrió los ojos de par en par y se llevó
una mano a la boca mientras con la otra agarraba la
de Giovanni. No debería haberle permitido que se
la agarrara, no necesitaba que lo compadeciera, que

era sin duda lo que iba a hacer, pero de todos modos entrelazó los dedos con los de ella y al hacerlo se sintió... mejor. No era lástima, sino comprensión... eso podría soportarlo.

—Dios, Giovanni, es terrible —movió la cabeza con furia—. No puedo ni imaginarme... No volveré a quejarme de mi familia nunca más. No me extraña que te molestara que bromeara diciendo que ojalá mi padre no fuera mi padre. Lo siento mucho. Pero has dicho que tu padre... tu verdadero padre... ¿acaso te adoptó?

—Sí —le apretó la mano—. Durante doce años creí que era hijo de un pescador. Mi padre, el hombre al que creía mi padre, era un hombre tosco, pero amable. Fue él el que me llevó a Santa María del Fiore. ¿Recuerdas que te hablé de la iglesia que tenía una galería con una acústica sorprendente? También me enseñó a nadar y a pescar, por supuesto. Los niños del pueblo se burlaban de mí por el aspecto que tenía —hizo una mueca y se golpeó la frente con la mano abierta—. No me parecía en nada a las personas a las que yo llamaba *mamma* y *papa*, pero nunca me lo planteé, ni ellos dijeron una palabra. Pensé que me querían.

—Claro que te querían, Giovanni.

Era como un peso que le aplastaba el corazón, una pesada piedra que nunca había intentado levantar, ¿cómo hacerlo con hechos tan evidentes?

—Cressie, ellos me entregaron de nuevo a él. No

era más que un niño, pero me devolvieron sin protestar.

—No. Estoy segura... no puede ser verdad, Giovanni. Nadie que haya criado a un hijo como suyo podría entregarlo así como así. Sería demasiado doloroso. Seguro que la memoria te está jugando una mala pasada.

—Tenía doce años. Lo recuerdo como si fuera ayer. Recuerdo que no intentaron siquiera abrazarme cuando llegó el carruaje que venía a buscarme. Recuerdo que la única respuesta que recibí a mis cartas fue la petición de que dejara de escribirles. Mi padre, mi verdadero padre, me dijo que les había pagado a cambio de que cuidaran de mí —tragó saliva, pero no bastó para hacer desaparecer el nudo que tenía en la garganta; la piedra que llevaba en el corazón parecía más pesada que nunca. No importaba las veces que se dijera a sí mismo que no importaba, nunca conseguía convencerse de ello. Se apretó los ojos con los nudillos con tal fuerza que lo vio todo rojo. No sirvió de nada.

Cressie le echó un brazo por los hombros y le acarició la cabeza lentamente. Era reconfortante—. Una vez me dijiste que muchas veces lo que pensamos es muy distinto de lo que sentimos —le recordó suavemente—. El instinto no responde a la lógica. Sé que piensas que debías odiarlos por haberte entregado, pero durante doce años, prácticamente toda tu infancia, creíste que eran tus padres. Lo natural es que los quisieras, aunque te doliera. Mírame a mí, por Dios. No siento el menor respeto por mi padre, ni me gusta, incluso hay veces que lo odio y, sin embargo, sigo queriéndolo y sé que siempre será así haga lo que haga. He dejado de intentar odiarlo y te prometo que es un alivio.

Cressie le dio un beso en la sien y luego siguió acariciándolo. Tenía la piel tan cálida y tan suave, más femenina que nunca con aquella ropa de hombre. Giovanni se permitió relajarse un poco junto a ella y le sentó bien hacerlo.

—No los odio —reconoció—. Eran dos personas muy pobres que necesitaban dinero. Lo entiendo.

—Eso es una tontería —Cressie dejó de acariciarlo y lo miró de frente, estaba tan cerca que sus narices casi se tocaban—. Tú los querías. Es evidente que eras feliz con ellos, tan evidente como que ellos también te querían a ti. Tu padre no tenía por qué haberte enseñado a nadar y a todo lo demás. No tenía por qué llevarte a esa iglesia. Lo que ocurre es que se preocupaban por ti y tú los querías como quieren todos los hijos a sus padres. Debió de ser horrible para todos cuando tuvieron que entregarte. Tú debiste de sufrir mucho. Es obvio que tu padre es un hombre con mucho poder; dudo mucho que nadie hubiera podido hacer nada para impedir que te recuperara cuando decidió hacerlo. Estoy segura de que no te abandonaron, Giovanni, pero comprendo que tú lo sintieras así. Comprendo que creas que los odias.

No era la primera vez que Cressie le hacía sentir incómodo con su sinceridad. Tenía el don de ver la verdadera esencia de las cosas, era una de las características que más admiraba de ella, pero a veces resultaba doloroso. Toda esa claridad mental hacía que fuera imposible no enfrentarse a la verdad. Aunque sería mucho peor si le contase toda la verdad sin adulterar. ¡No! ¡Jamás! Giovanni la apartó suavemente.

—No odio a mis padres —aseguró y era cierto.

Prácticamente podía ver la maquinaria del cerebro de Cressie en movimiento. Vio el momento exacto en el que decidió no presionarlo más y, por un instante, se sintió aliviado.

—Entonces háblame de tu verdadero padre —le dijo entonces—. Al que sí que odias.

No tuvo más remedio que echarse a reír.

—Él fue el que me enseñó la importancia de la sangre. Por él te entiendo tan bien, porque tiene un carácter muy parecido al de tu padre.

Cressie se acurrucó contra él, haciendo que le echara un brazo por los hombros.

—Cuéntame toda la historia.

Su pelo le hizo cosquillas en la barbilla.

—Es una historia triste. De esas que alguien podría haber convertido en un cuento de hadas. Nunca se lo he contado a nadie.

—Siempre he pensado que los cuentos de hadas son bastante trágicos. Puede que las protagonistas se casen con el príncipe al final, pero seguramente habrían preferido recuperar a la madre que habían perdido —opinó con una ligera sonrisa en los labios—. Pero no quiero interrumpirte. Adelante.

No podía pensar teniéndola tan cerca, así que se apartó de ella, apoyó la cabeza en el respaldo de la *chaise longue* y cerró los ojos.

—Érase una vez... —comenzó, porque era más fácil contarlo como una historia que revivirlo todo— , un rico conde italiano llamado Fancini.

Cressie cambió de postura para verle bien la cara. Por lo que le había contado ya de su infancia, comprendía perfectamente por qué parecía tan frío. No era de extrañar que hubiese decidido evitar que le hicieran más daño después de que lo abandonaran no una vez, sino dos. En cuanto a esa mujer que había sido su amante y su musa... ¿cómo había podido hacerle daño sabiendo...? No, no lo sabía, puesto que Giovanni acababa de decirle que no se lo había contado a nadie. Ella iba a ser la primera. Ya era algo, aunque no la amara como había amado a la otra. Claro que eso no importaba. Porque no estaba enamorada de Giovanni. La simple idea... ¡no podía ni pensarlo!

Pero se descubrió pensándolo mientras lo escuchaba y se abrazaba a sí misma solo para no abrazarlo a él. No podía estar enamorada de Giovanni.

Esa tensión, esa impaciencia por descubrir algo que parecía escondido en el rincón más lejano de su mente... no, no era amor. Y el dolor que sentía en el corazón no era más que compasión por el dolor que había sufrido, nada más.

—El conde Fancini procedía de un linaje intachable —prosiguió Giovanni—. Entre sus antepasados había gente de sangre azul emparentada con el Granducato di Toscana. El conde tiene un hijo varón nacido de su matrimonio con la condesa, un heredero para sus innumerables propiedades rurales y su *palazzo* de Florencia. La condesa da a luz a más hijos varones, pero todos ellos mueren. El conde, que es un hombre con un voraz apetito carnal, tiene muchos otros descendientes fuera del lecho conyugal, pero todos ellos son niñas, por lo tanto no valen nada —abrió los ojos un momento para mirarla—. Ya ves —le dijo con una triste sonrisa—, es igual en todas partes.

Cressie le rozó la mano un instante, pero no le dijo nada. Él volvió a cerrar los ojos para continuar relatando la historia como si fuese de otro mundo, nada relacionado con él. Era comprensible. ¿Cuántas veces había escapado ella de la realidad gracias a la fantasía del señor Brown? Tenían tantas cosas en común. Eso era lo que había entre ellos, afinidad. Solo eso. Era una explicación perfectamente lógica. Por eso no entendía por qué le resultaba tan poco convincente.

—Un día —dijo Giovanni—, el conde Fancini conoció a una muchacha, una dama joven y bella de tan buena cuna como él, que no se parecía en nada a sus otras conquistas. No debería haberla seducido estando casado, pero lo hizo. Y Carlotta, que así se llamaba la dama, cometió la tontería de creer que estaba enamorada. Sus padres tenían muchas expectativas puestas en el matrimonio de su hija; otra vez sangre y belleza. Todas esas expectativas parecen irse al traste cuando la joven descubre que está encinta, pero los padres de Carlotta, con la ayuda del futuro padre, el conde Fancini, esconden lo que podría haber sido un escándalo. Carlotta dio a luz en secreto y seis meses después, aún con aspecto virginal, la casaron con otro. El niño, pues desgraciadamente era un niño, fue entregado a una pareja de origen humilde que no tenía hijos y ese fue el fin de la historia. O eso creían Carlotta y el conde Fancini.

—¿Qué ocurrió? —preguntó Cressie, con una extraña desazón, pues sabía que aquel cuento no tendría un final feliz.

—Que el hijo legítimo del conde murió trágicamente —respondió Giovanni con una voz aún más fría, intentando sin duda distanciarse de la historia—. Y resultó que el conde, debido precisamente a su voraz apetito sexual, ya no podía concebir más hijos.

—Déjame adivinar —intervino Cressie, con

tono fatalista—. El conde decide que es mejor un hijo ilegítimo que nada, por lo que lo arranca de los brazos de sus padres adoptivos.

—Eso es —la sonrisa de Giovanni había dejado paso a su gesto de sátiro—. Al igual que en los cuentos de hadas, el pobre muchacho hijo del pescador recibió una gran fortuna. De pronto tenía los mejores tutores, que le enseñaron a pelear con la espada, a hablar correctamente, a hacer reverencias y a comer con la boca cerrada. Lo convirtieron en un caballero. Él se esforzó en sus estudios para tener contento a su nuevo padre, un hombre tremendamente intimidante y poderoso, pero el conde resultó ser también muy difícil de satisfacer. A Giovanni se le prohibió cualquier tipo de contacto con la familia que aún sentía como suya. Le borraron sus nombres de la memoria a golpes y, como ya te he dicho, finalmente le mostraron la prueba fehaciente de que ellos no deseaban verlo. Sabía que tendría que haberse sentido feliz entre tanto lujo, pero la realidad era que se sentía muy solo. Aún estaba sin pulir lo suficiente como para presentarlo en sociedad y no le permitían hacerse amigo de los sirvientes de su padre, ni de las personas que vivían y trabajaban en sus tierras. Cuando en otro tiempo había gozado del bullicio del pueblo y de la libertad del mar, ahora se veía confinado a aquella lujosa mansión que, a pesar de su belleza, era para Giovanni una prisión.

—No sé qué decir —Cressie estaba haciendo un

gran esfuerzo para no llorar, sobre todo porque Giovanni estaba luchando mucho por mostrarse completamente carente de emoción. Sin embargo ella se veía invadida por una emoción en la que no podía permitirse pensar.

Giovanni se encogió de hombros, ajeno al torbellino de emociones que sacudía el corazón de Cressie.

—No hay nada que decir. Nunca pasé hambre, recibí una buena educación. Seguía siendo un bastardo, pero era un bastardo casi legítimo. Mi padre me reconoció formalmente y me incluyó en su testamento. Debería haberme sentido privilegiado.

—¿Pero?

—Intenté hacer lo que se esperaba que hiciera, igual que tú, Cressie. Intenté pagar con obediencia todo lo que me habían dado. Pero era muy desgraciado.

—Por eso supiste que yo también lo era.

—Exacto. Yo también me convencí de que, si me esforzaba, acabaría queriendo lo mismo que quería mi padre para mí, pero no fue así. Lo único mío que tenía era mi arte. Empecé a dibujar antes de saber leer o escribir. Pero cuando vio lo importante que era para mí, me quitó todos los dibujos. Decía que el dibujo era una afición de mujeres y que pintar era algo que hacían los artesanos. Ninguna de las dos cosas era aceptable para el hijo y heredero de un conde.

—Igual que las matemáticas para la hija de un conde inglés —respondió Cressie—. Al menos mi padre nunca me ha prohibido nada. Nunca más volveré a considerarlo un tirano —prometió—. ¿Entonces fue tu madre, Carlotta, la que te animó a pintar?

Giovanni maldijo entre dientes.

—Solo la vi una vez. Ella no quería conocerme; le importaba mucho más su reputación que su primogénito. Fue entonces cuando el conde Fancini decidió enviarme al ejército a terminar mi formación y por fin me rebelé. Me dijo que me desheredaría y yo le dije que podría ganarme la vida sin su ayuda. Aseguró que volvería con el rabo entre las piernas. No he vuelto a verlo desde entonces y de eso hace ya catorce años.

Eso último lo había contado con voz débil, sin fingir distancia ni objetividad alguna. Giovanni parecía exhausto, casi derrotado. Estaba claro que había más, mucho más, de lo que le había contado, pero no iba a pedirle que siguiera.

—Así que rechazaste a tu propia sangre y te ganaste la vida con la belleza —resumió ella.

No podía seguir conteniéndose. Se puso en pie y tiró de él para que hiciera lo mismo, le echó los brazos alrededor de la cintura y apoyó la cabeza en su pecho. Sentía los latidos de su corazón. No podía seguir engañándose. Tanto deseo, tanta necesidad, tendría que haber sabido que no podía ser otra cosa.

Se puso de puntillas para pasarle la mano por el pelo y no pudo resistirse a besarle la frente, y los ojos, y las mejillas.

—Lo siento mucho. Lo siento —susurraba una y otra vez. Lo sentía tanto por él—. Lo siento —repitió, apretándose contra su cuerpo, como si eso pudiera reconfortarla, como si fuera eso lo único que deseaba cuando sus manos siguieron acariciándolo y buscó su boca desesperadamente, aunque su corazón ansiaba mucho más.

Cuando sus bocas se encontraron, pudo notar su reticencia, pero Cressie cerró los ojos y se apretó aún más contra él. Le dio uno y mil besos. Besos para consolarse, para hacerle sentir mejor y borrar su dolor. Besos que calmaban y besos que fueron haciéndose más intensos cuando Giovanni respondió por fin. Besos que se convirtieron en uno solo y Cressie sintió que se estuviera entregando por completo a él en aquel beso. Y fue eso, no el sabor salado de las lágrimas, lo que la obligó a detenerse antes de traicionarse a sí misma.

—Lo siento. Lo siento mucho —repitió una vez más, apartándose de él—. Seguramente ahora mismo no te sientas mejor por haberlo compartido conmigo. En mi experiencia, este tipo de confesiones hacen que uno se sienta exhausto, pero muy pronto notarás que te ha hecho bien y podrás ver las cosas con más claridad.

No sentía el menor deseo de marcharse de su

lado, pero lo conocía lo suficiente como para saber que no querría analizar los detalles. Además, necesitaba estar a solas con sus pensamientos, para asimilar la idea. Le puso la mano en la mejilla, abrumada por lo que estaba sintiendo y ansiosa por marcharse antes de venirse abajo.

—Vas a crear otro tipo de belleza conmigo de modelo, ¿verdad? Ahora debo irme a escribir a mi hermana. Gracias por confiar en mí.

Le dio un beso en la mejilla, se echó la capa sobre los hombros y se dirigió a la puerta. Giovanni seguía allí en medio, con la mirada vacía. A Cressie se le encogió el corazón al verlo así. Lo amaba con toda su alma. Bueno, ya lo había dicho.

Ocho

—¡Me niego rotundamente a verlo! Tienes que librarte de él, Cressie, te lo ruego.

Bella agarró a su hijastra por la manga del vestido, con gesto lastimero. El vestido de seda rosa con rayas grises tenía el escote redondo y unas mangas de farol que se iban estrechando hasta las muñecas, donde terminaban en unos bonitos volantes de encaje. Era uno de los preferidos de Cressie, pero se arrugaba con mucha facilidad. Intentó aflojar los dedos de su madrastra, pero se negaba a soltarla.

—Sir Gilbert ha hecho el viaje desde Londres; al menos podrías recibirlo. Creo que es lo más sensato. Debes pensar en la salud del bebé. Todo el mundo está de acuerdo en que sir Gilbert es una eminencia en su campo.

——¡No! —Bella cruzó el salón y se dejó caer sobre el sofá con dramatismo—. ¡No, no y no! Ya se lo dejé claro a tu padre. No pienso permitir que ese hombre vuelva a tocarme nunca más. Sus dedos

213

son como...como ramitas heladas y tiene las uñas demasiado largas para hacer lo que hace. Te prometo que las tiene afiladas, Cressie. No te imaginas.

Por desgracia se lo imaginaba perfectamente gracias a la descripción de Bella. Sintió un escalofrío y apretó las piernas involuntariamente.

—¿No podrías simplemente hablar con él y contarle tus síntomas sin necesidad de que te examine? Lo cierto es que hace tiempo que no te encuentras bien.

—Porque es una niña. He tenido náuseas y vómitos, eso es todo.

Bella se cubrió el vientre con los brazos. Un vientre que parecía estar encogiendo. ¿Estaba perdiendo peso?

—Por favor, Cressie. No me obligues a verlo. Tiene la cabeza como un huevo que asomara en el nido de un pájaro, siempre tiene una ceja levantada y me mira como si hubiera cometido un crimen terrible. Y su voz... es espeluznante; apenas un susurro frío y monótono. Te aseguro que no desentonaría en medio de un cementerio. Me hace sentir como si ya no me quedara mucho para acabar allí.

Bella se apretaba las manos con nerviosismo y no dejaba de mover unos pies que ya no parecían hinchados, algo de lo que no parecía consciente. ¿Cómo había permitido que aquel médico la atendiera en los otros tres embarazos si sentía semejante rechazo hacia él? Cressie meneó la cabeza. La respuesta era evidente. Lord Armstrong debía de haberse empeñado en que lo hiciera. Probablemente no estaba bien, pero no pudo evitar pensar que sería gratificante ayudarla a desafiar a su padre por una vez. Cressie asintió mientras se convencía a sí misma de que solo lo hacía por Bella.

—Está bien. Estoy segura de que exageras; ese pobre hombre no puede ser tan grotesco como dices, pero de todas maneras le diré que se vaya. Debo reconocer que estos últimos días tienes mejor aspecto.

—Ya no tengo náuseas —lady Armstrong se acomodó en el sofá con un suspiro de alivio—. Gracias, Cressida. No sabes cuánto te lo agradezco, de verdad.

Sus palabras parecían de corazón. Cressie se alegraba enormemente del cambio que había experimentado su relación. Como bien había dicho Bella, nunca serían grandes amigas, pero al menos ahora se comprendían y eran sinceras la una con la otra, lo que les permitía convivir en paz. Hasta James y Harry parecían haberlo notado, pues los dos hermanos mayores habían dejado de reñir cuando estaban en presencia de ellas dos como hacían antes con el propósito de avivar su enemistad y su tensión. Eso a su vez significaba que Freddie y George no tenían que imitarlos con rabietas. Hacía tiempo que Cressie no sentía ganas de atarlos y amordazarlos, o de salir corriendo de la sala de estudio, chillando y tirándose del pelo de frustración. Sus hermanos nunca serían unos angelitos, pero últimamente estaban mucho más manejables, incluso simpáticos. Supuso que no tardarían en volver a cambiar en cuanto estuvieran de nuevo bajo la influencia de su padre y de ese insoportable al que lord Armstrong llamaba amigo, Bunny Fitzgerald.

Se detuvo frente al espejo. Tenía el pelo hecho un desastre, como de costumbre. Había dejado de recogérselo en un moño durante el día porque tenía que soltárselo cada vez que posaba para el retrato, así que ahora prefería atárselo en la nuca con un simple lazo. El de ese día era rosa, a juego con el vestido. Giovanni le había dicho que ese color le favorecía, pero no debía llevar nunca un color más claro. Cuando vio lo bien que le quedaba aquel vestido, comprendió lo que quería decir, pero no sabía muy bien por qué.

Hacía casi una semana que había empezado a posar para el retrato del señor Brown, casi una semana desde que Giovanni le había contado la historia de su vida. Y casi una semana desde que se había dado cuenta de que estaba enamorada de él.

Había albergado la esperanza de que el sentimiento desapareciera solo del mismo modo que había desaparecido. Que se esfumara la euforia que sentía cada vez que lo miraba, el calor que la envolvía cuando pensaba en él y el dolor que la invadía cuando recordaba que cada día que pasaba se acercaba más el momento de su marcha. Pero realmente no quería que aquellos sentimientos desaparecieran y no lo habían hecho. Más bien al contrario. Cada vez que lo veía tenía la impresión de que la emoción era más fuerte y que la invadía aún más un deseo que no era solo físico. Cada segundo que pasaba lejos de él era un segundo perdido y cada pequeño detalle que le contaba se convertía en un tesoro que guardaba cuidadosamente como una tesela más con la que completar el mosaico de él. Ni siquiera soñaba con poder saberlo todo de él. Entre otras cosas porque no habría tiempo, pero también porque Giovanni jamás se daría por completo a nadie. El hecho de que ya le hubiera dado más de lo nunca le había dado a nadie era una de las cosas que le hacía más soportable la idea de estar sin él.

Lo amaba con todo su corazón. En cierto modo eso no cambiaba nada porque no tenía sentido imaginar siquiera un futuro con él. Sabía perfectamente que Giovanni no tenía el menor interés en esa clase de relación, ya estuviera bendecida por la iglesia o no.

En cuanto a sus deseos, no estaba del todo segura, pero empezaba a darse cuenta de que el matrimonio, incluso con alguien que ella misma eligiera, era una de las cosas contra las que llevaba rebelándose toda la vida. No quería ser la esposa de nadie. Quería ser ella misma. Aún no sabía muy bien lo que significaba eso, pero sí que sabía que para ello no tenía por qué cambiar de nombre.

Pero por otra parte, estar enamorada lo cambiaba todo. El tiempo había adquirido una extraña capacidad de acelerarse y detenerse. Cuando estaba con él las horas pasaban volando, pero cuando él no estaba, los segundos parecían ir más despacio hasta casi detenerse. Curiosa relación la del amor y el tiempo. Quizá pudiera desarrollar una nueva teoría en los interminables días que tendría que soportar cuando él se marchara definitivamente.

Por el momento, todo había adquirido un nuevo significado. Veía y oía las cosas de un modo diferente. Su ánimo pasaba de la euforia a la desesperación en cuestión de segundos. Hasta lo más insignificante podía hacerla llorar. O reír. Deseaba apasionadamente saberlo todo de Giovanni; quería conocerlo por dentro y por fuera. Lo deseaba de verdad. Pero desde que había comenzado el segundo retrato y la había nombrado su musa, Giovanni se negaba firmemente a dejarse llevar por la innegable tensión que se respiraba en el estudio, quizá por miedo a que se rompiera la magia. Cressie, sin embargo, estaba convencida de que no haría sino aumentar, lo que significaba que tendría que ser ella la que diera el primer paso, pero por el momento no había reunido el valor necesario para hacerlo.

Un ligero carraspeo la sobresaltó, sacándola de su ensimismamiento.

—Sir Gilbert Mountjoy desea que informe a lady Armstrong de que dentro de quince minutos debe marcharse a atender otra cita urgente, milady —anunció el mayordomo de lord Armstrong—. Se lo he comunicado a su señoría, pero me ha dicho que usted se encargaba del tema.

—Así es —Cressie se ató el lazo del pelo apresuradamente—. Hágalo pasar, Myers.

—De verdad, Giovanni, estaba convencida de que la descripción de Bella tenía que ser una exageración —exclamó Cressie una hora después, sentada ya en el estudio del ático—, pero lo cierto es que era casi perfecta, quizá incluso se quedara corta. Realmente es un hombre espeluznante. No la culpo por querer huir de él. Es verdad que tiene los dedos como ramitas heladas; me ha dado un escalofrío cuando me ha estrechado la mano. No sé cómo es posible que una mujer encinta permita que se acerque a ella ese cadáver viviente.

Giovanni sonrió, mirándola por encima del caballete.

—Entonces te libraste del venerable doctor. ¿Qué dirá lord Armstrong al respecto?

—No me importa lo más mínimo —aseguró Cressie—. Bella tiene toda la razón. Si mi padre no puede hacer el esfuerzo de estar presente, tampoco tiene derecho alguno a organizar el alumbramiento.

Al fin y al cabo, no es él el que tiene que sufrir todas las privaciones. ¿No crees que Bella tiene mejor aspecto?

—Desde luego parece más delgada. ¿Ha dejado de comerse media pastelería cada tarde?

—No está comiendo mucho y parece que se encuentra mejor —Cressie se quedó callada.

Le encantaba ver pintar a Giovanni. Cuando trabajaba fruncía el ceño de una manera especial, que no se parecía en nada a su gesto de sátiro. Cuando estaba contento con algo que había hecho, esbozaba una sonrisa ladeada y golpeaba la paleta con el pincel tres veces. Cuando algo no le gustaba, se apretaba la frente con el dedo pulgar. Por alguna razón que solo él conocía, había cambiado de costumbre y ahora pintaba en mangas de camisa, sin chaleco y sin chaqueta, así que era lógico que acabara todas las sesiones con la camisa manchada de pintura, de pigmento, de carboncillo o de una mezcla de los tres. Cuando le sugería que se pusiera un guardapolvo, se reía desdeñosamente. Parecía tener un repertorio infinito de camisas blancas, pues cada día aparecía con una perfectamente inmaculada. Solo allí, en el estudio del ático, se relajaba respecto a su vestimenta y a su comportamiento en general.

—Hoy he recibido carta de Cordelia —le contó Cressie mientras estiraba el cuello y las piernas, durante el pequeño descanso que hicieron una hora más tarde—. Dice que la tía Sophia exagera las cosas. Asegura que no está al corriente de que exista apuesta alguna sobre el número de pretendientes que tiene y que no hay necesidad de que Bella o yo vayamos a la ciudad. De no ser por ese último comentario, me habría quedado más tranquila.

Giovanni miraba el lienzo con el entrecejo arrugado, había algo que no le gustaba.

—Pero no es así.

Cressie se acercó hasta él.

—Creo que Cordelia está tramando algo. Tengo la sospecha de que todas esas quejas insignificantes de mi tía no son sino una treta para desviar la atención de lo que realmente está haciendo y mi hermana sabe que yo me daría cuenta de inmediato. Lo que no sé es qué debería hacer al respecto.

—Tú misma dijiste que tu hermana haría lo que le viniese en gana con o sin tu intervención —le recordó Giovanni, con gesto distraído.

—Sí, pero...

—Creo que es el pelo. No consigo plasmar el modo en que te cae sobre el ojo —le retiró el mechón de la frente—. Quizá si inclinaras un poco más la cabeza... así. O si te pusieras el pelo detrás de la oreja. Déjame probar —Cressie se quedó inmóvil, concentrándose tan solo en seguir respirando—. Así está mejor. Quizá si tuvieras un pendiente de perla... sí, mucho mejor.

Tenía los dedos en su cabello y le acariciaba el lóbulo de la oreja con el dedo pulgar. ¿Sabría lo que estaba haciendo? Sintió su respiración, cada vez más cerca. Había empezado a acariciarla suavemente detrás de la oreja. ¿Sería algo casual que le acariciara así un punto tan sensible, o simplemente estaba pensando en el cuadro? Se atrevió a mirarlo. Esa mirada oscura, ardiente. Entonces no era el cuadro. Sintió con más fuerza el nudo de excitación que notaba siempre que estaba con él o pensaba en él y que solo se destensaba cuando se tocaba por las noches, pensando en él.

—Tengo una perla —dijo Cressie.

Se refería al pendiente, pero lo había dicho en un tono demasiado erótico. Giovanni también se había percatado.

—Tienes una perla —repitió suavemente, haciendo que sonara aún más erótico.

Le rozó la oreja con los labios mientras sus dedos jugueteaban entre su oreja y su cuello. Aunque se había cerrado la camisa cuando habían decidido hacer un descanso, no se había molestado en colocarse de nuevo el corsé, por lo que podía sentir el roce de la camisa en los pezones, endurecidos por la excitación.

Giovanni le besó el lóbulo de la oreja y después se lo metió en la boca. Le chupó toda la oreja, como si estuviera pintándola con la lengua. Sentía su mano en la garganta mientras la otra bajaba lentamente hasta el trasero. Sabía que en cualquier momento Giovanni recuperaría la cordura y seguramente entonces la perdería ella. Tenía que reunir valor. Respiró hondo, le echó los brazos alrededor de la cintura y levantó la cara para besarlo en la boca.

Él no se resistió. Fue un beso lánguido; no la devoró, más bien parecía querer bebérsela como si fuera un néctar delicioso. Le pasó la lengua por el labio inferior. Ella le clavó los dedos en la espalda y se arqueó hacia él, apretándole los pechos. El beso se hizo más intenso mientras él le apretaba el trasero. Siguió besándola y besándola.

Pero entonces, lentamente, como alguien que despertara de un largo sueño, Giovanni se detuvo y comenzó a apartarse. ¿Qué podía hacer? No sabía qué hacer. Entonces se le ocurrió. Eran los dos iguales, así que dijo lo mismo que había dicho él.

—Anoche soñé contigo, Giovanni —le dijo en un susurro.

Sus palabras detuvieron de inmediato la retirada.

—¿Qué soñaste exactamente?—le preguntó, lo mismo que le había preguntado ella en la galería. Lo había comprendido.

—Soñé que te desnudabas delante de mí. Sabías que estaba observándote —titubeó un instante—. Yo me estaba tocando.

Tenía las pupilas dilatadas, completamente clavadas en ella, pero no se acercó ni un milímetro.

—Cressie...

—Así —dijo ella, colando la mano por el cuello de la camisa para tocarse el seno. Tenía el corazón a punto de escapársele del pecho. Estaba excitada, pero no se avergonzaba en absoluto—. Me tocaba así, Giovanni.

Él soltó un gemido y Cressie respondió del mismo modo mientras se acariciaba un pezón. Giovanni alargó la mano hacia su pecho, pero la dejó caer sin llegar a tocarla y simplemente la observó mientras se tocaba, fascinado. Su mirada la hacía sentirse poderosa, además de excitada.

—Soñé que me veías —siguió susurrando—. Estabas quitándote la camisa cuando te volvías para mirarme y me pedías que te ayudara. Yo lo hacía de inmediato —apartó la mano de su pecho para sacarle los faldones de la camisa del pantalón. Deslizó las manos bajo la tela, poniéndolas por fin sobre su piel. Le quitó la camisa y la tiró al suelo.

No tenía la piel bronceada, pero era de un hermoso color aceitunado. Desde el ombligo subía una hilera de vello que iba aumentando de grosor y se expandía sobre su pecho. Tenía los pezones oscuros. Se los acarició con la palma de la mano y restregó la mejilla contra su pecho. «No digas que es hermoso, no lo digas», se advirtió a sí misma. Pero lo era. Realmente hermoso.

—¿Qué pasaba después, Cressie? —le preguntó él, con la respiración acelerada.

Parecía hipnotizado, como si fuera a hacer todo lo que ella ordenase. Por mucho miedo que le diera romper la magia de la inspiración, la verdad era que la deseaba. Cressie podía verlo en el modo en que la miraba y en la tensión que había en su cuerpo. ¿Y después?

Se quitó la camisa y la tiró también, como había hecho con la de él.

—Entonces me tocabas tú, aquí —le agarró las dos manos y se las puso sobre los pechos, fuera ya del corsé—. Me acariciabas.

Giovanni obedeció. Tal y como había hecho aquel día y como había soñado ella cada día desde entonces, bajó la cabeza y le chupó un pezón y luego el otro. Su lengua dejaba un rastro ardiente, una sensación que no se parecía a nada que Cressie hubiese sentido antes. Tenía la impresión de que todas las partes de su cuerpo estaban conectadas. Los pezones, la yema de los dedos, las orejas, los dedos de los pies. Hasta las rodillas le temblaban. ¿Y después?

—Quería que encontraras la piel más suave de mi cuerpo —susurró.

—La más suave —repitió justo antes de meterle la mano por la cinturilla del pantalón.

No había espacio suficiente, así que Cressie se desabrochó los botones rápidamente. Su mano no tardó en encontrar la abertura de su ropa interior. Cressie se quedó sin respiración. ¿Cómo era posible que fuera tan distinto a cuando se tocaba ella misma? Había fantaseado con que él la tocara, pero jamás habría soñado que pudiera ser así. La acariciaba con tal suavidad que era como el roce de una pluma sobre la piel, una pluma que sin embargo era capaz de encender un fuego en su interior.

—¿Y después? —le preguntó él al oído.

—Necesitaba saber si éramos iguales —respondió Cressie—. Necesitaba tocarte y te pedía que me dejaras hacerlo. Tú te desabrochabas los pantalones y conducías mi mano, para enseñarme a hacerlo.

Rezó para que lo hiciera porque empezaba a sentirse algo insegura y, por una vez, sus plegarias obtuvieron respuesta. Giovanni le agarró la mano y se la metió bajo los pantalones. Sintió el vello suave que cubría sus muslos y después uno más áspero. El gemido que salió de su boca cuando lo agarró fue más fuerte y descontrolado. Era grande y suave.

—Cressie. No creo que pueda... No puedo pensar. ¿Qué pasaba después, Cressie?

—Enséñame —le dijo—. Te pedía que me enseñaras a tocarte y tú me tocabas también. Enséñame, Giovanni. Dime cómo hacerte lo que tú me hiciste a mí en la galería del sótano.

Podía sentir sus dudas. Sabía que aquello era un juego erótico; no solo le estaba contando un sueño, estaba intentando seducirlo. Levantó la cabeza para mirarla a los ojos. Cressie no supo lo que vio en ellos, pero fue algo importante porque de pronto cambió de una manera casi tangible. Pasó de acatar sus órdenes a hacerse con el control.

En los labios de Giovanni apareció una sonrisa que era pura sensualidad.

—En la galería —susurró—. Jamás en mi vida he deseado tanto que me tocaras. Quería que fuera mi mano la que te tocaba a ti —había empezado a besarle el cuello mientras le acariciaba el muslo con una mano y con la otra le bajaba los pantalones—. En la galería deseaba estar contigo como estoy ahora —la hizo sentarse en el suelo suavemente y, después de quitarse los zapatos y el resto de la ropa rápidamente, se arrodilló frente a ella, entre sus piernas, completamente desnudo—. Quería hacer esto —se inclinó sobre ella para besarla y le rozó los senos con el pecho, pero no era suficiente—. Estabas ardiendo —siguió diciendo—. Y muy mojada, ¿verdad? —deslizó lentamente los dedos en su interior—. Yo estaba muy duro —añadió con un hilo de voz—. Mira lo duro que estaba, Cressie.

Le agarró la mano y se la llevó hasta su erección. No pudo evitar fijarse en lo distinto que era de Giles. Más grande y con la piel más oscura. Lo sintió latir al agarrarlo y cuando él le metió los dedos aún más, gritó de placer.

Aquel grito eliminó cualquier vestigio de control que pudiera quedar en ellos. Giovanni comenzó a mover los dedos con más fuerza, con el mismo ímpetu con el que movía la lengua dentro de su boca.

Cressie sabía que debía tocarlo también, pero solo podía aferrarse a él mientras sentía la magia de sus dedos y de su lengua en el sexo y en la boca, haciéndole sentir algo que jamás habría creído posible y volviéndola loca hasta que se derritió por completo en su mano. Pero esa vez no le bastaba con satisfacerse solo ella. Ni mucho menos. Quería compartirlo con él.

—Enséñame —insistió—. Dime qué quieres que te haga, Giovanni.

Pensó que iba a resistirse, lo vio en sus ojos y por eso comenzó a mover la mano torpemente sobre su miembro. Él arqueó la espalda.

—¿Así? —le preguntó.

Giovanni murmuró algo en italiano antes de volver a besarla y poner la mano encima de la suya para enseñarle a hacerlo.

—¿Así? —preguntó Cressie de nuevo, pero al ver el modo en que su miembro se tensaba supo que iba por el buen camino. Lo oyó gritar como si acabara de desatar al mismísimo demonio mientras esparcía su semilla sobre su mano.

La rapidez e intensidad del clímax dejó a Giovanni invadido por la extraña sensación de estar flotando en pleno éxtasis. Jamás había experimentado un placer tan largo y tan dulce. Y no era que lo hubiese olvidado, de eso estaba seguro, aunque habían pasado algunos años. Aquello era completamente distinto. Para empezar, en el pasado nunca había tenido el menor problema en controlar la reacción de su cuerpo porque las mujeres con las que se había acostado siempre habían tenido muchas expectativas y él no solo las había cumplido, sino que las había sobrepasado.

Tenía la cara en el rostro de Cressie, que estaba apretada contra su pecho. Podía sentir los acelerados latidos de su corazón, tan acelerados como los tenía él. Le pasó la mano por la espalda, por la línea de la belleza. Debería sentirse avergonzado de haber acabado tan deprisa, de su falta de control, pero no lo estaba. No sentía ninguna de las cosas que había sentido otras veces; ni tristeza, ni vacío, ni siquiera la más mínima sensación de rechazo que lo había invadido siempre que se había visto obligado a venderse para sobrevivir hasta que había alcanzado el éxito como pintor. Se había convertido en un hábito que llevaba a cabo como cualquier otra tarea mecánica. Pero aquello era muy diferente.

Cressie estaba abrazada a su cintura. El olor salado del sexo se mezclaba con ese aroma suyo que ya le era tan familiar: lavanda, tiza y frescor. Tenía la cara apoyada en su pecho y su respiración le acariciaba la piel. Fue entonces cuando se paró a pensar lo atrevida que había sido. No era una mujer con experiencia en busca de un poco de diversión, ni tampoco una de esas que buscan la novedad de un cuerpo joven después de muchos años de hastío del matrimonio. Pero, a pesar de su falta de experiencia, se había empeñado en seducirlo y no por su propio placer, sino por el de él.

Giovanni se dio cuenta de que era eso lo que hacía que fuera tan distinto. Cressie había querido satisfacerlo y había sentido placer dándoselo a él. Se había entregado desinteresadamente, lo había urgido a disfrutar y le había pedido que le dijera qué era lo que deseaba. Ninguna mujer había hecho nada parecido con él. Lo único que les había interesado a todas ellas había sido lo que pudiera ofrecerles su cuerpo. Cressie lo deseaba por sí mismo.

Como si necesitara más pruebas, ella se incorporó y lo miró tímidamente, ruborizada.

—Espero no haberlo estropeado todo con mi falta de experiencia.

Giovanni apretó los labios.

—Más bien ha sido mi falta de control... ¿Por qué lo has hecho, Cressie?

—Quería demostrarte que dejarte llevar por la pasión hará que seas mejor pintor, no peor.

—¿Entonces ha sido para demostrar una teoría?

Cressie bajó la mirada y se subió el corsé, repentinamente cohibida por la desnudez de sus pechos. Cuando volvió a mirarlo, estaba aún más ruborizada.

—Ese no es el verdadero motivo. Yo... después de lo de la galería del sótano... necesitaba saber que no era la única que sentía esto. Supongo que quería demostrarnos algo a los dos.

Giovanni se quedó desarmado por su sinceridad, pero también se sintió incómodo porque tenía la sensación de que seguía habiendo algo más. Se puso en pie y la levantó también a ella, le dio la camisa y los pantalones para después vestirse él. La euforia que lo había invadido se había desvanecido, devolviéndolo de golpe a la realidad. Estaba enfadado consigo mismo por haberse atrevido siquiera a pensar que daría cualquier cosa por poder hacerle el amor adecuadamente, por imaginar tan solo cómo respondería ella. Estaba sentada en la silla egipcia, poniéndose las botas con un gesto terriblemente melancólico. Giovanni se dio cuenta demasiado tarde de lo que había arriesgado, pero ella había arriesgado mucho más y lo había hecho por él. El sentimiento de culpa le revolvió el estómago. Pero no pensaba lamentar lo que había sentido después del clímax, ese éxtasis, esa maravillosa sensación de sentirse completo.

Dio, era un bastardo egocéntrico. Como si entre ellos dos pudiera haber algo, como si fuera a cargar a una criatura tan extraordinaria con el peso de un pasado tan sórdido. No se merecía ni fantasear con ella. Tenía que acabar con todo aquello de alguna manera, sin hacer daño a Cressie y sin revelarle los detalles más vergonzosos que le obligaban a ponerle fin. No tenía nada que ofrecerle a Cressie excepto un retrato. Le revolvía el estómago pensar lo cerca que había estado de arruinarle la vida. Era muy amargo pensar en lo que podría haber sido, pero se tragó la amargura, se arrodilló frente a ella y le tomó las manos entre las suyas.

—No digo nada porque no sé qué decir —admitió Giovanni, intentando por una vez hablarle con toda la dulzura que merecía—. No tengo palabras para agradecerte el haber sido tan... tan valiente de correr semejante riesgo. Tienes mucho valor.

—Giovanni, yo no...

—No, déjame hablar. Lo que has hecho por mí ha sido muy hermoso, pero no puedo permitir que vuelva a ocurrir. Es culpa mía. No, no voy a dejar que te hagas responsable de esto, Cressie. Yo sabía perfectamente lo que estaba haciendo y podría haberlo parado, pero no lo hice... no finjas que no es eso lo que piensas —le acarició la frente y esa mejilla tan suave que adoraba por ser tan distinta a la suya, la curva de unos labios que había deseado besar desde que la había conocido—. A pesar de tu edad, eres inocente. Pero yo no. No debería haber aceptado tu ofrecimiento por ningún motivo, pero mucho menos en nombre del arte. No voy a fingir que me resulta fácil, pero no voy a aprovecharme de ti. Te mereces mucho más, mucho más que yo.

—No estás aprovechándote de mí.

—¿Estás enfadada? —le preguntó Giovanni, extrañado por la testarudez que se adivinaba en su voz.

—No me gusta que me traten con condescendencia —Cressie le apartó la mano y se puso en pie—. Tú no me estás utilizando. Si acaso, soy yo la que te ha utilizado a ti. Quería saber cómo era y ahora lo sé. Puede que ahora que hemos acabado con la tensión que había entre nosotros, podamos concentrarnos en la tarea que tenemos entre manos y llevar a cabo nuestro pequeño experimento, por si lo has olvidado.

—¿Crees que estaba siendo condescendiente contigo? ¿Cómo? —no alcanzaba a comprender a qué se debía tan repentino cambio de actitud, ni cómo había podido malinterpretar de ese modo lo que él había dicho.

Cressie se acercó a sentarse junto a la ventana.

«Es culpa mía. No, no voy a dejar que te hagas responsable de esto. Mereces mucho más». Apenas se había sentado cuando volvió a ponerse en pie de un salto.

—Tengo veintiséis años, soy una mujer inteligente y, en contra de lo que piensas, con la experiencia suficiente como para saber lo que estaba haciendo y, si elijo hacerlo otra vez, y fíjate que he dicho «si», será porque desee hacerlo y no porque me hayas hechizado ni nada parecido. Soy capaz de tomar mis propias decisiones, como llevas recordándome estos dos últimos meses —se acercó a él y se detuvo a poca distancia, con las manos en las caderas y los ojos encendidos—. Si querías quedarte tranquilo sabiendo que no albergaba ninguna esperanza, solo tenías que decírmelo.

—Cressie, no era eso...

—¡Quítame las manos de encima! —lo empujó con tal fuerza que lo dejó tambaleándose—. ¿Acaso pensabas que con solo tocarme caería rendida a tus pies, como sin duda habrán hecho cientos de mujeres? O, lo que es peor, ¿te preocupaba que siendo tu musa me enamoraría de ti? Bueno, pues no he hecho ninguna de las dos cosas.

Se pasó la mano por los ojos y respiró hondo un par de veces. Tenía el pelo sobre la cara y los hombros hundidos. Era evidente que estaba intentando no llorar. Giovanni deseaba abrazarla, pero mucho se temía que, si lo intentaba, Cressie le daría un golpe. «¡*Inferno!*». Eso le pasaba por intentar ser sincero. Bueno, no del todo sincero. Ni mucho menos, en realidad, pero no podía herir la sensibilidad de Cressie con la horrible verdad.

Había vuelto a apartarse el pelo de la cara. Tenía las mejillas mojadas de lágrimas. Odiaba verla llorar porque sabía lo mucho que lo detestaba.

—Cressie, te lo prometo, no pretendía disgustarte. Solo quería...

—Advertirme —sollozó—. No era necesario, Giovanni. Has dejado muy claro que no tienes intención alguna de compartir tu vida con nadie y mis planes de futuro tampoco incluyen a ningún hombre —añadió, negando con la cabeza.

Era absurdo, pero aquellas palabras le dolieron como si le hubiese apuñalado.

—¿Tienes planes de futuro? No lo habías mencionado.

—¿Por qué habría de hacerlo? Tú no formas parte de ellos, ni deseas hacerlo —tomó aire y, cuando volvió a hablar, había desaparecido la dureza de su voz. Parecía desinflada—. Eso no ha sido muy amable por mi parte. Te suplico que me perdones, Giovanni. No te he contado mis planes porque aún no están del todo claros. Estoy pensando escribir a mi hermana Celia a A'Qadiz. Ha creado un sistema educativo nuevo allí que incluye a chicos y a chicas. Lleva algún tiempo tratando de abrir más escuelas, pero le resulta muy difícil encontrar profesores adecuados. Yo creo que se me da bien enseñar y disfruto haciéndolo. Celia me daría la libertad de poner en práctica mis nuevos métodos. No sé qué dirá, pero si responde de manera positiva, querría decir que ya no dependo de mi padre y que por fin podría haber encontrado mi vocación.

—¡Arabia! Eso está en el otro extremo del mundo. ¿No podrías enseñar aquí, en Inglaterra?

—¿En un seminario de mujeres? No sé bordar, ni dibujar, como bien sabes, y no tengo el menor deseo de pasarme la vida enseñando las reglas básicas de aritmética a unas muchachas que solo las utilizarían para calcular los ingresos anuales de su futuro esposo —Cressie se llevó la mano a la boca—. Ahora soy yo la que está siendo condescendiente. Pero lo cierto es que, aunque haya alguna mujer que quiera aprender lo que yo pueda enseñarle, no se lo permitirán. El marido de Celia, el príncipe Ramiz de A'Qadiz, es muy adelantado y quiere lo mejor para su pueblo. Respalda el deseo de mi hermana de hacer que las niñas reciban la misma educación que los niños. Era una idea revolucionaria que ha encontrado detractores en algunas partes del país, pero ¿te das cuenta del reto que supondría?

De lo que se daba cuenta era de que se le había iluminado la mirada. Era evidente que decía la verdad cuando aseguraba que no lo consideraba parte de su futuro. Que era exactamente lo que él quería. ¿Entonces por qué le molestaba?

—Un reto del que disfrutarías mucho —reconoció Giovanni tensamente.

Le enfurecía sentirse tan contrariado. Creía tener todo perfectamente planeado hasta que había conocido a Cressie.

Se paseó por la habitación y fue a detenerse frente al caballete. El señor Brown lo observaba desde el lienzo, pícaro, sensual y subversivo, tal como había pretendido hacerlo. Tenía unos colores muy vivos y se notaban las pinceladas. Como retrato no estaba del todo definido; era una impresión de Cressie más que una imagen realista. No creía que se vendiera porque era demasiado diferente. A él le parecía bueno, innovador, pero se había equivocado otras veces. Si aquel era su futuro, iba a ser muy difícil.

Y tendría que hacerlo solo. Resultaba irónico. Solo, libre de exigencias y obligaciones, sin la necesidad de tener que venderse por su arte, tal y como había soñado en otro tiempo. Solo. Aquella palabra adquiría un nuevo significado ahora que se había dejado llevar por la pasión. Significaba que estaría sin Cressie. Ya no significaba seguridad, ni éxito. Significaba soledad.

¡Qué tonto era! Debería alegrarse de que Cressie tuviese sus propios planes, de que hubiese ideado un futuro propio, sin él. Era absurdo pensar que lo que había habido entre ellos era algo profundo. No había sido más que una descarga de deseo. Y ese ridículo anhelo de despojarse de todos sus secretos y confesárselo todo... ¿qué demonios le ocurría?

—¿Y tú, Giovanni? ¿Qué es lo que te depara el futuro? —Cressie estaba junto a él.

¿Cuántas veces se había acercado a examinar el lienzo, a hablarle de unos pensamientos que casi siempre eran un reflejo de los de él y a sorprenderlo con sus comentarios, porque parecía capaz de adivinar sus intenciones en el cuadro. ¿Sería capaz de cultivar ese nuevo estilo sin ella? No tenía otra opción.

—Voy a terminar este retrato del señor Brown —dijo bruscamente—. Eso es lo único que me preocupa ahora mismo del futuro.

Cressie agarró su capa. Era obvio que Giovanni quería que se fuese, seguramente para olvidar lo que había ocurrido entre los dos. No iba a permitirle que le estropeara el recuerdo; aquellos increíbles momentos le pertenecían. Había dejado que su corazón volara libremente y se había entregado por completo a él. Pero él no la quería, así que debía alegrarse de no haberse traicionado a sí misma. No quería cargarle con el peso de un corazón roto, bastante tenía ya.

—Muy bien —dijo, cerrándose la capa y arreglándoselas para esbozar una sonrisa tan enorme como falsa—. Ya que no me necesitas, me voy a seguir desarrollando mis planes.

Al cerrar la puerta del ático tras de sí, Cressie se mordió la boca por dentro para no llorar. Iba a escribir a su editor. El señor Freyworth estaría encantado con el resultado que había obtenido con sus hermanos y, si no era así, encontraría otro editor. Al menos eso sí dependía de ella. No como ese estúpido corazón suyo.

Nueve

Era un precioso día de finales de primavera, con el cielo pintado de azul cobalto, los setos llenos de vida y las flores inundándolo todo de color. El bosque estaba salpicado de campánulas azules y los corderitos retozaban en el campo.

—No podrías encontrar un paisaje inglés tan idílico como este, si fueras esa clase de pintor —dijo Cressie, mirando a Giovanni, que estaba sentado a su lado en el faetón.

—Por suerte no lo soy. Los que pintan flores suelen ser pintores muy floridos.

—No se me ocurre un adjetivo que vaya menos contigo que «florido».

Giovanni inclinó la cabeza.

—Me lo tomaré como un cumplido. Dime, ¿por qué tenías tantas ganas de que tomáramos el té con tus vecinos?

—¿No estás cansado de estar metido en Killellan? —en realidad era ella la que sentía claustrofobia.

Como consecuencia de la que podría ser la única vez que hiciera el amor con el hombre que amaba, aunque técnicamente no hubiesen hecho el amor, Cressie había descubierto otro ejemplo en el que la lógica y la emoción chocaban de frente. No tenían ningún futuro juntos, eso era evidente, por lo tanto sería inútil perder más tiempo enamorada de él; el problema era que ya estaba enamorada y no podía convencerse de lo contrario. Giovanni había mantenido las distancias, tal y como había prometido. Y ella había hecho lo propio. Pero cada vez que estaban juntos la distancia desaparecía por completo en las miradas que se lanzaban el uno al otro, miradas que enseguida disimulaban.

Estaba ahí, como un espectro en un banquete, nadie lo decía pero se palpaba en el aire; era la atracción que ambos sentían. Giovanni al menos tenía la pintura como distracción en la que ocupar la cabeza. Cressie, sin embargo, pasaba la mayor parte del día sumida en la frustración. Había creído que salir un poco, alejarse del estudio, del retrato y de todas las emociones y recuerdos que allí había, disiparía un poco la tensión, pero seguía presente en el modo en que Giovanni se sentaba en el banco del faetón, lo más alejado de ella que podía, en la manera en que su mano parecía siempre estar evitándola.

Cressie se obligó a volver a poner toda su atención en el camino, pero el caballo conocía tan bien el itinerario que en realidad tenía que hacer poco más que sujetar las riendas. El ama de llaves de lord Armstrong era la hija del mayordomo de lady Innellan, por lo que el caballo hacía a menudo ese mismo trayecto.

—Apenas has salido de la casa desde que llegaste, a excepción del día de la cometa —le recordó a Giovanni, que parecía distraído, absorto en sus pensamientos—. Pensé que agradecerías un cambio de escenario.

—Tendré ese cambio de escenario muy pronto, cuando vuelva a Londres —respondió él con sequedad.

Últimamente mencionaba muy a menudo su marcha. ¿Acaso intentaba frenar las expectativas de Cressie, o las suyas? Al menos tenía un efecto positivo; la idea de decirle lo que sentía por él había quedado descartada por completo. Se sentiría tremendamente mortificada si él llegara a intuir el alcance de sus sentimientos y por tanto hacía todo lo que estaba en su mano para asegurarse de que no ocurriera, a veces incluso se pasaba horas parloteando sobre Celia y sobre la enseñanza, aunque aún era demasiado pronto para que la carta hubiese podido llegar a A'Qadiz y mucho más para que respondiera su hermana.

—Debo confesarte algo —anunció con fingida alegría—. No acepté la invitación de ir a tomar el té solo para salir de Killellan. Tenía otro motivo.

—Suena un poco siniestro.

—Era una sorpresa, una sorpresa agradable, así que no lo estropees obligándome a decirte de qué se trata.

—Cressie, ya te he dicho en alguna ocasión que no me gustan las sorpresas. He tenido algunas a lo largo de mi vida y ninguna de ellas ha sido agradable en absoluto. Por eso no las soporto.

—Está bien —suspiró ella—. He descubierto a través de Bella que uno de los invitados de los Innellan es una persona que creo que te interesará conocer.

Giovanni frunció el ceño.

—¿Por qué?

Cressie titubeó un instante, preguntándose si no habría sido algo imprudente. Después de todo, Giovanni no había dicho nada de que fuera a pintar más cuadros siguiendo el nuevo estilo que estaba poniendo en práctica en el retrato del señor Brown. Pero estaba tan entusiasmado que no creía que pudiera retomar la técnica de formas perfectas, por mucho dinero que le reportara. ¿O sí?

—Parece ser que es un experto en las últimas tendencias artísticas —confesó Cressie apresuradamente—. Pensé que quizá te gustara hablar con él sobre... tu nuevo... Pensé que podría serte útil hablar con él —concluyó torpemente porque el gesto de sátiro había dejado paso a otro más imponente.

—¿Qué te hace pensar que tienes derecho a tomarte semejante libertad con mi trabajo? ¿Acaso yo envío tus manuales de matemáticas a las editoriales para intentar que te los publiquen? ¿Crees que cometería la temeridad de escribir a tu hermana y sugerirle que te ofrezca trabajo en una de sus escuelas de Arabia?

—No todas son escuelas propiamente dichas; algunas son apenas tiendas de campaña. Pero comprendo lo que dices —añadió enseguida, al ver que Giovanni la miraba como si quisiera tirarla del carro—. Lo siento. No pensé que estuviera tomándome ninguna libertad. Solo pensé que si hablabas con él y le explicabas...

—¿El qué exactamente? —preguntó Giovanni antes de maldecir en voz baja—. Un retrato, Cressie. He pintado un solo retrato... y aún no está terminado. Todavía ni yo sé lo que pienso de ese cuadro. Además, ¿estás segura de que querrías que lo mostrara en público¿ ¿De verdad querrías que el mundo entero te viera vestida de hombre y con un pecho al descubierto?

—Lo cierto es que no había pensado en eso.

—No, no habías pensado en nada, ¿verdad?

—Pero lo haría, Giovanni —aseguró en cuanto se recuperó—. Si eso sirviera para...

—Hacer que quedara expuesto al ridículo por segunda vez —terminó de decir Giovanni, al tiempo que se tapaba el rostro con las manos.

El caballo, asustado por el tono de la conversación e influido por el modo en que Cressie agarraba las riendas sin darse cuenta, fue aminorando el paso hasta adoptar un trote pesado en el que los ocupantes del faetón ni siquiera repararon.

—¿Por segunda vez? —le preguntó Cressie con aprensión.

—¿Acaso crees que siempre tuve intención de ganarme la vida pintando los retratos perfectos que me han dado la reputación que tengo? —le preguntó con voz lúgubre—. Al principio creía en la inspiración, en la creatividad y en la verdad, y era así como pintaba, con el corazón. Pero, como ya te dije, me abandonó la inspiración.

Cressie creyó que iba a vomitar y tiró de las riendas del caballo, que aprovechó para detenerse a pacer junto al camino.

—Lo recuerdo, sí —confesó con tristeza—, la mujer que te rompió el corazón.

—¿Qué mujer? —Giovanni la miró, desconcertado—. ¿Piensas que fue una mujer... que tenía una amante?

—Tu musa, sí. Te abandonó y te dejó tan destrozado que ya no podías seguir pintando como lo hacías. Hasta que me conociste a mí. Pero obviamente —comenzó a decir Cressie al reparar en la perplejidad que reflejaba su rostro—, lo entendí todo mal. ¡Madre mía!

Giovanni parecía estar a punto de estallar. Su mirada emanaba furia y algo más, algo mucho más peligroso. Lo último que necesitaba en esos

244

momentos era más preguntas, pero tenía que hacérselas de todos modos. No iba a permitir que le hiciera tenerle miedo. Además, lo había hecho con buena intención y lo cierto era que tenía un gran talento.

—Giovanni, ¿a qué te referías cuando has dicho que sería por segunda vez?

Tenía la mirada clavada en el suelo del vehículo. Se le había quedado la cara completamente pálida y la frialdad de sus ojos lo despojaba de toda su belleza. Antes de hablar, respiró hondo.

—Cuando me marché de casa de mi padre, empecé a trabajar de aprendiz de un importante maestro italiano del que aprendí las técnicas que más tarde me dieron fama y fortuna. Pero, al mismo tiempo, intentaba crear un estilo propio, algo único y revolucionario. Entonces eligieron algunos de mis trabajos para una exposición y yo estaba entusiasmado. Los supuestos expertos lo atacaron despiadadamente y la humillación no tardó en llegar a oídos de mi padre, el conde. «Volverás con el rabo entre las piernas. Nadie va a comprar esos dibujitos tuyos. Acuérdate de lo que te digo, volverás. Y yo te estaré esperando». Esas fueron sus últimas palabras cuando me marché. No he podido olvidarlas, las llevo marcadas a fuego en la memoria. Sabía que estaría esperando a que fracasara, pero no estaba dispuesto a dejarle ganar. Fue entonces cuando decidí ganarme la vida retratando la belleza y desafiar a mi legado familiar. Fue mi padre el que destruyó mi inspiración, no una mujer.

Sus palabras la habían dejado sin respiración. Cressie odiaba a aquel conde italiano por el daño que había ocasionado al hijo que no había querido reconocer y que luego había tratado de doblegar a su voluntad.

—Has dicho que no estabas dispuesto a dejar ganar a tu padre, pero eso es precisamente lo que estás haciendo al renunciar a tu integridad artística a cambio del éxito comercial. Dijiste que pintabas para demostrarle a tu padre que eras capaz de alcanzar el éxito con tus propias normas, pero no es así como lo has hecho. ¿Cuándo crees que habrás ganado dinero suficiente para sentirte libre de él? ¿Cuándo habrás hecho suficientes retratos matemáticamente perfectos para volver por fin a tu verdadera pasión? Creo que ese momento no llegará nunca.

El discurso de Cressie fue seguido de un largo silencio. Tenía los ojos llenos de lágrimas, pero cuando él intentó darle un pañuelo, lo rechazó y se secó las lágrimas con los guantes.

—¿Qué estás haciendo? —le preguntó Giovanni al ver que intentaba hacer girar al caballo.

—Llevarte a Killellan.

—No.

—Debes terminar el retrato de mis hermanos. Tienes que volver.

—No, quiero decir que no des la vuelta, Cressie. Llévame a tomar el té con esos vecinos tuyos.

—¿Qué? —volvieron a caérsele las riendas y el caballo resopló y meneó la cabeza con frustración.

—Tienes razón —reconoció Giovanni—. En todo. Por desgracia, tienes toda la razón. Tienes el don de exponer tus argumentos con precisión matemática —añadió con una tenue sonrisa en los labios—. Llevo tiempo tratando de no hacer caso a esta sensación de... —hizo un gesto con las manos y se encogió de hombros con una actitud muy italiana—. No sé cuál es la palabra. No era infeliz, pero sabía que había algo que no estaba bien. Estaba empezando a odiar cualquier lienzo en blanco, no veía nada interesante en las personas a las que pintaba porque en realidad había dejado de mirarlos. Era un arrogante y me había convencido de que tenía derecho a serlo. Igual que mi padre, se podría decir.

Parecía perdido, indeciso y la miraba como si ella tuviera todas las respuestas que estaba buscando. El amor que sentía por él la abrumaba. Se apoderó de ella una ternura imparable, la necesidad visceral de abrazarlo, de protegerlo y de asegurarle que todo iba a salir bien, aunque no tenía ni idea de si era cierto.

—Giovanni, tú no eres como tu padre —se giró ligeramente para tomarle la mano entre las suyas. Una mano de dedos finos y uñas impolutas, sin el menor rastro de pintura. No pudo resistirse a darle un delicado beso—. Realmente tenemos muchas cosas en común. Los dos intentamos enfrentarnos a nuestros padres en su propio juego, sin darnos cuenta de que lo que de verdad necesitamos es alejarnos de ellos. No tienes por qué demostrarle nada al conde Fancini, solo a ti mismo.

Giovanni se echó a reír.

—Lo ves. Eres como un instrumento de precisión.

Le puso la mano en la frente y, antes de que lo hiciera, Cressie supo que después le acariciaría la mejilla y el cuello.

Cressie cerró los ojos, intentando memorizar el estremecimiento que sentía cuando él la rozaba y el modo en que se le contraían los músculos. No soportaba la idea de que llegara el momento en que tuviera que imaginarlo en lugar de poder sentirlo. Le sorprendió tanto sentir el roce de sus labios que casi se sobresaltó. Se había cuidado tanto de mantener las distancias. Sus labios eran suaves como la seda. Cressie pensó que iba a derretirse y, apenas le había puesto las manos en la cintura, cuando él la soltó.

—*Grazie*, Cressie. Siento mucho haber perdido los nervios. Lo que has hecho es... grazie —agarró las riendas y se las dio—. Te voy a echar mucho de menos cuando llegue el momento de marcharme —aseguró—, pero cuando tenga alguna duda sobre algo me preguntaré, ¿qué pensaría Cressie? Estoy seguro de que me ayudarás a ir por el camino correcto. ¿Cómo se llama ese experto al que debo impresionar? ¿Granville, o quizá sir Magnus Titmus?

—La verdad es que no lo sé. Bella solo fue capaz de decirme que era europeo y que se le veía como una gran promesa. Por eso pensé que... bueno, no tiene sentido volver a decírtelo.

Por fin puso en marcha al paciente caballo, rumbo a la propiedad de los Innellan. Durante un momento de locura, había llegado a pensar que aquel beso marcaba un punto de inflexión porque, si Giovanni conseguía por fin liberarse de la sombra de su padre, quizá pudiera también hacer un sitio en su vida para ella. Durante unos desgarradores momentos había creído incluso que podría hacer que la amara. Se mordió el labio por dentro para no derramar esas estúpidas lágrimas y se dijo a sí misma que tenía que conformarse con haberle ayudado. Era una suerte no haberle dicho lo que sentía, pues eso lo habría apartado de su lado para siempre.

—Parece que lady Innellan ha invitado a medio condado —comentó Cressie al ver la cantidad de gente que se había congregado en el salón de la mansión—. O al menos los que no han acudido a Londres a disfrutar de la Temporada. El hijo de lady

Innellan, sir Timothy Innellan acaba de regresar de Europa para tomar posesión del título con cierto retraso, puesto que su padre falleció hace ya más de un año.

Saludó al hijo pródigo con un movimiento de cabeza. Giovanni vio a un hombre con una enorme barba, vestido con túnica y turbante y con una espada curva a la cintura.

—Vaya —murmuró Cressie, intentando no reír—. Parece que los viajes de sir Timothy lo han llevado hasta Arabia.

—¿Qué peligros crees que espera encontrar en el salón de su madre? —preguntó Giovanni, sonriendo también, aunque sin mirar al noble armado.

—Muchos padres en busca de un marido rico para sus hijas, para empezar —respondió ella rápidamente—. Me alegro de que mi padre esté fuera del país porque no habría dudado en lanzarme frente a sir Timothy. «Llévatela con mi bendición, aunque lleves una espada colgando del cinturón» —dijo Cressie, imitando a la perfección el pomposo estilo de hablar de su padre—. La verdad es que se parece a los hombres que hacen guardia a las puertas del harén del palacio de Celia. Los vi cuando fui a visitarla y me parecieron muy intimidantes, pero entonces mi hermana me contó que eran eunucos. Me pregunto hasta dónde llega la admiración de sir Timothy por las costumbres orientales.

—Y yo me pregunto qué diría su madre si se enterara de que estás planteándote semejantes dudas sobre su hijo en su propia casa —replicó Giovanni—. Tienes un sentido del humor muy poco convencional.

—Mi tía Sophia siempre me dice que debería morderme la lengua de vez en cuando.

—No lo hagas nunca mientras estés conmigo.

Giovanni no tuvo tiempo de pensar en que cada vez quedaban menos días para que dejara de estar con ella porque en ese preciso instante se acercó a ellos la anfitriona. Lady Innellan, que, según le había contado Cressie, había llevado el luto obedientemente para despojarse de él rápidamente el día que se cumplía el año de la muerte de su esposo, era una vieja amiga de esa tía Sophia a la que Cressie tenía tanto aprecio. Las primeras palabras de la dama fueron para preguntar por la mencionada tía.

—Tengo entendido que su salud no es tan recia como solía ser —le dijo lady Innellan a Cressie—. Está acompañando a Cordelia en su presentación en sociedad, ¿no es cierto? Es toda una responsabilidad para una mujer de su edad. Me sorprende que Bella no se haya hecho cargo de la tarea. ¿Qué tal está su madrastra, por cierto? Hace tiempo que no la veo.

—Me temo que últimamente no se ha encontrado demasiado bien, pero ya está un poco mejor.

—¡No me diga que otra vez está encinta! ¿Es que su padre se ha propuesto tener tantos hijos como hijas? —preguntó lady Innellan con una risilla tonta.

Giovanni observó entretenido cómo Cressie se debatía entre dejar en ridículo a su padre dándole la razón a la anfitriona y defender a Bella. Pudo más el respeto que sentía por su madrastra.

—Creo que mi padre está más que satisfecho con sus cuatro hijos —aseguró con una risa tan falsa como la de la otra dama—. Un heredero y varios suplentes, como suele decirse. Es una lástima que no todo el mundo tenga la misma suerte —añadió mirando claramente al único heredero de lady Innellan—. Bella espera que esta vez sea niña. Seguro que en cuanto se recupere estará encantada de recibir su visita, pero hasta entonces supongo que querrá que le dé recuerdos de su parte.

—Me extraña que no esté usted en la ciudad con su hermana, Cressida. Su padre debe de estar impaciente por verla casada después de... ¿cuánto? ¿ocho temporadas?

—Me necesitan en Killellan —respondió Cressie y Giovanni se fijó en que tenía los puños apretados dentro de las mangas de la pelliza.

Sabía que no necesitaba que la defendiera, que ella sola podía hacer frente a lady Innellan, pero no pudo evitar acercarse un poco más a ella.

—Lady Cressida está ejerciendo de tutora de sus hermanos mientras su madrastra encuentra una institutriz adecuada —aclaró Giovanni—. Yo he recibido el encargo de hacerles un retrato y, gracias a la extraordinaria habilidad de lady Cressida para controlar a los niños, está resultando sorprendentemente fácil llevar a cabo la tarea.

Durante la conversación, Giovanni había hecho caso omiso a las descaradas miradas que le lanzaba lady Innellan, pero en ese momento no le quedó más remedio que fijarse en que la sonrisa con la que respondió la dama a su comentario era muy diferente a la que le había dedicado a Cressie.

—Su reputación lo precede, *signor* —dijo lady Innellan—. Es un honor recibirlo en mi modesta casa porque, según tengo entendido, es usted muy solitario. Hay varios invitados que están deseando conocerlo.

Invitadas, sin duda. Cressie debió de pensar lo mismo, a juzgar por la sonrisa irónica con la que miró a las muchas damas que lo observaban desde distintos puntos de la sala.

—Empiezo a comprender lo que quieres decir cuando afirmas que la belleza puede ser una carga —le susurró—. ¿Quieres que nos marchemos?

Era tentador, pero el desafío que ella misma le había lanzado antes le impedía irse. «No tienes por qué demostrarle nada al conde Fancini, solo a ti mismo». Tenía razón. Tarde o temprano tendría que enfrentarse a los grandes baluartes del arte. ¿Por qué no empezar con aquel recién llegado? Giovanni asintió y miró a lady Innellan.

—Tengo entendido que uno de sus invitados es un experto en arte. ¿Sería tan amable de presentármelo?

—Por supuesto. Mi hijo lo conoció en Europa y parece que se hicieron buenos amigos —respondió la dama, abandonando a regañadientes el escrutinio que estaba haciendo de su cuerpo—. ¿Dónde...? Ahí está, abrazando a mi hijo como de costumbre. Es que son muy buenos amigos, casi inseparables —levantó una mano para atraer la atención de ambos.

En cuanto el caballero comenzó a cruzar el salón para acudir a la llamada de lady Innellan, Giovanni notó que se le revolvía el estómago al reconocerlo.

—*Signor* Di Matteo —dijo lady Innellan—, permítame que le presente a...

—Luigi di Canio —dijo él lentamente—. Ya nos conocemos.

—Vaya, vaya, si es el ilustre Giovanni di Matteo —el rostro de Luigi se llenó de la malicia que llevaba años acumulando—. Qué interesante encontrarte aquí.

Luigi había sido un joven bastante fuerte, pero se había convertido en un hombre tremendamente corpulento. Seguía teniendo el cabello del color del trigo maduro, pero había empezado a retirarse de su frente a una velocidad que se esforzaba en disimular con el peinado. Presumido y extremadamente amanerado era lo primero que pensaba uno al verlo, siempre con esa sonrisilla arrogante en los labios y esa ridícula barba puntiaguda. Su forma de vestir era tan extravagante como se podía esperar de un artista italiano; levita verde botella, chaleco bordado con rosas y un enorme lazo al cuello. Parecía un niño gigante y precoz, pero Giovanni no se dejaba engañar. Tenía la mano húmeda y floja, pero en sus ojos azules había tanta astucia y frialdad como en los de un reptil.

No le sirvió de consuelo ver que Cressie sufrió un desagradable escalofrío cuando Luigi se inclinó a besarle la mano. Las náuseas y la furia se habían apoderado de él, una furia dirigida hacia sí mismo más que hacia el propio Luigi, ese personaje vengativo y malévolo que no podría resistirse a causarle algún problema. Y Luigi era capaz de causar muchos problemas porque había observado el ascenso de Giovanni con la atención de aquel que era consciente de estar en pleno declive. Alguien con tanto resentimiento no dudaría en lanzar las indirectas suficientes como para revelar la verdad de la manera más retorcida y cruel. La verdad que Giovanni debería haber contado a Cressie.

Trató de pensar las cosas con sensatez. Estaban en una mansión inglesa tomando el té y Luigi era uno de los invitados de honor. ¿Por qué habría de estropearlo todo sacando a la luz un pasado que no decía nada bueno de ninguno de los dos?

Pero de nada sirvió la lógica para calmar su aprensión cuando vio que Luigi observaba a Cressie de arriba abajo.

—Lady Cressida —dijo—. Encantado. Supongo que en estos momentos es usted el objeto de su atención.

Cressie se había puesto en guardia y no le faltaban motivos para estarlo. Giovanni no se fiaba de él ni un ápice.

—¿Disculpe?

Luigi se echó a reír.

—Me refiero a la pintura, querida.

—Ah —respondió Cressie, pero no parecía convencida—. No, me temo que ese honor pertenece a mis hermanos.

Ella sabía que había algo extraño. Giovanni deseaba alejarla cuanto antes del aire envenenado que rodeaba a Luigi. Quería echarle la mano al cuello a ese indeseable y zarandearlo. Sabía con absoluta certeza que lo que tendría que haber hecho era haberle contado toda la verdad a Cressie y sabía que la verdad que Luigi trataría de dar a entender sería mucho peor aún que la realidad. Tenía que salir de allí, pero estaba paralizado por la vana esperanza de haber subestimado a su compatriota.

—¿Cómo es que conoce al *signor* Di Matteo? —estaba preguntándole Cressie.

—Luigi y yo fuimos aprendices en el mismo estudio —intervino Giovanni de inmediato.

—¿Usted también es artista? —en cualquier otras circunstancias la sorpresa de Cressie le habría resultado divertida.

—Por desgracia no tardé en descubrir que no poseía el talento necesario para considerarme un artista, no como mi amigo Gio. Pero me viene bien tener ciertos conocimientos prácticos para ejercer mi actual labor de árbitro del buen gusto. Como tal tendría que admitir que a mi viejo amigo aquí presente le ha ido muy bien. ¿No es así, Gio? Especialmente después de aquel desastre. Sí, me temo que fue un verdadero desastre. ¿Se lo ha contado, lady Cressida? La exposición más desafortunada de la que tengo conocimiento...

—Sí, me lo ha contado todo —lo interrumpió Cressie.

Luigi enarcó las cejas, sorprendido.

—¿Así que lo sabe? Vaya, qué interesante.

Lo que determinó el destino de Giovanni fue la evidente antipatía de Cressie hacia Luigi. Ella solo pretendía defenderlo, pero sus palabras hacían pensar que entre ellos había algo importante. De pronto vio ante sí una nube de rostros hermosos y, flotando por encima de todos ellos, su gran enemigo.

Luigi no pudo disimular el placer que le hacía sentir el haber descubierto lo que sin duda creía un *affaire*. Tenía muy buen olfato para el escándalo y una gran afición a la venganza que no podía pasar por alto. Giovanni apretó los puños, pero no hizo el menor intento de moverlos. Una parte de él estaba resignado, quizá porque pensaba que merecía el destino que le esperaba. Otra parte de él deseaba desesperadamente poder cambiar el pasado. Cressie estaba visiblemente molesta. Esperaba que Giovanni dijera algo, que le diera una explicación. Pero ¿cómo iba a hacerlo?

—Desde luego me sorprende —le dijo entonces Luigi a Cressie—. No es algo que se suela confiar a cualquiera. Claro que quizá usted no sea cualquiera. En tal caso, es evidente que el gusto de Giovanni ha cambiado tanto en el campo del arte como en el de las mujeres —añadió con una sonrisa punzante—. En los viejos tiempos Gio era más conocido por las bellezas que se llevaba a la cama que por sus cuadros. Aquellas damas estaban encantadas de ofrecer su rostro y su fortuna a un pobre artista muerto de hambre. Aunque supongo que también estará al corriente de esa parte de la vida de Gio, dado que ahora es usted... de su confianza.

Giovanni tenía todos los músculos del cuerpo en tensión. Por fin habló y lo hizo con un rugido amenazante, que ni siquiera parecía su voz.

—Voy a advertírtelo solo una vez, Luigi. Ten cuidado con lo que dices o...

—Me golpearás para castigar mi insolencia, como solías hacer cuando éramos aprendices —terminó él, con los ojos llenos de malicia y luego se volvió de nuevo hacia Cressie—. Gio nunca pudo soportar que hiciera bromas sobre sus numerosas amistades femeninas.

—No es ningún secreto que Giovanni ha pintado

a muchas mujeres hermosas —respondió ella con voz monótona, como si ni siquiera ella se creyera sus propias palabras—. No sé qué pretende insinuar, pero...

Luigi soltó una risilla fría y espeluznante.

—Querida mía, hacía mucho más que pintarlas. ¿Cómo cree que consiguió sobrevivir durante los años que apenas recibía encargos? El camino desde aquella trágica exposición al éxito como retratista de la alta sociedad no fue cuestión de días, ni siquiera de meses. Pero nuestro amigo tiene más de un talento, como sin duda ya sabe. Ese rostro tan hermoso y ese cuerpo tan deliciosamente atractivo le fueron de mucha ayuda en la época en la que malvivía en una buhardilla de artista pobre.

—¡Cállese por favor! —le suplicó Cressie—. Deje de decir maldades. Solo lo dice porque le tiene envidia.

Luigi se echó a reír de nuevo.

—No negaré que le tengo envidia, mi querida lady Cressida. En aquella época habría reconocido incluso estar un poco celoso. A mí no me faltan encantos, ni siquiera ahora, y en aquella época me creía tan merecedor de las atenciones de Gio como aquellas mujeres y Gio...

—¡Ya basta! —Cressie dio un paso atrás, tenía la cara descompuesta, como si su mundo entero acabara de derrumbarse.

En realidad era el de Giovanni el que se venía

abajo. «Mereces algo más», le había dicho; ahora comprendería que tenía razón. La vio mirar a Luigi con desprecio y con asco antes de que la tristeza inundara su rostro por completo. Entonces se dio cuenta de que lady Innellan se dirigía hacia ellos, seguida de cerca por su hijo, con su ridícula indumentaria. Vio incluso la mirada que sir Timothy le dedicó a Luigi di Canio, una mirada de amante, no de amigo. Cressie lo vio también. Seguramente le habría gustado comentarlo de camino al faetón, pero se limitó a levantarse las faldas y echar a correr hacia la puerta.

Giovanni aprovechó el momento para estampar un puñetazo en medio del rostro sorprendido de Luigi.

Cressie se alejaba ya de la mansión de los Innellan, sollozando, con los ojos llenos de lágrimas y tentada de poner el caballo a galope, cuando Giovanni se subió al faetón de un salto. Parecía tan destrozado como ella. Pero no, no pensaba compadecerse de él. No iba a hablarle. Lo único que no había hecho había sido delatarse por completo y no pensaba hacerlo ahora.

—Cressie.

—No quiero hablar de ello.

—Sí, lo entiendo.

El silencio reinó a partir de entonces. El aire parecía cargado, como si fuera a estallar una tormenta, pero Cressie trató de concentrarse en el camino, algo completamente innecesario, pues el caballo lo recorría con su acostumbrada parsimonia. Los árboles seguían verdes y frondosos y las campánulas seguían azules. No solo azules, cerúleas. No, demasiado oscuro. ¿Lilas? ¿Color cobalto?

—¡Por Dios, a quién le importa! —exclamó en voz alta.

—A mí.

—No me refería a ti —espetó.

—Cressie.

—¡Cómo pudiste hacerlo! ¿Cómo pudiste, Giovanni? ¿Cómo fuiste capaz de venderte de ese modo? ¡No eres más que un *gigoló*?

Giovanni se estremeció, pero no lo negó y eso hizo que Cressie se sintiera aún peor.

—Recuerdo que la primera vez que me besaste pensé si tus técnicas artísticas incluirían la seducción y, después de conocerte mejor, me sentí culpable por haber pensado tal cosa —intentó reírse irónicamente, pero sonó más bien como un sollozo.

—Nunca te he besado por otro motivo que no fuera que era completamente incapaz de resistirme.

—Estupendo, Giovanni. Si no tuviera las manos ocupadas, te aplaudiría. Lo cierto es que sí te resististe, a pesar de mis intentos de echarme en tus brazos —y lo más humillante era que había hecho el amor con todas esas mujeres sin preocupación alguna, sin intentar resistirse, sin embargo se había tomado todo tipo de molestias para resistirse a ella—. ¿Qué tengo de malo? —le preguntó, demasiado herida y enfadada como para importarle parecer celosa y desesperada—. ¿Por qué no podías hacerlo conmigo?

Giovanni se había quedado pálido. Pero no iba a compadecerse de él, ¡ni tampoco de sí misma!

—¿Sabes que sentí envidia cuando pensé que habías tenido otra musa? —Cressie continuó hablando sin remordimientos, dispuesta a descargar su furia para no romper a llorar—. Qué idiota soy. No me di cuenta de que no habías tenido una, sino cientos. No me di cuenta de que solo era la última de una larga lista. ¿Quién será la siguiente? ¿Lady Innellan? Un poco mayor, quizá, pero es muy rica y ha dejado claro su interés por ti. Claro que es posible que seas más selectivo ahora que estás tan solicitado.

—¡Ya basta! —Giovanni le quitó las riendas y echó al caballo a un lado del camino—. Ya te lo he dicho, llevo años sin estar con una mujer. Yo no miento, Cressie.

—Pero tampoco eres nada generoso con la verdad.

—Eso es cierto. Pero jamás te he mentido.

Giovanni se frotó los ojos con las manos y de sus labios salió un sonido parecido a un sollozo. ¿Estaba llorando? Tuvo que echar mano de toda su fuerza de voluntad para no tocarlo. No podía soportar verlo tan abatido. Si al menos le diera una explicación.

—No hubo cientos, pero sí hubo muchas —dijo por fin, poniendo la espalda recta, una vez recuperado el control.

No rehuía su mirada, sino que se enfrentaba a ella con determinación, con esa actitud que había visto en él en otra ocasión. Era la mirada que anunciaba una verdad horrible y sin suavizar. Cressie no quería oírlo, pero sabía que debía hacerlo.

—Fue tal y como te ha contado Luigi. Yo estaba desesperado, no tanto por tener éxito, al menos al principio, sino por demostrarle a mi padre que se equivocaba. Tenía que lograr vivir de mi arte. Sabía que tenía talento, pero necesitaba tiempo y modelos que se prestaran a posar para mí. Debían ser...

—Bellas.

—No conseguiría que me conocieran si pintaba algo que no fuera perfecto.

—Ya —murmuró Cressie—. No tienes por qué explicármelo.

—Fue fácil. Demasiado fácil. Esto —dijo, tocándose la cara—, esta cara y este cuerpo me lo pusieron muy fácil. Sabía que no estaba bien, pero no me hacía sentir tan mal como tratar de ajustarme a las exigencias de mi padre. Me dije a mí mismo que al menos así podría poner en práctica mi talento. No era del todo inmoral; aceptaba únicamente lo

que me ofrecían libremente. Y no acepté nada de...
—tragó saliva varias veces. Cuando volvió a hablar lo hizo en voz baja, cargada de desprecio hacia sí mismo—. Había hombres dispuestos a pagarme también.

Cressie lo miró, horrorizada.

—¿Quieres decir que... acaso Luigi...?

—Una vez más elogio tu perspicacia, Cressie. Como habrás podido notar, Luigi no es una persona que acepte bien que lo rechacen. Tienes que creerme —le pidió impetuosamente—. Jamás estuve con ningún hombre, ni con ninguna mujer que quisiera algo más de mí que unas tardes de placer. Me pagaban lo que en aquella época eran unos honorarios muy generosos a cambio de un retrato. No les pedía nada más, pero no voy a negar que me vendí. Mis actuaciones, pues eso es lo que eran, eran refinadas, técnicamente perfectas, pero completamente carentes de emoción. Igual que los cuadros que pintaba.

—Y cuando tus retratos empezaron a estar solicitados, dejaste de tener que vender tu cuerpo, ¿es así? —le preguntó tensamente.

—Sí, así es. No voy a fingir que en aquella época me molestaba. ¿Para qué hombre joven sería una tortura llevarse a la cama a una mujer hermosa? Fue después cuando empecé a sentir asco de mí mismo. Hay otra clase de placer que se obtiene del beneficio. Hasta que te conocí me pareció muy fácil...

¿pero para qué hablar de eso? No quiero contaminarte con mi sórdido pasado. Tú...

—Merezco algo más —terminó Cressie por él—. Ya me lo has dicho.

—Y lo digo en serio.

Giovanni movió la mano hacia ella, pero se arrepintió a medio camino. Cressie debería haberse alegrado de que lo hiciera, sin embargo, fue ese simple gesto lo que estuvo a punto de hacer que se derrumbara. Siempre se frenaría a sí mismo. Lo que le había revelado era espantoso, pero lo era aún más que siguiera amándolo como lo amaba.

—¿Crees que Luigi dirá algo? —le preguntó.

—Si lo hace, será dentro de un tiempo.

—¿Qué quieres decir?

—Lo he dejado tendido en el suelo del salón de lady Innellan, rodeado por una pequeña multitud. Parecía haber perdido algún diente y se le había manchado de sangre ese ridículo lazo que llevaba al cuello.

Cressie se llevó la mano a la boca.

—No deberías haberlo hecho —dijo, pero en realidad no podía ocultar que se alegraba.

Giovanni se encogió de hombros.

—Supongo que siempre seré el hijo de un pescador. Me temo que he provocado un escándalo y lo siento.

—Seguro que lady Innellan está encantada. Es preferible que hablen de una, aunque sea mal. Además, todo el mundo achacará el incidente al carácter tempestuoso de los artistas italianos. Giovanni, ¿estás seguro de que Luigi no te ocasionará problemas?

—Tiene mucho más que perder que yo. Aquí todavía no se le conoce demasiado y sabe que podría arruinarle la vida si decidiera revelar algunas de las cosas que sé de su sórdido pasado. También sabe que si decide hacerlo él, iré en su busca. Aunque tampoco me preocupa porque se acabó vivir de esta manera, Cressie. Tienes razón, tengo que vivir a mi manera.

Supuso un pequeño consuelo oírselo decir, pero lo sería aún más en el futuro porque en esos momentos estaba agotada, sin fuerza. Solo quería meterse en la cama y llorar. Agarró las riendas con decisión.

—Una cosa más —anunció Giovanni y, después de rozarle apenas el brazo, retiró la mano rápidamente—. Contigo fue diferente. Quiero que lo sepas. Cuando te dije que me daba miedo la pasión que había entre nosotros, lo decía en serio. No solo me daba miedo que destruyera lo que me había inspirado a pintarte, temía que pudiera destruirte a ti también. Jamás había estado con una mujer a la que le preocupara lo que yo sintiera. Cuando tú me tocas es como si nunca antes me hubiera tocado ninguna otra mujer. Sé que siempre necesitas pruebas, pero no tengo ninguna y sin embargo es cierto.

Contigo fue completamente distinto. Tienes que creerme.

Ella tenía un nudo de lágrimas en la garganta que apenas le permitía hablar, así que solo pudo asentir y poner el faetón en movimiento.

—Gracias por ser tan sincero conmigo, pero no puedo seguir hablando de esto, Giovanni. No puedo.

Hicieron el trayecto hasta la casa en silencio. Cressie trató de aguantar mientras contaba los minutos que le quedaban hasta poder estar sola. Si había algo que no sentía era asco. Al mirarlo de reojo y verlo allí sentado, recto como una vara, con la mirada perdida en el vacío y absorto en sus problemas y en sus emociones, supo que, si había algo que sentía era amor. A pesar de todo lo amaba e iba a tener que asumir que siempre lo amaría.

Diez

—Me temo que lady Armstrong solicita su presencia, lady Cressida. Está impaciente por hablar con usted —las palabras con las que lo recibió Myers eran lo último que Cressie habría querido escuchar al llegar a Killellan—. La espera en el saloncito.

En su mente se desvaneció la esperanza de poder encerrarse en su dormitorio, que era lo único que le había permitido aguantar durante los últimos instantes del camino de vuelta a casa. ¿Qué más podía salirle mal aquel aciago día? Cressie bajó del faetón por sus propios medios, rechazando la mano que le tendía Giovanni, y se dirigió a la puerta con cansancio.

Bella estaba postrada en su *chaise longue* preferida, con las sales en una mano y en la otra una carta que no presagiaba nada bueno.

—Esto llegó poco después de que os fuerais a casa de lady Innellan —le dijo levantando el papel—. Le pedí a Myers que enviara alguien a buscarte, pero me convenció de que no serviría de nada porque, para cuando regresaras, sería demasiado tarde para que partieras hacia Londres hoy mismo. Pero me temo que si esperas a mañana, será demasiado tarde. Según esta carta, ya es demasiado tarde. Te lo dije, Cressida, te advertí que si ocurría algo, sería responsabilidad tuya y ahora... ¿Qué vamos a hacer? Tu padre me va a matar.

Cressie agarró la carta, ayudó a Bella a tumbarse y le acercó las sales a la nariz.

—No se me ocurre nada más improbable que que mi padre recurra al asesinato. No seas ridícula, Bella, te suplico que no te pongas histérica. No creo que le haga ningún bien al bebé y, si algo le ocurriera, entonces sí...

—Este bebé es una niña, así que a tu padre no le importará lo que le ocurra —respondió Bella, llevándose la mano al vientre.

Probablemente fuera cierto, pensó Cressie con tristeza mientras se sentaba junto a ella. Ya se había fijado en que la letra de la carta era la de su tía Sophia, así que se preparó para lo peor y enseguida comprobó que había hecho bien en prepararse. Cordelia se había fugado para casarse, aunque no se sabía ni dónde ni con quién.

—Debería haberlo imaginado. Sabía que Cordelia estaba engañando a la tía Sophia y a todos los demás, que su comportamiento no era más que una treta para esconder sus verdaderos propósitos —le explicó a su madrastra—. Lo que no entiendo es que esperaba mi tía que hicieras.

—¡Yo! —gritó Bella, soltando el frasco de las sales.

—La carta va dirigida a ti.

—Cressida Florence Armstrong, sabes perfectamente lo que acordamos.

—¡Tranquila, Bella! Solo era una broma.

—De muy mal gusto.

Cressie se frotó la frente.

—Supongo que tendré que ir a Londres a ver qué se puede hacer.

—No tienes buen aspecto, Cressida. ¿Te ocurre algo?

—Me duele la cabeza.

—A ti nunca te duele la cabeza.

—Bella, he tenido un día muy largo, estoy cansada y lo último que me gustaría es tener que salir corriendo detrás de Cordelia, que seguramente estará escondida en algún lugar no muy lejano, riéndose del caos que ha provocado.

—¿Qué tal ha ido la visita a lady Innellan? ¿Te han presentado a ese hombre que querías que conociera el *signor* Di Matteo?

Cressie apretó los labios.

—Lo único que puedo decirte es que ha sido una visita inolvidable.

—No me sorprende. He oído que lady Innellan ha contratado a un cocinero de Londres.

—No me refería a la comida. Giovanni ha tenido un pequeño altercado con su compatriota por... No importa. No tardará en llegar a tus oídos una versión exagerada de lo sucedido, pero que conste que ese hombre provocó a Giovanni.

—No puedo decir que me extrañe. Tu padre siempre dice que, a pesar de considerarse la cuna de la civilización, los latinos tienen un carácter escandaloso y poco disciplinado. Dice que preferiría enfrentarse a una horda de bereberes que tener que mediar entre dos italianos. Dice...

—Lady Innellan preguntó por ti —la interrumpió Cressie, incapaz de escuchar una línea más del manual de diplomacia de su padre.

—¿Cómo es su hijo?

—Digamos que no hay esperanza alguna de que le interese convertirse en mi pretendiente.

—Entonces sus gustos no se inclinan por ese lado —resumió Bella con una pícara sonrisa—. Eso también lo había oído.

—¿De verdad? Madre mía, no tenía ni idea de que estuvieses tan bien informada. Es una lástima que tus contactos no puedan darnos alguna pista sobre el paradero de mi hermana —dijo, pero enseguida sacudió la cabeza—. Discúlpame, no tenía por qué decir eso.

—¿Estás segura de que solo tienes un dolor de cabeza? ¿No se habrá sobrepasado contigo ese hombre? Ya te lo advertí, Cressida.

—Lo hiciste y permíteme que te asegure una vez más que no tienes por qué preocuparte por eso. En absoluto.

Bella notó algo extraño en su hijastra.

—Tengo la impresión de que ese viaje a Londres llega en un momento muy oportuno. La distancia te dará un poco de perspectiva.

—Supongo que debo irme —Cressie se puso en pie—. Después de todo, puede que sea mejor que parta hoy mismo. Los días cada vez son más largos; es posible que hagamos la mitad del camino antes de que se haga de noche.

Bella se puso en pie con sorprendente facilidad, pensó Cressie.

—Llévate a dos de los mozos de cuadras como escolta, además de al cochero. Y a tu doncella, por supuesto. Myers se encargará de prepararlo todo. Ahora mismo lo llamo.

Menos de una hora después, Cressie estaba ya rumbo a la capital en el carruaje cubierto de lord Armstrong. No había visto ni hablado con Giovanni, ni siquiera para explicarle su repentina marcha. No había habido tiempo, pero quizá fuera mejor así. Cuando regresara y el tiempo y la distancia la hubiese ayudado a ver con perspectiva lo que había descubierto de él y quizá hubiese empezado a borrar de su corazón el amor que sentía, entonces podría volver a posar para él, pues deseaba que pudiera terminar el cuadro. Todo lo demás se habría perdido ya.

Giovanni observaba los dos retratos de Cressie. Tesis y antítesis. La Cressie que todo el mundo conocía y la más íntima. Un cuadro representativo y otro interpretativo. El primero era de una belleza clásica, en el que lady Cressida carecía por completo del verdadero carácter de Cressie. Sin embargo el señor Brown, alter ego de Cressie, era un trabajo mucho menos depurado. Aquella versión de Cressie transmitía su inteligencia, su pícaro sentido del humor y cierto destello de su personalidad. Era una versión subversiva, una imagen destinada a inquietar al espectador, pero, ahora que la miraba, tampoco llegaba a plasmar a la Cressie que él había querido retratar.

Le faltaba algo. Esa autoridad, esa certeza. El arte como verdad, eso era lo que quería pintar, pero aquel cuadro no representaba toda la verdad. Era una obra que, al igual que había hecho él, decía solo parte de la verdad, para ocultar la realidad. La verdad tenía dos lados porque no mostraba solo al modelo, también al pintor. La emoción que le faltaba al retrato no era la de Cressie, sino la suya. No podía evitarlo. Giovanni se arrodilló en el suelo frente a los dos retratos y gruñó con fuerza. Se golpeó la cabeza contra uno de los caballetes. Si al menos pudiera quitarse el conocimiento de un golpe y olvidarlo todo, entonces sería feliz..

¿A quién quería engañar? Maldijo entre dientes. Jamás sería feliz. No estaba satisfecho con su trabajo, ni con su vida. Le faltaba algo. Y el motivo de tal vacío era ella. Cressie.

Volvió a maldecir, pero esa vez en voz alta, en el dialecto gutural de los pescadores entre los que se había criado. Se había enamorado de Cressie. Eso era lo que le faltaba al retrato del señor Brown. El cuadro reflejaba que no había aceptado lo que sentía. El vacío de su corazón, que nunca creyó que pudiera llenarse jamás, estaba ahora repleto de amor. Cressie lo había llenado.

Agarró el tablón de dibujo y se dejó llevar por los impetuosos movimientos de su mano. Las líneas tomaban forma casi por voluntad propia. Cressie riéndose. Cressie conteniendo las lágrimas. Cressie observando con orgullo a sus hermanos. Cressie leyendo con el ceño fruncido algún mamotreto sobre matemáticas. Cressie con los ojos cerrados, la cabeza hacia atrás y la espalda arqueada por el placer que él le daba. Deseaba pintar todo aquello. El retrato de la mujer que amaba y a la que había perdido irreparablemente por culpa de todas aquellas a las que no había amado.

Si pudiera recuperar la inocencia. Si pudiera cambiar el pasado. Mientras su mano volaba sobre otro papel en blanco, recordó algo que ella le había dicho, algo sobre que el pasado era lo que la hacía ser quien era. Todo ello, había dicho. «Si cambiara algo del pasado, me convertiría en otra persona».

¿Cambiaría él el pasado si pudiera? Detuvo la mano sobre el papel. Recordó una mañana de verano, un mar del color de los ojos de Cressie. Él tendría cuatro o cinco años. Recordó el pez, un pargo de color coral demasiado pesado para su caña de pescar. Recordaba su empeño en meterlo en el bote sin la ayuda de su padre. Había tirado con tal fuerza que había acabado cayéndose de cabeza al agua. Se recordó sumergido y luego unos brazos que lo agarraban y hacían que se sintiera seguro. Su padre. Había empezado a enseñarle a nadar al día siguiente. Recordaba a su madre mirándolo con una sonrisa de orgullo el día que había conseguido ir nadando del bote hasta la orilla por primera vez, vigilado de cerca por su padre, al que había hecho jurar solemnemente que no lo ayudaría.

Sería algo muy manido, pero también muy cierto. Como si se hubiese abierto una compuerta, los recuerdos inundaron de pronto su cabeza, llenándola de colores vivos, de la calidez del sol de la Toscana y de cosas sin importancia que había olvidado. Había sido muy feliz y muy querido. Por eso precisamente había sido tan dolorosa la separación. ¿Sería también ese dolor lo que había forzado a sus padres adoptivos a cortar todo contacto con él? Era demasiado tarde para saberlo. Recordó entonces el día en que había regresado a su pueblo junto al mar, el mismo año que se había marchado de Italia para siempre. Los dos habían muerto. El bote de su padre había desaparecido en el mar y a su madre se la había llevado una enfermedad.

Se había quedado sin papel. Apenas quedaba ya luz natural cuando llamaron a la puerta del estudio. Giovanni se puso en pie de un salto y se pasó la mano por el pelo. Cressie. Sabía que era absurdo, pero aun así albergó la esperanza de que fuera ella. Ocultó los dibujos para que ella no los viera, pues revelaban algo de lo que no debía enterarse jamás. Seguramente iba a decirle que no volvería a posar para él. Era propio de ella no dejar las cosas sin terminar; a Cressie le gustaba exponer los hechos claramente. Tenía el corazón a punto de escapársele del pecho cuando por fin giró la llave.

—Harry me dijo que lo encontraría aquí —Bella tenía la cara roja del esfuerzo de subir hasta el ático—. Tengo que hablar con usted, *signor* Di Matteo.

Bella entró hasta el centro del estudio y se detuvo frente a los dos retratos. Su rostro al mirar primero un cuadro y luego el otro varió tanto de expresión que resultaba casi cómico.

—¿Esto lo sabe mi esposo? No creo recordar que le encargara estos... estas imágenes de su hija.

—No lo hizo. Los he pintado por simple placer.

Bella asintió.

—Estoy segura de que le ha reportado mucho placer pintarlos, *signor* Di Matteo. ¿Qué significado tiene este, si puede saberse? —preguntó, señalando al que aún no estaba terminado.

Lady Armstrong, por supuesto, no sabía nada del señor Brown y Giovanni quería que siguiera siendo así.

—Se me ocurrió que sería divertido pintar a Cressie... a lady Cressida, vestida de hombre. Por su interés por las matemáticas —añadió sin un ápice de sinceridad.

—Un hombre medio desnudo para ser exactos. Quiero pensar que al menos algunos detalles de este retrato hayan nacido de su imaginación y no del fiel reflejo de la realidad, *signor*.

—Como bien dice, lady Armstrong, me he tomado algunas libertades artísticas —aquella era una de esas medias verdades a las que Cressie decía que era tan aficionado, pero en aquel caso no veía otra alternativa.

Por suerte, Bella apretó los labios, pero no lo puso en duda.

—¿Qué piensa hacer con estos lienzos? El primero es muy hermoso, desde luego. Estoy segura de que lord Armstrong estaría encantado de buscarle una lugar en la colección de la familia, si se lo muestra, claro. Pero el otro... tiene algo de lascivo. Real o imaginario, no puedo permitir que exponga a mi hijastra al ridículo.

Nunca había tenido intención de exponerlo, ni de mostrárselo a nadie, en contra de lo que había dicho Cressie, pero tampoco estaba dispuesto a permitir que lady Armstrong dictase lo que debía hacer con su obra.

—Eso tendrá que decidirlo lady Cressida —anunció—. Lo pinté para ella. El cuadro es suyo y puede hacer lo que desee con él. Dejaré que ella lo decida.

—Eso va a ser difícil.

—¿Por qué?

—Porque se ha marchado.

—¿Se ha marchado? —repitió Giovanni estúpidamente.

—A Londres. Ha tenido que ir a atender un asunto familiar urgente.

Cressie se había ido sin decirle nada. No podría haber dejado más claros sus sentimientos hacia él.

—Supongo que se refiere a lady Cordelia —aclaró sin pensar.

Lady Armstrong lo miró fijamente.

—¿Qué sabe usted de eso?

—¿Qué? Nada, excepto que Cressie... lady Cressida estaba preocupada por que su hermana actuase precipitadamente.

—Entonces es una lástima que Cressida no se comportase ella misma con más cautela para ahorrarnos tan incómoda situación. Supongo que puedo contar con su discreción, *signor*.

—Por supuesto, milady. En todos los aspectos.

—Lo que me recuerda lo que me ha traído hasta aquí arriba, *signor* Di Matteo. Cressida estará fuera al menos una semana. En mi inexperta opinión, el retrato de mis hijos parece casi terminado, por ello me gustaría pedirle que intentase acabarlo antes de que ella regrese.

—¿Quiere que me vaya?

—Qué dramáticos son ustedes los italianos. No deseo echarlo de mi casa, solo le pido que termine el encargo lo antes posible.

—Antes de que vuelva Cressie.

Lady Armstrong escuchó el desliz con una sonrisa en los labios.

—Así es, antes de que vuelva Cressie —la sonrisa desapareció mientras se dirigía hacia la puerta—. Hablemos con franqueza, *signor*. A pesar de lo que ella asegure, Cressida no es una mujer de mundo. Yo, sin embargo, sí que lo soy y sospecho que se ha tomado usted demasiadas libertades. Cualquiera lo pensaría al ver estos cuadros. Y solo hay que ver cómo lo mira Cressida y la cara que pone cuando habla de usted para saber que corre un grave peligro de enamorarse. No soy su madre, pero tampoco soy la madrastra malvada que me creen sus hermanas y ella. No me gustaría que Cressida sufriera más de lo que ya haya sufrido y si usted se queda aquí, *signor* Di Matteo, tengo la certeza de que es eso precisamente lo que ocurrirá. ¿Queda claro?

—Como el agua, lady Armstrong —ahí estaba toda la verdad. Giovanni asintió—. Si le sirve de consuelo, lo último que desearía en este mundo es hacer daño a Cressie.

—No es ningún consuelo, *signor*, porque el mal, al menos en parte, ya está hecho.

Bella salió de la habitación sin darle oportunidad a responder. Con el corazón encogido y abrumado por la avalancha de verdades con las que se había encontrado aquel día, Giovanni encendió dos lámparas de aceite y las colocó sobre la mesa que había junto a los caballetes. Retiró el lienzo terminado de uno de ellos y lo sustituyó por el tablón de dibujo para observar los bocetos de Cressie. Iba a colocar un lienzo en blanco y al día siguiente empezaría un tercer retrato. Si trabajaba noche y día, podría terminarlo y marcharse antes de que ella regresara. Sería un tríptico: lady Cressida, el señor Brown y Cressie. Lo titularía *Tres aspectos de lady Cressida*. Estaba tan inspirado con la idea que tuvo que contenerse para no empezar a pintar inmediatamente.

En los días siguientes, las noches se fundían con las mañanas mientras Giovanni trabajaba. El retrato de los niños necesitaba únicamente unos últimos toques y el barnizado final. Los cuatro muchachos estaban muy apagados sin la presencia de Cressie. Giovanni se los llevaba todas las tardes a pescar, a trepar a algunos árboles o a volar las cometas, porque ahora cada uno tenía la suya.

Había momentos, normalmente al amanecer, en que se quedaba observando el tercer retrato del tríptico con los ojos llorosos por la falta de sueño y se preguntaba si no sería posible forjarse un futuro juntos. Sin embargo, a medida que el cuadro tomaba forma, adquirían fuerza también los argumentos que contradecían tal posibilidad de futuro. Los enumeraba uno a uno con la esperanza de que eso sirviera para apagar aquella absurda esperanza y acabar de una vez con la tortura.

Aunque desde el principio se había esforzado en ayudarla a liberarse de la tiranía de lord Armstrong, Giovanni no era tan cruel como para querer apartar a Cressie de su familia. A pesar de todo, ella quería a su padre y, si bien su amor se haría más fuerte si se alejaba de él, no tenía la menor duda de que lord Armstrong se aseguraría de que su hija sufriera todo lo posible si se atrevía a ir en contra de sus deseos tan escandalosamente, estableciéndose con Giovanni. Seguro que buscaría venganza. Quizá no pudiera distanciar a las hermanas, pero sí podría hacer que Cressie no volviera a ver a sus hermanos pequeños, ni su casa, ni a esa misteriosa tía Sophia a la que Cressie parecía querer tanto.

Sus antiguas amantes y el modo en que había utilizado su propio cuerpo eran un obstáculo tan evidente que casi no merecía la pena ni mencionarlo. Jamás olvidaría el asco que había visto en el rostro de Cressie cuando lo había llamado *gigoló*. No podía hacer que cargara con un hombre así.

Por si eso fuera poco, estaba el hecho insignificante de que ella no estaba enamorada de él. Cressie no era de las que se encaprichaban de alguien y no hablaba como una mujer enamorada; hablaba como una mujer que tenía las ideas muy claras sobre su propio destino. «Por fin he encontrado mi vocación», le había dicho. Estaba tan entusiasmada con sus planes que no dejaba de hablar de ellos. Unos planes que la llevarían a una tierra muy lejana, donde podría estar con sus queridas hermanas y donde no había lugar para él. Cressie no lo amaba.

El tercer retrato estaba casi terminado. No se parecía a nada que hubiese pintado antes, las pinceladas eran salvajes e instintivas. En algunos lugares había aplicado la pintura directamente con la espátula, en lugar de con el pincel. Los colores se fundían los unos con los otros, igual que las líneas que formaban la figura. El fondo era casi orgánico, como si formara parte de la figura central en lugar de ser un simple accesorio. No había nada en aquella obra que estuviese definido con claridad y sin embargo, mientras lo observaba con la tenue luz del amanecer, Giovanni supo que había creado algo con el corazón, algo verdadero. Así era como quería pintar en el futuro, sin importarle lo que pensaran los demás. Cressie, su musa, le había devuelto la inspiración. Ese había sido su regalo de despedida. Aquel regalo sería el suyo para ella.

Giovanni colocó los tres cuadros para formar el tríptico, Cressie en el medio, franqueada por lady Cressida y el señor Brown. Quién sabía, quizá algún día se convirtiera en un artista y dejaría de ser un simple pintor. Ahí estaba su evolución. En el centro, su gran obra maestra.

«Estás dejándole ganar». Giovanni se volvió a mirar hacia la puerta sin pensar. Llevaba demasiadas noches sin dormir. Cressie no estaba allí, eran solo sus palabras. Se había pasado diez años pintando el tipo de obras que pudieran reportarle el éxito que pensaba que admiraría su padre, solo para demostrarle que se había equivocado. Pero, como bien le había señalado Cressie, al hacerlo había permitido que su padre siguiera controlando su vida de todos modos. Desde el momento en que lo habían apartado de sus padres, no había dejado de luchar con el conde Fancini de una manera u otra. Hacía catorce años que no lo veía, pero sabía que seguiría esperando a verlo aparecer. Su incapacidad de enfrentarse a él había prolongado aquel juego y quizá incluso hasta había hecho que su padre albergara esperanzas.

Si quería empezar de cero, debía dejar descansar

todos sus demonios. Parecía tan obvio. Iba a cancelar todos los encargos para volver a Italia inmediatamente. Soltó la paleta y cubrió los tres cuadros. Mientras bajaba a lavar los pinceles, pensó que no podía fingir que el marcharse de allí sin verla no lo llenaba de tristeza. La amaba, siempre la amaría y jamás podría amar a otra mujer. Pero ella le había devuelto su arte y no podía abusar otra vez de su generosidad. Tendría que pedir audiencia con el conde Fancini.

—Me temo que no podemos hacer nada más, tía Sophia —Cressie se sentó con cuidado junto a la cama de su tía porque aquel vestido nuevo era más aparatoso de lo que estaba acostumbrada a llevar.

La modista se lo había enviado esa misma mañana y no había podido resistirse a ponérselo. Era de seda de color crema con rayas de ese tono rosa que Giovanni aseguraba que le favorecía tanto, tenía mangas de farol y por debajo unas mangas largas de suave tela rosa. El escote llevaba un ribete de terciopelo rosa que también adornaba el dobladillo de la falda. Por delante caía recto desde la cintura, pero por detrás tenía unos pliegues que se contoneaban con cada paso que daba. Estaba segura de que a Giovanni le habría gustado el efecto porque acentuaba la curva de su trasero, algo que había comprobado después de retorcerse frente al espejo.

—Habrá que informar a Henry —decidió la tía Sophia con una voz que había perdido su acostumbrada fuerza.

Cressie se había preocupado al encontrarla con ese aspecto tan frágil. Si recuperaban a Cordelia, junto con su reputación, dudaba mucho que la tía Sophia estuviese dispuesta a volver a ejercer de carabina. Le gustase o no, Cordelia tendría que olvidarse del resto de la Temporada y volver a Killellan hasta el año siguiente, cuando Bella pudiese acompañarla.

Cressie le agarró la mano a su tía.

—Yo misma escribiré a mi padre, tía, no se preocupe.

—Si pudiéramos hallar alguna pista de ella. Lo peor es no saber nada. Podría estar muerta.

Cressie se echó a reír.

—Empiezo a pensar que está más enferma de lo que parece, tía, porque eso es lo más ridículo que he oído nunca. Si Cordelia estuviese muerta, habría aparecido su cuerpo.

—No si ha caído por un acantilado o está atada en algún desván. O...

—Habla como Cassie.

—No es cierto —lady Sophia intentó incorporarse—. ¿Te he dicho que hace poco vi a ese poeta suyo? Augustus St John Marne se llamaba. No hablé con él, como es lógico. Parecía muy deprimido, corriendo detrás de esa esposa suya y de un montón de mocosos.

—Cassie tuvo suerte.

—Puede que no lo recuerdes, pero prácticamente la abandonó en el altar. Cassie siempre fue muy voluble y me temo que Cordelia también lo es. ¿De verdad no has podido encontrar ni rastro de ella?

—Se montó en un coche alquilado al salir de Cavendish Square, pero se cuidó mucho de que nadie escuchara la dirección que le dio al conductor. No sé cuántos carruajes de esos habrá en Londres, pero tardaríamos meses solo en entrevistar a todos los conductores y Dios sabe cuánto tendríamos que gastarnos en sobornos. Para entonces Cordelia ya se habrá puesto en contacto con nosotros de un modo u otro.

—¿No crees que esto vaya a acabar bien, Cressida?

—No, tía, no lo creo —admitió Cressie suavemente—. Y usted tiene el suficiente sentido común como para no albergar falsas esperanzas.

—Tienes razón. Mi cuerpo está débil, pero mi mente todavía no —aseguró la dama—. Deberías volver a Killellan. Hace más de una semana que viniste y Bella debe necesitarte. Aquí no se puede hacer nada más hasta que tu hermana decida aparecer.

—Me preocupan más las lecciones de mis hermanos y que estén armando revuelo en mi ausencia —respondió Cressie, tratando de sonreír.

Su tía la miró fijamente.

—A mí no puedes engañarme, querida. Te ocurre algo. Estás muy cambiada. Si fueras cualquier otra, diría que se trata de un hombre, pero en tu caso... ¿qué ocurre, Cressida?

—Nada —Cressie se contuvo justo a tiempo de empezar a morderse la uña.

—Mentira. Crees que porque estoy enferma en la cama no puedes contármelo, pero sé que te ocurre algo y estoy segura de que puedo ayudarte—. ¿Es por Bella?

—No —respondió, pero no llegó a repetir que no le ocurría nada, intimidada por la mirada de su tía—. No tienes de qué preocuparte. Confía en mí —le pidió, utilizando las palabras de Giovanni.

La tía Sophia tuvo la deferencia de no insistir más, pero se despidió de ella recordándole que contaba con su apoyo si necesitaba cualquier tipo de consejo. Sentada en el carruaje unas horas más tarde, con un cómodo vestido de viaje y la nueva adquisición cuidadosamente guardada, Cressie suspiró aliviada de no tener que seguir poniendo buena cara.

Echaba tanto de menos a Giovanni. Hasta que él había aparecido en su vida nunca se había sentido sola, porque siempre había tenido a Cordelia. Pero Cordelia era tan independiente como ella misma. Los seis años que las separaban y el hecho de que Cressie hubiese adoptado el papel de hermana mayor después de que Cassie se casara, habían establecido una distancia entre ambas. Además, Cordelia nunca la había comprendido tan bien como Giovanni. Nadie lo había hecho.

—Me ve como no me ve nadie —recordaba haberle oído decir a Celia de su marido. Entonces Cressie no lo había comprendido, pero ahora sí—. Y a mí me pasa lo mismo con él —había añadido Celia.

Ese sinvergüenza de Luigi di Canio había obligado a Giovanni a desnudar su alma por completo. Sus revelaciones habían sido tan sorprendentes que los primeros días Cressie no había podido pensar nada más que en el dolor que le habían causado. La idea de que se hubiera vendido a otras mujeres la hacía estremecer. Pero no tanto con desprecio como con celos, porque a ellas les había entregado fácilmente algo que no le había dado a ella.

Una conversación con su tía Sophia en la que habían evaluado las posibilidades a las que había renunciado Cordelia al escaparse le había hecho darse cuenta de algo. ¿Acaso su padre no estaba vendiendo a sus hijas, sus dotes, sus cuerpos, a cambio de lo que deseaba, que era extender su dinastía como una tela de araña? Para lord Armstrong sus hijas eran una moneda de cambio. ¿Realmente era tan diferente a lo que había hecho Giovanni? Quizá fuera incluso peor porque al menos él había vendido su cuerpo, no el de otra persona.

Le divertía imaginar que tenía esa conversación

con su padre. Sonrió con amargura mientras observaba el paisaje. ¿Tan desesperada estaba por convencerse de que podía aceptar el pasado de Giovanni que recurría a sofismas? Sin duda lord Armstrong la acusaría de ello.

Con o sin sofismas, lo que importaba era saber si podría aceptar que hubiera habido tantas mujeres en su vida. Nada más plantearse la pregunta se dio cuenta de que ya había decidido que quería hacerlo. Lo que, a su vez, planteaba la pregunta de qué querría Giovanni. Realmente no tenía ni idea de lo que sentía por ella, ni tampoco le había dado oportunidad de que se lo dijera después del incidente con Luigi di Canio. Qué hombre tan odioso. Se alegraba de que Giovanni le hubiese pegado, aunque le habría gustado hacerlo personalmente. O, mejor aún, encerrarlo en una habitación con las obras de arte más terribles y obligarlo a mirarlas día y noche hasta que suplicara clemencia.

—Estamos ya cerca de Killellan, milady —anunció su doncella, mirando por la ventana—. No queda más de un hora.

Cressie asintió, distraída. Una hora y volvería a ver a Giovanni. Le diría... no, que lo había perdonado no, porque no era quién para concederle el perdón. En realidad era él el que debía perdonarse a sí mismo. Debía reconciliarse con ese pasado que consideraba tan sórdido y dejar de odiar un cuerpo que había vendido como instrumento de placer. Con ella había sido diferente. Él mismo se lo había dicho, pero entonces no había podido creerlo. Creía que estaba tan contaminado que podría destruirla, pero también había dado a entender que ella podría ayudarlo a empezar de nuevo.

«Cuando tú me tocas es como si nunca antes me hubiera tocado ninguna otra mujer». Cressie sintió un escalofrío. Giovanni jamás había mencionado a Giles, ni le había reprochado nunca que no fuera inocente. Otra cosa de la que no se había dado cuenta hasta ahora. No era lo mismo, pero tampoco era tan distinto. Ella se había entregado a cambio de un nombre, de una posición social y de la aprobación de su padre. Al enterarse, Giovanni se había enfadado, pero no con ella sino por ella. No la había juzgado. Se había encargado de hacerle ver que debía dejar de juzgarse a sí misma. No era lo mismo, pero desde luego no era tan diferente.

«Cuando tú me tocas es como si nunca antes me hubiera tocado ninguna otra mujer». Eso sí que era lo mismo. Giovanni hacía que se sintiera como si él hubiera sido el primer hombre. ¿Sería muy descabellado pensar que pudieran empezar de nuevo? Si él la amaba como ella a él, no tenía la menor duda de que podrían hacerlo. Mientras el carruaje se acercaba a Killellan Manor, Cressie se permitió albergar esperanzas. No anhelaba el típico final feliz de vestidos de novia y pétalos de rosa. Lo que ansiaba era algo nuevo, algo que Giovanni y ella podrían crear juntos. El primer paso era verlo, hablar con él y decírselo.

Se bajó del carruaje antes de que los lacayos tuvieran oportunidad de bajar los escalones y estaba ya en el vestíbulo quitándose el sombrero cuando Bella abrió la puerta del saloncito.

—No hay ni rastro de Cordelia —anuncio apresuradamente—. Esta misma noche escribiré a mi padre, pero antes debo... perdóname, pero tengo que ver a Giovanni. ¿Sabes dónde está?

Fue la expresión de su rostro más que sus palabras lo que la hizo detenerse en seco. Había lástima en su mirada.

—¿Que se ha ido? —repitió después de oírselo decir a ella—. ¿A dónde?

—A Italia parece ser —respondió Bella.

Cressie descubrió que el que a una le arrancaran las esperanzas de golpe era como si le arrancaran la piel. Dejó caer el sombrero al suelo. Se sentía como una niña que hubiera abierto el regalo de cumpleaños equivocado. O que no hubiera recibido ningún regalo. ¡Por el amor de Dios! ¿Qué importaba lo que sintiera? Subió las escaleras corriendo, se metió en su habitación, cerró la puerta con llave y se echó a llorar, destrozada por el dolor y la frustración.

No descubrió los retratos hasta el día siguiente. Fue Bella la que le dijo que fuera al ático.

—Los ha dejado para ti.

—¿Los has visto?

—¿En qué estabas pensando, Cressida? No puedo creer que permitieras que llegara tan lejos.

—Sin embargo yo creo que no fue lo bastante lejos —respondió, demasiado triste como para mentir—. Lo amo, Bella. Lo amo.

Si esperaba palabras de consuelo, iba a llevarse una buena decepción.

—Más tonta eres —dijo su madrastra—. ¿No te advertí de los hombres como él?

—Dijiste que no tenía corazón y eso no es cierto.

—¿Te ha comprometido, Cressie? Porque si estás encinta, yo podría ayudarte. Creo que hay una manera... ¿estás embarazada? Todos esos dolores de cabeza...

La actitud de Bella había cambiado de repente y ahora parecía ansiosa. Cressie no respondió directamente. Se fijó en que su madrastra había seguido perdiendo peso de un modo incomprensible. De no saber que estaba encinta, habría pensado que... ¿Realmente lo sabía?

—Cuando le dijiste a mi padre que estabas embarazada él dijo que sir Gilbert Mountjoy te había examinado —recordó Cressie.

—¡Ese hombre! —exclamó, asqueada—. Le conté que me encontraba mal y me ordenó reposo.

—¿Entonces no te examinó?

Bella parecía incómoda.

—No era necesario.

—¿De verdad estás encinta, Bella? ¿Existe tal bebé?

Su madrastra dio un paso atrás, llevándose las manos al vientre con gesto protector.

—Si te preocupa tu padre, no debes preocuparte —le dijo—. Aún quedan meses para que vuelva y cuando se digne a hacernos una visita, tú ya me habrás entregado tu bebé. Seguro que es una niña; Cassie y Celia tuvieron niñas. Henry nunca se enterará.

—¿De qué demonios estás hablando, Bella?

—Vi los cuadros después de que Giovanni se fuera. No podría haberte pintado así a menos que... pero no importa —Bella le tendió una mano—. No importa, Cressie. Yo me haré cargo de tu bebé como si fuera mío y jamás se lo diré a nadie, te lo prometo.

—Bella, no estoy embarazada —le dijo suavemente—. Y creo que tú tampoco lo estás, ¿verdad?

De los ojos de su madrastra cayeron dos enormes lágrimas.

—Pensaba que lo estaba, de verdad. Tenía todos los síntomas. Se me había retirado el periodo, las náuseas, el estómago abultado y ya viste cómo tenía los pies, Cressie.

—Sí, lo vi —le pasó un brazo por la cintura y la condujo hasta la *chaise longue*.

—No estaba mintiendo.

—Claro que no.

—Pero entonces volví a tener el periodo y todo volvió a la normalidad. Me sentía tan vacía. Pero lo cierto es que nunca hubo ninguna niña. Janey dice que a veces, cuando una mujer desea tanto algo, llega a imaginar que es cierto. No aguantaba la idea de decirle la verdad a tu padre, imagina su reacción... así que seguí fingiendo porque no sabía qué otra cosa hacer —las lágrimas recorrían libremente sus mejillas.

—No llores, por favor. Todos nos engañamos cuando ansiamos mucho algo —la consoló mientras pensaba en todas las ilusiones que se había hecho en el carruaje para después descubrir que Giovanni se había ido.

—Pensé que si habías cometido la locura de dejar que un hombre... ¿Estás segura, Cressie?

—Ojalá hubiera cometido esa locura, Bella. De verdad, lo habría hecho encantada si él me lo hubiese permitido. Pero fue él el que no quiso.

—Vaya —Bella le apretó los dedos—. Sé que es horrible decirlo, pero confieso que desearía que hubiera querido.

Cressie se echó a reír.

—No tanto como yo.

Finalmente dejó a su madrastra en las cuidadosas manos de Janey, que antes de llevársela quiso decirle algo a Cressie.

—Me habría gustado decirle algo, milady, pero lo cierto es que no sabía muy bien qué decirle.

Cressie le aseguró que no debía preocuparse y le pidió que cuidara de Bella antes de escapar de allí.

Tres cuadros. Eso era lo que había dicho Bella. Abrió la puerta del estudio, levantando la lámpara de aceite porque ya había empezado a anochecer. No estaban los caballetes, ni los pinceles, solo el olor a aceite de linaza y a trementina. Giovanni no estaba allí. Claro que no estaba, pero Cressie tardó unos segundos en dejar de buscarlo.

Los cuadros estaban colocados en fila junto a la *chaise longue*. Cierto, había tres lienzos. *Lady Cressida*, tenía escrito el que estaba más a la izquierda. *El señor Brown*, decía el de la derecha. Una vez terminado, había tantos contrastes en aquel cuadro. El resultado le provocó un escalofrío y la hizo sonreír. Planteaba muchas más preguntas de las que respondía. ¿Cómo había sido tan arrogante de pensar que sabía algo de arte? Esa estúpida teoría suya, tan lógica y tan precisa, no explicaba nada absolutamente sobre la relación entre el arte y las emociones.

Al mirar el cuadro que había en el centro, su cuerpo experimentó una reacción tan visceral que fue como si le dieran un puñetazo en el estómago. *Cressie*, decía la etiqueta. Solo Cressie. Aparecía desnuda, provocadoramente desnuda, extendida de lado a lado del lienzo, con los brazos por encima de la cabeza, sin preocuparse por taparse los pechos o el sexo y con una desvergonzada sonrisa en los labios. Cressie. Solo eso, Cressie al desnudo. Así era como la veía Giovanni, desafiando todas las normas, con una belleza natural que ella misma era incapaz de explicar. Pero tampoco era necesario hacerlo. Era la verdad. Sin adornos. Y era muy bella, ella era bella.

Por fin comprendió, mientras se miraba a sí misma como nunca se había visto y aun así reconociéndose. Aquel cuadro mostraba toda la verdad sobre ella, la modelo, pero también sobre Giovanni, el pintor. No habría podido decirlo más claro aunque lo hubiese escrito letra por letra. Aquella era la mujer que amaba.

Once

Florencia era tan hermosa como la recordaba. Giovanni paseó junto al río Arno mientras el sol del ocaso coloreaba de naranja los edificios de piedra de la otra orilla. Las joyerías del Ponte Vecchio estaban ya cerradas y el reflejo de los arcos del puente en el agua era tan claro que podría haber sido otro puente hundiéndose lentamente. Era una idea bastante melancólica que Giovanni se apartó enseguida de la cabeza. No tenía intención alguna de hundirse lentamente, ya no. Estaba allí para asegurarse de no hacerlo.

Había intentado pintar aquella escena muchas veces, pero nunca había conseguido plasmar todo su esplendor. Nunca sería un pintor de paisajes. Lo que le interesaban eran las personas, no los lugares. En aquel momento, mientras sus pies tomaban rumbo al *Palazzo* Fancini con voluntad propia, había una persona en concreto que le interesaba especialmente.

El palacio, construido por la familia Fancini en el Renacimiento, se inspiraba en el *palazzo* de los Medici. De proporciones clásicas, con fachada de estuco y unos impresionantes jardines al fondo. No conocía al criado que le abrió la pesada puerta de roble, sin embargo el sonido de sus pies dirigiéndose a los aposentos del conde le era muy familiar. Prácticamente podía oír el eco de su juventud, podía ver el fantasma de su adolescencia, resguardándose del calor del verano entre aquellos muros, con el cuaderno de dibujo sobre las rodillas.

Las puertas se abrieron y apareció la grandeza de los aposentos privados del señor de la casa. De pronto recordó al conde explicándole el valor de aquel palacio como si él mismo hubiera estado ahí cuando lo construyeron, como si hubiera tenido en sus manos el poder de decidir entre la vida y la muerte. En realidad lo había tenido, al menos con su hijo, hasta que se había marchado del *palazzo* para siempre.

No, eso era mentira. El conde Fancini no había perdido tal poder con el paso de los años. Pero eso estaba a punto de cambiar.

Cuando el criado abrió la última de las puertas, la que daba paso al magnífico salón de techo artesonado y paredes cubiertas de tapices, Giovanni se detuvo en seco, abrumado por los recuerdos. Recordó las palizas y las lágrimas y, con el paso del tiempo, el resentimiento y la cabezonería que lo habían ayudado a soportar tales palizas sin derramar una sola lágrimas más. Su padre creía en el castigo y la recompensa. Giovanni lo había intentado. A pesar del dolor que había supuesto la obligada separación de sus padre adoptivos, Giovanni había intentado hacer feliz a su padre, pero nada era nunca lo bastante para el conde y no había manera mejor de convertir a un muchacho en rebelde que decirle constantemente que era un fracaso.

El conde Fancini estaba sentado junto a la ventana que daba a los jardines. No se levantó, pero, al acercarse, Giovanni se dio cuenta de que era culpa de la enfermedad y no de la arrogancia. Se encontraba en una silla de ruedas.

—*Conte* —Giovanni se inclinó ante él. Tenía la piel cubierta de manchas de vejez y se le transparentaban las venas.

—*Mio figlio*. Por fin has venido. Supongo que te han dicho que me muero.

—No, padre —aunque era evidente para cualquiera que lo mirara. Se sentó frente a él. El conde siempre había sido un hombre robusto, tan alto como Giovanni pero de constitución más gruesa. Sin embargo, el hombre que tenía delante tenía la fragilidad de un moribundo. No podía sentir rabia hacia un hombre en tal situación. Todo lo que había querido decirle, las recriminaciones y las acusaciones se esfumaron de pronto de su cabeza. ¿Qué sentido tenía? No se podía cambiar el pasado. Era parte de él y había quedado atrás. Giovanni le agarró la mano a su padre—. He venido a decirte adiós, padre —le dijo suavemente—. No porque vayas a morir, sino porque yo debo seguir viviendo.

No iba a haber una reconciliación llena de ternura junto al lecho de muerte de su padre. No, el conde era demasiado obstinado y estaba acostumbrado a hacer las cosas a su manera. Entre ellos nunca podría haber amor, ni siquiera afecto, pero al menos se despedirían de mutuo acuerdo y para siempre. Los documentos que liberaban a Giovanni de su legado quedarían firmados al día siguiente. El conde se negó a decirle quién lo heredaría todo ahora que él había renunciado a ello y se rio de él cuando Giovanni le sugirió que creara una sociedad benéfica.

—¿Quieres que me gane el cielo a base de sobornos? —le dijo, con el estilo burlón de siempre—. Es tarde para pensar en eso.

Giovanni se resignó a no saberlo nunca. El conde había tenido catorce años para idear un plan para perpetuar el nombre de la familia.

—¿Entonces vuelves a Inglaterra? —le preguntó cuando lo vio levantarse para marcharse.

—No tengo nada pensado.

—He oído que estás muy solicitado. ¿No tienes una lista de clientes ansiosos esperándote?

Giovanni asintió.

—No tengo nada pensado —repitió. Estaba inclinado ante él cuando el conde le hizo la sorprendente petición—. ¿Quieres que te haga un retrato? —repitió, asombrado.

—Como regalo de despedida —dijo el anciano, esbozando una sonrisa sin dientes—. No quiero que me recuerden así. ¿Crees que podrías convertir este rostro ajado en algo más bello?

Giovanni se echó a reír.

—Sigues dudando de mí. Te demostraré que te equivocas.

—No esperes que te pague. Es la última voluntad de un padre.

—Y yo voy a cumplirla. Quizá así consiga por una vez hacerte feliz.

Pero no tuvo oportunidad de saber si lo había logrado porque el conde murió antes de que el retrato estuviese acabado. En cualquier caso, lo había hecho para su propia satisfacción. Aquel lienzo tenía tanta verdad como el que había dejado para Cressie. Un anciano, antes poderoso y ahora decrépito, admirado pero abandonado.

El regalo que le hizo el conde fueron las últimas palabras que le dirigió:

—Te mentí cuando te dije que esos pescadores no querían saber nada de ti —le dijo a su hijo—. Me escribieron muchas veces pidiéndome que les dejara visitarte para verte una vez más. Yo les obligué a escribir esa carta en la que decían que no querían volver a tener contacto contigo.

—¡Bastardo!

El conde se echó a reír.

—Mírate. Cuando te veo así, sé con certeza que eres hijo mío. Afloja esos puños, muchacho; no puedes hacerme nada porque ya estoy muerto.

—¿Y mis cartas? Yo les escribía...

—Todas las semanas y todas las semanas yo quemaba tus cartas.

—Debería haberlo imaginado, conociéndote.

La sonrisa del conde era tan despiadada como Giovanni la recordaba.

—Siempre fuiste demasiado ingenuo —la sonrisa desapareció—. Nunca adoptaste mi nombre —dijo—. Di Matteo, el nombre de esos pobres, así es cómo te conocen, no por Fancini.

—Pensé que no te gustaría que un apellido tan ilustre se viera relacionado con un oficio de tan baja categoría como el mío.

—No pensé que fueras a tener tanto éxito.

¿De verdad creía que tenía éxito? Al mirarlo creyó ver ironía en sus ojos mortecinos. Giovanni no dijo nada y su silencio privó al conde de una última burla. Fuera cual fuera su opinión sobre el trabajo de su hijo se la llevó consigo a la tumba. Cuando volvió al *palazzo*, su padre estaba inconsciente.

Se llevó el retrato al hotel en el que se alojaba y lo terminó allí. Asistió al funeral, aunque se mantuvo alejado de los demás. Durante su habitual paseo a orillas del Arno, pensó en el rumbo que habría de seguir su vida a partir de ese momento. Fue entonces cuando se dio cuenta de que, por primera vez en su vida, era realmente libre. Libre del pasado y de sus pecados. Había cometido muchas equivocaciones, pero había pagado un buen precio a cambio. Ahora era libre de elegir su futuro y no podía imaginar un futuro en el que no estuviera Cressie.

Quizá mereciera algo mejor que él, pero mientras el sol se colaba por las vidrieras del Duomo, se dio cuenta de no le había permitido elegir libremente. Al marcharse había decidido por ella. Había tomado la noble decisión de no obligarla a cargar con él, pero ¿y si se había equivocado? No se lo había preguntado a ella.

Echó a correr por las estrechas calles de Florencia rumbo al hotel. Tenía que hacer el equipaje. Tenía que volver a Inglaterra cuanto antes. Corrió como si de ello dependiera su vida. Y en realidad así era.

El sol de la tarde se colaba por las ventanas del ático y uno de sus rayos parecía clavarse en el vestido de Cressie. En las semanas que habían transcurrido desde la marcha de Giovanni, había llegado el verano, Bella había seguido perdiendo peso y seguían sin saber nada de Cordelia excepto que estaba bien, cosa que le había escrito en un escueta nota que le había mandado para a Cressie para tranquilizarla. Giovanni no estaba. A veces sentía rabia hacia él, pero la mayoría de las veces era solo tristeza. Él también la amaba. Solo tenía que mirar al retrato último para saberlo, pero amarla y querer estar con ella eran dos cosas distintas. Hacía ya meses que se había marchado y no había recibido ni una palabra suya. Era una tragedia, pero tendría que aceptarlo porque era la realidad. La prueba era su silencio. Una prueba irrefutable que una matemática como ella no podía poner en duda.

Levantando la vista del manual de geometría que pronto se publicaría, Cressie observó una vez más el tríptico. Había tenido la tentación de colgar los tres cuadros en la galería de los retratos, pero ni siquiera el horror que experimentaría su padre al verlos bastaba para convencerla de mostrarlos en público. Si Giovanni hubiese querido que los viese alguien más, se los habría llevado o se lo habría comunicado a ella. Por eso había decidido no enviarlos a alguna galería en su nombre. Aquellos retratos narraban su historia, la suya y la de Giovanni, así que había decidido colgarlos allí, en el estudio, donde los había pintado y donde había tenido lugar su historia, y había convertido el ático en su estudio. Se había entregado de lleno al trabajo porque no tenía nada más.

La nueva institutriz de los niños había ocupado su

cargo la semana anterior. Cressie había insistido para que los cuatro tomaran parte del proceso de selección y sus hermanos habían elegido a la señorita Langton sin dudar. Les estaba enseñando con el manual de Cressie, cuya segunda parte ya le había solicitado la editorial. Parecía que su libro había llenado un hueco importante en el mercado de los manuales para niños. Lord Armstrong no estaba al corriente de ninguna de aquellas novedades. Volvería creyendo que iba a encontrarse con un hijo nuevo, pero lo que le esperaba era una esposa independiente y dos hijas que también se habían independizado. Casi tenía ganas de que volviera. Casi.

Cressie se levantó de la silla y se acercó a la ventana con inquietud. También había comenzado con los preparativos del viaje a Arabia. Celia no le había prometido nada, pero parecía optimista e impaciente por verla.

Oyó el ruido de un carruaje acercándose. Seguramente sería lady Innellan, que se había hecho muy amiga de Bella. Pero al mirar no fue el carruaje de los Innellan lo que vio sino uno más pequeño del que se apeó alguien sin ayuda. Cressie creyó que iba a desmayarse. No podía ser.

Tenía la piel bronceada y le había crecido el pelo. Olvidándose del poco decoro que aún le quedaba, Cressie sacó medio cuerpo por la ventana y gritó:

—¡Giovanni!

Él miró a su alrededor, confundido.

—¡Gi-o-vanni!

Por fin levantó la cabeza hacia ella y esbozó una enorme sonrisa. Esa sonrisa que guardaba solo para ella.

Se encontró con él en la puerta del ático y se lanzó a sus brazos sin dudarlo.

Él no dudó, no se apartó, ni intentó resistirse. La estrechó en sus brazos, la levantó del suelo y la metió en el estudio como si fueran recién casados. No se había afeitado. Parecía cansado y distinto. No sabía exactamente por qué, así que dejó de intentar averiguarlo cuando él volvió a dejarla en el suelo y la besó.

—Cressie —la besó de nuevo—. Cressie, Cressie, Cressie.

La besó una y otra vez. Su barba le arañaba la piel, pero sus labios eran suaves y cálidos. Olía a polvo del camino y al jabón de limón que utilizaba siempre. También un poco a sudor, pero sobre todo olía a Giovanni. Cerró los ojos y se sumergió en su aroma mientras decía su nombre.

Siguió besándola, en la frente, en los ojos, en las cejas, en las mejillas. Le apartó el pelo para mordisquearle el lóbulo de la oreja. Quería aferrarse a él, fundirse con su cuerpo para que nada pudiera volver a separarlos.

—Te he echado de menos —le dijo, casi riendo porque aquellas palabras no alcanzaban a explicar lo que había sentido—. No sabía nada de ti y te echaba mucho de menos.

—Cressie, tengo tantas cosas que contarte y tanto que decirte.

—Has vuelto, eso es lo único que importa.

Giovanni levantó la cabeza para mirarla a los ojos.

—Pero hay una cosa de suma importancia que debo decirte.

—Ya me lo has dicho con eso —dijo, señalando al tríptico—. Aunque me encantaría oírtelo decir con palabras.

Giovanni miró los cuadros como si los viera por primera vez y luego sonrió de nuevo con una sensualidad que le estremeció el alma.

—No pensé que fuera tan obvio.

—Yo me alegro de que lo fuera —dijo Cressie—. Era lo único a lo que podía aferrarme.

—Te amo, Cressie —volvió a estrecharla en sus brazos. Le acarició la frente, la mejilla, el cuello—. Te amo aún más de lo que dice ese cuadro. No te merezco, pero...

—No digas eso, Giovanni.

—Lo que iba a decir, si me permites terminar, tesoro mío.

—Sí, sí.

—Sé que no te merezco, pero de todos modos te lo pido. Fui a Italia a... hacer frente al pasado. Vi a mi padre. Ya te lo contaré todo con calma. El caso es que lo vi e hice las paces con él y conmigo mismo —le tomó las manos y se las puso en el pecho, sobre el corazón—. Esto es tuyo si lo quieres, Cressie. Ti amo.

Podía sentir los latidos de su corazón bajo las manos. Ahora veía lo que había cambiado en él. En su rostro ya no había ni rastro de esa sombra de infelicidad.

—El pasado no me importa, Giovanni. Los dos hemos hecho cosas de las que nos arrepentimos y hemos perdido mucho tiempo tratando de ser lo que los demás querían que fuésemos. Pero no quiero cambiar nada porque no quiero cambiarte a ti. De verdad, no me importa. Lo único que me importa es el futuro —Cressie le tomó también una mano y se la puso sobre el corazón, que latía con el mismo entusiasmo que el de él, como si intentara escapar de su pecho—. *Ti amo*, tesoro. Te amo con toda mi alma, Giovanni.

Esa vez se besaron apasionadamente, devorándose con impaciencia, con un deseo que habían contenido durante demasiado tiempo. Giovanni le tomó el rostro entre las manos, hundió los dedos en su pelo y le quitó el lazo. Después hundió la cara en su cabello.

—Lavanda y Cressie. Cuánto lo he echado de menos —volvió a besarla en la boca, esa vez con ternura, pero con una pasión que iba en aumento. Recorrió su cuerpo con las manos, impacientemente. Estaba temblando—. No sé qué hacer —confesó con una sonrisa—. Me siento como si... es absurdo. Me siento como si fuera la primera vez y no sé qué hacer.

Aquellas palabras y el modo en que la miraba... Cressie pensó que iba a desmayarse de amor por él. Tenía ganas de reír y llorar al mismo tiempo, quería proclamar su amor a los cuatro vientos.

—Hazme el amor, Giovanni —le dijo—. Es lo único que quiero. Eso es lo que tienes que hacer.

Con una seguridad que no sentía, Cressie cerró la puerta del estudio con llave, llevó a Giovanni hasta la silla egipcia y lo sentó en ella. Miró a la imagen de sí misma que colgaba de la pared. *Cressie*. Con los dedos temblorosos, se desabrochó el vestido lentamente. La mirada de Giovanni le infundió seguridad porque la miraba sin parpadear. Se colocó frente a él y se dio la vuelta para que le aflojara el corsé. No fue necesario decir nada.

Sintió el calor de su respiración en la nuca mientras le desabrochaba las cintas de la prenda. Cuando se dio la vuelta de nuevo, tenía las pupilas casi negras, las mejillas sonrojadas y la respiración entrecortada. Ya sin corsé, apoyó una pierna en un taburete y se agachó para bajarse las medias, ofreciéndole a Giovanni una perspectiva de su línea de la belleza. Se giró para hacer lo mismo con la otra pierna.

Ya solo llevaba la enagua, pero se la quitó rápidamente. Echó un vistazo al retrato, él la sorprendió mirando y sonrió. Cressie se tumbó en la chaise longue, levantó los brazos por encima de la cabeza como en el cuadro y arqueó la espalda. Tenía los pezones endurecidos y una cálida humedad entre las piernas. Le lanzó una sonrisa seductora que, cuando lo miraba a él, al hombre al que amaba, se asomaba a sus labios de manera natural. Provocadora y audaz.

Giovanni se puso en pie y se despojó de la ropa a toda prisa mientras iba hacia ella. Le tendió una mano que él aceptó mientras la miraba como si fuera...

—Hermosa —dijo él, arrodillándose ante ella—. Tesoro, *sei bellisima*. Creo que nunca he visto nada tan hermoso, Cressie. Mi Cressie.

Tampoco ella creía haber visto nunca nada tan hermoso como él, ni creía haber sido nunca tan feliz como era en ese momento, cuando sus labios la rozaron y abrió la boca para recibirlo. Estaba tan excitada que habría podido alcanzar el clímax solo besándolo. Entonces él bajó la boca hasta su pecho y le chupó lentamente el pezón hasta hacerla gritar de placer. Cressie dejó por completo de pensar.

Después de besarle los pechos, acariciárselos y apretar el rostro contra ellos, Giovanni siguió bajando y bajando hasta alcanzar la piel más suave de su cuerpo. Le besó los muslos y la chupó.

Cressie apenas podía contener el calor que sentía

dentro. Pensaba que ya había descubierto la pasión y el placer con él, pero aquello era completamente distinto. Sus caricias la volvían loca y sus besos la empujaban peligrosamente hacia un precipicio, y sin embargo no quería dejarse llevar todavía. Gimió al sentir su lengua en la humedad del sexo.

—Giovanni —había empezado a chuparla con más fuerza—. Sí, sí, por favor. Ay, Giovanni —estalló como una tempestad que la arrastró a un mar de sensaciones incontrolables.

Se oyó gritar, pero estaba tan inmersa en el orgasmo que no podía hacer nada. Mientras se estremecía, él seguía chupándola hasta que pensó que ya no podría soportarlo más. Se dejó caer al suelo junto a él, lo rodeó con sus brazos y tiró de él para colocarse debajo de su cuerpo.

Siguieron besándote un poco más, pero entonces él titubeó.

—Tengo miedo —dijo con un hilo de voz—. Nunca había deseado nada tanto. Solo con verte, es como si... Me temo que no voy a poder... No quiero que esto acabe.

—Giovanni, esto no acabará hasta que nos llegue la muerte —le dijo ella, desesperada—. Hazme el amor, por favor.

La besó una vez más antes de meterse en su cuerpo lentamente. Increíble. Delicioso. Magnífico. No había palabras para describir aquello, la lenta penetración que convirtió sus cuerpos en uno solo.

Lo miraba y no podía dejar de pensar que era lo más hermoso que había visto nunca. Podía sentir las palpitaciones de su sexo dentro de sí y eso hizo que también a ella le palpitasen los músculos por dentro. Eran iguales.

Se retiró lentamente, pero solo para volver con más fuerza y entonces estallaron miles de estrellas a su alrededor. No podía ser y sin embargo era eso lo que veía con los ojos cerrados. Los abrió para poder verlo y se encontró con que también él la miraba fijamente. Siguió moviéndose más y más rápido. Abrió la boca para decirle lo que estaba sintiendo, pero no podía hacerlo. Esa vez el clímax fue más violento, y no solo el de ella. Giovanni se derrumbó sobre su cuerpo con un último grito de placer tan descontrolado como los de ella.

—Le hice un retrato antes de que muriera —le contó Giovanni mucho más tarde, tumbados en la *chaise longue* con los cuerpos entrelazados—. Luego te lo enseño, creo que está bastante bien —le acarició el pelo—. Me lo pidió él, pero en realidad lo pinté para mí.

—¿No te arrepientes de haber rechazado una herencia tan cuantiosa?

—No. No podía aceptarla, Cressie. Sé que es lo único que habría hecho que tu padre viera con buenos ojos esta...

—¿Relación? —sugirió ella, riéndose.

Giovanni la miró a los ojos para dar fuerza a sus palabras.

—Lo que siento por ti no es algo temporal. Quiero darte mi nombre y todo lo que tengo, si lo aceptas. Y, aunque no lo aceptes, no pienso dejarte escapar.

Cressie le acarició la frente, la mejilla, el cuello y él sonrió al reconocer el gesto.

—No tengo intención de irme a ninguna parte.

—¿Piensas que he cometido un error al rechazar sus propiedades?

—El error habría sido aparecer aquí con una fortuna con la que sobornar a mi padre. No, Giovanni, no has cometido ningún error.

—Pero tu padre... no me preocupa él sino lo que pueda hacer.

Cressie asintió.

—Lo sé. Podría prohibirme que viera a mis hermanos, pero dudo mucho que Bella lo permitiese. Ella sabe lo mucho que me quieren y, aunque parece que realmente quiere a mi padre, quiere más a sus hijos. En cuanto a mi padre... si te soy sincera, creo que cuanto menos le vea, más fácil me resultará quererlo.

Giovanni soltó una carcajada.

—Es lo mismo que pensé yo —le pasó la mano por la espalda hasta llegar al trasero—. ¿Quieres casarte conmigo, Cressie?

—No lo sé. Quiero estar siempre contigo, eso sí lo sé.

—No quiero que nadie pueda llamar bastardo a un hijo mío.

—Será nuestro hijo sea como sea. Pero si tenemos la suerte de tener hijos, entonces me sentiré honrada de llevar tu nombre.

—*Grazie, signorina*. Tienes una sonrisa muy pícara, ¿lo sabías?

—No, hasta que tú la pintaste —Cressie movió el trasero y sintió una respuesta muy satisfactoria por su parte. Volvió a sonreír deliberadamente—. Giovanni, ¿sigues pensando que somos iguales, tú y yo?

—Estoy seguro de ello.

Volvió a moverse. No había duda de su excitación. Estaba más que preparado.

—¿Quiere eso decir que te gusta lo mismo que a mí?

—Desde luego.

Cressie sonrió de nuevo, esbozando esa sonrisa seductora que acababa de descubrir. Lo besó en la boca y se deslizó entre sus piernas hasta el suelo del estudio.

—Entonces permíteme que te muestre qué es lo que me gusta —le dijo.

Nota histórica

La idea de crear una heroína que fuese matemática surgió al leer la biografía que escribió Benjamin Woolley del único hijo legítimo de lord Byron, su hija Ada. Separada de su marido prácticamente después de casarse, Annabella, la esposa de Byron, tenía verdadero terror a que su hija pudiera haber heredado el carácter temperamental de su padre, por lo que la sometió a un estricto programa de estudios que incluía filosofías basadas en la razón y en la lógica, con la esperanza de frenar dicha tendencia salvaje. Mi heroína nació tres años antes que Ada, pero las dos han leído los mismos libros y conocen a Charles Babbage, que creó una máquina de contar que se considera el antepasado directo del ordenador.

La idea de que Cressie escribiera una «teoría» matemática de la belleza que reflejara la técnica que Giovanni utilizaba en sus retratos parte de dos lugares. La primera vez que oí hablar de la «línea de la belleza» de William Hogarth fue durante un curso de arte que hice en la Open University. La excelente biografía de Jenny Uglow sobre el artista, *Hogarth: una vida y un mundo*, me dio más información sobre la materia, una información que archivé, pensando que algún día podría serme de utilidad. Después, durante una reciente visita que hice a Hampton Court con una de mis hermanas (las hermanas tienen un papel fundamental tanto en mi vida como en mis libros), vi los cuadros de sir Peter Lely de las «Bellezas de Windsor» y me sorprendió la teoría de que había pintado a cada una de las mujeres usando una especie de «plantilla» de la belleza con el propósito de que los retratos tuviesen más éxito. Fue allí, en Hampton Court, donde nació la historia de Giovanni.

En la época en la que pintaba Giovanni, no existía la pintura al óleo ya mezclada. Seguramente tendría sus pigmentos, pero probablemente los pediría por catálogo y los mezclaría personalmente. La mayoría de los detalles técnicos sobre pintura los aprendí leyendo sobre el pintor inglés Turner. La maleta de pinturas de Giovanni está inspirada en una que se encuentra en el estudio de Turner. Existen tres «modelos» que sirven de base a los tres retratos que hace Giovanni de Cressie: *Lady Cressida* se basa en una obra del retratista Thomas Lawrence, *El señor Brown* está inspirado en Goya y *Cressie* se inspira en la famosa obra de Goya *La maja des-*

nuda, según dicen, el primer cuadro en el que aparece el vello púbico. Aunque Giovanni es unos años anterior a los Impresionistas, he intentado mostrar la evolución artística que experimenta, desde el estilo idealizado de los retratos de la Regencia al estilo más impresionista que surgió hacia finales del siglo diecinueve. No obstante, yo no soy artista, por lo que cualquier error que haya en la descripción de las técnicas pictóricas es única y exclusivamente mío.

Por último, para aquellos a los que les interese, me he tomado algunas libertades en los datos históricos. Aunque no era habitual, sí existe un precedente del comportamiento del conde Fancini al convertir en heredero a un hijo ilegítimo. Guilio de Medici, por ejemplo, era hijo ilegítimo del conde de Florencia. El viaje a Rusia de lord Armstrong para tratar el problema de la independencia de Grecia en realidad lo llevó a cabo el duque de Wellington en 1826, no en 1828. Killellan Manor está inspirada en la Pollok House de Glasgow, situada en la misma propiedad que alberga la impresionante colección Burrell y que además es un territorio que conozco bien. Allí no hay ninguna galería con la acústica del sótano de Killellan Manor, que está inspirada en la estación Grand Central de Nueva York. Si desean saber algo más sobre lo que inspiró este libro, visite mi página de Pinterest

LOUISE ALLEN
Bajo sospecha

Habiendo sobrevivido al escándalo de su nacimiento a fuerza de coraje y determinación, la bella Phyllida había alcanzado un precario equilibrio con la alta sociedad. Hasta que Ashe Herriard, el vizconde Clere, apareció para romper su mundo y sus planes cuidadosamente trazados en mil pedazos.

Criado en la dinámica Calcuta, Ashe se mostraba desdeñoso hacia la formal sociedad de Londres, pero algo en Phyllida le intrigaba. Una promesa de secretos y la insinuación de un escándalo... ¡más que suficiente para seducirlo!

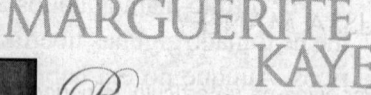

MARGUERITE KAYE
Retrato de un amor

No. 85

Lady Cressida Armstrong siempre había sido la más inteligente y menos agraciada de la familia y sabía que su padre se había resignado a no poder casarla con nadie. A ella solo le aceleraban el pulso la ciencia y las matemáticas.

A pesar de lo decepcionado que estaba del arte, el pintor Giovanni di Matteo estaba volviendo loca a la alta sociedad londinense con sus magníficos retratos. En otro tiempo su trabajo había sido todo inspiración, ahora no era más que técnica. Hasta que conoció a Cressie...

¡YA EN TU PUNTO DE VENTA!

JAZMÍN.

DONNA CLAYTON
UN TRABAJO TEMPORAL

Cuando la sofisticada Amy Edwards aceptó cuidar a aquellos gemelos de manera temporal, no esperaba disfrutar tanto de la compañía de los niños, ni enamorarse de su guapísimo y brillante tío. Pero sabía que si el doctor Pierce Kincaid descubría su secreto, no podría sentirse atraído por ella. ¿O sí?

LISSA MANLEY
CRÓNICAS DE AMOR

Por culpa de un artículo, la periodista Colleen Stewart tenía que trabajar con Aiden Forbes, el hombre por el que había estado a punto de abandonarlo todo. Después de la dureza de su última misión, Aiden necesitaba aquel trabajo, pero ¿podría el fuerte corresponsal de guerra sobrevivir al rechazo de Colleen?

N.º 583

ELIZABETH HARBISON
PASADO MISTERIOSO

Amy Scott se sentía más a gusto en la librería de su pueblo que en el palacio imperial de Lufthania. Pero, según el atractivo príncipe Will, aquel era el lugar al que ella pertenecía como heredera al trono. Mientras Amy se acostumbraba a aquel estilo de vida, Will prefería apartarse de ella, pues tenía una regla personal que le prohibía enamorarse. Para ganarse su corazón, Amy tendría que hacer algunas concesiones reales...

JULIA™

MARIE FERRARELLA
UN ÚLTIMO BESO

Habían pasado dieciocho años desde la última vez que Kara Calhoun vio a David Scarlatti, con el que jamás había conseguido llevarse bien. Ese hecho no impedía que las madres de ambos creyeran que los dos estaban hechos el uno para el otro. Por lo tanto, Kara decidió crear su propio plan para demostrarles que estaban muy equivocadas, aunque para eso tuviera que salir con Dave, que era demasiado guapo como para que su plan tuviera éxito.

N.º 478

ALLISON LEIGH
LA EXTRAÑA PROPUESTA

Embarazada y escarmentada por las mentiras de su ex, Sydney llegó a Wyoming, con el propósito de empezar de nuevo y olvidarse de los hombres. Pero allí iba a encontrarse con el más desesperante de todos ellos. Derek era grosero, impertinente y odiosamente mordaz… y tan atractivo que Sydney no sabía si huir o quedarse allí para siempre.

TERESA SOUTHWICK
ENAMORADA DE DON PERFECTO

Avery había decidido ignorar las chispas que surgían entre ella y el guapo cirujano Spencer Stone.
Stone no podía dejar de pensar en la directora financiera, cuya fría actitud escondía un secreto que le había cambiado la vida. Cuando su insaciable pasión tuvo una consecuencia inesperada, ¿lograría Spencer convencer a Avery de que sus sentimientos eran auténticos?

¡YA EN TU PUNTO DE VENTA!